Lucy, eine kluge und sensible junge Frau, tritt in Villette eine Stelle als Englischlehrerin an einer Mädchenschule an. Als sie dort Dr. John Bretton, einen Freund aus Kindheitstagen, wiedertrifft, verliebt sie sich Hals über Kopf. Doch ihre Gefühle bleiben unerwidert, Bretton wendet sich einer anderen zu. Daraufhin flüchtet sich Lucy in eine platonisch überhöhte Liebe zu Monsieur Paul Emanuel, dem strengen Institutsleiter, der auf sie schon bald eine besondere Anziehungskraft ausübt …

Charlotte Brontë (1816-1855), die älteste der drei berühmten Brontë-Schwestern, arbeitete u. a. als Lehrerin und Gouvernante, nachdem sie in Brüssel an der Privatschule der Madame Heger Französisch gelernt hatte. Der erst posthum veröffentlichte Roman *Der Professor* zählt zusammen mit *Jane Eyre* zu ihren größten Erfolgen. *Villette* erschien im Jahre 1853 und läßt autobiographische Bezüge zu ihrem Aufenthalt in Belgien erkennen.

insel taschenbuch 4307

Charlotte Brontë

Villette

Charlotte Brontë

Villette

Roman

Aus dem Englischen
von Christiane Agricola

Insel Verlag

Originaltitel: *Villette*. Erstveröffentlichung unter dem Pseudonym Currer Bell im Verlag Smith & Elder, London 1853.

Umschlagabbildung: Paul Floyd Blake

Klimaneutral Druckprodukt
ClimatePartner.com/14438-2110-1001

3. Auflage 2022

Erste Auflage 2014
insel taschenbuch 4307
Insel Verlag Berlin 2014

Vertrieb durch den Suhrkamp Taschenbuch Verlag
Umschlaggestaltung: hißmann, heilmann, hamburg
Druck: CPI books GmbH, Leck
Printed in Germany
ISBN 978-3-458-36007-0

www.insel-verlag.de

Villette

1. Bretton

Meine Patin lebte in einem hübschen Haus in der sauberen und altertümlichen Stadt Bretton. Hier war die Familie ihres Mannes seit Generationen ansässig gewesen; sie trugen tatsächlich den Namen ihres Geburtsortes – die Brettons aus Bretton. Ich weiß nicht, ob da nur ein Zufall mitspielte oder ob irgendein ferner Vorfahr eine Persönlichkeit von genügend Bedeutung gewesen war, um seiner Umgebung seinen Namen zu hinterlassen.

In meiner Mädchenzeit reiste ich etwa zweimal im Jahre nach Bretton. Ich liebte die Besuche dort sehr; das Haus und seine Bewohner entsprachen mir ganz und gar. Die großen friedvollen Zimmer, die schön angeordneten Möbel und die hellen großen Fenster, der Balkon davor mit dem Blick auf eine hübsche altmodische Straße, in der immerfort Sonntag und Feiertag zu sein schien, so still war ihre Atmosphäre, so sauber ihr Pflaster – das alles behagte mir sehr.

Gewöhnlich wird von einem Einzelkind in einem Erwachsenenhaushalt ziemlich viel Aufhebens gemacht; und Mrs. Bretton nahm auf ruhige Art recht viel Notiz von mir. Sie war schon Witwe, als ich sie kennenlernte; ihr Mann, ein Arzt, war gestorben, da sie noch eine junge und hübsche Frau war, und hatte sie mit einem Sohn zurückgelassen.

So wie ich sie in der Erinnerung habe, war sie nicht mehr jung, doch immer noch hübsch, groß und wohlgebaut, und obwohl sie für eine Engländerin dunkel war, leuchtete auf ihren bräunlichen Wangen die klare Farbe der Gesundheit, und deren Lebendigkeit strahlte aus einem Paar schöner und heiterer schwarzer Augen. Die Leute meinten, es sei jammerschade, daß sie ihre Farben nicht ihrem Sohn mitgegeben hatte. Dessen Augen waren blau, freilich sogar in seiner Jungenszeit funkelnd scharf, und seine langen Haare besaßen einen Ton, den Freunde lieber nicht genau definierten, außer wenn die Sonne darauf schien, dann nannten sie sie golden. Aber die Züge seiner Mutter hatte er geerbt, auch ihre prächtigen Zähne und ihre Statur (oder doch die Verheißung ihrer Statur, denn er war noch nicht ganz erwachsen) und, was noch besser war, ihre makellose Gesundheit und ihre spannkräftigen, ausdauernden Lebensgeister. Wer die besitzt, ist besser dran als mit einem Vermögen.

Im Herbst des Jahres... hielt ich mich in Bretton auf. Meine Patin war persönlich bei den Verwandten erschienen, bei denen ich damals für die Dauer untergebracht war, und hatte mich angefordert. Ich glaube, sie sah damals die Ereignisse deutlich voraus, deren bloße Schatten ich noch kaum bewußt empfand. Doch schon die blasse Ahnung genügte, mir unbestimmte Traurigkeit einzuflößen; ich war glücklich, Ort und Gesellschaft zu wechseln.

Bei meiner Patin floß mir die Zeit immer sanft dahin. Nicht mit ungestümer Geschwindigkeit, sondern milde, wie ein voller Strom durch eine Ebene. Meine Besuche bei ihr erinnern an das Verweilen Christians und Hopefuls an einem gewissen angenehmen Strom »mit grünen Bäumen an beiden Ufern und Wiesen, lilienverschönt das ganze Jahr hindurch«. Es gab weder den Zauber der Abwechslung noch die Erregung der Ereignisse; aber mir war der Frieden so lieb, und ich verlangte so wenig nach Anreiz, daß ich es fast als Störung empfand, als er sich einstellte. Ich hätte wünschen mögen, er sei weiterhin ferngeblieben.

Eines Tages traf ein Brief ein, dessen Inhalt Mrs. Bretton offensichtlich Überraschung und einigen Kummer bereitete. Zuerst vermutete ich, er sei von daheim gekommen, und zitterte in der Erwartung ich weiß nicht welcher katastrophalen Mitteilung. Aber mir gegenüber erwähnte sie nichts, und die Wolke schien vorüberzuziehen.

Als ich am nächsten Tag von einem langen Spaziergang zurückkehrte und mein Schlafzimmer betrat, fand ich eine unerwartete Veränderung vor. Neben meinem eignen französischen Bett in einer schattigen Nische war nun in einer Ecke ein kleines weißverhängtes Kinderbett zu sehen, und außer meiner Mahagonilade erblickte ich eine winzige aus Rosenholz. Ich stand still, schaute und überlegte.

Und was bedeuten diese Zeichen, diese Winke? fragte ich mich. Die Antwort war offenkundig: Ein zweiter Gast ist im Anzuge. Mrs. Bretton erwartet andre Besucher.

Als wir uns zum Essen hinabbegeben hatten, folgten die Erklärungen. Ein kleines Mädchen, so wurde mir erzählt, würde bald meine Gefährtin sein: die Tochter eines Freundes und entfernten Verwandten des verstorbenen Mr. Bretton. Dies kleine Mädchen, wurde hinzugefügt, habe vor kurzem seine Mutter verloren; allerdings, setzte Mrs. Bretton unverweilt hinzu, sei der Verlust nicht so groß gewesen, wie es zunächst scheinen möge. Mrs. Home (so lautete der Name) war sehr hübsch, aber eine leichtsinnige, unachtsame Frau gewesen, die ihr Kind vernachlässigt und ihren Mann enttäuscht und zur Verzweiflung gebracht hatte. Die Verbindung hatte sich als dermaßen unangemessen herausgestellt, daß schließlich die Trennung erfolgt war – eine Trennung in beiderseitigem Einvernehmen, nicht durch einen juristischen Prozeß. Bald nach diesem Ereignis übernahm sich die Dame bei einem Ball, erkältete sich, wurde von Fieber befallen und starb nach ganz kurzer Krankheit. Ihr Gemahl, von Natur empfindsam und durch eine allzu unvermittelte Benachrichtigung unaussprechlich verstört, ließ sich nun anscheinend kaum ausreden, daß übermäßige Strenge seinerseits, Mangel an Geduld und Nachsicht dazu beigetragen hätten, ihr Ende zu beschleunigen. Er hatte über diesem Gedanken gebrütet, bis seine Lebensgeister ernstlich angegriffen waren. Die Ärzte bestanden darauf, daß Reisen als Heilmittel versucht werde, und inzwischen hatte sich Mrs. Bretton erboten, das kleine Mädchen unter ihre Fittiche zu nehmen. »Und ich will nur hoffen«, fügte meine Patin abschließend hinzu, »daß das Kind nicht seiner Mutter ähnelt, diesem strohköpfigen kleinen Teufelsbraten! Daß ein gescheiter Mann so schwach ist, das zu heiraten! Denn«, sagte sie, »auf seine Art *ist* Mr. Home ein gescheiter Mann, wenn auch nicht gerade besonders praktisch. Er liebt die Wissenschaft und verbringt sein halbes Leben mit Versuchen im Laboratorium – etwas, das dieser Schmetterling, seine Frau, weder zu begreifen noch auszuhalten imstande war. – Allerdings«, gestand meine Patin, »ich selber hätte das auch nicht gemocht.«

Als Antwort auf eine Frage von mir erzählte sie weiter, daß ihr verstorbener Mann immer gesagt habe, Mr. Home habe diese Neigung zur Wissenschaft von einem Onkel mütterlicherseits geerbt, einem französischen Gelehrten. Er stammte nämlich, wie es schien, teils von Schotten, teils von Franzosen ab und hatte gegenwärtig Verwandte in Frankreich, von denen mehr als einer das »von« vor seinem Namen schrieb und sich adlig nannte.

Am selben Abend um neun Uhr wurde ein Diener abgeschickt, um die Kutsche zu empfangen, mit der wir unsre kleine Besucherin erwarteten. Mrs. Bretton und ich saßen im Wohnzimmer und harrten auf ihre Ankunft. Wir waren allein, denn John Graham Bretton war zu Besuch bei einem seiner Schulkameraden, der auf dem Lande lebte. Meine Patin las die Abendzeitung, während sie wartete; ich nähte. Es war eine feuchte Nacht; der Regen peitschte die Fensterscheiben, und der Wind klang zornig und ruhelos.

»Armes Kind!« sagte Mrs. Bretton von Zeit zu Zeit. »Welches Wetter für ihre Reise! Ich wollte, sie wär' erst heil und ganz hier.«

Kurz vor zehn verkündigte die Türglocke Warrens Rückkehr. Kaum war die Tür geöffnet worden, als ich schon in die Diele hinunterlief. Da lagen ein Koffer und ein paar Putzschachteln, daneben stand eine Frau, anscheinend die Kinderwärterin, und am Fuß der Treppe harrte Warren mit einem schalumwickelten Bündel in den Armen.

»Ist das das Kind?« fragte ich.

»Ja, Miß.«

Ich hatte den Schal beiseite geschoben und versuchte, etwas von dem Gesicht zu erspähen, aber das wurde hastig von mir ab- und Warrens Schulter zugewandt.

»Bitte, setz mich runter«, sagte eine kleine Stimme, als Warren die Wohnzimmertür öffnete, und die Sprecherin fuhr fort: »Und nimm mir den Schal ab...« Dabei zog sie mit ihrer winzigen Hand die Nadel heraus und warf mit einer Art verächtlichen Hast die plumpe Hülle von sich. Das Geschöpf, das nun zum Vorschein kam, machte einen artigen Versuch, den Schal zu falten; aber das Wollzeug war viel zu schwer und groß, als daß diese Hände und Arme es hätten halten oder schwenken können. »Bitte, gib es Harriet«, lautete daraufhin die Anweisung, »sie kann's weglegen.« Dann wandte sich das Dingelchen und heftete den Blick auf Mrs. Bretton.

»Komm her, Herzchen«, sagte die Dame. »Komm und laß mich sehen, ob du kalt und naß bist; komm, laß dich am Feuer aufwärmen.«

Das Kind ging augenblicklich vorwärts. Von seiner Umhüllung befreit, schien es ungemein winzig, war aber ein niedliches, vollkommen gebildetes Figürchen, behende, zart und aufrecht. Wie sie da auf dem geräumigen Schoß meiner

Patin saß, sah sie aus wie eine bloße Puppe. Ihr wachszarter Hals, ihr Kopf voll seidiger Locken machten die Ähnlichkeit, dachte ich, noch stärker.

Mrs. Bretton sprach in kleinen, zärtlichen Redensarten, während sie dem Kind Hände, Arme und Füße warmrieb. Das betrachtete sie zuerst unverwandt mit traurigem Blick; aber bald antwortete ihr ein Lächeln. Im allgemeinen war Mrs. Bretton keine zu Liebkosungen geneigte Frau. Sogar ihrem zärtlich geliebten Sohn gegenüber gab sie sich selten gefühlvoll, öfter im Gegenteil. Aber als diese kleine Fremde sie anlächelte, küßte sie sie, indem sie fragte: »Wie heißt meine Kleine?«

»Missy.«

»Fräuleinchen. Aber sonst?«

»Papa sagt Polly.«

»Wird Polly gern bei mir sein?«

»Nicht für *immer*, aber bis Papa heimkommt. Papa ist fortgegangen.« Sie schüttelte ausdrucksvoll den Kopf.

»Er wird bald zu Polly zurückkommen oder nach ihr schicken.«

»Ganz gewiß, gnädige Frau? Weißt du, daß er das tut?«

»Ich glaube es.«

»Aber Harriet denkt, daß er's nicht tut, wenigstens lange, lange nicht. Er ist krank.«

Ihre Augen füllten sich mit Tränen. Sie zog ihre Hand aus der Mrs. Brettons und machte eine Bewegung, um von ihrem Schoße zu gleiten. Zuerst wurde sie festgehalten, aber sie sagte: »Bitte, ich möchte weg, ich kann auf einem Stuhl sitzen.«

Mrs. Bretton erlaubte ihr, von ihrem Knie herabzuschlüpfen; Polly ergriff eine Fußbank und trug sie in eine Ecke, die in tiefem Schatten lag. Dorthin setzte sie sich. Mrs. Bretton, wiewohl eine gebieterische und in ernsthaften Angelegenheiten sogar eine herrische Frau, war in Kleinigkeiten oft passiv; sie ließ das Kind gewähren. Zu mir sagte sie: »Laß sie jetzt unbeachtet.« Aber ich hatte acht auf sie. Ich beobachtete, wie Polly die kleinen Ellbogen auf die kleinen Knie stützte und den Kopf auf die Hand; ich bemerkte, wie sie ein oder zwei Quadratzoll Schnupftuch aus der Puppentasche ihres Puppenrockes hervorzog, und dann hörte ich sie weinen. Andre Kinder schluchzen laut, wenn sie Kummer oder Schmerzen haben, ohne Scham oder Zurückhaltung; aber dieses Wesen weinte. Von Zeit zu Zeit bezeugte ein kaum wahrnehmbares Schnüffeln ihren Aufruhr. Mrs. Bretton hörte es nicht – desto besser. Nicht lange, und eine Stimme aus der Ecke her verlangte: »Kann bitte nach Harriet geklingelt werden?«

Ich läutete. Die Kinderfrau wurde hereingerufen und erschien.

»Harriet, ich muß zu Bett gebracht werden«, sagte ihre kleine Herrin. »Du mußt fragen, wo mein Bett ist.«

Harriet gab zu verstehen, daß sie das bereits erkundet habe.

»Frag, ob du bei mir schläfst, Harriet.«

»Nein, Missy«, sagte die Amme, »du schläfst im selben Zimmer wie diese junge Dame«, und sie deutete auf mich.

Missy verließ ihren Platz nicht; aber ich sah, daß ihre Augen mich suchten. Nach einigen Minuten stumm forschender Betrachtung kam sie aus ihrer Ecke hervor.

»Gute Nacht, gnädige Frau«, sagte sie zu Mrs. Bretton, aber an mir ging sie wortlos vorüber.

»Gute Nacht, Polly«, sprach ich.

»Nicht nötig, gute Nacht zu sagen, wenn wir im selben Zimmer schlafen«, war die Erwiderung, mit der sie aus dem Wohnzimmer verschwand. Wir hörten, wie Harriet ihr vorschlug, sie die Treppe hinaufzutragen. »Nicht nötig«, war abermals ihre Antwort, »nicht nötig, nicht nötig.« Und ihre kleinen Schritte quälten sich müde treppauf.

Als ich eine Stunde später zu Bett ging, fand ich sie noch hellwach. Sie hatte ihre Kissen so aufgebaut, daß sie ihre kleine Person in eine sitzende Haltung stützten. Ihre Hände, eine in die andre gelegt, ruhten auf dem Laken in einer altmodischen, ganz und gar unkindlichen inneren Stille. Eine Zeitlang enthielt ich mich, sie anzusprechen, aber unmittelbar vor dem Lichtlöschen empfahl ich ihr, sich hinzulegen.

»Bald«, war ihre Antwort.

»Aber du wirst dich erkälten, Missy.«.

Sie nahm irgendein winziges Kleidungsstück von dem Stuhl neben ihrem Kinderbett und bedeckte die Schultern damit. Ich lauschte eine Zeitlang in der Dunkelheit und wurde gewahr, daß sie immer noch weinte – unterdrückt, still und vorsichtig.

Als ich mit dem Morgenlicht erwachte, drang Wasserplätschern an mein Ohr. Siehe da! Sie war aufgestanden und auf einen Hocker beim Waschtisch geklettert und kippte da mit Not und Mühe den Krug, den sie nicht zu heben vermochte, um seinen Inhalt in die Schüssel zu gießen. Es war sonderbar, ihr zuzusehen, wie sie sich wusch und anzog, so klein, geschäftig und lautlos. Offensichtlich war sie wenig daran gewöhnt, mit ihrer Toilette selber fertig zu werden; und die Knöpfe, Bänder, Haken und Ösen bereiteten Schwierigkeiten, denen sie mit einer erfreulichen Beharrlichkeit begegnete. Sie faltete ihr Nachtgewand zusammen, glättete artig die Bettdecken und zog sich dann in eine Ecke zurück, wo die Woge des weißen Vorhangs sie verbarg; dort blieb sie still. Ich richtete mich halb auf und beugte den Kopf vor, um zu sehen, was sie tat. Sie kniete, die Stirn auf die Hände gebeugt. Ich merkte, daß sie betete.

Die Wärterin klopfte an die Tür. Missy fuhr auf.

»Ich bin schon angezogen, Harriet«, sagte sie, „ich hab's selber getan, aber ich glaube, ich bin noch nicht ordentlich. Mach mich ordentlich!«

»Warum hast du dich denn selber angezogen, Missy?«

»Pst! Sprich leise, Harriet! Sonst wacht *das Mädchen* auf« – damit meinte sie mich, die nun mit geschlossenen Augen lag. »Ich habe mich selber angezogen, weil ich's lernen will, bis du von mir fortgehst.«

»Willst du denn, daß ich von dir weggehe?«

»Wenn du böse bist, habe ich oft gewünscht, du solltest gehn, jetzt wünsche ich's nicht. Zieh mir die Schärpe straff; und bitte, streich mir das Haar glatt.«

»Deine Schärpe sitzt straff genug. Was für ein sonderbares kleines Ding du bist!«

»Sie muß nochmal gebunden werden. Bitte, tu das.«

»Also gut! – Wenn ich fort bin, mußt du die junge Dame dort dazu kriegen, daß sie dich anzieht.«

»Auf gar keinen Fall!«

»Warum denn nicht? Sie ist eine sehr nette junge Dame. Ich hoffe, Missy, du wirst dich ihr gegenüber artig betragen und hast nicht vor, deine Launen zu zeigen.«

»Sie soll mich auf keinen Fall anziehen.«

»Komisches kleines Ding!«

»Du ziehst den Kamm nicht gerade durch mein Haar, Harriet, der Scheitel wird krumm.«

»Ja, dir macht man's schwer recht. Ist's so gefällig?«

»Halbwegs. Wohin gehe ich nun, wenn ich angezogen bin?«

»Ich bringe dich ins Frühstückszimmer.«

»Dann komm.«

Sie schritten zur Tür. Da hielt sie an.

»Ach, Harriet! Ich wollte, dies wäre Papas Haus. Ich kenne diese Leute nicht.«

»Sei ein gutes Kind, Missy.«

»Ich bin gut. Aber es tut mir hier weh« – und sie legte die Hand aufs Herz und stöhnte, während sie ein paarmal wiederholte: „Papa! Papa!« Ich richtete mich auf und erhob mich, um dieser Szene Einhalt zu tun, solange sie sich noch in Grenzen hielt.

»Sag der jungen Dame guten Morgen!« befahl Harriet.

Sie sprach »Guten Morgen« und folgte dann ihrer Kinderfrau aus dem Zimmer. Harriet nahm am gleichen Tage für eine Zeitlang Abschied, um zu ihren Verwandten in der Umgebung zu fahren.

Als ich hinunterstieg, fand ich Paulina – das Kind nannte sich Polly, aber sein voller Name lautete Paulina Mary – neben Mrs. Bretton am Frühstückstisch sitzen. Ein Becher Milch stand vor ihr, ein Stückchen Brot füllte ihr die Hand, die untätig auf dem Tischtuch lag.

Sie aß nicht.

»Was sollen wir mit diesem kleinen Geschöpf anfangen?« sagte Mrs. Bretton zu mir. »Ich weiß es nicht; sie rührt nichts an, und nach ihrem Aussehen zu urteilen, hat sie nicht geschlafen.«

Ich drückte mein Vertrauen in die Wirkung von Zeit und Freundlichkeit aus.

»Sollte sie irgendwen im Hause liebgewinnen, dann wird sie bald heimisch sein. Vorher nicht«, erwiderte Mrs. Bretton.

2. *Paulina*

Einige Tage verstrichen, und es mutete nicht eben wahrscheinlich an, daß sie jemanden im Hause sonderlich ins Herz schließen werde. Sie war nicht gerade ungezogen oder eigensinnig und weit entfernt von Ungehorsam, aber eine dem Behagen oder auch nur der Gelassenheit weniger dienliche Person, als sie vorstellte, konnte man nicht leicht vor Augen haben. Sie blies Trübsal – kein Großer hätte dies unerfreuliche Geschäft besser auszuführen vermocht. Kein gefurchtes Antlitz eines landesverwiesenen Erwachsenen, der sich bei Europas Antipoden nach Europa sehnt, trug je leserlicher die Zeichen der Heimwehkrankheit als ihr kindliches Gesicht. Sie schien alt und unirdisch zu werden. Ich, Lucy Snowe, beteure, daß ich frei von dem Fluch einer überhitzten und unsteten Einbildungskraft bin. Aber wann immer ich eine Tür öffnete und sie allein in einer Ecke sitzen fand, den Kopf in ihrer Zwergenhand, dann schien mir der Raum nicht bewohnt, sondern von einem Spuk erfüllt.

Und wieder: Wenn ich in Mondnächten aufwachte und ihre Gestalt sah, weiß und deutlich in ihrem Nachtkleid, wie sie aufrecht im Bett kniete und betete wie irgendein katholischer oder methodistischer Enthusiast, irgendein frühreifer Schwärmer oder ein vorzeitiger Heiliger, dann wußte ich kaum, was für Gedanken ich hatte, aber sie liefen Gefahr, kaum vernünftiger und gesünder zu sein, als wohl des Kindes Gemüt war.

Ich erhaschte selten ein Wort von ihren Gebeten, denn sie wurden leise geflüstert, ja, zuweilen wurden sie nicht einmal geflüstert, sondern stumm dargebracht. Solche seltenen Sätze, die mein Ohr erreichten, trugen noch immer den Refrain: »Papa, mein lieber Papa!« Dies, merkte ich, war eine eingleisige Natur. Sie verriet die monomanische Neigung, die ich immer für die unseligste gehalten habe, mit der Mann oder Frau geschlagen sein können.

Zu welchem Ende dieser aufgeregte Dauerharm geführt hätte, wäre er bestehen geblieben, das kann man nur mutmaßen. Jedenfalls erhielt er eine plötzliche Wendung.

Eines Nachmittags hatte Mrs. Bretton sie von ihrem üblichen Aufenthalt in der Ecke weggeschmeichelt, hatte sie auf den Fenstersitz gehoben und sie in der Absicht, ihre Aufmerksamkeit zu beschäftigen, angewiesen, die Vorübergehenden zu beobachten und zu zählen, wieviel Damen in einer bestimmten Zeit die Straße hinabgingen. Sie hatte teilnahmslos dagesessen, kaum hingeschaut und nicht gezählt, als ich – die den Blick auf ihre Augen geheftet hielt – in deren Iris und Pupillen eine beunruhigende Wandlung wahrnahm. Diese hitzigen, gefährlichen Naturen – sensitiv, wie sie genannt werden – bieten denen manch sonderbares Schauspiel, die durch ein kühleres Temperament vor der Teilhaberschaft an ihren wunderlichen Grillen bewahrt bleiben. Der starre, düstere Blick löste sich, flackerte, flammte dann auf; die kleine bewölkte Stirn klärte sich, die gleichgültigen, niedergeschlagenen Züge wurden hell, die traurige Miene verschwand, und an ihrer Stelle erschien ein plötzliches Ungestüm, eine aufs äußerste gespannte Erwartung.

»*Wahrhaftig!*« stieß sie hervor. Wie ein Vogel oder ein Pfeil oder ein andres geschwindes Ding war sie aus dem Raum fort. Wie sie die Haustür aufbekam, weiß ich nicht; vermutlich stand sie offen, vielleicht war auch Warren in der Gegend und gehorchte ihrem Befehl, der heftig genug zu sein pflegte. Ich, die ich sie gelassen vom Fenster aus beobachtete, sah sie in ihrem schwarzen Kleidchen und der winzigen litzenbesetzten Schürze – vor Kinderschürzen hatte sie einen Abscheu – die halbe Straße hinunterfliegen; und eben war ich im Begriff, mich umzuwenden und Mrs. Bretton ruhig zu verkünden, daß das Kind verrückt geworden sei und augenblicklich verfolgt werden müsse, da bemerkte ich, wie sie aufgefangen und gleichzeitig meiner kühlen Beobachtung und dem verwunderten Starren der Vorübergehenden entrissen wurde. Ein Herr hatte diesen guten Dienst getan und schritt nun, indem er sie mit seinem Mantel bedeckte, weiter, um sie zu dem Haus zurückzubringen, aus dem er sie hatte hervorstürzen sehen.

Ich folgerte, er würde sie in der Obhut eines Dienstboten lassen und sich zurückziehen. Aber er trat ein, und nachdem er eine kleine Weile unten verharrt hatte, kam er herauf.

Wie Mrs. Bretton ihn empfing, das erklärte sofort, daß er kein Fremder war. Sie erkannte ihn, begrüßte ihn, und doch war sie verwirrt, überrascht, überrumpelt. Sogar Vorwurf lag in Miene und Gebärde. Mehr darauf als auf ihre Worte entgegnete er: »Ich konnte nicht anders, gnädige Frau. Ich habe es nicht fertiggebracht, das Land zu verlassen, ohne mit meinen eigenen Augen zu sehen, wie sie sich hier bei Ihnen eingewöhnt hat.«

»Aber Sie werden sie wieder aus der Gewöhnung herausreißen.«

»Ich hoffe nicht. Und was macht Papas kleine Polly?« Er richtete die Frage an Paulina, während er sie niederließ und sanft vor sich auf den Boden stellte.

»Was macht Pollys Papa?« war ihre Antwort. Sie lehnte sich gegen sein Knie und schaute unverwandt auf zu seinem Gesicht.

Es war keine geräuschvolle, keine wortreiche Szene, dafür war ich dankbar. Aber sie war allzu randvoll von Gefühl; und weil der Becher nicht hochauf schäumte oder wild überfloß, bedrückte sie einen nur desto mehr. Bei allen Gelegenheiten heftiger, rückhaltloser Ergießung regt sich im Beobachter ein wenig Geringschätzung, oder das Gefühl der Lächerlichkeit kommt seinem Überdruß zu Hilfe. Dagegen habe ich am beschwerlichsten immer die Art von Überschwang gefunden, die sich freiwillig bezwingt, ein gewaltiger Sklave unter der Herrschaft des gesunden Menschenverstands.

Mr. Home war ein strenggesichtiger – vielleicht sollte ich

lieber sagen, ein hartgesichtiger Mann: Seine Stirn war bucklig, seine Wangenknochen traten merklich hervor. Der Charakter seines Antlitzes war ganz schottisch; aber in seinem Auge lag Gefühl, und seine jetzt erregte Miene sprach von einem beweglichen Gemüt. Sein nördlicher Akzent stand im Einklang mit seiner Physiognomie. Er wirkte gleichzeitig stolz und schlicht.

Er legte die Hand auf den emporgereckten Kopf seines Kindes. Sie sagte: »Küß Polly.«

Er küßte sie. Ich wünschte, sie würde einen gellenden Schrei ausstoßen, daß mir leichter und wieder gemächlich zumute würde. Sie war wunderlich lautlos. Es schien, daß sie erhalten hatte, was sie begehrte – alles, was sie begehrte, daß sie in der Ruhe der Befriedigung war. Weder in der Miene noch in den Zügen glich dies Geschöpf seinem Erzeuger, und doch war sie von seiner Art: Ihre Seele war aus der seinen gefüllt worden wie der Becher aus dem Krug.

Unleugbar besaß Mr. Home männliche Selbstbeherrschung, wie immer er insgeheim in einigen Dingen empfinden mochte. »Polly«, sagte er, indem er auf sein kleines Mädchen herniederschaute, »geh in die Diele, dort wirst du Papas Mantel auf einem Stuhl liegen sehn. Steck die Hand in die Taschen, da findest du ein Schnupftuch, bring mir das.«

Sie gehorchte, ging und kehrte behend und flink zurück. Er sprach zu Mrs. Bretton, als sie wiederkehrte, und sie wartete mit dem Tuch in der Hand. Es war ein Bild für sich, dies winzige, zierlich adrette Figürchen, wie es da an seinen Knien stand. Da sie sah, daß er zu sprechen fortfuhr, offenbar ihrer Wiederkehr nicht bewußt, ergriff sie seine Hand, öffnete die nachgiebigen Finger, drückte sanft das Tuch hinein und schloß sie einen nach dem andern darüber. Er schien sie noch immer nicht zu sehen oder zu spüren; aber bald hob er sie auf sein Knie; sie kuschelte sich an ihn, und obwohl in der nun folgenden Stunde keins das andre anschaute oder zu ihm sprach, waren sie, glaube ich, beide zufrieden.

Beim Tee gaben die Bewegungen und das Gebaren des kleinen Dinges dem Auge wie gewöhnlich volle Beschäftigung. Zuerst wies sie Warren an, als er die Stühle aufstellte.

»Setz Papas Stuhl hierher und meinen daneben, zwischen Papa und Mrs. Bretton: *Ich* muß ihm seinen Tee geben.«

Sie nahm ihren Platz ein und winkte dem Vater zu. »Komm zu mir, Papa – als ob wir daheim wären.«

Und wieder, als sie seine Tasse, die vorübergereicht wurde, aufhielt und den Zucker selbst drin verrühren und selber die Sahne hineintun wollte: »Das habe zu Hause immer ich für dich getan, Papa. Niemand konnte es so gut, nicht mal du selber.«

Die ganze Mahlzeit hindurch setzte sie ihre Aufmerksamkeiten fort – lächerlich genug. Die Zuckerzange öffnete sich zu weit, als daß sie sie mit ihrer Hand hätte regieren können, sie mußte beide dazu gebrauchen. Das Gewicht der silbernen Sahnekanne, der Butterbrotplatten, selbst der bloßen Tasse nahm ihre unzulängliche Kraft und Geschicklichkeit in Anspruch; aber sie wollte nun einmal dies aufheben, jenes reichen und brachte es glücklich fertig, bei all dem nichts zu zerbrechen. Aufrichtig gesagt, ich fand, daß sie sich einigermaßen lästig machte – aber ihr Vater, blind wie andre Eltern auch, war offenbar vollkommen zufrieden damit, daß sie ihm aufwartete, ja, ihre Dienste schienen ihm ungemein wohlzutun.

Er konnte es nicht lassen, zu Mrs. Bretton zu sagen: »Sie ist mein Trost!« Jene Dame hatte selber ihren »Trost« und ihr unvergleichliches Wunderexemplar, in weit größerem Maßstab freilich und augenblicks abwesend. So besaß sie Verständnis und Sympathie für seine schwache Seite.

Der zweite »Trost« betrat den Schauplatz im Laufe des

Abends. Ich wußte, daß dieser Tag für seine Rückkehr festgesetzt worden war, und merkte wohl, daß Mrs. Bretton ihn all die Stunden hindurch erwartet hatte. Wir saßen nach dem Tee um den Kamin, als Graham sich unserm Kreis zugesellte – ich sollte eher sagen, als er ihn sprengte, denn sein Erscheinen bewirkte einen Aufruhr. Und dann mußte, da Mr. Graham nüchternen Magens war, für Erfrischungen gesorgt werden. Er und Mr. Home begegneten sich als alte Bekannte. Von dem kleinen Mädchen nahm er vorerst keine Notiz.

Sein Mahl war vorüber, zahlreiche Fragen seiner Mutter hatte er beantwortet, nun wandte er sich vom Tisch zum Kamin. Gegenüber dem Platz, auf dem er sich niedergelassen hatte, saß Mr. Home, und an dessen Ellbogen das Kind. Wenn ich sage *Kind*, dann gebrauche ich einen unangemessenen und unbildhaften Ausdruck – ein Wort, das jede andre Vorstellung eher heraufruft als die der ernsthaften kleinen Person im Trauerkleid mit dem weißen Chemisett, das gerade die rechte Größe für eine stattliche Puppe gehabt hätte. Sie saß jetzt wie ein Vogel auf seiner Stange auf einem hohen Stuhl neben einem Pfeilertischchen, auf dem ihr spielzeugartiger Arbeitskasten aus lackiertem weißem Holz stand, und hielt ein Fetzchen von Taschentuch in den Händen. Das gab sie zu säumen vor, kämpfte sich beharrlich mit einer Nadel hindurch, die in ihren Fingern beinahe wie ein Spieß schien, stach sich von Zeit zu Zeit, zeichnete den Batist mit einer Spur winziger roter Punkte, fuhr gelegentlich zusammen, wenn die störrische Waffe sich ihrer Kontrolle entzog und ihr einen tieferen Stich als gewöhnlich versetzte – und blieb doch unverändert: still, emsig, vertieft, frauengleich.

Graham war zu der Zeit ein hübscher, verräterisch dreinschauender Bursche von sechzehn Jahren. Ich sage verräterisch nicht darum, weil er wirklich von Natur treulos gewesen wäre, sondern weil das Epitheton mir passend scheint, um den gefälligen, keltischen – nicht sächsischen – Charakter seiner Hübschheit zu beschreiben: seine welligen hellkastanienfarbenen Haare, sein geschmeidiges Ebenmaß, sein Lächeln, das oft erschien und dem weder Scharm noch gutartige Verschmitztheit fehlten. So war er in jenen Tagen – ein verwöhnter, launischer Junge.

»Mutter«, sagte er, nachdem er das Figürchen vor sich eine Zeitlang schweigend beäugt und als Mr. Homes vorübergehende Entfernung aus dem Zimmer ihn von der halblachenden Verlegenheit befreit hatte, die alles war, was er von Schüchternheit kannte, »Mutter, ich sehe unter den anwesenden Herrschaften eine junge Dame, der ich nicht vorgestellt worden bin.«

»Ich nehme an, du meinst die Kleine von Mr. Home«, sagte seine Mutter.

»In der Tat, meine Gnädigste«, erwiderte ihr Sohn, »Ihre Ausdrucksweise deucht mich äußerst unzeremoniös: *Ich* hätte zweifellos von Miß Home gesprochen, wenn ich mir erlauben würde, die Dame zu nennen, auf die ich anspiele.«

»Hör mal, Graham, ich wünsche nicht, daß du mir das Kind frotzelst. Bilde dir nicht ein, ich lasse zu, daß du sie zur Zielscheibe deiner Späße machst.«

»Miß Home«, fuhr Graham fort, ungerührt durch die Ermahnung seiner Mutter, »darf ich mir die Ehre geben, mich selbst vorzustellen, da niemand willens scheint, Ihnen und mir diese Gefälligkeit zu erweisen? Ihr allerergebenster Diener, John Graham Bretton.«

Sie schaute ihn an. Er erhob sich und verneigte sich ganz gesetzt. Sie legte bedächtig Fingerhut, Schere und Arbeit nieder, stieg vorsichtig von ihrem Vogelsitz herab, knickste mit unglaublicher Ernsthaftigkeit und sagte: »Guten Tag. Wie geht es Ihnen?«

»Ich habe die Ehre, bei guter Gesundheit zu sein, nur einigermaßen ermüdet durch die übereilte Reise. Ich hoffe, Gnädigste befinden sich wohl.«

»Vollkommen erträglich«, war die anspruchsvolle Erwiderung der kleinen Frau. Sie versuchte nun, ihren vorigen Hochsitz wieder zu gewinnen. Da sie aber fand, daß das nicht ohne angestrengtes Klettern zu erreichen war – eine Aufopferung der Wohlanständigkeit, die außer aller Frage stand –, und da sie Unterstützung in der Gegenwart eines fremden jungen Herrn durchaus verschmähte, gab sie den Hochsitz für einen niederen Schemel auf. Dem drehte Graham seinen Sessel zu.

»Ich hoffe, Gnädigste, Ihr gegenwärtiger Wohnsitz, das Haus meiner Mutter, erscheint Ihnen ein passender Aufenthaltsort?«

»Nicht sonderlich. Ich möchte nach Hause.«

»Ein natürliches und löbliches Begehren, Gnädigste, aber eines, dem ich mich mit allen verfügbaren Kräften zu widersetzen gedenke. Ich zähle darauf, daß ich imstande sein werde, durch Sie ein wenig der köstlichen Annehmlichkeit teilhaftig zu werden, welche man Amüsement nennt und welche Mama und Mistreß Snowe verfehlen mir zu gewähren.«

»Ich werde bald mit Papa gehen müssen. Ich werde nicht lange bei Ihrer Mutter bleiben.«

»Aber ja, gewiß. Sie werden bei mir bleiben, ich bin fest davon überzeugt. Ich habe ein Pony, auf dem Sie reiten werden, und so viel Bücher mit Bildern drin für Sie, daß Sie gar nicht damit zu Ende kommen können.«

»Werden *Sie* jetzt hier wohnen?«

»Ja, gewiß. Ist Ihnen das gefällig? Mögen Sie mich leiden?«

»Nein.«

»Warum denn nicht?«

»Ich finde Sie komisch.«

»Mein Gesicht, Gnädigste?«

»Ihr Gesicht und alles an Ihnen. Sie haben lange rote Haare.«

»Kastanienfarbige, Gnädigste, wenn ich bitten darf. Mama nennt sie kastanienbraun oder golden, und alle ihre Freundinnen tun das auch. Aber sogar mit meinen ›langen roten Haaren‹« – und er schüttelte seine Mähne mit einer Art Triumph; er selber wußte recht gut, daß sie lohfarben war, und war stolz auf den löwenmäßigen Ton – »kann ich unmöglich komischer sein als Ihro Gnaden!«

»Sie nennen mich komisch?«

»Gewiß doch.«

Eine Pause. Dann: »Ich denke, ich gehe zu Bett.«

»Ein kleines Ding wie du sollte schon stundenlang im Bett sein. Aber du bist wahrscheinlich aufgeblieben, weil du mich zu sehen hofftest?«

»Nein, wahrhaftig nicht.«

»Bestimmt hast du gewünscht, dich des Vergnügens meiner Gesellschaft zu erfreuen. Du wußtest, daß ich heimkam, und wolltest warten, um mich anzugucken.«

»Ich bin wegen Papa aufgeblieben und nicht wegen dir.«

»Sehr wohl, Miß Home. Ich bin auf dem besten Wege, ein Günstling zu werden. Ich glaube, Sie werden mich Papa bald vorziehen.«

Sie wünschte Mrs. Bretton und mir gute Nacht und schien zu zögern, ob Grahams Verdienste ihm ein Recht auf dieselbe Aufmerksamkeit gäben. Da erwischte er sie mit einer Hand und hielt sie mit dieser einen Hand hoch über seinen Kopf in der Schwebe. Sie erblickte sich so in die Höhe gehoben im Spiegel über dem Kamin. Die Plötzlichkeit, die Keckheit und die Respektlosigkeit der Handlung waren zuviel.

»Pfui, Mr. Graham«, war ihr zorniger Aufschrei, »setzen Sie mich runter!« – Und als sie wieder auf den Füßen stand: »Ich möchte wissen, was Sie von mir denken würden, wenn ich Sie so behandelte: Sie mit der Hand aufheben« – sie hielt dies Riesending, ihr Händchen, empor –, »wie Warren eine kleine Katze hochnimmt!«

Damit verschwand sie.

3. Die Spielgefährten

Mr. Home blieb zwei Tage. Während seines Besuches war er nicht vor das Haus zu bringen. Er saß den ganzen Tag über am Feuer, zuweilen schweigend, zuweilen Mrs. Brettons Geplauder aufnehmend und erwidernd, welches gerade das richtige für einen Mann in seiner kranken Gemütsverfassung war: nicht im Übermaß teilnahmsvoll, doch auch nicht ohne Mitgefühl, vernünftig und sogar mit einem Anflug von Mütterlichkeit. Sie war gerade genügend älter als er, um sich das gestatten zu können.

Was Paulina anlangt – das Kind war gleichzeitig glücklich und stumm, geschäftig und wachsam. Ihr Vater hob sie oft auf seine Knie. Sie blieb dann sitzen, bis sie fühlte oder zu fühlen glaubte, daß er unruhig ward. Dann hieß es: »Papa, setz mich hinunter, ich bin dir zu schwer.«

Und die gewaltige Bürde glitt auf den Teppich hinab und richtete sich dort oder auf dem Schemel unmittelbar vor ›Papas‹ Füßen ein; der weiße Arbeitskasten und das rotgesprenkelte Taschentuch traten in Erscheinung. Offenbar war dies Taschentuch als Andenken für ›Papa‹ gedacht und mußte vor seiner Abreise fertig werden; also war die Anforderung an den Fleiß der Näherin (sie vollbrachte in einer halben Stunde etwa zwanzig Stiche) nachdrücklich.

Der Abend bescherte uns, indem er Graham unter das mütterliche Dach zurückführte – die Tage verbrachte er in der Schule –, einen Zuwachs an Munterkeit, eine schätzenswerte Eigenschaft, die durch die Natur der Szenen, die sich zwischen ihm und Paulina abspielten, nicht verringert wurde.

Ein zurückhaltendes und hochmütiges Betragen war die Folge der schmählichen Behandlung gewesen, die sie am ersten Abend, dem seiner Ankunft, notgedrungen hatte über sich ergehen lassen. Sprach er sie an, dann lautete gewöhnlich ihre Antwort: »Ich kann dir nicht zuhören, ich habe über andere Dinge nachzudenken.« Und drang er in sie zu erklären, *was* für Dinge: »Geschäfte.«

Graham pflege dann Fangschlingen für ihre Aufmerksamkeit auszulegen. Er schloß sein Pult auf und stellte dessen mannigfaltigen Inhalt zur Schau: Petschafte, leuchtende Wachsstangen, Federmesser samt einem Durcheinander von Kupferstichen – einige davon in fröhlichen Farben –, die er mit der Zeit angehäuft hatte. Diese mächtige Versuchung verfehlte auch keineswegs alle Wirkung. Sie hob verstohlen den Blick von der Arbeit und lugte immer wieder heimlich nach dem Schreibtisch voll zerstreuter Bilder. Die Radierung eines Kindes, das mit einem Seidenhündchen spielte, flatterte zufällig zu Boden.

»Hübscher kleiner Hund!« sagte sie entzückt.

Graham nahm wohlweislich keine Notiz davon. Nicht lange, und sie stahl sich aus ihrer Ecke und kam näher, um den Schatz eingehender zu untersuchen. Die großen Augen und langen Ohren des Hundes, der Federhut des Kindes waren unwiderstehlich.

»Niedliches Bild«, lautete die zustimmende Kritik.

»Na gut – kannst du haben«, sagte Graham.

Sie schien zu zögern. Der Besitzwunsch war stark, aber

die Annahme wäre ihrer Würde abträglich gewesen. Nein. Sie legte das Blatt nieder und wandte sich ab.

»Also willst du's nicht haben, Polly?«

»Lieber nicht, danke.«

»Soll ich dir sagen, was ich mit dem Bild mache, wenn du's zurückweist?«

Sie kehrte sich ihm halb zu, um zu lauschen.

»Zu Fidibussen zerschneiden.«

»Nein!«

»Aber ja, das mache ich!«

»Bitte – nicht!«

Graham wurde unerbittlich, als er den flehenden Ton vernahm. Er langte sich die Schere aus dem Arbeitskorb seiner Mutter.

»Also los!« sagte er und schwenkte sie drohend. »Mitten durch Fidos Kopf und Klein-Harriets Nase!«

»Nein! Nein! Nein!«

»Dann komm her zu mir. Komm schnell, oder es ist geschehen!«

Sie zögerte, rang mit sich und ergab sich.

»Na, willst du's haben?« fragte er, als sie vor ihm stand.

»Bitte.«

»Aber ich verlange Bezahlung.«

»Wieviel?«

»Einen Kuß.«

»Gib mir erst das Bild in die Hand!«

Als Polly das sagte, schaute sie ihrerseits ziemlich verräterisch drein. Graham gab es ihr. Sie spielte die flüchtige Schuldnerin, schoß zu ihrem Vater und suchte Zuflucht auf seinem Knie. Graham erhob sich in erheucheltem Zorn und folgte ihr. Sie vergrub das Gesicht in Mr. Homes Weste.

»Papa – Papa, schick ihn weg!«

»Ich lasse mich nicht wegschicken«, sagte Graham.

Das Gesicht noch immer abgewandt, streckte sie die Hand aus, um ihn abzuhalten.

»Dann werde ich also die Hand küssen«, sagte er, aber im selben Augenblick wurde die zu einer Miniaturfaust und erteilte ihm in kleiner Münze einen Lohn, der nicht aus Küssen bestand.

Graham, der auf seine Art um nichts weniger verschmitzt als seine kleine Spielgefährtin war, zog sich, scheinbar völlig geschlagen, zurück. Er warf sich auf ein Sofa und lag, den Kopf gegen das Kissen gelehnt, wie einer, der leidet. Da Polly merkte, daß er still war, lugte sie bald zu ihm hinüber. Er hielt Augen und Gesicht mit den Händen bedeckt. Sie wandte sich auf ihres Vaters Knien um und starrte ihren Gegner ängstlich und lange an. Graham stöhnte.

»Papa, was ist mit ihm?« flüsterte sie.

»Frag lieber ihn, Polly.«

»Ist er verletzt?« Ein zweites Stöhnen.

»Er stellt sich an, als ob er's wäre«, sagte Mr. Home.

»Mutter«, schlug Graham kraftlos vor, »ich glaube, du würdest besser nach dem Arzt schicken. Oh, mein Auge!« Erneute Stille, nur von Grahams Seufzern unterbrochen. »Wenn ich nun blind werde?« fragte er.

Dieser Hinweis war mehr, als die zu ertragen vermochte, die ihn gezüchtigt hatte. Augenblicklich war sie neben ihm.

»Laß mich dein Auge sehen. Ich habe es nicht treffen wollen, bloß deinen Mund, und ich glaube nicht, daß ich so hart zugeschlagen habe!« Schweigen war die Antwort. In ihren Zügen arbeitete es. »Es tut mir leid – es tut mir so leid!«

Dann folgten Aufruhr, Gestammel, Tränen.

»Jetzt hör auf, das Kind zu quälen, Graham«, sagte Mrs. Bretton.

»Es ist ja alles Unsinn, mein Liebling!« rief Mr. Home.

Und Graham erhaschte sie abermals und hob sie in die

Luft, und sie strafte ihn wieder, und während sie an seinen Löwenlocken zerrte, nannte sie ihn den »unartigsten, gröbsten, schlechtesten, falschesten Menschen, der je gelebt hat«.

Am Morgen der Abreise hatte Mr. Home eine Unterredung mit seiner Tochter allein. Sie fand in einer Fensternische statt. Ich hörte sie zum Teil mit an.

»Papa, kann ich denn nicht meinen Koffer packen und mit dir fahren?« flüsterte sie eindringlich.

Er schüttelte den Kopf.

»Würde ich dir denn lästig sein?«

»Ja, Polly.«

»Weil ich klein bin?«

»Weil du klein und zart bist. Reisen dürfen nur große, starke Leute. Aber sieh nicht so traurig drein, mein kleines Mädchen. Das bricht mir das Herz. Papa kommt bald zu seiner Polly zurück.«

»Ich bin nicht traurig, ganz bestimmt nicht – fast gar nicht.«

»Polly würde betrübt sein, wenn sie ihrem Papa Kummer bereitete, nicht wahr?«

»Sehr schlimm betrübt.«

»Dann muß Polly vergnügt sein, nicht weinen beim Abschied, nicht hinterher sich grämen. Sie muß sich schon aufs Wiedersehen freuen und versuchen, inzwischen glücklich zu sein. Wird sie das wohl fertigbringen?«

»Sie wird's versuchen.«

»Ich sehe, daß sie's wird. Nun also – leb wohl. Es ist Zeit, daß ich gehe.«

»*Jetzt?* Grade *jetzt?*«

»Grade jetzt.«

Sie hob den Kopf und hielt ihm die zitternden Lippen hin.

Ihr Vater schluchzte, aber sie, merkte ich, tat es nicht. Nachdem er sie niedergesetzt hatte, schüttelte er den übrigen Anwesenden die Hände und ging.

Als sich die Haustür schloß, fiel sie vor einem Stuhl mit einem Schrei auf die Knie: »Papa!«

Er war leise und langgezogen, der Schrei, eine Art »Warum hast du mich verlassen?« Während der folgenden Spanne von einigen Minuten spürte ich, daß sie die höchste Qual erlitt. Sie durchstand in dieser kurzen Frist ihres Kinderlebens Gemütsbewegungen, wie manche Leute sie niemals empfinden. Es lag in ihr; wenn sie weiterlebte, würde sie mehr solcher Augenblicke erfahren. Niemand sprach. Mrs. Bretton, die ja Mutter war, vergoß ein oder zwei Tränen. Graham, eben beim Schreiben, hob den Kopf und starrte sie an. Ich, Lucy Snowe, blieb ruhig.

Das kleine Geschöpf, so in Frieden gelassen, tat für sich selber, was kein anderer hätte tun können – sie kämpfte mit ihrem zerstörerisch heftigen Gefühl, und nicht lange, so unterdrückte sie es. An diesem Tage wollte sie von niemandem Trost annehmen, ebensowenig am nächsten. Hernach wurde sie empfänglicher.

Als sie am dritten Abend verhärmt und still auf dem Boden saß und Graham hereinkam, hob er sie sanft und ohne ein Wort auf. Sie leistete keinen Widerspruch; vielmehr blieb sie ruhig in seinen Armen liegen, als sei sie müde. Als er sich setzte, lehnte sie den Kopf an ihn. Nach ein paar Minuten schlief sie. Er trug sie treppauf zu Bett. Und ich war nicht überrascht darüber, daß ihre erste Frage am nächsten Morgen lautete: »Wo ist Mr. Graham?«

Zufälligerweise erschien Graham nicht am Frühstückstisch. Er mußte für diesen Schultag noch ein paar schriftliche Aufgaben erledigen und hatte seine Mutter darum gebeten, daß sie ihm eine Tasse Tee in sein Arbeitszimmer schickte. Polly erbot sich dazu, sie hinzubringen; sie mußte sich etwas zu schaffen machen, für jemanden sorgen. Die Tasse wurde ihr anvertraut, denn wenn sie auch ruhelos war, so war sie doch behutsam. Da Studierzimmer und Frühstücksraum einander direkt gegenüberlagen, die Türen nur durch den Flur getrennt, folgte ihr mein Blick.

»Was machst du?« fragte sie, indem sie auf der Schwelle stehenblieb.

»Schreiben«, sagte Graham.

»Warum kommst du nicht rüber und frühstückst mit deiner Mama?«

»Keine Zeit.«

»Willst du Frühstück?«

»Natürlich.«

»Na, dann hier.« Und sie setzte die Tasse auf den Teppich nieder wie ein Gefängniswärter, der den Wasserkrug eines Gefangenen zur Zellentür hineingibt und sich dann zurückzieht. Gleich darauf kehrte sie wieder um.

»Was willst du noch außer Tee – etwas zu essen?«

»Irgendwas Gutes. Bring mir was besonders Leckres! Sei eine nette kleine Frau.«

Sie kam zu Mrs. Bretton zurück.

»Bitte, gnädige Frau, schick deinem Jungen etwas Gutes.«

»Du sollst für ihn aussuchen, Polly. Was soll mein Junge haben?«

Sie nahm von allem, was auf dem Tisch das Beste war. Nicht lange, und sie kam wieder mit der geflüsterten Bitte um ein wenig Marmelade, die nicht da war. Sie erhielt sie jedoch, denn Mrs. Bretton verweigerte dem Paar nichts, und kurz darauf hörten wir, wie Graham sie himmelhoch lobte und versprach, wenn er selber ein Haus besäße, dann sollte sie seine Haushälterin werden und vielleicht sogar – falls sie irgendwelches kulinarisches Genie zeige – seine Köchin. Da sie nicht zurückkehrte, sah ich nach ihr und fand Graham und sie, wie sie tête à tête frühstückten. Sie stand neben ihm und teilte seine Kost mit Ausnahme der Marmelade, die anzurühren sie sich zartfühlend weigerte. Ich vermute, es sollte nicht aussehen, als habe sie diese ebenso für sich selber wie für Graham beschafft. Dieses Feingefühl, diese empfindlichen Instinkte verriet sie beständig.

Das so geschlossene Vertraulichkeitsbündnis wurde nicht schnell wieder gelöst – im Gegenteil, Zeit und Umstände schienen eher dazu zu dienen, es zusammenzukitten, als es zu lockern. So ungleich die beiden nach Alter, Geschlecht und Bestrebungen waren, irgendwie fanden sie einander eine Menge zu sagen. Was Paulina betrifft, so merkte ich, daß sie nie ganz aus sich herausging, außer, wenn sie mit dem jungen Bretton zusammensteckte. Als sie sich beruhigt und im Hause eingewöhnt hatte, zeigte sie sich Mrs. Bretton gegenüber recht gefügig; aber sie pflegte dieser Dame den ganzen Tag über auf einem Schemel zu Füßen zu sitzen, ihre Aufgaben zu lernen oder zu nähen oder mit dem Stift auf der Schiefertafel Figuren zu zeichnen – und nicht ein einziges Mal brach dabei etwas Ursprüngliches aus ihr hervor, niemals funkelten die Besonderheiten ihrer Natur auf. Unter solchen Umständen hörte ich auf, sie zu beobachten. Sie fesselte nicht mehr. Aber im Augenblick, da abends Grahams Klopfen erklang, geschah eine Verwandlung. Sofort war sie am Treppenkopf. Gewöhnlich bestand ihr Willkommen aus einem Tadel oder einer Drohung.

»Du hast die Schuhe nicht richtig auf der Matte abgetreten. Ich sag's deiner Mama.«

»Kleiner Wichtigtuer! Bist du da?«

»Ja – und du kannst mich nicht erwischen –, ich bin höher oben als du«, und sie lugte durch die Stangen des Treppengeländers, darüberschauen konnte sie nicht.

»Polly!«

»Mein lieber Junge!« Das war einer ihrer Ausdrücke für ihn, den sie sich in Nachahmung seiner Mutter angeeignet hatte.

»Ich könnte vor Müdigkeit umfallen«, erklärte Graham und lehnte sich, scheinbar schwer erschöpft, gegen die Treppenhauswand. »Doktor Digby« – der Schuldirektor – »hat mich vollkommen erledigt, so hat er mich schuften lassen. Komm eben runter und hilf mir, meine Bücher rauftragen.«

»Ah! Du führst was im Schilde!«

»Nicht die Spur! Polly – es ist absolut Tatsache. Ich knicke zusammen wie 'ne Binse. Komm runter.«

»Deine Augen sind so ruhig wie die von 'ner Katze, aber du willst springen.«

»Springen? Als ob's dazu noch bei mir langte! Komm runter!«

»Vielleicht – wenn du mir versprichst, daß du mich nicht anfaßt – mich nicht aufhebst und rumwirbelst!«

»Ich? Könnte ich doch gar nicht!« Und er sank auf einen Stuhl.

»Dann leg die Bücher auf die unterste Stufe, und geh drei Meter zurück.«

Nachdem das geschehen war, stieg sie vorsichtig treppab, ohne den Blick von dem geschwächten Graham zu wenden. Natürlich elektrisierte ihn ihre Annäherung stets zu neuem und sprunghaftem Leben: Zuverlässig erzwang er sich eine ausgelassene Rangelei. Manchmal war sie dann zornig, manchmal ließ sie's friedlich über sich ergehen, und wir konnten sie sagen hören, während sie ihn treppauf geleitete: »Nun, mein lieber Junge, komm und trink deinen Tee – du hast doch ganz bestimmt Durst.«

Es war hinlänglich erheiternd, sie zu beobachten, wie sie neben Graham saß, während er seine Mahlzeit zu sich nahm.

In seiner Abwesenheit war sie ein stilles Persönchen, bei ihm aber das übergeschäftigste, zappeligste kleine Ding, das man sich nur vorstellen konnte. Ich wünschte oft, sie würde sich um sich selber kümmern und ruhig sein, aber nein – in ihm vergaß sie sich. Er konnte nicht gut genug bedient, nicht aufmerksam genug versorgt werden. Ihrer Schätzung nach war er wichtiger als der Großtürke. Sie pflegte die verschiedenen Platten eine nach der andern vor ihm anzusammeln, und hätte man gedacht, daß alles nur irgend für ihn Wünschbare in seiner Reichweite stand, dann verfiel sie ganz bestimmt noch auf etwas andres: »Gnädige Frau«, flüsterte sie Mrs. Bretton dann zu, »vielleicht würde dein Sohn gern ein bißchen Kuchen haben – solchen süßen, weißt du –, da drin ist welcher«, und sie deutete auf die Kredenz. In der Regel mißbilligte Mrs. Bretton Kuchen zum Tee, aber die Bitte wurde noch dringlicher vorgebracht: »Ein kleines Stück, bloß für ihn – weil er doch zur Schule geht! Mädchen, wie ich und Miß Snowe, die brauchen nichts Besondres, aber *er* würde's gern haben.«

Und ob er es gern hatte! Und er kriegte es fast immer. Um ihm Gerechtigkeit widerfahren zu lassen, er hätte seine Beute mit der geteilt, der er sie verdankte. Aber das ließ sie nie zu; darauf bestehen hieß, sie für den Abend um die gute Laune bringen. Neben seinen Knien zu stehen und seine Unterhaltung und Beachtung ausschließlich zu besitzen, das war der Lohn, den sie sich wünschte – nicht ein Anteil vom Kuchen.

Mit verblüffender Leichtigkeit paßte sie sich solchen Themen an, die ihn interessierten. Man hätte meinen sollen, das Kind habe keinen eigenen Geist oder kein eigenes Leben, sondern müsse Leben, Regung, Wesen von einem andern empfangen. Nun ihr der Vater genommen war, schmiegte sie sich an Graham an, schien seine Gefühle zu empfinden, in seiner Existenz zu wurzeln. Im Nu hatte sie die Namen all seiner Schulkameraden gelernt. Sie wußte ihre Charaktereigentümlichkeiten auswendig, wie sie sie aus seinem Munde gehört hatte. Eine einzige Beschreibung schien zu genügen. Niemals vergaß sie jemanden oder verwechselte Personen miteinander. Sie pflegte den ganzen Abend mit ihm über Leute zu reden, die sie nie im Leben gesehen hatte, und schien dabei ihr Gesicht, ihre Gebärden, ihre Neigungen und Anlagen vollkommen vor Augen zu haben. Einige lernte sie nachzuahmen. Ein Unterlehrer, gegen den der junge Bretton einen besonderen Widerwillen verspürte, zeichnete sich offenbar durch ein paar Absonderlichkeiten aus; die erfaßte sie in einem Augenblick aus Grahams Darstellung und gab sie zu seiner Belustigung wieder. Das allerdings mißbilligte Mrs. Bretton und verbot es.

Selten zankte sich das Paar, doch einmal kam es zu einem Riß zwischen den beiden – da erlitten ihre Empfindungen einen heftigen Schlag. Zur Feier seines Geburtstages hatte Graham ein paar Freunde, Burschen seines Alters, zum Essen zu sich geladen. Paulina sah dem Kommen seiner Freunde mit großer Spannung entgegen. Sie hatte oft von ihnen gehört, denn sie zählten zu denen, die Graham am häufigsten erwähnte. Nach der Mahlzeit überließ man die jungen Herren im Eßzimmer sich selber, wo sie bald sehr munter wurden und einen recht ordentlichen Lärm vollführten. Als ich zufällig durch die Diele kam, fand ich Paulina. Sie saß allein auf der untersten Treppenstufe, den Blick an die glänzende Füllung der Eßzimmertür geheftet, auf welcher der Widerschein der Dielenlampe schimmerte. Ihre kleine Stirn war in unruhiger Grübelei gerunzelt.

»Worüber denkst du nach, Polly?«

»Nichts Besonderes. Ich wollte bloß, die Tür da wäre aus Glas, daß ich durchgucken könnte. Die Jungen scheinen sehr lustig zu sein, ich möchte zu ihnen. Ich möchte bei Graham sein und seinen Freunden zusehn.«

»Und was hindert dich dran?«

»Ich hab' Angst. Aber was denkst du: Ob ich's versuchen darf? Ob ich anklopfe und bitte, daß sie mich reinlassen?«

Ich nahm an, sie hätten vielleicht nichts dagegen, sie als Spielgefährtin aufzunehmen, und ermutigte sie daher zu dem Versuch. Sie klopfte – erst zu leise, um gehört zu werden. Auf einen zweiten Versuch hin öffnete sich die Tür, Grahams Kopf erschien. Er schaute höchst vergnügt, aber ungeduldig drein.

»Was willst du, kleiner Affe?«

»Zu dir kommen.«

»Wahrhaftig? Als ob ich dich brauchen könnte! Weg zu Mama und Dame Snowe. Sag ihnen, sie sollen dich zu Bett bringen!« Das kastanienfarbene Haupt, das strahlende, erhitzte Gesicht verschwanden – die Tür schloß sich barsch. Polly war tief betroffen.

»Warum redet er so? So hat er noch nie gesprochen«, sagte sie verstört. »Was habe ich getan?«

»Nichts, Polly. Graham ist bloß mit seinen Schulfreunden beschäftigt.«

»Und er mag sie lieber als mich! Jetzt, wo sie da sind, jagt er mich weg!«

Ich wollte sie trösten und die Lage dadurch bessern, daß ich ihr einige jener philosophischen Maximen einprägte, von denen ich stets einen netten Vorrat gebrauchsfertig bei der Hand hatte. Sie unterbrach mich jedoch, indem sie bei meinen ersten Worten die Finger in die Ohren steckte und sich dann, das Gesicht den Fliesen zugekehrt, auf der Matte niederlegte; und weder Warren noch die Köchin vermochten, sie aus dieser Lage zu reißen. So ließ man sie liegen, bis sie sich von selber bequemte aufzustehn.

Graham vergaß seine Unduldsamkeit am nämlichen Abend und hätte sich ihr, als seine Freunde fort waren, wie sonst genähert, aber sie riß sich von seiner Hand los, ihre Augen funkelten wild, sie weigerte sich, ihm gute Nacht zu sagen, ihm ins Gesicht zu schauen. Am nächsten Tag behandelte er sie gleichgültig, und sie wurde zum Marmorbrocken. Den Tag darauf bestürmte er sie, doch zu sagen, was los war; sie tat den Mund nicht auf. Natürlich konnte er von seiner Seite keinen wirklichen Zorn verspüren – das Spiel war in jeder Weise zu ungleich. Er versuchte sie zu besänftigen, ihr zu schmeicheln. Warum sie böse sei? Was er getan habe? – Nach und nach antworteten ihm Tränen, er hätschelte sie, und sie waren wieder Freunde. Aber sie war niemand, an dem solche Ereignisse wirkungslos vorüberglitten. Ich merkte, daß sie ihn nach dieser Zurückweisung nie suchte oder ihm nachging oder auf irgendeine Art danach strebte, von ihm beachtet zu werden. Einmal trug ich ihr auf, ein Buch zu Graham zu bringen, als er sich in sein Studierzimmer eingeschlossen hatte.

»Ich warte, bis er herauskommt«, sagte sie stolz, »ich mag ihm nicht die Mühe machen, aufzustehn und die Tür zu öffnen.«

Der junge Bretton besaß ein sehr geliebtes Pony, auf dem er oft ausritt. Dann beobachtete sie stets vom Fenster aus Aufbruch und Heimkehr. Ihr Ehrgeiz war, auf seinem Pony um den Hof reiten zu dürfen; aber sie war weit davon entfernt, eine solche Gunst zu erbitten. Eines Tages ging sie in den Hof hinab, um ihm beim Absteigen zuzuschauen. Wie sie da am Tor lehnte, schimmerte in ihren Augen der sehnsüchtige Wunsch danach, einen Ritt gewährt zu bekommen.

»Na, Polly, wie wär's mit einem kleinen Galopp?« fragte Graham halb gedankenlos. Ich vermute, sie fand ihn *zu* achtlos.

»Nein, danke«, sagte sie und wandte sich mit der äußersten Kühle ab.

»Du solltest aber!« beharrte er. »Ich bin sicher, daß es dir Spaß machen würde.«

»Denk bloß nicht, ich gebe einen Pfifferling darum!« war die Antwort.

»Das stimmt nicht. Du hast zu Lucy Snowe gesagt, daß du drauf brennst zu reiten.«

»Lucy Snowe ist eine *Swatz*liese«, hörte ich sie sagen – ihre unvollkommene Aussprache war das am wenigsten Frühreife an ihr –, und damit spazierte sie ins Haus. Als Graham darauf hereinkam, bemerkte er zu seiner Mutter: »Ich glaube, dies Geschöpf ist ein Wechselbalg. Sie ist das reine Raritätenkabinett. Aber ohne sie wär's langweilig. Sie ist ein viel besserer Zeitvertreib als du oder Lucy Snowe.«

»Miß Snowe«, sagte Paulina zu mir – sie hatte sich nun dran gewöhnt, gelegentlich, wenn wir abends allein in unserem Zimmer waren, mit mir zu schwätzen –, »weißt du, an welchem Tag in der Woche ich Graham am liebsten mag?«

»Wie soll ich so was Verrücktes wissen können? Gibt's einen Tag unter den sieben, an dem er anders als an den übrigen sechsen ist?«

»Aber ja doch! Merkst du das denn nicht? Weißt du's nicht? Ich finde, am großartigsten ist er sonntags. Dann haben wir ihn den ganzen Tag, da ist er ruhig und *so* freundlich am Abend.«

Diese Bemerkung war durchaus nicht unbegründet. Der Kirchgang und alles übrige hielten Graham am Sonntag ruhig, und den Abend widmete er gewöhnlich einem beschaulichen, freilich auch einigermaßen trägen Vergnügen. Er ergriff Besitz von der Liege, und dann rief er Polly. Graham war als Knabe nicht ganz so wie andre Jungen. Er fand nicht ausschließlich im Tun Vergnügen, sondern war zu betrachtsamen Pausen imstande. Er hatte auch Freude am Lesen und griff sich die Bücher nicht blindlings heraus. Charakteristische Vorliebe und sogar instinktiver Geschmack schimmerten bei seiner Wahl auf. Freilich ließ er sich selten über das, was er las, aus; aber ich habe gesehen, wie er saß und darüber nachdachte.

Sobald Polly neben ihm auf einem kleinen Kissen oder auf dem Teppich kniete, begann dann eine gemurmelte Unterhaltung, nicht unhörbar, aber gedämpft. Dann und wann fing ich ein Bruchstück des Inhalts auf, und wirklich, irgendein Einfluß, besser und feiner als der des Alltags, schien Graham zu solchen Zeiten in eine weichere Stimmung hineinzusänftigen.

»Hast du diese Woche Kirchenlieder gelernt, Polly?«

»Ein sehr hübsches, vier Verse lang. Soll ich's aufsagen?«

»Dann sprich ordentlich: Nimm dir Zeit.«

War das Lied vorgetragen oder eigentlich mit einer kleinen, eintönigen Stimme halb gesungen, dann pflegte Graham Einwendungen gegen diese Darbietungsweise zu erheben und zu einer Lektion im Rezitieren überzugehn. Sie faßte geschwind auf und ahmte geschickt nach, und nebenbei war Grahams Zufriedenheit ihre Lust. Sie erwies sich als gelehrige Schülerin. Auf das Lied folgte dann Vorlesen. Vielleicht nahmen sie ein Bibelkapitel vor. Hier war selten eine Verbesserung nötig, denn das Kind vermochte jeden schlichten, erzählenden Abschnitt sehr gut zu lesen, und wenn der Gegenstand derart war, daß sie ihn begreifen und daran teilnehmen konnte, dann war ihre Darstellung und ihr Ausdruck einigermaßen bemerkenswert. Der in die Grube geworfene Joseph, Samuels Berufung, Daniel im Löwengraben – das waren Lieblingsstellen. Besonders das Pathos der ersten schien sie vollkommen zu empfinden.

»Armer Jakob!« pflegte sie zuweilen mit zitternden Lippen zu sagen. »Wie lieb er seinen Sohn Joseph hatte! So sehr«, fügte sie einmal hinzu, »so sehr, Graham, wie ich dich liebhabe. Wenn du sterben müßtest« – und sie schlug das Buch wieder auf, suchte den Vers und las –, »dann würde ich mich nicht trösten lassen und mit Leide hinunterfahren in die Grube zu dir.«

Mit diesen Worten umfing sie Graham mit ihren kleinen Armen und zog sein langlockiges Haupt zu sich heran. Ich weiß noch, die Handlung dünkte mich sonderbar tollkühn. Das Gefühl, welches sie in mir erregte, mag einer erfahren, der sieht, wie ein von Natur gefährliches und durch Geschicklichkeit nur halb gezähmtes Tier allzu sorglos liebkost wird. Nicht daß ich fürchtete, Graham werde ihr weh tun oder sie sehr rauh tadeln. Aber ich glaubte, sie setzte sich der Gefahr einer gedankenlosen, ungeduldigen Abweisung aus, die sie fast ärger treffen würde als ein Schlag. Im ganzen ließ er solche Äußerungen jedoch ruhig über sich ergehen. Manchmal geschah es sogar, daß in seinen Augen etwas wie ein nicht unfreundliches Lächeln, eine Art wohlgefälliger Verwunderung über ihre inbrünstige Vorliebe schimmerte. Einmal sagte er: »Du hast mich beinah so gern, als ob du meine kleine Schwester wärst, Polly.«

»Oh! Ich hab dich *gern*!« sagte sie, »ich hab' dich *gern, sehr.*«

Es war mir nicht lange vergönnt, daß ich mir die Zeit so mit Charakterstudien vertrieb. Polly war kaum zwei Monate in Bretton, da langte ein Brief von Mr. Home mit der Nachricht an, er habe sich nun bei seinen Verwandten mütterlicherseits auf dem Kontinent niedergelassen. England sei ihm ganz und gar verleidet, deshalb gedenke er nicht, dahin zurückzukehren – möglicherweise bleibe er jahrelang fort, und er wünschte, daß sein kleines Mädchen unverzüglich zu ihm komme.

»Ich bin neugierig, wie sie das aufnehmen wird«, sagte Mrs. Bretton, als sie den Brief gelesen hatte. *Ich* war es ebenfalls und erbot mich, ihr die Neuigkeit mitzuteilen.

Also kehrte ich ins Wohnzimmer zurück. Sie liebte es, in diesem stillen, reich geschmückten Raum allein zu sein. Man durfte sie auch ruhig dort lassen, denn sie betastete nichts, oder besser, sie befleckte nichts, was sie anrührte. Ich fand sie wie eine kleine Odaliske auf einem Ruhebett sitzen, halb von den niederhängenden Draperien des nahen Fensters beschattet. Sie schien glücklich und hatte alles um sich versammelt, was sie zur Beschäftigung brauchte: den weißen Nähkasten, ein oder zwei Musselinstücke, ein oder zwei Enden Band, die sie zusammengesucht hatte, um sie in Puppenputz zu verwandeln. Die Puppe lag, gebührend in Nachthaube und Nachtkleid gehüllt, in ihrer Wiege; Polly schaukelte sie in Schlummer. Ihre Miene drückte den vollkommensten Glauben daran aus, daß sie die Fähigkeit der Empfindung und des Schläfrigseins besitze. Gleichzeitig waren Pollys Augen von einem Bilderbuch gefesselt, das aufgeschlagen auf ihrem Schoß lag.

»Miß Snowe«, flüsterte sie, »das ist ein wundervolles Buch! Candace« – das war die Puppe, die Graham so getauft hatte; denn in der Tat gab ihre rußige Farbe ihr ein recht äthiopisches Aussehen –, »Candace schläft jetzt, und ich kann dir davon erzählen, wir müssen bloß leise reden, damit sie nicht aufwacht. Graham hat mir das Buch gegeben, es steht von fremden Ländern drin, die sind ganz weit weg von England, so weit, daß man viele tausend Meilen übers Meer fahren muß, ehe man hinkommt. Da leben wilde Menschen, Miß Snowe, die haben ganz andre Kleider an als wir – manche haben sogar fast überhaupt keine an, damit es ihnen nicht zu warm wird, weißt du, denn es ist heiß bei ihnen. Hier ist ein Bild, da sind viele tausend an einem einsamen Ort zusammengekommen – es ist eine Ebene ganz voll Sand – und stehen da um einen Mann in schwarzen Kleidern herum – einen guten, *guten* Engländer, einen Missionar, der hält ihnen unter einem Palmenbaum eine Predigt.« Sie zeigte einen kleinen kolorierten Kupferstich mit dieser Darstellung und fuhr fort: »Und hier sind noch mehr merkwürdigere Bilder« – die Grammatik geriet gelegentlich in Vergessenheit. »Da ist die wunderbare große Chinesische Mauer. Hier ist eine chinesische Dame, die hat kleinere Füße als ich. Da ist ein wildes Tartarenpferd, und hier das Merkwürdigste von allem, ein Land voll Eis und Schnee, ganz ohne grüne Felder und Wälder und Gärten. In diesem Land haben sie Mammutknochen gefunden. Jetzt gibt's dort keine Mammuts mehr. Du weißt nicht, was das war, aber ich kann dir's sagen, weil Graham mir's erzählt hat: ein riesiges, ungeheures Ding, so hoch wie dies Zimmer und so lang wie die Diele; aber kein wildes, fleischfressendes Biest, meint Graham. Er glaubt, wenn ich einem im Wald begegnen würde, dann würde mich's nicht töten, außer ich käme ihm direkt in den Weg. Dann würde mich's zwischen den Büschen niedertrampeln, so wie ich vielleicht auf einer Wiese 'nen Grashüpfer zertrete und weiß es gar nicht.«

So schwätzte sie weiter daher.

»Polly«, unterbrach ich sie, »würde es dir Spaß machen zu reisen?«

»Nicht gerade jetzt«, war die umsichtige Erwiderung, »aber vielleicht in zwanzig Jahren, wenn ich eine Frau bin, so groß wie Mrs. Bretton. Dann darf ich mit Graham reisen. Wir wollen in die Schweiz und auf den Montblanc klettern, und eines Tages werden wir mit dem Schiff nach Südamerika fahren und auf den Chim-chim-borasso hinaufsteigen.«

»Aber wenn du jetzt reisen solltest und dein Papa wäre bei dir – wie würde dir das gefallen?«

Ihre Antwort kam erst nach einer Pause, und dann zeigte sie den unvermuteten Stimmungswandel, der zu ihren Eigentümlichkeiten gehörte.

»Was hat das für einen Zweck, so unsinniges Zeug zu reden?« sagte sie. »Warum sprichst du von Papa? Was kümmert er dich? Ich war gerade so weit, daß ich anfing, glücklich zu sein und nicht mehr soviel an ihn zu denken. Und nun fängt alles wieder von vorne an!«

Ihre Lippe zitterte. Ich enthüllte eilends die Tatsache, daß ein Brief eingetroffen war, und sprach von der Anordnung, daß sie und Harriet sich augenblicks wieder mit diesem lieben Papa zusammenfinden sollten. »Na, Polly, bist du nun glücklich?« fügte ich hinzu.

Sie schwieg. Sie ließ ihr Buch fallen und hörte auf, die Puppe zu wiegen. Sie starrte mich dunkel und ernst an.

»Gehst du etwa nicht gern zu Papa?«

»Natürlich«, sagte sie zuletzt in jener scharfen Art, in der sie gewöhnlich zu mir sprach und die ganz anders war als die, welche sie Mrs. Bretton gegenüber gebrauchte, und wiederum anders als die Graham gewidmete. Ich wünschte mehr von dem zu ermitteln, was sie dachte. Aber nein, sie wollte nicht mehr reden. Sie hastete zu Mrs. Bretton und fragte sie und empfing die Bestätigung meiner Neuigkeit. Das Gewicht und die Bedeutung dieser Nachricht bewirkten, daß sie den ganzen Tag lang vollkommen ernsthaft blieb. Am Abend, in dem Augenblick, da man Graham hereinkommen hörte, fand ich sie neben mir. Sie fing an, das Band an meinen Hals zu ordnen, an dem ich ein Medaillon trug. Sie entfernte den Kamm aus meinem Haar und steckte ihn wieder hinein, und während sie sich so zu schaffen machte, trat Graham ins Zimmer.

»Sag's ihm bald«, flüsterte sie, »sag ihm, daß ich fortgehen werde.«

Im Verlauf der Teezeit machte ich die gewünschte Mitteilung. Zufällig war Graham zu der Zeit eben ganz vom Gedanken an irgendeinen Schulpreis in Anspruch genommen, um den er mit andern im Wettbewerb stand. Die Neuigkeit mußte zweimal erzählt werden, bevor sie recht in sein Bewußtsein drang, und selbst dann hielt er sich nur für einen Augenblick bei ihr auf.

»Polly geht weg? Wie schade! Liebe kleine Maus, sie wird mir fehlen. Sie muß wieder zu uns kommen, Mama.«

Und er stürzte seinen Tee hinab, trug eine Kerze und einen kleinen Tisch für sich und seine Bücher beiseite und war bald in seiner Arbeit vergraben.

Die »kleine Maus« schlich sich neben ihn und legte sich zu seinen Füßen auf den Teppich, das Gesicht auf dem Boden. Stumm und regungslos harrte sie an diesem Platz und in dieser Haltung aus, bis die Schlafenszeit da war. Einmal sah ich, wie Graham, ihrer Nähe völlig unbewußt, sie mit seinem ruhelosen Fuß anstieß. Sie zog sich ein oder zwei Zoll zurück. Eine Minute später stahl sich eine kleine Hand unter ihrem Gesicht hervor, gegen das sie gepreßt worden war, und liebkoste sanft den achtlosen Fuß. Als Polly zu der Kinderfrau gerufen wurde, erhob sie sich und ging sehr folgsam hinaus, nachdem sie uns allen mit leiser Stimme gute Nacht gewünscht hatte.

Ich will nicht gerade behaupten, daß ich eine Stunde später Angst vor dem Zubettgehen verspürt hätte; aber gewiß stieg ich mit dem unruhigen Vorgefühl hinauf, daß ich das Kind nicht in friedlichem Schlummer antreffen würde. Die Vorwarnung meines Instinktes wurde bestätigt, als ich sie entdeckte. Da hockte sie durchfroren und ganz wach wie ein weißer Vogel auf dem Bett. Ich wußte kaum, wie ich sie ansprechen sollte; man konnte sie nicht wie ein andres Kind behandeln. Sie war es jedoch, die mich anredete. Als ich die Tür schloß und das Licht auf den Toilettentisch stellte, wandte sie sich mir mit diesen Worten zu: »Ich kann – *kann* nicht schlafen, und so kann – *kann* ich's nicht aushalten!«

Ich fragte, war ihr fehle.

»Fur'ba' weh«, sagte sie mit ihrem kläglichen Gehaspel.

»Soll ich Mrs. Bretton rufen?«

»Blödsinn!« lautete ihre ungeduldige Antwort; und in der Tat, ich wußte recht gut, hätte sie Mrs. Bretton nahen hören, dann hätte sie sich mucksstill unter die Bettdecke geschmiegt. Während sie ihre Sonderbarkeiten vor mir – der gegenüber sie kaum Zuneigung durchblicken ließ – achtlos verschwendete, ließ sie meine Patin nie einen Schimmer ihres inneren Ich wahrnehmen. Für diese war Polly nichts als ein lenksames, zuweilen etwas merkwürdiges kleines Mädchen. Ich betrachtete sie prüfend. Ihre Wangen waren hochrot, ihre geweiteten Augen gleichzeitig trüb und brennend und jammervoll rastlos. Es war offensichtlich, in dieser Verfassung durfte sie nicht bis zum Morgen bleiben. Ich erriet, wie die Dinge lagen.

»Möchtest du Graham gern noch mal gute Nacht sagen?« fragte ich. »Er ist noch nicht in sein Zimmer gegangen.«

Sofort streckte sie ihre kleinen Arme aus, um sich aufheben zu lassen. Ich wickelte sie in ihren Schal und trug sie zum Wohnzimmer zurück. Graham kam eben heraus.

»Sie kann nicht schlafen, ehe sie dich nicht noch mal gesehen und gesprochen hat«, sagte ich. »Der Gedanke an den Abschied von dir wird ihr schwer.«

»Ich habe sie verwöhnt«, sagte er, indem er sie mir wohlgelaunt abnahm und ihr kleines heißes Gesicht und die brennenden Lippen küßte. »Polly, jetzt machst du dir mehr aus mir als aus Papa.«

»Ich *mach'* mir was aus dir – aber du machst dir nichts aus mir«, flüsterte sie.

Er versicherte ihr das Gegenteil, küßte sie abermals und gab sie mir zurück. Ich trug sie fort, aber beschwichtigt war sie nicht. Als ich annahm, daß sie mir zuhören könne, sagte ich: »Paulina, du solltest dich nicht drüber grämen, daß du Graham lieber hast als er dich. Das muß so sein.«

Ihr fragend emporgewandter Blick forderte eine Erklärung.

»Weil er ein Junge ist, und du bist ein Mädchen, weil er sechzehn ist, und du bist erst sechs; weil seine Natur stark und froh ist und deine das Gegenteil.«

»Aber ich hab' ihn so lieb. Er *soll* mich auch ein bißchen liebhaben.«

»Das tut er ja. Er mag dich sehr. Denk, wie er dich verzieht.«

»Ist das wahr? Mag er mich sehr?«

»Ja, mehr als irgendein andres Kind, das ich kenne.«

Die Versicherung besänftigte sie, sie lächelte in ihrem Schmerz.

»Aber« fuhr ich fort, »nun quäl dich nicht, und erwarte auch nicht zuviel von ihm – oder du wirst ihm lästig werden, und dann ist alles aus.«

»Alles aus!« echote sie leise. »Dann will ich gut sein. Ich will versuchen, gut zu sein, Lucy Snowe.«

Ich legte sie in ihr Bett.

»Ob er mir dies eine Mal verzeiht?« fragte sie, während ich mich auszog. Ich versicherte ihr, daß er es tun würde; daß er sich bis jetzt gewiß noch nicht von ihr abgewendet habe, daß sie sich nur in Zukunft hüten müsse.

»Zukunft?« sagte sie, »aber ich gehe doch fort. Da gibt's doch keine. Ob ich ihn einmal, irgendwann einmal wiedersehe, wenn ich aus England fort bin?«

Ich erwiderte etwas Ermutigendes. Nachdem die Kerze ausgelöscht worden war, verstrich eine stille halbe Stunde. Ich meinte, sie schlafe. Da richtete sich die kleine weiße Gestalt noch einmal im Kinderbett auf, und die zarte Stimme ließ sich vernehmen.

»Hast du Graham gern, Miß Snowe?« fragte Polly.

»Gern! Doch, ja. Einigermaßen.«

»Bloß einigermaßen! Hast du ihn so gern wie ich?«

»Ich glaube kaum. Nein. Nicht so wie du.«

»Magst du ihn sehr?«

»Ich habe dir doch eben gesagt, daß ich ihn so einigermaßen mag. Was hat's für Sinn, sich so schrecklich viel aus ihm zu machen. Er steckt voll von Fehlern.«

»Ist das wahr?«

»Das ist bei allen Jungen so.«

»Mehr als bei den Mädchen?«

»Höchstwahrscheinlich. Weise Leute sagen, daß es närrisch ist, überhaupt wen für vollkommen zu halten. Und was Zuneigungen und Abneigungen betrifft, so sollten wir zu allen freundlich sein und keinen Menschen vergöttern.«

»Bist du weise?«

»Ich habe mir vorgenommen, es zu probieren. Jetzt schlaf.«

»Ich *kann* nicht schlafen. Tut dir's nicht hier wehe« – sie legte die elfische Hand auf die elfische Brust –, »wenn du dran denkst, daß *du* von Graham fort mußt? Du bist doch nicht hier zu Hause?«

»Polly«, sagte ich, »du solltest wirklich nicht soviel Schmerz fühlen, jetzt, da du ganz bald wieder zu deinem Vater kommst. Hast du ihn denn vergessen? Willst du denn nicht mehr seine kleine Gefährtin sein?«

Totenstille folgte auf diese Frage.

»Kind, leg dich hin und schlaf«, drängte ich.

»Mein Bett ist kalt«, sagte sie. »Es wird nicht warm.«

Ich sah das kleine Ding schauern. »Komm zu mir«, sagte ich und wünschte, sie werde nachgeben, obwohl ich es kaum hoffte – denn sie war eine höchst sonderbare, grillige kleine Kreatur und launisch zumal mir gegenüber. Jedoch sie kam sofort und glitt wie ein kleines Gespenst über den Teppich. Ich nahm sie ins Bett. Sie war kalt, ich wärmte sie in meinen Armen. Sie zitterte nervös. Ich beschwichtigte sie. So beruhigt und geliebkost, schlummerte sie am Ende ein.

Wunderliches Kind, dachte ich, während ich ihr schlafendes Antlitz im unsteten Mondlicht betrachtete und behutsam und leise ihre glitzernden Augenlider und die nassen Wangen mit meinem Taschentuch abtupfte. Wie wird sie durch die Welt kommen und sich mit dem Leben herumschlagen? Und wie Zusammenstöße, Erschütterungen und Zurückweisungen, Demütigungen und Betrübnisse ertragen? In den Büchern steht, sie warten auf jeden einzelnen von uns – und das dürfte wohl stimmen.

An nächsten Tag reiste sie ab. Sie zitterte wie ein Blatt, als sie Abschied nahm, aber sie beherrschte sich.

4. *Miß Marchmont*

Ein paar Wochen nach Paulinas Abreise verließ ich selber Bretton, um mich heimzubegeben; denn ich war sechs Monate von zu Hause fort gewesen. Damals kam es mir nicht in den Sinn, daß ich Bretton nie wieder besuchen sollte, niemals mehr seine stillen alten Straßen betreten ... Man wird vermuten, daß ich natürlich glücklich gewesen sei, in den Schoß meiner Verwandtschaft zurückzukehren. Nun gut! Die liebwerte Annahme schadet nicht, mag sie ruhig widerspruchslos bestehenbleiben. Im Gegenteil, weit entfernt vom Neinsagen will ich dem Leser erlauben, daß er sich die nächsten acht Jahre und mich darin so ausmalt: ein Nachen, der bei friedlichem Wetter in glasstillem Hafen ruht – der Steuermann liegt auf dem kleinen Deck ausgestreckt, wendet das Gesicht mit geschlossenen Augen himmelwärts und ist, meinethalben, in ein langes Gebet versunken. Warum nicht? Derart, so nimmt man an, verbringt eine Menge Frauen und Mädchen ihr Leben, weshalb also nicht auch ich?

Also denken Sie mich müßig, drall und seelenvergnügt auf kissenbelegtem Bootsdeck ausgestreckt, gewärmt von einem beständigen Sonnenschein, in dem ich mich räkele, gewiegt von träg-sanften Brisen. Jedoch läßt sich eins nicht verbergen: In diesem Falle muß ich irgendwie über Bord gefallen sein, oder die Geschichte hat mit einem Schiffbruch geendet. Ich erinnere mich allzugut einer Zeit – einer langen! – voll Kälte, Gefahr, Kampf. Bis zu dieser Stunde bringen mir Alpträume den bitteren Salzgeschmack der Wogen zurück, die mir in die Kehle dringen, ihren eisigen Druck auf meine Lungen. Ich weiß sogar, daß ein Sturm getobt hat, nicht eine Stunde lang oder einen Tag, nein, viele Tage und Nächte hindurch erschienen weder Sonne noch Sterne. Wir warfen mit unsern eigenen Händen das Tauwerk aus dem Schiff. Ein schweres Ungewitter peitschte uns, und alles Hoffen auf Rettung war genommen. Schließlich ging das Schiff unter, die Mannschaft kam um.

Soweit ich mich erinnere, klagte ich bei niemandem über diese Nöte. Bei wem hätte ich mich denn auch beklagen sollen? Mrs. Bretton hatte ich längst aus den Augen verloren. Hindernisse, von andern errichtet, hatten sich vor Jahren unserm Verkehr in den Weg gestellt und ihn abgeschnitten. Überdies hatte die Zeit auch für sie Veränderungen gebracht. Das hübsche Vermögen, das sie als Vormund ihres Sohnes zu verwalten hatte und das hauptsächlich in einer Unternehmung mit Gesellschaftskapital steckte, war, wie es hieß, auf einen Bruchteil des ursprünglichen Betrages zusammengeschmolzen. Beiläufig erfuhr ich durch Gerüchte, daß Graham einen Beruf ergriffen hatte. Er wie seine Mutter waren von Bretton fortgezogen, dem Vernehmen nach befanden sie sich jetzt in London. Auf diese Weise blieb mir keine Möglichkeit, mich andern anzuvertrauen. Ich konnte auf niemanden bauen als auf mich selbst. Ich wüßte nicht, daß ich eine Natur voll Selbstvertrauen und Tätigkeitsdrang gewesen wäre; die Umstände zwangen mir aber Selbstvertrauen und äußerste Anstrengung auf wie Tausenden andern auch. Und als Miß Marchmont, eine unverheiratete Dame in unserer Nachbarschaft, nach mir schickte, folgte ich ihrem Ruf in der Hoffnung, sie würde mir eine Arbeit zuweisen, an die ich mich wagen könnte.

Miß Marchmont war eine Frau von Vermögen und lebte in einem prächtigen Haus; aber sie war ein rheumatischer Krüppel mit lahmen Händen und Füßen und war es seit zwanzig Jahren. Stets saß sie im ersten Stock; ihr Wohnzimmer stieß ans Schlafzimmer. Ich hatte oft von Miß Marchmont und ihren Absonderlichkeiten gehört – sie stand im Geruch, sehr verschroben zu sein –, doch bis jetzt hatte ich sie nie gesehen. Ich entdeckte, daß sie eine gefurchte, grauhaarige Frau war, ernsthaft durch Einsamkeit und düster durch langes Leiden, auch reizbar und möglicherweise anspruchsvoll. Offenbar stand eine Dienerin oder eigentlich Gefährtin, die sie ein paar Jahre lang umsorgt hatte, vor der Heirat. Nun hatte sie von meiner unglücklichen Lage gehört und mich in dem Gedanken kommen lassen, ich könnte die Stelle dieser Person ausfüllen. Sie machte mir den Vorschlag nach dem Tee, als wir beide allein am Kamin saßen.

»Ein leichtes Lebens wär's nicht«, sagte sie offenherzig, »denn ich brauche eine ganze Menge Aufmerksamkeit, und Sie würden recht eingesperrt sein. Aber wenn Sie es gegen das Dasein halten, das Sie in letzter Zeit zu führen genötigt waren, vielleicht, daß es Ihnen dann doch erträglich scheint.«

Ich überlegte. Natürlich sollte mir die Sache als annehmbar einleuchten, erwog ich innerlich; aber aus irgendeinem Grunde, infolge eines sonderbaren Mißgeschicks wollte sie es nicht. Hier in diesem engen Raum zu leben, Leiden vor Augen und selber womöglich Zielscheibe von Launen, und das meine ganze restliche Jugend hindurch – während all das, was hinter mir lag, um nur das mindeste zu sagen, nicht glückserfüllt gewesen war! Einen Augenblick lang sank mir der Mut. Dann richtete er sich wieder auf, denn wenn ich mich auch zwang, mir die Übel realistisch vorzustellen, so war ich doch, glaube ich, zu prosaisch, um sie zu dämonisieren und folglich zu übertreiben.

»Ich bin nicht sicher, ob ich genug Kraft für das Unternehmen habe«, bemerkte ich.

»Das Bedenken habe ich selber«, sagte sie, «denn Sie sehen reichlich erschöpft aus.«

Das stimmte. Ich erblickte mich in meinem Trauerkleid im Spiegel, eine abgeblaßte, hohläugige Erscheinung. Aber ich machte mir wenig Gedanken über das bleiche Phantom. Der Mehltau hatte, glaubte ich, im wesentlichen die Außenseite befallen, noch fühlte ich Leben an den Quellen des Lebens.

»Was haben Sie sonst in Aussicht – überhaupt schon irgend etwas?«

»Noch nichts Bestimmtes. Aber ich kann etwas finden.«

»Sie glauben das. Vielleicht haben Sie recht. Versuchen Sie Ihr Heil also ruhig; und wenn Sie auf Ihre Art nicht zurechtkommen, probieren Sie's auf meine. Die Möglichkeit, die ich Ihnen angeboten habe, bleibt Ihnen für drei Monate offen.«

Das war freundlich. Ich sagte ihr das und drückte meine Dankbarkeit aus. Während ich noch sprach, kam ein plötzlicher Schmerzanfall über sie. Ich war ihr behilflich, tat nach ihren Anweisungen die nötigen Handreichungen, und als sie Erleichterung verspürte, hatte sich zwischen uns bereits eine Art Vertrautheit herausgebildet. Ich meinerseits hatte an der Art, wie sie ihre Attacke ertrug, gesehen, daß sie eine standhafte, geduldige Frau war – geduldig in physischem Schmerz, wenn auch zuweilen vielleicht reizbar in langwierigem seelischem Kummer –, und sie hatte aus der Gutwilligkeit, mit der ich ihr beistand, gemerkt, daß sie auf meine Sympathien, wie sie nun eben beschaffen waren, Einfluß zu üben vermochte. Am nächsten Tage schickte sie nach mir und nahm meine Gesellschaft für fünf oder sechs Tage nacheinander in Anspruch. Die nähere Bekanntschaft enthüllte sowohl Mängel als auch Wunderlichkeiten; aber gleichzeitig ließ sie mich einen Charakter sehen, den ich respektieren konnte. Sie war düster, ja gelegentlich sogar grämlich; aber ich war imstande, sie mit Ruhe zu betreuen und bei ihr zu sitzen. Es war die Ruhe, die uns immer dann geschenkt wird, wenn wir spüren, daß unser Wesen, unsere Gegenwart und unsre Berührung die besänftigen, um die wir uns mühen, und ihnen wohltun. Selbst wenn sie mich schalt – das tat sie manchmal recht herb –, geschah das auf keine demütigende Art und ließ keinen Stachel zurück. Eher mochte man an eine Mutter denken, die mit leicht erregtem Zorn die Tochter auszankte, als an eine schroffe Herrin, die eine Untergebene rügte. In der Tat, kleinlich zu nörgeln, das brachte sie nicht fertig, obwohl sie gelegentlich toben konnte. Und darüber hinaus: Sogar durch die Leidenschaft zog sich bei ihr noch eine Strähne Vernunft; sie war logisch selbst dann, wenn sie wütend war. Nicht lange, und ein wachsendes Gefühl der Zuneigung zeigte mir allmählich den Gedanken, als Gefährtin bei ihr zu leben, in ganz neuem Licht. Eine Woche später willigte ich ein zu bleiben.

So wurden zwei heiße, enge Räume zu meiner Welt und die verkrüppelte alte Frau, meine Herrin, zu meiner Freundin, meinem Alles. Sie zu bedienen war meine Pflicht, ihr Schmerz mein Leiden, ihre Erleichterung mein Hoffen, ihr Zorn meine Strafe und ihre Wertschätzung mein Lohn. Ich vergaß, daß es Felder, Wälder und Flüsse, Meere und einen immerwechselnden Himmel vor dem dunstumwölkten Fenstergitter des Krankenzimmers gab; fast war ich damit zufrieden, daß ich es vergaß. Alles in mir zog sich zusammen, bis es sich in die Enge meines Geschickes fügte. Zahm und still war ich nach Anlage oder Gewohnheit; Disziplin hatte mir das Schicksal beigebracht. Ich verlangte nicht nach Spaziergängen in frischer Luft, mein Hunger brauchte nicht mehr als die winzigen Portionen, die für die Kranke aufgetragen wurden. Als Drüberher bot sie mir die Eigentümlichkeit ihres Charakters zum Studium: Die Standhaftigkeit ihrer Tugenden und, ich will es hinzusetzen, die Kraft ihrer Leidenschaften konnte ich bewundern, der Aufrichtigkeit ihrer Gefühle vertrauen. All dies besaß sie, und deswegen hing ich an ihr.

Um dessentwillen wäre ich bereit gewesen, mich zwanzig Jahre lang mit ihr weiter dahinzuschleppen, wenn ihr Dulderleben noch zwanzig Jahre hingezögert worden wäre. Aber es war anders beschlossen. Es schien, daß ich ins Handeln hineingetrieben werden mußte. Ich mußte zur Tatkraft gespornt, gezwungen, gestachelt, gepreßt werden. Mein kleiner Brocken menschlicher Zuneigung, den ich wert hielt, als sei er eine echte Perle, mußte mir in den Fingern zerschmelzen und daraus entgleiten wie ein zergehendes Hagelkorn. Die bescheidene Pflicht, die ich mir zu eigen gemacht und die mein begnügsames Gewissen gestillt hatte, mußte mir entrissen werden. Ich hatte gemeint, einen Kompromiß mit dem Schicksal schließen zu können – ich wünschte, großen Seelenqualen zu entrinnen um mich dafür in ein ganzes Leben voller Entbehrungen und kleiner Leiden zu fügen. Aber das Schicksal wollte sich so nicht besänftigen lassen, so wenig wie die Vorsehung diese verschüchterte Trägheit und feige Schlaffheit sanktionieren wollte.

In einer Februarnacht – ich erinnere mich wohl an sie – erhob sich eine Stimme nahe bei Miß Marchmonts Haus. Jeder der Bewohner hörte sie, aber gedeutet hat sie vielleicht nur einer. Nach einem ruhigen Winter meldeten Stürme den Frühling an. Ich hatte Miß Marchmont zu Bett gebracht und saß nun mit meiner Näharbeit am Kamin. Vor den Fenstern klagte der Wind. Er hatte den ganzen Tag über geheult, aber als die Nacht tiefer wurde, nahm er einen neuen Klang an – einen schneidenden, durchbohrenden Ton, der für das Ohr fast so deutlich war wie Sprache, eine Klage, erbärmlich und trostlos für die Nerven, die jeder neue Windstoß rüttelte.

Oh, still, still! sagte ich in meinem beunruhigten Gemüt, während ich meine Arbeit sinken ließ und einen vergeblichen Versuch machte, meine Ohren diesem scharfen, durchdringenden Schrei zu verschließen. Ich hatte jene Stimme schon früher gehört, und zwingende Beobachtung hatte mir eine Theorie darüber aufgenötigt, was sie bedeutete. Dreimal im Verlauf meines Lebens hatten mich die Ereignisse belehrt, daß diese seltsamen Laute im Sturm, dieser ruhelose, hoffnungslose Schrei, einen künftigen Zustand der Atmosphäre anzeigen, der ungünstig für das Leben ist. ich glaube, daß Epidemien oft durch einen keuchenden, schluchzenden, wild aufgeregten, langezogen klagenden Ostwind angekündigt werden. Daraus, folgerte ich, entsprang die Sage von der Banshee. Ich meinte auch bemerkt zu haben – doch war ich nicht Philosoph genug, um zu wissen, ob es wirklich eine Verbindung zwischen den Umständen gab –, daß wir oft gleichzeitig von erregter vulkanischer Tätigkeit in fernen Weltteilen hören, von Flüssen, die plötzlich über ihre Ufer drängen, von seltsamen Springfluten, die wild über niedrige Meeresküsten hereinwogen. »Unser Erdball«, hatte ich mir gesagt, »scheint zu solchen Zeiten zerrissen und aus der Ordnung zu sein. Die Schwachen unter uns verdorren in ihrem kranken Leben, heißgebrannt von rauchenden Vulkanen.«

Ich lauschte und zitterte. Miß Marchmont schlief.

Gegen Mitternacht erlosch der Wind im Verlauf einer halben Stunde in Totenstille. Das Feuer, das nur widerwillig gebrannt hatte, flammte hell auf. Ich spürte den Wechsel in der Luft, fühlte neue Lebensgeister. Ich zog Jalousie und Vorhang auf und schaute hinaus und sah in den Sternen das scharfe Funkeln eines starken Frostes.

Als ich mich abwandte, fiel mein Blick auf Miß Marchmont. Sie lag wach, hob den Kopf vom Kissen und schaute mich mit ungewöhnlichem Ernst an.

»Ist es eine schöne Nacht?« fragte sie.

Ich bejahte.

»Ich dachte mir's«, sagte sie, »denn ich fühle mich so kräftig, so wohl. Helfen Sie mir auf. Heute nacht ist mir, als wäre ich jung«, fuhr sie fort, »jung, leichtherzig und glücklich. Wenn meine Krankheit eine Wendung nähme? Wenn mir's doch noch bestimmt wäre, gesund zu werden, mich der Gesundheit zu erfreun? Es wäre ein Wunder!«

Und die Tage der Wunder sind vorbei, dachte ich bei mir. Ich staunte, sie so reden zu hören. Sie sprach weiter, nur der

Vergangenheit zugewandt. Offenbar erinnerte sie sich mit besonderer Lebhaftigkeit an deren Geschehnisse, Schauplätze und Gestalten.

»Heut nacht liebe ich die Erinnerung«, sagte sie. »Ich schätze sie als meinen besten Freund. Gerade in diesem Augenblick gibt sie mir tiefe Freude, sie bringt meinem Herzen Wirklichkeiten zurück, Wirklichkeit, warmes gutes Leben, nicht bloße Vorstellungen, sondern das, was einmal Wirklichkeit war, was ich lang abgestorben glaubte, zerfallen, mit Grabeserde vermischt. Jetzt, in dieser Minute, besitze ich die Stunden, die Gedanken, die Hoffnungen meiner Jugend. In mir ersteht wieder die Liebe meines Lebens – die einzige, fast auch die einzige Zuneigung, denn ich bin keine besonders gute Frau, kein Freundschaftsmensch. Und doch habe ich meine Gefühle gehabt, stark, konzentriert, und diese Gefühle hatten ihr Objekt. Das war mir, allein für sich, so teuer wie den meisten Männern und Frauen all die zahllosen Gegenstände, auf die sie ihre Teilnahme zersplittern. Während ich liebte, geliebt wurde, was habe ich für eine Existenz genossen! Was für ein herrliches Jahr kann ich mir zurückrufen – wie hell es mir wiederkommt! Was für ein lebendiger Frühling, was für ein warmer, glücklicher Sommer! Was für sanftes Mondlicht, das die Herbstabende versilberte, welche Kraft der Hoffnung unter eisgefesselten Wassern und frostbereiften Feldern im Winter dieses Jahrs! Das ganze Jahr hindurch lebte mein Herz mit Franks Herzen. Oh, mein großmütiger, mein teurer, mein *guter* Frank! So viel besser als ich selber. Wertvoller in allem und jedem. Das eine kann ich nun sehn und aussprechen: Wenn wenig Frauen gelitten haben wie ich, als ich ihn verlor, so haben auch wenige das Glück kennengelernt, das ich in seiner Liebe empfing. Sie war von viel besserer Art als die, die jeden Tag vorkommt. Ich kannte keinen Zweifel an ihm oder an ihr. Seine Liebe war so, daß sie die auszeichnete, beschirmte, erhob, der sie geschenkt wurde – so gut, wie sie froh machte. Lassen Sie mich jetzt fragen, gerade in diesem Augenblick, da mein Sinn so seltsam klar ist – lassen Sie mich nachdenken: Warum wurde mir das genommen? Für welches Verbrechen wurde ich dazu verdammt, daß ich nach zwölf Monaten der Seligkeit dreißig Jahre voll Trübsal erdulden mußte?«

»Ich weiß es nicht«, fuhr sie nach einer Pause fort. »Ich kann – *kann* den Grund nicht sehen; doch in dieser Stunde vermag ich aufrichtig zu sagen, was ich nie vorher zu sagen versuchte: Unerforschlicher Gott, dein Wille geschehe! Und jetzt kann ich glauben, daß der Tod mich zu Frank zurückbringen wird. Ich habe es nie geglaubt bis zu diesem Augenblick.«

»Also ist er tot?« fragte ich leise.

»Mein liebes Mädchen«, sagte sie, »an einem glücklichen Weihnachtsabend kleidete und schmückte ich mich in der Erwartung, daß mein Liebster, ganz bald mein Mann, mich besuchen komme. Ich setzte mich nieder, um zu warten. Er kommt mir noch einmal zurück, jener Augenblick – ich sehe, wie sich das Schneedämmerlicht durch das Fenster stahl, über das der Vorhang nicht herabgelassen war, denn ich wollte ja aufpassen, zuschaun, wie er die weiße Allee heraufritt. Ich sehe und fühle, wie mich der sanfte Feuerschein wärmt und auf meinem seidnen Kleide spielt und mir im Spiegel unstet meine eigne junge Gestalt zeigt. Ich sehe den Mond einer ruhigen Winternacht, wie er voll, klar und kalt über der schwarzen Masse des Strauchwerks und dem versilberten Rasen meiner Gärten schwebt. Ich warte. Ein wenig ungeduldig schlägt mein Puls, aber kein Zweifel ist in meiner Brust. Die Flammen im Kamin waren erloschen, aber die Glut leuchtete noch hell genug. Der Mond stieg empor, aber ich konnte ihn noch durchs Gitterfenster sehen.

Die Uhr rückte auf zehn. Es kam selten vor, daß er länger ausblieb, aber ein- oder zweimal war er so lange aufgehalten worden.

Könnte es einmal sein, daß er mich enttäuschte? Nein – auch nicht ein einziges Mal würde das geschehen. Und jetzt war er auf dem Wege zu mir, hastig, um die verlorne Zeit wieder aufzuholen. ›Frank! Du wilder Reiter!‹ sagte ich bei mir und lauschte freudig, doch auch bang dem Galopp, wie er nahte, ›dafür sollst du ausgezankt werden. Ich will dir sagen, daß es *mein* Hals ist, den du in Gefahr bringst, denn was immer dein ist, ist in tieferem und zärtlicherem Sinne auch mein.‹ – Da war er, ich sah ihn. Aber es standen wohl Tränen in meinen Augen; mein Blick war so trüb. Ich sah das Pferd, ich hörte es stampfen, ich sah zumindest eine Masse, hörte ein Getöse. *War* es ein Pferd? Oder was für ein schwerfälliges Ding war es, das da etwas, seltsam dunkel, über den Rasen herschleppte? Wie konnte ich das Ding da vor mir im Mondlicht benennen? Oder wie dem Gefühl Laut geben, das da in meiner Seele aufstieg?

Ich konnte nur hinauslaufen. Ein großes Tier – wirklich, Franks Rappe – stand zitternd, keuchend, schnaubend vor der Tür. Ein Mann hielt ihn – Frank, dachte ich.

›Was ist geschehen?‹ fragte ich. Thomas, mein eigner Diener, antwortete mir. ›Gehen Sie ins Haus, gnädiges Fräulein‹, sagte er scharf. Und dann, einer Bediensteten zugewandt, die aus der Küche gestürzt kam wie von irgendeinem Instinkt gerufen: ›Ruth, bringen Sie das Fräulein sofort ins Haus!‹ Aber ich kniete im Schnee nieder, neben etwas, das dort lag – etwas, das ich über den Boden hatte hinschleifen sehen, etwas, das seufzte, das an meiner Brust stöhnte, als ich es aufhob und an mich zog. Er war nicht tot, war nicht ganz bewußtlos. Ich ließ ihn hereintragen, ich weigerte mich, über mich bestimmen, mich von ihm reißen zu lassen.

Ich war gefaßt genug, um nicht nur Herrin über mich, sondern auch über andre zu sein. Sie hatten versuchen wollen, mich wie ein Kind zu behandeln, wie sie immer mit denen tun, die Gottes Hand geschlagen hat, aber ich wich keinem außer dem Wundarzt, und als der getan hatte, was er vermochte, nahm ich meinen sterbenden Frank in die Arme. Er hatte noch die Kraft, seine um mich zu schließen, war noch imstande, meinen Namen zu sprechen. Er hörte mich, als ich sehr leise bei ihm betete. Er fühlte mich, als ich ihn sanft und zärtlich tröstete.

›Maria‹, sagte er, ›ich sterbe im Paradies.‹ Er verbrauchte seinen letzten Atem zu standhaften Worten für mich. Als die Morgendämmerung des Christtages anbrach, war mein Frank bei Gott.

Und das«, fuhr sie fort, »geschah vor dreißig Jahren. Ich habe gelitten seither und habe wohl kaum den besten Gebrauch von allen meinen Nöten gemacht. Sanfte, liebenswürdige Naturen, die wären davon bis zur Heiligkeit geläutert worden. Starke, böse Geister hätten sie zu Dämonen gemacht. Was mich betrifft, ich war nichts als eine leidgeschlagene, selbstsüchtige Frau.«

»Sie haben viel Gutes getan«, sagte ich, denn sie war bekannt für die Freigebigkeit, mit der sie Almosen spendete.

»Sie meinen, ich habe mit Geld nicht gekargt, wo es Not lindern konnte. Und wenn schon! Es hat mich weder Anstrengung gekostet noch mir weh getan zu geben. Aber ich denke, von heute an bin ich im Begriff, in einen bessern Gemütszustand zu kommen, mich für die Wiedervereinigung mit Frank vorzubereiten. Sehen Sie, ich denke noch mehr an Frank als an Gott, und wenn mir's nicht angerechnet wird, daß ich den Schöpfer wenigstens nicht gelästert habe, da ich sein Geschöpf so sehr, so lange und so ausschließlich liebte, so habe ich wenig Aussicht auf die Seligkeit. Was halten Sie von diesen Dingen, Lucy? Seien Sie mein Kaplan, und sagen Sie mir's!«

Ich vermochte die Frage nicht zu beantworten, mir fehlten die Worte. Es war, als dächte sie, daß ich geantwortet hätte.

»Ganz recht, mein Kind. Wir sollten Gott als gnädig erkennen, nur uns nicht immer begreiflich. Wir sollten unser eignes Los hinnehmen, wie immer es ist, und versuchen, das andrer glücklich zu gestalten. Nicht wahr? Gut, morgen will ich damit anfangen, indem ich versuche, Sie glücklich zu machen. Ich will trachten, etwas für Sie zu tun, Lucy; etwas, das Ihnen nützt, wenn ich tot bin. Jetzt tut mir der Kopf weh. Das kommt davon, ich habe zuviel gesprochen. Aber ich bin glücklich. Gehn Sie zu Bett. Die Uhr schlägt zwei. Wie spät Sie noch auf sind – oder vielmehr, wie lange ich Sie in meiner Selbstsucht wachgehalten habe! Aber jetzt gehen Sie! Machen Sie sich keine Sorge mehr um mich. Ich fühl's, ich werde wohl ruhen.«

Sie legte sich wie zum Schlummer zurecht. Ich zog mich ebenfalls in mein Bett zurück, das in einem abgetrennten Teil ihres Zimmers stand. Die Nacht verging still. Still muß am Ende ihr Verhängnis genaht sein, friedlich und ohne Schmerz. Am Morgen fand man sie leblos, fast erkaltet, doch ganz ruhig und unverstört. Ihre vorhergehende erregte Seelenverfassung, ihr Stimmungswechsel waren die Einleitung eines Anfalls gewesen. Ein Schlag hatte genügt, um den Faden eines Lebens zu zertrennen, das so lange durch Leiden zerfressen worden war.

5. Ein neues Blatt wird aufgeschlagen

Da meine Herrin tot und ich wiederum allein war, mußte ich nach einer neuen Stellung Ausschau halten. Es mag sein, daß meine Nerven zu dieser Zeit ein wenig mitgenommen waren – nur ein wenig. Das gebe ich zu: Ich sah nicht gut aus, sondern im Gegenteil dünn, hager, hohläugig wie jemand, der nachts lange aufsitzt, wie ein überarbeiteter Dienstbote oder eine stellungslose Person mit Schulden. Verschuldet war ich glücklicherweise nicht, auch nicht ganz arm. Hatte Miß Marchmont auch keine Zeit mehr gehabt, mir zu nützen, so wie sie in der letzten Nacht gesagt hatte, daß sie es wollte, so war mir doch nach dem Begräbnis mein Lohn ordnungsgemäß von ihrem Vetter zweiten Grades ausgezahlt worden – dem Erben, einem gierig aussehenden Mann mit verkniffener Nase und schmalen Schläfen. Wirklich erwies er sich – ich hörte es lange danach – als gründlicher Geizhals, ein unmittelbarer Gegensatz zu seiner großmütigen Verwandten und eine Folie für ihr Gedächtnis, das bis zu diesem Tag von den Armen und Bedürftigen gepriesen wird. Nun denn: Ich verfügte über fünfzehn Pfund und über eine Gesundheit, die zwar strapaziert worden war, aber nicht gebrochen und über eine Seele, für die das nämliche galt. Verglich man meine Lage mit der vieler anderer Leute, durfte man sie noch als beneidenswert ansehen. Gleichwohl war sie beunruhigend, wie ich an einem bestimmten Tag mit einiger Schärfe empfand. Dessen Wiederkehr nach einer Woche sollte meinen Abschied von meiner gegenwärtigen Wohnstätte sehen, und ich war doch noch mit keiner anderen versorgt.

In diesem Dilemma blieb mir eine letzte und einzige Zuflucht. Ich ging, um eine alte Dienerin unsrer Familie aufzusuchen und um Rat zu fragen. Bei ihr, einstmals meiner Kinderfrau und nun Haushälterin in einem großen Herrenhaus unweit von Miß Marchmonts Besitzung, brachte ich ein paar Stunden zu. Sie tröstete mich, aber wie sie mir raten sollte, wußte sie nicht. Um die Dämmerzeit verließ ich sie, innerlich noch ganz im Dunkeln tastend. Ein Weg von zwei Meilen lag vor mir, es war eine klare, frostige Nacht. Trotz meiner Einsamkeit, meiner Armut und meiner Verwirrung schlug mein Herz leicht und nicht schwach, gestärkt und ermutigt durch die Lebenskraft einer Jugend, die noch keine dreiundzwanzig Sommer gezählt hatte. Nein, gewiß nicht schwach – sonst hätte ich auf diesem einsamen Weg gezittert, der durch stille Felder führte und weder Dorf noch Gutshaus, noch Hütte berührte. Ich wäre verzagt so ohne Mondlicht – denn es war nur die Führung der Sterne, die mich den düsteren Weg finden ließ. Und noch mehr wäre ich in der ungewohnten Gegenwart dessen verzagt, was diesen Abend im Norden strahlte, bewegliches Geheimnis: das Nordlicht. Aber dieser feierliche Fremdling wirkte anders als über meine Ängste auf mich ein. Er schien irgendeine neue Stärke zu bringen. Ich sog Kraft mit dem leisen, durchdringenden Windzug ein, der auf seiner Bahn wehte. Ein kühner Gedanke wurde mir in die Seele geschickt, und meine Seele ward stark gemacht, ihn aufzunehmen.

Verlaß diese Wildnis, so wurde mir gesagt, und geh von hier weg. Wohin? Das war die Frage.

Ich brauchte nicht sehr weit zu blicken. Indem ich von dieser Landgemeinde in der flachen, reichen Mitte Englands ausschaute, sah ich geistig in Reichweite, was ich mit meinen körperlichen Augen noch niemals geschaut hatte: Ich sah London.

Am nächsten Tage kehrte ich in das Gutshaus zurück, fragte noch einmal nach der Haushälterin und teilte ihr meinen Plan mit.

Mrs. Barrett war eine ernsthafte, verständige Frau, obwohl sie nicht viel mehr von der Welt kannte als ich selber. Aber ernsthaft und verständig, wie sie war, warf sie mir doch nicht vor, daß ich den Verstand verloren hätte. Nun besaß ich freilich eine besonders gesetzte Art. Die hatte mir bisher so gut gedient wie Mantel und Kapuze von Lodentuch, denn unter ihrem Schutz war ich imstande gewesen, ungestraft und sogar mit Beifall Handlungen zu vollbringen, die mir in einigen Gemütern den Stempel der Träumerin und Schwärmerin hätten eintragen müssen, wenn ich sie mit erregter, ungewisser Miene versucht hätte.

Die Haushälterin stellte mir eben bedächtig einige Schwierigkeiten vor Augen, während sie Orangenschale für Marmelade zubereitete, da rannte ein Kind am Fenster vorbei und kam in den Raum gesprungen. Es war ein hübsches Ding und tanzte um mich herum und lachte dabei zu mir empor. Wir waren einander ja nicht fremd, sowenig mir seine Mutter fremd war, eine junge verheiratete Tochter des Hauses. Ich hob es auf mein Knie. So verschieden unsre gesellschaftliche Stellung jetzt auch war, dieses Kindes Mutter und ich hatten miteinander die gleiche Schule besucht, ich als zehnjähriges Mädchen und sie als junge Dame von sechzehn. Und ich erinnerte mich daran, daß sie hübsch, aber dumm gewesen und in eine Klasse unter mir gegangen war.

Ich bewunderte gerade die schönen dunklen Augen des Jungen, als die Mutter, die junge Mrs. Leigh, eintrat. Was für eine schöne, freundlich dreinschauende Frau war aus dem gutmütigen, anmutvollen, aber geistlosen Mädchen geworden! Frauentum und Mutterschaft hatten sie verwandelt – wie ich sie seither sogar andre haben verwandeln sehen, die noch viel weniger versprochen hatten als sie. Mich hatte sie vergessen. Ich war ja ebenfalls verändert, wenn auch, fürchte ich, nicht zum Vorteil. Ich machte keinen Versuch, mich ihr ins Gedächtnis zurückzurufen. Wozu sollte ich das? Sie kam, um ihren Sohn zu einem Spaziergang abzuholen, und hinter ihr drein schritt eine Bonne mit einem Kind auf dem Arm. Ich erwähne diesen Zufall bloß deswegen, weil Mrs. Leigh, als sie die Bonne anredete, Französisch sprach – ein miserables, nebenbei gesagt, und mit einem unverbesserlich schlechten Akzent, was mich wiederum heftig an unsere Schulzeit erinnerte –, und ich merkte, daß die Frau eine Ausländerin war. Auch der kleine Junge plapperte geläufig auf französisch. Als die ganze Gesellschaft abgezogen war, bemerkte Mrs. Barrett, ihre junge Herrin habe die fremde Bonne vor zwei Jahren mit nach Hause gebracht, als sie von einem Streifzug durch den Kontinent zurückgekehrt sei. Sie werde fast so gut wie eine Gouvernante behandelt und habe nichts zu tun, als mit dem Baby spazierenzugehen und mit Master Charles Französisch zu sprechen. »Und«, fügte Mrs. Barret hinzu, »sie sagt, daß viele Engländerinnen in ausländischen Familien ebensogut untergebracht sind wie sie.«

Ich packte dies Stück zufälliger Auskunft in meinen Vorrat. So speichern sorgsame Hausfrauen scheinbar wertlose Lappen und Reste auf, für die ihre vorausschauenden Gemüter die mögliche Verwendung an irgendeinem Tage vorwegnehmen. Ehe ich meine alte Freundin verließ, gab sie mir die Adresse eines respektablen, altmodischen Gasthofs in der Hauptstadt, den, wie sie sagte, in früheren Zeiten meine Onkel oft aufgesucht hatten.

Mit dieser Reise nach London setzte ich weniger aufs Spiel und bewies weniger Unternehmungsgeist, als der Leser denken mag. Tatsächlich betrug die Entfernung nur fünfzig Meilen. Meine Mittel würden sowohl für die Hinfahrt wie für ein paar Tage Aufenthalt ausreichen, und falls mich nichts zum Bleiben veranlaßte, würden sie auch noch für die Rückkehr langen. Ich betrachtete das Ganze mehr als einen kurzen Urlaub, der arbeitsmüden Kräften dies eine Mal erlaubt war, denn als ein Abenteuer auf Leben und Tod. Nichts ist besser, als alles bescheiden einzuschätzen, was man vornimmt – das hält Gemüt und Körper ruhig, während hochtrabende Vorstellungen danach angetan sind, beide in Fieber zu stürzen.

Damals waren fünfzig Meilen eine Tagestour – denn ich spreche von einer vergangenen Zeit; mein Haar, das lange dem Frost der Zeit widerstand, steckt nun, endlich weiß, unter einer weißen Haube wie Schnee unter Schnee. – In der neunten Stunde einer nassen Februarnacht erreichte ich London.

Ich weiß wohl: Mein Leser gehört zu denen, die mir für eine ausführliche Wiedergabe poetischer erster Eindrücke keinen Dank wüßten. Und das ist auch gut so. Die zu hegen, hatte ich nämlich weder Zeit noch Laune, als ich da spät an einem dunklen, unfreundlichen Regenabend in einem Babylon ankam, in einer unermeßlichen, fremdartigen Wüste. Sie stellte alle Fähigkeiten klaren Denkens und standhafter Selbstbehauptung, mit denen mich die Natur in Ermangelung glänzenderer Gaben ausgestattet haben mochte, hart auf die Probe.

Als ich den Wagen verließ, mutete mich die ungewohnte Redeweise der Droschkenkutscher und andrer, die rundum warteten, wunderlich wie eine fremde Sprache an. Nie zuvor hatte ich das Englische derart zerhacken hören. Gleichviel, ich brachte es soweit fertig, zu verstehen und verstanden zu werden, daß ich mit meinem Koffer glücklich in das alte Gasthaus gelangte, dessen Adresse ich besaß. Wie schwierig, wie bedrückend, wie aufregend schien mein Ausbruch. Zum erstenmal in London, zum erstenmal in einem Gasthof; müde von der Reise, verwirrt von der Dunkelheit, gelähmt von Kälte, ohne Erfahrung oder Rat, die mir sagen konnte, wie ich handeln müßte – und doch zum Handeln gezwungen.

Ich gab die Sache dem gesunden Menschenverstand in die Hände und baute auf ihn. Aber der war so vereist und verstört wie alle meine übrigen Fähigkeiten. Nur der Sporn einer unerbittlichen Notwendigkeit brachte ihn dazu, daß er stoßweise sein Amt ausübte. So unter Druck gesetzt, bezahlte der gesunde Menschenverstand also den Gepäckträger, und in Anbetracht der Krise tadelte ich ihn nicht zu hart dafür, daß er sich gewaltig übers Ohr hauen ließ. Er fragte den Bediensteten nach einem Zimmer und beorderte schüchtern das Stubenmädchen herbei, und was noch mehr ist: Als es auftauchte, ertrug er die anmaßende Manier dieser jungen Dame, ohne völlig überwältigt zu werden.

Ich erinnere mich daran, daß eben dieses Stubenmädchen ein Muster von Stadthübschheit und Stadteleganz war. Taille, Häubchen, Kleid waren so schmuck – ich staunte, wie das alles gemacht war. Ihre Sprache hatte einen Akzent, der in seiner gezierten Glätte den meinen zu tadeln schien, als sei er dazu von Gesetzes wegen befugt. Ihr flotter Aufputz prahlte in behaglicher Verachtung meiner schlichten ländlichen Tracht.

Na schön, dachte ich, da ist nichts zu machen. Immerhin, der Schauplatz und die Umstände sind etwas Neues – ich werde davon profitieren.

Ich behauptete völlige Gelassenheit diesem arroganten kleinen Mädchen gegenüber und tat das gleiche in der Folge auch gegenüber dem wie ein Pfarrer dreinschauenden, schwarzberockten Kellner mit der weißen Binde, und nicht lange, so wurde mir Höflichkeit zuteil. Ich glaube, zuerst hielten sie mich für eine Bedienstete, aber nach einem Weilchen besannen sie sich anders und verweilten in einem unschlüssigen Zustand zwischen Gönnertum und Artigkeit.

Ich hatte mich brav aufrecht gehalten, bis ich eine Erquikkung zu mir genommen, mich am Feuer aufgewärmt und, wie es sich gehört, in meinem Zimmer eingeschlossen hatte. Aber als ich mich aufs Bett setzte und Kopf und Arme auf das Kissen legte, kam eine schreckliche Niedergeschlagenheit über mich. Mit einem Male wuchs meine Situation vor mir auf wie ein Gespenst. Befremdlich, jammervoll, fast hoffnungslos stand sie da. Was tat ich hier allein in dem großen London? Was sollte ich am Morgen tun? Welche Aussichten hatte ich im Leben? Welche Freunde hatte ich auf der Welt? Woher kam ich, wohin sollte ich gehen? Was sollte ich anfangen?

Das Kissen, meine Arme, mein Haar wurden naß von meinen hervorstürzenden Tränen. Eine dunkle Pause voll bitterster Gedanken folgte diesem Ausbruch, aber ich bedauerte den Schritt nicht, den ich getan hatte, noch wünschte ich ihn zurückzunehmen. Ein starker, unbestimmter Glaube herrschte gegenüber den anderen Gefühlen vor, der, daß es besser war, vorwärts zu gehen als rückwärts, und daß ich vorwärts gehen *konnte*, daß ein Weg, wie schmal und schwierig auch immer, sich zu rechten Zeit öffnen würde. Unter dem Einfluß dieser Überzeugung besänftigten sich die anderen Empfindungen so weit, daß ich schließlich still genug wurde, um mein Gebet sprechen und mein Lager aufsuchen zu können. Eben hatte ich meine Kerze gelöscht und mich niedergelegt, da schwang ein tiefer, mächtiger Ton durch die Nacht. Zuerst war er mir fremd, doch er erklang zwölfmal, und beim zwölften gewaltigen Summen und zitternden Klang sagte ich: Ich lieg' im Schatten von St. Paul.

6. *London*

Der nächste Tag war der erste März, und als ich aufwachte, mich erhob und die Vorhänge zurückzog, da sah ich, wie sich die aufsteigende Sonne durch Nebel kämpfte. Oben, über den Hausgiebeln, fast wolkenhoch, erblickte ich eine erhabene kreisförmige Masse, dunkelblau und düster – den Dom. Während ich schaute, regte sich mein inneres Ich. Mein Geist schüttelte die immergefesselten Schwingen halb frei, mir war plötzlich, als ob ich, die noch nie wirklich gelebt hatte, endlich Leben kosten sollte. An diesem Morgen wuchs meine Seele so rasch wie Jonas Kürbis.

»Es war gut, daß ich herkam«, sagte ich, indem ich mich geschwind und sorgsam ans Ankleiden machte. »Ich mag den Geist dieses großen London, den ich um mich fühle. Wer anders als ein Feigling würde sein ganzes Leben in winzigen Dörfern zubringen und alles, was an Kraft und Können in ihm steckt, in die Dunkelheit werfen, für immer, daß sie's wie Rost zerfrißt?«

Als ich angezogen war, ging ich hinunter, nicht reisemüde und erschöpft, sondern schmuck und erfrischt. Als der Kellner mit meinem Frühstück hereinkam, brachte ich es fertig, ihn gelassen, doch heiter anzureden. Wir hatten eine zehnminütige Unterhaltung, in deren Verlauf wir miteinander bekannt wurden. Und das war nützlich.

Er war ein grauhaariger älterer Mann und hatte offenbar zwanzig Jahre in seinem gegenwärtigen Dienst verlebt. Nachdem er mir das versichert hatte, war ich überzeugt, daß er sich an meine beiden Onkel Charles und Wilmot erinnern mußte, die vor fünfzehn Jahren häufig hier zu Gaste gewesen waren. Ich erwähnte ihre Namen, er besann sich genau auf sie, und mit Respekt. Ich gab meine Beziehung zu ihnen zu verstehen, und von nun an wußte er, wo er mich einzuordnen hatte, und tat es richtig. Er sagte, daß ich meinem Onkel Charles gliche, und ich glaube wohl, daß er die Wahrheit sprach, denn Mrs. Barrett pflegte dasselbe zu behaupten.

Nun trat bereitwillige und verbindliche Höflichkeit an die Stelle seiner vorherigen ungemütlich zweifelhaften Manier. Hinfort geschah es nicht mehr, daß ich verlegen auf eine höfliche Antwort warten mußte, wenn ich eine vernünftige Frage gestellt hatte.

Die Straße, auf die mein kleines Wohnzimmerfenster hinaussah, war eng, völlig ruhig und nicht schmutzig. Die wenigen Vorüberkommenden waren genau solche Leute, wie man sie in Provinzstädten sieht. Hier gab es nichts Schrekkenerregendes. Ich war gewiß, daß ich mich allein nach draußen wagen durfte.

Nachdem ich gefrühstückt hatte, ging ich hinaus. Übermut und Vergnügen waren in meinem Herzen. Allein in London spazierenzugehn schien schon ein Abenteuer für sich. Bald fand ich mich in der Paternoster-Row – das war klassischer Boden. Ich trat in eine Buchhandlung, die ein gewisser Jones betrieb; ich erstand einen kleinen Band – eine Extravaganz, die ich mir eigentlich nicht leisten konnte! Aber ich dachte, daß ich ihn eines Tages Mrs. Barrett geben oder schicken würde. Mr. Jones, ein vertrockneter Geschäftsmann, stand hinter seinem Pult. Er schien eins der großartigsten Wesen der Schöpfung und ich eins der glücklichsten.

Ungeheuer war die Fülle von Leben, die an diesem Morgen auf mich eindrang. Da ich mich vor St. Paul befand, ging ich hinein und stieg zur Kuppel hinauf. Von dort sah ich London mit seinem Fluß, seinen Brücken, seinen Kirchen; ich sah das alte Westminster und die grünen Temple-Gärten. Sonne lag auf ihnen, ein glücklicher, blauer Vorfrühlingshimmel stand darüber, und zwischen ihnen und Westminster hing, nicht zu schwer, eine Nebelwolke.

Ich stieg wieder hinab und wanderte in einer stillen Verzückung von Freiheit und Genuß weiter, wohin mich der Zufall führen mochte, und geriet, ich weiß nicht wie, in das Herz des Stadtlebens. Endlich sah und fühlte ich London. Ich gelangte in die Strand-Straße, ging Cornhill hinauf, mischte mich in das dahinziehende Leben, trotzte den Gefahren der Straßenübergänge. Das zu tun und allein zu tun, bereitete mir ein vielleicht vernunftswidriges, aber ganz und gar wirkliches Vergnügen. Seit jenen Tagen habe ich das Westend, die Parks und die vornehmen Stadtviertel gesehen, aber die City liebe ich viel mehr. Die City erscheint soviel nachdrücklicher. Ihre Geschäftigkeit, ihre Hast, ihr Getöse sind so ernsthaft, so bedeutend anzuschauen und zu hören. Die City verdient sich ihren Lebensunterhalt, das Westend vergnügt sich bloß. Im Westend mag man sich belustigen, aber in der City erfaßt einen innerste Erregung.

Matt und hungrig – Jahre war es her, daß ich so gesunden Hunger verspürt hatte – kehrte ich schließlich gegen zwei Uhr in meinen düsteren, alten und ruhigen Gasthof zurück. Ich verspeiste zwei Gerichte, ein schlichtes Stück Braten und Gemüse. Beides schien ausgezeichnet – viel, viel besser als die kleinen leckeren Schüsseln, die Miß Marchmonts Köchin meiner freundlichen toten Herrin und mir immer heraufgeschickt hatte und zu deren Genuß wir dann alle beide keine rechte Lust aufzubringen vermochten. Köstlich müde legte ich mich dann für eine Stunde auf drei Stühle nieder – das Zimmer wies kein Sofa auf. Ich schlief, dann erwachte ich und dachte zwei Stunden lang nach.

Meine Gemütsverfassung und alle Begleitumstände waren gerade jetzt danach angetan, mir eine neue, entschlossene und beherzte, vielleicht verwegene Handlungsweise nahezulegen. Ich hatte nichts zu verlieren. Unaussprechlicher Widerwille gegen ein ödes Dasein, das hinter mir lag, verbot die Rückkehr. Wenn mir fehlschlug, was zu unternehmen ich jetzt beschloß, wer außer mir würde leiden? Wenn ich starb, weit von – von zu Hause, hatte ich sagen wollen, aber ich besaß kein Zuhause –, weit von England also: Wer würde weinen?

Es konnte sein, daß ich leiden würde. Leiden war ich gewohnt – der Tod selber hatte, dachte ich, nicht solche Schrecken für mich wie für die mit Zärtlichkeit Aufgezogenen. Schon vordem hatte ich mir den Tod vor Augen gestellt und ihn ruhig betrachtet. So war ich auf jedwede Folgen gefaßt und formte meinen Plan.

Am selben Abend erlangte ich von meinem Freund, dem Kellner, Auskunft darüber, wann Schiffe nach einem bestimmten Hafen auf dem Kontinent, nach Boue-Marine, ausliefen. Ich fand, daß keine Zeit zu verlieren war. Noch am selben Abend mußte ich mein Kajütenbett belegen. Ich hätte wirklich bis zum Morgen warten können, ehe ich an Bord ging, aber ich wollte nicht riskieren, daß ich zu spät kam.

»Belegen Sie Ihr Bett lieber sofort, gnädiges Fräulein«, riet der Kellner. Ich stimmte ihm zu, beglich meine Rechnung und zeigte mich für die Dienste meines Freundes auf eine Art erkenntlich, von der ich jetzt weiß, daß sie fürstlich war. In seinen Augen muß sie sich absurd ausgenommen haben, und wirklich lächelte er, während er das Geld in die Tasche steckte, ein schwaches Lächeln, das seine Meinung vom savoir-faire der Geberin erkennen ließ. Dann begab er sich daran, mir einen Wagen zu rufen. Er empfahl mich auch dem Kutscher, wobei er ihm, glaube ich, gleichzeitig einschärfte, er solle mich an den Kai bringen und mich nicht den Fährleuten überlassen. Das versprach der Beauftragte, aber sein Versprechen auch auszuführen, versäumte er. Im Gegenteil, er brachte mich als Opfergabe dar und servierte mich als saftigen Braten, indem er mich mitten in einem Knäuel von Fährleuten zum Aussteigen nötigte.

Das war eine ungemütliche Krise. Die Nacht war dunkel; der Kutscher fuhr, sowie er seinen Lohn eingeheimst hatte, unverzüglich davon, und die Fährleute fingen eine Rauferei um mich und meinen Koffer an. Bis zu diesem Augenblick höre ich ihre Flüche. Sie erschütterten meine Philosophie mehr als die Nacht oder das Abgesondertsein oder die Fremdheit des Schauplatzes. Einer legte Hand an meinen Koffer. Ich schaute zu und wartete ruhig. Aber als ein andrer Hand an mich legte, rückte ich deutlich mit der Sprache heraus, schüttelte seine Berührung ab, trat sofort in ein Boot und verlangte streng, daß der Koffer neben mich gestellt wurde – »Dorthin!« Sogleich geschah es, denn der Besitzer des Bootes, das ich gewählt hatte, ward nun zum Verbündeten. Ich wurde fortgerudert.

Schwarz wie ein Tintenstrom war der Fluß. Lichter von den Gebäudemassen rundum glänzten darauf, Schiffe wiegten sich in seinem Schoß. Die Männer ruderten mich zu einigen hin; beim Laternenlicht las ich ihre Namen, die in großen weißen Buchstaben auf dunklem Grund gemalt standen. Die ›Ocean‹, die ›Phoenix‹, die ›Consort‹, die ›Dolphin‹ – einem nach dem anderen näherten wir uns, glitten vorbei. Aber mein Schiff war die ›Vivid‹, und die schien weiter hinten zu liegen.

Wir fuhren den schwarzen Strom hinab. Ich dachte an den Styx und an Charon, der irgendeine einsame Seele zum Lande der Schatten ruderte. Inmitten der seltsamen Umgebung, mit einem kühlen Wind im Gesicht und Mitternachtswolken, die Regen tropften, über dem Kopf, mit zwei Ruderern als Gefährten, deren unsinnige Flüche noch mein

Ohr peinigten, fragte ich mich, ob ich unglücklich oder verängstigt sei. Ich war keins von beiden. Oft in meinem Leben bin ich es unter vergleichsweise glücklicheren Umständen viel mehr gewesen. Wie kommt das? staunte ich. Mir scheint, ich bin angeregt und frisch statt niedergeschlagen und voll Sorgen? Ich begriff es nicht.

Am Ende tauchte »Die Muntere«, weiß und grell, aus der schwarzen Nacht auf. »Na bitte!« sagte der Fährmann und forderte augenblicklich sechs Schilling.

»Das ist zuviel!« sagte ich. Er lenkte vom Schiffe fort und schwor, er wolle mich nicht an Bord bringen, bis ich bezahlt habe. Ein junger Mann – der Steward, wie ich später herausfand – schaute oben über die Reling. Er grinste in Vorwegnahme des nahenden Streits. Um ihn zu enttäuschen, bezahlte ich das Geld. Dreimal hatte ich an dem Nachmittage Kronen ausgegeben, wo ich zu Schillingen hätte greifen sollen. Aber ich tröstete mich mit dem Gedanken: Das ist der Preis für die Erfahrung.

»Die haben Sie übers Ohr gehaun!« sagte der Steward frohlockend, als ich an Bord kam. Ich antwortete phlegmatisch, daß ich das wüßte, und stieg nach unten.

Eine stämmig gebaute, ansehnliche und aufgeputzte Frau befand sich in der Damenkajüte. Ich bat sie, mir mein Bett zu zeigen, sie musterte mich scharf, murmelte etwas davon, daß es ungewöhnlich für Passagiere sei, um diese Stunde an Bord zu kommen, und schien geneigt, sich unterhalb der Höflichkeitsgrenze zu halten. Was für ein Gesicht sie hatte! So hübsch, so anmaßend und so selbstisch.

»Nun, da ich einmal an Bord bin, werde ich ganz gewiß bleiben!« war meine Antwort. »Ich muß Sie schon ersuchen, mir mein Bett zu zeigen.«

Sie fügte sich, aber mürrisch. Ich nahm meinen Hut ab, brachte meine Sachen unter und legte mich hin. Einige

Schwierigkeiten waren überstanden, eine Art Sieg war errungen – meine unbehauste, unverankerte, ungestützte Seele hatte wieder Muße zu einer kurzen Rast. Bis »Die Muntere« im Hafen anlangte, würde mir kein Handeln mehr abverlangt werden. Aber dann … Oh! Ich konnte nicht vorwärtsschauen. Ich lag da, abgemattet und völlig erschöpft, in halber Entrückung.

Die Stewardeß redete die ganze Nacht hindurch, nicht zu mir, aber zu dem jungen Steward, ihrem Sohn und leibhaftigen Ebenbild. Er kam beständig in die Kabine und ging wieder hinaus. Sie stritten und zankten miteinander, und sie versöhnten sich zwanzigmal wieder im Laufe der Nacht. Sie erklärte, daß sie an einem Brief nach Hause schreibe – an ihren Vater, sagte sie; sie las Abschnitte daraus vor und gab dabei auf mich nicht mehr acht als auf einen Holzklotz. Vielleicht glaubte sie, ich schliefe. Mehrere dieser Stellen schienen Familiengeheimnisse zu enthalten und bezogen sich insbesondere auf eine gewisse Charlotte, eine jüngere Schwester, die, der Haltung des Briefs nach, drauf und dran war, eine romantische und unbedachte Heirat einzugehen. Laut war der Protest dieser älteren Dame gegen die widerwärtige Verbindung; der ehrerbietige Sohn verlachte die mütterliche Korrespondenz. Sie verteidigte sie und wütete gegen ihn. Ein seltsames Paar, die beiden. Sie mochte neununddreißig oder vierzig Jahre alt sein und war drall und blühend wie ein zwanzigjähriges Mädchen. Heftig, laut, prahlerisch und gemein, schienen ihr Geist und ihr Körper gleichermaßen frech und unzerstörbar. Ich möchte meinen, daß sie von Kind auf in Wirtshäusern gedient haben mußte, und in ihrer Jugend mochte sie Schankmädchen gewesen sein.

Gegen Morgen drehte sich ihre Rede um ein neues Thema: um »die Watsons«, eine gewisse Familiengesellschaft von

Passagieren, die erwartet wurde. Offenbar kannte sie sie und schätzte sie sehr wegen des ansehnlichen Gewinns, den sie aus ihren Trinkgeldern zog. Sie sagte, stets, wenn diese Familie übersetze, dann sei das so gut wie ein kleines Vermögen für sie.

Beim Morgengrauen war alles in Bewegung, und als die Sonne aufging, kamen die Passagiere an Bord. Die Stewardeß bereitete den Watsons einen stürmischen Empfang und entfaltete ihnen zu Ehren eine wunderbare Betriebsamkeit. Sie waren vier an der Zahl, zwei männliche und zwei weibliche Wesen. Außer ihnen gab es nur noch einen weiteren Passagier – eine junge Dame, die von einem zwar schlapp, aber vornehm aussehenden Mann begleitet wurde. Die zwei Gruppen bildeten einen deutlichen Gegensatz. Die Watsons waren ohne Zweifel begüterte Leute, denn sie betrugen sich mit der Dreistigkeit selbstbewußten Reichtums. Die Frauen – beide jung, und eine, was körperliche Schönheit anlangte, vollkommen wohlgestaltet – waren kostbar und prächtig gekleidet, aber ihre Garderobe entsprach lächerlich wenig den Umständen. Ihre Hüte mit leuchtenden Blumen, ihre Samtmäntel und Seidenkleider schienen besser für einen Park oder eine Promenade geeignet als für das feuchte Deck eines Paketbootes. Die Männer waren klein, unansehnlich, dick und gewöhnlich. Der älteste, unschönste, fetteste und plumpste war, wie ich bald merkte, der Mann des schönen Mädchens – der Bräutigam vermutlich, denn sie war noch sehr jung. Ich war tief erstaunt, als ich das entdeckte, noch mehr aber, als ich wahrnahm, daß sie in solch einer Verbindung nicht etwa hoffnunglos unglücklich war, sondern vergnügt bis zur Albernheit. Ihr Gelächter, überlegte ich, muß die bloße Tollheit der Verzweiflung sein. Und eben, als mir dieser Gedanke durch den Sinn fuhr, während ich ruhig und allein an der Reling lehnte, kam sie mit einem Klappstuhl in der Hand auf mich zugehüpft, auf die völlig Fremde, mit einem Lächeln, dessen Leichtfertigkeit mich verwirrte und erschreckte, obwohl es eine vollkommene Reihe vollkommener Zähne wies, und bot mir die Benutzung dieses Möbelstücks an. Ich lehnte ab, selbstverständlich mit aller Höflichkeit, die ich in mein Gebaren zu legen vermochte; achtlos und heiter tänzelte sie davon. Sie muß gutmütig gewesen sein. Aber was hatte sie veranlaßt, jenen Menschen zu heiraten, der einem Ölfaß mindestens ebensosehr glich wie einem Manne?

Die andre Passagierin mit dem begleitenden Herrn war noch ein richtiges Mädchen, artig und hübsch. Ihr kunstloses Kattunkleid, der ungeputzte Strohhut und der große Schal, den sie mit Anmut trug, bildeten ein Kostüm, das schlicht bis zur Quäkerhaftigkeit war, doch ihr stand es gut genug. Ich beobachtete, wie der Herr einen schnellen, forschenden Blick über alle Passagiere gleiten ließ, ehe er von ihr ging, so, als wolle er sich versichern, in welcher Gesellschaft sein Schützling zurückbliebe. Mit höchst unzufriedenem Ausdruck wandte er die Augen von den Damen mit den Prunkblumen. Er sah mich an, und dann sprach er zu seiner Tochter, Nichte oder was immer sie war. Sie schaute ebenfalls in meine Richtung und kräuselte leicht ihre kurze, niedliche Oberlippe. Entweder war ich es, oder es war mein hausbackenes Trauerkleid, das dies Zeichen der Mißachtung hervorrief – wahrscheinlich beides. Eine Glocke läutete. Ihr Vater – nachmals erfuhr ich, daß es ihr Vater war – küßte sie und kehrte an Land zurück. Das Paketboot segelte ab.

Ausländer sagen, einzig die englischen Mädchen seien es, denen man zutrauen könne, daß sie allein reisen. Sie kommen nicht aus dem Staunen darüber heraus, wie tollkühn sich Eltern und Vormünder in ihrer Zuversicht wiegen. Was die »jeunes Miss« anlangt, so wird deren Unerschrockenheit von einigen für männlich und »inconvenant« erklärt, andre betrachten sie als die duldenden Opfer eines pädagogischen und theologischen Systems, das leichtfertig auf die gehörige »surveillance« verzichtet. Ob diese spezielle junge Dame von der Art war, die man mit größter Seelenruhe unbeobachtet lassen kann, weiß ich nicht – oder besser gesagt, damals wußte ich es nicht. Aber es stellte sich bald heraus, daß die Würde der Einsamkeit nicht nach ihrem Geschmack war. Sie schritt ein- oder zweimal übers Deck hin und her, sie schaute mit einer sauren kleinen Verachtungsmiene auf die aufgeblasene Samt- und Seidenpracht und die darum herumscharwenzelnden Tolpatsche, und schließlich näherte sie sich mir und redete mich an.

»Mögen Sie Seereisen?« lautete ihre Frage.

Ich erklärte, daß meine Neigung für Seereisen erst noch erprobt werden müsse; ich hatte noch nie eine gemacht.

»Ach wie reizend!« rief sie. »Da beneide ich Sie richtig um die Neuheit. Erste Eindrücke, wissen Sie, sind immer so was Hübsches. Ich habe nun so viele Überfahrten gemacht, daß ich die erste schon ganz vergessen habe. Ich bin ganz *blasée*, was das Meer und all das angeht.«

Ich konnte nicht anders, ich lächelte.

»Warum lachen Sie über mich?« erkundigte sie sich mit einer unverhohlenen Empfindlichkeit, die mir besser gefiel als ihr übriges Geschwätz.

»Weil Sie zu jung sind, um von irgendwas *blasée* zu sein.«

Ein wenig verschnupft: »Ich bin siebzehn.«

»Sie sehen kaum wie sechzehn aus. Reisen Sie gern allein?«

»Bah! Ich mache mir nichts draus. Ich bin zehnmal allein über den Kanal gefahren. Aber allerdings, ich sorge dafür, daß ich nie lange allein bin. Ich freunde mich immer mit wem an.«

»Ich glaube«, sagte ich und schaute auf die Watson-Gruppe, die jetzt lachte und einen gehörigen Lärm auf Deck vollführte, »auf dieser Überfahrt werden Sie kaum viel Freundschaften schließen.«

»Nicht mit diesen abscheulichen Männern und Frauen«, sagte sie. »Solche Leute müßten im Zwischendeck reisen. Fahren Sie in eine Schule?«

»Nein.«

»Wohin dann?«

»Ich habe keine Ahnung – jedenfalls nicht über den Hafen von Boue-Marine hinaus.«

Sie starrte mich an, dann plauderte sie unbekümmert weiter: »Ich bin auf dem Weg zur Schule. Ach, die Masse von ausländischen Schulen, auf denen ich in meinem Leben schon gewesen bin! Und trotzdem bin ich ein vollständiger Ingnorant. Ich weiß nichts – nichts auf der Welt, ich versichre's Ihnen. Bloß spielen und tanzen tu' ich großartig. Und natürlich kann ich französisch und deutsch reden, aber lesen und schreiben kann ich's nicht sehr gut. Wissen Sie, neulich wollten sie von mir, daß ich eine Seite aus einem leichten deutschen Buch ins Englische übersetze, und ich habe es nicht fertiggebracht. Papa war so außer sich, er sagt, es sieht aus, als ob Monsieur de Bassompierre all sein Geld zum Fenster rausgeworfen hat – das ist mein Pate, der mir das ganze Schulgeld bezahlt. Und dann, was Kenntnisse betrifft: in Geschichte, Geographie, Arithmetik und so weiter, da bin ich das reine Baby. Und sie sagen mir, daß ich ein fürchterliches Englisch schreibe, mit wer weiß was für Rechtschreib- und Grammatikfehlern. Obendrein habe ich meine Religion reinweg vergessen. Sie behaupten ja zwar, daß ich eine Protestantin bin, wissen Sie, aber in Wirklichkeit bin ich da gar nicht so sicher – ich weiß nämlich gar nicht so recht, was der Unterschied zwischen katholisch und protestantisch eigentlich ist! Na, wenn schon! Ich mache mir nicht das geringste draus. Damals in Bonn – ach, mein Bonn, das entzückende Bonn! –, da war ich 'ne Lutheranerin. Dort gab's so viel hübsche Studenten. Jedes nette Mädel in unsrer Schule hatte einen Verehrer. Sie wußten, wann unsre Ausgehstunden waren, und dann kamen sie auf der Promenade fast jedesmal an uns vorbei, und wir hörten immer, wie sie sagten: ›Schönes Mädchen!‹ Zu gut hat mir's in Bonn gefallen!«

»Und wo sind Sie jetzt?« erkundigte ich mich.

»Oh, in – *chose*«, sagte sie.

Nun setzte Miß Ginevra Fanshawe – denn das war der Name dieser jungen Person – das Wort *»chose«* nur bei vorübergehendem Vergessen des eigentlichen Namens ein. Es war eine Gewohnheit von ihr; *»chose«* stellte sich bei jeder Wendung ihres Gesprächs ein, der bequeme Ersatzmann für jedes fehlende Wort in jedweder Sprache, die sie gerade sprechen mochte. Französische Mädchen tun oft dasselbe; von ihnen hatte sie die Gewohnheit übernommen. Gleichviel, in diesem Fall stand »chose«, wie ich herausfand, für Villette, die große Hauptstadt des Königreichs Labassecour.

»Mögen Sie Villette?« fragte ich.

»Ach doch, ziemlich. Wissen Sie, die Einwohner sind ausgesprochen stur und gewöhnlich, aber es gibt da ein paar nette englische Familien.«

»Sind Sie in einer Schule?«

»Ja.«

»In einer guten?«

»Ach nein! Greulich! Aber ich gehe jeden Sonntag aus und schere mich nicht um die maîtresses und professeurs und élèves und lasse die Lektionen au diable gehn! – Auf englisch getraut man sich das nicht zu sagen, nicht wahr, aber auf französisch ist gar nichts dabei. – Na, und so komme ich wunderbar hin... Jetzt lachen Sie wieder über mich?«

»Nein – ich lächle bloß über meine eignen Gedanken.«

»Und was sind die?« Sie wartete keine Antwort ab. »Jetzt sagen Sie mir aber, wo Sie hingehn!«

»Wohin mich das Schicksal haben will. Ich muß mir meinen Lebensunterhalt verdienen, wo ich ihn finden kann.«

»Verdienen?« Und bestürzt: »Also sind Sie arm?«

»So arm wie Hiob.«

Nach einer Pause: »Puh, wie unangenehm! Aber ich weiß, was es heißt, arm zu sein – wir sind daheim arm genug, Papa und Mama und alle. Papa heißt Captain Fanshawe, er ist Offizier auf Halbsold, aber von guter Herkunft, und ein paar von unsern Verwandten sind ganz schön großartig. Aber mein Onkel und Pate de Bassompierre in Frankreich ist der einzige, der uns hilft: Der sorgt bei uns Mädels für die Erziehung. Ich habe fünf Schwestern und drei Brüder. Nach und nach müssen wir heiraten – ziemlich angejahrte Herren, nehme ich an, mit guten Finanzen. Papa und Mama machen das schon. Meine Schwester Augusta ist jetzt mit einem Mann verheiratet, der viel älter aussieht als Papa. Augusta ist sehr schön – nicht mein Typ, sondern dunkel. Ihr Mann, Mr. Davies, hatte in Indien das Gelbfieber und sieht immer noch aus wie eine Guinee. Aber schließlich ist er reich, und Augusta hat einen Wagen und macht ein Haus, wir denken alle, sie hat das einzig Richtige getan. Na, das ist besser, als sich ›den Unterhalt zu verdienen‹, wie Sie sagen. Nebenbei, sind Sie klug?«

»Nein – überhaupt nicht.«

»Sie können Klavier spielen, singen, drei oder vier Sprachen sprechen?«

»Kein Gedanke!«

»Trotz alledem, ich denke doch, daß Sie klug sind.« Eine Pause und ein Gähnen. »Werden Sie seekrank?«

»Und Sie?«

»Oh, kolossal! Sobald wir bloß das Meer zu Gesicht kriegen – wahrhaftig, ich fang's schon zu merken an. Ich werde nach unten gehn. Und ob ich diese fette, widerwärtige Stewardeß herumkommendieren will! Heureusement je sais faire aller mon monde.« Und sie stieg hinab.

Nicht lange, und die andern Passagiere folgten ihr; den ganzen Nachmittag über blieb ich allein an Deck. Wenn ich mir die ruhige und sogar glückliche Stimmung zurückrufe, in der ich diese Stunden verbrachte, und mich gleichzeitig auf die Situation besinne, in die ich hineingestellt worden war, auf ihre Gewagtheit – manche hätten von Hoffnungslosigkeit gesprochen –, dann begreife ich:

> »Steinmauern machen den Kerker nicht aus,
> Den Käfig nicht eiserne Stangen.«

Und ebenso können Gefahr, Einsamkeit und ungewisse Zukunft uns nicht zu Boden drücken, solange unser Körper gesund ist und unsre Kräfte gebraucht werden. Und besonders das: solange uns die Freiheit ihre Flügel leiht und die Hoffnung uns durch ihren Stern weiterführt.

Ich blieb bis lange nach Margate von der Seekrankheit frei und sog mit Inbrunst den Meereswind ein, schöpfte göttliches Entzücken aus den hochaufsteigenden Kanalwogen, empfing es von den Seevögeln auf ihrem Rücken, von den weißen Segeln auf ihrer diesigen Ferne, vom stillen und doch wolkenbedeckten Himmel, der über allem hing. Mir war, als sähe ich den Kontinent Europa fern wie ein weites Traumland. Sonnenschein lag darüber und verwandelte die lange Küste in eine Linie von Gold. Das winzigste Schnörkelwerk von zusammengeballter Stadt und schneeglänzendem Turm, dunkel gehäuften Wäldern, gekerbten Höhen, sanftem Weideland, vieladrigem Strom prägte den metallhellen Prospekt. Als Hintergrund breitete sich ein Himmel, feierlich, in dunklem Blau; und erhaben und herrlich von Verheißung, sanft von Zauberfarben, wölbte sich von Nord nach Süd ein gottgespannter Bogen der Hoffnung.

Streichen Sie das alles durch, lieber Leser, wenn Sie mögen. Oder lassen Sie es lieber stehen, und ziehen Sie eine Moral daraus – eine alliterierende, große, deutliche Schreibvorlage in Kurrent:

»Tagträume sind des Teufels Trugwerk.«

Von heftiger Übelkeit erfaßt, stolperte ich in die Kajüte hinab.

Zufällig befand sich Miß Fanshawes Bett dem meinen am nächsten, und, ich sage es ungern, während der ganzen Zeit unsrer beiderseitigen Nöte marterte sie mich mit schonungslosem Egoismus. Nichts konnte ihre Ungeduld und üble Laune übertreffen. Die Watsons, die ebenfalls arg zu leiden hatten und die von der Stewardeß mit schamloser Vorliebe gepflegt wurden, waren im Vergleich zu ihr Stoiker. Seither habe ich viele Male bei Personen von Ginevra Fanshawes leichtem, sorglosem Temperament und ihrer hellen, zerbrechlichen Schönheit eine völlige Unfähigkeit zu dulden bemerkt: Sie scheinen im Elend sauer zu werden wie Dünnbier in der Sonne. Der Mann, der ein solches Wesen zur Frau nimmt, sollte dafür gerüstet sein, ihr ein Dasein aus lauter Sonnenschein zu verbürgen. Ungehalten über ihre quälende Verdrießlichkeit ersuchte ich sie schließlich kurz, den Mund zu halten. Die schroffe Zurechtweisung tat ihr gut, und es war bemerkenswert, daß sie mich deswegen nicht weniger mochte.

Als die dunkle Nacht nahte, wurde die See stürmisch.

Größere Wogen schlugen gegen die Schiffswand. Es war seltsam, darüber nachzudenken, daß rund um uns Schwärze und Wasser waren, und zu fühlen, wie sich das Schiff stracks auf seinem ungebahnten Wege vorwärtsarbeitete, trotz Lärm, Sturzwellen und aufsteigendem Sturm. Möbelstücke fingen an herumzupoltern, es wurde nötig, sie an ihrem Platz festzubinden. Den Passagieren wurde noch viel elender, und Miß Fanshawe erklärte stöhnend, daß sie sterben müsse.

»Aber doch nicht gerade jetzt, Schätzchen«, sagte die Stewardeß. »Wir sind eben im Hafen angelangt.« Dementsprechend senkte sich in der nächsten Viertelstunde über uns alle Ruhe, und gegen Mitternacht war die Fahrt zu Ende.

Ich war betrübt – ja, betrübt. Meine Rastzeit war dahin, meine Schwierigkeiten, meine dringlichen Nöte hoben wieder an. Als ich an Deck ging, schalten mich der kalte Hauch und das schwarze mürrische Gesicht der Nacht für die Vermessenheit hierzusein – so war mir's. Die Lichter der fremden Stadt, die um den fremden Hafen flimmerten, trafen mich wie Blicke zahlloser drohender Augen. Freunde kamen an Bord, um die Watsons willkommen zu heißen. Eine ganze Familie von Freunden umringte Miß Fanshawe und trug sie fort; ich – aber ich wagte keinen Augenblick lang dabei zu verweilen, daß ich die Umstände verglich.

Aber wohin sollte ich mich wenden? Irgendwohin mußte ich ja doch gehn. Not darf nicht empfindlich sein. Als ich der Stewardeß ihr Trinkgeld gab – und sie schien überrascht, eine Münze von größerem Wert zu empfangen, als ihre plumpen Berechnungen wohl von dieser Seite her erwartet hatten –, da sagte ich: »Seien Sie so freundlich, mich in irgendein ruhiges, anständiges Gasthaus zu weisen, wo ich für die Nacht hingehn kann.«

Sie gab mir nicht nur die verlangte Adresse, sondern rief

einen commissionnaire herbei und befahl ihm, mich in seine Obhut zu nehmen – mich, *nicht* meinen Koffer, denn der war ans Zollamt gegangen.

Ich folgte dem Mann eine grobgepflasterte Straße entlang, die nun von einem unsteten Mondschimmer erhellt wurde; er brachte mich zum Gasthof. Ich bot ihm ein Sixpence-Stück, das zu nehmen, weigerte er sich. In der Vermutung, es sei nicht genug, vertauschte ich es mit einem Schilling; aber auch den lehnte er ab, indem er ziemlich scharf in einer mir unbekannten Sprache redete. Ein Kellner, der in den lampenerleuchteten Flur des Gasthofs heraustrat, erinnerte mich in gebrochenem Englisch daran, daß mein Geld fremde Münze sei, die hier nicht galt. Ich reichte ihm einen Sovereign zum Wechseln. Nachdem diese kleine Angelegenheit geordnet war, bat ich um ein Schlafzimmer; ein Abendbrot zu essen, war ich nicht imstande. Ich fühlte mich noch immer seekrank und geschwächt und zitterte am ganzen Leib. Wie sehr froh war ich, als sich endlich die Tür einer winzigen Kammer hinter mir und meiner Erschöpfung schloß. Wieder durfte ich ruhen – wenn auch die Wolke Zweifel morgen so dicht wie je sein würde und drängender die Notwendigkeit, mich anzustrengen, näher die Gefahr des Mangels, unerbittlicher der Kampf um das Dasein.

7. *Villette*

Am nächsten Morgen erwachte ich mit neuem Mut und frischen Lebensgeistern; die Urteilskraft war mir nicht mehr durch körperliche Schwäche getrübt, ich fühlte mich entschlossen und frei.

Eben war ich dabei, mich vollends anzukleiden, da klopfte es an die Tür. »Herein!« sagte ich in der Erwartung, daß es das Zimmermädchen sei. Wer aber hereinspazierte, war ein derber Mann. Er sagte: »Ihre Schlüssel, Mi-iß!«

»Warum?« fragte ich.

»Geben!« sagte er ungeduldig, und indem er sie mir fast aus der Hand riß, fügte er hinzu: »In Ordnung! Haben Ihren Koffer bald.«

Glücklicherweise stellte sich wirklich heraus, daß es seine Richtigkeit hatte; er kam vom Zoll. Ich hatte keine Ahnung, wohin ich gehen mußte, um ein Frühstück zu bekommen; aber ich schickte mich, nicht ohne Zögern, zum Hinuntergehen an.

Jetzt nahm ich wahr, was ich am vergangnen Abend in meiner Erschöpfung nicht bemerkt hatte, nämlich, daß dieses Gasthaus in Wirklichkeit ein großes Hotel war. Und während ich langsam die breite Treppe hinabschritt und dabei auf jeder Stufe innehielt – denn ich spürte wunderlich geringe Eile hinunterzugelangen –, da staunte ich die hohe Decke über mir an, die gemalten Wände ringsum, die breiten Fenster, die das Haus mit Licht füllten, und den geäderten Marmor, auf den ich trat – denn die Stufen waren sämtlich aus Marmor, wenngleich von keinem Teppich bedeckt und nicht besonders sauber. Ich verglich dies alles mit den Ausmaßen des Gelasses, das mir als Schlafzimmer zugewiesen war, und geriet dabei in eine philosophische Stimmung.

Ich konnte mich nicht genug über den Spürsinn wundern, den Kellner und Zimmermädchen an den Tag legen, wenn sie dem Gast einen ihm angemessenen Raum zuteilen. Wie konnten Gasthausbediente und Schiffsstewardessen mit einem Blick wissen, daß zum Beispiel ich ein gesellschaftlich unbedeutendes Individuum war und nur leicht an meiner Börse trug? Offensichtlich wußten sie es aber. Ich merkte sehr wohl, daß sie mich alle in augenblickskurzer Erwägung auf ungefähr denselben minimalen Wert einschätzten. Die

Tatsache erschien mir merkwürdig und bedeutsam. Ich wollte es vor mir selbst nicht verleugnen, worauf sie hinwies, aber ich brachte es fertig, meine Laune auch unter dieser Belastung so ziemlich zu wahren.

Als ich schließlich in einer großen, durch Oberlichtfenster grell erleuchteten Halle angelangt war, fand ich irgendwie den Weg in den Raum, der sich als Frühstückszimmer erwies. Es ist nicht zu leugnen, daß ich beim Eintritt ein wenig zitterte, mich unsicher, mutterseelenallein und miserabel fühlte und dachte: Wollte Gott, ich wüßte, ob es richtig oder falsch ist, was ich mache, wobei ich vom letzten überzeugt war. Aber da war nun gar nichts zu tun. Ich handelte im Geist und mit der Ruhe eines Fatalisten und setzte mich an einem kleinen Tisch nieder, an den mir ein Kellner bald das Frühstück brachte. Die Seelenverfassung, in der ich etwas von dieser Mahlzeit zu mir nahm, war nicht gerade geeignet, sie bekömmlich zu machen. Viele andere Leute frühstückten an andern Tischen des Raumes; mir wäre weit wohler zumute gewesen, wenn ich unter ihnen auch Frauen gesehen hätte – jedoch da war nicht eine einzige, alle Anwesenden waren Männer. Aber keiner schien zu meinen, daß ich etwas Absonderliches täte. Einer oder zwei der Herren warfen mir gelegentlich einen Blick zu, doch keiner starrte mich zudringlich an. Ich vermute, falls an der Sache irgend etwas Exzentrisches war, dann erklärten sie es sich durch ein Wort: »Anglaise!«

Das Frühstück war vorbei. Nun mußte ich mich abermals rühren – in welche Richtung? Geh nach Villette, sagte eine innere Stimme, suggeriert zweifellos durch die Erinnerung an den unbedeutenden Satz, den Miß Fanshawe beim Abschied nachlässig und ziellos hingeworfen hatte: »Ich wollte, Sie kämen zu Madame Beck, sie hat ein paar Würmer, um die Sie sich kümmern könnten! Sie braucht eine englische Gouvernante, zumindesten hat sie vor zwei Monaten eine gesucht.«

Wer Madame Beck war und wo sie lebte, das ahnte ich nicht. Ich hatte mich danach erkundigt, aber die Frage war ungehört verklungen: Miß Fanshawe, eilends von Freunden weggeführt, hatte sie unbeachtet gelassen. Ich vermutete, daß sie in Villette lebte, nach Villette wollte ich gehen. Die Stadt lag vierzig Meilen entfernt. Ich wußte, daß ich nach einem Strohhalm haschte, aber in der weiten und wogenrollenden Tiefe, in der ich mich befand, hätte ich nach Spinnweben gelangt. Ich erkundigte mich, mit welchem Verkehrsmittel man nach Villette kam, versicherte mich eines Platzes in der Eilpost, und dann reiste ich ab, auf dieses Projekt hin – diesen Schatten eines Projekts. Mein Leser, bevor Sie sich über die Unbedachtheit dieses Vorgehens äußern, schauen Sie zurück zu dem Punkt, an dem ich begann. Betrachten Sie die Einöde, die ich verlassen hatte, bedenken Sie, wie wenig ich riskierte. Für mich sah das Spiel so aus, daß ich dabei nichts verlieren, vielleicht aber etwas gewinnen konnte.

Ein Künstlertemperament – das muß ich mir absprechen. Und doch muß ich etwas von des Künstlers Fähigkeit besitzen, dem Augenblick das Beste abzugewinnen, dann nämlich, wenn er meinem Geschmack entspricht. Jenen Tag genoß ich, obwohl wir nur langsam dahinfuhren, obwohl es kalt war, obschon es regnete. Unsre Straße war ziemlich kahl, flach und baumlos; schlammige Kanäle krochen wie lebendige, halberstarrte grüne Schlangen nebenher; steif zugestutzte Weiden säumten ebene Felder, die bebaut waren wie die Beete eines Küchengartens. Auch der Himmel war eintönig grau; die Luft stand reglos und feucht; aber inmitten all dieser abstumpfenden Einflüsse trieb meine Phantasie neue Knospen, und mein Herz wärmte sich in Sonnenschein. Und dennoch wurden diese Empfindungen wohl in Schach gehalten durch das geheime, aber unaufhörliche Bewußtsein der Angst, die dem Vergnügen auflauerte wie der Tiger, der sich im Dschungel duckt. Immer hatte ich die Atemzüge des Raubtiers im Ohr; sein wildes Herz schlug dicht gegen meines. Es rührte sich nie auf seinem Lager, aber ich fühlte es, ich wußte, daß es nur auf den Sonnenuntergang wartete, um heißhungrig aus seinem Hinterhalt hervorzuspringen.

Ich hatte gehofft, daß wir Villette vor der Nacht erreichen würden und daß ich so der tieferen Verwirrung entränne, welche die Finsternis rings um einen zu werfen scheint, der zum erstenmal an einem unbekannten Ziele steht. Aber unsere langsame Fahrt und die vielen Pausen, undurchdringlicher Nebel und ein dichter Nieselregen machten, daß zu der Zeit, als wir die Vororte erreichten, sich fast greifbare Dunkelheit über die Stadt gesenkt hatte.

Ich weiß noch, daß wir ein Tor passierten, an dem Soldaten postiert waren – soviel konnte ich beim Lampenlicht sehen. Dann, nachdem wir die schlammige Chaussee hinter uns gelassen hatten, ratterten wir über ein sonderbar unebenes und hartes Pflaster. An einer Posthalterei blieb der Wagen stehen, und die Passagiere stiegen aus. Meine erste Aufgabe war es, meinen Koffer zu erobern – wahrhaftig keine große Angelegenheit, für mich aber sehr wesentlich. Ich begriff, daß es das beste war, sich wegen des Gepäcks nicht ungestüm und übereifrig zu gebärden, sondern zu warten und ruhig die Aushändigung der andern Koffer zu beobachten, bis ich meinen eignen erblickte. Dann wollte ich ihn augenblicklich verlangen und sichern. So stand ich abseits, den Blick auf jenen Teil des Fuhrwerks geheftet, wo man vor meinen Augen meinen kleinen Mantelsack sicher verstaut hatte und wo sich nun weitere Taschen und Koffer stapelweise häuften. Ich sah, wie einer nach dem andern aufgenommen, heruntergereicht und ergriffen ward. Kein Zweifel, jetzte hätte der meine schon auftauchen müssen – er tat es nicht. Ich hatte die Adresse mit einem grünen Band festgebunden, damit ich ihn auf den ersten Blick erkennen konnte – kein Zipfel und kein Ende Grün war zu erblicken. Alle Gepäckstücke waren schon weggeschafft, jede Blechkapsel und jedes braune Paket. Die Schutzdecke aus Öltuch war abgehoben; ich sah mit aller Deutlichkeit, daß kein einziger Regenschirm, kein Mantel, kein Stock, nicht eine Hut- oder Putzschachtel zurückgeblieben war.

Und mein Mantelsack mit meinen paar Kleidern und der kleinen Brieftasche, die den Rest meiner fünfzehn Pfund umschloß – wo waren die?

Ich stelle diese Frage jetzt, aber damals konnte ich sie nicht aussprechen. Ich konnte überhaupt nichts sagen, denn ich war keiner einzigen Wendung des *gesprochenen* Französisch mächtig, und es war Französisch, nichts als Französisch, das nun die ganze Welt um mich herum zu schwatzen schien. *Was* sollte ich nur tun? Ich näherte mich dem Kondukteur, legte ihm bloß die Hand auf den Arm, deutete auf einen Koffer und dann auf das Kutschendach und suchte die Frage mit den Augen auszudrücken. Er mißverstand mich, ergriff den bezeichneten Koffer und war drauf und dran, ihn auf das Fuhrwerk zu heben.

»Lassen Sie den gefälligst stehn, ja?« sagte jemand auf gut englisch und dann, sich verbessernd: »Qu'est-ce que vous faites donc? Cette malle est à moi.«

Aber ich hatte die heimischen Laute gehört; die erfreuten mir das Herz, ich wandte mich um:

»Sir«, sagte ich und appellierte an den Fremden, ohne in meiner Bedrängnis wahrzunehmen, welcherart Mensch er war, »ich kann kein Wort Französisch. Darf ich Sie bitten, diesen Mann zu fragen, was er mit meinem Koffer angestellt hat?«

Ohne im Augenblick zu unterscheiden, wie das Gesicht beschaffen war, zu dem sich mein Blick erhob und an dem er haftetet, spürte ich doch an seinem Ausdruck halb Verblüffung über mein Ersuchen und halb Zweifel, ob es klug sei, sich einzumengen.

»*Bitte*, fragen Sie ihn! Ich täte dasselbe für Sie«, sagte ich.

Ich weiß nicht, ob er lächelte, aber er sagte im Ton eines wohlerzogenen Mannes, das will heißen, auf eine Weise, die weder hart noch einschüchternd war: »Wie sah Ihr Koffer aus?«

Ich beschrieb ihn, wobei ich das grüne Band nicht vergaß. Und unverzüglich nahm er sich den Kondukteur vor, und ich merkte durch den ganzen nun folgenden Schwall von Französisch hindurch, daß er ihn mit seinen Fragen gleichsam um und um stülpte. Bald kehrte er wieder zu mir zurück.

»Der Kerl behauptet, daß er überladen war, und gibt zu, daß er Ihren Koffer wieder heruntergenommen hat, nachdem Sie gesehen hatten, wie er aufgepackt worden war. Er hat ihn mit anderen Paketen in Boue-Marine zurückgelassen, verspricht aber, ihn morgen mitzubringen. Demnach werden Sie ihn übermorgen sicher in dieser Posthalterei vorfinden.«

»Vielen Dank«, sagte ich, aber das Herz sank mir.

Was sollte ich in der Zwischenzeit tun? Vielleicht las es mir der englische Herr am Gesicht ab, wie sehr entmutigt ich war. Er erkundigte sich freundlich: »Haben Sie Bekannte in dieser Stadt?«

»Nein, und ich weiß nicht, wohin ich gehen soll.«

Es gab eine kleine Pause, in deren Verlauf ich sah – denn er wandte sich voll dem Licht der Lampe über ihm zu –, daß er ein junger, vornehmer und hübscher Mann war. Soviel ich davon verstand, mochte er ein Lord sein; die Natur hatte ihn so geschaffen, daß er ein Fürst hätte sein können, dachte ich. Sein Gesicht war sehr angenehm; er schaute stolz drein, aber nicht dünkelhaft, männlich, doch nicht anmaßend. Mich durchdrang schwer das Bewußtsein, daß ich nicht das mindeste Recht dazu hatte, noch weitere Hilfe von jemandem wie ihm zu erwarten. Ich kehrte mich ab.

Er hielt mich zurück. »War Ihr sämtliches Geld in dem Koffer?« fragte er.

Wie dankbar war ich, daß ich auf die Frage wahrheitsgemäß antworten konnte: »Nein. Ich habe genug in der Börse« – denn es waren nahezu zwanzig Francs –, »um davon bis übermorgen in einem ruhigen Gasthof leben zu können. Aber ich bin ganz fremd in Villette und kenne keine Straßen und keine Gasthäuser.«

»Ich kann Ihnen die Adresse von einem geben, wie Sie's brauchen«, sagte er, »es ist auch nicht weit bis dorthin. Sie werden sich leicht zurechtfinden, wenn ich es Ihnen beschreibe.«

Er riß ein Blatt aus seinem Taschenbuch, schrieb ein paar Worte darauf und reichte es mir. Ich hielt ihn für freundlich; und was Mißtrauen gegen ihn oder seinen Rat oder seine Adresse anlangt – da hätte ich fast ebensogut an der Bibel zweifeln können. In seinem Ausdruck lag Güte, aus seinen hellen Augen sprach Ehrlichkeit.

»Am kürzesten ist es, wenn Sie den Boulevard hinuntergehen und den Park durchqueren«, fuhr er fort. »Aber es ist zu spät und zu dunkel, als daß eine Frau allein durch den Park laufen könnte. Ich will Sie so weit begleiten.«

Er schritt aus, und ich folgte ihm durch die Finsternis und den Nieselregen, der alle Kleider durchdrang. Der Boulevard lag verlassen, schlammig der Fußsteig, das Wasser troff von den Bäumen, der Park war schwarz wie die Mitternacht. In der doppelten Düsternis von Bäumen und Nebel vermochte ich meinen Führer nicht zu erkennen; ich konnte nur seinem Tritt nachgehen. Doch ich empfand nicht die geringste Furcht. Ich glaube, ich wäre diesem unbefangenen Schritt eine ganze Nacht hindurch und bis ans Weltende gefolgt.

»Nun«, sagte er, als wir den Park durchwandert hatten, »jetzt gehen Sie diese breite Straße entlang, bis Sie auf Stufen stoßen. Zwei Lampen werden Ihnen zeigen, wo die sind. Diese Stufen steigen Sie hinab. Unten liegt eine schmalere Straße. Der folgen Sie wieder, und am untersten Ende finden Sie dann Ihren Gasthof. Dort spricht man Englisch, Ihre Schwierigkeiten sind also im Augenblick so ziemlich vorbei. Gute Nacht.«

»Gute Nacht, Sir«, sagte ich, »nehmen Sie meinen aufrichtigsten Dank.« Und wir schieden.

Sein Blick, dessen bin ich gewiß, zeigte einen freundlichen Schimmer für die Freundlose; seine Stimme – ich habe ihren Klang noch im Ohr – verriet angeborene Ritterlichkeit auch der Bedürftigen und Schwachen gegenüber, so gut wie bei der Jungen und Schönen. Die Erinnerung daran war für mich noch lange danach eine Art Herzstärkung. Er war ein echter junger englischer Gentleman.

Weiter ... Ich hastete eine prachtvolle Straße entlang, über einen Platz mit den imposantesten Häusern ringsum, zwischen ihnen die gewaltigen Umrisse von mehr als einem trotzigen Bau, Palast oder Kirche, ich vermochte es nicht zu unterscheiden. Ich durchschritt eben einen Säulengang, da traten plötzlich zwei schnurrbärtige Männer hinter seinen Pfeilern hervor. Sie rauchten Zigarren, ihre Kleidung ließ darauf schließen, daß sie Anspruch auf Rang von Gentlemen erhoben. Die Armen! Ihnen saß die Vornehmheit bestenfalls im Anzug. Ihre Rede war unverschämt; und so schnell ich auch dahinlief, sie hielten eine lange Strecke mit mir Schritt. Schließlich stieß ich auf eine Art Scharwache, und meine gefürchteten Jäger wurden von der Verfolgung abgebracht. Aber sie hatten mich weiter getrieben, als mir bewußt gewesen war. Als ich meine Geister wieder sammeln konnte, hatte ich keine Vorstellung mehr davon, wo ich mich befand. Die Treppe mußte ich längst hinter mir haben. Ich stand verwirrt, atemlos, mit Pulsen, die in der unvermeidlichen Aufregung hämmerten, und wußte nicht, wohin ich mich wenden sollte. Der Gedanke, jenen bärtigen, höhnenden Tröpfen noch einmal zu begegnen, war schrecklich; aber die Gegend mußte wieder aufgesucht und die Stufen mußten entdeckt werden.

Schließlich kam ich an eine alte, abgetretene Treppe. Da ich es für selbstverständlich nahm, daß es die bezeichnete sein müsse, schritt ich sie hinab. Die Gasse, in welche sie führte, war tatsächlich schmal, aber kein Gasthof stand darin. Ich irrte weiter. In einer sehr stillen und vergleichsweise sauberen und gutgepflasterten Straße sah ich ein Licht. Es brannte über der Tür eines ziemlich großen Gebäudes, das seine Nachbarn um ein Stockwerk überragte. *Das* mochte nun endlich das Gasthaus sein. Ich hastete weiter; jetzt zitterten mir die Knie, mehr und mehr überkam mich Erschöpfung.

Es war kein Gasthof. Eine Messingtafel schmückte den stattlichen Torweg. »Pensionnat de Demoiselles« stand darauf und darunter ein Name: »Madame Beck.«

Ich fuhr zurück. Hundert Gedanken schossen mir in einem einzigen Augenblick durch den Sinn. Doch ich plante nichts und erwog nichts – ich hatte keine Zeit dazu. Die Vorsehung sprach: »Hier halt an – dies ist *dein* Gasthaus!« Das Schicksal nahm mich in seine starke Hand, regierte meinen Willen, schrieb mir das Handeln vor, ich zog an der Klingel.

Während ich wartete, wollte ich nicht nachdenken. Ich starrte unverwandt die Pflastersteine an, da, wo der Schein der Türlampe sie traf, und zählte sie, betrachtete ihren Umriß und nahm wahr, wie in den Winkeln die Nässe glitzerte. Schließlich wurde geöffnet. Ein Dienstmädchen mit schmukkem Häubchen stand vor mir.

»Ist Madame Beck zu sprechen?« erkundigte ich mich.

Ich glaube, wenn ich französisch geredet hätte, dann wäre mir der Eintritt von ihr verwehrt worden. Da ich aber englisch sprach, schloß sie, daß ich eine ausländische Lehrerin und in Pensionatsangelegenheiten gekommen sei, und ließ mich selbst zu dieser späten Stunde ohne ein widerstrebendes Wort oder einen Augenblick des Zögerns ein.

Im nächsten Augenblick saß ich in einem kalten, funkelnden Salon mit einem ungeheizten Porzellanofen und vergoldetem Zierat und poliertem Fußboden. Eine Pendüle auf dem Kaminsims schlug neun Uhr.

Eine Viertelstunde verstrich. Wie mir die Pulse jagten, wie mir abwechselnd heiß und kalt wurde! Ich saß, den Blick auf die Tür geheftet – eine große weiße Flügeltür mit vergoldeten Ornamenten. Ich gab acht, um zu sehen, ob sich ein Flügel bewege, auftue. Alles war ruhig gewesen, keine Maus hatte sich gerührt; die weiße Tür blieb verschlossen und reglos.

»Sie sein Engliss?« sagte jemand unmittelbar neben mir. Ich tat nahezu einen Satz, so unerwartet kam der Klang, so gewiß war ich des Alleinseins gewesen.

Kein Geist stand neben mir, auch nichts, was einem glich – lediglich eine mütterliche, untersetzte kleine Frau im Morgenrock und großem Schal und sauberer, netter Nachthaube.

Ich sagte, daß ich Engländerin sei, und sofort, ohne weiteres Vorspiel, gerieten wir in eine höchst bemerkenswerte Unterhaltung. Madame Beck (denn sie war es – sie war durch eine kleine Tür hinter mir hereingekommen, und da sie mit den Schuhen der Heimlichkeit angetan war, hatte ich weder ihren Eintritt noch ihr Nahen vernommen), Madame Beck hatte ihr Vermögen insularer Äußerung erschöpft, als sie gesagt hatte: »Sie sein Engliss«, und nun ging sie dazu über, mit Windeseile in ihrer eigenen Sprache fortzusprudeln. Ich antwortete in meiner. Sie verstand mich zum Teil; aber da ich sie ganz und gar nicht verstand – obwohl wir miteinander einen erschrecklichen Lärm vollführten (so etwas wie Madames Redegabe hatte ich bisher weder vernommen noch mir träumen lassen) –, erzielten wir nur einen geringen Fortschritt. Nicht lange, und sie klingelte Hilfe herbei. Die erschien in Gestalt einer Lehrerin, die zeitweilig in einem irischen Kloster erzogen worden war und die man als perfekte Kennerin der englischen Sprache betrachtete. Eine plumpe kleine Person war sie – Labassecourerin von Kopf bis Fuß. Und wie sie die Sprache Albions dahinmetzelte! Gleichwohl erzählte ich ihr eine einfache Geschichte, die sie übersetzte. Ich berichtete ihr, wie ich mein eignes Land verlassen hatte in der Absicht, meine Kenntnisse zu erweitern und mein Brot zu verdienen; daß ich bereit war, meine Hände für jede nützliche Sache zu rühren, vorausgesetzt, es handle sich um nichts Unrechtes oder Erniedrigendes; daß ich gern Kindermädchen oder Zofe sein wollte und selbst Hausarbeit nicht zurückwiese, wenn sie meiner Körperkraft entspräche. Madame hörte das, und während ich in ihrer Miene forschte, glaubte ich beinah, daß die Geschichte ihr Ohr gewann: »Il n'y a que les Anglaises pour ces sortes d'entreprises«, sagte sie, »sont-elles donc intrépides ces femmes là?«

Sie fragte nach meinem Namen und Alter. Sie saß und schaute mich an – nicht mitleidsvoll, nicht mit Anteil. Während der ganzen Unterredung huschte nicht einmal ein Schimmer von Mitempfinden, ein Schatten des Erbarmens über ihr Antlitz. Ich fühlte, sie war niemand, der sich auch nur einen Zoll weit durch seine Gefühle leiten ließ. Gewichtig und bedachtsam schaute sie, fragte ihre Urteilskraft und prüfte meine Erzählung. Eine Glocke ertönte.

»Voilà pour la prière du soir!« bemerkte sie und erhob sich. Durch ihre Dolmetscherin ersuchte sie mich, jetzt zu gehen und morgen wiederzukommen. Aber damit war mir nicht gedient. Ich ertrug es nicht, zu den Gefahren der Finsternis und der Straße zurückzukehren. Entschieden, jedoch gefaßt und beherrscht, sagte ich, indem ich mich an sie persönlich, nicht an die Lehrerin, wandte: »Seien Sie gewiß, Madame, daß Sie Ihrem Interesse dienen und nicht schaden, wenn Sie sich meiner Dienste sogleich versichern. Sie werden mich als jemanden kennenlernen, der in seiner Arbeit den vollen Gegenwert für seinen Lohn zu zahlen wünscht. Wenn Sie mich aber anstellen, dann ist es besser, daß ich diese Nacht hier bleibe. Ich habe keine Bekannten in Villette und beherrsche die Landessprache nicht, wie kann ich also eine Unterkunft finden?«

»Das ist wahr!« sagte sie, »aber können Sie wenigstens eine Empfehlung vorweisen?«

»Keine.«

Sie forschte nach meinem Gepäck. Ich berichtete ihr, wann es ankommen werde. Sie grübelte. In diesem Augenblick erklangen im Vorraum Männerschritte, die sich hastig der Außentür näherten. (Ich werde mit diesem Teil meiner Geschichte so fortfahren, als hätte ich alles erfaßt, was geschah, denn wenn es mir damals auch kaum verständlich war, so hörte ich doch später die Übersetzung.)

»Wer geht da hinaus?« fragte Madame Beck, während sie dem Tritt lauschte.

»Monsieur Paul«, antwortete die Lehrerin. »Er kam heute abend, um in der ersten Klasse eine Stunde zu halten.«

»Genau der Mann, den ich eben brauche. Rufen Sie ihn.«

Die Lehrerin rannte zur Salontür. Monsieur Paul ward herbeibeordert. Er trat herein, ein kleiner, dunkler, magerer Mann mit einer Brille.

»Mon cousin«, begann Madame, »ich wünsche Ihre Meinung. Wir kennen Ihre Fähigkeiten in der Physiognomik. Wenden Sie sie jetzt an, lesen Sie in diesem Gesicht.«

Der kleine Mann richtete seine Brillengläser auf mich. Entschlossenes Zusammenpressen der Lippen und Stirnrunzeln schienen zu besagen, daß er mich unter allen Umständen zu durchschauen gedachte und ihm kein Schleier etwas bedeute.

»Ich lese darin«, erklärte er.

»Et qu'en dites-vous?«

»Mais – bien des choses«, war die orakelhafte Antwort.

»Schlechte oder gute?«

»Von jeder Art, ohne Zweifel«, fuhr der Wahrsager fort.

»Kann man ihrem Worte trauen?«

»Verhandeln Sie über eine wichtige Angelegenheit?«

»Sie wünscht, daß ich sie als Kindermädchen oder Gouvernante engagiere, erzählt eine Geschichte, die von Redlichkeit strotzt, gibt aber keine Referenzen an.«

»Sie ist Ausländerin?«

»Engländerin – man sieht es ja.«

»Spricht sie Französisch?«

»Kein Wort.«

»Versteht sie es?«

»Nein.«

»Also kann man in ihrer Gegenwart offen sprechen?«

»Zweifellos.«

Er starrte mich weiter an. »Brauchen Sie ihre Dienste?«

»Sie kämen mir zupaß. Sie wissen, Madame Svini widert mich an.«

Er durchforschte noch immer mein Gesicht. Als das Urteil schließlich kam, war es so undeutlich wie das Vorangegangene.

»Engagieren Sie sie. Wenn in dieser Natur das Gute vorherrscht, dann wird sich die Handlung selbst belohnen; sollte es das Schlechte sein – eh bien, ma cousine, ce sera toujours une bonne œuvre.« Und mit einer Verbeugung und einem »bon soir« verschwand dieser unbestimmte Schiedsrichter meines Geschicks. Und Madame stellte mich noch am nämlichen Abend an – durch Gottes Segen. Die Notwendigkeit, abermals auf die einsame, düstere, feindliche Straße hinauszugehen, blieb mir erspart.

8. Madame Beck

Der Obhut der Lehrerin übergeben, ward ich durch einen langen, engen Gang in eine fremdartige Küche geführt, die sehr sauber, aber auch sehr sonderbar war. Sie schien durchaus nichts zu enthalten, was zum Kochen dienen konnte, weder Kamin noch Backherd. Ich begriff nicht, daß der große schwarze Ofen, der eine Ecke ausfüllte, ein tüchtiger Ersatz für beides war. Gewiß fing nicht schon Stolz in meinem Herzen zu flüstern an, aber ich empfand doch Erleichterung, als ich nicht, wie ich halb vorausgesehen hatte, in der Küche gelassen, sondern in einen kleinen Innenraum weitergeführt wurde, ein sogenanntes Kabinett. Eine Köchin in Jacke, kurzem Unterrock und Holzpantinen brachte mir mein Abendbrot, nämlich ein wenig Fleisch unbekannter

Natur, angerichtet in einer eigenartigen, sauren, aber angenehmen Soße, ein paar zerschnittene Kartoffeln, die, ich weiß nicht womit, schmackhaft gemacht worden waren – ich vermute Essig und Zucker –, eine Tartine oder Butterschnitte und eine gedörrte Birne. Da ich Hunger hatte, aß ich und war dankbar.

Nach der «Prière du Soir« kam Madame selber, um mich nochmals zu besichtigen. Sie ersuchte mich, ihr treppauf zu folgen. Durch eine Kette der wunderlichsten kleinen Schlafkammern – später hörte ich, daß sie einstmals Nonnenzellen gewesen waren, denn das Haus und sein Zubehör stammten zum Teil aus sehr alter Zeit – und durch die Kapelle – einen langen, niedrigen, düsteren Raum, in dem ein Kruzifix blaß an der Wand hing und zwei Wachskerzen trübe Vigilien hielten – führte sie mich in ein Zimmer, wo in drei winzigen Betten drei kleine Kinder schliefen. Ein überhitzter Ofen machte die Luft dieses Gelasses drückend, und um dem abzuhelfen, war sie mit einem Odeur gewürzt, mehr kräftig als zart, wahrhaftig, mit einem unter diesen Umständen ganz und gar überraschenden und unerwarteten Parfüm. Es glich der Verbindung von Rauch mit irgendeiner weingeisthaltigen Essenz und war, kurz gesagt, der Geruch von Whisky.

Neben einem Tisch, auf dem der Überrest einer Kerze flackerte und ungenutzt in der Leuchtertülle triefte, saß fest schlafend in einem Sessel eine plumpe Weibsperson, uneinheitlich in ein breitgestreiftes, prunkvolles Seidengewand und eine Zeugschürze gekleidet. Um das Bild zu vervollkommnen und keinen Zweifel über den Stand der Dinge zu lassen, standen neben der schlafenden Schönen eine Flasche und ein leeres Glas.

Madame betrachtete dieses bemerkenswerte Tableau mit großer Ruhe. Weder lächelte sie, noch runzelte sie die Stirn. Kein Zeichen von Zorn, Widerwillen oder Überraschung störte die Ausgeglichenheit ihrer würdigen Miene; sie weckte die Frau nicht einmal auf. Indem sie gelassen auf ein viertes Bett deutete, gab sie zu verstehen, daß es meines sein sollte. Dann löschte sie die Kerze, zündete dafür eine Nachtlampe an und glitt durch eine Innentür, die sie halb offenließ, den Eingang zu ihrem eigenen Schlafgemach. Durch die Spalte konnte ich erkennen, daß es ein großes, gut möbliertes Zimmer war.

In dieser Nacht bestanden meine Gebete nur aus Danksagung. Seltsam war ich vom Morgen an geführt, unerwartet war für mich gesorgt worden. Ich vermochte kaum zu glauben, daß noch keine achtundvierzig Stunden verstrichen waren, seit ich London verlassen hatte – unter keiner andern Obhut als der, welche den Zugvogel beschützt, mit keiner Aussicht als dem ungewissen Wolkenspiel der Hoffnung.

Ich hatte einen leichten Schlaf. Mitten in der Nacht wachte ich plötzlich auf. Alles war still, aber eine weiße Gestalt stand im Raum – Madame im Nachtkleid. Ohne wahrnehmbares Geräusch bewegte sie sich umher, sah nach ihren drei Kindern und näherte sich mir. Ich stellte mich schlafend, und sie prüfte mich lange. Eine kleine Pantomime entspann sich, wunderlich genug. Ich behaupte, daß sie eine Viertelstunde auf meiner Bettkante saß und mir ins Gesicht starrte. Dann kam sie näher, beugte sich dicht über mich, hob meine Haube ein wenig ab und schlug den Rand zurück, um mein Haar bloßzulegen. Sie beschaute meine Hand, die auf der Bettdecke ruhte. Als dies geschehen war, wandte sie sich zu dem Stuhl, auf dem meine Kleider lagen – er stand am Fußende des Bettes. Da ich hörte, wie sie die Sachen berührte und aufnahm, öffnete ich die Augen, denn, ich gestehe es, ich war neugierig, wie weit ihre Forscherlust sie leiten werde. Sie führte sie eine recht ordentliche Strecke – kein Gegenstand, den sie nicht untersuchte.

Ich erriet bald den Beweggrund für dies Verfahren, nämlich den Wunsch, sich aus den Kleidungsstücken ein Urteil über die Trägerin zu bilden, über ihre gesellschaftliche Stellung, ihre Vermögensumstände, ihre Reinlichkeit und so fort. Der Zweck war nicht übel, aber das Mittel kaum anständig oder zu rechtfertigen. In meinem Kleid befand sich eine Tasche. Die stülpte sie vollständig um, zählte das Geld in meiner Börse, schlug ein kleines Notizbuch auf, prüfte kaltblütig den Inhalt und holte eine kleine geflochtene Locke von Miß Marchmonts grauem Haar zwischen den Blättern hervor. Besondere Aufmerksamkeit widmete sie einem Bund von drei Schlüsseln, die zu meinem Koffer, meinem Pult und meinem Nähkasten gehörten. Mit ihnen zog sie sich tatsächlich einen Augenblick in ihr eigenes Zimmer zurück. Ich richtete mich sacht im Bett auf und folgte ihr mit dem Blick. Diese Schlüssel, mein Leser, wurden erst dann zurückgebracht, als sie auf dem Toilettentisch nebenan den Wachsabdruck ihrer Bärte hinterlassen hatten. Nachdem all dies schicklich und ordnungsgemäß erledigt worden war, wurden meine Besitztümer an ihren Platz zurückgeliefert, meine Kleider sorgfältig wieder in Falten gelegt. Welcher Art waren die Schlüsse, die sie aus dieser Musterung zog? Waren sie günstig oder das Gegenteil? Müßige Frage. Madames Steingesicht – denn steinern schaute es jetzt mit seiner Nachtmiene aus; im Salon war es menschlich und, wie ich zuvor sagte, mütterlich gewesen – verriet keine Antwort.

Sie hatte nun ihre Pflicht getan – denn ich begriff, daß dies Geschäft in ihren Augen eine Pflicht war – und erhob sich, lautlos wie ein Schatten. Sie bewegte sich auf ihr eigenes Zimmer zu. An der Tür wandte sie sich und heftete den Blick auf die Flaschenheldin, die noch immer schlief und laut schnarchte. Mrs. Svini – denn ich vermutete, daß dies

Mrs. Svini war, von Rechts wegen eine englische oder irische Dame Sweeny –, Mrs. Sweenys Schicksalsspruch stand in Madame Becks Augen. Sie sprachen einen unerschütterlichen Vorsatz aus, diese Augen. Madame mochte jemandes Pflichtversäumnis mit Bedacht und Muße heimsuchen, aber daß sie es tat, darauf durfte man sich verlassen. All dies war sehr unenglisch – wahrhaftig, ich befand mich in einem fremden Lande.

Der Morgen machte mich weiter mit Mrs. Sweeny bekannt. Offenbar hatte sie sich bei ihrer gegenwärtigen Arbeitgeberin als englische Dame in beschränkten Verhältnissen eingeführt, tatsächlich als aus Middlesex gebürtig, und hatte vorgegeben, die englische Sprache mit dem reinsten hauptstädtischen Akzent zu sprechen. Madame, die sich auf ihre eignen unfehlbaren Mittel verließ, die Wahrheit mit der Zeit herauszufinden, besaß eine einzigartige Unerschrokkenheit darin, Bedienung vom Fleck weg zu engagieren. Mein eigener Fall erwies das ja zur Genüge. Sie nahm Mrs. Sweeny als Bonne für ihre drei Kinder auf. Ich brauche dem Leser kaum zu erklären, daß die Dame in Wirklichkeit eine Tochter Irlands war. Ihren Stand zu bestimmen, maße ich mir nicht an. Sie erklärte kühn, daß sie »die Erziehung des Sohns und der Tochter von einem Marquis genossen habe«. Ich für mein Teil denke, daß sie möglicherweise Schmarotzerin, Kindermuhme, Amme oder Waschfrau in irgendeiner irischen Familie gewesen sein mochte. Sie sprach einen verwischten irischen Akzent, der wunderlich mit gezierten Cockneymodulationen überdeckt war. Auf die eine oder andre Art hatte sie eine Garderobe von ziemlich verdächtiger Pracht erlangt und besaß sie noch: Kleider von steifer, kostbarer Seide, die ihr nicht sonderlich paßten und offenbar für andre Formen gearbeitet worden waren als die, welche sie jetzt zierten; Hauben mit echten Spitzenkanten und

– den Hauptposten des Inventars, den Zauber, durch den sie dem gesamten Inhalt eine gewisse heilige Scheu einflößte, kraft dessen sie die sonst zur Verachtung geneigten Lehrer und Dienstboten überwältigte und selbst Madame beeinflußte, so lange wenigstens, wie ihre breiten Schultern die Falten jener majestätischen Draperie trugen – einen richtigen indischen Schal, »un véritable Cachmire«, wie Madame Beck mit einer Mischung von Ehrerbietung und Staunen sagte. Ich bin ganz sicher, ohne diesen »Cachmire« hätte sie sich in dem Internat keine zwei Tage lang gehalten. Dank ihm, und nur dank ihm, behauptete sie ihren Platz einen ganzen Monat.

Aber als Mrs. Sweeny wußte, daß ich gekommen war, um in ihre Fußstapfen zu treten, da zeigte sie sich im wahren Lichte, da erhob sie sich in ihrer vollen Macht gegen Madame Beck, da fuhr sie mit konzentrierter Wucht auf mich herab. Madame ertrug diese Offenbarung und Heimsuchung so vortrefflich, so stoisch, daß mich die reine Scham zwang, sie ebenfalls mit Fassung über mich ergehen zu lassen. Einen kurzen Augenblick lang entfernte sich Madame Beck aus dem Zimmer; zehn Minuten später stand ein Polizeiagent in unsrer Mitte. Mrs. Sweeny und ihre Effekten wurden weggeschafft. Madames Stirn hatte sich während der Szene nicht verzogen, ihren Lippen war kein scharf akzentuiertes Wort entwichen.

Diese muntre kleine Entlassungsangelegenheit war vor dem Frühstück ganz und gar geregelt und der Auszugsbefehl erteilt, der Polizist war herbeibeordert und die Meuternde vertrieben worden, die »chambre des enfants« war durchräuchert und gescheuert, die Fenster waren aufgerissen und jede Spur der wohlerzogenen Mrs. Sweeny, bis hin zu dem feinen Duft, dem geistigen Wohlgeruch, der so zart und verhängnisvoll von ihrer Hauptsünde Zeugnis abgelegt hatte, jede Spur von ihr war in der Rue Fossette ausgelöscht. All dies, sage ich, geschah zwischen dem Augenblick, da Madame Beck auroragleich aus ihrem Gemach hervorging, und dem, in welchem sie seelenruhig Platz nahm und sich die erste Tasse Kaffee eingoß.

Gegen Mittag wurde ich gerufen, um Madame anzukleiden. (Es schien, daß meine Stellung ein Zwischending von Gouvernante und Zofe werden sollte.) Bis Mittag geisterte sie in Schlafrock, Schal und geräuschlosen Pantoffeln im Haus herum. Was würde die Leiterin einer englischen Schule zu diesem Brauch sagen?

Ihre Frisur setzte mich in Verlegenheit. Sie besaß eine Menge Haar, kastanienfarben, ohne Beimischung von Grau, obwohl sie vierzig Jahre alt war. Da sie meine Verwirrung wahrnahm, sagte sie: »In Ihrem Land sind Sie kein Kammermädchen gewesen?« Und indem sie mir die Bürste aus der Hand nahm und mich beiseite schob – sie tat das nicht grob oder geringschätzig –, ordnete sie die Fülle selber. Bei der Ausführung der übrigen Toilettenangelegenheiten wies sie mich halb an, halb stand sie mir bei, ohne im geringsten Gereiztheit oder Ungeduld zu zeigen. Wohlgemerkt – es war das erste- und letztemal, daß ich darum ersucht wurde, sie anzukleiden. Künftig fiel diese Pflicht Rosine, der Pförtnerin, zu.

Als sie gewandet und geschmückt war, erwies sich Madame Beck als eine Person von ziemlich kurzer, stämmiger Gestalt, die dennoch auf ihre besondre Art Anmut besaß – diejenige nämlich, die aus dem Ebenmaß der Glieder entsteht. Ihre Gesichtsfarbe war frisch und vollblütig, nicht zu rot, ihr Auge blau und ungetrübt; ihr dunkles Seidenkleid paßte ihr so, wie nur eine französische Näherin ein Kleid passend machen kann. Sie sah gut aus, wenn auch ein bißchen bourgeoise – bourgeoise aber war sie wirklich. Ich weiß nicht, was für eine Harmonie ihre ganze Person durchdrang; und doch bot ihr Gesicht auch Gegensätze. Ihre Züge waren keineswegs so, wie man sie gewöhnlich mit einem Aussehn von solcher wohlgemischten Frische und Gelassenheit verbunden findet. Der Umriß war streng, die Stirn hoch, aber schmal. Sie drückte Fassungskraft und einiges Wohlwollen aus, doch keine Weite, und ebensowenig lernte ihr friedliches, doch wachsames Auge je das Feuer kennen, das im Herzen entzündet ist, oder die Milde, die von dorther strömt. Ihr Mund war hart, er konnte ein wenig grimmig sein, die Lippen waren dünn. Was Gefühl und Geist mit all ihrer Zärtlichkeit und Unbesonnenheit anlangte, so empfand ich irgendwie, daß Madame den rechten Minos in Unterröcken abgeben würde.

Mit der Zeit fand ich heraus, daß sie noch jemand anders in Unterröcken war. Ihr Name lautete Modeste Maria Beck, geborene Kint; er hätte Ignacia heißen sollen. Sie war eine wohltätige Frau und bewirkte eine Menge Gutes. Nie herrschte eine Gebieterin mit größerer Milde. Man berichtete mir, daß sie der unerträglichen Mrs. Sweeny kein einziges Mal Vorstellungen gemacht hatte, trotz deren Betrunkenheit, Unordnung und allgemeiner Nachlässigkeit. Doch im selben Augenblick, da Mrs. Sweenys Abschied gelegen schien, mußte sie gehen. Ich hörte auch, daß in der Anstalt weder Magister noch Lehrer getadelt, doch beide oft gewechselt würden; sie verschwanden, andere traten an ihre Stelle, und niemand konnte sagen warum.

Das Institut war sowohl Internat als auch Externat. Die Zahl der Externen oder Tagesschülerinnen überstieg die hundert, Pensionärinnen gab es etwa zwanzig. Madame muß beträchtliche administrative Fähigkeiten besessen haben. Sie regierte über alle diese Zöglinge, dazu über vier Lehrerinnen, acht Magister, sechs Dienstboten und drei

Kinder, wobei sie gleichzeitig die Eltern und Verwandten der Schülerinnen mit vollendeter Kunst behandelte. Und nie sah es aus, als koste sie das eine Anstrengung. Es gab keine hastige Betriebsamkeit, keine Müdigkeit, kein Fieber oder irgendein andres Symptom von Überreiztheit. Beschäftigt war sie immer, geschäftig selten. Allerdings hatte Madame ihr eigenes System, diese ganze große Maschinerie zu handhaben und zu regulieren, und zwar ein ganz reizendes – der Leser hat ein Probestück davon in der kleinen Angelegenheit miterlebt, wie sie meine Tasche umstülpte und meine Privatnotizen las. »Surveillance«, »espionage«, das waren ihre Parolen.

Doch wußte Madame, was Redlichkeit war, und schätzte sie – das heißt, falls sie sich nicht mit plumpen Bedenken ihrem Willen und Interesse in den Weg drängte. Sie hatte Hochachtung für »Angleterre«, und was »les Anglaises« betraf, so wollte sie, wenn sie es vermeiden konnte, bei ihren Kindern keine Frauen aus einem andern Land haben.

Abends, nachdem sie den ganzen Tag damit zugebracht hatte, Ränke und Gegenränke zu spinnen, zu spionieren und die Berichte ihrer Spione zu empfangen, abends kam sie oft in mein Zimmer herauf, eine Spur echten Überdrusses auf der Stirn. Dann pflegte sie sich hinzusetzen und zu lauschen, während ihre Kinder mir auf englisch ihre kleinen Gebete vorsprachen. Diesen kleinen Katholiken war es erlaubt, das Vaterunser und das Lied, das mit »Milder Jesus« beginnt, an meinen Knien aufzusagen. Und hatte ich sie zu Bett gebracht, dann sprach Madame zu mir über England und Engländerinnen und über die Gründe für das, was sie ihre »höhere Intelligenz« und ihre echtere und verläßlichere Redlichkeit zu nennen geruhte. Ich eignete mir bald genügend Französisch an, um sie zu verstehen und ihr antworten zu können. Oft zeigte sie sehr viel gesunden Menschenverstand; oft brachte sie höchst vernünftige Ansichten vor. Sie schien zu wissen, daß es, um Mädchen zu rechtschaffenen und ehrbaren Frauen aufzuziehen, nicht die beste Methode war, wenn man sie in mißtrauischer Abgeschlossenheit hielt, in blinder Unwissenheit und unter einer Aufsicht, die ihnen keinen Augenblick und keinen Winkel der Zurückgezogenheit ließ. Aber sie behauptete, daß verderbliche Folgen entstehen müßten, wenn bei kontinentalen Kindern irgendein andres Verfahren angewandt würde. Die wären so an Zwang gewöhnt, daß Milderung, wie behutsam auch immer sie sei, mißverstanden und unheilvoll ausgenützt würde. Sie habe die Mittel satt, pflegte sie zu erklären, die zu gebrauchen sie genötigt sei, aber gebrauchen müsse sie sie. Und nachdem sie mir so – oft mit Würde und Zartgefühl – einen Vortrag gehalten hatte, schlich sie sich dann in ihren »souliers de silence« davon und glitt geistergleich durchs Haus, überall spionierend, durch jedes Schlüsselloch spähend, lauschend hinter jeder Tür.

Trotzdem – wir wollen ihr Gerechtigkeit widerfahren lassen! –, Madames System war nicht übel. Nichts konnte vortrefflicher sein als alle ihre Vorkehrungen für das physische Wohlsein ihrer Schülerinnen. Kein Kopf wurde überfordert, die Lektionen wurden gut eingeteilt und dem Lernenden unvergleichlich leicht gemacht. Es blieb Raum zum Zeitvertreib, und für Bewegung im Freien wurde gesorgt; beides hielt die Mädchen gesund. Das Essen war reichlich und gut. Blasse oder kümmerliche Gesichter erblickte man in der Rue Fossette nirgends. Sie sträubte sich nie gegen einen Feiertag. Sie gestand eine Menge Zeit zum Schlafen, Anziehen, Waschen, Essen zu. In allen diesen Dingen verfuhr sie ungezwungen, großzügig, zuträglich und vernünftig. Manche gestrenge englische Schullehrerin täte sehr, sehr gut daran, sie nachzuahmen – und ich glaube, viele täten es mit

Freuden, wenn die anspruchsvollen englischen Eltern es nur zuließen.

Da Madame Beck durch Spionage regierte, hatte sie natürlich auch ihren Stab von Spionen. Sie war sich vollkommen klar über die Qualität der Werkzeuge, die sie benutzte. Bei einer schmutzigen Gelegenheit gebrauchte sie unbedenklich das schmutzigste und schleuderte es nachher von sich wie die elende Schale der Orange, nachdem sie gebührend ausgequetscht worden ist. Dagegen habe ich sie erlebt, wie sie für saubere Zwecke heikel nach reinem Metall suchte. War dann einmal ein nicht von Blut und Rost beflecktes Instrument gefunden, dann ging sie vorsichtig mit der Beute um und packte sie in Seide und Watte. Dennoch: Wehe dem Mann oder der Frau, die sich einen Zoll weit über den Punkt hinaus auf sie verließen, wo ihr Interesse an der eigenen Vertrauenswürdigkeit lag. Vorteil war der Hauptschlüssel zu Madames Charakter, die Triebfeder ihrer Handlungen, das Alpha und Omega ihres Lebens. Ich habe mit angesehen, wie man an ihre *Gefühle* appellierte, und ich habe halb in Mitleid, halb in Spott über die Bittsteller gelächelt. Keiner hat je ihr Ohr durch diesen Kanal erreicht oder ihren Vorsatz auf diese Art ins Wanken gebracht. Im Gegenteil. Der Versuch, ihr Herz zu rühren, war der sicherste Weg, ihre Antipathie zu erregen und sich zum heimlichen Gegner zu machen. Er bewies ihr, daß sie kein Herz besaß, das gerührt werden konnte; er erinnerte sie daran, wo sie impotent und tot war. Nie ist der Unterschied zwischen Wohltätigkeit und Barmherzigkeit besser erläutert worden als durch ihr Beispiel. Während sie bar an Mitempfinden war, besaß sie verständiges Wohlwollen zur Genüge; sie spendete auf das bereitwilligste Leuten, die sie nie gesehen hatte, jedoch eher Klassen als Einzelwesen. »Pour les pauvres« öffnete sie ihre Börse großmütig – vor *dem armen*

Mann hielt sie sie in der Regel verschlossen. An philanthropischen Plänen zum Wohl der Gesellschaft im großen nahm sie freudig teil; kein privater Kummer berührte sie. Keine Gewalt oder Zusammenballung von Leid, die sich in einem einzigen Herzen verdichtete, hatte die Macht, das ihre zu durchdringen. Nicht die Qual in Gethsemane, nicht das Sterben auf dem Kalvarienberg hätte ihren Augen eine Träne abzupressen vermocht.

Ich sage es abermals: Madame war eine sehr merkwürdige und eine sehr befähigte Frau. Jene Schule bot ihren Kräften einen allzu begrenzten Bereich; sie hätte eine Nation beeinflussen, hätte Haupt einer turbulenten gesetzgebenden Versammlung sein sollen. Niemand wäre imstande gewesen, sie mit anmaßenden Worten, mit dogmatischen Behauptungen zu zerschmettern, niemand, ihre Nerven zu reizen, ihre Geduld zu erschöpfen, ihre Schlauheit zu betrügen. In ihrer einzigen Person hätte sie die Pflichten eines Premierministers und eines Polizeiinspektors umschließen können. Verständig, standhaft und treulos; verschwiegen, verschmitzt und ohne Leidenschaft; wachsam und unerforschlich; scharfsinnig und unempfindlich – obendrein ein Muster an Dekorum, was hätte es mehr gebraucht?

Der gescheite Leser wird nicht vermuten, daß ich all die Kenntnisse, die hier zu seinem Nutzen zusammengepreßt sind, in einem Monat oder einem halben Jahr erlangte. Nein! Was ich zuerst sah, war die glückliche Außenseite eines stattlichen und blühenden Erziehungsinstitutes. Da war ein großes Haus voll gesunder, munterer Mädchen, alle gut gekleidet und viele hübsch, Mädchen, die auf eine wunderbar leichte Art Kenntnisse erwarben, ohne beschwerliche Anstrengung oder nutzlose Vergeudung von Lebensgeistern. Es mochte sein, daß sie in nichts besonders stürmisch Fortschritte machten; sie nahmen die Sache von der bequemen Seite, waren aber stets beschäftigt und nie bedrückt. Da war ein mit mehr Nachdruck in Anspruch genommener Lehrkörper – denn die wirkliche Kopfarbeit hatten ja die Lehrerinnen und Magister zu leisten, damit die Schülerinnen geschont wurden. Aber ihre Pflichten waren doch so eingeteilt, daß sie einander in schneller Folge ablösten, wann immer die Arbeit schwer war. Kurz gesagt, da war eine ausländische Schule, die durch ihr Leben und Treiben und ihre Mannigfaltigkeit im reizvollsten Gegensatz zu vielen englischen Instituten der gleichen Art stand.

Hinter dem Haus lag ein großer Garten, und im Sommer lebten die Schülerinnen fast ganz draußen zwischen Rosenbüschen und Obstbäumen. Madame pflegte an Sommernachmittagen unter dem geräumigen, weinbewachsenen Laubenbogen Platz zu nehmen. Dann ließ sie die Klassen abwechselnd holen, daß sie sich um sie setzten und nähten und vorlasen. In der Zwischenzeit kamen und gingen Magister und hielten kurze, lebendige Vorlesungen – eher Vorträge als Unterrichtsstunden –, und die Schülerinnen zeichneten sich Stichworte über ihre Unterweisungen auf oder auch nicht, ganz nach Laune. Denn falls sie es unterließen, waren sie sicher, daß sie die Notizen von ihren Gefährtinnen abschreiben konnten. Neben den regelmäßigen monatlichen jours de sortie brachten die katholischen Feste das ganze Jahr über eine Folge von schulfreien Tagen; und zuweilen wurden die Pensionärinnen an einem strahlenden Sommermorgen oder einem milden Sommerabend zu einem langen Spaziergang aufs Land geführt und mit gaufres und vin blanc oder frischer Milch und pain bis oder pistoles au beurre und Kaffee bewirtet. All das machte einen sehr freundlichen Eindruck, und Madame schien die Güte in Person, und die Lehrer wirkten nicht so übel, daß sie nicht hätten schlimmer sein können, und die Schülerinnen – nun, die mochten ein wenig geräuschvoll und derb sein, aber sie waren Muster an Gesundheit und Fröhlichkeit.

So zeigte sich das Bild im Zauber der Ferne. Es kam aber eine Zeit, da sollte der Abstand für mich zusammenschrumpfen, da wurde ich vom Wachtturm der Kinderstube herabgeholt, von wo ich bisher meine Beobachtungen angestellt hatte, und in näheren Umgang mit dieser kleinen Welt der Rue Fossette hineingezwungen.

Ich saß eines Tages gerade wie gewöhnlich oben und hörte den Kindern ihre englischen Lektionen ab, während ich gleichzeitig beschäftigt war, ein Seidenkleid für Madame zu wenden, da kam sie ins Zimmer geschlendert mit dem gedankenversunkenen Ausdruck und der Miene angestrengten Nachsinnens, die sie manchmal zur Schau trug und mit der sie so wenig angenehm aussah. Sie ließ sich auf einen Sessel dem meinen gegenüber sinken und verharrte ein paar Minuten in Schweigen. Désirée, das älteste Mädchen, war dabei, mir einen kleinen Aufsatz von Mrs. Barbauld vorzulesen, und ich brachte sie, während sie fortfuhr, dazu, geläufig aus dem Englischen ins Französische zu übersetzen. Das tat ich, indem ich mich davon überzeugte, daß sie verstand, was sie las. Madame lauschte.

Nach kurzer Zeit sagte sie ohne Vorrede oder Einleitung, und es klang beinah, als erhebe sie eine Beschuldigung: »Miiss, in England sind Sie Lehrerin gewesen.«

»Nein, Madame«, sagte ich lächelnd, »da irren Sie sich.«

»Ist dies Ihre erste Lehrprobe – dieser Versuch bei meinen Kindern?«

Ich versicherte ihr, daß es so war. Wieder versank sie in Schweigen, aber als ich eine Nadel vom Kissen nahm und dabei aufschaute, merkte ich, daß ich Gegenstand ihrer genauen Beobachtung war. Sie hielt mich unverwandt im Auge und schien mich in Gedanken um und um zu kehren, abzuschätzen, wie weit ich für einen gewissen Zweck geeignet war, abzuwägen, welchen Wert ich für einen bestimmten Plan hatte. Schon früher hatte Madame alles gründlich geprüft, was ich besaß, und ich glaube, sie wähnte sich ziemlich im Bilde darüber, was ich taugte. Aber von jenem Tage an und etwa für die Spanne von zwei Wochen unterwarf sie mich neuen Proben. Sie lauschte an der Tür, wenn ich mit den Kleinen im Kinderzimmer war; sie folgte mir in vorsichtiger Entfernung, wenn ich mit ihnen spazierenging, und schlich sich auf Hörweite heran, sowie nur die Park- oder Boulevardbäume genügend Deckung boten. Nachdem so ein strenges Vorprüfungsverfahren beobachtet worden war, tat sie einen Schritt weiter.

Eines Morgens kam sie plötzlich und scheinbar in Hast zu mir herein und erklärte, daß sie sich in einer kleinen Verlegenheit befinde. Mr. Wilson, der Englischlehrer, hatte seine Stunde versäumt, sie fürchtete, er sei krank, die Schülerinnen warteten im Klassenzimmer. Niemand war da, der eine Stunde geben konnte. Ob ich wohl etwas dagegen hätte, dies eine Mal eine kurze Diktatübung abzuhalten? Nur, damit die Schülerinnen nicht zu sagen brauchten, daß sie um ihre Englischstunde gekommen seien?

»Im regulären Unterricht, Madame?« fragte ich.

»Ja, im Unterricht, in der zweiten Klasse.«

»Die mit den sechzig Schülerinnen?« sagte ich, denn ich kannte die Anzahl, und in meinem wenig edlen Dauerzustand von Feigheit verkroch ich mich in mein Phlegma wie die Schnecke in ihr Haus: nur ums Handeln herumkommen! Ich führte als Vorwand an, daß ich unfähig und die Sache unausführbar sei. Wäre ich mir selber überlassen geblieben, dann hätte ich mir diese Chance unfehlbar entgleiten lassen. Ganz und gar nicht verwegen, durch keinen Trieb, einen Ehrgeiz zu verwirklichen, angespornt, war ich imstande, zwanzig Jahre lang dazusitzen und Dreikäsehochs die Fibel beizubringen, Seidenkleider zu wenden und Kinderkleider zu nähen. Nicht daß diese törichte Resignation durch wirkliche Befriedigung zur Würde erhoben worden wäre. Meine Arbeit besaß weder Reiz für meinen Geschmack, noch fesselte sie mein Interesse. Aber mir schien es ein Großes, ohne drückende Sorge dahinzuleben, von innerster Last befreit zu sein. Näher, meinte ich, würde ich an Glück nie herankommen als dadurch, daß ich schweres Leiden für mich ungültig machte. Außerdem – ich schien zwei Leben zu besitzen, das in Gedanken und das in der Wirklichkeit. Und wofern nur das erste genugsam mit den seltsamen Schwarzkunst-Freuden der Phantasie genährt ward, dann mochten die Vorzüge des letzteren auf täglich Brot, stündliche Arbeit und ein Dach über dem Kopf beschränkt sein.

»Kommen Sie«, sagte Madame, als ich mich geschäftiger denn je über die Kinderschürze beugte, die ich eben zuschnitt, »lassen Sie jetzt diese Arbeit.«

»Aber Fifine braucht sie, Madame.«

»Fifine muß sich ohne sie behelfen, ich brauche *Sie*.«

Nun brauchte mich Madame Beck tatsächlich und war entschlossen, mich zu bekommen – denn sie war mit ihrem Englischlehrer, mit seiner Unpünktlichkeit und seiner nachlässigen Unterrichtsmethode schon längst unzufrieden gewesen –. Da es ihr außerdem nicht an Resolutheit und praktischer Regsamkeit mangelte, gleichviel, ob die mir nun fehlten oder nicht, brachte sie mich ohne viel Aufhebens dazu, daß ich Fingerhut und Nadel fahren ließ. Sie nahm mich an der Hand und führte mich treppab. Als wir das »Karree« erreichten, eine große quadratische Diele zwischen der Privatwohnung und dem Pensionat, blieb sie stehen, ließ meine Hand fallen und sah mir gerade und forschend ins Gesicht. Ich war rot geworden und zitterte von Kopf bis Fuß – im Vertrauen gesagt, ich glaube sogar, ich weinte. In der Tat bestanden die Schwierigkeiten, die ich vor mir sah, nicht etwa bloß in meiner Einbildung – ganz und gar nicht. Einige davon bestanden wirklich genug, und dies war eine sehr wesentliche: Mir fehlte die Herrschaft über das Medium, durch das ich zu lehren genötigt sein würde. Ich hatte Französisch allerdings seit meiner Ankunft in Villette gründlich betrieben, indem ich es Tag für Tag praktisch und in jedem freien Augenblick am Abend theoretisch studierte – nämlich so tief bis in die Nacht hinein, wie die Hausregel Kerzenlicht gestattete. Aber ich war doch noch weit davon entfernt, mich auf meine Fähigkeiten des korrekten mündlichen Ausdrucks verlassen zu dürfen.

»Dites donc«, sagte Madame streng, »vous sentez vous réellement trop faible?«

Ich hätte »ja« sagen, in die Kinderstuben-Verborgenheit zurückkehren und da vielleicht mein restliches Leben hindurch vermodern können. Aber als ich zu Madame aufblickte, nahm ich in ihrer Miene ein Etwas wahr, das ließ mich zweimal überlegen, ehe ich mich entschied. In diesem Augenblick sah sie nicht wie eine Frau aus, sondern eher wie ein Mann. Eine Macht besonderer Art zeichnete sich stark in allen ihren Zügen ab, und diese Kraft war nicht *meine* Art von Kraft. Die Empfindungen, die sie erweckte, waren weder Teilnahme noch Zuneigung oder Demut. Ich stand da – nicht besänftigt, weder gewonnen noch erdrückt. Es schien, als solle eine Kraftprobe zwischen entgegengesetzten Anlagen ausgetragen werden, und plötzlich fühlte ich alle Unehre meines mangelnden Selbstvertrauens, allen Kleinmut meiner Trägheit im Streben.

»Zurück oder vorwärts«, sagte sie, »wohin wollen Sie gehen?« Und sie deutete erst auf die kleine Verbindungspforte zum bewohnten Teil des Hauses und dann auf die großen Doppeltüren der Klassen oder Schulzimmer.

»En avant«, sagte ich.

»Aber«, fuhr sie fort, indem sie im gleichen Maße kühl wurde, indem ich mich erwärmte, und mich weiter anstarrte – allein aus dem Widerwillen gegen diesen harten Blick sog ich Kraft und Entschlossenheit, »können Sie den Klassen entgegentreten, oder sind Sie zu aufgeregt?«

Sie hohnlächelte ein wenig, als sie das sagte – nervöse Erregbarkeit war nicht sehr nach Madames Geschmack.

»Ich bin nicht mehr aufgeregt als der Stein da«, sagte ich und tippte mit der Schuhspitze an die Fliese, »oder als Sie«, fügte ich hinzu und gab ihren Blick zurück.

»Bon! Aber lassen Sie mich Ihnen sagen: Es sind keine ruhigen, braven englischen Mädchen, mit denen Sie es jetzt aufnehmen wollen! Ce sont des Labassecouriennes, rondes et franches et brusques, et tant soit peu rebelles.«

Ich sagte: »Das weiß ich. Und ich weiß auch, daß ich französisch viel zu stockend spreche, obwohl ich mir alle Mühe damit gegeben habe, seit ich hergekommen bin, und daß ich's lange nicht richtig genug spreche, um ihnen Respekt einzuflößen. Ich werde Fehler machen, daß die größten Strohköpfe imstande sind, über mich zu spotten. Trotzdem habe ich vor, die Stunde zu halten.«

»Schüchterne Lehrer werden von ihnen fast immer über den Haufen geworfen«, sagte sie.

»Das weiß ich auch, Madame. Ich habe gehört, wie sie gegen Miß Turner gemeutert haben und wie sie von ihnen gepeinigt worden ist.« So hieß eine arme, freundlose englische Lehrerin, die von Madame angestellt und leichthin verabschiedet worden war und deren jammervolle Geschichte ich gut kannte.

»C'est vrai«, sagte sie kühl. »Miß Turner hatte nicht mehr

Gewalt über sie als eine Küchenmagd. Sie war schwach und unentschlossen, sie hatte weder Takt noch Intelligenz, Standhaftigkeit oder Würde. Miß Turner war diesen Mädchen nicht im geringsten gewachsen.«

Ich antwortete nicht, sondern trat näher auf die geschlossene Klassenzimmertür zu.

»Sie werden keine Hilfe von mir oder jemand anders erwarten«, sagte Madame. »Damit wären Sie sofort als unfähig abgestempelt.«

Ich öffnete die Tür, ließ sie mit einer Verneigung vorbeigehen und folgte ihr. Es waren drei Schulräume vorhanden, alle groß. Derjenige, welcher für die zweite Klasse bestimmt war, wo ich eine Rolle spielen sollte, war bei weitem der größte und beherbergte eine Ansammlung, die zahlreicher, turbulenter und viel, viel weniger lenkbar war als die andern beiden. In der Folgezeit, als ich den Boden besser kannte, dachte ich zuweilen, daß sich (falls solch ein Vergleich erlaubt ist) die ruhige, gesittete, zahme erste Klasse zu der robusten, aufrührerischen, überschwänglichen zweiten verhielt wie das englische Oberhaus zum Unterhaus.

Der erste Blick belehrte mich darüber, daß viele von den Schülerinnen keine bloßen Mädchen mehr waren, sondern schon richtige junge Frauen. Ich wußte, daß einige aus adligen Familien stammten – was man in Labassecour so Adel nennt –, und davon war ich überzeugt: Unter ihnen gab es keine, die nicht genau über meine Stellung in Madames Haushalt im Bilde war. Als ich das Podium erstieg – eine niedere Plattform, die sich eine Stufe über dem Fußboden erhob –, nahm ich mir gegenüber eine Reihe von Augen und Stirnen wahr, die Sturm androhten – Augen, in denen es trotzig leuchtete, und Stirnen, so unempfindlich und schamlos wie Marmor. Die kontinentale Evastochter ist ganz anders als die insulare von gleichem Alter und Stand – solche

Augen und Stirnen habe ich in England nie gesehen. Madame Beck führte mich mit einer einzigen kühlen Redewendung ein, segelte aus dem Raum und überließ mich meiner Herrlichkeit.

Diese erste Stunde werde ich nie vergessen, sowenig wie die ganze Unterströmung von Leben und Wesenseigenart, die sie vor mir bloßlegte. Damals begann ich zuerst, den gewaltigen Unterschied zu erkennen, der zwischen dem Ideal des Romanschreibers und Lyrikers von der »jeune fille« und der besagten »jeune fille«, wie sie wirklich ist, besteht.

Es schien, daß drei titeltragende Schöne in der ersten Reihe sich mit dem vorgefaßten Entschluß hingesetzt hatten, daß eine bonne d'enfants bei ihnen keine Englischstunde halten sollte. Sie wußten, daß es ihnen schon früher geglückt war, mißliebige Lehrer zu vertreiben. Sie wußten, daß Madame jederzeit einen professeur oder eine maîtresse über Bord werfen würde, die in der Schule in Ungnade gefallen war, daß sie einem Schwachen, der ihr diente, niemals seinen Platz behaupten half. Hatte er nicht die Kraft zu kämpfen, nicht das Geschick sich durchzusetzen – hinab mit ihm! Sie schauten Miß Snowe an und versprachen sich einen leichten Sieg.

Die Demoiselles Blanche, Virginie und Angélique eröffneten den Feldzug durch eine Serie von Kicher- und Flüstereien. Die schwollen bald zu Murmeln und kurzem Gelächter an, welches die weiter entfernten Bänke aufgriffen und lauter zurückwarfen. Dieser wachsende Aufruhr von sechzig gegen eine ward bald bedrückend genug, zumal meine Herrschaft über das Französische so begrenzt war und unter solch grausamer Einschränkung ausgeübt wurde.

Hätte ich bloß in meiner eigenen Sprache reden können, ich hätte mir wohl, so meinte ich, Gehör verschafft. Denn zum ersten: Wenn ich auch aussah wie ein armseliges Geschöpf und in vieler Hinsicht wirklich eins war, die Natur hatte mir doch eine Stimme verliehen, die zum Aufhorchen zwingen konnte, dann, wenn sie sich in Erregung hob oder durch aufwallendes Gefühl dunkel wurde. Zum zweiten: Zwar besaß ich unter gewöhnlichen Umständen keinen Redefluß, die Sprache tröpfelte mir nur zögernd; aber unter einem Stimulans, wie es jetzt durch die rebellische Masse im Übermaß vorhanden war, hätte ich auf englisch mühelos Wendungen herauszuschreien vermocht, die ihr Verfahren so brandmarkten, wie ein solches Verfahren gebrandmarkt zu werden verdiente. Und dann, so schien es mir, hätte man wohl mit etwas Sarkasmus Gewalt über diese wilde Herde gewinnen und sie schließlich in die Bildung hineintreiben können. Man hätte ihn mit verachtungsvoller Bitterkeit für die Rädelsführer würzen und für die schwächeren, aber weniger niederträchtigen Nachtreter durch ungezwungenen Scherz mildern müssen. Alles, was ich jetzt tun konnte, war dies: Ich trat zu Blanche heran, Mademoiselle de Melcy, einer jungen Baronesse, der Ältesten, Größten, Hübschesten und am meisten Verderbten, stellte mich vor ihr Pult, zog ihr das Übungsbuch unter der Hand hervor, erstieg wieder das Podium und las bedächtig den Aufsatz, den ich für äußerst dumm befand. Dann zerriß ich ebenso bedächtig und im Angesicht der ganzen Schule das bekleckste Blatt in zwei Stücke.

Diese Handlung diente dazu, Aufmerksamkeit zu erregen und den Lärm zu drosseln. Einzig ein Mädchen ganz im Hintergrund fuhr beharrlich und mit ungeminderter Tatkraft in dem Tumult fort. Ich betrachtete sie aufmerksam. Sie hatte ein blasses Gesicht, Haare wie die Nacht, breite, starke Augenbrauen, entschlossene Züge und dunkle, rebellische, böse Augen. Ich bemerkte, daß sie dicht an einer kleinen Tür saß, und die führte, wie mir wohl bekannt war, in ein kleines Kabinett, in dem Bücher aufbewahrt wurden. Eben stand sie auf, um ihr Getöse mit ganz ungehemmtem Nachdruck vollführen zu können. Ich maß ihre Statur und berechnete ihre Stärke. Sie schien groß und drahtig zu sein; aber falls der Kampf kurz war und der Angriff unerwartet kam, mochte ich wohl mit ihr fertig werden.

Ich schritt durch den Raum und gab mir dabei alle Mühe, ganz kühl und ganz sorglos dreinzuschauen, ayant l'air de rien; dann stieß ich leicht gegen die Tür und fand sie angelehnt. Jäh und heftig wandte ich mich zu dem Mädchen um, und im nächsten Augenblick steckte sie in dem Kämmerchen, die Tür war verschlossen, und der Schlüssel ruhte in meiner Tasche.

Der Zufall wollte, daß dies Mädchen, Dolores mit Namen, und Katalonierin der Herkunft nach, ein Menschenkind war, das von allen Gefährtinnen gleichzeitig gehaßt und gefürchtet wurde. Der eben geschilderte Akt summarischer Justiz erwies sich als populär, es war keine einzige Schülerin zugegen, die ihn nicht voll innerlichen Vergnügens mit angesehen hätte. Für einen Augenblick waren sie zum Schweigen gebracht. Dann lief ein Lächeln – kein Gelächter – von Pult zu Pult; und dann, als ich ernsthaft und ruhig auf das Podium zurückgekehrt war, höflich um Ruhe ersucht und mit einem Diktat begonnen hatte, als sei überhaupt nichts geschehen – dann wanderten die Federn friedlich über die Seiten, und der Rest der Stunde verstrich in Ordnung und Fleiß.

»C'est bien!« sagte Madame Beck, als ich heiß und ein wenig erschöpft aus dem Schulzimmer kam. »Ça ira.«

Sie hatte die ganze Zeit über gelauscht und durch ein Guckloch gespäht.

Von dem Tag an hörte ich auf, Bonne zu sein, und wurde

Englischlehrerin. Madame erhöhte mein Gehalt; aber sie holte für den halben Preis dreimal so viel Arbeit aus mir heraus, wie sie Mr. Wilson abgepreßt hatte.

9. Isidore

Nun war meine Zeit bis zum Rande nützlich angefüllt. Dadurch, daß ich andere lehrte und selber gründlich lernte, hatte ich kaum einen freien Augenblick. Es war erfreulich. Ich merkte, daß ich vorwärtskam, nicht reglos dalag, dem Rost und dem Moder zur Beute, sondern meine Gaben aufpolierte und sie durch dauernden Gebrauch zu scharfer Schneide wetzte. Erfahrung einer gewissen Art und in keinem kleinen Maßstabe lag vor mir. Villette ist eine Weltstadt, und in dieser Schule befanden sich Mädchen aus beinahe jeder europäischen Nation und ebenso von sehr verschiedenem Lebensrang. Gleichheit wird in Labassecour in hohem Grade verwirklicht. Wenn das Land auch der Form nach nicht republikanisch ist, so ist es das doch nahezu dem Wesen nach, und an den Pulten in Madame Becks Institut saßen die junge Gräfin und die junge Bürgerin Seite an Seite. Auch hätte man nicht immer nach äußeren Kennzeichen entscheiden können, welche von Adel und welche Plebejerin war – abgesehen davon allerdings, daß sich die letztere oft freimütiger und höflicher gab, während die erstere den Preis für eine vortrefflich ausbalancierte Mischung von Anmaßung und Tücke davontrug. In den ersteren war oft rascheres französisches Blut mit ihrem Marschlandphlegma vermischt – leider muß ich sagen, daß die Wirkung dieser lebhaften Flüssigkeit hauptsächlich in der öligeren Zungenfertigkeit zutage trat, mit der Schmeichelei und Erfindung ihnen von den Lippen floß, und sich in einer gewandteren und munterern Art offenbarte, die aber ganz herzlos und unaufrichtig war.

Um allen Parteien Gerechtigkeit widerfahren zu lassen, die urecht eingeborenen Labassecourerinnen hatten ebenfalls ihre eigne Sorte von Heuchelei, nur war sie von gröberer Art, nicht danach angetan, viele hinters Licht zu führen. Wann immer sie eben einer Lüge bedürftig waren, brachten sie sie mit sorgloser Leichtigkeit und Breite hervor, ganz und gar unbehelligt von Gewissensbissen. Keine Seele in Madame Becks Haus, von der Spülmagd bis zur Direktorin selber, war erhaben darüber, sich einer Lüge zu schämen. Sie dachten sich nichts dabei. Erfinden mochte nicht gerade eine Tugend sein, aber es war das läßlichste Vergehen. »J'ai menti plusieurs fois« bildete ein Item in der monatlichen Beichte jedes Mädchens und jeder Frau. Der Priester vernahm es ohne Ärgernis und absolvierte es ohne Zögern. Wenn sie versäumt hätten, zur Messe zu gehen, oder sie hätten ein Romankapitel gelesen, das war eine andre Sache – das waren Verbrechen, die unfehlbar Tadel und Buße nach sich zogen.

Während mir dieser Stand der Dinge noch erst halb bewußt war und ich von seinen Folgen nichts ahnte, kam ich doch in meinem neuen Bereich sehr gut voran. Die ersten paar Stunden waren schwierig – ich gab sie inmitten von Gefahr und am Rande eines moralischen Vulkans, der unter meinen Füßen brauste und mir Funken und heiße Dämpfe in die Augen fliegen ließ. Danach aber schien sich der eruptive Geist, soweit er mich betraf, zu beruhigen. Zum Erfolg war ich fest entschlossen. Ich konnte den Gedanken nicht ertragen, daß mir dieser erste Versuch, im Leben vorwärtszukommen, durch bloße zuchtlose Abneigung und leichtfertige Unbändigkeit vereitelt werden sollte. Jede Nacht lag ich stundenlang wach und sann darüber nach, wie ich vorgehen sollte, um diese Meuterer sicher in den Griff zu bekommen, dieses halsstarrige Volk für die Dauer unter meinen Einfluß zu bringen. Als erstes war mir klar, daß ich von Madame keinerlei Hilfe zu erwarten hatte. Ihr redlicher Vorsatz war, eine ungebrochene Popularität bei den Zöglingen zu behaupten, dafür war ihr jeder Preis genehm, dafür verzichtete sie gern auf Gerechtigkeit und Beistand für die Lehrer. Suchte eine Lehrerin in irgendeiner Ungehorsamkeitskrise Madames Bundesgenossenschaft, dann war das gleichbedeutend damit, daß sie für ihre eigne Verbannung sorgte. Im Umgang mit den Schülerinnen hielt sich Madame nur an das, was angenehm, liebenswürdig und empfehlend war, und von ihren Stellvertretern forderte sie strikt, daß sie genügend Geschicklichkeit besaßen, um jede lästige Krise zu überwinden. Verfuhr man dabei aber mit entsprechender Promptheit, so hieß das, daß man unbeliebt wurde. Ich war also ganz allein auf mich selber angewiesen.

Zum ersten – es war klar wie der Tag, daß diese Horde nicht durch Gewalt gebändigt werden konnte. Man mußte mit Laune auf sie eingehen, sie mit aller Geduld ertragen. Eine höfliche, doch gelassene Manier machte Eindruck auf sie, ein sehr seltener Spottblitz tat gut. Strenge oder andauernde geistige Anstrengung konnten oder wollten sie nicht aushalten, beschwerliche Forderungen an Gedächtnis, Verstand und Aufmerksamkeit lehnten sie glattweg ab. Wo ein englisches Mädchen von nicht mehr als Durchschnittsbegabung und -gelehrigkeit eine Aufgabe friedlich übernommen und sich der Mühe unterworfen hätte, sie zu fassen und zu meistern, da pflegte eine Labassecourerin einem ins Gesicht zu lachen und sie einem mit der Redensart wieder hinzuwerfen: »Dieu, que c'est difficile! Je n'en veux pas. Cela m'ennuie trop.«

Eine Lehrerin, die etwas von ihrem Geschäft verstand,

nahm in der Regel die Sache sofort zurück, ohne Zaudern, ohne Streit, ohne Vorhaltungen. Sie ging dann sogar mit vermehrter Sorgfalt daran, jede Schwierigkeit wegzuräumen, paßte den Gegenstand dem Grad ihres Verständnisvermögens an und legte ihn so abgeändert von neuem dar. Dabei konnte sie die Peitsche des Sarkasmus mit freigebiger Hand gebrauchen. Sie würden den Stich fühlen und vielleicht ein wenig darunter zusammenzucken. Aber auf diese Art des Angriffs reagierten sie nicht gehässig, vorausgesetzt, daß der Spott nicht *sauer* war, sondern *herzhaft*, und daß er ihnen deutlich ihre Unfähigkeit, Ignoranz und Faulheit vor Augen hielt – fettgedruckt sozusagen und lesbar auch im Vorüberhuschen. Wegen drei zusätzlichen Zeilen zu einer Lektion würden sie sich in einem Aufruhr erheben; aber daß sie sich empörten, weil ihre Selbstachtung eine Wunde empfing, habe ich nie erlebt. Das wenige, was sie von einer solchen Sinnesart besaßen, war gewöhnt, unterdrückt zu werden, und ließ sich einen derben Fersendruck im Grunde gern gefallen.

Allmählich lernte ich ihre Sprache frei und fließend zu gebrauchen und war imstande, deren kräftigere Wendungen anzubringen, wie sie auf ihren Fall paßten; und nun fingen die älteren und gescheiteren Mädchen an, mich auf ihre Art ganz gern zu haben. Ich merkte immer, wenn eine Schülerin so weit aus ihrem Schlummer aufgestört worden war, daß sie in sich die Regung rühmlichen Wetteifers oder das Erwachen ehrlicher Scham spürte, von dem Augenblick an war sie gewonnen. Wenn ich es ein einziges Mal fertigbrachte, daß ihnen die (meistenteils großen) Ohren unter den dicken, glänzenden Haaren brannten, dann war alles vergleichsweise gut. Bald fanden sich morgens auf meinem Pult die ersten Blumensträuße ein. Gleichsam in Anerkennung für diese kleine fremdländische Aufmerksamkeit pflegte ich während der Erholungszeit manchmal mit ein paar Auserwählten spazierenzugehen. Ein- oder zweimal geschah es im Lauf der Unterhaltung, daß ich einen improvisierten Versuch unternahm, die eine oder andre ihrer sonderbar verzerrten Grundvorstellungen zurechtzurücken; insbesondre drückte ich meine Gedanken über das Böse und die Niedrigkeit der Lüge aus. In einem unbedachten Augenblick sagte ich von ungefähr, daß ich von zwei Verstößen Unwahrheit für ärger hielte als die gelegentliche Unterlassung des Kirchbesuchs. Die armen Mädchen waren angewiesen, katholischen Ohren zu berichten, was immer die protestantische Lehrerin sagte. Eine erbauliche Folge ergab sich. Ein Etwas, ein unsichtbares, unbestimmtes, namenloses Etwas schlich sich zwischen mich und diese meine besten Schülerinnen. Die Sträuße wurden weiterhin dargebracht, aber die Unterhaltung ward von da an unmöglich. Wenn ich durch die Alleen ging oder in der Bogenlaube saß, dann kam nie ein Mädchen an meine rechte Seite, ohne daß wie durch Zauber eine Lehrerin an meiner linken erschien. Überdies, wunderbar zu erzählen: Madame wurde von ihren Heimlichkeitsschuhen fortwährend hinter mich getragen, so schnell, geräuschlos und unerwartet wie irgendein schweifender Zephyr.

Bei Gelegenheit erfuhr ich die Ansicht meiner katholischen Bekannten in bezug auf das, was meinen geistigen Teil dereinst erwartete. Eine Pensionärin, der ich irgendeine kleine Gefälligkeit erwiesen hatte, äußerte sie eines Tages ein wenig naiv, als sie neben mir saß.

»Ach, Mademoiselle«, rief sie aus, »wie schade, daß Sie eine Protestantin sind!«

»Warum denn, Isabelle?«

»Parce que, quand vous serez morte – vous brûlerez tout de suite dans l'Enfer.«

»Croyez-vous?«

»Certainement que j'y crois; tout le monde le sait; et d'ailleurs le prêtre me l'a dit.«

Isabelle war ein wunderlich schlichtes kleines Geschöpf. Sotto voce fügte sie hinzu: »Pour assurer votre salut là-haut, on ferait bien de vous brûler toute vive ici-bas.«

Ich lachte. Etwas andres war da wahrhaftig nicht zu tun.

Hat der Leser Miß Ginevra Fanshawe vergessen? Sollte das der Fall sein, dann erlaube ich mir, diese junge Dame als blühende Schülerin Madame Becks von neuem vorzustellen, denn Madame Becks Schülerin war sie in der Tat. Bei ihrer Ankunft in der Rue Fossette, zwei oder drei Tage, nachdem ich mich dort so plötzlich niedergelassen hatte, begegnete sie mir mit sehr wenig Überraschung. Sie muß blaues Blut in den Adern gehabt haben, denn nie hat sich eine Herzogin vollkommener, ursprünglicher und aufrichtiger nonchalante als sie gezeigt. Eine matte, flüchtige Verwunderung war alles, was sie vom Gefühl des Staunens kannte. Ihre anderen Fähigkeiten schienen zumeist von der gleichen lockeren Beschaffenheit zu sein. Ihre Zuneigung und ihr Widerwillen, ihre Liebe und ihr Haß waren bloße Spinnweben und Sommerfäden. Etwas hatte sie allerdings an sich, das nahm sich stark und dauerhaft genug aus – ihre Selbstsucht.

Sie war nicht hochmütig und hätte mich, bonne d'enfants, die ich war, gewiß augenblicklich zu einer Art Freundin oder Vertrauten gemacht. Sie plagte mich mit tausend belanglosen Klagen über Schulzänkereien und die Haushaltführung; die Küche war nicht nach ihrem Geschmack; die Menschen, die sie umgaben, Lehrer und Schülerinnen, hielt sie für verächtlich, weil sie Ausländer waren. Ich ließ es über mich ergehen, daß sie den freitäglichen Salzfisch und die harten Eier schmähte und über die Suppe, den Kaffee und das Brot schimpfte – eine Zeitlang ertrug ich es mit einiger Geduld. Aber am Ende ermüdete mich die Wiederholung und machte mich mürrisch. Ich sagte ihr gründlich die Meinung – etwas, das ich besser gleich zu Beginn getan hätte, denn eine gesunde Abfuhr bekam ihr immer vortrefflich.

Viel länger mußte ich ihre Ansprüche an mich im Hinblick auf Arbeit aushalten. Ihre Garderobe war, soweit es sich um Oberkleidung handelte, recht hübsch und elegant, aber es gab andere Stücke, mit denen sie nicht so gut versorgt war. Was sie besaß, mußte dauernd ausgebessert werden. Sie selber haßte es, sich mit der Nähnadel abzuplagen, und sie pflegte mir ihre Strümpfe oder was immer es war massenweise zum Stopfen herbeizuschleppen. Die Nachgiebigkeit einiger Wochen drohte, zu einer unerträglich lästigen Dauereinrichtung zu führen, und also teilte ich ihr zuletzt in aller Deutlichkeit mit, daß sie sich entschließen müsse, ihre Sachen selber zu flicken. Sie weinte, als sie diesen Bescheid erhielt, und beschuldigte mich, daß ich aufgehört hätte, ihre Freundin zu sein – aber ich blieb bei meinem Beschluß und nahm von ihrem hysterischen Anfall keine Notiz.

Ungeachtet dieser Schwächen und einer bunten Vielfalt anderer Mängel, die ich übergehen kann – sie waren keineswegs etwa von verfeinertem oder erhebendem Charakter – trotz alledem, wie hübsch war sie! Wie bezaubernd sah sie aus, wenn sie an einem sonnigen Sonntagmorgen wohlgekleidet und wohlgelaunt herunterkam, in blaßlila Seide gehüllt, mit ihren langen blonden Locken, die auf den weißen Schultern ruhten. Am Sonntag gab es Ausgang. Sie verbrachte ihn stets bei Freunden in der Stadt. Unter diesen aber war einer, das gab sie mir unverzüglich zu verstehen, der wünschte, ihr mehr als ein Freund zu werden. Flüchtige

Blicke und Anspielungen taten es mir dar, und die ganze Lebhaftigkeit ihres Aussehens und Gebarens bestätigten es alsbald: Glühende Bewunderung, vielleicht erste Liebe standen ihr zu Diensten. Sie nannte ihren Verehrer »Isidore«. Das war jedoch, wie sie andeutete, nicht sein richtiger Name, sondern es hatte ihr so beliebt, ihn so zu taufen. Sein wirklicher Name, so ließ sie durchblicken, war nämlich »nicht sehr hübsch«. Einstmals, als sie ausführlich damit geprahlt hatte, wie leidenschaftlich »Isidores« Zuneigung sei, fragte ich sie, ob sie denn seine Liebe erwidere.

»Comme cela«, sagte sie, »er ist hübsch und liebt mich bis zur Verrücktheit, das macht Spaß. Ça suffit.«

Ich fand, daß die Sache sie länger beschäftigte, als ich ihren sehr unbeständigen Neigungen nach erwartet hatte, und also nahm ich es eines Tages auf mich, ernsthafte Erkundigungen einzuziehen. War der Herr von der Art, daß ihre Eltern und insbesondere ihr Onkel, von dem sie abhängig zu sein schien, mit ihm einverstanden sein würden? Sie gab zu, das sei sehr zweifelhaft, denn sie glaube nicht, daß »Isidore« viel Geld habe.

»Ermutigen Sie ihn?« fragte ich.

»Ganz toll – manchmal!« sagte sie.

»Und Sie sind sich nicht mal sicher, daß Sie ihn heiraten dürfen?«

»Ach, wie altmodisch Sie doch sind! Ich will gar nicht verheiratet sein. Ich bin viel zu jung.«

»Aber wenn er Sie so sehr liebt, wie Sie sagen, und am Ende führt es doch zu nichts, dann wird ihn das unglücklich machen!«

»Selbstverständlich wird ihm das Herz brechen. Wenn nicht, wär' ich schwer betroffen und enttäuscht.«

»Ich möchte wissen, ob dieser Monsieur Isidore ein Narr ist«, sagte ich.

»Soweit es mich angeht, ist er einer. Aber in andern Dingen ist er klug, à ce qu'on dit. Mrs. Cholmondeley hält ihn für äußerst tüchtig. Sie sagt, mit den Talenten, die er hat, wird er seinen Weg schon machen. Alles, was ich weiß, ist, daß er in meiner Gegenwart kaum was andres tut als seufzen und daß ich ihn um den kleinen Finger wickeln kann.«

Ich wünschte eine deutlichere Vorstellung von diesem liebebesessenen Monsieur Isidore, dessen Lage mir äußerst ungewiß erschien, und ich bat sie darum, mir freundlicherweise eine Personenbeschreibung zu liefern. Aber sie konnte nicht beschreiben. Sie hatte weder die Worte noch die Fähigkeit, sie so zusammenzufügen, daß anschauliche Wendungen entstanden. Sie schien nicht einmal recht auf ihn achtgegeben zu haben; nichts von seinem Aussehen, von dem Wechsel seines Mienenspiels hatte ihr Herz berührt oder war in ihrem Gedächtnis verblieben. Alles, was sie versichern konnte, war, daß er »beau, mais plutôt bel homme, que joli garçon« war. Meine Geduld im Zuhören hätte oft versagt und meine Teilnahme wäre ermattet, wäre nicht eines gewesen. Alle Anspielungen, die sie machte, alle Einzelheiten, die sie gab, trugen meiner Meinung nach unbewußt dazu bei zu beweisen, daß Herrn Isidores Huldigung mit großer Zartheit und Rücksicht dargebracht wurde. Ich sagte ihr klipp und klar, ich fände ihn viel zu gut für sie, und sprach mit gleicher Offenheit aus, es mache mir ganz den Eindruck, daß sie eine leere Kokette sei. Sie lachte, schüttelte sich die Locken von den Augen und tanzte davon, als hätte ich ihr ein Kompliment gesagt.

Miß Ginevras Schulstudien existierten eigentlich bloß dem Namen nach. Es gab nur drei Dinge, die sie ernstlich betrieb: Musizieren, Singen und Tanzen. Außerdem stickte sie sich die feinen Batisttaschentücher, die fertig zu kaufen sie sich nicht leisten konnte. Schlichte Belanglosigkeiten wie

Aufgaben in Geschichte, Geographie, Grammatik, Arithmetik ließ sie unverrichtet oder brachte andere dazu, sie für sie zu machen. Ein großer Teil ihrer Zeit schwand bei Besuchen dahin. Madame war sich bewußt, daß Ginevras Schultage nun gezählt waren und daß die Spanne nicht ausgedehnt werden würde, gleichviel, ob die junge Dame Fortschritte machte oder nicht; also ließ sie ihr in diesem Punkt beträchtliche Freiheit. Mrs. Cholmondeley, Ginevras Tugendwächterin, eine vergnügte, elegante Dame, lud sie zu sich ein, wann immer sie selber Besuch hatte, und nahm sie zuweilen zu Abendgesellschaften in die Häuser ihrer Bekannten mit. Ginevra war das sehr recht – es ergab sich nur eine Unbequemlichkeit: Sie mußte gut angezogen sein, und sie hatte nicht genügend Geld, um viele Kleider zu kaufen. All ihre Gedanken drehten sich um diese Schwierigkeit, ihre ganze Seele war damit beschäftigt, Mittel und Wege zu finden, um sie zu beheben. Es war wunderbar mitzuerleben, wie aktiv ihr sonst träger Geist in diesem Punkte wurde, und zu sehen, zu welch verwegenem Draufgängertum sie durch das Gefühl der Notwendigkeit und den Wunsch zu glänzen gespornt wurde.

Sie wandte sich dreist an Mrs. Cholmondeley – dreist, sage ich, nicht mit der Miene widerstrebender Scham – und bat: »Meine liebste Mrs. Cholmondeley, ich habe nichts, aber auch gar nichts, was ich zu Ihrer Gesellschaft nächste Woche anziehn könnte. Sie *müssen* mir einfach ein gestreiftes Musselinkleid kaufen, ja? Und dann noch einen himmelblauen Gürtel – bitte, bitte, Sie sind auch ein Engel! Tun Sie's?«

Die »liebste Mrs. Cholmondeley« gab zuerst nach. Doch bald merkte sie, daß sich die Wünsche in dem Maße vermehrten, wie sie erfüllt wurden, und nun sah sie sich wie alle Freunde Miß Fanshawes genötigt, der Anmaßung

Widerstand entgegenzusetzen. Nach einer Weile hörte ich nichts mehr von Mrs. Cholmondeleys Geschenken. Aber die Besuche wurden noch immer fortgesetzt, und die absolut notwendigen Kleider wurden weiterhin geliefert, dazu viel kleines teures *Beiwerk*, Handschuhe, Buketts, sogar Schmucksachen. Diese Dinge hielt sie gegen ihre Gewohnheit, ja gegen ihre Natur – denn Heimlichtuerei lag ihr nicht – eine Zeitlang beharrlich verborgen. Doch eines Abends war sie im Begriff, zu einer großen Gesellschaft zu gehen, für die besondere Sorgfalt und Eleganz der Garderobe erforderlich waren. Da konnte sie sich's nicht versagen, in meine Kammer zu kommen, um sich in all ihrer Pracht zu zeigen.

Schön sah sie aus, so jung, so frisch, mit einer Zartheit der Haut und einer Biegsamkeit der Gestalt, die ganz und gar englisch waren und sich in der Liste kontinentaler weiblicher Reize nicht finden. Ihr Kleid war neu, kostbar und untadelig. Ich sah mit einem Blick, daß ihm keine von den Einzelheiten fehlte, die das Ganze abrunden, die einen solchen Anschein vollendeten Geschmacks verleihen – und die soviel kosten.

Ich musterte sie von Kopf bis Fuß. Sie drehte sich leicht wie ein strudelndes Lüftchen um sich selber, damit ich sie von allen Seiten betrachten könnte. Ihrer Reize bewußt, befand sie sich in bester Laune. Ihre ziemlich kleinen blauen Augen funkelten fröhlich, sie war im Begriff, auf Schulmädchenart ihre Freude zu erweisen und mir einen Kuß zu versetzen – aber ich sagte: »Immer langsam! Jetzt wollen wir mal schön ruhig sein und sehen, woran wir sind, und herausfinden, was unsre Herrlichkeit bedeutet«, und so schob ich sie auf Armeslänge von mir, um sie einer kühlen Musterung zu unterziehen.

»Na, wie bin ich?« fragte sie.

»Mein Wort drauf«, sagte ich, »einigermaßen erstaunlich.«

»Aber wie sehe ich aus?«

»Gut angezogen.«

Das Lob war ihr nicht warm genug. Sie fuhr fort, mich auf alle zierlichen Details ihres Putzes aufmerksam zu machen. »Schaun Sie sich das an!« sagte sie. »Die Brosche, die Ohrringe, die Armbänder – kein Mensch in der Schule hat so eine Garnitur. Nicht mal Madame selber.«

»Ich sehe es.« Pause. »Hat Ihnen Monsieur de Bassompierre diese Juwelen gegeben?«

»Mein Onkel? Der weiß nichts davon.«

»Sind sie ein Geschenk von Mrs. Cholmondeley?«

»Weiß der Himmel, nein! Mrs. Cholmondeley ist ein alter Geizdrachen! Sie schenkt mir überhaupt nichts mehr.«

Ich mochte keine Fragen mehr stellen, sondern wandte mich schroff ab.

»Na, alter Murrmurr, alter Diogenes« – das waren gewöhnlich ihre Namen für mich, wenn wir Meinungsverschiedenheiten hatten –, »was ist jetzt los?«

»Machen Sie, daß Sie wegkommen! Ich habe keinen Spaß daran, Sie und Ihren Putz anzusehen.«

Einen Augenblick lang schien sie verblüfft.

»Was soll denn das nun wieder, Mutter Weisheit? Ich habe mich dafür nicht in Schulden gestürzt – das heißt, weder für die Juwelen noch für die Handschuhe, noch für das Bukett. Sicher, mein Kleid ist nicht bezahlt, aber Onkel Bassompierre erledigt das schon mit der Rechnung. Er gibt nie auf Einzelposten acht, sondern schaut bloß auf die Gesamtsumme. Und er ist so reich! Man braucht sich wirklich nicht um ein paar Guinees mehr oder weniger zu kümmern.«

»Gehen Sie jetzt? Ich möchte die Tür schließen ... Ginevra, die Leute mögen Ihnen erzählen, daß sie in diesem

Ballkleid sehr hübsch sind. Aber in *meinen* Augen werden sie nie wieder so hübsch aussehen wie in dem Leinenkleidchen mit dem schlichten Strohhut, die sie trugen, als ich Sie zum ersten Male sah.«

»Andre Leute haben nicht Ihren Puritanergeschmack«, gab sie aufgebracht zurück. »Und, nebenbei gesagt, ich wüßte nicht, mit welchem Recht Sie mir eine solche Predigt halten!«

»Gewiß doch! Dazu habe ich wenig Recht. Aber Sie haben vielleicht noch weniger Recht dazu, in mein Zimmer geschwänzelt und getänzelt zu kommen, nichts weiter als eine Elster mit geborgten Federn! Ich habe nicht den geringsten Respekt vor Ihren Federn, Miß Fanshawe, und besonders die Pfauenaugen, Ihre ›Garnitur‹ – sehr hübsche Sachen, wenn Sie sie mit Geld gekauft hätten, das Ihnen selber gehörte und das Sie gut erübrigen konnten –, aber ganz und gar nicht unter den gegenwärtigen Umständen.«

»On est là pour Mademoiselle Fanshawe«, verkündete die Pförtnerin, und Ginevra tänzelte von dannen.

Dies halbe Geheimnis des Putzes löste sich erst zwei oder drei Tage später, als sie kam, um ein freiwilliges Bekenntnis abzulegen.

»Sie brauchen nicht über mich zu murren«, fing sie an, »weil Sie sich einbilden, ich bringe irgendwen fürchterlich in Schulden, Papa oder Monsieur de Bassompierre. Ich versichere Ihnen, es bleibt nichts unbezahlt als die paar Kleider, die ich in der letzten Zeit gekauft habe. Alles übrige ist erledigt.«

Da steckt das Geheimnis! dachte ich. Von Mrs. Cholmonderley hast du ja das Zeug nicht geschenkt bekommen, und daß du selber nur über ein paar Schillinge verfügst und höchst sparsam mit ihnen umgehst, das weiß ich gut.

»Écoutez!« fuhr sie fort, indem sie dicht heranrückte und

in ihrem vertraulichsten Schmeichelton sprach – denn mein »Murren« war ihr lästig, sie mochte es, wenn ich in Rede- und Zuhörstimmung war, selbst, wenn ich bloß sprach, um zu schelten, und nur zuhörte, um zu spotten. »Écoutez, chère grogneuse! Ich werde Ihnen das ganze Drum und Dran erzählen, dann werden Sie sehn, wie vollkommen in Ordnung die Sache ist – und nicht bloß das! Auch wie geschickt ich das eingefädelt habe... Also erstens: Ausgehen *muß* ich. Papa hat selber gesagt, er wünscht, daß ich was von der Welt sehe. Er hat Mrs. Cholmondeley ausdrücklich erklärt, ich sei zwar ein recht liebes Geschöpf, aber ich hätte eine ziemlich backfischmäßige Haltung, und er wünschte ganz besonders, daß ich das Schulmädelaussehn loswürde, bevor ich mein regelrechtes Debüt in England habe – dazu müßte ich hier in die Gesellschaft eingeführt werden. Schön. Wenn ich aber ausgehe, dann *muß* ich mich danach anziehn. Mrs. Cholmondeley ist schäbig geworden und will mir nichts mehr geben. Gegen den Onkel wäre es wirklich nicht nett, wenn ich ihn für *all* die Sachen, die ich brauche, bezahlen ließe. Das können Sie nicht bestreiten, das stimmt mit Ihren eignen Predigten überein. Schön. Aber jemand, der hörte, wie ich mich bei Mrs. Cholmondeley über meine elende Lage beklagte – ich versichere Ihnen, das war ganz zufällig – und wie ich wegen ein oder zwei Schmucksachen in der Klemme steckte – *jemand*, der einem *nicht* ein Geschenk mißgönnt, o nein! Ganz im Gegenteil: Der war ganz entzückt bei der Idee, daß ihm erlaubt sein würde, eine Kleinigkeit anzubieten. Sie hätten nur sehen sollen, wie blancbec er aussah, als er zuerst davon redete, wie er zögerte und rot wurde und buchstäblich zitterte, solche Angst hatte er vor einer Abfuhr.«

»Das genügt, Miß Fanshawe. Ich nehme an, das soll heißen, daß Monsieur Isidore der edle Spender ist. Das heißt, von ihm haben Sie diesen kostbaren Schmuck angenommen, und er versorgt Sie mit Ihren Buketts und Handschuhen?«

»Sie drücken sich so unangenehm aus!« sagte sie, »man weiß kaum, wie man drauf antworten soll. Was ich sagen will, ist das: Ich gestatte Isidore gelegentlich das Vergnügen und die Ehre, seine Huldigung dadurch auszudrücken, daß er mir eine Kleinigkeit darbietet.«

»Das läuft auf dasselbe hinaus ... Nun, Ginevra, um die schlichte Wahrheit zu sagen, ich verstehe nicht viel von diesen Dingen, aber ich glaube, Sie handeln falsch – bedenklich falsch. Doch vielleicht sind Sie sich jetzt sicher, daß sie Herrn Isidore heiraten können – Ihre Eltern und Ihr Onkel haben ihre Einwilligung gegeben, und Sie Ihrerseits, Sie haben ihn aufrichtig lieb?«

»Mais pas du tout!« Immer, wenn sie drauf und dran war, etwas besonders Herzloses und Verkehrtes zu sagen, nahm sie ihre Zuflucht zum Französischen. »Je suis sa reine, mais il n'est pas mon roi.«

»Entschuldigen Sie, aber ich muß annehmen, diese Sprache ist bloßer Unsinn und nichts als Koketterie. An Ihnen ist nichts Großartiges, aber das liegt doch unter Ihrem Niveau, von der Gutmütigkeit und der Börse eines Mannes zu profitieren, der Ihnen absolut gleichgültig ist. Sie lieben Monsieur Isidore mehr, als Sie denken oder zugeben wollen.«

»Nein. Neulich abend habe ich mit einem jungen Offizier getanzt, der mir tausendmal lieber ist als er. Ich frage mich oft, warum mich Isidore bloß so kalt läßt, denn jeder sagt, daß er hübsch ist, und andre Damen bewundern ihn. Aber irgendwie langweilt er mich. Warten Sie, ich will sehn, wie das ist ...«

Und sie schien sich Mühe zu geben nachzudenken. Darin

ermutigte ich sie. »Ja«, sagte ich, »versuchen Sie, sich über Ihre Gemütsverfassung klarzuwerden. Mir scheint, die befindet sich in einem gewaltigen Wirrwarr – chaotisch wie ein Lumpensack.«

Es vergingen ein paar Augenblicke. Dann rief sie: »Es ist ungefähr so: Der Mann ist zu romantisch und ergeben, und er setzt bei mir mehr voraus, als ich bin, und es ist mir unbequem, wenn ich so sein soll. Er denkt, ich bin vollkommen, ausgerüstet mit allen möglichen gediegenen Eigenschaften und soliden Tugenden, solchen, wie ich sie nie gehabt habe und auch nicht haben will. Na, in seiner Gegenwart kann man nicht anders, man gibt sich Mühe, seine gute Meinung zu rechtfertigen, und es macht einen so müde, zimperlich zu tun und verständig daherzureden – denn er hält mich tatsächlich für verständig. Bei Ihnen ist mir sehr viel wohler zumute, Alterchen. Sie, Sie lieber Querkopf – Sie halten sich wacker an meine Taugenichtseigenschaften und wissen, daß ich kokett und unwissend bin und flirtsüchtig und wankelmütig und albern und egoistisch und all das andre Liebliche dazu, was – darüber haben wir uns ja geeinigt – einen Teil meines Charakters ausmacht.«

»Alles schön und gut«, sagte ich und mühte mich herzhaft, Ernst und Strenge zu wahren – sie liefen Gefahr, durch diese wunderliche Offenheit erschüttert zu werden –, »aber das ändert nichts an der unglückseligen Sache mit den Geschenken. Packen Sie sie zusammen, Ginevra, seien Sie ein gutes, ehrliches Mädchen, und schicken Sie sie zurück.«

»Auf keinen Fall!« sagte sie trotzig.

»Dann betrügen Sie Herrn Isidore. Das versteht sich von selbst: Wenn Sie seine Geschenke annehmen, dann geben Sie ihm damit zu verstehen, daß er eines Tages einen Gegenwert empfangen wird, und zwar in bezug auf Sie ...«

»Aber das wird er nicht!« unterbrach sie, »er hat seinen

Gegenwert jetzt, in dem Vergnügen, daß er mich sie tragen sieht! Das ist für ihn vollkommen genug! Er ist bloß ein Bürgerlicher.«

Diese Wendung in ihrer empfindungslosen Arroganz kurierte mich gründlich von der zeitweiligen Schwäche, die mich Ton und Miene hatten mildern lassen. Ginevra schwatzte weiter: »Dran zu denken, daß ich mich durch ein Versprechen oder einen Schwur an diesen oder jenen Mann fessele, das ist jetzt nicht meine Sache! Für den Augenblick will ich meine Jugend genießen und weiter nichts. Als ich Isidore zum ersten Male sah, dachte ich, er würde mir dabei helfen. Ich meinte, er würde damit zufrieden sein, daß ich ein hübsches Mädchen bin, und wir würden uns begegnen und wieder trennen und miteinander herumflattern wie zwei Schmetterlinge und dabei glücklich sein. Aber siehe da! Ich finde ihn zu Zeiten so feierlich wie einen Richter und gefühlvoll und tiefsinnig. Bah! Les penseurs, les hommes profonds et passionnés, ne sont pas à mon goût. Le Colonel Alfred de Hamal gefällt mir viel besser! Va pour les beaux fats et les jolis fripons! Vivent les joies et les plaisirs! À bas les grandes passions et les sévères vertus!«

Sie erwartete eine Antwort auf diese Tirade. Ich gab keine.

»J'aime mon beau colonel«, fuhr sie fort, »je n'aimerai jamais son rival. Je ne serai jamais femme de bourgeois, moi!«

Nun gab ich zu verstehen, es sei dringend notwendig, daß mein Zimmer von der Ehre ihrer Anwesenheit befreit werde. Lachend ging sie.

10. Doktor John

Madame Beck war ein höchst konsequenter Charakter, nachsichtig gegen alle Welt und zärtlich zu keinem Teil von ihr. Die eigenen Kinder verlockten sie zu keiner Abweichung von ihrer gleichmäßigen stoischen Ruhe. Sie war besorgt um ihre Familie und wachte über deren Belange und ihr physisches Wohlsein; aber den Wunsch, ihre kleinen Kinder auf den Schoß zu nehmen, kannte sie offenbar nicht. Nie trieb es sie dazu, die Lippen auf ihren rosigen Mund zu drücken, sie in einer herzlichen Umarmung zu umschließen und sie mit milden Liebkosungen und liebevollen Worten sanft zu überströmen.

Ich habe sie manchmal beobachtet, wenn sie im Garten saß, die Kleinen in einer entfernten Allee mit Trinette, der Bonne, spazierengingen und sie sie von weitem prüfend betrachtete. Aus ihrer Miene sprachen Sorge und Vorsicht. Ich weiß, sie überdachte oft bang, was sie »leur avenir« nannte. Wollte aber der Zufall, daß das Jüngste sie erspähte, ein zartes, empfindliches, doch reizendes Kind, daß es sich von der Wärterin losriß und den Weg heruntertappte und voller Eifer, lachend und keuchend, herbeikam, um ihre Knie zu umklammern – dann streckte Madame nur ruhig eine Hand aus, um eine lästige Erschütterung durch des Kindes plötzlichen Anprall zu verhindern. »Prends garde, mon enfant!« pflegte sie ungerührt zu sagen, dann erlaubte sie ihm geduldig, ein paar Augenblicke bei ihr zu stehen, erhob sich darauf ohne Lächeln oder Kuß, ohne ein zärtliches Wort und führte es zu Trinette zurück.

Gleichermaßen charakteristisch auf andre Art war ihre Haltung gegenüber dem ältesten Mädchen. Das war ein boshaftes Kind. »Quelle peste que cette Désirée! Quel poison que cet enfant là!« waren die Ausdrücke, die ihr in Küche und Schulzimmer gleichermaßen folgten. Neben anderen Gaben durfte sie sich einer exquisiten Geschicklichkeit in der Kunst der Provokation rühmen. Manchmal brachte sie ihre Bonne und die Dienstmädchen fast zur Raserei. Sie pflegte sich in ihre Dachkammern zu schleichen, ihre Schubladen und Koffer zu öffnen und mutwillig ihre besten Hauben zu zerreißen und ihre besten Schals zu beschmutzen. Sie paßte die Gelegenheit ab, um ans Büfett im Speiseraum zu gelangen, wo sie Glas- und Prozellangegenstände zertrümmerte, oder an den Speisekammerschrank, wo sie die Vorräte plünderte, den süßen Wein trank, Krüge und Flaschen zerbrach und das alles so anstellte, daß die Last des Verdachts auf Köchin und Küchenmädchen fiel. Alles, was Madame dazu bemerkte, wenn sie es sah oder den Bericht darüber empfing, war – und sie sagte es mit unvergleichlicher Gelassenheit: »Désirée a besoin d'une surveillance toute particulière.«

Demgemäß hielt sie diesen vielversprechenden Sprößling ziemlich häufig an ihrer Seite. Ich glaube, sie sprach mit dem Kind nicht ein einziges Mal ehrlich über seine Fehler und erklärte ihm nie das Böse solcher Angewohnheiten. Allein die Aufsicht mußte die ganze Kur bewirken. Natürlich schlug sie fehl. Von den Dienstboten wurde Désirée in gewissem Grade zurückgehalten, aber dafür plagte und plünderte sie nun ihre Mama. Was immer sie von Madames Arbeitstisch erlangen, von ihrem Putztisch erwischen konnte, stahl und versteckte sie. Madame sah dies alles, aber noch immer tat sie so, als sähe sie nichts. Sie hatte nicht die Geradheit der Seele, um dem Kind seine Untugenden vorzustellen. Wenn ein Gegenstand verschwand, dessen Wert die Wiedererlangung nötig machte, dann gab sie gewöhnlich vor zu denken, Désirée habe ihn im Spiel weggenommen, und bat sie, ihn zurückzuliefern. Doch so war Désirée nicht zu überlisten. Sie hatte gelernt, zum Diebstahl die Lüge zu Hilfe zu rufen, und pflegte zu leugnen, daß sie die Brosche, den Ring oder die Schere angerührt hätte. Dann führte die Mutter das falsche Spiel fort. Sie spiegelte ihr mit ruhiger Miene vor, daß sie ihr glaubte, und hernach beobachtete sie das Kind unablässig und spürte ihm nach, bis sie es zu seinen Versteckplätzen verfolgte – irgendeinem Loch in der Gartenmauer, irgendeinem Spalt oder Riß in einer Dachkammer oder einem Nebengebäude. War dies vollbracht, schickte Madame Désirée mit ihrer Bonne zu einem Spaziergang fort und benutzte ihre Abwesenheit, um den Räuber zu berauben. Und Désirée erwies sich als die wahre Tochter ihrer schlauen Mutter: Nie ließ sie sich, wenn sie den Verlust entdeckte, in Miene oder Gebärde auch nur das geringste Zeichen von Ärger entwischen.

Vom zweiten Kind, Fifine, sagte man, daß es seinem toten Vater gliche. Und gewiß, wenn ihr die Mutter auch den gesunden Körper, die blauen Augen und die frischen Wangen mitgegeben hatte, Fifines innerstes Wesen stammte nicht von ihr. Sie war eine ehrliche, frohe kleine Seele und überdies ein leidenschaftliches, warmblütiges Geschöpf, ganz danach angetan, häufig in Gefahren und Schwierigkeiten hineinzutappen. Eines Tages setzte sie sich's in den Kopf, eine steile Steintreppe von oben bis unten hinunterzupurzeln; und als Madame das Geräusch hörte (sie hörte immer jedes Geräusch), aus dem Speiseraum herauskam und sie aufhob, sagte sie ruhig: »Cet enfant a un os de cassé.«

Zuerst hofften wir, daß dies nicht der Fall sei. Es war jedoch nur zu richtig. Ein rundliches Ärmchen hing kraftlos herab.

»Lassen Sie Miiß« – damit meinte sie mich – »die Kleine nehmen«, sagte Madame, »et qu'on aille tout de suite chercher un fiacre.«

In der Droschke fuhr sie unverweilt, aber bewunderungswürdig kühl und gefaßt davon, um einen Chirurgen zu holen.

Anscheinend hatte sie den Hausarzt nicht daheim angetroffen; aber das tat nichts, sie hatte gesucht, bis ein Ersatzmann nach ihrem Geschmack gefunden war, und brachte ihn mit. Inzwischen hatte ich dem Kind den Ärmel vom Arm geschnitten und es ausgezogen und ins Bett gebracht.

Ich glaube, keiner von uns – mit »uns« meine ich die Bonne, die Köchin, die Pförtnerin und mich, die wir alle miteinander in der kleinen und stickig heißen Kammer versammelt waren – musterte den neuen Doktor besonders prüfend, als er in das Zimmer trat. Ich zumindest war vollauf beschäftigt, denn ich mühte mich, Fifine zu beruhigen, deren Gebrüll – sie hatte gute Lungen – entsetzlich anzuhören war. Dieses Gebrüll verdoppelte sich, als sich der Fremde ihrem Bett näherte. Und als er sie aufnahm, schrie sie leidenschaftlich in ihrem gebrochenen Englisch – denn sie sprach englisch wie die anderen Kinder: »Laß mich los! Ich will nicht dich, ich will Doktor Pillule!«

»Und Doktor Pillule ist mein sehr guter Freund«, lautete die Antwort in untadeligem Englisch, »aber er hat an einem Ort, der drei Meilen weit weg liegt, zu tun, und ich komme statt seiner. Nun also, wenn wir ein bißchen ruhiger geworden sind, müssen wir uns an die Arbeit machen. Und wir werden diesen unglücklichen kleinen Arm bald bandagiert und in Ordnung gebracht haben.«

Hierauf verlangte er ein Glas Zuckerwasser, gab ihr ein paar Teelöffel von der süßen Flüssigkeit (Fifine war ein ausgesprochenes Leckermaul, jedermann konnte ihr Herz über ihren Gaumen gewinnen), versprach ihr mehr, wenn die Operation vorüber wäre, und machte sich prompt an die Arbeit. Da er Hilfe brauchte, verlangte er die von der Köchin, einer robusten Person mit starken Armen; aber sie und auch die Pförtnerin und die Kinderfrau ergriffen augenblicklich die Flucht. Mir war es unangenehm, das kleine, gequälte Glied anzufassen. Da ich aber meinte, es bliebe keine andre Wahl, war meine Hand schon ausgestreckt, um zu tun, was erforderlich war. Ich kam zu spät. Madame Beck hatte selber die Hand hingehalten – ihre war sicher, während meine zitterte.

»Ça vaudra mieux«, sagte der Doktor, indem er sich von mir zu ihr wandte.

Er hatte klug gewählt. Mein Stoizismus wäre vorgetäuscht, meine Tapferkeit wäre erzwungen gewesen. Ihre war weder erzwungen noch geheuchelt.

»Merci Madame: très bien, fort bien!« sagte der Operateur, als er fertig war. »Voilà un sang-froid bien opportun, et qui vaut mille élans de sensibilité déplacée.«

Er war befriedigt von ihrer Festigkeit, sie von seinem Kompliment. Vermutlich bewirkte auch seine ganze Erscheinung, seine Stimme, seine Miene und seine Art, sich zu geben, einen günstigen Eindruck. Und wirklich, als man ihn richtig anschaute und als eine Lampe hereingebracht wurde – denn es war inzwischen Abend geworden, und nun dunkelte es immer mehr –, da sah man, daß es nicht anders sein konnte – es sei denn, Madame Beck wäre eben keine Frau gewesen. Dieser junge Arzt (er war wirklich jung) war keine gewöhnliche Erscheinung. Seine Gestalt nahm sich in der kleinen Kammer und inmitten der Gruppe Frauen von holländischem Wuchs imponierend groß aus, sein Profil war klar, feingeschnitten und ausdrucksvoll. Vielleicht glitt sein Blick ein wenig zu lebhaft, zu schnell und zu häufig von Gesicht zu Gesicht, aber er war höchst angenehm, und ebenso sein Mund. Sein geteiltes Kinn war rund, griechisch und vollkommen. Was sein Lächeln betraf, so konnte man sich in der Eile nicht über das beschreibende Beiwort schlüssig werden, das es verdiente. Es lag etwas darin, das erfreute, aber auch etwas, das trieb einem mit einer Woge alle Schwachheiten und Fehler ins Bewußtsein hinauf, alles, was einen dem Gelächter preisgeben konnte. Fifine freilich mochte sein zweifelhaftes Lächeln und hielt den, dem es gehörte, für munter und gut. So weh er ihr getan hatte, sie streckte ihre Hand aus, um ihm einen freundlichen Gutenachtgruß zu sagen. Er tätschelte die kleine Hand liebevoll, dann gingen Madame und er nach unten, sie in prächtigster Laune und voll zungenschneller Beredtsamkeit, er, indem er ihr zuhörte mit einer Miene gutmütiger Gefälligkeit und dabei mit jenem Zug unbewußter Durchtriebenheit, den ich so schwierig zu beschreiben finde.

Ich bemerkte, daß er das Französische zwar gut, aber das Englische noch besser sprach; dazu muteten Gesichtsfarbe, Augen und Gestalt englisch an. Ich stellte noch mehr fest. Als er das Zimmer verließ und dabei an mir vorüberging, wandte er das Gesicht einen Augenblick lang in meine Richtung, nicht um mich anzureden, sondern um etwas zu Madame zu sagen. Aber er stand so, daß ich beinah zwangsläufig zu ihm aufschauen mußte. Und da geschah es, daß plötzlich eine Erinnerung in mir aufschoß, die ans Licht gedrängt hatte, seit mir seine Stimme ans Ohr gedrungen war, vom ersten Augenblick an. Dies war eben der Herr, den ich in der Posthalterei angesprochen, der mir in der Kofferangelegenheit geholfen hatte, der mein Führer durch den dunklen, nassen Park gewesen war. Als ich lauschte, während er die lange Vorhalle hinunterging und auf die Straße hinaustrat, erkannte ich selbst seinen Tritt wieder: Es waren die nämlichen festen und gleichmäßigen Schritte, denen ich unter den tropfenden Bäumen gefolgt war.

Es war anzunehmen, daß die erste Visite dieses jungen

Arztes in der Rue Fossette auch seine letzte gewesen sein würde. Da der achtenswerte Doktor Pillule am nächsten Tag zurückerwartet wurde, schien kein Grund vorhanden, weshalb sein zeitweiliger Vertreter ihn wieder ersetzen sollte. Aber die Schicksalsgöttinnen hatten einen anderen Beschluß gefaßt.

Doktor Pillule war zu einem reichen, betagten Hypochonder in der alten Universitätsstadt Bouquin-Moisi gerufen worden; und als er ihm zur Heilung Luftveränderung und Reisen verschrieben hatte, war er festgehalten worden, um den ängstlichen Patienten auf einer mehrwöchigen Tour zu begleiten. Es blieb also dem neuen Doktor nichts anderes übrig, als die Behandlung in der Rue Fossette fortzusetzen.

Ich sah ihn oft, wenn er kam, denn Madame wollte die kleine Invalidin nicht Trinette anvertrauen, sondern verlangte von mir, daß ich viel von meiner Zeit im Kinderzimmer zubrachte. Ich glaube, daß er recht geschickt war. Fifine erholte sich schnell unter seiner Obhut; aber selbst ihre Genesung beschleunigte seine Entlassung nicht. Das Schicksal und Madame Beck schienen sich verbündet zu haben, und beide hatten entschieden, daß er bedachtsam mit dem Vestibül, dem Privat-Treppenhaus und den oberen Gemächern der Rue Fossette Bekanntschaft schließen sollte.

Kaum war Fifine seiner Fürsorge entwachsen, als Désirée erklärte, sie sei krank. Dies begabte Kind hatte eine geniale Anlage zum Simulieren, und bezaubert von der Aufmerksamkeit und Nachgiebigkeit, die ein Krankenzimmer bietet, war sie zu dem Schluß gekommen, daß eine Krankheit ihren Neigungen vollkommen gemäß wäre. Infolgedessen suchte sie ihr Bett auf. Sie spielte gut, und ihre Mutter noch besser. Denn während der ganze Fall für Madame Beck klar wie der Tag war, behandelte sie ihn mit einer erstaunlich überzeugten Miene von Ernst und gutem Glauben.

Was mich überraschte, war, daß Doktor John (so hatte der junge Engländer Fifine beigebracht, ihn zu nennen, und wir alle übernahmen von ihr die Gewohnheit, ihn mit diesem Namen anzureden. Schließlich wurde ein stehender Brauch daraus, und der Arzt war in der Rue Fossette unter keiner andern Benennung mehr bekannt) – daß also Doktor John stillschweigend einwilligte, sich Madames Taktiken zu eigen zu machen und sich ihren Manövern anzuschließen. Zwar verriet er kurze Zeit hindurch einen komischen Zweifel, warf einen oder zwei blitzschnelle Blicke von dem Kind auf die Mutter und gönnte sich eine Pause, in der er mit sich selbst zu Rate ging – aber schließlich ergab er sich willig darein, seine Rolle in der Posse zu spielen. Désirée schlang wie ein Rabe, hüpfte Tag und Nacht in ihrem Bett herum, spannte aus Laken und Wolldecken Zelte, rekelte sich müßig wie ein Türke inmitten von Kopfkissen und Schlummerrollen, unterhielt sich damit, ihre Schuhe nach der Bonne zu werfen und ihren Schwestern Grimassen zu schneiden – kurz, sie floß über von unverdienter Gesundheit und boshaftem Mutwillen und war matt nur dann, wenn ihre Mama und der Arzt ihr den täglichen Besuch abstatteten. Madame Beck wußte ich froh, ihre Tochter, koste es, was es wolle, da zu haben, wo sie kein Unheil anrichtete; aber ich wunderte mich, daß Dr. John der Sache nicht müde wurde.

Jeden Tag machte er pünktlich unter diesem gleichen Vorwand seine Visite. Madame empfing ihn stets mit dem nämlichen Aufwand von Herzlichkeit, mit demselben Sonnenschein für ihn selber und mit derselben bewunderungswürdig geheuchelten Sorgenmiene für ihr Kind. Doktor John schrieb harmlose Rezepte für die Patientin und fixierte ihre Mutter mit verschmitzt funkelnden Augen. Madame fing seine spöttischen Blicke auf, ohne sie übelzunehmen – dazu hatte sie zu viel gesunden Menschenverstand. So willfährig der junge Doktor schien, man konnte ihn doch nicht verachten. Offenbar hatte er diese fügsame Rolle nicht mit dem Vorsatz übernommen, sich bei seiner Auftraggeberin einzuschmeicheln. Er übte sein Amt im Pensionat gern aus und dehnte seine Aufenthalte in der Rue Fossette sonderbar hin. Aber gleichzeitig gab er sich ungezwungen, fast achtlos. Und doch war er auch oftmals bekümmert und gedankenversunken.

Vielleicht stand es mir nicht zu, sein rätselhaftes Verhalten zu beobachten und dessen Grund und Zweck ausfindig zu machen. Aber so, wie meine Lage nun einmal war, konnte ich es schwerlich vermeiden. Er stellte sich meiner Beobachtung ganz offen bloß, denn meine Anwesenheit im Zimmer war ihm gerade soweit bewußt und hatte für ihn ebensoviel Bedeutung, wie es eine Person von meinem Äußeren gewohnheitsmäßig erwartet: die Bedeutung also, die unscheinbaren Möbelstücken zukommt, Stühlen von gewöhnlicher Schreinerarbeit, Teppichen ohne auffallende Muster. Oft, während er auf Madame wartete, pflegte er zu sinnen, zu lächeln, aufzumerken oder zu lauschen wie ein Mann, der sich allein glaubt. Inzwischen stand mir frei, mir den Kopf über seine Miene und seine Bewegungen zu zerbrechen und mich zu fragen, was der Sinn dieses sonderbaren Interesses, dieser eigenartigen Anhänglichkeit war, die ihn – verwoben mit Unschlüssigkeit und Zurückhaltung und unerklärlich von einem Zauber geleitet – an dieses Halbkloster banden, das abgeschlossen im vermauerten Herzen einer Hauptstadt lag. Ich glaube, er dachte nie daran, daß ich Augen im Kopf hatte, und noch weniger daran, daß ein Gehirn hinter ihnen arbeitete.

Und er hätte es auch niemals herausgefunden, hätte nicht eines Tages, während er im Sonnenschein saß, ein neuer, plötzlicher und alarmierender Gedanke meine Aufmerksamkeit mit überwältigender Stärke und Anziehungskraft festgehalten. Ich stellte Beobachtungen an über die Farbe seines Haares, seines Backenbarts, seines Gesichts. Sie waren allesamt von einem Ton, den grelles Licht mit einer etwas gefährlichen Gewalt hervorholt – tatsächlich erinnere ich mich, daß ich mich gedrungen fühlte, sein strahlendes Haupt in Gedanken mit dem des »Goldenen Bildes« zu vergleichen, das König Nebukadnezar aufgestellt hatte. Bis heute weiß ich nicht, wie ich ihn anschaute – der Zwang der Überraschung und auch der Überzeugung machte, daß ich mich selber vergaß. Ich erlangte das gewohnte Bewußtsein erst dann zurück, als ich merkte, daß seine Aufmerksamkeit gefesselt war und daß er meine Regung in einem klaren kleinen Ovalspiegel erhascht hatte. Der war an der Seite der Fensternische befestigt; Madame benutzte ihn oft dazu, Leute zu bespitzeln, wenn sie unten im Garten spazierten.

Doktor John war wohl von heiterem, sanguinischen Temperament, aber deshalb fehlte ihm doch nicht eine gewisse nervöse Empfindlichkeit, die bewirkte, daß es ihm unter einem direkten, forschenden Blick unbehaglich zumute wurde. Da er mich so ertappte, drehte er sich um und sagte in einem Ton, der bei aller Höflichkeit eben trocken genug war, um einen Schatten von Verdruß spüren zu lassen und gleichzeitig dem Gesagten den Charakter der Zurechtweisung zu geben: »Mademoiselle schont mich nicht. Ich bin nicht eitel genug, mir einzubilden, es seien meine Vorzüge, die ihre Aufmerksamkeit anziehen. Also muß es ein Mangel sein. Darf ich fragen welcher?«

Ich war bestürzt, wie sich der Leser denken mag – jedoch nicht heillos verwirrt, denn ich war mir bewußt, daß ich mir diesen Vorwurf nicht durch eine Regung unvorsichtiger Bewunderung zugezogen hatte und ebensowenig im Eifer unverantwortlicher Neugier. Ich hätte mich auf der Stelle rechtfertigen können; aber ich mochte nicht. Ich sprach nicht – es war nicht meine Gewohnheit, mit ihm zu reden. Also ließ ich ihn denken, was er Lust hatte. Mochte er mich beschuldigen, womit er wollte. Ich nahm die Arbeit wieder auf, die ich hatte sinken lassen, und hielt den Kopf während der übrigen Zeit seiner Anwesenheit darüber gebeugt. Es gibt eine wunderliche Gemütsverfassung, die durch eine Mißdeutung eher beschwichtigt als gereizt wird, und ich glaube, wir finden Vergnügen daran, dort, wo wir niemals recht erkannt werden können, recht gründlich verkannt zu werden. Welcher ehrliche Mann fühlt sich nicht eher geschmeichelt als verärgert, wenn er gelegentlich einmal für einen Einbrecher gehalten wird?

11. Die Pförtnerloge

Es war Sommer und sehr heiß. Georgette, das jüngste von Madames Kindern, zog sich ein Fieber zu. Désirée, jählings von ihren Leiden geheilt, wurde zusammen mit Fifine zur Großmama aufs Land verfrachtet, das sollte einer Anstekkung vorbeugen. Nun war ärztliche Hilfe wirklich vonnöten. Madame zog es vor, Doktor Pillules Rückkehr zu ignorieren, der schon eine Woche wieder zu Hause war, und beschwor seinen englischen Kollegen, seine Besuche fortzusetzen. Eine oder zwei der Pensionärinnen klagten über Kopfschmerzen und machten auch sonst den Eindruck, daß sie Georgettes Unpäßlichkeit in geringem Grade teilten. Nun, dachte ich, muß Doktor Pillule doch endlich zurückgerufen werden. Die vorsichtige Direktorin wird niemals wagen, ihre Schülerinnen von einem so jungen Mann behandeln zu lassen.

Die Direktorin war sehr vorsichtig, aber sie konnte auch

draufgängerisch-verwegen sein. Sie führte Doktor John tatsächlich in der Schulabteilung des Hauses ein und übergab ihm die stolze und hübsche Blanche de Melcy und ihre Freundin, die eitle, kokette Angélique, als Patientinnen. Doktor John bezeugte, wie mir schien, eine gewisse Befriedigung bei diesem Vertrauensbeweis, und wenn der Schritt durch kluges und umsichtiges Betragen zu rechtfertigen gewesen wäre, dann wäre er von ihm vollauf gerechtfertigt worden. Jedoch hier, in diesem Land der Klöster und Beichtstühle, konnte eine Anwesenheit wie seine in einem Mädchenpensionat nicht ungestraft geduldet werden. Die Schule klatschte, die Küche wisperte, die Stadt fing das Gerücht auf, Eltern schrieben Briefe und statteten Protestbesuche ab. Wäre Madame schwach gewesen, dann hätte sie sich nun verlorengeben müssen. Ein Dutzend konkurrierender Erziehungsinstitute war bereit, diesen falschen Schritt – wenn es ein falscher Schritt war – zu ihrem Ruin zu machen. Aber Madame war nicht schwach, und mochte sie auch ein Jesuit im Kleinformat sein, so schlug ich doch innerlich beifallspendend in die Hände und rief mit meines Herzens Stimme bravo, als ich ihr geschicktes Verhalten, ihr gewandtes Unterhandeln, ihre Kaltblütigkeit und Festigkeit bei diesem Anlaß beobachtete.

Sie trat den alarmierten Eltern mit wohlgelaunter, ungezwungener Liebenswürdigkeit entgegen – denn niemand kam ihr gleich im, ich weiß nicht, soll ich sagen Besitz oder in der gutgespielten Rolle einer gewissen »rondeur en franchise de bonne femme«, die bei verschiedenen Gelegenheiten die erzielte Absicht augenblicklich und vollkommen erreichten, wo würdevolle Feierlichkeit und gewichtiges Argumentieren möglicherweise Schiffbruch erlitten hätten.

»Ce pauvre Docteur Jean!« sagte sie etwa fröhlich lachend und rieb sich dabei vergnügt die dicken, kleinen weißen

Hände. »Ce cher jeune homme! La meilleure créature du monde!« Und dann erklärte sie, wie sie ihn zufällig gerade für ihre Kinder in Anspruch nehme, die so an ihm hingen, daß sie sich eine Krankheit an den Hals schreien würden bei dem Gedanken an einen anderen Doktor. Und da, wo sie für sich selber Zutrauen habe, scheine es ihr doch natürlich, auch für andere Vertrauen zu hegen. Und überdies war es einfach ein vorübergehender Notbehelf, der kurzfristigste der Welt: Blanche und Angélique hatten Migräne; Doktor John hatte ein Rezept geschrieben – voilà tout!

Den Eltern waren die Münder verschlossen. Blanche und Angélique ersparten ihr alle weitere Mühe, indem beide laute Preislieder zum Lob ihres Arztes sangen. Die andern Schülerinnen bildeten das Echo und erklärten einhellig: Wenn sie krank würden, dann wollten sie Doktor John haben und niemanden sonst. Und Madame lachte, und die Eltern lachten mit. Das Organ für die Liebe zur Nachkommenschaft muß bei den Labassecourern sehr ausgeprägt sein – zumindest treiben sie die Duldsamkeit gegenüber den Sprößlingen bis zur Ausschweifung. In den meisten Haushaltungen ist der Kinder Wille Gesetz. Madame wurde es nun als Verdienst angerechnet, daß sie bei dieser Gelegenheit im Geiste mütterlicher Parteilichkeit gehandelt hatte. Sie kam mit Glanz und Gloria davon, und die Leute schätzten sie als Schulleiterin mehr denn je.

Bis heute habe ich nie völlig begriffen, weswegen sie um Doktor Johns willen ihre Interessen so aufs Spiel setzte. Natürlich weiß ich gut, was die Leute sagten: Das ganze Haus – Schülerinnen, Lehrer, die Dienerschaft eingeschlossen – versicherte, daß sie drauf und dran sei, ihn zu heiraten. So hatten sie es sich zurechtgelegt. Der Altersunterschied schien in ihren Augen nichts zu bedeuten, es sollte so sein.

Ich muß zugeben, daß der Schein diesen Gedanken nicht

völlig entkräftete. Madame schien so sehr erpicht darauf zu sein, sich seine Dienste zu erhalten, sie ignorierte ihren früheren Schützling Pillule so ganz und gar. Und sie legte solchen Wert darauf, seine Besuche persönlich zu empfangen und war in ihrem Wesen ihm gegenüber so unerschöpflich heiter, vergnügt und gütig. Überdies verwandte sie um diese Zeit außergewöhnliche Sorgfalt auf ihre Kleidung, der Morgenrock, die Nachtmütze und der Schal wurden verworfen. Doktor Johns frühe Visiten fanden sie stets mit hübsch geordneten goldbraunen Zöpfen, im untadelig sitzenden Seidenkleid, mit zierlichen Halbstiefeln statt der Pantoffeln. Kurz, die gesamte Toilette war vollendet wie ein Musterbild und frisch wie eine Blume. Jedoch glaube ich kaum, daß ihr Bestreben hierin weiterging, als bloß einem sehr gutaussehenden Manne zu zeigen, daß sie auch nicht eben eine häßliche Frau war. Und häßlich war sie nicht. Ohne schöne Züge und elegante Gestalt gefiel sie. Ohne Jugend und deren strahlende Anmut erfreute sie. Man wurde nie müde, sie zu sehen; sie war niemals einförmig oder abgeschmackt oder farblos und matt. Ihr unverblichenes Haar, ihre Augen mit dem ruhigen blauen Glanz, ihre Wangen mit dem gesunden, fruchtgleichen Schimmer – das alles gefiel mit Maßen, aber beständig.

Träumte sie tatsächlich davon, Doktor John zum Manne zu nehmen, ihn in ihr wohlmöbliertes Heim zu holen, ihn mit ihren Ersparnissen auszurüsten, von denen es hieß, daß sie sich auf eine ganz hübsche Auskömmlichkeit beliefen, und ihm den Rest seines Lebens behaglich zu machen? Vermutete Doktor John solche Traumgesichte bei ihr? Ich habe ihn getroffen, wie er von ihr kam, den Anflug eines mutwilligen Lächelns um die Lippen und in den Augen einen Ausdruck wie übermütige, geschmeichelte männliche Eitelkeit. Trotz allen guten Aussehens, trotz aller Gutmütigkeit war er nicht vollkommen. Er muß sogar sehr unvollkommen gewesen sein, wenn er in spitzbübischer Weise Absichten ermutigte, denen er nie und nimmer einen Erfolg zudachte. Aber dachte er ihnen den Erfolg wirklich nicht zu? Die Leute sagten, daß er kein Geld hätte, daß er ganz und gar auf seinen Beruf angewiesen wäre. Madame mochte zwar ungefähr vierzehn Jahre älter sein als er. Aber sie war die Art Frau, die nie alt, nie welk wird, nie versagt. Zweifellos standen sie miteinander auf gutem Fuße. *Er* war vermutlich nicht verliebt – aber wie viele Leute lieben denn schon wirklich, oder mindestens, wie viele heiraten in dieser Welt aus Liebe? Wir warteten das Ende ab.

Worauf *er* wartete, weiß ich nicht, auch nicht, was er beobachtete. Aber nie ließ die Eigentümlichkeit seines Verhaltens nach, nie ermüdete sein erwartungsvoller, wachsamer, versunkener, begieriger Blick – eher verstärkte er sich. Doktor John war nie ganz innerhalb des Umkreises gewesen, den ich mit meinem Begreifen durchdrang, und ich glaube, er entfernte sich weiter und weiter daraus.

Eines Morgens war die kleine Georgette fiebriger und demzufolge mürrischer gewesen als sonst. Sie weinte und wollte sich nicht beruhigen lassen. Ich nahm an, daß ihr ein bestimmter Trank, der ihr verordnet worden war, nicht bekam, und zweifelte, ob man ihn ihr weiter geben sollte. Ungeduldig wartete ich darauf, daß der Doktor kam, damit ich ihn befragen konnte.

Die Türglocke läutete, er wurde eingelassen. Dessen war ich gewiß, denn ich hörte, wie er die Pförtnerin anredete. Es war seine Gewohnheit, stracks zum Kinderzimmer hinaufzusteigen, wobei er meist drei Stufen auf einmal nahm, um wie eine frohe Überraschung über uns hereinzubrechen. Fünf Minuten verstrichen – zehn –, und ich sah und hörte nichts von ihm. Was konnte er bloß machen? Möglicherweise wartete er unten im Korridor. Die kleine Georgette weinte noch immer ihr klägliches Wehgeschrei; dabei rief sie mich flehend mit dem Namen an, den sie mir gegeben hatte: »Minnie, Minnie, weh-weh!«, bis mir das Herz blutete. Ich stieg die Treppe hinunter, um zu sehen, weshalb er nicht kam. Der Korridor war leer. Wohin war er verschwunden? War er mit Madame im Speisesaal? Unmöglich. Es war erst ganz kurz her, daß ich sie in ihrem Schlafzimmer zurückgelassen hatte, und da hatte sie sich gerade angezogen. Ich lauschte. Eben waren drei Schülerinnen in drei Räumen in unmittelbarer Nähe tüchtig beim Klavierüben – im Speisesaal und dem größeren und dem kleineren Wohnzimmer. Zwischen diesen und dem Korridor lag nur das Kämmerchen der Pförtnerin. Es stand mit den Wohnzimmern in Verbindung und hatte ursprünglich als Boudoir dienen sollen. Etwas weiter weg, im Andachtszimmer, hatte eine Gruppe von einem Dutzend oder mehr an einem vierten Instrument ihre Gesangsstunde. Ausgerechnet in diesem Augenblick stimmten sie eine Barcarole an – so nannten sie es, glaube ich –, von der ich noch die Worte »fraîche brisë« und »Venisë« in Erinnerung habe. Was konnte ich unter diesen Umständen noch hören? Ohne Zweifel eine ganze Menge – bloß leider nichts Zweckdienliches.

Ja. Ich hörte ein leichtfertiges Sopranlachen im oben erwähnten Kabinettchen, dicht an der Tür, an der ich stand – diese Tür öffnete sich halb; eine Männerstimme stieß in weichem, tiefem, bittendem Ton ein paar Worte hervor, von denen ich nur die Beschwörung »Um Gottes willen!« verstand. Eine Sekunde später kam Doktor John heraus. Seine Augen glänzten, aber weder vor Freude noch im Triumph. Seine hellen englischen Wangen waren stark gerötet, und ein verwirrter, gequälter, sorgenvoller und doch zärtlicher Ausdruck lag auf seiner Stirn.

Die offene Tür diente mir als Schirm. Aber ich glaube, er wäre auch dann an mir vorbeigegangen, ohne mich zu sehen, wenn ich ihm mitten im Wege gestanden hätte. Irgendeine Kränkung, ein heftiger Ärger, erfüllte ihn – oder besser sollte ich, um meine Eindrücke jetzt so niederzuschreiben, wie ich sie damals empfing, sagen, irgendein Kummer, ein Gefühl erlittenen Unrechts. Es schien mir nicht so sehr, daß sein Stolz verletzt sei, als daß sein Herz verwundet worden war – grausam verwundet, wie mich dünkte. Aber wer war der Peiniger? Welches Wesen in diesem Haus hatte ihn so sehr in seiner Gewalt? Madame mußte in ihrem Zimmer sein. Der Raum, aus dem er getreten war, diente einzig und allein der Pförtnerin zum Gebrauch. Und sie, Rosine Maton, eine zwar hübsche, aber gewissenlose kleine französische Grisette, leichtfertig, wankelmütig, kleidergierig, eitel und geldsüchtig – sicherlich verdankte er doch nicht *ihr* die Feuerprobe, durch die er augenscheinlich gegangen war?

Aber während ich grübelte, brach ihre klare, wennschon etwas scharfe Stimme in ein lustiges französisches Lied aus und trillerte durch die noch halb offene Tür. Ich schaute hinein und zweifelte an meinen Sinnen. Da saß sie in einem schmucken Kleid von »jaconas rose« am Tisch, damit beschäftigt, eine winzige Blondenhaube aufzuputzen. Außer ihr befand sich nichts Lebendiges in dem Raum – ausgenommen allerdings ein paar Goldfische in einer Glaskugel, ein paar Topfblumen und ein breiter Strahl Julisonne.

Hier lag ein Problem. Aber ich mußte nach oben gehen, um wegen der Medizin zu fragen.

Doktor John saß auf einem Stuhl an Georgettes Bett. Madame stand vor ihm; die kleine Patientin war untersucht und beschwichtigt worden und lag nun besänftigt in ihrem Bettchen. Als ich eintrat, war Madame Beck eben dabei, des

Arztes eigene Gesundheit zu erörtern, indem sie Bemerkungen über eine tatsächliche oder eingebildete Veränderung in seinem Gesicht machte, und ihm Überarbeitung vorwarf. Sie empfahl ihm Ruhe und Luftwechsel. Er hörte gutmütig, doch mit lachender Gleichgültigkeit zu und sagte ihr, daß sie »trop bonne« sei und daß er sich vollkommen wohl fühle. Madame appellierte an mich. Doktor John folgte ihrer Bewegung mit einem langsamen Blick, der eine matte Überraschung darüber auszudrücken schien, als auf eine so bedeutungslose Stelle verwiesen wurde.

»Was denken Sie, Miß Lucy?« fragte Madame. »Ist er nicht blasser und schmaler geworden?«

Es kam sehr selten vor, daß ich in Doktor Johns Anwesenheit mehr als einsilbige Worte äußerte. Er war ein Mann, für den ich wahrscheinlich immer das neutrale, passive Ding bleiben würde, für das er mich hielt. Jetzt aber nahm ich mir die Freiheit, mit einem Satz zu antworten, und zwar einem, den ich mit Absicht ziemlich bedeutsam machte: »Er sieht im Augenblick schlecht aus, aber vielleicht hat das eine vorübergehende Ursache. Doktor John könnte Ärger oder Kummer haben.«

Ich vermag nicht zu sagen, wie er diese Rede aufnahm, denn ich suchte nicht etwa mit den Augen sein Gesicht, um Auskunft zu erlangen. Und hier begann Georgette, in gebrochenem Englisch zu reden; sie fragte mich, ob sie ein Glas Zuckerwasser haben könne. Ich antwortete ihr auf englisch. Ich bilde mir ein, er bemerkte zum erstenmal, daß ich seine Sprache gebrauchte. Bisher hatte er mich immer für eine Ausländerin gehalten, mich mit »Mademoiselle« angesprochen und mir die erforderlichen Anweisungen über die Behandlung der Kinder auf französisch gegeben. Er schien im Begriff zu sein, eine Bemerkung zu machen. Dann aber besann er sich eines Besseren und schwieg.

Madame fuhr fort, ihm gute Ratschläge zu erteilen. Er schüttelte lachend den Kopf, stand auf und bot ihr Guten Morgen, höflich zwar, aber dennoch mit der achtlosen Haltung eines Mannes, der mit allzuviel unbegehrter Beachtung überfüttert und verwöhnt worden ist.

Als er gegangen war, ließ sich Madame in den Stuhl sinken, von dem er gerade aufgestanden war. Sie stützte das Kinn in die Hand. Alles Lebhafte, alle Liebenswürdigkeit verschwand aus ihrem Gesicht. Sie schaute steinern und streng aus, beinahe gekränkt und finster. Sie seufzte. Es war ein einziger, aber tiefer Seufzer. Eine Glocke läutete gellend zur Morgenschule. Sie erhob sich. Als sie an einem Toilettentisch mit einem Spiegel darauf vorüberschritt, schaute sie auf ihr Bild, das er zurückwarf. Ein einziges weißes Haar schimmerte in ihrer nußbraunen Flechtenfülle; mit einem Schauder riß sie es aus. Im vollen sommerlichen Tageslicht sah man klar, daß ihr Gesicht wohl noch die Farbe der Jugend, aber nicht mehr deren Frische hatte. Und dann, wo waren die Konturen der Jugend? Ach, Madame! So klug Sie waren, selbst *Sie* kannten Schwäche. Nie zuvor hatte ich Madame bemitleidet. Aber als sie sich düster vom Spiegel abwandte, wurde mein Herz ihr gegenüber weich. Ein Unglück war über sie gekommen. Die Hexe Enttäuschung begrüßte sie mit einem grausigen »Heil!«, und ihre Seele wies diese Vertraulichkeit zurück.

Aber Rosine! Da übertraf meine Bestürzung jede Beschreibung. Ich ergriff an jenem Tag fünfmal die Gelegenheit, an ihrem Kabinett vorbeizugehen – ich wollte ihre Reize betrachten und deren geheimnisvollen Einfluß enträtseln. Sie war hübsch, war jung und trug ein gutgeschneidertes Kleid. Das alles war ausgezeichnet, vermutlich auch für jeden philosophischen Geist vollauf genug, um jedes Maß von Seelenschmerz und Zerrüttung bei einem jungen

Mann wie Doktor John zu erklären. Doch konnte ich nicht anders, halb und halb formte sich in mir der Wunsch, daß der besagte Doktor mein Bruder wäre oder wenigstens, daß er eine Schwester oder Mutter besäße, die ihm eine freundliche Moralpredigt halten könnte. Ich sprach vom *halben* Wunsch. Ehe er ein ganzer wurde, zerbrach ich ihn und schleuderte ihn weg, da ich rechtzeitig seine auserlesene Narrheit entdeckte. Irgendwer, argumentierte ich, könnte ebensogut Madame eine Predigt über ihren jungen Arzt halten, und wozu wäre das gut?

Ich glaube, Madame hielt sich ihre Predigt selber. Sie benahm sich nicht schwach, ebensowenig, wie sie sich in irgendeiner Form lächerlich machte. Es ist freilich wahr, sie hatte weder starke Gefühle zu überwinden noch zärtliche, durch die sie jämmerlich gequält worden wäre. Ebenso wahr ist es, daß sie einen bedeutsamen Beruf hatte, eine wirkliche Aufgabe, um ihre Zeit auszufüllen, ihre Gedanken zu zerstreuen und ihr Interesse aufzuteilen. Und ganz besonders ist es wahr, daß sie einen unverfälschten gesunden Menschenverstand besaß, wie er nicht allen Frauen gegeben ist – so wenig wie allen Männern. Und mit Hilfe dieser vereinigten Vorzüge benahm sie sich klug, benahm sie sich gut. Noch einmal: Bravo, Madame Beck. Ich habe gesehen, wie Sie zum Kampf gegen eine Neigung antraten, die mächtig und verderblich war; ich habe gesehen, wie Sie sich tapfer schlugen und wie Sie siegten.

12. Das Schmuckkästchen

Hinter dem Haus in der Rue Fossette lag der Garten – groß, wenn man bedenkt, daß er im Herzen einer Stadt lag, und heute in meiner Erinnerung erscheint er mir freundlich. Aber die Zeit wirkt sich wie die Entfernung auf bestimmte Schauplätze mildernd aus. Und wo rundum alles Stein ist, öde Mauer und heißes Pflaster – wie kostbar scheint da ein Strauch, wie lieblich ein umfriedetes und bepflanztes Stück Erde!

Nach der Überlieferung war Madame Becks Haus in alten Zeiten ein Kloster gewesen. In vergangenen Tagen – wie lange vergangen, weiß ich nicht, aber ich denke, ein paar Jahrhunderte –, bevor die Stadt dies Viertel überzogen hatte und als es noch Ackerland und Allee war und tiefe, laubschattige Abgeschiedenheit, wie sie ein Kloster umfangen sollte, damals hatte sich auf diesem Grunde angeblich etwas zugetragen, das Furcht und dumpfen Schrecken erregte und der Stätte als Erbe eine Geistergeschichte zurückließ. Ein unklares Gerede von einer schwarzundweißen Nonne lief um, die zu Zeiten, in irgendeiner Nacht oder in bestimmten Nächten im Jahr, in der Nachbarschaft gesehen worden war. Der Geist mußte vor ein paar Generationen durch Gebäude vertrieben worden sein, denn jetzt standen ringsum überall Häuser. Aber bestimmte Klosterüberbleibsel in Gestalt riesiger alter Obstbäume heiligten den Fleck noch. Einer war ein Methusalem von einem Birnbaum, ganz abgestorben bis auf einige wenige Äste, die im Frühling noch getreulich ihren duftenden Schnee und im Herbst ihren honigsüßen Behang erneuten. Wenn man an seinem Fuß zwischen den halbentblößten Wurzeln die moosige Erde wegkratzte, dann schimmerte eine Platte hervor, glatt, hart und schwarz. Es ging die Sage, nicht bestätigt und nicht beglaubigt, aber doch verbreitet, daß dies der Eingang zu einem Gewölbe sei. Tief unter jenem Boden, auf dessen Oberfläche Gras wuchs und Blumen blühten, sollten die Gebeine eines Mädchens eingeschlossen sein, das eine geheime Mönchsversammlung des finsteren Mittelalters hier wegen irgendeiner Sünde wider ihr Gelübde lebendig begraben hatte. Ihr Schatten war es, den Ängstliche gefürchtet hatten, obwohl ihr armer Leib vor vielen Generationen zu Staub zerfallen war. Ihr schwarzes Gewand und ihren weißen Schleier hatten Mondlicht und Schatten für zaghafte Augen spottend nachgeäfft, wenn sie im Nachtwind durch das Gartendikkicht fluteten.

Unabhängig von dem romantischen Plunder hatte der alte Garten jedoch seine Reize. An Sommermorgen pflegte ich früh aufzustehen, um sie allein zu genießen; an Sommerabenden verweilte ich einsam zu einem Stelldichein mit dem aufsteigenden Mond oder um einen Kuß der kühlen Abendluft zu empfangen oder die Frische des fallenden Taus zu atmen, die ich mir freilich eher einbilden mußte, als daß ich sie fühlen konnte. Der Rasen war grün, die Kieswege waren weiß; sonnenhelle Kapuzinerkresse wuchs in schönen Büscheln über den Wurzeln der schwankenden Obstgartenriesen. Es gab hier eine große Bogenlaube, über die eine Akazie ihre Schatten warf. Dann war da eine kleinere, entferntere Laube, sie lag in den Weinreben versteckt, die sich ganz an einer hohen grauen Mauer entlangzogen. Dort schlangen sie ihre Ranken zu einem Bündel von Schönheit zusammen und hängten ihre Trauben in zärtlicher Verschwendung um den begünstigten Platz, wo Jasmin und Efeu einander begegneten, und vermählten die beiden.

Am Mittag, in der breiten, gewöhnlichen Mitte des Tages, wenn Madame Becks große Schule sich ungestüm leerte, wenn Externe und Pensionärinnen sich überallhin verstreuten und mit den Bewohnern der nahen Knabenschule in der rücksichtslosen Übung ihrer Lungen und Gliedmaßen wetteiferten – kein Zweifel, *dann* war der Garten ein durch und durch alltäglicher, ein zertrampelter Ort. Aber beim Sonnenuntergang oder in der Stunde der Abendandacht, wenn die Externen heimgegangen waren und die Pensionärinnen ruhig über ihren Studien saßen, dann war es wohltuend, die friedlichen Wege hinabzuwandeln und die Glocken von St. Jean Baptiste mit ihrem lieblichen, milden und erhabenen Klang läuten zu hören.

So spazierte ich eines Abends dahin. Ich hatte mich weiter als sonst ins Reich der Dämmerung hineinlocken und von der immer tieferen Stille festhalten lassen. Und die sanfte Kühle hielt mich, der duftende Blumenatem. So wie jetzt dem schmeichelnden Tau antworteten sie keinem Sonnenschein. Ein Licht im Fenster des Andachtsraums sagte mir, daß jetzt der katholische Haushalt zum Abendgebet versammelt war – zu einem Ritus, dem ich mich als Protestantin zuweilen entzog.

»Bleib noch!« wisperten Einsamkeit und Sommermond, »nur noch einen Augenblick! Jetzt ist alles wirklich ruhig. In der nächsten Viertelstunde wird dich niemand vermissen. Du bist müde geworden in Tageshitze und Tageshast. Freu dich an diesen kostbaren Minuten.«

Der Garten war umschlossen von der fensterlosen Rückfront vieler Gebäude, insbesondre war eine ganze Seite durch die Rückfront einer langen Reihe von Wohnhäusern der Nachbarschule begrenzt. Diese Reihe bestand jedoch ganz durchgehend aus Stein – nur hoch oben gab es etliche Gucklöcher, die sich aus den Schlafräumen der weiblichen Dienstboten auftaten. Im übrigen schaute ein einziges Fenster aus einem niedrigen Stockwerk herab, es hieß, daß dort die Schlafkammer oder das Studierzimmer eines Lehrers sei.

Trotz dieser Sicherung war es den Schülerinnen verboten, einen Weg zu betreten, der mit der sehr hohen Mauer auf dieser Gartenseite parallel verlief. Er wurde denn auch »der verbotene Weg« genannt, und jedes Mädchen, das seinen Fuß hierher setzte, hätte eine Strafe riskiert, die so streng war, wie die milden Regeln von Madame Becks Etablissement es nur irgend zuließen. Lehrer allerdings durften ungestraft dort gehen. Aber der Weg war eng; und die vernachlässigten Sträucher wucherten beiderseits üppig zur Mitte hin und flochten ein Dach von Zweigen und Blattwerk, das die Sonnenstrahlen nur in vereinzelten Lichtflecken durchdrangen. Deshalb wurde der Pfad auch bei Tage nur selten betreten, und nach Einbruch der Dämmerung wich man ihm sorgfältig aus.

Von Anfang an fühlte ich mich versucht, von dieser Regel des Meidens eine Ausnahme zu machen. Die Abgeschlossenheit, ja gerade die Düsterkeit des Pfades zog mich an. Lange Zeit scheuchte mich die Furcht zurück, man könnte mich für absonderlich halten. Aber nach und nach fanden sich die Leute mit mir und meinen Angewohnheiten und den Eigenheiten, die in meiner Natur eingewurzelt waren, ab – Eigenheiten, die sicher nicht eindrucksvoll genug sind, um Interesse zu erwecken, und vielleicht nicht bedeutsam genug, um Anstoß zu erregen, aber sie sind in mir und mit mir geboren, und ich kann sie so wenig ablegen wie mein ganzes Ich –, und nun ward ich ganz allmählich ein häufiger Besucher dieses geraden, schmalen Ganges. Ich machte mich zum Gärtner einiger farblosen Blumen, die zwischen seinen dichtgereihten Büschen wuchsen. Ich beseitigte die Überbleibsel verflossener Herbste, die eine rohe Bank am äußersten Ende bedeckten. Von Goton, der Köchin, borgte ich mir einen Wassereimer und eine Scheuerbürste und säuberte diesen Sitz. Madame sah mich bei der Arbeit und lächelte

Zustimmung, ich weiß nicht, ob aufrichtig oder nicht – aber sie *schien* aufrichtig.

»Voyez-vous!« rief sie. »Comme elle est propre cette demoiselle Lucie! Vous aimez donc cette allée, Miiß?«

»Ja«, sagte ich, »sie ist still und schattig.«

»C'est juste«, rief sie mit ihrer gutherzigen Miene und empfahl mir freundlich, mich dort nach Herzenslust abzuschließen. Ich sei, sagte sie, nicht zur Aufsicht verpflichtet, ich brauche mir nicht die Mühe machen, mit den Zöglingen spazierenzugehen. Nur möge ich ihren Kindern erlauben, dorthin zu kommen und mit mir Englisch zu sprechen.

In der fraglichen Nacht saß ich auf dem verborgenen Platz, den ich von Schwamm und Moos befreit hatte, und lauschte dem, was die fernen Geräusche der Stadt schienen. Fern waren sie in Wirklichkeit nicht. Diese Schule lag im Zentrum der Stadt, von hier waren es nur fünf Minuten Weg zum Park, kaum zehn zu Gebäuden von palastartiger Pracht. Ganz nah lagen breite, hellerleuchtete Straßen, die in diesem Augenblick von Leben wimmelten: Wagen rollten in ihnen zu Bällen oder zur Oper. Die gleiche Stunde, die für unser Kloster Feierabend läutete, die jede Lampe verlöschte und die Vorhänge um jedes Lager senkte, läutete für die fröhliche Stadt um uns die Aufforderung zu festlichem Vergnügen. Doch an diesen Gegensatz dachte ich nicht. Meine Natur hatte wenig fröhliche Instinkte, Ball und Oper hatte ich nie erlebt. Wohl hatte ich sie oft beschreiben hören und mir sogar gewünscht, sie zu sehen. Aber es war nicht der Wunsch einer, die hofft, an einem Vergnügen teilzuhaben, wenn sie es nur erreichen könnte, und die sich dazu tauglich fühlt, in einem hellen fernen Bereich zu glänzen, fände sie nur ihren Weg dorthin. Es war keine Sehnsucht danach, dorthin zu gelangen, kein Hunger, davon zu kosten, nur der ruhige Wunsch, etwas Neues zu betrachten.

Der Mond stand am Himmel. Kein voller, sondern ein junger, zunehmender Mond. Ich sah ihn durch eine Lücke in den Ästen über mir. Er und die Sterne waren hier, wo alles sonst fremd war, keine Fremden – sie waren mir von Kindheit an vertraut. Jenes goldene Zeichen mit der dunklen Kugel in seiner Krümmung, das sich an das Himmelsblau lehnte, hatte ich neben einem alten Dornbusch am Ende eines alten Feldes im alten England gesehen, in Tagen, die lange vergangen waren – genauso, wie es sich nun neben eine würdevolle Turmspitze in dieser Hauptstadt auf dem Kontinent lehnte.

Oh, meine Kindheit! Ich hatte ein Herz. So passiv ich lebte, so wenig ich sprach und so kühl ich aussah, wenn ich an vergangene Tage dachte, so hatte ich noch Gefühl. Die Gegenwart – da war es besser, stoisch zu sein; was die Zukunft betraf, solch eine wie meine – da wäre es besser gewesen, tot zu sein. Und sorgfältig hielt ich alles, was in mir lebendig war, in Starrsucht und Entrückung fest.

Was mich in jener Zeit erregen konnte, darauf besinne ich mich gut. Bestimmte Witterungszufälligkeiten zum Beispiel fürchtete ich beinahe, weil sie das Wesen aufweckten, das ich immerfort einlullte, und einen sehnsüchtig flehenden Ruf erregten, dem ich nicht nachgeben konnte. Eines Nachts brach ein Gewitter los, eine Art Hurrikan durchschüttelte uns in unseren Betten. Die Katholikinnen standen in Panik auf und beteten zu ihren Heiligen. Was mich anlangte, mich ergriff der Sturm mit despotischer Gewalt: Rauh wurde ich aufgestört und zum Leben gezwungen. Ich erhob mich und kleidete mich an, und dann kroch ich aus dem Fenster dicht an meinem Bett hinaus und setzte mich, die Füße auf dem Dach eines anstoßenden niedrigeren Gebäudes, auf die Brüstung. Naß war es da draußen, stürmisch, pechschwarz. Drin im Schlafsaal versammelten sie sich verstört um die

Nachtlampe und beteten laut. Ich konnte nicht hineingehen. Zu unwiderstehlich war das Entzücken, in der wilden Stunde auszuharren, die, schwarz und donnererfüllt, eine Ode erdröhnen ließ, wie die Sprache sie dem Menschen niemals zu geben vermochte. Zu furchtbar erhaben war das Schauspiel der Wolken, die von weißen, blendenden Blitzen zerrissen und durchschnitten wurden.

Damals und noch vierundzwanzig Stunden danach sehnte ich mich unter Schmerzen nach etwas, das mich aus meiner gegenwärtigen Existenz herausholen und mich aufwärts und voran führen möchte. Dieses Sehnen und alle verwandten Gefühle mußte ich notwendig totschlagen. Das tat ich – bildlich gesprochen – nach der Methode, die Jael bei Sisera anwandte: Ich trieb ihnen einen Nagel durch die Schläfen. Im Gegensatz zu Sisera starben sie nicht. Sie wurden nur vorübergehend gelähmt, und von Zeit zu Zeit drehten sie den Nagel mit einem rebellischen Ruck um. Dann bluteten die Schläfen, und das Hirn vibrierte bis ins Innerste.

In dieser Nacht war ich nicht so aufsässig, auch nicht so elend. Mein Sisera lag ruhig im Zelt und schlummerte; und wenn Schmerz seinen Schlummer durchdrang, so kniete ein Wesen wie ein Engel – das Ideal – neben ihm nieder, träufelte ihm lindernd Balsam auf die Schläfen und hielt ihm vor die festgeschlossenen Augen einen Zauberspiegel dessen liebliche, erhabene Gesichte sich in Träumen wiederholten, und die Mondlichtschwingen und -gewänder gossen seinen Abglanz über den reglosen Schläfer, über die Zeltschwelle, über die Landschaft draußen. Jael, die harte Frau, saß abseits und fühlte ein wenig milder gegenüber ihrem Gefangenen; aber sie war in Gedanken mehr bei Heber, auf dessen Rückkehr sie gläubig wartete. Ich will mit diesen Worten sagen, daß der kühle Friede und die taufeuchte Süße der Nacht mich mit einer hoffnungsvollen Stimmung erfüllten.

Es war nicht die Hoffnung auf irgend etwas Bestimmtes, aber es wurde mir nach allen Seiten mutiger und leichter zu Sinn.

Hätte eine solche Stimmung, die so süß, so ruhig, so ungewohnt war, nicht der Vorbote von etwas Gutem sein sollen? Ach, es erwuchs nichts Gutes aus ihr! Bald brach die rauhe Wirklichkeit plump herein – verderbt durch und durch, gemein und abstoßend, wie sie nur zu oft ist.

In der dichten Stille der Steinmasse, die über den Weg, die Bäume und die hohe Mauer hinausragte, hörte ich ein Geräusch. Ein Fensterflügel (alle Fenster hier sind Flügelfenster, die sich in Scharnieren öffnen) knarrte. Bevor ich Zeit hatte, aufzuschauen und festzustellen, wo, in welchem Stockwerk oder von wem es aufgetan worden war, erzitterte über mir ein Baum, als sei er von einem Wurfgeschoß getroffen worden; irgendein Gegenstand fiel mir flach vor die Füße.

Die Uhr von St. Jean Baptiste schlug neun. Der Tag war im Schwinden, aber es war nicht dunkel. Der junge schmale Mond half wenig, doch das tiefe Gold jener Stelle am Himmel, wo die Sonne zuletzt geleuchtet hatte, und die kristallene Klarheit eines weiten Raumes darüber stützten die sommerliche Dämmerung. Selbst auf meinem dunklen Pfad hätte ich, wenn ich zu einer lichteren Stelle hingegangen wäre, kleinen Druck zu lesen vermocht. Es war leicht zu sehen, daß das Wurfgeschoß ein Kästchen war, ein Kästchen von weißem, bemaltem Elfenbein. Sein loser Deckel öffnete sich in meiner Hand, Veilchen lagen darin, Veilchen, die ein enggefaltetes Stück Rosapapier bedeckten, ein Briefchen, das überschrieben war: »Pour la robe grise«. Tatsächlich trug ich ein französischgraues Kleid.

Gut. War dies ein Liebesbrief? Ein Ding, von dem ich oft gehört, das ich aber bisher nicht die Ehre gehabt hatte zu sehen oder zu berühren? War das, was ich in diesem Augenblick zwischen Zeigefinger und Daumen hielt, ein Stück dieser Art?

Kaum. Das ließ ich mir nicht einen Augenblick lang träumen. Der Gedanke an einen Freier oder Verehrer war mir nie in den Sinn gekommen. Alle Lehrerinnen hegten Träume von einem Liebhaber; eine (aber sie war von Natur aus ein leichtgläubiges Gemüt) glaubte an einen zukünftigen Ehemann. Alle Schülerinnen über vierzehn wußten von einem dereinstigen Bräutigam; zwei oder drei waren von ihren Eltern bereits verlobt worden, waren es von Kindheit an gewesen. Aber ich hatte meine Spekulationen, geschweige denn meine Erwartungen, nie in das Reich der Gefühle und Hoffnungen dringen lassen, das sich bei solchen Aussichten eröffnet. Wenn die andern Lehrerinnen in die Stadt gingen oder einen Spaziergang auf den Boulevards unternahmen oder die Messe besuchten, dann war es ganz gewiß – so besagten es die Berichte, die sie mit zurückbrachten –, daß sie irgendein Individuum des »andern Geschlechts« trafen, dessen hingerissener und eindringlicher Blick sie ihrer Macht aufzufallen und anzuziehen versicherte. Ich kann nicht sagen, daß meine Erfahrung in dieser Hinsicht mit der ihren übereinstimmte. Ich ging zur Kirche und ging spazieren und bin vollkommen überzeugt, daß kein Mensch sich um mich kümmerte. Es gab kein Mädchen und keine Frau in der Rue Fossette, die nicht bezeugen konnte – und es tat –, daß sie irgendwann einmal einen bewundernden Strahl aus den blauen Augen unseres jungen Doktors empfangen hatte. So demütigend es klingen mag, ich bin genötigt, mich auszunehmen. Soweit es mich betraf, waren diese blauen Augen unschuldig und ruhig wie der Himmel, dessen Farbe die ihre verwandt schien. So kam es, daß ich die andern reden hörte, mich oft über ihre Fröhlichkeit, Sicherheit und Selbstzufriedenheit wunderte, mir aber nicht die Mühe nahm, aufzublicken und den Pfad entlangzuschauen, dem sie so unbefangen zustrebten. Dies also war kein Liebesbrief, und es geschah in der gelassenen Überzeugung des Gegenteils, daß ich ihn ruhig öffnete. Dies war der Inhalt – ich übersetze:

»Engel meiner Träume! Tausend, tausend Dank für das gehaltene Versprechen. Ich habe kaum darauf zu hoffen gewagt, daß es erfüllt würde. Wahrhaftig, halb habe ich geglaubt, daß Du im Scherz sprachst – und dann, Du schienst zu glauben, daß soviel Gefahr bei dem Unternehmen lauere! Die unzeitige Stunde, der Weg, der so streng verboten ist – und der, wie Du sagst, oft von diesem Drachen, der Englischlehrerin aufgesucht wird – une véritable bégueule Britannique à ce que vous dites – espèce de monstre, brusque et rude comme un vieux caporal de grenadiers, et revêche comme une religieuse.« (Der Leser wird es meiner Bescheidenheit verzeihen, daß ich dieser schmeichelhaften Skizze meines liebenswürdigen Ichs den leichten Schleier der ursprünglichen Sprache lasse.) »Du weißt«, fuhr dieser kostbare Erguß fort, »daß der kleine Gustav seiner Krankheit wegen ins Schlafzimmer eines Lehrers gebracht worden ist – in diese Kammer, die die Gunst genießt, daß ihr Gitterfenster deinen Gefängnisplatz überblickt. Da habe nun ich, der beste Onkel von der Welt, Zutritt, um ihn zu besuchen. Mit welchem Zittern bin ich dem Fenster genaht und habe in Dein Eden hinabgeblickt – ein Eden für mich, wenn es auch für Dich eine Wüste ist. Wie habe ich gefürchtet, nur leeren Raum zu erblicken oder den besagten Drachen! Wie schlug mir das Herz vor Entzücken, als ich durch die neidischen Zweige plötzlich Deinen reizenden Strohhut schimmern und Dein graues Kleid wehen sah – dieses Kleid, das ich unter tausenden herausfinden würde! Aber warum, mein

Engel, willst Du nicht heraufschauen? Wie grausam, mir einen Strahl dieser anbetungswürdigen Augen zu verweigern! Wie würde ein einziger Blick mich wieder belebt haben! Ich schreibe dies in wilder Hast; während der Arzt den kleinen Gustav untersucht, ergreife ich die Gelegenheit, es in einen kleinen Kasten zu schließen, zusammen mit einem Strauß von Blumen – den süßesten, die blühen, doch nicht so süß wie Du, meine Peri – meine Allbezauberin! Ewig Dein – der, den Du gut kennst.«

Ich wollte, ich kennte ihn, dachte ich, und der Wunsch galt weit mehr der Person, an die das erlesene Dokument gerichtet war, als dem Schreiber. Vielleicht stammte es vom Bräutigam einer der verlobten Schülerinnen; in dem Fall war die Sache kein Unglück, die Absicht harmlos, es handelte sich bloß um eine kleine Regelwidrigkeit. Etliche von den Mädchen – tatsächlich die Mehrzahl – hatten Brüder oder Vettern in der Nachbarschule. Aber sicher war »la robe grise, le chapeau de paille« ein Leitfaden – und zwar ein sehr verwirrender. Der Strohhut war ein gewöhnlicher Sonnenschutz für den Garten, zwei Dutzend trugen den gleichen. Und das graue Kleid gab kaum einen klareren Hinweis. Gerade jetzt trug Madame Beck selbst fast immer ein graues Kleid; eine andre Lehrerin und drei von den Pensionärinnen hatten sich graue Kleider vom selben Ton und Stoff wie meines gekauft – es war eine Art Alltagstracht, die zufällig gerade in Mode war.

Unterdessen, während ich grübelte, war mir bewußt, daß ich hineingehen mußte. Lichter, die sich im Schlafsaal bewegten, kündeten an, daß die Gebete vorüber waren und die Schülerinnen zu Bett gingen. Noch eine halbe Stunde, und die Türen würden verschlossen, alle Lichter ausgelöscht sein. Noch stand die Haustür offen, um die Sommernachtkühle in das erhitzte Haus zu lassen. Aus dem nahe dabeiliegenden Kämmerchen der Pförtnerin schien eine Lampe und zeigte die lange Vorhalle mit den Flügeltüren des Wohnzimmers auf einer Seite; die große Straßentür beschloß den Ausblick.

Plötzlich schlug rasch eine Glocke an – rasch, doch nicht laut; ein vorsichtiges Klingeln, eine Art warnendes metallisches Geflüster. Rosine schoß aus ihrem Kabinett und rannte, um zu öffnen. Die Person, die von ihr eingelassen wurde, stand zwei Minuten mit ihr im Gespräch. Es schien ein Bedenken, eine Verzögerung zu geben. Dann kam Rosine, die Leuchte in der Hand, an die Gartentür. Sie stand auf den Stufen, hob die Lampe und schaute sich ungewiß um.

»Quel conte!« rief sie mit kokettem Lachen. »Personne n'y a été!«

»Lassen Sie mich vorbei«, bat jemand dringlich – die Stimme kannte ich. »Nur für fünf Minuten!« Und eine vertraute Gestalt, hochgewachsen und stolz (wie wir von der Rue Fossette sie allesamt fanden) kam aus dem Hause und schritt hinab zwischen die Beete und Wege. Das Eindringen eines Mannes an diesem Ort und um diese Stunde war eine Freveltat. Aber er wußte sich bevorrechtet, und vielleicht vertraute er auch auf die freundliche Nacht. Er wanderte die Pfade hinab, blickte auf diese und jene Seite, verlief sich zwischen den Büschen, zertrat Blumen und knickte Zweige bei seiner Suche – zuletzt drang er in den »verbotenen Weg« ein. Da trat ich ihm entgegen – geisterartig, nehme ich an.

»Doktor John! Es ist gefunden worden!«

Er fragte nicht von wem, denn mit einem schnellen Auge erfaßte er, daß ich es in der Hand hielt.

»Verraten Sie sie nicht«, sagte er, indem er mich anblickte, als sei ich in der Tat ein Drache.

»Und wenn ich noch soviel Lust zur Verräterei hätte«, war meine Antwort, »was ich nicht weiß, kann ich nicht verraten. Lesen Sie den Zettel, dann werden Sie sehen, wie wenig er enthält.«

Vielleicht hast du ihn schon gelesen, dachte ich im stillen. Und doch war ich nicht imstande zu glauben, daß er ihn geschrieben hatte. Dies konnte schwerlich sein Stil sein. Nebenbei war ich Törin genug, mir einzubilden, es würde ihn doch einigermaßen schwer ankommen, mich mit solchen Schimpfnamen zu belegen. Sein eigenes Aussehen rechtfertigte ihn. Er wurde heiß und rot beim Lesen.

»Das ist wahrhaftig zuviel! Das ist grausam, das ist demütigend«, waren die Worte, die ihm entfuhren. Ich dachte, daß es *wirklich* grausam war, als ich sein Antlitz so bewegt sah. Gleichviel, ob er zu tadeln war oder nicht – irgend jemand, schien mir, mußte mehr zu tadeln sein.

»Was werden Sie nun tun?« erkundigte er sich bei mir. »Werden sie Madame Beck erzählen, was Sie gefunden haben, und einen Tumult, einen Skandal heraufbeschwören?«

Ich war der Ansicht, daß ich es sagen mußte, und sprach das aus. Ich fügte hinzu, daß ich glaubte, es werde weder Tumult noch Skandal geben. Madame war viel zu klug, um wegen einer derartigen Affäre, die mit ihrem Institut in Zusammenhang stand, Lärm zu schlagen.

Er stand da und blickte nachdenkend vor sich nieder. Er war zu stolz und auch zu ehrenhaft, um meine Verschwiegenheit in einem Punkt zu verlangen, wo die Pflicht mir offensichtlich die Mitteilung auferlegte. Ich wünschte recht zu tun; aber ich verabscheute es, ihm Kummer zu bereiten oder ihn zu verletzen. Eben da schaute Rosine aus der offenen Tür; sie konnte uns nicht sehen, obwohl ich sie zwischen Bäumen hindurch deutlich zu erkennen vermochte; ihr Kleid war grau wie meines. Unwillkürlich erinnerte ich mich an die früheren Geschehnisse, und es fuhr mir durch den Kopf, daß der Fall vielleicht doch so lag, daß ich in keiner Weise verpflichtet war, mich damit zu befassen, wie bedauerlich er auch sein mochte. Also sagte ich: »Wenn Sie mir versichern können, daß keine von Madame Becks Schülerinnen in diese Geschichte verwickelt ist, dann werde ich mich sehr gern von aller Einmischung fernhalten. Nehmen Sie den Kasten, den Strauß und den Brief. Was mich betrifft – ich werde froh sein, die ganze Sache zu vergessen.«

»Da, sehen Sie!« flüsterte er plötzlich, während seine Hand sich um das schloß, was ich ihm hingehalten hatte. Gleichzeitig deutete er durch die Äste.

Ich schaute hin. Siehe, da stieg Madame in Schal, Morgenrock und Pantoffeln leise die Stufen herab und schlich sich wie eine Katze rund durch den Garten. In zwei Minuten würde sie bei Doktor John angelangt sein. Aber wenn *sie* einer Katze glich, dann hatte *er* ebensoviel Ähnlichkeit mit einem Leoparden; nichts konnte leichter sein als sein Tritt, wenn er wollte. Er paßte auf, und als sie um eine Ecke bog, nahm er den Garten in zwei geräuschlosen Sätzen. Sie erschien wieder, und er war fort. Rosine half ihm, indem sie augenblicklich die Tür zwischen ihm und seiner Jägerin schloß. Ich hätte ebenfalls entkommen können, aber ich zog es vor, Madame offen zu begegnen.

Obwohl es meine beständige und wohlbekannte Gewohnheit war, die Dämmerstunde im Garten zu verbringen, war ich doch bis jetzt nie so lange draußengeblieben. Ich war völlig sicher, daß Madame mich vermißt hatte, gekommen war, mich zu suchen, und nun plante, sich ganz unversehens über die Säumige herzustürzen. Ich erwartete eine strenge Zurechtweisung. Nein. Madame war ganz Güte. Nicht einmal eine sanfte Mahnung sprach sie aus, sie verriet keinen Hauch von Überraschung. Mit dem vollendeten

Takt, der ihr eigen war und in dem sie, glaube ich, von keinem Lebewesen je übertroffen worden ist, gab sie sogar vor, sie sei nur deswegen herausgekommen, um »la brise du soir« zu genießen.

»Quelle belle nuit!« rief sie aus, indem sie zu den Sternen emporblickte – der Mond war jetzt hinter dem breiten Turm von Jean Baptiste untergegangen. »Qu'il fait bon! Que l'air est frais!«

Und anstatt mich hineinzuschicken, hielt sie mich zurück, um den Hauptweg ein Stück mit ihr hinabzuspazieren. Als wir zuletzt beide wieder hineingingen, lehnte sie sich leutselig auf meine Schulter, um sich, als wir die Stufen vor der Haustür erklommen, zu stützen. Beim Abschied bot sie mir die Wange zum Kuß. »Bonsoir, ma bonne amie, dormez bien!« lautete ihr freundlicher Gruß zur Nacht.

Ich ertappte mich beim Lächeln, als ich wach und nachdenklich auf meinem Lager ruhte – beim Lächeln über Madame. Für jemanden, der sie kannte, stellte die Salbung und die Milde ihres Benehmens ein sicheres Zeichen dafür dar, daß irgendein Verdacht in ihrem Kopf umging. Zweifellos hatte sie durch eine Öffnung, von irgendeinem hochgelegenen Beobachtungspunkt aus, durch eine Astlücke oder durchs offene Fenster einen flüchtigen Schimmer von den Vorgängen dieses Abends erhascht. Gleichviel, ob es nun ein Blick von nah oder aus der Ferne, ein trügerischer oder ein aufschlußreicher gewesen war – das jedenfalls war bei ihrer meisterhaften Überwachungskunst so gut wie unmöglich, daß ein Kasten in ihren Garten geworfen wurde, daß jemand eindrang und auf der Suche danach kreuz und quer über ihre Wege lief, ohne daß sie wenigstens eine Andeutung von den außergewöhnlichen Dingen aufgefangen hätte, die sich auf ihrem Grund und Boden zutrugen. Sie mußte wahrgenommen haben, wie ein Zweig gestreift wurde, wie ein Schatten vorüberglitt, mußte einen ungewohnten Schritt oder ein leises Gemurmel gehört haben – und obwohl Doktor John die wenigen Worte, die er mir hingeworfen hatte, sehr gedämpft gesprochen hatte, so war doch, denke ich, der tiefe Ton seiner Männerstimme durch den ganzen Klostergrund gedrungen. Um *was* für Dinge es sich handelte, das hatte sie vielleicht gar nicht gesehen, oder sie war zu der Zeit nicht imstande, es zu entdecken. Aber ein köstliches kleines verwickeltes Komplott lag da vor ihr ausgebreitet und verlockte sie dazu, es zu entwirren. Und hatte sie nicht mittendrin »Miß Lucy« ertappt, um und um mit Spinnweben überzogen, hilflos eingewickelt wie die törichte Fliege, die sie war?

13. Ein unzeitiges Niesen

Nach der kleinen Szene, von der ich im letzten Kapitel erzählt habe, waren noch keine vierundzwanzig Stunden vergangen, und ich hatte abermals Anlaß, über Madame zu lächeln – ja sogar zu lachen.

Villette besitzt ein Klima, das ebenso veränderlich, wenn auch nicht so feucht ist wie das jeder beliebigen englischen Stadt. Auf jenen milden Sonnenuntergang folgte eine windige Nacht, und der ganze nächste Tag war düster, wolkig, doch regenlos, von trockenem Sturm erfüllt. Sand und Staub, die von den Boulevards aufgewirbelt wurden, verfinsterten die Straßen. Mich hätte nicht einmal schönes Wetter dazu verlockt, den Abend mit Lernen und Erholung dort zu verbringen, wo ich ihn gestern verbracht hatte. Mein Weg und mit ihm alle andern Pfade und alle Büsche im Garten hatten eine neue, doch keine angenehme Bedeutung erlangt. Ihre Abgeschlossenheit war nun fragwürdig geworden, ihre

Stille unsicher. Das Fenster, aus dem es Briefe regnete, hatte den ehedem lieben Winkel, über den es blickte, herabgewürdigt, und anderswo waren die Blumenaugen sehend geworden, und die Astknoten in den Baumstämmen lauschten wie heimliche Ohren. Tatsächlich hatte Doktor John aber bei seiner Suche und seinem hastigen und achtlosen Vorwärtsschreiten ein paar Pflanzen niedergetreten. Die wollte ich aufrichten und abstützen, gießen und wieder zum Leben bringen. Er hatte auch ein paar Fußspuren auf den Beeten hinterlassen. Aber die hatte ich trotz des starken Windes in den Morgenstunden beseitigen können, wo ich einen Augenblick Muße dazu fand, bevor sie allgemein entdeckt wurden. Mit einer Art schwermütiger Befriedigung setzte ich mich an mein Pult und an mein Deutsch, während die Schülerinnen sich zu ihren Abendlektionen niederließen und die andern Lehrerinnen ihre Nadelarbeiten aufnahmen.

Der Schauplatz der »Étude du soir« war stets der Speisesaal. Das war ein viel kleinerer Raum als eines der drei Klassen- oder Schulzimmer; denn hier wurde nie jemand außer den Pensionärinnen eingelassen, und deren Zahl betrug nicht mehr als zwanzig. Zwei Lampen hingen über den beiden Tischen von der Decke herab. Wenn es dämmerte, wurden sie angezündet, und wenn sie aufflammten, war das ein Signal. Nun wurden die Schulbücher beiseite gelegt, alles nahm ein feierliches Wesen an, allgemeines Schweigen setzte sich durch, und dann begann »la lecture pieuse«. Diese besagte »fromme Lesung« war, wie ich bald herausfand, in der Hauptsache zur heilsamen Abtötung des Verstandes und zur nützlichen Demütigung der Vernunft bestimmt; und die Dosis für den gesunden Menschenverstand war so bemessen, daß er sie nach Belieben verdauen und dann weitergedeihen konnte, so gut er eben vermochte.

Das Buch, das hervorgeholt wurde (es war immer dasselbe; wenn man damit zu Ende gekommen war, wurde es wieder von vorn angefangen), war ein ehrwürdiger Band, alt wie die Berge – grau wie das Rathaus.

Ich hätte zwei Francs für die Möglichkeit gegeben, den Band einmal in die Hände zu bekommen und die geheiligten gelben Blätter umzuschlagen, den Titel festzustellen und mit meinen eigenen Augen die ungeheuerlichen Erdichtungen zu überfliegen, die ich als unwürdiger Ketzer nur durch meine bestürzten Ohren einsaugen durfte. Dies Buch enthielt Heiligenlegenden. Guter Gott! (Ich spreche die Worte ehrerbietig aus.) Was für Legenden waren das! Was für aufschneiderische Schurken mußten diese Heiligen gewesen sein, wenn sie sich zuerst dieser Heldentaten gerühmt oder diese Wunder erfunden hatten. Die Legenden jedoch waren nicht bloß mönchische Extravaganzen, über die man innerlich lachte; nebenbei waren sie auch noch priesterliche Angelegenheiten, und der Pfaffentrug des Buches war noch weit ärger als sein Mönchswesen. Die Ohren brannten mir zu beiden Seiten meines Kopfes, wenn ich notgedrungen die Geschichten des moralischen Märtyrertums mit anhörte, das von Rom über die Menschen verhängt worden war, die entsetzlichen Prahlereien von Beichtvätern, die ihr Amt gottlos mißbraucht hatten, indem sie hochgeborene Frauen in tiefe Entwürdigung getrampelt und aus Gräfinnen und Prinzessinnen die meistgequälten Sklavinnen unter der Sonne gemacht hatten. Geschichten wie die von Konrad und Elisabeth von Ungarn kehrten immer und immer wieder mit all ihrer schrecklichen Verderbtheit, ekelerregenden Tyrannei und finsteren Gottlosigkeit, Geschichten, die Alpträume von Unterdrückung, Entbehrung und Qual waren.

Ein paar Abende hindurch hielt ich bis zum Ende dieser »lecture pieuse« durch, so gut ich konnte – und auch so ruhig ich konnte. Nur einmal brach ich meiner Schere die

Spitze ab, als ich sie etwas zu tief in die wurmzerfressene Tischplatte vor mir stieß. Aber schließlich wurde mir bei der Lesung so glühheiß, und Schläfen und Herz und Pulse schlugen mir so schnell, und hinterher war mein Schlaf durch die Erregung so gestört, daß ich nicht länger dabeizusitzen vermochte. Von da an empfahl mir die Klugheit, daß ich mich in dem Augenblick, da das alte Buch zutage gebracht wurde, schleunigst verzog. Keine Mause Headrigg verspürte je eine stärkere Berufung, Zeugnis gegen Sergeant Bothwell abzulegen, als ich, in dieser Angelegenheit der papistischen »frommen Lesung« frei von der Leber weg zu reden. Aber irgendwie brachte ich es fertig, mich an die Kandare zu nehmen. Zwar schoß ich jedesmal, wenn Rosine zum Lampenanzünden kam, wie der Blitz aus dem Zimmer; aber ich tat es in aller Stille. Ich ergriff den günstigen Moment, den der kleine Tumult vor dem tiefen Schweigen bildete, und verschwand, während die Pensionärinnen ihre Bücher weglegten.

Wenn ich verschwand, dann in die Finsternis. Es war nicht gestattet, Kerzen herumzutragen, und der Lehrerin, die den Speisesaal verließ, blieb nur die unbeleuchtete Halle oder der dunkle Klassenraum oder das pechschwarze Schlafzimmer als Zufluchtsort. Im Winter suchte ich die langen Klassenzimmer auf und durchmaß sie im Geschwindschritt, um mich warm zu halten, glücklich, wenn der Mond schien. Und wenn nur Sterne am Himmel standen, fand ich mich bald mit ihrem trüben Schimmer ab, ja, ich ertrug mit Fassung die völlige Finsternis dann, wenn sie fehlten. Im Sommer war es nie ganz dunkel. Dann ging ich nach oben und begab mich in die Ecke des langen Schlafsaals, die mir zugewiesen war, öffnete mein Fenster (der Raum wurde von fünf türgroßen Fenstern erhellt) und lehnte mich hinaus. Dann schaute ich über die Stadt, jenseits des Gartens hin und lauschte der

Musik aus dem Park oder vom Palastplatz und dachte dabei meine eignen Gedanken und lebte mein eignes Leben in meiner stillen, schattigen Welt.

An diesem Abend war ich wie gewohnt vor dem Papst und seinen Werken auf der Flucht. Ich stieg die Treppe hinauf, kam an den Schlafsaal und öffnete geräuschlos die Tür, die immer sorgfältig geschlossen blieb und die sich, wie jede andre Tür in diesem Hause, ohne jeden Laut in wohlgeölten Angeln drehte. Bevor ich es *sah, fühlte* ich, daß in dem großen, gewöhnlich leeren Raum Leben war. Nicht daß da irgendeine Bewegung oder ein Hauch oder ein Geraschel gewesen wäre – aber die Leere fehlte, die Einsamkeit war nicht da. Alle die weißen Betten – die »lits d'ange«, wie sie poetisch genannt wurden – waren mit einem Blick zu übersehen, alle waren leer, kein Schläfer ruhte darin. Da traf das Geräusch einer vorsichtig aufgezogenen Schublade mein Ohr. Ich trat ein wenig zur Seite und hatte nun freien Blick, unbehindert von wehenden Gardinen. Jetzt übersah ich mein eigenes Bett und meinen eigenen Toilettentisch mit einem verschlossenen Arbeitskasten darauf und verschlossenen Schubladen unten.

Sehr gut. Eine runde, mütterliche kleine Person in anständigem Schal und mit der saubersten aller denkbaren Nachtmützen stand vor diesem Toilettentisch und war hart bei der Arbeit. Augenscheinlich erwies sie mir die Freundlichkeit, das Möbel aufzuräumen. Offen stand der Deckel des Arbeitskastens, offen die oberste Lade; ordnungsgemäß und streng der Reihe nach wurde jede folgende Schublade geöffnet. Nicht ein Stück ihres Inhalts, das nicht aufgenommen und entfaltet worden, kein Stück Papier, das nicht überflogen, kein Kästchen, das nicht geöffnet worden wäre. Und schön war die Behendigkeit, musterhaft die Sorgfalt, mit der die Untersuchung vonstatten ging. Madame war dabei in

Bewegung wie ein wahrer Stern, »ohne Hasten und dennoch ohne Rast«. Ich will nicht leugnen, daß ich sie mit geheimem Vergnügen beobachtete. Wäre ich ein Herr gewesen, ich glaube, Madame hätte Gnade vor meinen Augen gefunden. Sie war so geschickt, so zierlich und so gründlich in allem, was sie tat. Manche Leute bringen einen innerlich durch ihre linkisch zerstreuten Bewegungen auf; sie befriedigte durch die saubere Knappheit der ihren. Kurz, ich stand fasziniert. Aber es war nötig, daß ich mich anstrengte, diesen Zauber zu brechen. Ich mußte mich schleunigst aus dem Staube machen. Die Sucherin hätte sich umdrehn und mich entdecken können, dann wäre eine Szene nicht zu vermeiden gewesen, und sie und ich hätten auf einmal, mit einem plötzlichen Zusammenstoß, zu einem gründlichen Wissen umeinander kommen müssen. Aus wäre es gewesen mit den Herkömmlichkeiten, weggefegt hätte es die Verhüllungen, ich hätte in ihre Augen geblickt, sie in meine, und wir würden gewußt haben, daß wir nicht mehr miteinander arbeiten könnten, und wären für die Dauer dieses Lebens voneinander geschieden.

Wozu wäre es gut gewesen, eine solche Katastrophe heraufzubeschwören? Ich war nicht zornig, und ich wünschte um alles in der Welt nicht, sie zu verlassen. Ich hätte kaum eine andere Arbeitgeberin bekommen können, deren Joch so leicht und bequem zu tragen gewesen wäre; und tatsächlich, ich mochte Madame wegen ihrer vorzüglichen Vernunft gern, was immer ich auch von ihren Prinzipien halten mochte. Was ihr System betraf, mir tat es nichts. Mich mochte sie nach Herzenslust danach behandeln – es würde nichts bei der Operation herauskommen. Ohne Liebhaber und ohne Aussicht auf Liebe war ich in meiner Herzensarmut sicher vor Spionen, wie der Bettler ohne Börse sicher vor Dieben ist. Also wandte ich mich und floh, indem ich die Treppen so schnell und lautlos hinabhuschte wie die Spinne, die im selben Augenblick das Treppengeländer hinunterlief.

Wie ich lachte, als ich im Schlafzimmer angelangt war! Nun wußte ich, daß sie Doktor John bestimmt im Garten gesehen hatte, ich wußte, was sie dachte. Das Schauspiel einer mißtrauischen Natur, die von ihren eigenen Erfindungen so weit in die Irre geführt wird, kitzelte mich gewaltig. Aber als das Lachen erstarb, packte mich eine Art Zorn, und dann folgte Bitterkeit. Der Stab hatte den Felsen berührt, und der Brunnen von Meriba strömte heraus. Nie hatte ich einen so seltsamen, widerspruchsvollen inneren Aufruhr verspürt, wie ich ihn an diesem Abend eine Stunde lang fühlte: Groll und Gelächter und Wut und Gram teilten mein Herz unter sich auf. Ich weinte heiße Tränen, nicht weil Madame mir mißtraute – ich scherte mich keinen Heller um ihr Mißtrauen –, aber aus anderen Gründen. Verwickelte, beunruhigende Gedanken sprengten alle Gelassenheit meiner Natur. Jedoch die Aufregung legte sich. Am nächsten Tag war ich wieder Lucy Snowe.

Als ich meine Schiebkästen wieder durchsah, fand ich sie allesamt sorgfältig verschlossen. Auch bei der genauesten Prüfung war nachträglich nicht zu entdecken, daß ein Gegenstand anders lag, daß offenbar etwas durcheinandergebracht worden war. Meine wenigen Kleider waren genauso gefaltet, wie ich sie weggelegt hatte. Ein kleiner Strauß weißer Veilchen, die mir einst wortlos von einem Fremden dargeboten waren (er war mir ein Fremder, denn wir hatten nie ein Wort miteinander gewechselt) und die ich getrocknet hatte und ihres süßen Duftes wegen zwischen den Falten meines besten Kleides aufhob, lag friedlich an seinem Platz. Meine schwarzseidene Schärpe, meine Spitzenchemisettes und -kragen waren unzerknittert da. Hätte sie ein einziges Stück zerdrückt, dann, gestehe ich, wäre es mir weit schwieriger geworden, ihr zu verzeihen. Da ich aber alles genau und ordentlich fand, sagte ich: »Lassen wir's gut sein. Mir hat's nichts getan, warum soll ich's ihr groß nachtragen?«

Es gab etwas, das mir Kopfzerbrechen verursachte, und ich suchte in meinem Verstand den Schlüssel zu diesem Rätsel beinah so emsig, wie Madame in meinem Toilettentischladen nach einem Leitfaden zu nützlichen Kenntnissen gesucht hatte. Wie kam es, daß Doktor John von dem Kästchenwurf in den Garten gewußt hatte, wenn er nicht Helfershelfer dabei gewesen war? Wie hatte er so prompt an Ort und Stelle auftauchen können, um zu suchen? So stark war der Wunsch, diesen Punkt zu klären, daß ich anfing, mich mit folgender gewagter Eingebung zu tragen: Wenn ich je dazu Gelegenheit haben sollte – weshalb nicht Doktor John selber fragen? Ich werde ihn bitten, mir dieses Zusammentreffen zu erklären.

Und solange Doktor John abwesend war, glaubte ich auch wirklich, daß ich den Mut aufbringen würde, ihm die Antwort auf eine solche Frage abzuverlangen.

Die kleine Georgette befand sich nun im Genesungsstadium, und dementsprechend selten wurden die Besuche ihres Arztes. Tatsächlich würde er sie ganz eingestellt haben, hätte nicht Madame darauf bestanden, daß er hier und da noch eine Visite machte, bis ihr Kind wieder ganz wohlauf wäre.

Eines Abends kam sie ins Kinderzimmer, als ich eben Georgettes gelispeltes und geradebrechtes Gebet angehört und sie zu Bett gebracht hatte. Sie nahm die Hand der Kleinen und sagte:

»Cette enfant a toujours un peu de fièvre.« Und gleich

darauf warf sie mir einen Blick zu, der lebhafter war, als ihn ihre ruhigen Augen sonst auszustrahlen pflegten. »Le Docteur John l'a-t-il vue dernièrement? Non, n'est-ce pas?«

Natürlich wußte sie das besser als jede andre im Haus. »Gut«, fuhr sie fort, »ich gehe jetzt aus, ich will mit der Droschke ein paar Wege erledigen. Dabei werde ich bei Doktor John vorsprechen und ihn zu dem Kind schicken. Ich wünsche, daß er sie noch heute abend sieht, ihre Wangen sind gerötet, ihr Puls geht schnell. *Sie* werden ihn empfangen. Ich für mein Teil bin nicht zu Hause.«

Nun war das Kind durchaus wohlauf, nur erhitzt von der Juliwärme. Es tat kaum weniger Not, nach einem Priester zu schicken, daß er ihr die letzte Ölung gäbe, als nach einem Doktor, damit er eine Medizin verschrieb. Überdies unternahm Madame abends selten »Fahrten«, wie sie es nannte, und was noch mehr hieß: Dies war das erstemal, daß sie es bei einem Besuch Doktor Johns vorgezogen hatte, sich zu entfernen. Das ganze Arrangement wies auf irgendeinen Plan hin. Ich sah das, doch ohne die mindeste Bangnis. »Haha, Madame!« lachte Bettler Sorgenfrei, »Ihre Schlauheit ist auf dem Holzweg!«

Sie schied, sehr modisch mit einem kostbaren Schal angetan und mit einem chapeau vert tendre. Für jede Gesichtsfarbe, die weniger frisch als ihre war, wäre der Ton gewagt gewesen, ihr stand er nicht übel. Ich war neugierig, was sie vorhatte, ob sie Doktor John wirklich herschicken würde oder nicht und ob er tatsächlich kommen würde. Er konnte ja verhindert sein.

Madame hatte mir auf die Seele gebunden, Georgette nicht schlafen zu lassen, bevor der Doktor dagewesen war. Also hatte ich vollauf damit zu tun, ihr Märchen zu erzählen und ihr zuliebe die Kindersprache zu palavern. Georgette war mir ans Herz gewachsen. Sie war ein empfindsames und zärtliches Kind. Ich liebte es, sie auf dem Schoß zu halten oder auf dem Arm zu tragen. An diesem Abend wollte sie durchaus, daß ich den Kopf auf das Kissen in ihrem Bettchen legte, sie schlang mir sogar ihre kleinen Arme um den Hals. Ihre Umarmung und die Bewegung, mit der sie ihre Wange an meine schmiegte und preßte, rief einen sanften Schmerz in mir wach, der mich fast weinen machte. Jenes Haus hatte keinen Überfluß an Gefühl gleich welcher Art – dieser reine kleine Tropfen aus einer reinen kleinen Quelle war zu süß. Er drang tief ein, bezwang das Herz und trieb einen Strom Tränen in die Augen.

Eine halbe Stunde verging, vielleicht eine ganze. Georgette murmelte mit ihrem weichen Lispeln, daß sie schläfrig würde. Und du *sollst* schlafen, dachte ich, malgré maman et médecin, wenn sie nicht binnen zehn Minuten hier sind!

Horch! Da klingelte es. Und da war der Tritt, der die Treppe durch die Flüchtigkeit überraschte, mit der er die Stufen hinter sich ließ. Rosine führte Doktor John herein. Und mit einer Freiheit der Manieren, die durchaus keine persönliche Eigenheit von ihr war, sondern die ganz allgemein für die Domestiken von Villette charakteristisch ist, blieb sie, um zu hören, was er zu sagen hatte. Madames Anwesenheit würde sie in ihr eigenes Reich in Vestibül und Kabinett zurückgescheucht haben – um meine Gegenwart oder die einer andern Lehrerin oder Schülerin scherte sie sich keinen Deut. Schmuck, keck und pfiffig stand sie da, beide Hände in den Taschen ihrer zierlich ausgeputzten grauen Schürze, und betrachtete Doktor John so ungeniert, als wäre er ein Bild und nicht ein lebendiger Herr.

»Le marmot n'a rien, n'est-ce pas?« sagte sie, indem sie mit einer Kinnbewegung auf Georgette deutete.

»Pas beaucoup«, war die Antwort. Der Doktor kritzelte mit seinem Stift ein harmloses Rezept.

»Eh bien!« fuhr Rosine fort und trat ganz dicht an ihn heran, während er den Stift einsteckte. »Und das Kästchen – haben Sie es gekriegt? Monsieur war neulich abend weg wie der Wind! Ich hatte keine Zeit mehr zu fragen.«

»Ja, ich habe es gefunden.«

»Und wer hat es in den Garten geworfen?« erkundigte sich Rosine weiter und sprach damit ganz ungezwungen eben die Worte aus, die ich selbst so gern gesagt hätte und die zu äußern mir Gewandtheit und Mut fehlten. Wie kurz sich doch manche Leute den Weg zu einem Punkt machen, der andern unerreichbar scheint!

»Das mag mein Geheimnis bleiben«, erwiderte Doktor John kurz, aber ohne jeden Hochmut. Offenbar hatte er durchaus Verständnis für den Rosine- oder Grisettencharakter.

»Mais enfin«, fuhr sie fort, keineswegs in Verlegenheit gebracht, »Monsieur hat gewußt, daß es geworfen worden war, sonst wäre er nicht suchen gekommen – woher hat er's gewußt?«

»Ich war zur Visite bei einem kleinen Patienten in dem College hier in der Nähe«, sagte er, »und sah, wie es bei ihm jemand aus dem Kammerfenster fallen ließ, und so kam ich, um's aufzuheben.«

Wie einfach die ganze Erklärung war! Auf dem Zettel war ein Arzt erwähnt worden, der eben dabei wäre, »Gustave« zu untersuchen.

»Ah ça!« spann Rosine den Faden weiter. »Il n'y a donc rien lådessous; pas de mystère, pas d'amourette, par exemple?«

»Pas plus que sur ma main«, erwiderte der Doktor, indem er seine leere Handfläche zeigte.

»Quel dommage!« gab die Grisette zurück. »Et moi – à qui tout cela commençait à donner des idées ...«

»Wirklich? Da haben Sie sich eben vergebens bemüht«, war die kühle Antwort des Doktors.

Sie schmollte. Der Doktor konnte nicht anders – er mußte über den Flunsch, den sie zog, lachen. Wenn er lachte, sah er besonders gutmütig und angenehm aus. Ich merkte, wie sich seine Hand zur Tasche hin bewegte.

»Wievielmal haben Sie in diesem Monat die Tür für mich geöffnet?« fragte er.

»Monsieur hätte zählen sollen!« sagte Rosine kurz.

»Als ob ich nichts Besseres zu tun hätte!« gab er zurück. Aber ich sah, wie er ihr ein Goldstück in die Hand drückte, das sie ohne Bedenken nahm. Dann tanzte sie davon, um die Haustür zu öffnen. Eben jetzt klingelte es alle fünf Minuten, da die verschiedenen Dienstboten kamen, um die Halb-Pensionärinnen abzuholen.

Der Leser darf nicht zu hart über Rosine urteilen. Im großen und ganzen war sie kein schlechter Kerl, und auf den Gedanken verfiel sie überhaupt nicht, daß etwas Unehrenhaftes darin liegen könnte, da zuzugreifen, wo sie etwas kriegen konnte – ebensowenig, wie sie es als Dreistigkeit betrachtete, mit dem Geschwätz einer Elster über den besten Mann der Christenheit herzufallen.

Ich hatte aus der eben geschilderten Szene neben dem, was das Elfenbeinkästchen betraf, noch etwas anderes erfahren, nämlich: weder das nette Baumwollkleid, grau oder rosa, noch das Schürzchen mit Rüsche und Taschen war für Doktor Johns gebrochenes Herz verantwortlich zu machen. Dieser Putz war offensichtlich unschuldig daran wie Georgettes kleiner blauer Kittel. Desto besser. Aber wer war dann der Übeltäter? Was war der Grund, was die Ursache, was die vollständige Erklärung für die ganze Angelegenheit? Ein paar Punkte waren geklärt, aber wie vieles blieb noch dunkel wie die Nacht!

Sei dem wie ihm wolle, sprach ich zu mir selber, dich geht's nichts an. Ich wandte mich von dem Gesicht ab, das ich unbewußt fragend angestarrt hatte und schaute durch das Fenster, das den Garten drunten übersah. Doktor John stand indessen am Bett, streifte sich gemächlich die Handschuhe über und beobachtete seine kleine Patientin, während sich ihre Augen schlossen und ihre rosigen Lippen sich im nahenden Schlummer öffneten. Ich wartete darauf, daß er sich wie gewöhnlich mit einer raschen Verbeugung und einem halbverschluckten »Gute Nacht!« verabschieden würde. Mein Blick haftete an den großen Gebäuden, die den Garten begrenzten. Doktor John griff nach seinem Hut. Im gleichen Augenblick sah ich, wie das besagte Fenster vorsichtig geöffnet wurde, wie jemand eine Hand mit einem weißen Taschentuch herausstreckte und winkte. Ich weiß nicht, ob das Zeichen irgendwo an einer unsichtbaren Stelle unsres eigenen Hauses beantwortet wurde. Aber unmittelbar darauf flatterte etwas aus dem Fenster, etwas Weißes, Leichtes – Brief Nummer zwei, natürlich.

»Da!« rief ich unwillkürlich aus.

»Wo?« fragte Doktor John nachdrücklich, indem er geradewegs aufs Fenster lossteuerte. »Was ist?«

»Da haben sie's glücklich zum zweitenmal geschafft«, war meine Antwort. »Jemand hat mit dem Taschentuch gewinkt, und etwas ist herabgeflattert.« Und ich deutete auf das Fenster, das nun geschlossen war und heuchlerisch leer dreinsah.

»Gehen Sie sofort hin, heben Sie's auf und bringen Sie's her«, befahl er unverzüglich. »Auf Sie wird niemand achtgeben«, fügte er hinzu, »ich würde bemerkt werden.«

Ich ging augenblicklich hinaus. Nach kurzem Suchen fand ich ein zusammengefaltetes Stück Papier. Es war zwischen den unteren Zweigen eines Busches hängengeblieben.

Ich ergriff es und brachte es geradenwegs zu Doktor John. Diesmal sah mich, glaube ich, nicht einmal Rosine.

Er zerriß die Mitteilung sofort in kleine Stücke, ohne sie zu lesen. »Sie müssen bedenken«, sagte er, indem er mich anblickte, »*sie* kann nicht das geringste dafür.«

»*Sie?*« fragte ich. »*Wer* ist es?«

»Also wissen Sie das noch nicht?«

»Ich habe keine Ahnung.«

»Und Sie erraten es auch nicht?«

»Nein.«

»Wenn ich Sie besser kennen würde, dann wäre ich in Versuchung, Ihnen etwas anzuvertrauen und Sie so zum Schutzengel für jemanden zu gewinnen – für ein höchst unschuldiges und vortreffliches, freilich etwas unerfahrenes Wesen.«

»Als Ehrenwächterin?« fragte ich.

»Ja«, sagte er zerstreut. »Von welchen Fallstricken ist sie umgeben!« fügte er gedankenversunken hinzu. Und jetzt – sicherlich zum ersten Male – schaute er mir prüfend ins Gesicht, ohne Zweifel begierig spähend, ob er einen freundlichen Ausdruck darin fände – etwas, das ihm ermöglichte, meiner Sorge und Nachsicht ein ätherisches Geschöpf zu empfehlen, gegen das sich finstre Mächte verschworen hätten. Ich fühlte mich nicht sonderlich dazu berufen, die Aufsicht über ätherische Geschöpfe zu übernehmen. Aber indem ich mir die Szene in der Posthalterei zurückrief, schien mir, als ob ich *ihm* einen guten Dienst schuldig wäre. Konnte ich *ihm* also helfen, so wollte ich es tun, und es lag nicht bei mir zu entscheiden, auf welche Art. Mit so wenig Widerstreben wie möglich gab ich ihm zu verstehen, daß ich willens sei, nach bestem Vermögen auf eine Person achtzugeben, an der er Anteil nähme.

»Ich habe nur das Interesse eines Zuschauers«, sagte er

bescheiden, und mir schien, daß diese Bescheidung dem, der sie sah, Bewunderung abnötigen müsse. »Zufällig ist mir der recht minderwertige Charakter dessen bekannt, der nun zweimal vom Haus gegenüber in diesen Ort eindrang, der unverletzlich sein sollte. Und ich bin in Gesellschaft der begegnet, auf die diese niedrigen Versuche abzielen. Man sollte glauben, daß ihre vollkommene Überlegenheit, ihre angeborene Feinheit der Frechheit verbieten müßten, auch nur an sie zu denken. Das ist aber nicht so, und so unschuldig, so arglos, wie sie ist, möchte ich sie vor Bösem bewahren, wenn ich es nur könnte. Aber ich selber vermag nichts zu tun. Ich kann mich ihr nicht nähern . . .« Er hielt inne.

»Schön, ich bin bereit, Ihnen zu helfen«, versetzte ich, »sagen Sie mir nur wie.« Und im Geist überflog ich geschäftig die Liste unserer Hausbewohnerinnen und suchte diesen Ausbund, diese unschätzbare Perle, diesen Edelstein ohne Fehl und Tadel. Es muß Madame sein, folgerte ich. Sie ist von allen die einzige, die über die Kunst verfügt, wenigstens vortrefflich zu *scheinen*. Aber was Arglosigkeit und Unerfahrenheit betrifft – darüber braucht sich Doktor John nun wirklich keine Sorgen zu machen. Sei's drum – er hat eben diese Schrulle, und ich will ihm nicht widersprechen. Mag er seinen Willen haben: Sein Engel soll ein Engel sein.

»Lassen Sie mich nur wissen, wohin ich meine Sorge richten soll«, fuhr ich ernsthaft fort – innerlich kicherte ich freilich bei der Vorstellung, daß ich als Anstandsdame für Madame oder eine ihrer Schülerinnen tätig sein sollte.

Nun besaß Doktor John feinfühlige Nerven, und sein Instinkt verriet ihm augenblicklich das, was kein gröber beschaffenes Gemüt entdeckt hätte, nämlich, daß ich mich ein wenig über ihn amüsierte. Das Blut stieg ihm ins Gesicht, mit einem halben Lächeln wandte er sich und nahm seinen Hut – er war im Begriff zu gehen. Mir schlug das Gewissen.

»Ich will – ich will Ihnen ja helfen!« sagte ich eifrig. »Ich will tun, was Sie wünschen. Ich will über Ihren Engel wachen, ich will auf sie aufpassen – sagen Sie mir nur, *wer* es ist.«

»Aber das *müssen* Sie doch wissen«, sagte er nun voller Ernst, trotzdem sprach er sehr leise. »So makellos, so gut, so unsagbar schön! Unmöglich, daß in einem Hause zwei wie sie wohnen könnten. Ich spreche natürlich von ...«

In diesem Augenblick ruckte plötzlich die Klinke von Madame Becks Schlafzimmertür, die ins Kinderzimmer führte, so, als ob die Hand, die sie gehalten hatte, leicht erschüttert worden wäre. Es folgte die erstickte Explosion eines nicht zu unterdrückenden Niesens. Derlei kleine Unfälle stoßen nun einmal auch den Besten von uns zu. Madame – die vortreffliche Frau – war also im Dienste. Still war sie heimgekehrt, hatte sich auf Zehenspitzen die Treppen hinaufgestohlen, befand sich in ihrem Schlafzimmer. Hätte sie nicht geniest, dann würde sie alles gehört haben, und ich auch. Aber dieser unglückselige Niesausbruch brachte Doktor John aus dem Konzept. Während er entgeistert dastand, kam sie herbei, flink, gefaßt, in der besten Laune und seelenruhig. Niemand, der ihren Gewohnheiten als Neuling gegenüberstand, wäre darauf verfallen, daß sie nicht einfach bloß hereingekommen wäre. Den Gedanken, daß sie mindestens zehn Minuten lang ihr Ohr am Schlüsselloch gehabt hatte, würde er als lächerlich von sich gewiesen haben. Madame täuschte ein zweites Niesen vor, erklärte, daß sie erkältet wäre, und ging dann dazu über, wortreich von ihrer Ausfahrt zu berichten. Die Gebetsglocke läutete, und ich ließ sie mit dem Doktor zurück.

14. Das Fest

Sobald Georgette gesund war, schickte Madame sie fort aufs Land. Ich war betrübt. Das Kind war mir lieb, und sein Verlust machte mich ärmer. Aber ich durfte mich nicht beklagen. Ich wohnte in einem Haus voll robusten Lebens, ich hätte Gefährten haben können und zog die Einsamkeit vor. Die Lehrerinnen trugen mir eine nach der andern ihre spezielle Freundschaft an. Ich versuchte es mit allen. Von einer fand ich, daß sie eine ehrliche Frau war, aber engstirnig, gefühlsstumpf und ichbetont. Die zweite war Pariserin, von außen feinpoliert, im Innersten verderbt, ohne Glauben, ohne einen Grundsatz, ohne alle Wärme. War man bei dieser Person durch die äußere Kruste von Wohlanständigkeit gedrungen, dann fand man darunter einen Morast. Sie hatte eine wunderbare Leidenschaft für Geschenke, und in diesem Punkt glich ihr die dritte Lehrerin aufs Haar – ein Wesen, das sonst keine hervorstechenden Merkmale besaß und durchaus nichtssagend war. Diese letztgenannte hatte noch eine andere charakteristische Eigenschaft – die der Habgier. In ihr herrschte die Liebe zum Geld um seiner selbst willen. Der Anblick eines Goldstücks vermochte in ihre Augen ein grünes Glitzern zu bringen, das einzigartig anzuschauen war. Einmal nahm sie mich als Zeichen hoher Gunst mit hinauf, öffnete eine geheime Schublade und zeigte mir einen versteckten Schatz – eine Masse ungeschlachter großer Münzen, ungefähr fünfzehn Guineen in Fünffrancstücken. Sie liebte diesen Hort, wie ein Vogel seine Eier liebt. Es waren ihre Ersparnisse. Sie pflegte zu kommen und über sie zu mir zu sprechen, mit einer ausdauernden, besessen faselnden Zärtlichkeit, die sich seltsam bei einer Person von noch nicht fünfundzwanzig Jahren ausnahm.

Dagegen war die Pariserin üppig und lasterhaft – der Anlage nach, heißt das; was ihre Handlungen betrifft, so weiß ich nichts von ihr. Die letztgenannte Eigenschaft zeigte mir ihren Schlangenkopf nur einmal und lugte da ganz vorsichtig hervor. Nach dem flüchtigen Blick zu urteilen, den ich davon erhaschte, mußte es eine merkwürdige Art Reptil sein – seine Sonderbarkeit schärfte meine Neugier. Wenn es keck hervorgekommen wäre, dann hätte ich mich ihm gegenüber vielleicht mit philosophischer Ruhe behauptet und das lange Ding von der gespaltenen Zunge bis zur schuppigen Schwanzspitze kühl gemustert. Aber es raschelte bloß in den Blättern eines schlechten Romans, als es auf eine schnelle und unbesonnene Zornesäußerung traf, schreckte es zurück und verschwand mit Gezisch. Von dem Tage an haßte sie mich.

Diese Pariserin befand sich immer in Schulden, denn ihr Gehalt war stets im voraus ausgegeben, nicht nur für Kleider, sondern auch für Parfüms, Schönheitsmittel, Zuckerwerk und Spezereien. Was für eine kalte, gefühllose Genießerin sie in allem war! Ich sehe sie noch vor mir. Mager von Gesicht und Gestalt, gelblichblaß die Haut, regelmäßig die Züge, mit vollkommenen Zähnen und fadendünnen Lippen, mit einem großen, vorstehenden Kinn und weitgeöffneten, doch frostigstarren Augen, in denen es gleichzeitig gierig und undankbar leuchtete. Sie haßte die Arbeit wie den Tod und liebte das, was sie Vergnügen nannte und was nichts als eine fade, herzlose, hirnlose Zeitvergeudung war.

Madame Beck kannte den Charakter dieser Frau ganz genau. Einmal sprach sie zu mir über sie mit einer wunderlichen Mischung von Scharfblick, Gleichgültigkeit und Abneigung. Ich fragte sie, weshalb sie sie in ihrem Institut behielte. Sie antwortete schlicht, weil das in ihrem Interesse läge, und wies auf eine Tatsache hin, die ich schon bemerkt hatte, nämlich, daß Mademoiselle St. Pierre in beinahe einzigartigem Grad die Fähigkeit besaß, in den zügellosesten Klassen Ordnung zu halten. Es ging eine gewisse Erstarrungswirkung von ihr aus und umgab sie. Ohne Leidenschaft, ohne Lärm oder Heftigkeit hielt sie die Mädchen in Schach, so wie eine reglose Frostnacht einen rauschenden Bach zähmt. Für die Wissensübermittelung nützte sie nur wenig. Aber für strenge Aufsicht und für die Einhaltung von Vorschriften war sie unschätzbar. »Je sais bien qu'elle n'a pas de principes, ni, peut-être, de mœurs«, gestand Madame offenherzig, fügte aber philosophisch hinzu: »Son maintien en classe est toujours convenable et rempli même d'une certaine dignité: c'est tout ce qu'il faut. Ni les élèves, ni les parents ne regardent plus loin; ni, par conséquent, moi non plus.«

Eine seltsame, fröhliche, lärmende kleine Welt war diese Schule. Man gab sich große Mühe, Ketten unter Blumen zu verbergen; eine feine Essenz der katholischen Kirchenlehren durchdrang jede Anordnung. Den Sinnen wurde eine ordentliche Portion Befriedigung zugebilligt – das war das Gegengewicht für eine argwöhnische Beschränkung im Geistigen. Jede Seele wurde in Sklaverei aufgezogen; aber um zu verhindern, daß jemand über diese Tatsache nachdachte, ergriff man jeden Vorwand für körperliche Erholung und leistete darin das Bestmögliche. Hier wie anderwärts bemühte sich die Kirche, ihre Kinder robust an Körper und schwach an Seele aufzuziehen, rund und rosig, gesund, fröhlich, unwissend, gedankenlos und nicht geplagt von Zweifeln. »Eßt, trinkt und lebt!« sagt sie. »Kümmert euch um euern Körper, die Seele überlaßt nur mir. Ich sorge für sie, ich leite sie auf ihrem Weg, und ich bin es, die für ihr endgültiges Schicksal bürgt.« Ein Handel, bei dem jeder echte Katholik sich als glücklicher Gewinner fühlt. Luzifer bietet genau die gleichen Bedingungen: »All diese Macht und ihre Herrlichkeit will ich dir geben, denn mir ist sie zuerteilt, und ich schenke sie, wem immer ich will. So du mich anbeten willst, soll alles dein sein!«

Um diese Zeit – auf der glühenden Höhe des reifen Sommers – wurde Madame Becks Haus ein so vergnügter Ort, wie es für eine Schule nur irgend möglich war. Den ganzen Tag lang standen die breiten Flügeltüren und die Fenster weit offen, die Atmosphäre war durchleuchtet von Dauersonnenschein, weit in der Ferne segelten Wolken fort über das Meer und hielten ohne Zweifel Rast über Inseln wie England – diesem teuren Nebelland –, aber vom trockneren Kontinent hatten sie sich völlig verzogen. Wir lebten viel mehr im Garten als unter einem Dach; in der großen Bogenlaube wurde Schule gehalten und wurden die Mahlzeiten eingenommen. Ja, es lag Ferienstimmung in der Luft und verwandelte die Freiheit beinahe in Zügellosigkeit. Es waren nur noch zwei Monate bis zu den großen Herbstferien. Zuvor aber mußte noch ein großer Tag gefeiert, eine wichtige Zeremonie begangen werden – das Fest von Madame.

Die Leitung dieses Festes fiel hauptsächlich Mademoiselle St. Pierre zu, denn von Madame selber nahm man an, daß sie sich davon fernhielt, selbstlos und ohne Ahnung von dem, was da zu ihren Ehren vorgehen mochte. Insbesondere wußte sie nie und vermutete sie niemals auch nur im geringsten, daß alljährlich der gesamten Schule eine Spendengebühr für den Kauf eines hübschen Geschenks auferlegt wurde. Das zuvorkommende Feingefühl des Lesers wird für gut befinden, den Bericht von einer kurzen Geheimberatung über diesen Punkt in Madames Schlafgemach auszulassen.

»Was wollen Sie dieses Jahr haben?« fragte ihre Pariser Statthalterin.

»Ach, ganz egal. Lassen Sie's doch sein. Lassen sie die armen Kinder ihre Francs behalten.« Und Madame schaute gütig und bescheiden drein.

Hier pflegte die St. Pierre ihr Kinn vorzuschieben. Sie kannte Madame von Grund auf; ihre gutherzigen Mienen nannte sie stets »de grimaces«. Nie gab sie vor, sie auch nur einen Augenblick lang zu respektieren.

»Vite!« pflegte sie kühl zu sagen. »Nennen Sie den Gegenstand. Soll's Schmuck sein oder Porzellan, Putzkram oder Silber?«

»Eh bien! Deux ou trois cuillers et autant de fourchettes en argent.« Und das Ergebnis war ein hübsches Etui, das für dreihundert Francs silbernes Tafelgerät enthielt.

Das Programm des Festtags umfaßte: Übergabe des Silberzeugs, Imbiß im Garten, dramatische Vorstellung (mit Schülerinnen und Lehrerinnen als Schauspielern), Tanz und Abendessen. Mir, darauf besinne ich mich noch gut, erschien die Wirkung des Ganzen sehr prächtig. Zélie St. Pierre verstand sich auf solche Dinge und bewältigte mühelos alles Organisatorische.

Die Hauptsache war die Aufführung. Für sie war ein Monat beständigen Übens nötig. Schon die Wahl der Darsteller verlangte Kenntnis und Sorgfalt. Dann folgten Lektionen in der Vortragskunst, in der Haltung, und endlich kam die Plackerei zahlloser Proben. Für all dieses reichte, wie sich leicht denken läßt, die St. Pierre nicht aus. Hier war eine andre Leitung, waren andre Talente erforderlich als die ihren. Sie standen in der Person eines Magisters zur Verfügung – des Monsieur Paul Emanuel, Professors der Literatur. Es war mir nie beschieden, bei Monsieur Pauls Schauspielstunden zugegen zu sein, aber ich sah ihn oft, wenn er über das Karree, eine quadratische Diele zwischen Wohn- und Schulhaus, ging. Dazu hörte ich ihn an den warmen Abenden, wenn er bei offenen Türen dozierte, und sein Name klang einem, verbunden mit Anekdoten über ihn, von allen Seiten in die Ohren. Unsre alte Bekannte, Miß Ginevra Fanshawe, war für eine wichtige Rolle in dem Stück auserwählt worden. Sie widmete mir gütigst einen Großteil ihrer Muße und pflegte ihr Gespräch mit häufigen Anspielungen auf das, was er gesagt und getan hatte, zu spicken. Sie hielt ihn für abscheulich häßlich und stellte sich gern, als ob schon beim Klang seiner Schritte oder seiner Stimme der Schreck sie nahezu in einen hysterischen Anfall triebe. Soviel stimmte, er war ein kleiner dunkler Mann, scharf und streng. Selbst ich fand ihn keine angenehme Erscheinung mit seinem kurzgeschorenen schwarzen Kopf, seiner breiten, gelblichblassen Stirn, seinen hageren Wangen, seinen weiten und bebenden Nüstern, seinem durchdringenden Blick und seinem hastigen Betragen. Er war reizbar – das hörte man, wenn er die linkischen Rekruten, die unter seinem Befehl standen, ungestüm und hart anließ. Manchmal brach dann ein Sturm der Ungeduld über diese ungeübten Amateurschauspielerinnen herein, er wütete über ihre falschen Vorstellungen, über die Kälte ihres Gefühls, die Flauheit ihres Vortrags. »Écoutez!« pflegte er zu schreien, und dann schallte seine Stimme wie eine Trompete durch das Haus. Und wenn darauf als Nachahmung ein dünnes Piepsen von einer Ginevra oder einer Mathilde oder einer Blanche kam, so begriff man, weshalb ein hohles Stöhnen der Verachtung oder ein wildes Zorneszischen das kümmerliche Echo quittierte.

»Vous n'êtes donc que des poupées?« hörte ich ihn donnern. »Vous n'avez pas des passions – vous autres? Vous ne sentez donc rien? Votre chair est de neige, votre sang de glace? Moi, je veux que tout cela s'allume, qu'il ait une vie, une âme!«

Fruchtloses Unterfangen! Und als er schließlich merkte, daß es fruchtlos *war*, brach er die ganze Sache jählings ab. Bisher hatte er sich bemüht, ihnen eine große Tragödie einzustudieren. Er riß die Tragödie in Stücke und kam am nächsten Tag mit einer handfesten kleinen komischen Lappalie. Mit der fanden sie sich besser ab. In kurzer Zeit hämmerte er ihnen das Ganze in ihre glatten runden Schädel.

Mademoiselle St. Pierre führte bei Monsieur Pauls Lektionen stets den Vorsitz, und es wurde mir berichtet, daß ihre geschliffenen Manieren, ihre scheinbare Aufmerksamkeit, ihr Takt und ihre Anmut einen sehr günstigen Eindruck auf den Herrn machten. In der Tat beherrschte sie die Kunst, für eine bestimmte Zeit zu gefallen, wenn sie wollte. Aber die Empfindung war nicht von Dauer. Innerhalb einer Stunde war sie verdunstet wie Tau, entschwunden wie Altweibersommer.

Der Tag vor Madames Fest war schulfrei wie der Festtag selber. Er war dem Ausräumen, Putzen, Einrichten und Schmücken der drei Unterrichtsräume gewidmet. Alles im Hause war fröhlichste Betriebsamkeit, weder oben noch unten vermochte ein ruhiger Außenstehender ein ruhiges Fleckchen für seine Fußsohlen zu finden. Folglich suchte ich für meinen Teil Zuflucht im Garten. Den ganzen Tag lang streifte oder saß ich da allein herum, fand Wärme im Sonnenschein, Schutz unter den Bäumen und Gesellschaft in meinen Gedanken. Ich erinnere mich noch gut daran, daß ich an jenem Tag nur zwei Sätze mit einem Lebewesen wechselte. Nicht, daß ich mich einsam fühlte – ich war glücklich, daß ich so still sein konnte. Für einen Zuschauer war es genug, ein- oder zweimal durch die Räume zu gehen, zu beobachten, was für Veränderungen da bewirkt worden waren, wie man einen Garderobenraum für die Schauspieler und ein Ankleidezimmer zustande gebracht und eine kleine

Bühne mit Dekorationen aufgeschlagen hatte, wie Monsieur Paul Emanuel zusammen mit Mademoiselle St. Pierre das alles leitete und wie eine eifrige Schar von Schülerinnen, darunter Ginevra Fanshawe, unter seiner Aufsicht lustig bei der Arbeit war.

Der große Tag kam heran. Heiß ging die Sonne am wolkenlosen Himmel auf, und heiß brannte sie am unbewölkten Himmel fort bis zum Abend. Alle Türen und Fenster waren aufgesperrt. Das gab ein angenehmes Gefühl von sommerlicher Freiheit – und die vollständigste Freiheit schien wirklich an der Tagesordnung. Lehrerinnen und Schülerinnen kamen in Morgenröcken und mit Lockenwicklern zum Frühstück herunter. Indem sie mit Wonne die Abendtoilette erwarteten, machten sie sich offenbar ein Vergnügen daraus, am Vormittag hingebungsvoll der Schlamperei zu frönen, ähnlich wie Ratsherren, die sich durch Fasten auf einen Schmaus vorbereiten. Gegen neun Uhr vormittags erschien eine wichtige Persönlichkeit: der Friseur. Lästerlich zu berichten, er schlug sein Hauptquartier im Betzimmer auf, und dort, in Gegenwart von Weihkessel, Kerze und Kruzifix, zelebrierte er die Mysterien seiner Kunst. Ein Mädchen nach dem andern wurde herbeibeordert, um durch seine Hände zu gehen, und tauchte unter ihnen hervor mit einem Kopf so glatt wie eine Muschel, durchzogen von untadeligen weißen Linien und umwunden von griechischen Zöpfen, die glänzten wie lackiert. Ich wartete zusammen mit den übrigen, bis ich an der Reihe war, und als ich mich hinterher zum Spiegel wandte und ihn um Auskunft ersuchte, da konnte ich kaum glauben, was er sagte. Das üppige Gewinde brauner Flechten verblüffte mich – ich fürchtete, daß es nicht alles mein eigenes Haar sei, und erst, als ich ein paarmal kräftig daran gezupft hatte, war ich vom Gegenteil überzeugt. Darauf erkannte ich den Coiffeur als Künstler ersten Ranges an – einen, der zuverlässig das Beste aus mittelmäßigem Material macht.

Nachdem sich der Betraum geschlossen hatte, wurde der Schlafsaal Schauplatz einer höchst anspruchsvollen Wascherei, Anzieherei und Putzerei. Für mich war es ein Rätsel (und muß für immer eines bleiben), wie sie es fertigbrachten, in so langer Zeit so wenig zu tun. Die Arbeit schien gründlich, kompliziert und ausgedehnt zu sein, das Resultat war höchst simpel. Ein fleckenloses weißes Musselinkleid, eine blaue Schärpe (die Farben der Heiligen Jungfrau), ein Paar weiße oder strohfarbne Glacéhandschuhe – so sah die Galauniform aus, die anzulegen dies Haus voll Lehrerinnen und Schülerinnen drei fürchterliche Stunden gebraucht hatte. Aber, das muß zugegeben werden, trotz aller Einfachheit war die Gewandung vollkommen – vollkommen in Zuschnitt, Sitz und Frische. Und da jeder Kopf ebenfalls mit erlesener Zierlichkeit und einem gewissen handfesten Geschmack frisiert war, der zu der fülligen, derben Anmut der Labassecourischen Figuren paßte – wenn er auch für jeden beweglicheren und biegsameren Schönheitstyp zu steif gewesen wäre –, war die Gesamtwirkung durchweg lobenswert.

Als ich die durchsichtige und schneeweiße Menge sah, fühlte ich mich, daran erinnere ich mich noch gut, als bloßer Schattenfleck auf einem Feld von Licht. Den Mut, ein durchscheinendes weißes Kleid zu tragen, hatte ich nicht. Etwas Dünnes mußte ich anziehen; das Wetter und die Räume waren viel zu heiß, um einen dicken Stoff zu dulden. So hatte ich ein Dutzend Läden durchstöbert, bis ich ein kreppartiges Material in Purpurgrau fand – der Farbe, kurz gesagt, falben Nebels, der über einer blühenden Heide liegt. Meine Schneiderin hatte es freundlicherweise so gut wie sie irgend konnte verarbeitet, denn weil es, wie sie verständig bemerkte, »si triste – si peu voyant« war, erforderte es desto dringlicher alle Sorgfalt in der Machart. Es war gut, daß sie die Sache von dieser Seite her betrachtete, denn ich hatte keine Blume, besaß kein Schmuckstück, um das Kleid zu beleben; und, was schlimmer war, ich hatte von Natur keine rosige Farbe.

Im gleichförmigen Einerlei der täglichen Mühsal vergessen sich solche Mängel. Aber bei den glänzenden Ereignissen, wenn Schönheit strahlen sollte, drängen sie sich unserm Bewußtsein unliebsam auf.

Gleichviel, in diesem Schattengewand fühlte ich mich wohl und behaglich, ein Vorteil, dessen ich mich in einer prächtigeren oder auffälligeren Hülle nicht erfreut hätte. Überdies munterte mich Madame Beck auf; ihr Kleid war beinah ebenso unscheinbar wie meines, nur, daß sie ein Armband und eine große, von Gold und Edelsteinen funkelnde Brosche trug. Zufällig trafen wir uns auf der Treppe, und sie schenkte mir ein Nicken und Lächeln der Zustimmung. Nicht, daß sie mein Aussehen hübsch fand – das war ein Punkt, der schwerlich ihr Interesse gefesselt hätte. Aber sie hielt mich für passend und wohlanständig gekleidet, und die Angemessenheit und die Wohlanständigkeit waren die beiden ruhigen Göttinnen, die Madame verehrte. Sie blieb sogar stehen, legte mir ihre behandschuhte Hand mit einem gestickten und parfümierten Tüchlein darin auf die Schulter und vertraute meinem Ohr einen Sarkasmus über die andern Lehrerinnen an, denen sie soeben ins Gesicht hinein Schmeicheleien gesagt hatte. »Nichts ist so lächerlich«, bemerkte sie, »wie reife Frauen, die sich anziehn wie die Fünfzehnjährigen. Quant à la St. Pierre, elle a l'air d'une vieille coquette qui fait l'ingénue.«

Da ich wenigstens ein paar Stunden vor allen andern fertig angekleidet war, machte es mir Vergnügen – nicht, in den

Garten zu gehen, wo die Dienstboten geschäftig dabei waren, alles für den Imbiß vorzubereiten, lange Tafeln aufzubocken, Stühle aufzustellen und Tische zu decken. Nein, ich suchte die Schulzimmer auf, die nun leer, kühl und sauber waren, mit frisch gemalten Wänden und frisch geschrubbten, kaum wieder trockenen Dielen, die Nischen mit Krügen voll frisch gepflückter Blumen, geschmückt, die großen Fenster von frisch aufgesteckten Vorhängen verschönt.

Ich zog mich in die erste Klasse zurück – einen Raum, der kleiner und gefälliger als die andern war, nahm aus dem mit Glasscheiben versehenen Bücherschrank, dessen Schlüssel ich hütete, einen Band – sein Titel versprach eine einigermaßen interessante Lektüre – und setzte mich zum Lesen hin. Die Glastür dieses Schulzimmers, auch »Classe« genannt, ging auf die große Bogenlaube hinaus. Akazienäste liebkosten ihre Scheiben, während sie sich nach einem Rosenbusch herüberstreckten, der an der Tür blühte. Bienen summten geschäftig und glücklich in ihm. Ich begann zu lesen. Allmählich stahlen das gleichmäßige Gesumm, das grünschattige Gewölbe und die warme, einsame Stille meines Zufluchtsortes den Sinn von den Buchseiten, nahmen von meinen Augen das Bild fort und lockten mich auf dem Pfad des Traumes hinab in irgendein tiefes Waldtal im Traumlande – da, gerade in diesem Augenblick, riß mich das schärfste Gellen der Haustürglocke, das dies vielgeprüfte Instrument je von sich gegeben hatte, ins Bewußtsein zurück.

Nun – die Glocke hatte den ganzen Morgen über geläutet, wenn Arbeiter oder Dienstboten oder Friseure oder Schneiderinnen mit ihren verschiedenen Aufträgen gingen und kamen. Überdies bestand guter Grund zu der Erwartung, daß es den ganzen Nachmittag hindurch klingeln würde, da ungefähr hundert Externe noch in ihren Wagen oder Mietkutschen ankommen sollten. Und gewiß würde die Schelle auch am Abend nicht ruhen, wenn sich Eltern und Freunde versammeln und zu der Aufführung drängen würden. Unter diesen Umständen war ein Läuten, selbst ein gellendes, eine selbstverständliche Angelegenheit; doch dieses hier hatte seinen eigenen Ton, der meinen Traum verjagte und mich aufscheuchte, daß mir das Buch von den Knien fiel.

Ich war dabei, mich zu bücken und es aufzuheben, als Schritte laut wurden, fest, schnell, auf geradem Weg sich nähernd, stracks durch das Vestibül, den Korridor entlang, über das Karree, durch die erste, durch die zweite Abteilung, durch den großen Saal, schnell, gleichmäßig, lebhaft. Die geschlossene Tür der ersten Klasse, meiner Freistätte, bot kein Hindernis. Sie flog auf, und ein Paletot und eine phrygische Mütze füllten die Öffnung, dazu ein Augenpaar – ein Blick streifte mich erst ungewiß, blieb dann an mir hängen, grub sich begierig in mich ein.

»C'est cela«, sagte jemand. »Je la connais: c'est l'Anglaise. Tant pis. Toute Anglaise, et par conséquent, toute bégueule qu'elle soit – elle fera mon affaire, et je saurai pourquoi.«

Dann, mit einer gewissen strengen Höflichkeit – vermutlich nahm er an, ich hätte die Bedeutung seines vorherigen unhöflichen Gemurmels nicht erfaßt – und im abscheulichsten Kauderwelsch, das je vernommen wurde: »Miiiß – Sie müssen spielen. Ich bin verraten und verkauft.«

»Was kann ich für Sie tun, Monsieur Paul Emanuel?« erkundigte ich mich, denn Monsieur Paul Emanuel war es, und zwar im Zustand erheblicher Aufregung.

»Spielen müssen Sie. Und ich lasse es nicht zu, daß Sie zurückschrecken oder die Stirn runzeln oder die Prüde mimen. In der Nacht, als Sie angekommen sind, hab' ich Ihren Schädel gedeutet. Ich kenne Ihre Möglichkeiten, Sie können spielen, und Sie müssen spielen.«

»Aber wie, Monsieur Paul? Was meinen Sie denn nur?«

»Es ist keine Zeit zu verlieren«, fuhr er fort – jetzt sprach er französisch –, »und wir wollen alles Sträuben, alle Entschuldigung, alle Ziereréien in die Ecke werfen. Sie müssen eine Rolle übernehmen.«

»In dem Vaudeville?«

»In dem Vaudeville. Ganz recht.«

Ich rang, von Entsetzen gepackt, nach Luft. Was um alles in der Welt meinte der kleine Mann?

»Hören Sie zu!« sagte er. »Ich werde Ihnen den Fall darlegen, und Sie sollen mir dann mit Ja oder Nein antworten, und je nachdem, wie Ihre Antwort ausfällt, werden Sie von da an in meiner Wertschätzung rangieren.«

Das kaum unterdrückte Ungestüm eines höchst reizbaren Temperamentes glühte auf seinen Wangen, machte seine Blicke zu scharfen Pfeilen. Das Unverständige und das Abgeschmackte, das Unschlüssige und das Mürrische und das Gezierte mochten es rasch aufbringen und verhärten, dies Temperament, und schlimmer als alles das würde Starrköpfigkeit wirken. Ruhe und Aufmerksamkeit waren der rechte Balsam. Ich hörte zu.

»Die ganze Geschichte ist drauf und dran, ins Wasser zu fallen!« fing er an. »Louise Vanderkelkov ist erkrankt – zumindest behauptet das ihre lächerliche Mutter. Ich für mein Teil bin sicher, sie könnte spielen, wenn sie wollte – ihr fehlt nichts als der gute Wille! Sie wissen oder wissen's auch nicht, das ist ja vollkommen gleichgültig – jedenfalls war sie mit einer Rolle betraut worden, und ohne diese Rolle bleibt das Stück auf der Strecke. Wir haben zum Lernen jetzt bloß noch ein paar Stunden. Kein einziges Mädchen in der Schule würde Vernunft annehmen und sich zu der Aufgabe bequemen. Sicher, die Rolle ist nicht interessant, nicht liebenswürdig; ihre widerliche Eigenliebe – diese niederträchtige Eigenschaft, von der die Frauen so viel haben! – würde sich voll Abscheu von ihr abwenden. Die englischen Frauen sind entweder die besten oder die schlimmsten ihres Geschlechts. Dieu sait que je les déteste comme la peste, ordinairement!« Das preßte sich zwischen seinen Zähnen hindurch; die Verräter hielten es nicht zurück. »Ich wende mich an eine Engländerin, daß sie mich rettet. Wie lautet ihre Antwort, ja oder nein?«

Tausend Einwände schossen mir durch den Kopf. Die fremde Sprache, die kargbemessene Zeit, die öffentliche Zurschaustellung... Die Neigung schrak zurück, die Fähigkeit schwankte, die Selbstachtung (jene »niederträchtige Eigenschaft«) zitterte. Nein, nein, nein! sagten sie allesamt; aber als ich zu Monsieur Paul aufschaute und in seinen verärgerten, leidenschaftlichen und prüfenden Augen hinter aller Drohung eine Art dringlicher Bitte wahrnahm, entfuhr meinen Lippen das Wort Ja. Für einen Augenblick löste sich seine starre Miene, Befriedigung zuckte über sein Gesicht. Doch schnell wieder vorwärtsgetrieben, fuhr er fort: »Vite à l'ouvrage! Hier ist das Buch, hier ist Ihre Rolle – lesen Sie.« Und ich las. Er lobte nicht; bei einigen Stellen runzelte er die Stirn und stampfte mit dem Fuße auf. Er gab mir eine Lektion, ich ahmte fleißig nach. Es war eine unangenehme Rolle – die eines Mannes, eines hohlköpfigen Laffen. Man konnte weder Herz noch Seele hineinlegen, ich verabscheute sie. Das Stück – eine ganz belanglose Angelegenheit – bewegte sich in der Hauptsache um die Anstrengungen, durch die zwei Rivalen die Hand einer hübschen Kokette zu erlangen suchten. Der eine Liebhaber wurde »der Bär« genannt und war ein guter, ritterlicher, doch ungehobelter Mann, eine Art ungeschliffener Edelstein. Der andre war ein Luftikus, ein Schwätzer und Verräter – und der Luftikus, der Schwätzer und Verräter sollte ich sein.

Ich tat mein Bestes – das war nicht gut, ich weiß. Es

brachte Monsieur Paul zur Weißglut, er tobte. Da nahm ich die Arbeit in beide Hände und versuchte, mich selbst zu übertreffen. Ich bilde mir ein, daß er mir die gute Absicht anrechnete; er gab vor, zum Teil befriedigt zu sein. »Ça ira!« rief er, und als sich im Garten Stimmen erhoben und herüberklangen und weiße Kleider zwischen den Bäumen umherzuflattern begannen, fügte er hinzu: »Sie müssen sich zurückziehen, müssen allein sein, um das zu lernen. Kommen Sie mit!«

Ohne daß mir Zeit zum Überlegen zugebilligt wurde, ohne daß mir die Kraft dazu blieb, fand ich mich im gleichen Augenblick wie von einer Art Wirbelwind fortgetragen, treppauf, zwei weitere Stiegen hinan, ja, tatsächlich drei – denn dieser hitzige kleine Mann schien wie durch einen Instinkt seinen Weg überall zu finden –, in die einsame und luftige Bodenkammer wurde ich geschleppt, hineingeschoben und eingeschlossen – denn der Schlüssel steckte in der Tür, und diesen Schlüssel nahm er an sich und verschwand.

Die Bodenkammer war kein erfreulicher Ort. Ich glaube, er wußte nicht, wie unerfreulich er war, sonst hätte er mich gewiß nicht so ohne alle Umstände eingeschlossen. Bei diesem Sommerwetter glühte sie wie Afrika, so wie sie im Winter stets kalt wie Grönland war. Kisten und Gerümpel füllte sie aus, alte Kleider zierten die ungetünchten Wände, Spinnweben die ungefegte Decke. Es war allbekannt, daß sie von Ratten, von Asseln und von Schaben bewohnt war – ja, das Gerücht behauptete, daß die geisterhafte Nonne aus dem Garten einmal hier gesehen worden sei. Das eine Ende lag zum Teil in Dunkelheit, denn ein alter rotbrauner Vorhang war dort quer von einer Seite zur andern gespannt – er sollte eine düstere Schar von Wintermänteln abschirmen. Sie hingen jeder von seinem Pflock herab wie ein Übeltäter von seinem Galgen. Zwischen diesen Mänteln, hinter dem Vorhang, sollte die Nonne hervorkommen. Das glaubte ich nun zwar nicht, diese Sorge machte mir keine Beschwer. Aber ich sah eine sehr dunkle, sehr große Ratte mit langem Schwanz aus diesem schmutzigen Alkoven hervorschlüpfen, und obendrein fiel mein Blick auf viele Schaben, die den Boden bevölkerten. Das brachte mich mehr aus der Fassung, als es vielleicht klug wäre zu sagen, ebenso wie der Staub, das Gerümpel und die erstickende Hitze des Orts. Die letztgenannte Unannehmlichkeit würde bald unerträglich geworden sein, wäre es mir nicht gelungen, das Dachfenster zu öffnen und aufzustützen, so daß ein wenig frische Luft herein konnte. Unter diese Öffnung schob ich eine große, leere Kiste, und nachdem ich darauf einen kleineren Kasten gestellt und von beiden den Staub abgewischt hatte, raffte ich ängstlich mein Kleid zusammen – mein bestes, muß der Leser bedenken, und also zu Recht ein Gegenstand meiner Sorge – und bestieg diese Art improvisierten Thron. Nun, da ich einen Sitz hatte, begann ich mir mein Pensum anzueignen, wobei ich über dem Lernen nicht vergaß, ein wachsames Auge auf die Asseln und Schaben zu haben, von denen ich, glaube ich, mehr noch als vor den Ratten in tödlicher Furcht saß.

Mein erster Eindruck war, daß ich etwas übernommen hatte, das sich in Wirklichkeit nie und nimmer bewältigen ließ, und ich beschloß, einfach zu tun, soviel ich vermochte, und mich ins Scheitern zu ergeben. Bald jedoch merkte ich, daß eine Rolle in einem so kurzen Stück nicht mehr war, als das Gedächtnis in ein paar Stunden meistern konnte. Ich lernte und lernte weiter, zuerst flüsternd, dann laut. Vollkommen sicher vor menschlicher Zuhörerschaft, spielte ich meine Rolle vor dem Dachstubenungeziefer. Ich warf mich in ihre Leere, Frivolität und Falschheit mit einem Eifer, der von Verachtung und Ungeduld inspiriert war, und rächte mich an diesem Laffen, indem ich ihn so albern machte, wie ich irgend konnte.

Über dieser Tätigkeit schwand der Nachmittag dahin. Der Tag begann in den Abend hinüberzugleiten, und ich, die ich seit dem Frühstück nichts gegessen hatte, wurde unmäßig hungrig. Nun dachte ich an den Imbiß, den sie eben jetzt ohne Zweifel im Garten verzehrten. Im Vestibül hatte ich einen Korb voll kleiner Creme-Pasteten entdeckt. Nichts im ganzen Bereich der Kochkunst schien mir köstlicher als sie. Eine Pastete oder ein Stück Kuchen, fand ich, würde mir sehr gelegen kommen. Und als mein Verlangen nach diesen Leckerbissen wuchs, schien es mir allmählich doch recht hart, daß ich meinen freien Tag fastend im Gefängnis verbringen sollte. So weit auch der Boden von Vestibül und Haustür entfernt war, die immerklingelnde Glocke tönte trotzdem schwach bis hier herauf und genauso das unablässige Räderrollen auf dem gequälten Straßenpflaster. Ich wußte, daß Haus und Garten von Menschen überflossen und daß unten alles froh und glücklich war. Hier fing es an zu dämmern, die Käfer verschwammen vor meinem Blick, ich zitterte davor, daß sie heimlich einen Überraschungsangriff auf mich unternehmen, ungesehen meinen Thron erklettern und unvermutet meine Röcke erobern könnten. Ungeduldig und voller Sorge begann ich meine Rolle von neuem zu proben, jetzt nur noch, um die Zeit totzuschlagen. Eben als ich wieder am Ende war, vernahm ich das langverzögerte Knarren des Schlüssels im Schloß – wahrhaftig, kein unwillkommener Laut! Monsieur Paul – ich vermochte durch die Dunkelheit eben noch zu erkennen, daß es Monsieur Paul war, denn noch sickerte so viel Licht ein, daß es die Samtschwärze seines kurzgeschorenen Kopfes und die Elfenbeinblässe seiner Stirn zeigte – Monsieur Paul schaute herein.

»Brava!« rief er und hielt die Tür dabei offen, er verharrte auf der Schwelle. »Ich hab' alles gehört. Es ist recht gut. Noch einmal!«

Ich zögerte einen Augenblick.

»Encore!« sagte er streng. »Et point des grimaces! À bas la timidité!«

Wieder ging ich die Rolle durch, aber nicht halb so gut, wie ich sie allein gesprochen hatte.

»Enfin, elle le sait«, sagte er für sich, halb unbefriedigt, »und man kann ja unter diesen Umständen nicht anspruchsvoll oder genau sein.« Dann fügte er hinzu: »Zwanzig Minuten haben Sie noch zur Vorbereitung. Au revoir!«

»Monsieur!« rief ich aus, indem ich mir ein Herz faßte.

»Eh bien. Qu'est-ce que c'est, Mademoiselle?«

»J'ai bien faim.«

»Comment, vous avez faim! Et la collation?«

»Von dem weiß ich nichts. Davon habe ich hier oben nichts gesehen. Ich war eingeschlossen!«

»Ah! C'est vrai«, rief er aus.

In einem Augenblick war mein Thron verlassen, die Bodenkammer geräumt; der gleiche Schwung in umgekehrter Richtung, der mich in die Mansarde hinaufbefördert hatte, brachte mich im Nu hinunter – hinunter – hinunter, direkt bis in die Küche. Ich hatte gedacht, es hätte bis in den Keller gehen sollen... Die Köchin bekam den gebieterischen Befehl, Speisen herbeizuschaffen, und mir ward, ebenso gebieterisch, befohlen zu essen. Zu meiner großen Freude war dies Essen auf Kaffee und Kuchen begrenzt, ich hatte Wein und Süßigkeiten befürchtet, die mir zuwider waren. Wie er erriet, daß ich eine kleine Creme-Pastete mochte, weiß ich nicht; aber er ging hinaus und holte mir eine irgendwoher. Höchst willig aß und trank ich und hob mir die kleine Pastete bis zum Schluß auf – als Schlußleckerbissen. Monsieur

Paul überwachte meine Mahlzeit und zwang mir fast mehr auf, als ich schlucken konnte.

»À la bonne heure!« rief er aus, als ich endlich zu verstehen gab, daß ich wirklich nicht mehr konnte, und mit erhobenen Händen flehte, er möge mich mit dem zusätzlichen Brötchen verschonen, das er eben mit Butter bestrichen hatte. »Sie werden mich als eine Art Tyrann und Blaubart ansehen, der Frauen in einem Bodengelaß verhungern läßt, und so ein Kerl bin ich schließlich doch nicht. Nun, Mademoiselle, fühlen Sie Mut und Kraft aufzutreten?«

Ich sagte ja, ich glaubte wohl, obschon ich in Wirklichkeit völlig verwirrt war und kaum zu sagen vermochte, wie ich mich fühlte. Aber dieser kleine Mann gehörte zu einer Art von Lebewesen, denen man besser nicht widersprach, außer, man besaß eine Allgewalt, die dazu ausreichte, ihn sofort zu zerschmettern.

»Dann kommen Sie«, sagte er, indem er mir die Hand bot.

Ich gab ihm meine, und er brach auf in einem rapiden Schritt, der mich zwang, neben ihm herzurennen, damit ich mitkam. Im Karree hielt er einen Moment an. Es war von großen Lampen erleuchtet, die breiten Türen der Klassenzimmer standen offen, die gleichbreiten Gartentüren ebenso. Organgenbäume in Kübeln und große Blumen in Töpfen schmückten diese Portale zu beiden Seiten. Gruppen von Damen und Herren in Abendkleidung standen und wandelten zwischen den Blumen umher. Drinnen zeigte die lange Flucht der Schulräume eine drängende, wallende, murmelnde, wogende, strömende Menge in Rosa, Blau und halb durchscheinendem Weiß. Kronleuchter funkelten droben; in einiger Entfernung befand sich eine Bühne mit einem feierlichen grünen Vorhang und einer Reihe von Rampenlichtern.

»N'est-ce pas que c'est beau?« fragte mein Gefährte.

Ich hätte ja sagen sollen, aber mir schlug das Herz bis zum Hals, es würgte mich in der Kehle. Monsieur Paul entdeckte das, und für meine Leiden wurde mir ein finsterer Seitenblick und ein kleines Rütteln zuteil.

»Ich will mein Bestes tun – aber ich wollte, es wäre erst vorbei«, sagte ich und fragte dann: »Müssen wir uns durch diese Menschenmasse durchwinden?«

»Aber kein Gedanke! Ein so schlechter Organisator bin ich nicht. Wir gehen durch den Garten – hier.«

In einem Augenblick waren wir draußen. Die kalte, stille Nacht belebte mich ein wenig. Sie war mondlos; aber der Widerschein der vielen erleuchteten Fenster machte den Hof hell, und selbst die Gartenwege lagen im Dämmer. Der Himmel dehnte sich wolkenlos und prächtig im zitternden Flimmern seiner lebendigen Lichter. Wie mild sind die Nächte auf dem Kontinent! Wie schmeichelnd, lindernd, geschützt! Kein Seenebel, kein durchnässender kalter Schwaden; dunstlos sind sie wie der Mittag und frisch wie der Morgen.

Nachdem wir Hof und Garten durchquert hatten, erreichten wir die Glastür der ersten Klasse. Sie stand wie alle andern Türen in dieser Nacht offen. Wir gingen hindurch, und dann wurde ich in ein kleines Kabinett geführt, das die erste Klasse vom großen Saal trennte. Dies Kabinett blendete mich, so lichtüberflutet war es; es machte mich taub, so voller Stimmenlärm war es; es erstickte mich, so heiß und überfüllt war es.

»De l'ordre! Du silence!« rief Monsieur Paul. »Ist das hier das Chaos?« fragte er, und plötzlich trat Stille ein. Mit einem Dutzend Worten und ebensoviel Gesten brachte er die Hälfte der anwesenden Personen hinaus und nötigte den Rest, in einer Reihe anzutreten. Die Zurückgebliebenen trugen alle ein Kostüm; sie waren die Darsteller, und dies war die Garderobe. Monsieur Paul stellte mich vor. Alle starrten mich an, ein paar kicherten. Das war eine Überraschung! Von der Engländerin hatten sie nicht erwartet, daß sie in einem Vaudeville auftreten würde. Ginevra Fanshawe, die wunderschön für ihre Rolle angezogen war und faszinierend hübsch aussah, wandte mir ein Paar kugelrunder Augen zu. In fröhlichster Laune, wie sie war, weder von Furcht noch von Schüchternheit behelligt, vielmehr entzückt über den Gedanken, vor Hunderten zu glänzen – mein Eintritt schien sie mitten in ihrer Freude vor Staunen erstarren zu lassen. Sie würde aufgeschrien haben, wenn nicht Monsieur Paul sie und den Rest in Schach gehalten hätte. Nachdem er den ganzen Trupp gemustert und kritisiert hatte, wandte er sich zu mir.

»Sie brauchen auch ein Kostüm für Ihre Rolle.«

»Ein Kostüm – ein Männerkostüm!« rief Zélie St. Pierre aus und schoß vorwärts. »Ich will Sie selber anziehen«, fügte sie mit aufdringlicher Geschäftigkeit hinzu.

Ein Männerkostüm mochte ich nicht; es hätte mir auch nicht gestanden. Ich hatte eingewilligt, eines Mannes Namen und Rolle zu übernehmen; was seinen Anzug betraf – halte là! Nein. Mochte kommen was wollte, ich würde mein eigenes Kleid anbehalten. Monsieur Paul mochte stürmen, mochte rasen – mein Kleid würde ich anbehalten. Das sagte ich mit einer Stimme, die beherzt klingen sollte; tatsächlich klang sie leise und vielleicht sogar schwankend.

Er brach nicht augenblicklich in Stürmen und Toben aus, wie ich bestimmt angenommen hatte, er stand schweigend. Aber Zélie fiel abermals ein: »Sie gibt einen großartigen petit-maître ab! Hier sind die Sachen – alles komplett! Ein bißchen zu groß, aber das mache ich schon. Kommen Sie, chère amie – belle Anglaise!«

Und sie lächelte voller Hohn, denn ich war nicht »belle«.

Sie ergriff meine Hand und zog mich fort. Monsieur Paul stand teilnahmslos, neutral.

»Sie dürfen sich nicht sträuben«, fuhr die St. Pierre fort – denn ich widersetzte mich. »Sonst verderben Sie alles; die ganze fröhliche Stimmung des Stückes, das Vergnügen der Gesellschaft, das alles bringen Sie Ihrer Eigenliebe zum Opfer! Das wäre zu arg – Monsieur wird das nie und nimmer zulassen!«

Sie suchte seine Augen. Ich wartete ebenfalls auf einen Blick. Er sah sie an und sah mich an. »Halt!« sagte er langsam und hielt die St. Pierre zurück, die bemüht war, mich fortzuziehen. Alles wartete auf seine Entscheidung. Er war nicht ärgerlich, nicht gereizt. Ich spürte das und faßte Mut.

»Ihnen gefallen diese Kleider nicht?« fragte er und deutete auf die männliche Gewandung.

»Gegen ein paar davon hab' ich nichts einzuwenden, aber alle will ich nicht haben.«

»Also wie soll's dann sein? Eine Männerrolle annehmen und als Frau gekleidet auf die Bühne gehen, wie denken Sie sich das? Sicher, dies ist eine Dilettantenangelegenheit – ein vaudeville de pensionnat; einige Abwandlungen würde ich genehmigen, aber etwas müssen Sie an sich haben, das Sie als Angehörigen des stärkeren Geschlechts kennzeichnet.«

»Das will ich ja auch, Monsieur; es muß bloß so hergerichtet werden, wie es mir entspricht, es darf sich niemand einmengen, man darf mir die Sachen nicht aufzwingen. Lassen Sie mich nur allein fertig werden.«

Ohne ein weiteres Wort nahm Monsieur der St. Pierre das Kostüm ab, reichte es mir und gestattete mir, in das Ankleidezimmer zu gehen. Sowie ich glücklich allein war, wurde ich ruhig und machte mich gefaßt an die Arbeit. Ich behielt meine Frauentracht ohne die geringste Einschränkung bei und nahm bloß als Zusatz eine kleine Weste, einen Kragen samt Krawatte und einen Paletot von zierlichen Dimensionen – das Ganze war ein Anzug, der dem Bruder einer unserer Schülerinnen gehörte. Nachdem ich meine Zöpfe gelöst hatte, raffte ich die langen Haare des Hinterkopfes eng zusammen und bürstete die Vorderhaare nach einer Seite; dann nahm ich Hut und Handschuhe in die Hand und kam heraus. Monsieur Paul wartete, die andern desgleichen. Er schaute mich an.

»In einem Pensionat mag das hingehen«, urteilte er. Dann fügte er, nicht unfreundlich, hinzu: »Courage mon ami! Un peu de sang froid – un peu d'aplomb, Monsieur Lucien, et tout ira bien.«

Wieder hohnlächelte die St. Pierre in ihrer kalten, arglistigen Manier. Ich war erregt und daher reizbar, und so konnte ich nicht anders. Ich drehte mich nach ihr um und erklärte, wenn sie nicht eine Dame wäre und ich ein Herr, so würde ich Lust verspüren, sie vor die Tür zu bitten.

»Nach dem Stück, nach dem Stück«, sagte Monsieur Paul. »Dann will ich mein Paar Pistolen zwischen Ihnen teilen, und wir werden die Kontroverse in aller Form austragen. Es wird bloß der alte Streit zwischen Frankreich und England sein.«

Aber nun nahte der Augenblick, da das Spiel beginnen sollte. Monsieur Paul reihte uns vor sich auf und hielt uns eine kurze Ansprache, wie ein General sie an seine Soldaten richtet, wenn sie vor dem Angriff stehen. Ich weiß nicht mehr, was er sagte, außer, daß er jeder einzelnen nahelegte, sich gründlich vom Gefühl ihrer eigenen Bedeutungslosigkeit durchdringen zu lassen. Weiß der Himmel – ich fand diesen Rat für einige von uns überflüssig. Eine Glocke läutete. Ich und zwei andere wurden auf die Bühne hinausgewiesen. Die Glocke läutete wieder. Ich hatte die allersten Worte zu sprechen.

»Sehen Sie nicht auf die Leute, denken Sie nicht an sie!« flüsterte mir Monsieur Paul ins Ohr. »Denken Sie sich, Sie säßen auf dem Boden und spielten vor den Ratten.«

Er verschwand. Der Vorhang hob sich, faltete sich an der Decke zusammen. Vor uns tauchten plötzlich die hellen Lichter, der lange Raum, die fröhliche Menge auf. Ich dachte an die Schaben, die alten Kisten, die wurmzerfressenen Kommoden. Ich sprach meine Sätze schlecht, aber ich sprach sie. Diese erste Rede war das schwierigste. Sie offenbarte mir die Tatsache, daß es nicht so sehr die Menge war, die ich fürchtete, als meine eigne Stimme. Ausländer und Fremde, der Haufen Leute bedeutete mir nichts. Ich dachte nicht einmal an sie. Als sich meine Zunge erst einmal gelöst hatte und meine Stimme sich in ihre natürliche Tonlage fand, dachte ich an nichts als an die Person, die ich darstellte – und an Monsieur Paul, der lauschend, aufpassend und soufflierend in der Kulisse stand.

Nach und nach, als ich fühlte, wie die rechte Kraft kam – der Quell innen forderte den Ausbruch nach außen –, faßte ich mich so weit, daß ich meine Mitspieler bemerkte. Einige spielten sehr gut, besonders Ginevra Fanshawe, die zwischen zwei Freiern kokettieren mußte und das bewunderungswürdig fertigbrachte. Sie war tatsächlich in ihrem Element. Ich beobachtete, daß sie ein- oder zweimal eine auffallende Zärtlichkeit, eine betonte Vorliebe in ihr Betragen gegen mich, den Laffen, legte. Mit solchem Nachdruck und solcher Lebhaftigkeit begünstigte sie mich, solche Blicke schoß sie in die lauschende und applaudierende Menge hinunter, daß es mir, die ich sie kannte, nach kurzer Zeit klar wurde, daß ihr Spiel *auf jemanden* gerichtet war. Ich folgte ihrem Blick, ihrem Lächeln, ihren Gebärden, und nicht lange, so entdeckte ich, daß sie wenigstens ein hübsches und bemerkenswertes Ziel für ihre Pfeile ausgesucht hatte. In direkter

Schußlinie, größer als die übrigen Zuschauer und deshalb sicherer zu treffen, stand in ruhiger, aber gespannter Haltung eine wohlbekannte Gestalt – Doktor John.

Das Schauspiel war offenbar geeignet anzuregen. Doktor Johns Blicke sprachen vernehmlich, wenn ich auch nicht weiß, was sie sagten. Das feuerte mich an: Ich machte mir eine Geschichte daraus, legte meine Idee in die Rolle, die ich darstellte, ließ sie in mein Werben um Ginevra einfließen. In dem »Bär«, dem redlichen Liebhaber, sah ich Doktor John. Verspürte ich Mitleid mit ihm wie bisher? Nein, ich verhärtete mein Herz, suchte ihn auszustechen und schlug ihn aus dem Felde. Ich wußte, daß ich selber nichts als ein Geck war, aber wo *er* verworfen wurde, konnte *ich* gefallen. Nun, das weiß ich, spielte ich, als wäre ich fest entschlossen, zu gewinnen und zu erobern. Ginevra sekundierte mir; zusammen veränderten wir zur Hälfte den Charakter der Rolle und vergoldeten sie von oben bis unten. Zwischen den Aufzügen erklärte uns Monsieur Paul, er begreife nicht, was uns überkommen habe, wovon wir besessen seien, und sagte halb verweisend: »C'est peut-être plus beau que votre modèle, mais ce n'est pas juste.« Ich weiß selber nicht, welcher Teufel mich ritt, aber irgendwie verlangte es mich danach, den »Bären«, Doktor John, in den Schatten zu stellen. Ginevra war zärtlich, wie hätte ich anders als ritterlich sein können? Ich behielt also den Text bei, veränderte aber rücksichtslos den Geist der Rolle. Ohne Herz, ohne Beteiligung konnte ich sie überhaupt nicht spielen. Gespielt werden mußte sie – die ersehnte Würze floß hinein, und schmackhaft, wie sie nun war, spielte ich sie mit Genuß.

Was ich in jener Nacht fühlte und tat – ebensowenig als das zu fühlen und zu tun, hätte ich erwartet, in einer Verzückung in den siebenten Himmel erhoben zu werden. Kalt, widerstrebend, voller Befürchtungen hatte ich jemand anders zuliebe eine Rolle übernommen; nicht lange, und ich hatte mich erwärmt, empfand innere Anteilnahme und spielte mir selber zur Lust. Aber am nächsten Tag, als ich alles überdachte, mißbilligte ich diese Dilettantenleistung von Herzen; und obwohl ich glücklich war, daß ich Monsieur Paul den Gefallen erwiesen und daß ich einmal die eigne Kraft erprobt hatte, nahm ich mir doch fest vor, mich nie wieder in eine ähnliche Sache hineinziehen zu lassen. Ein starker Zug zur dramatischen Darstellung hatte sich als Teil meines Wesens offenbart. Wenn ich die neuentdeckte Fähigkeit pflegte und übte, mochte mir das eine Welt des Entzükkens erschließen. Aber für eine bloße Zuschauerin im Leben würde das nicht angehen. Die Kraft und die Sehnsucht mußten beiseite gelegt werden. Ich legte sie beiseite und verwahrte sie hinter dem Schloß eines festen Willens, das weder Zeit noch Versuchung seither aufgebrochen haben.

Kaum war das Stück vorüber und *glücklich* vorüber, als der jähzornige und eigenmächtige Monsieur Paul eine Verwandlung durchmachte. Seine Verantwortung als Direktor war vorüber, und sofort legte er seine gebieterische Strenge ab. Er stand zwischen uns, lebhaft, freundlich und gesellig, schüttelte uns allen die Hände, dankte jeder einzelnen und verkündete seinen Vorsatz, daß eine nach der andern von uns beim bevorstehenden Ball seine Partnerin sein sollte. Als er meine Zusage verlangte, sagte ich ihm, daß ich nicht tanzte. »Dies eine Mal müssen Sie«, war seine Antwort, und wenn ich nicht beiseite geschlüpft und ihm nun ausgewichen wäre, dann würde er mich zu diesem zweiten Auftreten genötigt haben. Aber für einen Abend hatte ich genug geleistet. Es wurde Zeit, daß ich mich in mich selber und mein gewöhnliches Leben zurückfand. Mein nebelgraues Kleid sah wohl auf der Bühne unter dem Paletot gut genug aus, aber zu einem Walzer oder einer Quadrille hätte es nicht gepaßt. Ich zog mich in einen ruhigen Winkel zurück, wo ich, selber unbeobachtet, beobachten konnte – der Ball, sein Glanz und seine Freuden glitten als Schauspiel an mir vorüber.

Wieder war Ginevra Fanshawe die Königin, die Hübscheste und die Munterste unter den Anwesenden. Sie war auserwählt, den Ball zu eröffnen. Sehr reizend sah sie aus, sehr anmutig tanzte sie, voller Fröhlichkeit war ihr Lächeln. Solche Szenen bildeten ihre Triumphe – sie war das Kind der Freude. Arbeit oder Leiden fanden sie matt und niedergeschlagen, hilflos und mürrisch; aber Fröhlichkeit bereitete ihr die Schmetterlingsflügel, ließ deren Goldstaub und Farbtupfen aufleuchten, machte, daß sie blitzte wie ein Edelstein und erblühte wie eine Blume. Bei jeder gewöhnlichen Speise, jedem schlichten Getränk schürzte sie die Lippen; aber von Creme und Eis nährte sie sich so wie ein Kolibri von Nektar. Süßer Wein war ihr Element, süßer Kuchen ihr täglich Brot. Im Ballsaal erwachte Ginevra zu vollem Leben, überall sonst ließ sie mutlos den Kopf hängen.

Nun glauben Sie aber nicht, mein Leser, daß sie lediglich deswegen, weil Monsieur Paul ihr Partner war, so geblüht und gefunkelt hätte oder daß sie in jener Nacht ihre größten Reize verschwendete, nur um ihre Gefährtinnen oder deren Eltern und Großeltern zu erbauen, die das Karree füllten und den Ballsaal säumten. Unter so faden und beschränkten Verhältnissen, aus derart kühlen und schalen Beweggründen würde sich Ginevra kaum dazu herabgelasen haben, eine Quadrille zu schreiten, und Müdigkeit und Verdruß hätten die Stelle von Leben und Laune eingenommen. Aber sie wußte von einer Hefe, die den sonst so schweren Teig dieses Festes in Bewegung brachte, sie schmeckte eine Würze, die es pikant machte, sie hatte gewichtige Gründe dafür, daß sie ihre erlesensten Lockmittel einsetzte.

Im Ballsaal war freilich nicht ein männlicher Zuschauer zu sehen, der nicht Ehemann und Vater gewesen wäre, einzig ausgenommen Monsieur Paul. Dieser Herr war noch dazu das einzige Wesen seines Geschlechtes, das das Recht hatte, eine Schülerin zum Tanze zu führen, teils infolge einer lange eingebürgerten Gewohnheit – denn er war ein Verwandter von Madame Beck und besaß ihr größtes Vertrauen –, teils weil er immer seinen Willen durchsetzte und zu tun pflegte, was ihm beliebte, und teils auch, weil er die Ehrenhaftigkeit selber war. Launisch, hitzig, voller Vorurteile mochte er sein, aber man hätte ihm ein Regiment der Hübschesten und Unschuldigsten anvertrauen können und wäre absolut sicher gewesen, daß sie unter seiner Leitung nicht zu Schaden kommen würden. In Klammern mag angemerkt werden, daß viele der Mädchen alles andere als Unschuldslämmer waren, aber in Monsieur Pauls Gegenwart wagten sie ihre natürliche Verworfenheit nicht zu verraten – ebensowenig, wie sie wagten, ihm absichtlich auf die Hühneraugen zu treten oder ihm während einer stürmischen Anrede ins Gesicht zu lachen oder lauter als im Flüsterton zu sprechen, solange irgendeine Reizbarkeitskrise sein Menschenantlitz mit der Maske eines intelligenten Tigers überdeckte. Monsieur Paul also durfte tanzen, mit wem er wollte – und wehe dem, der ihm in die Quere kam und ihn aus dem Takt brachte.

Andere waren als Zuschauer zugelassen – mit (scheinbarem) Widerstreben, auf dringliche Bitten hin, durch Einfluß, unter Einschränkung, dadurch, daß Madame Beck ihre huldreiche Gutherzigkeit ganz besonders strapazierte. Aber diese andern, eine kleine verlorene Schar von »jeunes gens«, hielt sie den ganzen Abend lang durch ihre persönliche Aufsicht weit ab auf der fernsten, ödesten, kältesten, dunkelsten Seite des Karrees. Sie stammten sämtlich aus den besten Familien, waren erwachsene Söhne anwesender Mütter, hatten Schwestern, die Madames Schule besuchten. Den ganzen Abend war Madame dicht bei diesen »jungen Leuten« auf dem Posten, war aufmerksam zu ihnen wie eine Mutter, aber streng wie ein Drache. Vor ihnen war eine Art Sperrkette gezogen. Sie ermüdeten Madame mit flehenden Bitten, sie möge ihnen doch erlauben, darüberzutreten und sich nur durch einen einzigen Tanz mit dieser »belle blonde« oder jener »jolie brune« oder »cette jeune fille magnifique aux cheveux noirs comme le jais« wieder zu beleben.

»Taisez-vous!« antwortete Madame dann tapfer und unerbittlich. »Vous ne passerez pas à mois que ce ne soit sur mon cadavre, et vous ne danserez qu'avec la nonnette du jardin« (womit sie auf die Sage anspielte). Und majestätisch schritt sie an der trostlosen und ungeduldigen Reihe entlang auf und ab wie ein kleiner Bonaparte in einem mausgrauen Seidenkleid.

Madame wußte einiges von der Welt, sie wußte viel von der menschlichen Natur. Ich glaube nicht, daß eine andere Direktorin in Villette es gewagt hätte, einen »jeune homme« in ihre Mauern einzulassen. Aber Madame wußte, daß sie durch eine Zulassung bei einer solchen Gelegenheit einen kühnen Schwertstreich führen, einen bedeutenden Gewinnpunkt verzeichnen konnte. Zum ersten: Die Eltern wurden zu Helfershelfern bei der Tat gemacht, denn nur durch ihre Fürsprache kam sie zustande. Zum zweiten: Die Zulassung dieser Klapperschlangen, dieser faszinierenden und so gefährlichen Geschöpfe diente dazu, Madame in ihrer stärksten Rolle zu bestätigen – der einer erstklassigen Aufseherin. Drittens: Ihre Anwesenheit lieferte eine höchst pikante Zutat zur Unterhaltung. Die Schülerinnen wußten und sahen, daß sie zugegen waren, und der Anblick solcher goldenen Äpfel, die in der Ferne schimmerten, belebte sie mit einem

Eifer, den nichts anderes in ihnen hätte entfachen können. Die Lust der Kinder griff auf die Eltern über, Leben und Frohsinn herrschten im ganzen Ballsaal; die »jeunes gens« selber, in Schach gehalten, wie sie waren, amüsierten sich – denn Madame ließ nie zu, daß sie sich langweilten –, und so garantierte Madame Becks jährliches Fest einen Erfolg, wie er den Festen aller andern Direktorinnen des Landes unbekannt war.

Ich bemerkte, daß es Doktor John zunächst gestattet war, zwanglos durch die Klassen zu schlendern. Er hatte einen männlichen, verantwortungsbewußten Ausdruck an sich, der seine Jugend ausglich und mit seiner Schönheit versöhnte. Aber sowie der Ball begann, eilte Madame auf ihn zu.

»Kommen Sie, Wolf, kommen Sie!« sagte sie lachend. »Sie tragen zwar einen Schafspelz, aber deshalb müssen Sie doch den Schafstall verlassen! Kommen Sie, hier im Karree habe ich eine hübsche Menagerie von zwanzig andern Wölfen; lassen Sie sich in meiner Sammlung unterbringen!«

»Aber erst gestatten Sie mir einen Tanz mit einer Schülerin nach meiner Wahl!«

»Haben Sie wahrhaftig die Stirn, um so etwas zu bitten? Das ist Tollheit, das ist Ruchlosigkeit. Sortez, sortez, et au plus vite.«

Sie trieb ihn vor sich her und hatte ihn bald innerhalb des Kordons eingeschlossen.

Ich nehme an, Ginevra hatte das Tanzen satt, denn sie machte mich in meinem Zufluchtsort ausfindig. Sie ließ sich neben mir auf die Bank fallen und schlang mir in einer Demonstration, auf die ich gut und gern hätte verzichten können, ihre Arme um den Hals.

»Lucy Snowe, Lucy Snowe!« rief sie in einem Anflug von Hysterie. In ihrer Stimme klang etwas wie Schluchzen mit.

»Um alles in der Welt, was ist los?« sagte ich trocken.

»Wie sehe ich aus – wie sehe ich heute aus?« fragte sie.

»Wie gewöhnlich«, sagte ich, »abgeschmackt eitel.«

»Sie spöttisches Geschöpf! Nie haben Sie ein freundliches Wort für mich. Aber Ihnen und allen neidischen Verleumdern zum Trotz, ich weiß daß ich schön bin! Ich fühle es, ich sehe es – denn im Ankleidezimmer hängt ein großer Spiegel, in dem ich mich von Kopf bis Fuß betrachten kann. Wollen Sie jetzt mit mir hingehen, wollen wir uns beide davorstellen?«

»Aber ja, Miß Fanshawe! Sie sollen Ihren Willen haben, von mir aus nach Herzenslust.«

Der Ankleideraum war ganz in der Nähe, und wir traten ein. Sie schob ihren Arm in meinen und zog mich vor den Spiegel. Ohne Widerstreben, ohne Protest oder sonst eine Bemerkung stand ich da und gönnte ihrer Eigenliebe ihren Schmaus und ihren Triumph, neugierig zu sehen, wieviel sie zu schlucken vermochte – ob es möglich war, sie bis zu Sättigung zu füttern – ob irgendeine leise Rücksicht auf andere Ginevras Herz durchdringen und sein prahlerisches Frohlocken mäßigen konnte.

Nicht im geringsten. Sie drehte sich und mich im Kreise; sie musterte uns beide von allen Seiten, sie lächelte, sie schwenkte ihre Locken, sie zupfte ordnend an ihrer Schärpe herum, sie breitete ihr Kleid aus, und schließlich sagte sie, indem sie meinen Arm fahren ließ und mit ironischem Respekt knickste: »Und wenn ich ein Königtum dafür bekäme – ich möchte nicht Sie sein.«

Die Bemerkung war zu naiv, um Zorn zu erregen. Ich sagte bloß: »Sehr gut.«

»Und was würden *Sie* dafür geben, *ich* zu sein?«

»Keinen Heller, so sonderbar es klingen mag«, antwortete ich. »Sie sind nur ein armseliges Wesen.«

»Im Herzen meinen Sie das nicht.«

»Nein, denn in meinem Herzen ist kein Platz für Sie. Ich denke bloß gelegentlich mit meinem Verstand über Sie nach.«

»Schön«, sagte sie im Ton des Verweises, »aber bedenken Sie nur den Unterschied unserer Stellung, und dann sehen Sie, wie glücklich ich bin und wie jämmerlich Sie dran sind.«

»Nur weiter, ich höre.«

»Zunächst: Ich bin die Tochter eines Gentlemans von Familie, und wenn mein Vater auch nicht so reich ist, so habe ich doch etwas von einem Onkel zu erwarten. Dann: Ich bin gerade achtzehn, das schönste Alter, das es gibt. Ich habe eine Erziehung auf dem Kontinent genossen, und wenn ich auch nichts von Orthographie verstehe, so habe ich doch eine Fülle von Talenten. Ich *bin* hübsch; *Sie* können das nicht abstreiten; ich kann so viel Verehrer haben, wie ich will. Eben in dieser Nacht habe ich zwei Herren das Herz gebrochen, und was mich so in Stimmung bringt, das ist der schmachtende Blick, den ich gerade jetzt von dem einen bekommen habe. Es macht mir solchen Spaß zu beobachten, wie sie rot und blaß werden und die Stirn runzeln und sich gegenseitig mit wilden Blicken bombardieren und mich mit lechzenden. Das bin *ich* – die Glückliche! Und nun zu Ihnen, *Sie* arme Seele!

Ich nehme an, Ihr Vater war ein Niemand, da Sie die kleinen Kinder versorgt haben, als Sie nach Villette kamen. Sie haben keine Verwandten; mit Ihren dreiundzwanzig Jahren können Sie sich nicht mehr jung nennen; attraktive Talente haben Sie nicht, schön sind Sie nicht. Was Verehrer betrifft – was das ist, wissen Sie kaum. Sie können über das Thema nicht einmal reden. Wenn die andern Lehrerinnen ihre Eroberungen aufzählen, dann sitzen Sie stumm. Ich glaube, Sie sind niemals verliebt gewesen und werden es nie sein. Sie wissen gar nicht, was das für ein Gefühl ist – und das ist gut so: Sonst könnte es geschehen, daß Ihnen das Herz bricht, während Sie keinem Lebewesen je das Herz brechen werden. Stimmt's oder stimmt's nicht?«

»Viel davon ist wahr wie das Evangelium und scharfsichtig obendrein. Es muß doch ein guter Kern in Ihnen stecken, Ginevra, daß Sie so aufrichtig sprechen. Diese Schlange, Zélie St. Pierre, brächte das nicht über die Zunge, was Sie da ausgesprochen haben. Trotzdem, Miß Fanshawe, unglücklich, wie ich nach Ihrer Darstellung bin, würde ich keinen Heller darum geben, Sie zu kaufen, weder Leib noch Seele.«

»Bloß weil ich nicht gescheit bin! Das ist alles, woran *Sie* denken. Kein Wesen auf der Welt außer Ihnen macht sich was aus Gescheitheit.«

»Im Gegenteil, ich halte Sie für klug auf Ihre Art, Sie haben es sogar ganz gehörig hinter den Ohren. Aber Sie sprachen von Herzenbrechen, diesem erbaulichen Vergnügen und seinen Verdiensten. Da kann ich wirklich nicht so ganz folgen. Bitte schön, wen glauben Sie in Ihrer Eitelkeit heut nacht unglücklich gemacht zu haben?«

Sie näherte ihre Lippen meinem Ohr. »Isidore und Alfred de Hamal sind beide hier«, flüsterte sie.

»Oh! Wirklich! Die würde ich gern sehen.«

»So ist's gut! Endlich ist Ihre Neugier angestachelt. Kommen Sie mit, ich zeige sie Ihnen.«

Stolz schritt sie voran. »Aber von den Klassen aus können Sie sie nicht sehen«, sagte sie, indem sie sich umwandte. »Madame hält sie in zu großer Distanz. Wir wollen durch den Garten laufen, vom Korridor hereinkommen und hinten dicht an sie herangehen. Wenn wir gesehen werden, kriegen wir Schelte, das macht aber nichts.«

Dies eine Mal kümmerte auch ich mich nicht darum. Wir gingen durch den Garten, drangen durch einen versteckten

Privateingang in den Korridor und näherten uns dem Karree, wobei wir uns aber im Schatten hielten. So überblickten wir die Gruppe der »jeunes gens« aus der Nähe.

Ich glaube, ich hätte den siegessicheren de Hamal auch ohne Hinweis herausgefunden. Er war ein kleiner Geck, gradnasig mit sehr regelmäßigen Zügen. Ich sage *kleiner* Geck, obwohl er nicht unter dem Mittelmaß war; aber sein Gesicht war klein und ebenso seine Hände und Füße, und er war hübsch und glatt und niedlich wie eine Puppe: so nett angezogen, gelockt, gestiefelt, behandschuht und beschlipst – ganz entschieden, er war bezaubernd. Das sagte ich denn auch: »Was für ein lieber Herr!« rief ich und lobte Ginevras Geschmack warm und fragte sie, was nach ihrer Meinung de Hamal mit den kostbaren Bruchstücken seines zerstörten Herzens angefangen habe. Ob er sie in einem Parfümfläschchen aufbewahre und in Rosenessenz konserviere? Ich bemerkte auch in innig verzückter Billigung, daß des Obersten Hände kaum größer waren als Miß Fanshawes eigene, und wies darauf hin, daß er im Notfall ihre Handschuhe tragen könnte. In seine lieben Locken, sagte ich ihr, sei ich einfach vernarrt, und was seine niedere Griechenstirn anlangte und sein exquisit klassisches Haupt, so gestand ich, daß ich keine Worte hätte, um solche Vollkommenheiten genügend zu würdigen.

»Und wenn er nun Ihr Liebhaber wäre?« meinte die grausam frohlockende Ginevra.

»O Himmel, welche Seligkeit!« sagte ich. »Aber seien Sie nicht unmenschlich, Miß Fanshawe. Mir solche Gedanken in den Kopf zu setzen, das ist ja, als ließe man den armen verstoßenen Kain von weitem einen Blick ins Paradies tun!«

»Also gefällt er Ihnen?«

»Genauso wie mir Süßigkeiten und Marmelade und Konfekt und Treibhausblumen gefallen.«

Ginevra bewunderte meinen Geschmack, denn für alle diese Dinge schwärmte sie; also konnte sie leicht glauben, daß ich das ebenfalls tat.

»Nun zu Isidore«, fuhr ich fort. Ich gestehe, ihm sah ich mit noch mehr Neugier entgegen als seinem Rivalen. Aber Ginevra war ganz von Gedanken an jenen erfüllt.

»Daß Alfred heute hier sein darf«, sagte sie, »verdankt er dem Einfluß seiner Tante, der Baronin von Dorlodot.

Und nun, da Sie ihn gesehen haben, können Sie jetzt nicht verstehen, warum ich den ganzen Abend hindurch so in Stimmung war, warum ich so gut gespielt, so begeistert getanzt habe und warum ich nun glücklich bin wie eine Königin? Dieu! Dieu! Was für ein Spaß, zuerst ihn anzusehen und dann den andern und beide verrückt zu machen.«

»Aber der andere – wo ist er? Zeigen Sie mir Isidore.«

»Ich mag nicht.«

»Warum nicht?«

»Ich schäme mich seiner.«

»Weshalb?«

»Weil..., weil...«, sie flüsterte, »er hat so einen Backenbart – orangefarben – rot –. Da haben Sie's!«

»Nun ist das Geheimnis heraus!« versetzte ich. »Machen Sie sich nichts draus, zeigen Sie ihn mir ruhig. Ich verpflichte mich, nicht in Ohnmacht zu fallen.«

Sie schaute sich um. Eben da sprach eine englische Stimme hinter mir.

»Sie stehen beide im Zug. Sie müssen diesen Korridor verlassen.«

»Es zieht hier nicht, Doktor John«, sagte ich, indem ich mich umwandte.

»Sie erkältet sich so leicht«, fuhr er fort, indem er Ginevra mit ungewöhnlicher Freundlichkeit ansah. »Sie ist zart, man muß auf sie aufpassen – holen Sie einen Schal für sie!«

»Gestatten Sie, daß ich selber für mich entscheide«, sagte Miß Fanshawe hochmütig. »Ich brauch' keinen Schal.«

»Ihr Kleid ist dünn, Sie haben getanzt und sind erhitzt.«

»Predigen, Verhätscheln und Mahnen wie immer«, gab sie schroff zurück.

Die Antwort, die Doktor John hätte erteilen müssen, kam nicht. Daß er im Innersten verletzt war, zeigten seine Augen. Verwirrt, verstimmt, gequält wandte er sich ein wenig zur Seite, aber er war geduldig. Ich wußte, wo es ganz in der Nähe eine Menge Schals gab. Ich rannte hin und holte einen.

»Sie soll ihn umnehmen, wenn ich sie dazu bringen kann«, sagte ich und schlug ihn sorgfältig über ihr Musselinkleid und hüllte ihr achtsam Hals und Arme ein.

»Ist das Isidore?« fragte ich mit hastigem Flüstern.

Sie warf die Lippen auf, lächelte und nickte.

»Ist das Isidore?« wiederholte ich meine Frage und schüttelte sie ein wenig. Ich hätte sie durch und durch schütteln können.

»Er ist es«, sagte sie. »Wie grob er ist, wenn man ihn mit dem Oberst, dem Grafen vergleicht. Und dann – oh ciel! Der Backenbart!«

Doktor John ging weiter.

»Der Oberst, der Graf!« echote ich. »Die Puppe, die Marionette, das Gliedermännchen, die armselige Kreatur! Doktor Johns Lakai könnte er sein, der Kammerdiener, sein Laufbursche! Ist das die Möglichkeit? Dieser stattliche, hochherzige Mann – schön wie ein Gott – bietet Ihnen seine ehrenhafte Hand und sein ritterliches Herz und verspricht, Ihre Person und Ihre erbärmliche Seele in den Stürmen und Kämpfen des Lebens zu beschützen, und Sie sperren sich, Sie verhöhnen ihn, kränken ihn, quälen ihn! Dazu haben Sie die Macht? Wer hat Ihnen diese Macht gegeben? Wo sitzt sie? Liegt sie bloß in Ihrer Schönheit, in Ihrem rosa und weißen Gesicht und Ihrem gelben Haar? Ist es das, was ihm die Seele zu Ihren Füßen festbindet und ihm den Nacken unter Ihr Joch beugt? Ist es das, was Ihnen seine Neigung, seine Zärtlichkeit, seine Gedanken, seine Hoffnungen, seine Teilnahme, seine großmütige, herzliche Liebe einbringt? Und Sie wollen sie nicht haben, Sie verlachen sie? Ach, Sie heucheln bloß, Sie sprechen nicht im Ernst. Sie lieben ihn, Sie sehnen sich nach ihm, aber Sie tändeln mit seinem Herzen, um ihn desto sicherer an sich zu binden!«

»Meine Güte, der reine Wasserfall! Ich kapiere nicht die Hälfte von dem, was Sie erzählen.«

Ich hatte sie schon vorher in den Garten gebracht. Jetzt zwang ich sie, sich zu setzen und sagte ihr, sie solle sich nicht von der Stelle rühren, ehe sie offen bekannt habe, wen sie am Ende zu nehmen gedenke – den Mann oder den Affen.

»Der, den Sie den Mann nennen«, sagte sie, »ist bourgeois, hat rotblonde Haare und hört auf den Namen John! Cela suffit: Je n'en veux pas. Oberst de Hamal ist ein wirklicher Herr, er besitzt ausgezeichnete Verbindungen, vollendete Manieren, sieht großartig aus mit seinem blassen interessanten Gesicht und Haaren und Augen wie ein Italiener. Außerdem ist er der angenehmste Gesellschafter, den man sich überhaupt vorstellen kann, und entspricht mir ganz und gar, nicht gefühlvoll und ernsthaft wie der andere, sondern einer, mit dem ich mich wie gleich zu gleich unterhalten kann – der mich nicht mit Tiefen und Höhen und Leidenschaften plagt und mit Talenten langweilt, für die ich keinen Geschmack habe. Da haben Sie's. Halten Sie mich nicht so fest.«

Ich lockerte meinen Griff, und sie schoß davon. Ich verspürte keine Lust, ihr zu folgen.

Irgendwie konnte ich nicht anders – ich kehrte um und ging auf den Korridor zu, um noch einen Blick auf Doktor

John zu werfen. Aber ich traf ihn auf den Stufen, die zum Garten hinabführten. Da stand er im vollen Lichtschein, der aus einem Fenster fiel. Seine wohlproportionierte Gestalt war nicht zu verkennen, denn ich bezweifle, daß es in jener Versammlung jemanden gab, der sich mit ihm vergleichen konnte. Er trug den Hut in der Hand. Sein unbedecktes Haupt, sein Gesicht und seine klare Stirn waren sehr schön und männlich. *Seine* Züge waren nicht zart, nicht frauenhaft klein. Sie waren auch nicht kalt, gedankenlos oder schwach. Gut geschnitten waren sie, aber doch nicht so geformt, nicht so verfeinert, daß sie an Kraft und Bedeutung verloren hätten, was sie an nichtssagendem Regelmaß gewannen. Zuzeiten sprach viel Empfindung aus ihnen, und mehr noch wohnte stumm in seinen Augen. So dachte ich zumindest von ihm, so erschien er mir. Ein Gefühl des Staunens erfüllte mich, als ich diesen Mann ansah und mir vorstellte, daß *er* geringschätzig behandelt werden könnte.

Es war nicht meine Absicht, mich ihm zu nähern oder ihn im Garten anzusprechen. Einen solchen Schritt rechtfertigte unsere Bekanntschaft nicht. Ich hatte ihn nur, selber ungesehen, in der Menge betrachten wollen. Da ich ihn allein überraschte, zog ich mich zurück. Aber er schaute nach mir aus, oder richtiger gesagt, wohl nach ihr, die mit mir zusammengewesen war. Deswegen stieg er die Stufen herab und folgte mir auf den Gartenweg.

»Sie kennen Miß Fanshawe? Danach hätte ich Sie schon oft gern gefragt«, sagte er.

»Ja, ich kenne sie.«

»Sie sind vertraut miteinander?«

»Ganz so vertraut, wie ich es wünsche.«

»Was haben Sie jetzt mit ihr getan?«

Ich spürte Lust zu sagen »Bin ich ihre Hüterin?«, aber ich antwortete einfach: »Ich habe sie durchgeschüttelt und hätte das noch gründlicher getan, aber sie entwischte mir unter den Händen und rannte weg.«

»Würden Sie mir einen Gefallen erweisen«, sagte er, »und diesen einen Abend auf sie achtgeben und aufpassen, daß sie nichts Unbedachtes tut – zum Beispiel, daß sie nicht unmittelbar nach dem Tanzen in die kalte Nachtluft hinausläuft?«

»Ich kann mich vielleicht ein bißchen um sie kümmern, da Sie es wünschen. Aber sie hat viel zu sehr ihren eigenen Kopf, als daß sie sich bereitwillig einer Aufsicht unterwürfe.«

»Sie ist so jung, so durch und durch ungekünstelt«, sagte er.

»Mir ist sie ein Rätsel«, erwiderte ich.

»Wirklich?« fragte er sehr interessiert. »Inwiefern?«

»Das wäre schwierig zu sagen, zumindest wäre es schwierig, es *Ihnen* zu sagen.«

»Und warum mir?«

»Ich wundere mich, daß sie nicht mehr Freude darüber empfindet, daß Sie so sehr ihr Freund sind.«

»Aber sie hat ja nicht die leiseste Vorstellung davon, wie sehr ich ihr Freund *bin*. Das ist genau das, was ich ihr nicht erklären kann. Darf ich mich erkundigen: Hat sie je mit Ihnen über mich gesprochen?«

»Unter dem Namen ›Isidore‹ sind Sie in ihren Erzählungen oft aufgetaucht. Aber ich muß hinzufügen: Ich habe erst in den letzten zehn Minuten entdeckt, daß Sie und ›Isidore‹ identisch sind. Erst diese kurze Zeitspanne ist vergangen, Doktor John, seit ich weiß, daß Ginevra Fanshawe die Person unter diesem Dache ist, die Sie seit langem mit Teilnahme betrachten, daß sie der Magnet ist, der Sie in die Rue Fossette zieht, daß Sie um ihretwillen sich in diesen Garten wagen und Kästchen suchen, die Nebenbuhler hineinwerfen.«

»Sie wissen alles?«

»Soviel weiß ich.«

»Seit länger als einem Jahre treffe ich sie regelmäßig in Gesellschaft. Mrs. Cholmondeley, ihre Freundin, ist eine Bekannte von mir. So sehe ich sie jeden Sonntag. Aber Sie haben eben gesagt, daß sie mich oft unter dem Namen ›Isidore‹ erwähnt hat. Darf ich mich erkundigen – ich will Sie nicht zu einem Vertrauensbruch veranlassen –, wie der Ton und was die Meinung ihrer Bemerkungen war? Ich bin einigermaßen begierig, das zu hören, denn die Unsicherheit darüber, wie ich mit ihr stehe, quält mich ein wenig.«

»Oh, sie wechselt. Sie wendet sich und ändert sich wie der Wind.«

»Aber Sie haben doch sicher einen allgemeinen Eindruck?«

Das schon, dachte ich, aber den kann ich dir nun wirklich nicht wiedergeben. Überdies, wollte ich dir sagen, daß sie dich nicht liebt, ich weiß, du würdest es nicht glauben.

»Sie schweigen«, fuhr er fort. »Ich vermute, Sie haben mir keine gute Neuigkeit zu übermitteln. Es tut nichts. Wenn sie wirklich Kälte und Abneigung mir gegenüber empfindet, dann ist es ein Zeichen dafür, daß ich sie nicht verdiene.«

»Sie zweifeln an sich selber? Fühlen Sie sich dem Obersten de Hamal unterlegen?«

»Ich liebe Miß Fanshawe weit mehr, als de Hamal irgendein menschliches Wesen liebt. Ich würde besser für sie sorgen, sie besser beschützen als er. Ich fürchte, sie gibt sich in bezug auf de Hamal einer Illusion hin. Ich kenne den Charakter des Mannes, seine Vergangenheit, alle Verlegenheiten, in die er sich gebracht hat. Er ist Ihre schöne junge Freundin nicht wert.«

»Meine schöne junge Freundin sollte das wissen und sollte wissen oder fühlen, wer ihrer würdig ist«, sagte ich.

»Wenn ihre Schönheit oder ihr Verstand sie dabei im Stich lassen, dann verdient sie eine strenge Lektion durch die Erfahrung.«

»Sind Sie nicht ein wenig streng?«

»Ich bin ausnehmend streng – mehr, als ich Lust habe, Ihnen zu zeigen. Sie sollten nur die kritischen Bemerkungen hören, mit denen ich ›meine schöne junge Freundin‹ erfreue; allerdings wären Sie dann unsäglich empört über meinen Mangel an empfindsamer Rücksicht für ihre zarte Natur.«

»Sie ist so liebenswürdig, man kann nicht anders als liebevoll zu ihr sein. Sie – jede Frau, die älter ist als sie ist, muß für so ein argloses, mädchenhaft unschuldiges Elfenwesen so etwas wie Zärtlichkeit einer Mutter oder älteren Schwester spüren. Ein schöner Engel! Geht Ihnen nicht das Herz auf, wenn sie Ihnen ihre reinen, kindlichen Geheimnisse ins Ohr sagt? Wie glücklich Sie sind!« Und er seufzte.

»Ab und zu«, sagte ich, »unterbreche ich diesen Erguß ein wenig abrupt. Doch verzeihen Sie, Doktor John, darf ich das Thema für einen Augenblick wechseln? Was für eine göttergleiche Person ist dieser de Hamal! Was er für eine Nase im Gesicht hat – einfach vollendet! Modellieren Sie eine in Glaserkitt oder in Ton – Sie könnten sie nicht besser, gerader, zierlicher machen. Und diese Lippen, dieses Kinn – so klassich! Und seine Haltung – erhaben!«

»De Hamal ist ein unaussprechlicher Laffe, abgesehen davon, daß er ein ausgemachter Hasenfuß ist.«

»Sie, Doktor John, und jeder Mann von gröberem Stoff als er müßten für ihn eine Art bewundernder Zuneigung fühlen, so wie Mars und die robusteren Gottheiten sie etwa dem jungen, anmutigen Apoll entgegengebracht haben.«

»Ein kleiner, naseweiser Schlingel, der spielt und keinerlei Grundsätze hat«, sagte Doktor John kurz. »Wenn ich Lust hätte, könnte ich ihn an jedem beliebigen Tag am Hosenbund aufheben und in der Gosse ablegen.«

»Der süße Engel!« sagte ich. »Was für eine grausame Idee! Sind Sie nicht ein wenig streng, Doktor John?«

Und nun hielt ich inne. Zum zweitenmal an diesem Abend war ich über mich selbst hinausgegangen, hatte mich aus dem herausgewagt, was ich als meine naturbedingten Gewohnheiten betrachtete, hatte in einem unvorbedachten, impulsiven Fluß gesprochen, der mich seltsam erschreckte, als ich stockte, um nachzudenken. Als ich am Morgen aufgestanden war, hatte ich da geahnt, daß ich vor Einbruch der Nacht in einem Vaudeville die Rolle eines munteren Liebhabers gespielt haben und eine Stunde darauf mit Doktor John offen die Frage seiner unglücklichen Werbung erörtern und ihn wegen seiner Illusionen verspotten würde? Ich hatte davon ebensowenig vorausgesehen, wie ich den Aufstieg in einem Luftballon oder eine Reise nach Kap Hoorn erwartet hätte.

Der Doktor und ich waren den Pfad hinabgeschritten und kehrten nun zurück. Wieder fiel der Lichtschein aus dem Fenster auf sein Gesicht. Er lächelte, aber sein Blick war melancholisch. Wie wünschte ich ihm, daß sein Herz ruhiger würde! Wie kränkte ich mich darüber, daß er über seinem Kummer brütete, einem Kummer aus solchem Grund! Er mit seinen Vorzügen, mit all seiner Überlegenheit, *er* und unglücklich lieben! Damals wußte ich noch nicht, daß sich manche Gemüter in der Schwermut der Niederlage am wohlsten fühlen, und ebensowenig bedachte ich, daß es Kräuter gibt, die »zwar ohn' Duft in völliger Gestalt, doch Wohlgeruch verströmen, wenn man sie zerstößt«.

»Seien Sie nicht traurig, grämen Sie sich nicht!« stieß ich hervor. »Wenn in Ginevra auch nur ein Funken ist, der sie Ihrer Neigung wert macht, dann wird, dann *muß* sie Ihre

Liebe erwidern. Seien Sie heiter, hoffen Sie, Doktor John. Wer sollte hoffen, wenn nicht Sie?«

Als Vergeltung für diese Rede erhielt ich – was ich sehr wahrscheinlich auch verdiente – einen etwas erstaunten Blick; mir schien, ziemlich mißbilligend war er auch. Wir schieden, und ich begab mich sehr abgekühlt ins Haus. Die Uhren schlugen, und die Glocken läuteten Mitternacht, die Menge befand sich im raschen Aufbruch, das Fest war vorbei. Die Lichter erloschen. Noch eine Stunde, und das ganze Wohnhaus und das ganze Pensionat waren dunkel und verstummt. Auch ich lag im Bett, doch ich schlief nicht. Nach den Aufregungen dieses Tages war es für mich nicht leicht, Schlaf zu finden.

15. Die großen Ferien

Drei gelockerte Wochen waren Madame Becks Fest vorausgegangen, den kurzen zwölf Stunden mit ihrem Ausbruch von Ausgelassenheit und Zerstreuung. Nun folgte ein Tag äußerster Erschlaffung. Dann aber kam eine Periode der Gegenwirkung: zwei Monate wirklichen Fleißes, gründlichen, harten Studiums. Diese beiden Monate, die letzten des Schuljahres, waren tatsächlich die einzigen wahren Arbeitsmonate im Jahr. In sie zwängten Professoren, Lehrerinnen und Schülerinnen im Verein die Hauptlast der Examensvorbereitung, die der Preisverteilung vorausging. Nun mußten Preisanwärterinnen ernsthaft arbeiten; Magister und Lehrerinnen waren genötigt, kräftig in die Speichen zu greifen, die Schwerfälligen vorwärtszutreiben und den Vielversprechenden emsig zu helfen und mit ihnen zu üben. Eine prächtige Vorführung, ein wirkungsvolle Zurschaustellung für die Augen der Öffentlichkeit mußte bühnenfertig gemacht werden, und zu diesem Zweck waren alle Mittel gut.

Ich merkte kaum, wie die drei anderen Lehrerinnen ans Werk gingen. Ich hatte mich um meine eigenen Angelegenheiten zu kümmern. Und meine Aufgabe war nicht die am wenigsten beschwerliche, denn sie bestand darin, ungefähr neunzig Hirne mit einer gehörigen Tinktur dessen zu durchtränken, was sie als höchst komplizierte und schwierige Wissenschaft ansahen, der englischen Sprache. Neunzig Zungen mußten in dem geübt werden, was für sie nahezu unmöglich war – in der Aussprache der lispelnden und zischenden Dentale der britischen Inseln.

Der Examenstag brach an. Furchtbarer Tag, mit ängstlicher Sorgfalt vorbereitet! In schweigender Eile kleidete sich alles an. Heut' gab es nichts Duftiges, Flatterndes, keine weiße Gaze oder himmelblauen Bänder; die Kleiderordnung befahl das Feierliche, Straffe, Feste. Mir schien es, daß ich an diesem Tag besonders heimgesucht war, denn die Hauptlast fiel auf mich als einzige von den Lehrerinnen. Von den anderen erwartete man nicht, daß sie in den Unterrichtsfächern, die sie lehrten, Prüfungen abnahmen. Diese Aufgabe nahm der Literaturprofessor, Monsieur Paul, auf sich. Er, dieser Schulautokrat, sammelte die Zügel alle miteinander in seiner hohlen Hand. Zornig lehnte er jeden Amtsgenossen ab. Er wollte keine Hilfe. Madame selber hätte offensichtlich gern in Geographie geprüft, ihrem Lieblingsfach, das sie vortrefflich lehrte, doch sie wurde besiegt und mußte sich dem Befehl ihres despotischen Verwandten beugen. Den ganzen Stab von Lehrern, männliche wie weibliche, schob er beiseite und stand allein auf dem Podium des Examinators. Es verdroß ihn, daß er gezwungen war, eine Ausnahme von der Regel zu machen. Mit dem Englischen kam er nicht zu Rande; er war genötigt, diesen

Bildungszweig in den Händen der Englischlehrerin zu lassen. Das tat er, doch nicht ohne ein Aufblitzen naiver Eifersucht.

Ein fortwährender Kreuzzug gegen den »amour-propre«, die Eigenliebe eines jeden menschlichen Wesens, ihn selber ausgenommen, war die Grille dieses tüchtigen, aber jähzornigen und anmaßenden kleinen Mannes. Er hatte eine starke Neigung für öffentliche Darstellung, soweit es seine eigene Person betraf, aber einen allgemeinen Abscheu gegen die gleiche Darbietung bei jeder andern. Er hemmte, er unterdrückte, wenn er konnte; und konnte er nicht, so kochte er wie ein verhaltenes Unwetter.

An dem Abend, der dem Examenstag vorausging, wanderte ich wie die andern Lehrerinnen und alle Pensionärinnen auch im Garten umher. Monsieur Emanuel traf auf dem »verbotenen Weg« mit mir zusammen. Er hielt die Zigarre zwischen den Lippen, sein Paletot – ein höchst charakteristisches Kleidungsstück ohne besondere Form – hing dunkel und drohend herab. Die Quaste seiner griechischen Mütze beschattete streng seine linke Schläfe; sein schwarzer Backenbart krauste sich wie der eines zornigen Katers, seine blauen Augen funkelten im Unmut.

»Ainsi«, begann er, indem er plötzlich vor mich hintrat und mich am Weitergehen hinderte, »vous allez trôner comme une reine; demain – trôner à mes côtés? Sans doute vous savourez d'avance les délices de l'autorité. Je crois voir en vous je ne sais quoi de rayonnante, petite ambitieuse!«

Nun war aber Tatsache, daß er sich zufällig ganz und gar irrte. Ich schätzte die Bewunderung oder die gute Meinung der morgigen Zuhörerschaft nicht im gleichen Maße wie er, das konnte ich gar nicht. Hätte ich unter diesem Publikum so viel Freunde und Bekannte gewußt wie er – ich bin nicht sicher, wie es dann gewesen wäre. Ich spreche von dem Fall, wie er eben lag. Auf mich warfen Schultriumphe nur einen kalten Glanz. Ich hatte mich gewundert und wunderte mich nun wieder, daß sie ihm Wärme und Glut ins Herz zu strahlen schienen. *Er* kümmerte sich um sie vielleicht zu viel, *ich* vermutlich zu wenig. Möchte dem sein wie ihm wollte, ich hatte meine Liebhabereien so gut wie er. Zum Beispiel bereitete es mir Vergnügen, Monsieur Emanuel eifersüchtig zu sehen. Das beleuchtete seine Eigenart und weckte sein Temperament, das warf allerlei seltsame Lichter und Schatten über sein dunkles Gesicht und in seine veilchenblauen Augen (er pflegte zu sagen, daß sein schwarzes Haar und die blauen Augen »une de ses beautés« wären). Sein Ärger hatte Reiz, er war ungekünstelt, eifrig, ganz und gar unverständig, doch niemals heuchlerisch. So protestierte ich nicht gegen die Selbstgefälligkeit, die er mir zuschrieb; ich fragte bloß, wo die Englischprüfung ihren Platz haben solle – ob am Beginn oder am Schluß des Tages.

»Ich schwanke noch«, sagte er, »ob ganz zu Anfang, wenn noch nicht viel Leute gekommen sind und Ihr ehrgeiziges Gemüt nicht durch eine große Zuhörerschaft befriedigt wird, oder ob ganz am Ende, wenn alles müde ist und Ihnen nur noch eine abgemattete, erschöpfte Aufmerksamkeit zu Diensten steht.«

»Que vous êtes dur, Monsieur!« sagte ich, indem ich Niedergeschlagenheit heuchelte.

»Man sollte hart zu Ihnen sein. Sie sind eins von diesen Geschöpfen, denen man einen Dämpfer aufsetzen muß. Ich kenne Sie! Ich kenne Sie! Andre Leute in diesem Haus sehen Sie vorübergehen und denken, ein farbloser Schatten sei vorbeigeglitten. Was mich anlangt, ich habe einmal Ihr Gesicht geprüft – und das war genug.«

»Sie sind überzeugt davon, daß Sie mich verstehen?«

Ohne direkt zu antworten, fuhr er fort: »Waren Sie nicht

höchst befriedigt, als Sie in dem Vaudeville Erfolg hatten? Ich habe Sie beobachtet und in Ihren Zügen eine leidenschaftliche Begeisterung über den Triumph entdeckt! Was für Feuer sprühte in dem Blick! Kein bloßes Licht, sondern Flammen: je me tiens pour averti.«

»Was ich bei jener Gelegenheit für Gefühle hatte, Monsieur – Sie müssen mir schon verzeihen, wenn ich sage, daß Sie die ganz gewaltig übertreiben, sowohl der Qualität als auch der Quantität nach –, was ich auch fühlte, es war ganz losgelöst von der Wirklichkeit. Ich machte mir nichts aus dem Vaudeville. Die Rolle, die Sie mir darin zugewiesen hatten, war mir gründlich zuwider. Für die Zuhörerschaft vor der Bühne hatte ich nicht die geringste Sympathie. Sicher, es sind gute Leute, aber kenne ich sie denn? Bedeuten sie mir etwas? Und kann es mich kümmern, ob ich ihnen morgen wieder vor die Augen komme? Wird für mich das Examen etwas andres sein als eine Aufgabe – eine Aufgabe, von der ich wünschte, sie wäre glücklich überstanden?«

»Soll ich sie Ihnen aus der Hand nehmen?«

»Von Herzen gern, wenn Sie kein Malheur fürchten?«

»Aber es würde eins geben. Ich kenne bloß drei englische Redewendungen und ein paar Wörter, zum Beispiel ›de sonn, de mone, de stare‹ – est-ce bien dit? Meiner Meinung nach wäre es das beste, die ganze Sache einfach aufzugeben und auf eine Englischprüfung zu verzichten. Ja?«

»Wenn Madame einwilligt – ich tue es.«

»Aufrichtig?«

»Ganz aufrichtig.«

Er rauchte schweigend seine Zigarre. Dann wandte er sich mir plötzlich zu. »Donnez-moi la main!« sagte er, und Groll und Eifersucht schwanden aus seinem Gesicht, statt dessen leuchtete eine hochherzige Freundlichkeit auf.

»Kommen Sie! Wir wollen keine Rivalen sein, sondern

Freunde!« sprach er weiter. »Die Prüfung soll stattfinden, und ich will einen günstigen Augenblick dafür aussuchen. Und ich will Sie nicht ärgern und hindern – vor zehn Minuten habe ich noch halb und halb Lust dazu gehabt, denn ich habe meine boshaften Launen, habe sie immer gehabt, von Kind an –, ich will Ihnen ehrlich helfen. Schließlich sind Sie allein, Sie sind eine Ausländerin und müssen vorwärtskommen und sich Ihr Brot verdienen. Vielleicht ist es von Vorteil, daß Sie bekannt werden. Wir wollen Freunde sein. Einverstanden?«

»Von ganzem Herzen, Monsieur. Ich bin glücklich über einen Freund. Das ist mir lieber als ein Triumph.«

»Pauvrette«, sagte er, wandte sich ab und verließ den Weg.

Die Prüfung ging gut vorüber. Monsieur Paul stand zu seinem Wort und tat sein Bestes, um mir die Sache leicht zu machen. Am nächsten Tag kam die Preisverteilung, auch sie ging vorbei. Die Schule schloß, die Zöglinge fuhren heim, und nun begannen die großen Ferien.

Diese Ferien! Ob ich sie je vergessen werde? Ich glaube nicht. Madame Beck reiste am ersten Tag ab, um sich mit ihren Kindern an der See zu treffen. Alle drei Lehrerinnen besaßen Eltern oder Freunde, bei denen sie Zuflucht suchen konnten. Jeder Professor verließ die Stadt, einige gingen nach Paris, einige nach Boue-Marine. Monsieur Paul trat eine Pilgerfahrt nach Rom an. Das Haus stand leer – nur eine Magd blieb mit mir zurück und eine arme, mißgebildete und schwache Schülerin, eine Art Kretin, der die Stiefmutter in der Provinz nicht erlauben wollte, nach Hause zu kommen.

Mir drückte es fast das Herz ab. Eine jämmerliche Sehnsucht zerriß mich. Wie lang waren die Septembertage! Wie still, wie leblos! Wie riesig und leer schien das einsame Haus, wie düster der verlassene Garten, grau nun vom Staub eines verblichenen Stadtsommers! Wenn ich am Beginn dieser acht Wochen vorwärtsschaute, dann begriff ich kaum, wie ich sie bis zum Ende überstehen sollte. Mein Lebensmut war seit langem immer mehr gesunken. Nun, da ihm die Stütze der Beschäftigung weggezogen worden war, fiel er rasch in sich zusammen. Und selbst wenn ich weiterblickte, half mir das nicht hoffen. Die Zukunft blieb stumm. Sie sprach mir keinen Trost zu, bot kein Versprechen, spornte mich nicht an, die schwere Gegenwart im Vertrauen auf künftige Besserung zu ertragen. Oft lastete auf mir eine traurige Gleichgültigkeit dem Dasein gegenüber, ein verzweifelter Wunsch, bald ein Ende aller irdischen Dinge zu erreichen. Ach! Wenn ich die volle Muße hatte, das Leben so zu betrachten, wie meinesgleichen es betrachten mußte, dann sah ich es nur als eine hoffnungslose Wüste: braungelbe Sandmassen, kein grünes Feld, kein Palmenbaum, keine Quelle, so weit ich blickte. Die Hoffnungen, die der Jugend teuer sind, die sie tragen und weiterführen – ich kannte sie nicht und fürchtete mich davor, sie zu kennen. Manchmal klopften sie an mein Herz. Dann mußte innen ein ungastlicher Riegel vorgelegt werden, der sie aussperrte. Wandten sie sich, so fortgestoßen ab, dann flossen zuzeiten genug bittere Tränen. Aber da war nichts zu tun. Ich wagte es nicht, solchen Gästen Obdach zu gewähren. Zu tödlich fürchtete ich die Sünde und Schwäche der Vermessenheit.

Gottesfürchtiger Leser, Sie werden mir eine lange Predigt über das, was ich eben geschrieben habe, halten, und das gleiche werden Sie tun, Moralist, und Sie, gestrenger Weiser. Sie, der Stoiker, werden die Stirne runzeln, Sie, der Zyniker, werden hohnlächeln, und Sie, der Epikureer, werden lachen. Immerzu – nehmen Sie es, jeder einzelne, auf, wie es Ihnen paßt. Ich lasse die Predigt und das Stirnrunzeln, das Hohnlächeln und das Lachen gelten. Vielleicht haben Sie alle recht, und vielleicht hätten Sie geirrt wie ich, wenn

Sie in meinen Umständen gewesen wären. Wahrhaftig, der erste Monat war für mich ein langer, schwarzer, schwerer Monat.

Der Kretin schien sich nicht unglücklich zu fühlen. Ich tat, was ich konnte, um sie gut zu füttern und warm zu halten, und sie verlangte nichts weiter als Essen und Sonnenschein, oder, wenn der fehlte, Feuer. Ihre schwachen Kräfte liebten die Untätigkeit. Ihr Hirn, ihre Augen, ihre Ohren, ihr Herz schliefen voll Zufriedenheit. Sie konnten nicht zur Arbeit erwachen, und so war die Lethargie ihr Paradies.

Drei Wochen in diesen Ferien waren heiß, sonnig und trocken, aber die vierte und fünfte waren windig und naß. Ich weiß nicht, weshalb dieser Wechsel in der Atmosphäre auf mich so grausam wirkte, weshalb mich der tobende Sturm und der prasselnde Regen schlimmer lähmten als die klare reine Luft zuvor. Aber es war so, und mein Nervensystem vermochte kaum zu ertragen, was es viele Tage und Nächte lang in diesem großen leeren Haus ausstehen mußte. Wie ich damals den Himmel um Trost und Beistand anflehte! Mit welch schrecklicher Gewalt mich die Überzeugung ergriff, daß das Schicksal mein beständiger, nie zu versöhnender Feind sei! Ich zweifelte im Innersten deswegen nicht Gottes Gnade oder Gerechtigkeit an. Ich schloß, es sei ein Teil seines großen Planes, daß manche ihr Leben lang grausam leiden müssen, und ich schauderte in der Gewißheit, daß eine aus dieser Menge ich sein sollte.

Es war eine kleine Erleichterung, als eines Tages eine Tante des Kretins kam, eine freundliche alte Frau, und meine seltsame, mißgestaltete Gefährtin mit fortnahm. Das unglückliche Geschöpf war zuzeiten eine schwere Last gewesen. Ich konnte sie nicht über den Bereich des Gartens hinausführen und durfte sie doch keine Minute allein lassen, denn ihr armer Geist war wie ihr Leib verunstaltet, er neigte zum Bösen. Ein unbestimmter Hang zum Unfugstiften, ein zielloses Übelwollen machte fortwährende Wachsamkeit unerläßlich. Da sie sehr selten sprach und stundenlang mit hängendem Kopf zu sitzen und Grimassen zu schneiden pflegte, wobei sie ihre Züge zu unbeschreiblichen Fratzen verzerrte, war es mir eher, als sei ich mit irgendeinem seltsamen, ungezähmten Tier zusammen eingesperrt, als daß ich den Eindruck hatte, einem menschlichen Wesen Gesellschaft zu leisten. Dann mußten ihr persönliche Dienste erwiesen werden, die die Nervenkraft einer Krankenschwester erforderten. Meine Standfestigkeit wurde also hart auf die Probe gestellt; manchmal erlahmte sie und ermüdete tödlich. Eigentlich hätten das nicht meine Pflichten sein sollen. Eine Bediente, die jetzt abwesend war, hatte sie bisher erfüllt. In der Hast des Ferienaufbruches hatte man nicht für Ersatz gesorgt, es war niemand da, der den Posten übernahm. Indessen war diese Plackerei keineswegs die schlimmste, die ich in meinem Leben kennengelernt habe. Wenn sie auch niedrig und ekelhaft war, so drückte mich doch viel mehr die seelische Qual, sie höhlte mich aus. Die Wartung des Kretins raubte mir oft Kraft und Lust, eine Mahlzeit hinunterzuschlucken, und trieb mich halb ohnmächtig an die frische Luft und an den Brunnen oder den Springbrunnen im Hof. Aber nie preßte mir diese Pflicht das Herz zusammen oder ließ mir die Augen übergehen und brannte mir die Wangen mit Tränen, die heiß waren wie geschmolzenes Metall.

Als die Schwachsinnige fort war, stand es mir frei auszugehen. Zuerst fehlte mir der Mut, mich sehr weit von der Rue Fossette fortzuwagen. Aber nach und nach suchte ich die Tore der Stadt und durchschritt sie und wanderte dann drauflos, weit dahin auf Landstraßen, durch Felder, an Friedhöfen vorbei, katholischen und protestantischen, vorbei an Bauernhöfen, bis zu Heckenwegen und kleinen Gehölzen, ich weiß nicht wo. Ein Stachel drängte mich weiter und weiter, ein Fieber nahm mir alle Ruhe, der Mangel an Gesellschaft nährte in meiner Seele die Begierden des tödlichsten Hungers. Oft wanderte ich den ganzen Tag, am brennden Mittag, am dürren Nachmittag und am dämmrigen Abend und kam zurück, wenn der Mond aufging.

Während ich so einsam dahinstreifte, malte ich mir zuweilen aus, was die anderen, meine Bekannten, vermutlich jetzt trieben. Da war Madame Beck in ihrem heiteren Badeort, zusammen mit den Kindern, mit ihrer Mutter und einer ganzen Schar von Freunden, die den gleichen Schauplatz der Zerstreuung aufgesucht hatten. Zélie St. Pierre befand sich bei ihren Verwandten in Paris; die andern Lehrerinnen waren zu Hause. Dann Ginevra Fanshawe, sie war von irgendwelchen Verwandten zu einer Vergnügungsreise nach dem Süden mitgenommen worden. Ginevra schien mir die glücklichste. Sie führte der Weg durch liebliche Landschaften. Für sie schien diese Septembersonne auf reiche Ebenen, in denen Früchte und Wein unter milden Strahlen reiften. Für sie stiegen goldene und kristallene Monde auf über blauen Horizonten, die an Bergrücken entlangschwangen.

Aber das alles war nichts. Ich fühlte die Herbstsonne auch und sah den Herbstmond, und ich wünschte beinahe, daß mich Erde und Rasen dicht bedecken möchten, damit ich nichts mehr von ihrem Lichte spürte. Denn ich konnte darin nicht leben, konnte sie nicht zu meinen Gefährten machen, noch sie lieben. Ginevra aber hatte eine Art Geist bei sich, der die Macht besaß, Kraft und Trost für immer zu verleihen, der das Tageslicht froh und die Dunkelheit balsamisch machte. Der beste von den guten Genien, die über der Menschheit wachen, breitete seine Schwingen um sie und beugte sich schützend über ihr Haupt. Ginevra wurde von redlicher Liebe begleitet, sie konnte darum nie allein sein. Empfand sie diese Gegenwart nicht? Mir schien das unmöglich, soviel Erstarrung vermochte ich nicht zu begreifen. Ich dachte mir, daß sie insgeheim dankbar sei, daß sie jetzt liebe, nur zurückhaltend, doch willens, eines Tages zu zeigen, wie sehr sie liebe. Ich malte mir ihren treuen Helden aus, wie er sich ihrer schüchternen Zärtlichkeit halb bewußt war und sich in diesem Bewußtsein tröstete. Ich stellte mir einen Strom von Sympathie zwischen ihnen vor, ein empfindsames Band gegenseitigen Verstehens, das sie über hundert Meilen hinweg miteinander verband, das in Gebet und Wunsch Botschaften für sie dahintrug über Tal und Hügel. Nach und nach wurde Ginevra für mich eine Art Heldin. Als ich mir eines Tages dieser wachsenden Illusion bewußt wurde, sagte ich: »Weiß Gott, ich glaube, meine Nerven sind überspannt. Was ich ausgestanden habe, ist wohl für meinen Verstand ein bißchen viel gewesen, jetzt fängt er an krank zu werden. Was soll ich nur tun? Was fange ich an, daß ich gesund bleibe?«

Es gab unter diesen Umständen tatsächlich keine Möglichkeit, gesund zu bleiben. Zuletzt kamen ein Tag und eine Nacht mit besonders quälenden Depressionen, dann wurde ich ernstlich krank. Ich war gezwungen, mich ins Bett zu legen. Um diese Zeit endete der Nachsommer, und die Stürme der Tag- und Nachtgleiche begannen. Neun dunkle, nasse Tage lang lag ich in einem seltsamen Fieber, das Nerven und Blut ergriffen hatte. Mich umtoste ein Orkan. Die Stunden stürzten ungestüm, taub und wirr dahin, ich blieb ohne Schlaf. Nachts pflegte ich aufzustehen, um ihn zu suchen, ihn flehentlich zu bitten, er möge doch zurückkehren. Aber nur ein Rasseln im Fenster antwortete, ein Aufschrei des Sturms – der Schlaf kam nie.

Doch – ich irre. Einmal kam er, aber im Zorn. Ungeduldig

über meine Zudringlichkeit brachte er einen rächenden Traum mit sich. Nach der Uhr von St. Jean Baptiste blieb dieser Traum kaum fünfzehn Minuten lang – eine kurze Spanne, aber sie genügte, meinen ganzen Körper in ungekannte Qual zu versetzen, genügte, um mir eine namenlose Erfahrung zu vermitteln, die ganz die Farbe, das Aussehen, die grausige Wirkung und selbst den Ton einer Heimsuchung aus der Ewigkeit hatte. Zwischen zwölf und eins in jener Nacht ward mir ein Becher an die Lippen gedrängt mit einem Trank, schwarz, stark und merkwürdig, aus keiner Quelle geflossen, sondern siedend aus einem Meer ohne Boden und Grenzen geschöpft. So wie diese Qual schmeckt kein Leid, das nach irdischem, berechenbarem Maß gebraut und für sterbliche Lippen gemischt ist. Nachdem ich getrunken hatte und erwacht war, glaubte ich, daß alles vorbei sei, daß das Ende gekommen war. Als das Bewußtsein wiederkehrte, richtete ich mich, zitternd vor Angst, im Bett kniend auf. Ich wollte schreien und irgendein Mitgeschöpf zu Hilfe rufen. Aber ich wußte ja, kein Wesen war nahe genug, um die wilde Forderung zu hören. Goton in ihrer fernen Bodenkammer konnte sie nicht vernehmen. Ein paar furchtbare Stunden gingen über mich dahin. Unbeschreiblich wurde mir die Seele zerrissen, gefoltert und niedergedrückt. Unter allen Schrecknissen jenes Traums waren diese, glaube ich, die ärgsten. Mir schien, die geliebten Toten, die mich als Lebende geliebt hatten, begegneten mir als Fremde. Die Seele war mir im Innersten von einer unaussprechlichen Verzweiflung über die Zukunft zerrissen. Es gab nichts, was mich hätte weitertreiben können. Versuchen zu genesen: weshalb? Wünschen zu leben: wozu? Und dennoch war die mitleidlose und hochmütige Stimme unerträglich, mit der mich der Tod aufforderte, seine unbekannten Schrecknisse auf mich zu nehmen. Als ich zu beten versuchte, brachte ich nur die Worte hervor: »Seit ich Kind war, habe ich deine Schrecken erlitten und mich gehärmt.«

Weiß Gott, das war die Wahrheit.

Als mir Goton am nächsten Morgen meinen Tee brachte, drang sie in mich, einen Doktor holen zu lassen. Ich wollte nicht. Ich meinte, daß mich kein Arzt heilen könnte.

Eines Abends – und ich war nicht im Fieberwahn, ich war bei vollem Bewußtsein – stand ich auf und zog mich schwach und zitternd an. Ich konnte die Einsamkeit und Stille des langen Schlafsaals nicht mehr ertragen. Die geisterhaften weißen Betten wandelten sich mir in Gespenster, die Krone über jedem wurde zu einem ungeheuren, sonnengebleichten Totenkopf, schwarze Träume von einer älteren Welt und einem mächtigeren Geschlecht lagen erstarrt in ihren weiten gaffenden Augenhöhlen. An diesem Abend festigte sich in meiner Seele mehr denn je die Überzeugung, daß das Schicksal aus Stein sei und die Hoffnung ein trügerischer Götze – blind, blutlos und mit einem Herzen von Granit. Aber ich fühlte auch, daß die Prüfung, die mir Gott bestimmt hatte, sich ihrem Höhepunkt näherte und daß ich sie nun mit meinen eigenen Händen, so heiß, schwach und zittrig sie auch waren, abwenden mußte. Noch regnete es und wehte der Wind, aber doch milder, so meinte ich, als vorher, nachdem es den ganzen Tag über gegossen und getobt hatte. Die Dämmerung sank herab, und mir war, als verströme sie Erbarmen. Von dem Gitterfenster aus sah ich Nachtwolken heranziehen; sie schleppten sich tief dahin, müde wie schlaff hängende Fahnen. Mir schien, daß zu dieser Stunde im Himmel Mitgefühl für all den Schmerz herrschte, der unten auf der Erde erduldet wurde, und Kummer darüber. Der Druck meines furchtbaren Traumes ließ nach, jener unerträgliche Gedanke, nicht mehr geliebt zu werden, zu niemandem mehr zu gehören, wich halb und halb der Hoffnung auf das Gegenteil. Ich war gewiß, daß dieses Hoffen heller aufschimmern werde, wenn ich vor die Stadt hinausging zu einem Hügel, den ich weit draußen in den Feldern kannte, wenn ich nur fortkam aus diesem Haus, wo das Dach auf mich drückte wie eine Grabplatte. Bestimmt, ich war nicht im Fieberwahn, denn ich hatte Verstand und Besinnung genug, warme Kleider anzuziehen. In einen Mantel gehüllt, brach ich auf. Die Glocken der Kirche, an der ich vorüberging, hielten mich fest. Sie riefen zur Abendandacht – und ich trat ein. Jeder feierliche Brauch, jeder Anblick aufrichtiger Gottesverehrung, jeder Anlaß, Gott anzurufen, war mir in diesem Augenblick willkommen wie dem Allerärmsten das Brot. Mit anderen Menschen kniete ich auf dem steinernen Boden nieder. Es war eine alte, feierliche Kirche; ihre Düsternis wurde durch Licht, das durch buntes Glas floß, nicht vergoldet, sondern purpurn gefärbt.

Wenige Beter waren versammelt, und als die Abendandacht vorüber war, entfernte sich die Hälfte. Bald entdeckte ich, daß die Zurückgebliebenen ausharrten, um zu beichten. Ich rührte mich nicht. Sorgfältig wurde jede Tür der Kirche geschlossen, eine heilige Stille sank auf uns herab, ein feierlicher Schatten hüllte uns ein. Nach einer kurzen, versunken im Gebet verbrachten Pause näherte sich eine bußfertige Sünderin dem Beichtstuhl. Ich lauschte. Sie flüsterte ihr Bekenntnis, ihre Absolution wurde dagegen geflüstert. Getröstet kehrte sie zurück. Eine andere ging, und wieder eine. Eine blasse Dame, die dicht bei mir kniete, sagte mit leiser, freundlicher Stimme: »Gehen Sie jetzt, ich bin noch nicht ganz bereit!«.

Mechanisch gehorchte ich, erhob mich und ging. Ich wußte, was ich im Begriff war zu tun, mein Verstand hatte die Absicht blitzschnell überprüft. Tat ich diesen Schritt – ich konnte nicht elender werden, als ich war. Vielleicht aber brachte er mir Ruhe.

Der Priester im Beichstuhl wandte nicht einmal den Blick, um mich anzusehen. Er neigte nur ruhig sein Ohr meinen Lippen zu. Er mochte ein guter Mann sein, aber seine Pflicht war für ihn eine Art Brauch geworden, er unterzog sich ihr mit dem Phlegma der Gewohnheit. Ich zögerte. Die Beichtformel war mir unbekannt. Anstatt mit der üblichen Einleitung zu beginnen, sagte ich: »Mon père, je suis Protestante.«

Er wandte sich sogleich zu mir. Er war kein Landeskind. Bei den Geistlichen in diesem Lande ist der Gesichtsausdruck fast immer dumpf und ernst. Am Profil und der Stirn erkannte ich den Franzosen. Obwohl er grauhaarig und betagt war, fehlte es ihm, denke ich, weder an Gefühl noch an Geist. Nicht unfreundlich erkundigte er sich, weshalb ich, die Protestantin, zu ihm käme.

Ich sagte, ich verginge nach einem Wort des Rates oder des Trostes. Ich hätte ein paar Wochen ganz allein gelebt, wäre krank gewesen, und ein Kummer läge mir schwer auf der Seele, ich vermöchte die Last kaum noch länger zu ertragen.

»Was ist es? Eine Sünde, ein Verbrechen?« forschte er ein wenig erschreckt.

Ich beruhigte ihn darüber und deutete ihm, so gut ich vermochte, an, was mich bewegte.

Er schaute gedankenvoll, überrascht und verwirrt drein. »Sie überrumpeln mich«, sagte er. »Einen Fall wie den Ihren habe ich noch nie zuvor gehabt. Was sich gleichförmig wiederholt, kennen wir, und wir sind darauf vorbereitet. Aber dies fällt aus dem Rahmen der üblichen Beichte völlig heraus. Ich kann Ihnen kaum einen Ratschlag geben, der den Umständen angemessen wäre.«

Natürlich. Ich hatte nicht erwartet, daß er das könnte. Aber die bloße Erleichterung, daß ich mich jemandem mitteilen konnte, der menschlich empfand und geweiht war – einfach dies, daß ich einen Teil der lange angesammelten, lange eingeschlossenen Qual in ein Gefäß schütten konnte, aus dem sie nicht wieder ausfloß, hatte mir gut getan. Es war mir schon leichter zumute.

»Muß ich gehen, mein Vater?« fragte ich ihn, als er schweigend saß.

»Meine Tochter«, sagte er freundlich – und ich bin gewiß, er war ein freundlicher Mann, er hatte mitleidige Augen –, »für den Augenblick ist es besser, Sie gehen. Aber ich versichere Ihnen, Ihre Worte haben mich gerührt. Die Beichte neigt wie andre Dinge dazu, im Laufe der Gewohnheit zu einer Formsache zu werden. Sie sind gekommen und haben Ihr Herz ausgeschüttet. Das geschieht selten. Ich würde Ihren Fall gern überdenken und ihn mit mir in mein Betzimmer nehmen. Gehörten Sie unserm Glauben an, dann wüßte ich, was ich zu sagen hätte. Ein so aufgewühltes Gemüt kann Ruhe nur im Schoße der Zurückgezogenheit und in der Pünktlichkeit frommer Übungen finden. Die Welt, das ist wohlbekannt, vermag derartige Naturen nicht zu befriedigen. Heilige Männer haben Beichtkinder wie Sie veranlaßt, ihre Wanderung auf dem Weg nach oben durch Buße, Selbstverleugnung und schwierige gute Werke zu beschleunigen. Ihr Teil hienieden sind Tränen statt Speise und Trank, das Brot der Trübsal und der Born der Kümmernis. Ihr Lohn kommt künftig. Meine Überzeugung ist es, daß die Eindrücke, unter denen Sie leiden, Gottes Boten sind, die Sie zurück in die wahre Kirche bringen sollen. Sie sind für unsern Glauben geschaffen; verlassen Sie sich darauf, allein unser Glaube vermöchte Sie zu heilen und Ihnen zu helfen. Der Protestantismus ist für Sie viel zu trocken, zu kalt, zu prosaisch. Je mehr ich die Angelegenheit erwäge, desto deutlicher erkenne ich, daß sie ganz und gar aus dem gewöhnlichen Rahmen herausfällt. Um keinen Preis möchte ich Sie aus den Augen verlieren. Gehen Sie heute, meine Tochter, aber kommen Sie wieder!«

Ich stand auf und dankte ihm. Als ich im Weggehen war, winkte er mich zurück. »Sie dürfen nicht in diese Kirche kommen«, sagte er. »Ich sehe, Sie sind krank, und diese Kirche ist zu kalt. Sie müssen in mein Haus kommen. Ich wohne...«, und er gab mir seine Adresse. »Seien Sie morgen früh um zehn Uhr dort.«

Zur Antwort auf diese Aufforderung verneigte ich mich nur. Ich zog meinen Schleier herab, raffte den Mantel zusammen und glitt davon.

Glauben Sie, mein Leser, daß ich die Absicht hatte, mich wieder in die Reichweite dieses würdigen Priesters zu wagen? Ebensogut hätte ich daran denken können, in den babylonischen Feuerofen zu treten. Dieser Geistliche verfügte über Waffen, vor denen ich mich nicht sicher fühlte. Er besaß die natürliche Freundlichkeit der empfindsamen französischen Art. Ich wußte, daß ich für ihre Milde nicht ganz unempfänglich war. Auch wenn ich manche Arten von Sympathie nicht schätzte – es ließ sich kaum eine denken, der ich ganz hätte widerstehen können, sofern sie mit ihren Fasern in der Wirklichkeit verwurzelt war. Ich konnte mich auf meine Kraft nicht verlassen. Wäre ich zu ihm gegangen, dann hätte er mir alles gezeigt, was im ehrbaren papistischen Aberglauben sanft, trostreich und gütig war. Dann würde er versucht haben, in mir den Eifer zu guten Taten zu entzünden, anzufachen und zu schüren. Ich weiß, wie das alles geendet hätte. Wir alle halten uns in manchen Stücken für stark, wir alle wissen uns schwach in vielen. Hätte ich an dem Tag zur bestimmten Stunde die Rue des Mages Nr. 10

aufgesucht, dann dürfte ich aller Wahrscheinlichkeit nach eben jetzt, anstatt diese ketzerische Erzählung zu schreiben, dabei sein, in der Zelle eines gewissen Karmeliterinnenklosters auf dem Boulevard von Crécy in Villette meinen Rosenkranz zu beten. Er hatte etwas von Fénélon an sich, jener milde alte Geistliche, und was immer die meisten seiner Amtsbrüder sein mögen und was immer ich über seine Kirche und sein Glaubensbekenntnis denken mag (und ich liebe alle beide nicht), ihn selbst muß ich immer in dankbarer Erinnerung behalten. Er war freundlich, als ich Freundlichkeit brauchte, er tat mir Gutes. Möge der Himmel ihn segnen!

Die Dämmerung war in Nacht übergegangen, und in den Straßen wurden die Laternen angezündet, als ich aus der düsteren Kirche trat. Nun konnte ich umkehren. Das wilde Verlangen danach, den Oktoberwind auf dem kleinen Hügel draußen vor den Stadtmauern einzuatmen, hatte nachgelassen und war zum Wunsch gemildert. Mit dem konnte es die Vernunft aufnehmen. Sie brachte ihn zum Schweigen, und ich wandte mich – wie ich meinte – der Rue Fossette zu. Aber ich hatte mich in einen Stadtteil verloren, mit dem ich nicht vertraut war. Es war die Altstadt voll enger Gassen mit uralten malerischen, verfallenen Häusern. Ich war viel zu müde, um meine fünf Sinne zusamenzuraffen, und noch zu unbekümmert um mein eignes Wohlergehen und meine Sicherheit, um vorsichtig zu sein. Allmählich wurde ich verwirrt, ich verlief mich in einem Netz unbekannter Gassen. Ich hatte mich verirrt und gewann es nicht über mich, einen Vorüberkommenden zu bitten, mir den Weg zu weisen.

Wenn sich der Sturm bei Sonnenuntergang ein wenig gelegt hatte, so holte er jetzt die versäumte Zeit nach. Ungestüm brauste der Windstrom von Nordwest nach Südost. Er brachte Regen wie Gischt mit und manchmal einen scharfen, geschoßähnlichen Hagel; er war kalt und durchdrang mich bis ins Mark. Ich beugte den Kopf, um mich ihm entgegenzustemmen, aber er trieb mich zurück. Mein Mut ermattete nicht in all diesem Aufruhr. Aber ich wünschte mir Flügel, um mich auf den Sturm zu schwingen, meine Fittiche zu breiten und auf seine starken Schultern zu legen, um dahinzusegeln auf seiner Bahn, dahinzufegen, wohin er fuhr. Indem ich das wünschte, verstärkte sich plötzlich das Kältegefühl, und ich spürte, daß mich statt der bloßen Schwäche eine Ohnmacht überkam. Ich versuchte das Portal eines nahegelegenen Hauses zu erreichen, aber Front und Spitzturm wurden plötzlich schwarz und verschwanden vor meinen Augen. Statt, wie ich vorgehabt hatte, auf die Stufen zu sinken, schien ich Hals über Kopf in einen Abgrund zu stürzen. Weiter reicht meine Erinnerung nicht.

16. Die alte Zeit

Ich weiß nicht, wohin meine Seele während jener Ohnmacht entwichen war. Was immer sie sah, wohin immer sie an jenem seltsamen Abend in ihrer Verzückung reiste, sie behielt ihr Geheimnis für sich, flüsterte der Erinnerung kein einziges Wörtchen zu und setzte die Phantasie durch unverbrüchliches Schweigen matt. Mag sein, sie hat sich aufgeschwungen und ihre ewige Heimat von fern gesehen, hat gehofft, nun auszuruhen, und gemeint, daß ihre schmerzvolle Vereinigung mit dem Stoff endlich gelöst sei. Während sie das dachte, mag ein Engel sie von der Himmelsschwelle verscheucht und sie, die Weinende, wieder hinabgeführt und noch einmal trotz allen Schauderns und Widerstrebens in diesen armen, kalten, geschwächten Leib gesperrt haben, dessen Gesellschaft sie mehr als überdrüssig war.

Ich weiß, sie kehrte mit Schmerzen in ihr Gefängnis zurück, unwillig, mit einem Stöhnen und lange noch zitternd. Das geschiedene Paar, Leib und Seele war schwer wieder zu vereinigen; sie begrüßten einander nicht mit einer Umarmung, sondern mit einem quälenden Kampf. Das wiederkehrende Sehvermögen flutete rot über mich, als ob es in Blut schwämme; das außer Kraft gesetzte Gehör brauste laut wie Donner zurück; das Bewußtsein lebte in Furcht wieder auf. Entsetzt fuhr ich in die Höhe. Ich wunderte mich, in welcher Umwelt, unter welchen seltsamen Wesen ich erwachte. Zuerst erkannte ich nichts von dem, was ich sah. Eine Wand war keine Wand, eine Lampe keine Lampe. Ich würde das, was wir einen Geist nennen, ebensogut erkannt haben wie den gewöhnlichen Gegenstand. Mit andern Worten: Alles, worauf mein Blick ruhte, mutete mich gespensterhaft an. Aber bald trat alles wieder an seinen Platz. Nicht lange, und die Lebensmaschine arbeitete wieder ordnungsgemäß und wie gewohnt.

Ich wußte noch immer nicht, wo ich war. Erst mit der Zeit begriff ich, daß man mich von dem Platz, wo ich niedergefallen war, weggebracht hatte. Ich lag nicht auf den Stufen einer Vorhalle; Nacht und Sturm wurden durch Mauern, Fenster und Decke ferngehalten. Ich war in irgendein Haus getragen worden – aber in was für eins?

Ich vermochte nur an das Pensionat in der Rue Fossette zu denken. Noch im halben Traum bemühte ich mich angestrengt herauszufinden, in welchen Raum man mich gebracht hätte, ob in den großen Schlafsaal oder in einen der kleinen Schlafräume. Ich war verwirrt, weil ich die Möbelstücke, die ich undeutlich sah, nicht mit meinem Bild von diesen Räumen in Einklang bringen konnte – sie paßten zu keinem. Es fehlten die leeren weißen Betten und die lange Reihe der großen Fenster. Sie werden mich doch nicht etwa in Madame Becks eigenes Zimmer gebracht haben? dachte ich. Und in diesem Moment fiel mein Blick auf einen mit blauem Damast bezogenen Sorgenstuhl, und nach und nach nahm ich andere Sessel mit dazu passenden Polstern wahr. Zuletzt erfaßte ich ein ganzes freundliches Wohnzimmer mit einem Holzfeuer im hellglänzenden Kamin, mit einem Teppich, auf dem leuchtendblaue Arabesken einen Grund von rehbraunen Schattierungen belebten, und blassen Wänden, über die eine leichte, endlose Girlande himmelblauen Vergißmeinnichts lief, verwirrt und verirrt in Myriaden goldener Blätter und Ranken. Ein Spiegel im goldenen Rahmen füllte den Raum zwischen zwei Fenstern aus, die von reichen blauen Damastvorhängen verhüllt waren. In diesem Spiegel sah ich mich liegen, nicht in einem Bett, sondern auf einem Sofa. Ich sah gespenstisch aus, die Augen größer und tiefer liegend, die Haare dunkler als von Natur – bedingt durch den Kostrast zu meinem hageren, aschfahlen Gesicht. Kein Zweifel – nicht nur die Möbel verrieten es, sondern auch die Anordnung von Fenstern, Türen und vom Kamin. Dies war ein unbekanntes Zimmer in einem unbekannten Hause.

Aber nicht minder deutlich war, daß ich meinen Verstand noch nicht recht beisammen hatte. Je länger ich nämlich den blauen Lehnstuhl anstarrte, desto mehr nahm er eine vertraute Gestalt an, und ebenso erging es mir mit einem niederen Sofa und mit einem runden Mitteltisch – er trug eine blaue Decke mit einer Kante von herbstfarbenem Laubwerk –, vor allem jedoch schienen sich zwei kleine Schemel mit gestickten Überzügen als alte Bekannte zu entpuppen, sie und ein zierlicher Stuhl aus Ebenholz, bei dem Sitz- und Rückenpolster gleichfalls mit leuchtenden Blumengruppen auf dunklem Grunde bestickt waren.

Betroffen forschte ich weiter. Und, seltsam zu sagen – ich

war ganz und gar von alten Freunden umringt. Aus jedem Winkel lächelte die ›gute alte Zeit‹. Da waren zwei ovale Miniaturen über dem Kaminsims. Bei ihnen kannte ich genau die Perlen in den hochgebauschten Puderfrisuren, kannte den Samt, der die weißen Hälse umschloß, wußte, wie sich die Busentücher aus Musselin üppig blähten, kannte das Spitzenmuster der Ärmelkrausen. Auf dem Kaminsims standen zwei Porzellanvasen, ein paar Überbleibsel eines winzigen Teeservices, glatt wie Emaille und dünn wie Eierschalen, und als Hauptstück in der Mitte prangte weiß unter gläserner Glocke eine klassische Gruppe aus Alabaster. Von all diesen Dingen hätte ich jede Einzelheit berichten, hätte all ihre Schäden und Sprünge aufzählen können wie eine Hellseherin. Und vor allem gab es da ein paar Kaminfächer mit sorgfältigen Pinselzeichnungen, sauber ausgeführt wie Kupferstiche – wahrhaftig, die Augen schmerzten mir, als ich die Fächer wiedersah. Sie erinnerten mich an jene Stunden, in denen diese Augen Strich für Strich dem langsamen, schwachen, zimperlichen Pinsel eines Schulmädchens gefolgt waren. Diese Finger, die jetzt denen meines Skeletts glichen, hatten ihn gehalten.

Wo war ich? Nicht nur auf welchem Fleck der Welt – sondern auch in welchem Jahr unsres Herrn? Denn all diese Gegenstände gehörten vergangenen Tagen an und einem fernen Lande. Vor zehn Jahren hatte ich ihnen Lebewohl gesagt, seit meinem vierzehnten Lebensjahr waren wir uns nicht mehr begegnet. Ich keuchte hörbar: »Wo bin ich?«

Eine bisher unbemerkte Gestalt rührte sich, erhob sich, kam heran; eine Gestalt, die nicht zu der Umgebung paßte, die nur dazu diente, das Rätsel noch unlösbarer zu machen. Es war eine einheimische Wächterin, mit der Haube und im Kattunkleid einer ganz alltäglichen Aufwartefrau. Sie sprach nicht Französisch und nicht Englisch, ich konnte keine Auskunft von ihr erhalten, denn ich verstand ihre Dialektausdrücke nicht. Aber sie wusch mir die Schläfen und Stirn mit einem kühlen, duftenden Wasser und schob mir das Kissen, auf dem ich ruhte, zurecht, so daß ich höher lag. Sie bedeutete mir durch Zeichen, ich solle nicht sprechen. Dann bezog sie wieder ihren Posten am Fußende des Sofas.

Sie war eifrig beim Stricken. Da ihre Augen aus diesem Grunde von mir abgelenkt waren, konnte ich sie ungestört mustern. Ich staunte und staunte, wie sie hierher kam und was sie mit den Ereignissen oder mit den Tagen meiner Mädchenzeit zu tun haben könnte. Und noch mehr verwunderte ich mich darüber, was diese Ereignisse und Tage nun mit mir zu tun haben könnten.

Zu schwach, um gründlich über das Rätsel nachzudenken, versuchte ich es dadurch abzutun, daß ich mir sagte, es ist ein Irrtum, ein Traum, ein Fiebergespinst. Und doch wußte ich, es konnte kein Irrtum sein. Ich schlief nicht und war überzeugt, bei Verstande zu sein. Ich wünschte, das Zimmer wäre nicht so hell erleuchtet gewesen, so daß ich die kleinen Bilder, die Zierrate, die Fächer und den bestickten Stuhl nicht so deutlich gesehen hätte. All diese Dinge und die Möbel mit dem blauen Damast dazu waren wahrhaftig haargenau die gleichen, die ich so treu in Erinnerung trug und die mir so durch und durch vertraut gewesen waren – sie gehörten zum Wohnzimmer im Haus meiner Patin in Bretton. Einzig der Raum schien verändert – er besaß andere Proportionen und Ausmaße.

Ich dachte an Bedreddin Hassan, der im Schlafe in Kairo zu den Toren von Damaskus getragen worden war. Hatte ein Genius seine dunklen Flügel gesenkt, war er in dem Sturm herabgefahren, dessen Ungestüm ich erlegen war? Hatte er mich von den Kirchturmstufen aufgehoben und sich, wie die Geschichte aus dem Osten sagte, mit mir hoch in die Lüfte geschwungen? Hatte er mich über Land und Meer getragen und ruhig neben einem Herde im Alten England niedergelegt? Doch nein. Ich wußte ja, das Feuer jenes Herdes brannte nicht mehr. Vor langer Zeit war es erloschen, und die Hausgötter waren anderswohin entführt worden.

Wieder wandte sich die Wärterin zu mir. Sie betrachtete mich prüfend, und da sie sah, daß ich die Augen weit offen hatte, und da sie deren Ausdruck wohl verstört und erregt fand, legte sie ihre Arbeit aus der Hand. Einen Augenblick war sie an einem kleinen Pfeilertisch beschäftigt. Sie goß Wasser ein und zählte Tropfen aus einem Medizinfläschchen ab. Das Glas in der Hand, näherte sie sich mir. Was für einen dunkelfarbigen Trunk mochte sie mir nun bieten? Was für ein Genien-Elixier oder welches Magier-Gebräu?

Es war zu spät zu fragen – ich hatte ihn widerstandslos und sofort geschluckt. Nun kam ein Strom ruhigen Sinnens und streichelte sanft mein Hirn. Leiser und leiser hob sich die Flut mit lauen Wellen, linder als Balsam. Die Qual der Schwäche wich aus meinen Gliedern, meine Muskeln schliefen. Ich verlor die Kraft mich zu bewegen, aber da ich gleichzeitig auch den Wunsch dazu verlor, entbehrte ich sie nicht. Die freundliche Wärterin stellte einen Schirm zwischen mich und die Lampe. Ich sah, wie sie aufstand, um das zu tun, aber ich sah nicht mehr, wie sie ihren Platz wieder einnahm oder weiß doch nichts davon. Zwischen beiden Vorgängen versank ich in Schlaf.

Beim Erwachen – siehe da! – war wieder alles verändert. Volles Tageslicht umgab mich, kein warmes Sommerlicht freilich, sondern die bleischwere Düsternis des unwirtlichen, tosenden Herbstes. Jetzt war ich gewiß, im Pensionat zu sein – überzeugt davon, weil der Regen ans Fenster trommelte, überzeugt davon, weil der Wind in den Bäumen ›heulte‹ und so verriet, daß draußen ein Garten war; und überzeugt, weil es hier, wo ich lag, kühl, weiß und einsam war. Ich sage weiß, denn Baumwollvorhänge, die vor einem französischen Bett herabgelassen waren, schränkten meinen Blick ein.

Ich hob sie und schaute hinaus. Meine Augen, in Erwartung einen langen, breiten, weißgetünchten Raum zu erblikken, blinzelten verwirrt, da sie ein begrenztes kleines Kabinett sahen – ein Kabinett, mit meergrünen Wänden. Und statt der fünf breiten, nackten Fenster gab es ein hohes, von Musselinvorhängen beschattetes Gitterfenster; statt der zwei Dutzend kleinen Gestelle aus gestrichenem Holz, mit je einem Becken und einem Krug, stand da ein Toilettentisch, der herausgeputzt war wie eine Dame für einen Ball, mit einem weißen Staatskleid über einem rosa Rock. Ein großer geschliffener Spiegel krönte und ein hübsches Nadelkissen mit einer Spitzenrüsche schmückte ihn. Dieses Tischchen, dazu ein kleiner, niedriger Armstuhl mit grünweißem Chinzbezug und eine Waschkommode mit Marmorplatte und blaßgrünem Porzellangeschirr darauf, statteten die winzige Kammer zu Genüge aus.

Lieber Leser, mir fuhr der Schrecken in die Glieder! Sie werden fragen: Warum? Was gab es in diesem simplen und recht hübschen Schlafzimmerchen, das jemand hätte erschrecken können, und wäre er noch so furchtsam gewesen? Einfach das: Es war unmöglich, daß diese Möbelstücke wirkliche, solide Armstühle, Spiegel und Waschtische waren – sie mußte die gespenstischen Abbilder dieser Gegenstände sein. Sollte das aber als allzu wilde Hypothese bestritten werden (und so verwirrt ich auch war, ich verwarf sie doch), so blieb nur ein Schluß, daß ich in eine anomale

Geistesverfassung geraten, kurz, daß ich sehr krank war und phantasierte. Und selbst dann waren meine Vorstellungen die seltsamsten, mit denen das Irresein je ein Opfer geplagt hatte.

Ich kannte den grünen Chintz dieses Sesselchens, mußte ihn kennen wie den gemütlichen kleinen Stuhl selber und das geschnitzte, glänzendschwarze Blattwerk des Spiegelrahmens, das glatte, milchige Grün der Porzellangefäße auf dem Waschtisch und diesen selber mit seiner Platte aus Marmor, von der eine Ecke abgesprungen war. Alles dies mußte ich notwendig erkennen und begrüßen, wie ich am Abend zuvor, ich konnte ja nicht anders, das Rosenholz, die Stoffe und das Porzellan des Wohnzimmers erkannt und begrüßt hatte.

Bretton, Bretton und die Zeit von vor zehn Jahren strahlten aus diesem Spiegel. Und weshalb suchten mich Bretton und mein vierzehntes Lebensjahr solcherart heim? Und wenn sie schon kamen, warum kehrten sie nicht vollständig zurück? Weshalb schwankte vor meinem verstörten Blick nur das Möbelwerk, während die Zimmer und die Örtlichkeit dahin waren? Was dieses Nadelkissen aus karmesinrotem Satin mit dem Schmuck von Goldperlen und der Rüsche von Zwirnspitzen betraf, so hatte ich ein gutes Recht, es zu kennen, ebenso wie die Gesichtsschirme, denn ich selbst hatte sie gemacht. Mit einem Ruck fuhr ich im Bett auf, nahm das Kissen in die Hand und untersuchte es. Da stand das Monogramm L. L. B., aus Goldperlen geformt und von einem ovalen Kranz weißer Seidenstickerei umschlossen. Das waren die Initialen des Namens meiner Patin – Louisa Lucy Bretton.

»Bin ich in England? Bin ich in Bretton?« murmelte ich. Hastig zog ich die Jalousie vor dem Gitterfenster hoch, schaute hinaus und suchte zu entdecken, wo ich war – halb und halb darauf vorbereitet, die ruhigen, alten, hübschen Gebäude und das saubere graue Pflaster der St.-Annen-Straße und an ihrem Ende die Türme des Doms zu erblikken, auf jeden Fall jedoch überzeugt, wenn schon keine Straßen in einer liebenswürdigen, altertümlichen englischen Stadt, dann doch gewiß ein Stadtbild, eine Straße in Villette vor mir zu haben.

Aber nein. Ich schaute durch einen Rahmen von Laubwerk, das sich büschelweise um das hohe Fenster drängte, hinaus auf eine Parkwiese, eine Rasenterrasse mit Bäumen, die dahinter vom tiefergelegenen Grund aufragten, hohe Waldbäume, wie ich sie lange nicht mehr gesehen hatte. Jetzt ächzten sie unter dem wilden Oktoberwind. Zwischen ihren Stämmen erkannte ich undeutlich die Bahn einer Allee, auf der gelbe Blätter in Haufen und Wehen lagen oder einzeln dahingefegt und -gewirbelt wurden. Was für eine Landschaft sich auch jenseits ausdehnen mochte, sie mußte flach sein, denn diese großen Buchen versperrten den Blick auf sie. Der Ort schien abgelegen und war mir ganz fremd; ich hatte ihn nie gesehen.

Abermals legte ich mich nieder. Mein Bett stand in einem kleinen Alkoven; ich kehrte das Gesicht der Wand zu und verbannte so den Raum mit seinem verwirrenden Beiwerk. Verbannte ihn? Nein! Als ich mich in dieser Hoffnung bequem zurechtrückte, siehe, da hing auf der grünen Fläche zwischen den geteilten und im Bogen aufgerafften Vorhängen ein breiter, vergoldeter Bilderrahmen, der ein Porträt umschloß. Es war in Wasserfarben gemalt, und gut gemalt, obwohl nur skizzenhaft: ein Kopf, ein Knabenkopf, frisch, sprechend und beseelt, wie lebend. Es schien ein Junge von sechzehn Jahren zu sein, hellhäutig, mit blühend gesunden Wangen, die Haare lang, nicht dunkel, sondern golden schimmernd, durchdringend der Blick, durchtrieben der

Mund, fröhlich das Lächeln. Im ganzen ein Gesicht, das man mit Freude ansehen durfte – zumal diejenigen durften es, die ein Recht auf des Jungen Zuneigung besaßen, Eltern zum Beispiel oder Schwestern. Jedes romantische kleine Schulmädel hätte sich in das gerahmte Gesicht verlieben können. Diese Augen sahen drein, als würden sie, ein wenig älter, der Liebe eine wetterleuchtende Antwort zublitzen. Ob sie auch den gleichmäßig hellen Schein der Treue in sich trugen, weiß ich nicht. Denn welches Gefühl immer ihm allzu nachgiebig entgegenkommen mochte – seine Lippen, schön wie sie waren, drohten mit Gewißheit Laune und Geringschätzung an.

Bemüht, jede neue Entdeckung so gelassen aufzunehmen, wie ich irgend konnte, flüsterte ich vor mich hin. »Ah! Das Porträt hing über dem Kamin im Frühstückszimmer« – ein wenig zu hoch, dachte ich immer. Ich weiß noch gut, wie ich auf den Klaviersessel zu klettern pflegte, um es von seinem Haken zu nehmen – dann hielt ich es in den Händen und suchte in diesen hübschen klaren Augen, deren Glanz unter den nußbraunen Wimpern mir vorkam wie ein strahlendes Lachen. Ich hatte meine Freude daran, die Farbe der Wangen zu betrachten und den Ausdruck des Mundes. Und ich meinte, daß man sich die Linien von Mund und Kinn schwerlich feiner ausdenken könnte. Selbst in meiner Ungewißheit begriff ich, daß sie beide schön waren, und ich grübelte, verwirrt über diesen Zweifel: Wie kam es, daß das, was so sehr entzückte, gleichzeitig einen so scharfen Schmerz verursachen konnte? – Einmal wollte ich die Probe machen: Ich nahm die kleine Missy Home, hob sie auf meinen Arm und sagte ihr, sie solle das Bild ansehen.

»Magst du es, Polly?« fragte ich. Sie antwortete nicht, sondern schaute lange unverwandt darauf. Schließlich verdunkelten sich ihre empfindsamen Augen, ihre Lider zitterten, sie sagte: »Setz mich herunter.« Ich tat es und dachte: Das Kind fühlt es auch.

Über das alles sann ich nach und fügte hinzu: Er hatte seine Fehler; und doch hat es kaum eine vortrefflichere Natur gegeben, großzügig, mild, allen Eindrücken offen. Meine Betrachtungen schlossen mit einem hörbar gesprochenen Wort: »Graham!«

»Graham!« wiederholte plötzlich eine Stimme am Bettrand. »Brauchen Sie Graham?«

Ich schaute auf. Die Verwirrung nahm noch zu, das Wunder erreichte seinen Höhepunkt. Wenn es schon seltsam war, jene fest von der Erinnerung umschlossene Gestalt als Bild an der Wand zu sehen – noch seltsamer war es, sich umzudrehen und eine ebenso gut im Gedächnis bewahrte lebendige Gestalt zu erblicken – eine Frau, eine Dame, höchst wirklich und substantiell, groß, sorgfältig gekleidet, im Seidengewand der Witwe und mit der Haube, die ihren matronenhaften und mütterlichen Flechten am besten anstand. Auch sie hatte ein gutes Gesicht. Vielleicht war es jetzt zu ausgeprägt, um schön zu sein, aber es war geformt von Verstand und Charakter. Sie war kaum verändert. Ein wenig strenger, ein wenig robuster – aber sie war meine Patin, Mrs. Bretton, wie sie leibte und lebte.

Ich blieb still, doch innerlich zitterte ich vor Erregung, mein Puls flatterte, und das Blut wich mir aus den Wangen, sie wurden kalt. Ich fragte: »Madame, wo bin ich?«

»An einem sicheren Zufluchtsort und unter gutem Schutz. Lassen Sie alles Kopfzerbrechen sein, bis Sie sich ein wenig erholt haben. Sie sehen heute morgen schlecht aus.«

»Ich bin so völlig verwirrt, ich weiß nicht, ob ich meinen Sinnen überhaupt trauen kann oder ob sie mich auf Schritt und Tritt irreführen – aber Sie sprechen Englisch, Madame, nicht wahr?«

»Mir scheint doch, das dürften Sie hören. Ich hätte meine liebe Not, wenn ich ein langes Gespräch auf französisch führen sollte.«

»Sie kommen nicht von England?«

»Ich bin vor kurzem von dort hergekommen. Sind Sie schon lange in diesem Lande? Offenbar kennen Sie meinen Sohn?«

»Tu' ich das, Madame? Vielleicht... Ihr Sohn – das Bild dort?«

»Das stellt ihn als jungen Burschen dar. Sie haben seinen Namen ausgesprochen, während Sie es ansahen.«

»Graham Bretton?«

Sie nickte.

»Dann spreche ich mit Mrs. Bretton, Sie haben früher in Bretton gelebt, in ...«, ich nannte die Grafschaft.

»Ganz recht, und Sie sind, wie ich höre, Englischlehrerin in einer ausländischen Schule hier. Mein Sohn hat Sie erkannt.«

»Wie bin ich gefunden worden, Madame, und von wem?«

»Das soll Ihnen mein Sohn später einmal erzählen«, sagte sie. »Im Augenblick sind Sie zu verwirrt und zu schwach für eine Unterhaltung. Versuchen Sie, ein bißchen zu frühstükken, und dann schlafen Sie.«

Trotz allem, was ich erlitten hatte – die körperlichen Strapazen, die seelische Verstörung, das Unwetter, dem ich ausgeliefert gewesen war –, es schien mir besser zu gehen. Das Fieber, die wirkliche Krankheit, die meinen Körper überwältigt hatte, befand sich auf dem Rückzug. Ich merkte es, denn während ich die letzten neun Tage hindurch nichts Festes zu mir genommen und unter einem ständigen Durst gelitten hatte, regte sich diesen Morgen in mir das Verlangen nach Nahrung, als mir Frühstück geboten wurde, ein flaues Gefühl, das mich dazu trieb, begierig den Tee zu kosten, den mir die Dame reichte, und dazu das Bröckchen trockenen Toast zu essen, den sie mir zubilligte. Es war nur ein Bissen, aber er genügte, er hielt mich bei Kräften, bis zwei oder drei Stunden danach die Wärterin kam und mir eine kleine Tasse Fleischbrühe mit einem Zwieback brachte.

Als der Abend zu dunkeln begann und der Wind noch immer wild und kalt und unaufhörlich wehte und der Regen sintflutartig weiterströmte, ward ich meines Bettes überdrüssig – sehr überdrüssig. Das Zimmer war hübsch, aber so klein, ich fühlte mich eingeschränkt, ich sehnte mich nach einer Abwechslung. Und die Kälte nahm zu, die Düsternis wurde dichter, beides bedrückte mich, ich wünschte mir, die Flammen eines Kaminfeuers zu sehen und zu spüren. Überdies mußte ich an den Sohn dieser prächtigen Matrone denken. Wann würde ich ihn sehen? Gewiß erst, wenn ich mein Zimmer verließ.

Endlich erschien die Wärterin, um mein Bett für die Nacht aufzuschütteln. Sie schickte sich an, mich in eine Decke zu wickeln und auf den kleinen Chintzsessel zu packen, aber ich schlug diesen Liebesdienst aus und begann mich anzukleiden. Eben hatte ich dieses Unternehmen glücklich zustande gebracht und setzte mich hin, um wieder zu Atem zu kommen, da tauchte Mrs. Bretton abermals auf.

»Angezogen!« rief sie aus und lächelte – wie gut ich dieses Lächeln kannte, das freundlich war, wenn auch nicht sanft –, »also geht es Ihnen viel besser? Bereit zum Bäumeausreißen, wie?«

Sie sprach zu mir ganz so, wie sie ehedem immer gesprochen hatte, daß ich mir fast einbildete, sie fange allmählich an, mich wiederzuerkennen. In ihrer Stimme und ihrem Wesen lag dieselbe gönnerhafte Art, die ich als Mädchen stets von ihr erfahren hatte, ein Gönnertum, dem ich mich fügte, das ich sogar leiden mochte, denn es erwuchs nicht aus dem Boden der Konvention, gründete sich nicht auf größeren Wohlstand oder höheren Rang – in letzterem Punkte hatte es nie eine Ungleichheit zwischen uns gegeben, ihr Stand war auch der meine –, sondern es beruhte auf den natürlichen Gründen physischer Überlegenheit. Es war wie das Schutzdach, das der Baum dem Kraut bietet. Ohne weitere Umstände sprach ich eine Bitte aus.

»Lassen Sie mich hinuntergehen, Madame. Hier ist mir so kalt und düster zumut.«

»Wenn Sie stark genug sind, um die Abwechslung zu vertragen, ich wünsche nichts Besseres«, war die Antwort. »Also kommen Sie: Hier ist mein Arm.« Und sie bot mir ihn, und wir stiegen eine teppichbelegte Treppe bis zu einem Absatz hinab, wo eine große, weitgeöffnete Tür in das blaue Damastzimmer führte.

Wie wohltuend war hier alles mit seiner Atmosphäre vollkommener häuslicher Behaglichkeit, wie warm im bernsteinfarbenen Lampenlicht und im roten Feuerschein! Um das Bild vollständig zu machen, stand der Tisch zum Tee bereit – zu einem englischen Tee, und das ganze schimmernde Service strahlte mich vertraut an, der massive Silberkessel von antiker Gestalt wie auch die schwere Kanne aus dem gleichen Material und die dünnen Porzellantassen, dunkel von Purpur und Vergoldung. Sogar den Kümmelkuchen mit seiner besonderen Form erkannte ich wieder – in Bretton hatte er nie auf dem Teetisch gefehlt. Graham mochte ihn, und da war er wie ehemals und stand vor Grahams Teller mit dem silbernen Besteck daneben. Also wurde Graham zum Tee erwartet. Vielleicht war er jetzt schon im Hause, vielleicht dauerte es nur noch Minuten, bis ich ihn sah.

»Setzen Sie sich, setzen Sie sich!« sagte meine Führerin, als mein Schritt auf dem Wege zum Kamin ein wenig schwankte. Sie brachte mich zum Sofa, aber bald verzog ich mich dahinter – ich sagte, das Feuer sei mir zu heiß – und fand, von ihm gedeckt, einen anderen Platz, der mir besser paßte. Mrs. Bretton war nie gewohnt, über irgend jemanden oder irgend etwas ein großes Aufheben zu machen. Ohne Widerspruch ließ sie mir meinen Willen. Sie bereitete den Tee und nahm die Zeitung auf. Mit Vergnügen beobachtete ich alles, was meine Patin tat. Jede ihrer Bewegungen war so jung. Sie mußte nun die Fünfzig hinter sich haben, doch weder ihre Kraft noch ihr Geist schien vom Rost des Alters angegriffen. Sie war stattlich und dennoch lebhaft, und wenn sie auch heiteren Wesens war, so konnte sie doch zu Zeiten recht heftig sein. Gesundheit und ein prachtvolles Temperament hielten sie frisch wie in einem Frühling.

Während sie las, lauschte sie – ich merkte es wohl. Sie horchte, ob ihr Sohn käme. Sie war nicht die Frau, die je zugestand, daß sie unruhig war. Aber noch immer wollte sich der Sturm nicht legen, und wenn Graham draußen war in dem rauhen Wind, der unbefriedigt heulte wie vor Stunden, dann wußte ich gut, daß das Herz seiner Mutter bei ihm sein mußte.

»Zehn Minuten über die Zeit!« sagte sie und schaute auf die Uhr. Eine Minute später hob sie den Blick von der Seite und neigte den Kopf leicht gegen die Tür – ein Zeichen dafür, daß sie irgendein Geräusch vernommen hatte. Sofort wurde ihre Stirn hell, und dann fing sogar mein ungeübtes Ohr einen Laut auf – eine eiserne Pforte ward zugeschlagen, Schritte knirschten auf dem Kies, schließlich läutete die Türglocke, er war gekommen. Seine Mutter füllte die Teekanne aus dem Teekessel und schob den gepolsterten, kissenbelegten blauen Sessel näher an den Kamin. Von Rechts wegen war es ihr eigener Stuhl, aber ich sah, da war jemand, der ihn ungestraft usurpieren durfte. Und sehr bald kam dieser Jemand die Treppe herauf – die wilde, nasse Nacht hatte ihn wohl genötigt, sich erst ein wenig herzurichten –, und nun marschierte er stracks herein.

»Bist du's, Graham?« sagte seine Mutter kurz und verbarg dabei ein glückliches Lächeln.

»Wer sollte es denn sonst sein, Mama?« fragte der Unpünktliche, indem er sich respektlos des leer gewordenen Thrones bemächtigte.

»Verdienst du nicht eigentlich kalten Tee dafür, daß du so spät kommst?«

»Ich werde nicht kriegen, was ich verdiene, denn der Kessel summt fröhlich.«

»Roll deinen Stuhl zum Tisch, du bequemer Bengel – natürlich ist dir kein Platz recht außer meinem! Wenn du auch nur einen Funken von Anstand in dir hättest, dann würdest du den Stuhl da immer der alten Dame überlassen.«

»Das würde ich; bloß daß die liebe alte Dame darauf besteht, ihn mir zu überlassen. – Was macht deine Patientin, Mama?«

»Wird sie hervorkommen und selber für sich sprechen?« sagte Mrs. Bretton, indem sie sich nach meinem Winkel umwandte, und auf diese Einladung hin kam ich hervor. Graham erhob sich höflich, um mich zu begrüßen. Hoch und schlank stand er am Kamin, eine Gestalt, die den unverhohlenen Stolz seiner Mutter wohl rechtfertigte.

»Also sind Sie heruntergekommen«, sagte er. »Dann muß es Ihnen besser gehen – viel besser. Ich hätte kaum vermutet, daß wir uns so hier unten wiedersehen würden. Gestern abend war ich recht beunruhigt, und wenn ich nicht in aller Eile aus dem Haus gemußt hätte zu einem sterbenden Patienten, dann hätte ich Sie gewiß nicht verlassen. Aber meine Mutter ist selbst ein halber Doktor, und Martha ist eine ausgezeichnete Pflegerin. Ich sah, daß es sich um einen

Ohnmachtsanfall handelte, der nicht unbedingt gefährlich war. Was ihn bewirkt hat, muß ich noch mit allen Einzelheiten hören. Inzwischen hoffe ich, daß Sie sich wirklich besser fühlen.«

»Viel besser«, sagte ich ruhig. »Viel besser. Ich danke Ihnen, Doktor John.«

Denn, mein Leser, dieser großgewachsene junge Mann, dieser geliebte Sohn, dieser mein Gastgeber, dieser Graham Bretton *war* Doktor John, er und kein andrer, und was noch mehr ist, ich fühlte mich kaum überrascht, als ich diese Identität feststellte. Was noch mehr ist – als ich Grahams Schritte auf der Treppe vernahm, wußte ich, wer eintreten würde und auf wessen Anblick ich meine Augen vorbereiten mußte. Meine Entdeckung rührte nicht von heute her, schon seit langem war mir eine Ahnung aufgedämmert. Natürlich erinnerte ich mich gut an den jungen Bretton, und obwohl zehn Jahre – von sechzehn bis zu sechsundzwanzig – den Knaben sehr verwandeln, indem sie ihn zum Manne reifen lassen, konnten sie ihn doch nicht so vollständig ändern, daß mir die Augen ganz und gar geblendet wurden und mein Gedächtnis sich verwirrte. Doktor John Graham Bretton besaß immer noch Ähnlichkeit mit dem sechzehnjährigen Jungen. Er hatte seine Augen und manche Züge von ihm, vor allem die ganze vorzüglich geformte untere Gesichtshälfte. Ich war ihm bald auf die Spur gekommen. Zuerst hatte ich ihn bei der Gelegenheit erkannt – ein paar Kapitel weiter vorn ist davon die Rede –, als mir meine unvorsichtig beharrliche Aufmerksamkeit, demütigend genug, eine halbverhüllte Rüge zugezogen hatte. Was ich danach beobachtet hatte, bestätigte in jedem Punkt die erste Vermutung. In Gesten und Haltung und in den Gewohnheiten des Mannes fand ich alles wieder, was der Knabe hatte erwarten lassen. Aus dem Ton der tiefen Stimme von heute hörte ich den früheren Klang heraus. Bestimmte Redewendungen hatten ehedem zu seinen Besonderheiten gehört und taten es noch jetzt, und genauso war es mit mancher charakteristischen Gewohnheit der Augen und der Lippen, manchem Lächeln, manchem plötzlichen Strahl, der unter seiner eigenwilligen Braue hervorschoß.

Etwas darüber zu *sagen* und auf meine Entdeckung *anzuspielen*, das hätte sich nicht mit meiner Denkweise vertragen, hätte sich nicht in meine Gefühlsordnung gefügt. Im Gegenteil, ich hatte es vorgezogen, die Sache für mich zu behalten. Es bereitete mir Vergnügen, ihm in eine Wolke gehüllt zu nahen, die er nicht durchschaute, während er im vollen Lichte vor mir stand, das sich scharf auf seinen Kopf konzentrierte, um seine Füße huschte und nicht weiter reichte.

Ich wußte wohl: Für ihn konnte es nur einen geringen Unterschied bedeuten, ob ich vortrat und verkündete: »Ich bin Lucy Snowe!« oder nicht. Also hielt ich mich zurück und blieb an meinem Platz als Lehrerin; und da er mich nie nach meinem Namen fragte, nannte ich ihn nie. Er hörte, wie ich »Miß« und »Miß Lucy« gerufen wurde, aber der Familienname Snowe kam ihm nie zu Ohren. Und was ein spontanes Wiedererkennen betraf – gewiß, ich hatte mich vielleicht weniger verändert als er, aber dies kam ihm nie in den Sinn, und warum sollte ich ihn darauf bringen?

Während des Tees war Doktor John freundlich wie immer. Als die Mahlzeit vorüber und das Servierbrett hinausgetragen worden war, stopfte er eine Sofaecke behaglich mit Kissen aus und nötigte mich, dort Platz zu nehmen. Auch er und seine Mutter rückten zum Feuer, und ehe wir noch zehn Minuten gesessen hatten, ertappte ich meine Patin, wie sie mich unverwandt anstarrte. In manchen Dingen begreifen Frauen schneller als Männer.

»Also«, rief sie nach kurzer Zeit aus, »eine stärkere Ähnlichkeit hab' ich selten gesehen! Graham, hast du's gemerkt?«

»Was gemerkt? Was fehlt der alten Dame jetzt? Was du für Augen machst, Mama! Man sollte meinen, du hättest eine Anwandlung des Zweiten Gesichts.«

Sie deutete auf mich. »Sag mir, Graham, an wen erinnert dich diese junge Dame?«

»Mama, du bringst sie außer Fassung. Ich sag' es dir immer wieder, dein Fehler ist deine Plötzlichkeit. Und bedenk doch, sie ist dir fremd und kennt deine Gewohnheiten nicht!«

»Bitte, wenn sie so niederschaut, und jetzt, wenn sie sich zur Seite dreht – wem ist sie ähnlich, Graham?«

»Wahrhaftig, Mama, wenn du das Rätsel aufgibst, dann finde ich, solltest du es auch lösen.«

»Und du kennst sie schon eine Zeitlang, sagst du – von Anfang an, seit du Schularzt in der Rue Fossette bist? Und du hast mir nie etwas von dieser einzigartigen Ähnlichkeit gesagt!«

»Ich konnte nicht etwas erwähnen, wovon ich nichts wußte und was ich auch jetzt nicht verstehe. *Was* in aller Welt meinst du nur?«

»Dummer Junge! Sieh sie doch bloß an!«

Graham schaute – aber das war nicht zum Aushalten. Ich sah, wie die Sache enden mußte, und kam ihm lieber zuvor.

»Doktor John«, sagte ich, »hat so viel zu tun und an so vieles zu denken gehabt, seitdem er und ich uns beim letzten Abschied in der St. Annenstraße die Hand schüttelten. Ich bin Mr. Graham Bretton vor ein paar Monaten schnell auf die Spur gekommen. Aber deshalb hab' ich keinen Augenblick daran gedacht, daß er Lucy Snowe erkennen könnte.«

»Lucy Snowe! Dacht' ich's doch! Ich hab' es gewußt!«

rief Mrs. Bretton. Sofort kam sie vom Kaminplatz zu mir und küßte mich. Manche Damen hätten vielleicht ein großes Geschrei über eine solche Entdeckung erhoben, ohne daß sie besonders glücklich darüber gewesen wären. Meine Patin hatte nichts dafür übrig, viel Lärm zu machen, sie zog es vor, Gefühle nur gedämpft zu zeigen. So kamen sie und ich mit ein paar Worten und einer einzigen Begrüßung über die Überraschung hinweg. Aber ich glaube, daß sie sich freute; daß ich es tat, weiß ich. Während wir die alte Bekanntschaft erneuerten, saß uns Graham sprachlos gegenüber und überwand einen Anfall unmäßigen Staunens.

»Mama nennt mich einen dummen Jungen«, sagte er schließlich, »mir scheint, sie hat recht! Denn mein Wort drauf, sooft ich Sie gesehen habe, das hab' ich mir nie träumen lassen – und jetzt leuchtet mir's doch vollkommen ein! Lucy Snowe! Wahrhaftig! Ich hab' sie doch noch ganz genau im Gedächtnis und kein Zweifel, da sitzt sie nun. Aber«, fügte er hinzu, »Sie haben doch sicher nicht die ganze Zeit über gewußt, daß Sie einen Bekannten vor sich hatten, und dabei kein Wort gesagt?«

»Doch«, antwortete ich, »das hab' ich.«

Doktor John äußerte sich nicht hierzu. Vermutlich sah er mein Schweigen als exzentrisch an. Aber er war nachsichtig und enthielt sich der Kritik. Und ich glaube, er hätte es als ungehörig erachtet, mit Fragen in mich zu dringen und nach dem Grund meiner Zurückhaltung zu forschen. Und wenn sich auch vielleicht seine Neugier ein wenig regte, so konnte sie ihn doch nicht dazu bringen, die Diskretion zu verletzen, dafür war der Fall nun wirklich nicht bedeutsam genug.

Ich meinerseits wagte ihn nur zu fragen, ob er sich noch daran erinnerte, wie ich ihn einmal sehr fest angeschaut hätte, denn der leise Ärger, den er damals verraten hatte, lag mir noch auf der Seele.

»Ich glaube ja«, sagte er, »mir scheint, ich war sogar recht unliebenswürdig gegen Sie.«

»Sie hielten mich vielleicht für etwas dreist?«

»Aber nicht doch. Nur, Sie betrugen sich im allgemeinen so scheu und zurückhaltend, und nun wunderte ich mich, welche Scheußlichkeit an meiner Gestalt oder meinem Gesicht Ihre Blicke auf einmal so magnetisch anzog; sonst wandten Sie sie ja immer ab.«

»Aber jetzt wissen Sie, was es war?«

»Gewiß doch.«

Und hier mischte sich Mrs. Bretton mit vielen, vielen Fragen über verflossene Zeiten in unser Gespräch, und um sie zu befriedigen, mußte ich auf vergangene Kümmernisse zurückkommen, mußte Gründe für die scheinbare Entfremdung angeben, mußte, andeutend wenigstens, von einem Kampf mit Leben und Tod und Gram und Verhängnis sprechen, in dem mir niemand geholfen hatte. Doktor John lauschte; er sagte wenig. Dann erzählten sie mir beide von den Veränderungen, die sie durchgemacht hatten. Selbst bei ihnen war es nicht ohne Unbilden abgegangen, und das Glück hatte seinen ehedem überreichen Gabenstrom gedrosselt. Aber eine so beherzte Mutter, die einen solchen Kämpfer als Sohn hatte, war gut gerüstet, um sich tapfer mit der Welt herumzuschlagen und endlich die Oberhand zu bekommen. Doktor John selber, da gab es keinen Zweifel, war einer von den Menschen, die unter freundlich blickenden Planeten geboren waren. Ihm mochte sich das Mißgeschick mit seinem grämlichsten Gesicht entgegenstellen, er war der Mann dazu, es lächelnd zu Boden zu zwingen. Stark und heiter, fest und freundlich, nicht unbesonnen und doch kühn – er durfte um die Schicksalsgöttin selber werben und entlockte wohl ihren steinernen Augäpfeln so etwas wie einen liebevollen Strahl.

In dem Beruf, den er gewählt hatte, war sein Erfolg nun ganz entschieden. Innerhalb der letzten drei Monate hatte er dieses Haus gemietet – ein kleines Château, wie sie mir erzählten, ungefähr eine halbe Meile von der Porte de Crécy. Diesen Landsitz hatte er seiner Mutter zuliebe gewählt, deren Gesundheit die Stadtluft nicht bekam, und sie hierher eingeladen. Als Mrs. Bretton England verließ, hatte sie diejenigen Möbel aus dem großen Haus in der St. Annenstraße mitgebracht, die sie nicht verkaufen mochte. Daher meine Bestürzung über die Geisterstühle und die gespensterhaften Spiegel, Teekessel und Tassen.

Als die Uhr elf schlug, unterbrach Doktor John seine Mutter. »Jetzt muß Miß Snowe schlafen gehen«, sagte er, »sie fängt an, sehr blaß zu werden. Morgen will ich mir erlauben ein paar Fragen nach der Ursache ihrer Erkrankung zu stellen. Sie ist wirklich seit dem Juli sehr verändert – da habe ich sie mit beachtlichem Temperament die Rolle eines unwiderstehlichen eleganten Herrn spielen sehen. Was die Katastrophe von gestern abend betrifft, so bin ich sicher, daß eine Geschichte daran hängt, aber heute wollen wir danach nicht weiter forschen. Gute Nacht, Miß Lucy.«

Und damit brachte er mich freundlich zur Tür und leuchtete mir mit einer Wachskerze die Treppe hinauf.

Als ich mein Gebet gesprochen hatte und ausgekleidet war und im Bett lag, fühlte ich, daß ich noch Freunde besaß. Freunde, die keine ungestüme Zuneigung vortäuschten, die nicht den zärtlichen Trost einer enggefügten Bindung innerster Verwandschaft boten, Freunde, von denen ich also nur eine beschränkte Anteilnahme begehren durfte, von denen mir nur bescheidene Hoffnung erwuchs. Dennoch schmolz mir das Herz vor ihnen und verzehrte sich in einer übermächtigen Dankbarkeit. Ich bat die Vernunft dringend, beizeiten Einhalt zu gebieten.

»Laß mich nicht zu oft, zu viel, zu liebevoll an sie denken«, flehte ich, »laß mich mit einem mäßigen Trunk aus diesem lebendigen Strom zufrieden sein. Laß mich nicht durstig werden, nicht süchtig nach seinem willkommenen Wasser, laß mich nicht glauben, daß es süßer schmecke als alle Brunnen der Erde. Oh! Wollte Gott, ich möge imstande sein, genügend Kraft aus einem freundlichen Dann und Wann zu schöpfen, aus einem seltenen, kurzen, gleichmütigen, ruhigen, ganz ruhigen Verkehr.«

Während ich diese Worte wiederholte, schmiegte ich die Wange in mein Kissen, und ich wiederholte sie immer noch, als ich das Kissen mit meinen Tränen benetzte.

17. La Terrasse

Diese Kämpfe mit dem naturgegebenen Charakter und der starken, angeborenen Neigung des Herzens mögen nutzlos und fruchtlos scheinen, aber am Ende tun sie gut. Sie wirken darauf hin, und sei es noch so leise, den Handlungen und dem Betragen die Richtung und die Form zu geben, mit der die Vernunft einverstanden ist und gegen die sich das Gefühl vielleicht allzuoft sträubt. Ganz bestimmt schaffen sie eine andere Grundhaltung und machen es möglich, daß das Leben besser geordnet und gleichmäßiger, mit stillerem Wasserspiegel dahinfließt. Und nur an der Oberfläche haften gewöhnlich die Blicke. Das, was darunterliegt, überlaß deinem Gott.

Der Mensch, deinesgleichen, schwach wie du und nicht tauglich, dein Richter zu sein, mag von dort ausgeschlossen bleiben; trag das Verborgene zu deinem Schöpfer, zeig Ihm die Heimlichkeiten der Seele, die Er dir schenkte – frag Ihn, wie du die Schmerzen durchstehen sollst, die Er dir zuwies –

knie nieder vor ihm und bete gläubig um Licht in der Finsternis, um Kraft in jämmerlicher Schwäche, um Geduld in äußerster Not. Sicher wird sich zu irgendeiner Stunde – auch wenn es vielleicht nicht *deine* Stunde ist – das träge Wasser genesungsbringend regen; in *irgendeiner* Gestalt wird der Heilbote herabsteigen, wenngleich vielleicht nicht in der, die du erträumst, die dein Herz liebt und um deretwillen es blutet. Die Krüppel und die Blinden und die Stummen und die Besessenen wird er zum Bade führen. Komm rasch, Bote! Tausende liegen um den Teich, weinend und in Verzweiflung, und sehen ihn reglos, während die Jahre vorüberschleichen. Lange währen des Himmels Fristen.

Die Bahnen der Engelsboten dehnen sich sehr weit vor dem Menschenblick; Jahrhunderte mögen sie umkreisen; der Ring eines Abschieds und einer Wiederkehr kann unzählige Generationen umspannen, und Staub, der zu kurzem, leidvollem Leben aufflammt und unter Schmerzen wieder zu Staub vergeht, mag inzwischen der Erinnerung entschwinden, und so immer von neuem.

Wie unendlich vielen Gelähmten und Trauernden erscheint der erste und einzige Engel, den die Menschen im Osten Azrael nennen.

Am nächsten Morgen versuchte ich aufzustehen. Ich war noch dabei, mich anzukleiden, und trank von Zeit zu Zeit einen schluck kaltes Wasser aus einer Karaffe auf dem Waschtisch, um die zitternde Schwäche zu bekämpfen, die das Anziehen so schwierig machte, da kam Mrs. Bretton herein.

»Du bist nicht recht bei Sinnen!« lautete ihre Morgenansprache. »Das fehlte noch!« fügte sie hinzu. Augenblicks verfuhr sie mit mir in der ihr eigenen, kurz angebundenen Art, in jener Art, die sie früher, und ich hatte mit Vergnügen dabei zugesehen, bei ihrem Sohn angewandt und der er so kräftig Widerstand geleistet hatte. In zwei Minuten überantwortete sie mich dem französischen Bett als Gefangene.

»Da bleibst du bis zum Nachmittag liegen«, sagte sie. »Das hat mein Junge vor dem Weggehen angeordnet, und ich kann dir versichern, mein Sohn ist der Gebieter, man muß ihm gehorchen! Gleich bekommst du dein Frühstück.«

Und sogleich brachte sie mir die Mahlzeit, brachte sie mir mit eignen emsigen Händen, statt mich Bedienten zu überlassen. Während ich aß, setzte sie sich aufs Bett. Nun haben wir ja selbst von unsern verehrten Freunden und hochgeschätzten Bekannten nicht jeden gern dicht bei uns, und nicht von jedem mögen wir es, daß er uns beobachtet, uns bedient und auf nächste Nähe an uns herankommt wie die Pflegerin an den Patienten. Nicht jeder Freund hat Augen, die Lichter in einem Krankenzimmer sind, nicht jeder ist dort ein Trost. Aber all dies war mir Mrs. Bretton, all dies war sie immer gewesen. Nie schmeckte mir Essen oder Trinken so gut wie dann, wenn es aus ihren Händen kam. Ich wüßte nicht, daß ein Zimmer einmal nicht heiterer geworden wäre, wenn sie es betrat. In uns sitzen Sympathien und Abneigungen, die gleichermaßen sonderbar sind. Es gibt Menschen, vor denen wir insgeheim zurückschrecken, die wir meiden möchten, obwohl unser Verstand zugibt, daß sie gute Leute sind. Und neben andern leben wir zufrieden dahin, als täte uns die Luft wohl, die sie umgibt, und dabei sind sie ganz offenbar von schwierigem Temperament. Für mich waren die lebhaften schwarzen Augen und die klaren bräunlichen Wangen meiner Patin, ihre warmen, flinken Hände, ihr Selbstvertrauen und ihre entschiedene Haltung allesamt so wohltätig wie die Atmosphäre eines heilsamen Klimas. Ihr Sohn pflegte sie »alte Dame« zu nennen; ich merkte mit freudigem Staunen, wie noch immer Frohsinn und Kraft einer Fünfundzwanzigjährigen von ihr ausströmten und sie umgaben.

»Ich würde gern meine Arbeit hierher bringen«, meinte sie, als sie mir die leere Tasse abnahm, »und den ganzen Tag bei dir sitzen, aber leider hat dieser herrschsüchtige John Graham gegen dies Verfahren sein Veto eingelegt. Weiß du, was er beim Weggehn gesagt hat? ›Also, Mama, gib acht, daß du mir deine Patentochter nicht in Grund und Boden schwätzest!‹ Und er hat ausdrücklich gewünscht, daß ich mich in meine eigenen Wände zurückziehe und dich mit meiner vortrefflichen Gesellschaft verschone. Er meint, Lucy, daß du ein Nervenfieber gehabt hast, nach deinem Aussehen zu urteilen. Stimmt das?«

Ich erwiderte, daß ich nicht genau wüßte, was mir eigentlich gefehlt, aber daß ich allerdings ziemlich übel gelitten hätte, zumal seelisch. Weiter bei diesem Gegenstand zu verweilen, hielt ich nicht für ratsam. Die Einzelheiten dessen, was ich ausgestanden hatte, gehörten zu einem Teil meines Daseins, das meine Patin nicht verstehen konnte. In welche neuen Bereiche würde solch eine Eröffnung diese gesunde, gelassen heitere Natur geführt haben! Den Unterschied zwischen ihr und mir mochte ein Bild verdeutlichen: Hier das stattliche Schiff, das sicher auf glatter See kreuzte, die Mannschaft vollzählig, der Kapitän frohgemut und tapfer, verwegen und sorgsam. Und dort das Rettungsboot: Die meisten Tage im Jahr lag es trocken und einsam in einem dunklen alten Bootshaus; nur dann stach es in See, wenn sich die Wogen bei Sturm türmten, wenn Wolken und Wasser aufeinanderprallten, wenn Gefahr und Tod sich in die Herrschaft über die ungeheure Tiefe teilten. Nein, die »Louisa Bretton« war in solch einer Nacht nie außerhalb des Hafens gewesen, hatte dieses Meer nicht befahren, und ihre Besatzung konnte keine Vorstellung davon haben. So behielt der halbertrunkene Mann aus dem Rettungsboot sein Geheimnis für sich und spann kein Garn.

Sie ließ mich allein, und ich lag zufrieden im Bett. Es war gut von Graham gewesen, daß er vor dem Fortgehen an mich gedacht hatte.

Mein Tag war einsam, aber die Aussicht auf den Abend verkürzte und erhellte ihn. Und dann fühlte ich mich auch schwach, und die Ruhe war mir willkommen. Nachdem die Morgenstunden vorüber waren – diese Stunden, die immer zur Geschäftigkeit mahnen, an Aufgaben erinnern, die auf uns warten, ein unbestimmtes Gefühl von zu erfüllenden Verpflichtungen bringen, und das ist für den notgedrungen Müßigen nicht anders –, als diese Zeit der Unrast vorüber war, als still der Nachmittag herniederstieg und auf der Treppe und in den Kammern die Schritte des Stubenmädchens verstummen ließ, da glitt ich in eine nicht unangenehme Traumstimmung hinüber.

Irgendwie erschien mir mein ruhiger kleiner Raum wie eine Meereshöhle. Er hatte keine Farben außer jenem Weiß und Blaßgrün, die an Schaum und tiefes Wasser denken ließen. Das geweißte Gesims war mit muschelförmigen Ornamenten geschmückt, und in den Ecken der Decke saßen weiße Stuckfiguren, die Delphinen glichen. Selbst der einzige Farbfleck, das rote Atlasnadelkissen, ähnelte einer Koralle; und selbst der dunkle, schimmernde Spiegel konnte soeben das Bild einer Meerjungfer zurückgeworfen haben. Wenn ich die Augen schloß, hörte ich den Sturm gegen die Hausfront fahren und schließlich verstummen, so, wie die Brandung, müde werdend, gegen den Fuß einer Klippe anstürmt und sich dann legt. Ich hörte ihn weit, weit weg anschwellen und wieder abschwellen, wie eine Flutwelle, die von einem Gestade der Oberwelt zurückweicht – einer Welt so hoch oben, daß der Anprall ihrer größten Wogen, der klatschende Aufschlag ihrer wildesten Sturzsee in diese Kammer tief unter dem Meer nur als murmelndes Schlummerlied dringen konnte.

Mit diesen Träumen kam der Abend, und Martha brachte ein Licht. Mit ihrer Hilfe war ich schnell angezogen. Jetzt war ich kräftiger als am Morgen und stieg ohne Stütze treppab in den blauen Salon.

Doktor John hatte offenbar seine ärztliche Besuchsrunde früher als gewöhnlich beendet. Das erste, worauf mein Blick traf, als ich über die Wohnzimmerschwelle schritt, war seine Gestalt. Er stand in der Fensternische gegenüber der Tür und las bei dem trüben Licht, das der schwindende Tag noch hergab, die kleine Druckschrift einer Zeitung. Das Feuer leuchtete, aber die Lampe stand unangezündet auf dem Tisch, und der Tee war noch nicht heraufgebracht worden.

Mrs. Bretton, meine energische Patin – später hörte ich, daß sie den ganzen Tag über an der Luft gewesen war –, ruhte halb liegend in einem tiefen Polstersessel; tatsächlich – sie war in ein Nickerchen versunken. Als ihr Sohn mich sah, kam er mir entgegen. Ich bemerkte, daß er vorsichtig auftrat, um die Schläferin nicht zu wecken, auch sprach er leise. Seine volle Stimme war niemals scharf; wenn er sie senkte, wie im Augenblick, war sie eher danach angetan, Schlummer sanfter zu machen, als ihn zu verscheuchen.

»Das hier ist ein stilles kleines Château«, bemerkte er, nachdem er mich dazu eingeladen hatte, am Fenster Platz zu nehmen. »Ich weiß nicht, ob Sie es vielleicht auf Ihren Spaziergängen wahrgenommen haben, allerdings sieht man es nicht von der Chaussee aus. Sie biegen genau eine Meile vor der Porte de Crécy in einen Heckenweg ein, der wird bald zu einer Allee, und die führt Sie dann durch Wiesen und

Gehölz geradewegs bis zur Haustür. Es ist kein moderner Bau, eher etwas im alten Stil der Basse-Ville. Und eher ein Landsitz als ein Château. Die Leute nennen es »La Terrasse«, weil seine Front sich über einer breiten Rasenfläche erhebt, von der Stufen einen grasbewachsenen Hang hinunter zur Allee führen. Sehen Sie! Dort drüben steigt der Mond auf. Schön sieht er aus zwischen den Baumstämmen.«

Ja, wirklich, wo tut das der Mond nicht? Welche Landschaft, eng oder weit, wird nicht durch ihn verklärt? Jetzt erhob er sich, rosen- oder feuerfarben, über einen nahen Hügel; noch während wir seinem Aufstieg folgten, läuterte er sich zu Gold, und in kurzer Zeit schwebte er fleckenlos hinauf an einen Himmel, der nun ganz ruhig war. Stimmte das Mondlicht Doktor Bretton weich oder traurig? Ergriff ihn seine Romantik? Ich glaube wohl. Obschon keine Seufzernatur, seufzte er, während er es beobachtete, seufzte still vor sich hin. Unnötig, über den Grund oder die Richtung dieses Seufzers nachzugrübeln. Ich wußte, Schönheit hatte ihn erweckt, ich wußte, er galt Ginevra. So drängte sich mir der Gedanke auf, daß es gewissermaßen meine Pflicht wäre, den Namen auszusprechen, den er im Sinn trug. Natürlich war er darauf eingestellt. An seiner Haltung sah ich, daß er bedrängt wurde von einer Überfülle von Bemerkungen, Fragen und von Anteilnahme, ich spürte den Andrang von Worten und Gefühlen, der, wie ich dachte, nur durch die Ratlosigkeit gehemmt wurde. Wie beginnen? Ihm diese Verlegenheit zu ersparen war das beste und das einzige, das ich für ihn tun konnte. Ich brauchte nur den Namen des Idols auszusprechen, und der Liebe zärtliche Litanei würde ausströmen. Eben hatte ich eine passende Wendung gefunden – »Sie wissen, daß Miß Fanshawe mit den Cholmondeleys auf Reisen ist?« – und öffnete die Lippen, um sie auszusprechen, da vereitelte er meine Pläne, indem er ein anderes Thema anschlug.

»Das erste, was ich heute morgen getan habe«, sagte er, wandte Gefühlen und Mond entschlossen den Rücken und setzte sich, »war, daß ich in die Rue Fossette ging und der Köchin mitteilte, Sie seien sicher und in guten Händen. Und wissen Sie, was ich da feststellte? Sie hatte tatsächlich noch nicht gemerkt, daß Sie aus dem Hause fort waren. Sie glaubte Sie wohlbehütet im großen Schlafsaal. Mit welcher Sorgfalt müssen Sie gepflegt worden sein!«

»Oh, das ist ganz verständlich«, antwortete ich. »Goton konnte nichts weiter für mich tun, als mir einen kleinen Arzneitrank und ein Ränftchen Brot bringen, und in der letzten Woche hab' ich beides so oft zurückgewiesen, daß die gute Frau die nutzlosen Wanderungen von der Wohnhausküche in den Schulschlafsaal satt bekam. Da sah sie bloß noch jeden Mittag nach mir und machte mir das Bett. Glauben Sie mir aber, sie ist ein gutmütiges Geschöpf und hätte mir mit Freuden Hammelkoteletten gebraten, wenn ich sie nur hätte essen können.«

»Was hat sich Madame Beck dabei gedacht, daß sie Sie so allein ließ?«

»Madame Beck konnte doch nicht voraussehen, daß ich krank werden würde.«

»Ihr Nervensystem war stark in Mitleidenschaft gezogen?«

»Ich weiß nicht recht, was mein Nervensystem ist, aber ich war scheußlich niedergeschlagen.«

»Und das setzt mich außerstande, Ihnen durch Pillen oder Tränke zu helfen. Medizin kann niemand heiter machen. An der Schwelle der Schwermut muß meine Kunst stehenbleiben. Sie schaut nur zu ihr herein und sieht die Folterkammer, aber viel sagen und tun kann sie nicht. Fröhliche Gesellschaft wäre von Nutzen. Sie sollten so wenig wie möglich allein sein, sie müßten sich viel im Freien bewegen.«

Ich stimmte seinen Bemerkungen zu, eine Pause folgte. Das klingt alles höchst einleuchtend, dachte ich, und die Gewohnheit hat's genehmigt und unterschrieben und das Herkommen seinen abgewetzten Stempel druntergedrückt.

»Miß Snowe«, fuhr Doktor John fort – meine Gesundheit, das Nervensystem eingeschlossen, war abgehandelt und abgetan, ein wenig fühlte ich mich deswegen erleichtert –, »darf ich mich wohl danach erkundigen, welcher Konfession Sie jetzt angehören? Sind Sie Katholikin?«

Ich schaute einigermaßen überrascht auf. »Katholikin? Nein! Wie kommen Sie darauf?«

»Die Art, wie Sie mir vorgestern abend anvertraut wurden, ließen mich zweifeln.«

»Ich Ihnen anvertraut? Aber wahrhaftig, das hab' ich ja ganz vergessen. Ich muß immer noch hören, wie ich Ihnen in die Hände fiel.«

»Je nun, unter Umständen, die mich verblüfften. Ich hatte vorgestern den ganzen Tag bei einem Patienten zugebracht, einem einzigartig interessanten und kritischen Fall, denn die Krankheit ist selten und ihre Behandlung unsicher; in Paris habe ich in einem Hospital einen ähnlichen und noch prächtigeren Fall gesehen. Aber das wird Sie nicht interessieren. Schließlich trat eine Abschwächung der ernstlichen Symptome ein (akute Schmerzen gehören zu den Begleiterscheinungen), so daß ich imstande war, mich zu entfernen und den Heimweg antrat. Der kürzeste Weg für mich führte durch die Unterstadt, und ich wählte ihn, da die Nacht stockfinster war und stürmisch und voll Regen obendrein. Ich ritt an einer alten Kirche vorüber, die zu einem Beginenorden gehört. Über der Vorhalle oder dem tiefen Bogen des Portals brannte eine Lampe, und bei ihrem Schein erblickte ich einen Priester, der irgend etwas in seine Arme aufhob. Das Licht war so hell, daß man das Gesicht des Priesters deutlich erkennen konnte, und ich erkannte ihn auch. Er war ein Mann, den ich oft an den Krankenbetten von arm und reich getroffen habe, zumal bei den Armen. Ich glaube, er ist ein guter alter Mann, weit besser als in diesem Lande die meisten seines Standes. Tatsächlich, er steht in jeder Weise über ihnen, ist besser unterrichtet und nimmt es gleichzeitig ernster mit seiner Pflicht. Unsere Blicke trafen sich, er rief mir zu, ich solle anhalten; das, was er stützte, war eine Frau, ohnmächtig oder sterbend. Ich stieg vom Pferd.

›Das ist eine Landsmännin von Ihnen‹, sagte er, ›retten Sie sie, wenn sie nicht tot ist.‹

Meine Landsmännin stellte sich bei näherer Betrachtung als die Englischlehrerin von Madame Becks Pensionat heraus. Sie war vollständig bewußtlos, vollständig leblos und nahezu kalt.«

»Was bedeutet das alles?« fragte ich.

»Er lieferte mir einen merkwürdigen Bericht, daß Sie am selben Abend zur Beichte bei ihm gewesen seien, daß der leidende und erschöpfte Eindruck, den Sie gemacht hatten, zusammen mit einigen Dingen, die Sie ihm gesagt hatten ...«

»Dinge, die ich gesagt haben soll? Ich möchte wissen, was!«

»Ohne Zweifel entsetzliche Verbrechen, aber er hat mir nicht verraten welche. An dem Punkt, sehen Sie, wurde seine Schwatzhaftigkeit und meine Neugier durch das Siegel der Beichte gehemmt. Jedenfalls haben aber die Eröffnungen den guten Vater nicht zu Ihrem Feinde gemacht. Anscheinend war er so ergriffen, und bei dem Gedanken, daß Sie in solch einer Nacht allein unterwegs wären, derart von Mitleid bewegt, daß er es für seine Christenpflicht hielt, auf Sie acht zu geben, als Sie die Kirche verließen. Er wollte Sie nicht aus den Augen verlieren, bis Sie glücklich wieder daheim angelangt wären. Übrigens ist es durchaus möglich, daß der würdige Mann dabei – vielleicht – halb unbewußt – eine Prise von der Schlauheit seines Standes eingemengt hat. Er dürfte entschlossen gewesen sein zu sehen, wo Sie wohnten. Haben Sie ihm das in Ihrer Beichte mitgeteilt?«

»Nein, im Gegenteil, ich habe sorgfältig auch den Schatten eines Hinweises vermieden. Und was meine Beichte anlangt, Doktor John, ich nehme an, Sie werden mich für verrückt halten, daß ich einen solchen Schritt unternommen habe. Aber ich konnte nicht anders. Vermutlich war an allem das schuld, was Sie ›mein Nervensystem‹ nennen. Ich kann Ihnen den Fall nicht in Worte fassen, aber meine Tage und Nächte waren unerträglich geworden, ein grausames Gefühl des Verlassenseins zermürbte mich, ein Gefühl, das sich Bahn brechen mußte, oder es hätte mich umgebracht – genauso, wie – und das werden Sie verstehen, Doktor John – wie sich der Blutstrom, der durch das Herz strömt, einen anomalen Ausgang sucht, wenn ihm durch eine Aderverengung oder eine andere krankhafte Ursache die natürlichen Kanäle versperrt sind. Ich brauchte Gesellschaft, ich brauchte Freundschaft, brauchte Rat. Nichts davon konnte ich in meinen vier Wänden finden, also ging ich und suchte sie in Kirche und Beichtstuhl. Und was das anlangt, was ich gesagt habe – es war keine vertrauliche Mitteilung und keine Erzählung. Ich habe nichts Böses getan – mein Leben ist nicht aktiv genug für dunkle Taten gewesen, weder in der Phantasie noch in der Wirklichkeit. Was aus mir hervorquoll, war nichts als eine düstere, verzweifelte Klage.«

»Lucy, Sie sollten ein halbes Jahr auf Reisen gehen. Wahrhaftig, Ihre ruhige Natur wird recht erregbar! Zum Kukkuck mit Madame Beck! Hat denn die stramme kleine Witwe kein Herz im Leibe, daß sie ihre beste Lehrerin zur Einzelhaft verdammt?«

»Madame Beck ist nicht schuld«, sagte ich, »überhaupt niemand, und ich möchte niemanden tadeln hören.«

»Also, Lucy, wer ist dann im Unrecht?«

»Ich, Doktor John – ich und ein großes abstraktes Ding, auf dessen breite Schultern ich mit Freuden ganze Berge von Schuld packe! Die Schultern sind eigens dazu gemeißelt ... Also ich und das Geschick.«

»Das Ich muß sich künftig besser in acht nehmen«, sagte Doktor John und lächelte – vermutlich über meine logisch nicht ganz tadelfreie Bildschöpfung. »Luftwechsel, Wechsel der Umgebung, das ist mein Rezept«, fuhr der junge praktische Arzt fort. »Aber um wieder auf unser Thema zu kommen, Lucy: Bis jetzt ist Père Silas trotz all seiner Diplomatie (es heißt, er sei Jesuit) nicht weiser, als Sie ihn haben wollten. Denn anstatt zur Rue Fossette zurückzukehren, sind Sie auf Ihren Fieberirrwegen – Sie müssen hohes Fieber gehabt haben ...«

»Nein, Doktor John, das Fieber ist an dem Abend zurückgegangen. Also hören Sie, stellen Sie die Sache jetzt nicht so hin, als ob ich im Delirium gewesen wäre, denn ich weiß, daß es nicht so gewesen ist.«

»Schön! Ich zweifle nicht daran, daß Sie so gut beisammen waren wie ich in diesem Augenblick. Ihre Wanderschaft hatte Sie genau in die dem Pensionat entgegengesetzte Richtung geführt. In der Nähe des Beginenklosters, mitten in Sintflut und wütendem Sturm und verwirrender Finsternis, waren Sie ohnmächtig geworden und zu Boden gefallen. Der Priester eilte Ihnen zu Hilfe, und, wie wir gesehen haben, kam der Arzt unversehens dazu. Wir beschafften eine Droschke und brachten Sie hierher. So alt Père Silas ist, er bestand darauf, Sie selber die Treppe heraufzutragen und auf das Sofa dort zu legen. Er wäre gewiß bei Ihnen geblieben, bis Ihre Bewußtlosigkeit wieder gewichen wäre, und dasselbe hätte ich getan. Aber in diesem kritischen Augenblick langte ein atemloser Bote an. Er kam von dem sterbenden Patienten, den ich eben verlassen hatte, die letzten Dienste waren erforderlich, noch *ein* Besuch des Arztes, noch *eine* feierliche Handlung des Priesters. Die Letzte Ölung konnte nicht mehr aufgeschoben werden. Père Silas und ich brachen zusammen auf. Meine Mutter verbrachte den Abend außer Hause. Wir übergaben Sie Marthas Obhut und ließen Anweisungen zurück, die sie anscheinend mit Erfolg ausgeführt hat. – Nun, sind Sie Katholikin?«

»Bis jetzt noch nicht«, sagte ich lächelnd. »Lassen Sie nur Père Silas nichts davon wissen, wo ich wohne, sonst wird er versuchen, mich zu bekehren. Aber wenn Sie ihn sehen, dann sagen Sie ihm, daß ich ihm sehr herzlich danke. Und wenn ich je reich werden sollte, dann will ich ihm Geld für seine Liebeswerke schicken. Sehen Sie, Doktor John, Ihre Mutter wacht auf, Sie sollten nach dem Tee klingeln.«

Das tat er, und als sich Mrs. Bretton aufsetzte – erstaunt und ungehalten über sich selber, weil sie sich so hatte gehenlassen, und vollauf bereit abzustreiten, daß sie überhaupt geschlafen hatte –, als sie sich aufsetzte, eröffnete ihr Sohn fröhlich den Angriff: »Eiapopeia, Mama, schlummre weiter. Du siehst aus wie die verkörperte Unschuld, wenn du so schläfst.«

»Schläfst, John Graham! Wovon redest du da? Du weißt genau, daß ich *niemals* am Tag schlafe. Allenfalls habe ich ein ganz klein bißchen vor mich hin geträumt.«

»Das war's, Mama, das war's. Eines Engels sanftes Sichverlieren – ein Feentraum! Mama, unter solchen Umständen erinnerst du mich an Titania.«

»Das kommt daher, daß du selber soviel Ähnlichkeit mit Zettel hast!«

»Miß Snowe, haben Sie je etwas gehört, das Mamas Witz gleichkäme? Für ihr Alter und ihren Umfang ist sie eine äußerst muntere Frau.«

»Behalten Sie Ihre Komplimente, Sir, und übersehen Sie gefälligst nicht Ihren eigenen Umfang! Ich habe stark den Eindruck, daß er im Zunehmen ist. Lucy, sieht er nicht ein wenig aus wie John Bull im Anfangsstadium? Sonst war er immer schlank wie ein Aal, und jetzt, scheint mir, seh' ich an ihm so etwas wie einen Hang zum schweren Dragoner, eine Neigung zum Leibgardisten. Graham, paß auf! Wenn du fett wirst, dann enterbe ich dich.«

»Als ob du nicht eher deine eigene Person enterben könntest! Lucy, ich bin unentbehrlich für das Glück der alten Dame. Wenn sie nicht meine sechs Fuß Laster schelten müßte, dann würde sie in grüner und gelber Melancholie dahinschmachten. Das Schelten hält sie rege, es sorgt für die gesunde Aufregung.«

Die beiden standen sich jetzt, jedes auf einer Kaminseite, gegenüber. Ihre Worte waren nicht eben zärtlich, aber ihre Blicke entschädigten reichlich für das, was den Worten abging. Mrs. Brettons kostbarster Schatz wurde von ihres Sohnes Brust umschlossen, ihr stärkster Puls schlug in seinem Herzen. Was ihn betraf – in seine Gefühle teilte sich natürlich eine andere Liebe mit der des Sohnes, und da die neue Leidenschaft die jüngstgeborene war, so übertrug er auf sie ohne Zweifel den Benjaminsteil seiner Gefühle. Ginevra! Ginevra! Wußte Mrs. Bretton wohl schon, zu wessen Füßen ihr junger Abgott seine Huldigung dargebracht hatte? Würde sie seine Wahl billigen? Ich wußte es nicht. Aber das konnte ich mir gut genug denken: wenn sie Miß Fanshawes Verhalten Graham gegenüber gekannt, ihr Hin und Her zwischen Kälte und Schmeichelei, zwischen Zurückweisung und Lockung, wenn sie überhaupt den Schmerz argwöhnen konnte, den Ginevra ihm angetan hatte, und wenn sie wie ich seinen prächtigen Lebensmut gedämpft und bekümmert gesehen hätte, wenn sie miterlebt hätte, wie ihm der Unwürdige vorgezogen, wie der zum Werkzeug seiner Demütigung gemacht wurde, der nicht wert war, ihm die Schuhriemen zu binden – dann hätte Mrs. Bretton Ginevra kindisch und verdreht oder beides genannt. Nun gut – ich dachte dasselbe.

Jener zweite Abend verging so angenehm wie der erste – nein, noch angenehmer. Wir hatten unsere Freude an einem ruhigeren Gedankenaustausch. Die alten Nöte ließen wir abseits liegen, unsre Bekanntschaft war besser gefestigt, und ich fühlte mich glücklicher, unbefangener, mehr zu Hause. In dieser Nacht weinte ich mich nicht mehr in den Schlaf. Ich wandelte auf einem Pfad ins Traumland hinein, an dessen Saum links und rechts freundliche Gedanken blühten.

18. Wir zanken uns

Wann immer sich Graham während der ersten Tage meines Aufenthalts in La Terrasse zu mir setzte oder sich bei seinen häufigen Wanderungen auf und ab durchs Zimmer dem Ort näherte, wo ich mich niedergelassen hatte, wann immer er nachdenklicher dreinsah und ernster als sonst, stets dachte ich an Miß Fanshawe und wartete darauf, daß ihm ihr Name von den Lippen sprang. Ich hielt Ohr und Geist in ständiger Bereitschaft für das heikle Thema. Meine Geduld hatte Befehl, andauernd unter Waffen zu stehen, und mein Mitgefühl harrte mit bis zum Rande vollgeschenktem Füllhorn, jeden Augenblick zum Ausgießen bereit. Schließlich, nach einem kleinen inneren Kampf, den ich sah und respektierte, stürzte er sich eines Tages in das Thema; vielmehr, er tauchte vorsichtig hinein, sozusagen die Anonymität wahrend.

»Wie ich höre, verbringt Ihre Freundin die Ferien auf einer Reise?«

Freundin, dachte ich bei mir, wahrhaftig! Aber es ging nicht an, ihm zu widersprechen. Er mußte seinen Willen haben, ich mußte die verliebte Unterstellung hinnehmen. In Gottes Namen denn, Freundin. Ein kleines Experiment konnte ich mir dennoch nicht versagen. Ich fragte, wen er meinte.

Er hatte sich an meinen Arbeitstisch gesetzt. Jetzt ergriff er eine Garnwinde und fing an, sie achtlos abzuwickeln.

»Ginevra – Miß Fanshawe – hat die Cholomondeleys auf einer Tour durch Südfrankreich begleitet?«

»Ja.«

»Korrespondieren Sie beide miteinander?«

»Es wird Sie wundern, wenn Sie's hören, aber ich habe niemals daran gedacht, mich um dieses Privileg zu bewerben.«

»Sie haben Briefe von ihr gesehen?«

»Ja, mehrere an ihren Onkel.«

»Es kann ihnen nicht an Witz und naïveté fehlen. Sie sprüht ja geradezu und hat so gar nichts Gemachtes an sich.«

»Sie drückt sich verständlich genug aus, wenn sie an Monsieur de Bassompierre schreibt. Der Sinn springt einem in die Augen.« Tatsächlich waren Ginevras Episteln an ihren wohlhabenden Verwandten gewöhnlich Geschäftsdokumente, unzweideutige Bitten um Bargeld.

»Und Ihre Handschrift? Ich würde denken, daß sie hübsch ist, leicht, damenhaft?«

Das war sie, und ich sagte es.

»Ich glaube wahrhaftig, daß sie alles gut tut, was sie tut«, sagte Doktor John, und da ich mich offensichtlich nicht beeilte, dieser Bemerkung zuzustimmen, fügte er hinzu: »Sie, die Sie sie kennen – wüßten Sie etwas, worin sie versagt?«

»Sie ist auf verschiedenen Gebieten sehr tüchtig.« Unter anderem im Flirten, ergänzte ich in Gedanken.

»Wann glauben Sie, daß sie in die Stadt zurückkehrt?« erkundigte er sich.

»Verzeihen Sie, Doktor John, ich muß etwas erklären. Sie tun mir zuviel Ehre an, Sie schreiben mir nämlich sehr viel mehr Vertrautheit mit Miß Fanshawe zu, als ich das Glück habe zu genießen. Ich habe nie ihre Pläne und Geheimnisse verwahrt. Sie werden ihre speziellen Freunde in einer anderen Sphäre als meiner finden – zum Beispiel unter den Cholmondeleys.«

Er glaubte tatsächlich, daß ich den Stachel eines eifersüchtigen Schmerzes, ähnlich seinem eigenen, spürte! »Verzeihen Sie ihr«, sagte er, »urteilen Sie mit Nachsicht über sie. Sie läßt sich jetzt von der eleganten Welt verführen, die so hübsch glitzert. Aber sie wird bald merken, daß diese Leute hohl sind, und wird mit desto größerer Anhänglichkeit und gefestigtem Vertrauen zu Ihnen zurückkehren. Ich kenne die Cholmondeleys ein wenig. Eine oberflächliche, angeberische, selbstsüchtige Gesellschaft. Verlassen Sie sich darauf, im Innersten schätzt Ginevra Sie mehr als zwei Dutzend von jener Art.«

»Sie sind sehr freundlich«, sagte ich kurz. Auf meinen Lippen brannte ein Protest gegen die Gefühle, die mir zugeschrieben wurden, aber ich erstickte die Flamme. Ich ergab mich drein, als die gedemütigte, verstoßene und nun dahinschmachtende Vertraute der ausgezeichneten Miß Fanshawe angesehen zu werden. Allerdings, mein Leser, kam mich die Ergebung hart an.

»Aber sehen Sie«, fuhr Graham fort, »während ich *Sie* tröste, kann ich den nämlichen Trost doch nicht für mich gebrauchen. Ich kann nicht hoffen, daß sie mir Gerechtigkeit widerfahren läßt. De Hamal taugt nichts, aber trotzdem, fürchte ich, gefällt er ihr – unselige Verblendung!«

Jetzt riß mir die Geduld wirklich, und zwar ohne Vorwarnung, mit einem Ruck. Vermutlich hatten Krankheit und Schwäche sie abgenutzt und brüchig gemacht.

»Doktor Bretton«, brach ich los, »keine Verblendung kommt Ihrer eigenen gleich! In allem und jedem, nur in einem nicht, sind Sie ein Mann, frei, gesund, mit klarem Kopf und offenen Augen. Aber in diesem einen Punkt sind Sie weiter nichts als ein Sklave. Ich sage Ihnen, da, wo es um Miß Fanshawe geht, verdienen Sie keinen Respekt, und meinen haben Sie da auch nicht.«

Ich stand auf und ging sehr erregt aus dem Zimmer.

Diese kleine Szene fand am Morgen statt. Am Abend mußte ich ihm wieder unter die Augen treten, und da sah ich, was ich angerichtet hatte. Er war nicht aus gewöhnlichem Ton gemacht, nicht aus grobem Material zusammengesetzt. Während sein Wesen in den Umrissen großzügig, in kräftigem Schwung geformt war, barg sich in den Besonderheiten eine fast weibliche Zartheit. Sie war viel, viel feiner, als man hätte erwarten können, als man selbst nach jahrelanger Bekanntschaft in ihm vermuten konnte. Tatsächlich, ehe nicht eine heftige Berührung seiner Nerven durch ihre Wirkung deren starke Empfindlichkeit verraten hatte, konnte man von diesem sorgfältig gefügten Bau nichts ahnen. Man konnte es namentlich deshalb nicht, weil die Fähigkeit zum Mitempfinden bei ihm nicht hervortrat. Selber zu empfinden und rasch die Empfindungen anderer zu erfassen, das sind ganz verschiedene Eigenschaften. Manche können beides, manche weder das eine noch das andere. Doktor John besaß die eine Gabe in erlesener Vollkommenheit, und wenn ich auch zugegeben habe, daß er mit der andern nicht in gleichem Maß ausgestattet war, so wird sich der Leser doch wohlweislich vor Übertreibung hüten und wird dem Doktor nicht Teilnahme und Mitgefühl absprechen. Im Gegenteil, er war ein freundlicher, großherziger Mann. Du offenbarst ihm deine Not, und seine Hand ist offen. Du fassest deinen Kummer in Worte, und er zeigt dir kein taubes Ohr. Aber wenn du ein verfeinertes Wahrnehmungsvermögen und Wunder an Intuition erwartest, dann erlebst du eine Enttäuschung. Als Doktor John an diesem Abend das Zimmer betrat und der Lampenschein auf ihn fiel, erkannte ich mit einem Blick klar den ganzen Mechanismus.

Gegen eine Frau, die ihn Sklave genannt und ihn in einem Punkte aus ihrer Achtung verbannt hatte, mußte er nun eigentümliche Gefühle hegen. Es mochte sein, daß die Bezeichnung zutreffend war und der Bann gerecht. Er leugnete es nicht, im Geist erwog er diese entmutigende Möglichkeit sogar ganz ehrlich. Er suchte in dieser Anklage den Grund für den Mißerfolg zu finden, der einen so schmerzlichen Einfluß auf seinen Seelenfrieden ausübte. Inmitten der Aufregung eines Monologs voller Selbstverdammung erschien sein Benehmen mir und seiner Mutter gegenüber gesetzt, vielleicht sogar kalt. Und doch lag in seinem Gesicht kein Unmut, kein Groll, keine Erbitterung, nichts Kleinliches, und selbst jetzt, da seine Miene bedrückt war, behielt er seine männliche Schönheit. Ich beeilte mich, dem Mädchen zuvorzukommen, rückte seinen Stuhl an den Tisch und reichte ihm dann mit zitterndem Eifer den Tee.

»Danke, Lucy«, sagte er, und seine volle angenehme Stimme klang freundlich wie eh und je.

Was mich betraf, ich konnte nur einen Plan verfolgen. Ich mußte meine sträfliche Heftigkeit sühnen, oder ich würde die Nacht nicht schlafen können. So konnte es nicht bleiben, das hielt ich nicht aus. Ich machte mir nicht vor, daß ich imstande sei, auf diesem Boden Krieg zu führen. Schuleinsamkeit, Klosterstille und Flaute, alles schien leichter zu ertragen als Unfriede mit Doktor John. Was Ginevra anlangte, so mochte sie die Silberschwingen einer Taube oder jedweden andern Federviehs gebrauchen und mochte stracks aufschweben an den höchsten Platz, mitten zwischen die höchsten Himmelslichter, wo immer es ihrem Liebhaber im höchsten Schwung der Phantasie beliebte, das Sternbild ihrer Reize unterzubringen. Nie wieder sollte es meine Sache sein, darüber zu debattieren. Lange versuchte ich, seinen Blick einzufangen. Wieder und wieder traf dieser Blick den meinen, aber er begegnete ihm nur, und da er nichts zu sagen hatte, wandte er sich ab, und ich war geschlagen. Nach dem Tee saß er, traurig und ruhig, und las ein Buch. Ich wünschte, ich hätte es wagen können, hinzugehen und mich zu ihm zu setzen. Aber wenn ich das riskierte, dann würde er, so schien es mir, unfehlbar Feindseligkeit und Unwillen zeigen. Ich sehnte mich danach, frei heraus zu sprechen, und wagte nicht zu flüstern. Seine Mutter verließ das Zimmer. Da murmelte ich, getrieben von unerträglicher Reue, nur die Worte: »Doktor Bretton.«

Er schaute vom Buch auf. Seine Augen blickten nicht kalt, nicht böswillig, kein verächtlicher Spott verzog den Mund. Doktor John war bereit und willig zu hören, was ich zu sagen haben mochte. Sein Geist war Wein von einem guten Jahrgang, zu milde und zu voll, um bei einem Donnerschlag sauer zu werden.

»Doktor Bretton, verzeihen Sie mir die unbedachten Worte. Bitte, bitte, verzeihen Sie sie mir.«

Er lächelte im Augenblick, da ich sprach. »Vielleicht habe ich sie verdient, Lucy. Wenn Sie keinen Respekt vor mir haben, dann sicher darum, weil ich ihn nicht verdiene. Ich fürchte, ich bin ein Tölpel, irgendwie mach ich's wohl falsch, denn offenbar bring' ich's nicht fertig, da zu gefallen, wo ich es gern möchte.«

»Das können Sie nicht wissen, und selbst, wenn es so sein sollte, ist dann Ihr Charakter dran schuld oder jemand anders mit seinem Wahrnehmungsvermögen? Aber nun lassen Sie mich zurücknehmen, was ich im Verdruß ausgesprochen habe. Ich habe in allen Dingen die größte Hochachtung vor Ihnen. Wenn Sie sich selber schwerlich genug schätzen und andere zuviel, was ist das weiter als eine Tugend?«

»Kann ich denn Ginevra zu hoch schätzen?«

»*Ich* glaube ja; *Sie* glauben nein. Wir wollen uns damit abfinden, daß unsre Ansichten auseinandergehen, ja? Sagen Sie, daß mir verziehen ist. *Darum* bitte ich Sie.«

»Denken Sie wirklich, ich trage Ihnen das eine erregte Wort nach?«

»Ich sehe, daß Sie es nicht tun und nicht können. Aber sagen Sie doch nur: Lucy, ich verzeihe Ihnen! Sagen Sie das, damit ich meinen Kummer loswerde!«

»Jagen Sie Ihren Kummer fort, wie ich meinen fortjage, denn ein bißchen haben Sie mich verletzt, Lucy. – Nun, da der Schmerz vorüber ist, vergebe ich Ihnen nicht bloß, ich bin Ihnen dankbar als jemandem, der mir aufrichtig wohl will.«

»Ich *will* Ihnen aufrichtig wohl, Sie haben recht.«

So endete unser Streit.

Mein Leser, wenn Sie im Verlauf dieser Arbeit finden, daß meine Meinung von Doktor John eine Wandlung erfährt, so entschuldigen Sie die scheinbare Inkonsequenz. Ich gebe die Empfindung wieder, so wie ich sie zu der Zeit fühlte; ich beschreibe das Charakterbild so, wie ich es damals sah.

Er bewies die Vornehmheit seiner Natur dadurch, daß er

nach jenem Mißverständnis freundlicher gegen mich war als zuvor. Ja, eben der Vorfall, der meiner Theorie nach ihn und mich in gewissem Grade einander entfremden mußte, änderte wirklich unsre Beziehungen ein wenig, aber nicht in dem Sinn, wie ich es schmerzlich erwartet hatte. Ein unsichtbares, doch kaltes Etwas, sehr dünn, sehr durchsichtig, aber sehr frostig, eine Art Schirm von Eis hatte bisher, solange wir beide lebten, zwischen uns gestanden, eine Glasscheibe, durch die wir miteinander verkehrten. Jene paar hitzigen Worte, wenn sie auch nur aus Ärger hitzig gewesen waren, hauchten an das zerbrechliche Frostwerk der Zurückhaltung, und nun schmolz es sichtbar dahin. Ich glaube, von jenem Tage an und solange wir Freunde blieben, verharrte er im Gespräch mit mir nie mehr bei konventionellen Gegenständen. Er schien zu wissen, daß meine Erwartung immer erfüllt, mein Wunsch stets befriedigt war, wenn er nur über sich selber sprach und über das, was ihn am meisten bewegte. Darauf folgt als Selbstverständlichkeit, daß ich weiterhin viel von Ginevra hörte.

Ginevra! Für ihn war sie so schön, so gut; er sprach so liebevoll von ihrem Zauber, ihrer Anmut, ihrer Unschuld, daß sich meiner klaren, prosaischen Wirklichkeitserkenntnis zum Trotz über ihr Bild eine Art farbigen Glanzes breitete – selbst für mich. Dennoch, mein Leser, gestehe ich bereitwillig, daß er oft genug Unsinn redete. Aber ich mühte mich, ihm mit unerschöpflicher Geduld zu begegnen. Ich hatte meine Lektion erhalten, hatte erfahren, wie bitter mir der Schmerz war, ihn zu quälen, zu bekümmern, zu enttäuschen. In einem seltsamen und neuen Sinn wurde ich sehr selbstsüchtig. Um keinen Preis konnte ich mir das Entzücken versagen, mich seiner Stimmung zu fügen und seinem Willen nachzugeben. Es schien mir noch immer ganz absurd, wenn er halsstarrig an seiner Fähigkeit zweifelte, schließlich doch noch Miss Fanshawes Gunst zu gewinnen. Hartnäckiger denn je schlug in meinem eignen Gemüt die Vorstellung Wurzeln, daß Ginevra nur kokettierte, um ihn anzustacheln, und daß sie in ihrem Herzen jedes Wort, jeden Blick von ihm heftig begehrte. Manchmal ermüdete er mich, sosehr ich auch zum duldsamen Zuhören entschlossen war. Mitten in dem bittersüßen Vergnügen, so zu dulden und zu hören, flammte ich zuweilen auf, wenn er auf den Brocken Widerstand in mir einhämmerte, daß er helle Funken sprühte. Eines Tages behauptete ich von ungefähr, ich sei gewiß, Miß Fanshawe werde ihn an Ende begünstigen, bestimmt sei das ihre Absicht. Ich wollte damit seine Ungeduld stillen.

»Bestimmt! Das sagt sich leicht. Aber haben Sie denn Gründe für diese Zuversicht?«

»Die allerbesten.«

»Welche, Lucy? So *sagen* Sie's mir doch!«

»Sie kennen sie so gut wie ich. Und weil Sie sie kennen, Doktor John, wundert's mich wahrhaftig, daß Sie nicht das unbefangenste Vertrauen in Ginevras Aufrichtigkeit setzen. Unter solchen Umständen zu zweifeln, daß heißt beinahe beleidigen.«

»Jetzt fangen Sie an, schnell zu sprechen und kurz zu atmen – aber sprechen Sie noch ein bißchen schneller, und atmen Sie noch ein bißchen kürzer, bis Sie mir das erklärt haben – vollständig erklärt, das brauche ich!«

»Sie sollen es ja haben, Doktor John. In manchen Fällen sind Sie ein verschwenderischer, großzügiger Mann, Sie sind ein Anbeter, der jederzeit mit einer Opfergabe bereitsteht. Falls Père Silas es je fertigbringen sollte, *Sie* zu bekehren, dann werden Sie ihm eine Überfülle von Almosen für seine Armen geben. Sie werden ihm seinen Altar mit Kerzen versorgen, und Sie werden tun, was Sie können, um den Schrein

Ihres Lieblingsheiligen auszuschmücken: Ginevra, Doktor John...«

»Still!« sagte er, »nicht weiter!«

»*Nicht* still, sondern *weiter*: Ginevra hat sich die Hände aus Ihren Händen öfter füllen lassen, als ich zählen kann. Sie haben die teuersten Blumen für sie aufgetrieben, Sie haben sich den Kopf zerbrochen, um sich Geschenke für Sie auszudenken, die allerzartesten, solche, von denen man hätte meinen können, daß bloß eine Frau imstande wäre, darauf zu verfallen. Und obendrein besitzt Miß Fanshawe eine Sammlung von Schmucksachen – um die zu erstehen, muß Ihre Großzügigkeit dicht an den Rand der Verschwendung geraten sein.«

Das Zartgefühl, das Ginevra selber in dieser Angelegenheit niemals gezeigt hatte, ließ nun das Gesicht ihres Bewunderers über und über erglühen.

»Unsinn!« sagte er und schnitt mit meiner Schere zerstörerisch in eine Seidendecke. »Ich habe ihr das dargebracht, um mir selber eine Freude zu machen. Und ich war mir bewußt, daß sie mir eine Gunst erwies, als sie es annahm.«

»Sie hat mehr getan, als eine Gunst zu erweisen, Doktor John. Sie hat ihre Ehre verpfändet, nicht mehr und nicht weniger, und sie muß Ihnen einen angemessenen Dank abstatten. Und wenn sie Ihnen nicht mit Zuneigung zahlen kann, dann sollte sie Ihnen ein geschäftsmäßiges Äquivalent in Gestalt einiger Rollen Goldstücke aushändigen.«

»Aber Sie verstehen sie nicht. Sie ist ja viel zu uneigennützig, um sich aus meinen Geschenken etwas zu machen, viel zu arglos, um ihren Wert zu kennen.«

Ich lachte laut auf. Ich hatte es selbst gehört, wie sie jedem Juwel seinen Preis zuerkannte, und ich wußte sehr gut: So jung sie war, hatten doch Geldverlegenheit und Pläne, zu Geld zu kommen, hatten Geldeswert und das Bemühen, sich Zuschüsse zu verschaffen, für sie seit Jahren den häufigsten und liebsten Gedankenantrieb geliefert.

Er fuhr fort: »Hätten Sie sie nur gesehen, wenn ich ihr eine Kleinigkeit in den Schoß legte: so kühl, so unbewegt, keine Begier zu nehmen, nicht einmal Vergnügen beim Betrachten. Bloß weil sie in ihrer Liebenswürdigkeit mich nicht betrüben mochte, erlaubte sie mir, daß ich das Bukett neben sie legte, und ließ sich vielleicht auch dazu herbei, es mitzunehmen. Oder wenn ich es fertigbrachte, ihr ein Armband um das elfenbeinweiße Handgelenk zu legen, ganz gleich, wie hübsch das Schmuckstück sein mochte (und ich habe immer sorgfältig ausgesucht, was mir hübsch vorkam, und natürlich nichts Wertloses) – nie hat ihr das Geglitzer die hellen Augen geblendet, sie pflegte kaum einen Blick auf mein Geschenk zu werfen.«

»Sie schätzte es also nicht. Dann hat sie es natürlich abgenommen und Ihnen zurückgegeben?«

»Nein. Für eine solche Zurückweisung war sie viel zu gutherzig. Sie verstand sich dann einfach dazu, scheinbar zu vergessen, was ich getan hatte und behielt das Dargebrachte mit damenhafter Ruhe und ungezwungener Achtlosigkeit. Wie kann ein Mann unter solchen Umständen darauf bauen, daß die Annahme seiner Geschenke ein gütiges Zeichen wäre? Was mich anlangt – und wenn ich alles böte, was ich besitze, und wenn sie es annähme, dann würde ich dennoch nicht glauben, daß der Handel mich einen Schritt weitergebracht hätte, so ganz unfähig ist sie, sich von niedrigen Beweggründen leiten zu lassen.«

»Doktor John«, begann ich, »Liebe ist blind.« Aber ebenda fuhr aus Doktor Johns Augen ein blauer, verschmitzter Strahl. Er erinnerte mich an die alten Tage, erinnerte mich an sein Bild, und er brachte mich fast auf den Gedanken, daß sein offenbarer Glaube an Miß Fanshawes naïveté mindestens zum Teil nicht ganz echt wäre. Er führte mich zu ungewissen Vermutungen. Vielleicht hatte Doktor John doch klarere Augen für Ginevras schwache Seiten und deutete sie weniger falsch, als nach seiner üblichen Redeweise anzunehmen war – trotz seiner Leidenschaft für ihre Schönheit? Wiederum, es mochte ein zufälliger Blick gewesen sein oder bestenfalls das Zeichen eines bloßen Augenblickseindrukkes. Zufall oder Absicht, wirklich oder eingebildet, der Blick beendete das Gespräch.

19. Die Kleopatra

Mein Aufenthalt in La Terrasse wurde vierzehn Tage über den Ferienschluß hinaus verlängert. Mrs. Brettons freundliche Regie verschaffte mir diesen Aufschub. Als ihr Sohn eines Tages den Spruch gefällt hatte, daß »Lucy noch nicht stark genug sei, um in diese Höhle von einem Pensionat zurückzugehen«, fuhr sie unverzüglich in die Rue Fossette hinüber, hatte eine Unterredung mit der Direktorin und erwirkte das Zugeständnis, indem sie geltend machte, daß zur vollkommenen Genesung noch eine Zeitlang Ruhe und andre Umgebung nötig sei. Hierauf folgte jedoch eine Aufmerksamkeit, auf die ich gut hätte verzichten können – ein Höflichkeitsbesuch von Madame Beck.

Tatsächlich kam die Dame eines schönen Tages in einem Fiaker zum Château gefahren. Ich vermute, sie wollte feststellen, wie das Haus aussah, in dem Doktor John wohnte. Offenbar übertrafen die angenehme Lage und die geschmackvolle Einrichtung ihre Erwartungen. Sie pries alles, was sie sah, erklärte den blauen Salon für »une pièce magnifique«, gratulierte mir überschwenglich dazu, solche Freunde gewonnen zu haben, »tellement dignes, aimables, et respectables«, drechselte sogar ein artiges Kompliment zu meinen Gunsten, und als Doktor John eintrat, lief sie mit größter Lebhaftigkeit auf ihn zu, indem sie gleichzeitig ein rasantes Redefeuerwerk eröffnete. Das funkelte nur so von Glückwünschen und Freudenerklärungen über sein »château«, über »madame sa mère, la digne châtelaine«, dazu über sein Aussehen – das in der Tat sehr blühend war und im Augenblick überdies noch durch das gutmütige, doch amüsierte Lächeln gehoben wurde, mit dem er Madames fließendem und blumenreichem Französisch stets zu lauschen pflegte. Kurz, Madame glänzte an jenem Tage ganz besonders und kam herein und ging hinaus wie ein lebendiges Feuerrad von Komplimenten, Freude und Leutseligkeit. Halb absichtlich und halb, um sie noch irgend etwas über Schulangelegenheiten zu fragen, folgte ich ihr zum Wagen und schaute hinein, nachdem sie Platz genommen hatte und die Tür zugeworfen war. Welch ein Wandel hatte sich in diesem winzigen Bruchteil einer Sekunde vollzogen! Einen Augenblick zuvor war sie nichts als Scherz und sprühende Heiterkeit gewesen, jetzt saß sie da, strenger als ein Richter und ernster als ein Weiser. Sonderbare kleine Frau!

Ich ging zurück und neckte Doktor John wegen Madames inniger Neigung zu ihm. Wie er lachte! Wie seine Augen von Ausgelassenheit funkelten, als er sich ein paar ihrer schönen Sprüche ins Gedächtnis zurückrief und sie, ihre Zungenfertigkeit nachahmend, wiederholte! Er hatte einen wachen Sinn für Humor und war der beste Gesellschafter der Welt – wenn er Miß Fanshawe vergessen konnte.

Es heißt, daß es ausgezeichnet für schwache Leute sei, »in Sonnenruh und -lust« zu sitzen; es gibt ihnen Lebenskraft. Als sich die kleine Georgette Beck von ihrer Krankheit erholte, pflegte ich sie auf den Arm zu nehmen und mit ihr im

Garten umherzuwandern. Manchmal ging ich eine ganze Stunde lang am Fuße einer Mauer auf und ab, an der Trauben hingen und in der südlichen Sonne reiften. Diese Sonne liebkoste den kleinen blassen Körper des Kindes genauso wirksam, wie sie die Früchte reifte und schwellen ließ.

Es gibt menschliche Naturen, mild, warm und wohltuend, unter ihrem Einfluß zu leben ist für die Armen im Geiste so gut, wie es für die körperlich Schwachen kräftigend ist, sich in der Mittagsstunde zu sonnen. Zu diesen Besonderen zählten bestimmt Doktor Bretton und seine Mutter. Sie liebten es, Glück zu schaffen, wie manche Menschen mit Lust Trübsal verursachen, und sie taten es instinktiv, ohne Aufhebens und offensichtlich kaum bewußt. Ganz unwillkürlich kam es ihnen in den Sinn, wie sie jemandem eine Freude bereiten konnten. Während ich bei ihnen war, verging kein Tag, ohne daß irgendein kleiner Plan vorgeschlagen wurde, der auf wohltätige Freude hinauslief. So reichlich Doktor Johns Zeit ausgefüllt war, er brachte es dennoch fertig, uns bei jedem Ausflug zu begleiten. Ich weiß wirklich nicht, wie er mit seinen Verpflichtungen zurechtkam. Sie waren zahlreich, doch durch ein kluges System ordnete er sie so, daß ihm jeden Tag eine Spanne freier Zeit blieb. Ich sah ihn oft schwer arbeiten, aber nie in Hetze und nie gereizt, zerfahren oder bedrückt. Was er tat, vollbrachte er mit der Leichtigkeit und Eleganz einer Kraft, die allem gewachsen war, mit der freien Heiterkeit starker und ungebrochener Energie. Unter seiner Führung sah ich in diesen glücklichen kurzen vierzehn Tagen mehr von Villette, seiner Umgegend und seinen Bewohnern, als ich zuvor in den ganzen acht Monaten meines Aufenthalts kennengelernt hatte. Er brachte mich zu Sehenswürdigkeiten in der Stadt, von denen ich bisher nicht einmal den Namen gehört hatte. Bereitwillig und voll Eifer teilte er mir eine Menge bemerkenswerter Dinge mit. Nie schien ihm die Unterhaltung mit mir lästig zu werden, und wahrhaftig, mir wurde das Zuhören niemals schwer. Es war nicht seine Art, gleichgültig und unbestimmt über ein Thema zu sprechen; selten verallgemeinerte er, niemals wurde er weitschweifig. Er schien fast dieselbe Vorliebe für anschauliche Einzelheiten zu haben wie ich selber. Offenbar beobachtete er die Menschen, und zwar nicht oberflächlich – das machte seine Gespräche interessant. Und daß er unmittelbar aus eigner Anschauung sprach und nicht aus Büchern borgte oder stahl – hier eine trockne Tatsache, da eine abgedroschene Phrase und anderswo einen Gemeinplatz –, das sorgte für eine Lebendigkeit, die ebenso angenehm wie selten war. Und überdies schien seine Gemütsart vor meinen Augen in ein neues Entwicklungsstadium einzutreten, in einen jungen Tag, einen frischen und prächtigen Morgen aufzusteigen.

Seine Mutter war ausgesprochen gutherzig; aber seine Güte war tiefer und umfassender. Als ich ihn in die Unterstadt begleitete, den dichtbevölkerten Armenteil, merkte ich, daß er dorthin nicht nur als Arzt ging, sondern auch als mitfühlender und tatkräftiger Helfer. Bald begriff ich, daß er bei den Elenden dort unendlich viel Gutes wirkte. Er tat das heiter, gewohnheitsmäßig und ganz ohne das Bewußtsein, daß er sich ein besonderes Verdienst dabei erwürbe. Die einfachen Leute liebten ihn. Seine armen Patienten in den Hospitälern begrüßten ihn mit einer gewissen Begeisterung.

Doch halt – die getreue Erzählerin ist drauf und dran, zur parteiischen Lobrednerin zu werden. Das darf nicht sein. Ich weiß gut, sehr gut, daß Doktor John nicht vollkommen war, so wenig, wie ich es bin. Er war durchaus menschlich fehlbar, und es gab keine Stunde und kaum einen Augenblick in der Zeit, die ich mit ihm verbrachte, da er nicht in

Handeln, Reden oder Mienenspiel etwas verriet, das durchaus nicht göttergleich war. Ein Gott hätte nicht Doktor Johns grausame Eitelkeit gehabt und nicht seine gelegentliche Leichtfertigkeit. Kein Unsterblicher hätte so wie er zu Zeiten über dem gegenwärtigen Augenblick alles andre vergessen. Kein Unsterblicher hätte sich wie er in flüchtiger Leidenschaft an den Augenblick verloren, in einer Leidenschaft, die nicht plump aus physischem Genuß erwuchs – sie entstand aus seiner selbstsüchtigen Begierde danach, jedem Moment abzupressen, was immer seiner männlichen Eigenliebe als Nahrung dienen konnte. Dies heißhungrige Gefühl nährte er mit Wonne, ohne sich Gedanken über den Preis zu machen. Ihn kümmerten die Unkosten nicht, wenn das gefräßige Tier nur wohlgemästet und glatt im Fell war.

Ich darf den Leser um Aufmerksamkeit für den scheinbaren Widerspruch zwischen den beiden Bildern von Graham Bretton bitten, die ich gegeben habe; Offenbar stimmt das öffentliche nicht recht zum privaten, sein Aussehen im Hause fügt sich nicht recht zu dem von außerhalb des Hauses. Einmal wird er gezeigt, wie er sich selber vergißt, wie er alle Kräfte entfaltet und ernsthaft nutzt und dennoch bescheiden bleibt. Auf dem Kaminbilde dagegen drückt sich das Bewußtsein dessen aus, was er hat und was er ist; Vergnügen an Huldigungen verrät sich, auch einige Rücksichtslosigkeit darin, sie hervorzurufen, Eitelkeit darin, sie zu empfangen. Beide Porträts sind richtig.

Es war kaum möglich, Doktor John still und insgeheim eine Gefälligkeit zu erweisen. Glaubte man, irgendeine zu seinem Gebrauch bestimmte Kleinigkeit unbemerkt angefertigt zu haben und war froh darüber in der Meinung, er werde sie gleich andern Männern benutzen, wenn sie ihm bereitgelegt werde, ohne zu fragen, woher sie käme, dann überraschte er einen durch eine lächelnd ausgesprochene

Bemerkung oder auch zwei, die bewiesen, daß seine Augen die Arbeit vom Beginn bis zum Schluß überwacht hatten, daß er den Entwurf bemerkt und seinen Fortschritt verfolgt und die Vollendung festgestellt hatte. Es befriedigte ihn, wenn man für ihn arbeitete, und er wehrte seinem Vergnügen nicht, wenn es ihm aus den Blicken strahlte und um den Mund spielte.

Das wäre alles schön und gut gewesen, hätte er sich nur mit solch freundlichem und unaufdringlichem Augenschein begnügt. Aber er bestand eigensinnig darauf, das zu tilgen, was er seine Schulden nannte. Arbeitete seine Mutter für ihn, dann bezahlte er sie, indem er seine funkelnden Lebensgeister noch reicher um sie sprühen ließ als sonst in seiner fröhlichen, spottenden, neckenden, liebevollen Alltagslaune. Wurde Lucy Snowe dabei ertappt, daß sie Hand an solch ein Werk gelegt hatte, dann dachte er sich zur Belohnung irgendeine vergnügliche Unternehmung aus.

Ich geriet oft in Staunen über seine vollkommene Kenntnis von Villette, eine Kenntnis, die sich nicht auf die offenen Straßen beschränkte, sondern bis in alle Galerien, Ausstellungssäle und -kabinette drang. Er schien zu jeder Tür, hinter der sich ein sehenswertes Objekt barg, zu jedem Museum und zu jeder Kunst oder der Wissenschaft geheiligten Halle das »Sesam, öffne dich!« zu besitzen. Ich hatte nie einen Kopf für die Wissenschaft gehabt, aber ein unwissender, blinder, närrischer Instinkt lenkte mich zur Kunst. Ich liebte es, die Gemäldegalerien zu besuchen, und jeden Tag war ich glücklich, wenn ich dort alleingelassen wurde. In Gesellschaft hinderte mich eine unglückselige Überempfindlichkeit daran, richtig zu sehen oder etwas zu fühlen. Befand ich mich in ungewohnter Begleitung, so daß es nötig war, das Gespräch über die Gegenstände in Fluß zu halten, vor denen man verweilte, dann war ich schon nach einer halben Stunde zerschlagen, und zur Drangsal physischer Ermattung gesellte sich völlige geistige Unfähigkeit. Das wohlerzogene Kind habe ich noch nicht gesehen und noch viel weniger den gebildeten Erwachsenen, die mich nicht bei der Feuerprobe einer unterhaltsamen, geselligen Bilderschau durch Ausdauer und Gewitztheit beschämt hätten, nicht zu reden von der Besichtigung historischer Orte und Gebäude oder sonstiger Merkwürdigkeiten von öffentlichem Interesse. Doktor Bretton war ein Cicerone nach meinem Herzen. Er pflegte mich beizeiten, ehe die Galerien sich füllten, hinzubringen, ließ mich dann zwei oder drei Stunden dort und suchte mich erst wieder auf, wenn er seine eignen Verpflichtungen erledigt hatte. In der Zwischenzeit war ich glücklich, glücklich nicht immer im Bewundern, sondern im Prüfen, Fragen und Folgern. Zu Beginn dieser Besuche gab es Uneinigkeit und folglich Kampf zwischen Wollen und Können. Die zuerst genannte Kraft forderte Billigung dessen, was nach der herkömmlichen Anschauung bewundernswert war; die letztere stöhnte ihr völliges Unvermögen heraus, sie konnte die Steuer nicht bezahlen. Dann wurde sie verhöhnt, angestachelt, angetrieben: Sieh zu, daß du zu einem besseren Geschmack kommst, raff dich auf, begeistere dich gefälligst! Je mehr aber das Können gescholten ward, desto weniger mochte es loben. Allmählich entdeckte ich, daß diese gewissenhaften Anstrengungen zu einer ungemeinen Müdigkeit führten. Ich begann mich zu fragen, ob ich nicht ohne solche Seelenplackerei auskommen könnte, und schließlich fand ich, daß ich es dürfte. Fortan ließ ich mich vor neunundneunzig von hundert der Ausstellungsobjekte lässig in schwelgerische Gemütsruhe sinken.

Es schien mir, daß ein originelles und gutes Bild genauso selten war wie ein originelles und gutes Buch. Und am Ende scheute ich mich nicht, mir vor gewissen chefs d'œuvre, die große Namen trugen, zu sagen: »Die haben wirklich nichts Natürliches an sich. In Wirklichkeit hat das Tageslicht nie und nimmer diese Farbe, kein Sturm und keine Wolke hat es je so trüb gemacht wie hier unter dem blauvioletten Himmel. Und dieser Indigohimmel ist kein Äther. Und dieses dunkle Unkraut, das der Mann daraufgepflastert hat – das sind doch gewiß keine Bäume.« Einige wohlausgeführte, selbstzufrieden dreinschauende fette Frauen kamen mir durchaus nicht wie die Göttinnen vor, für die sie selber sich zu halten schienen. Es gab viele Dutzend wunderbar vollendeter kleiner flämischer Bilder, dazu glänzend für Modebücher geeignete Skizzen, die mannigfaltige Kostüme aus den hübschesten Materialien zur Schau stellten. Sie legten Zeugnis ab von einem löblichen Fleiß – freilich war es wunderlich angewandt. Und doch gab es hier und dort Bruchstücke von Wahrheit, die das Gewissen befriedigten, und ab und an heiterte ein Lichtblick das Gesamtbild auf. Hier brach die Natur in einem Schneesturm im Gebirge gewaltig durch; dort durchdrang sie in sieghafter Herrlichkeit einen Sonnentag im Süden. Dieses Porträt gab klare Einsicht in den Charakter; auf jenem historischen Gemälde erinnerte ein Gesicht durch seinen lebendig-kindlichen Ausdruck daran, daß es sein Dasein einem Genie verdankte. Diese Ausnahmen liebte ich, sie wurden mir teuer wie Freunde.

Eines Tages befand ich mich in einer stillen Morgenstunde nahezu allein in einer bestimmten Galerie. Ein einzelnes Bild von anspruchsvollem Umfang war dort im besten Licht aufgestellt worden. Man hatte ein Sperrseil schützend davor ausgespannt, und für solche andächtigen Kenner, denen die Bewunderung schmerzhaft in die Füße gefahren war, so daß sie nun lieber sitzend zuendeschauten, stand eine Polsterbank. Dies Bild nun schien sich für die Königin der Sammlung zu halten.

Es stellte eine Frau dar, überlebensgroß, wie mir vorkam. Ich rechnete mir aus, daß die Dame, falls man sie in eine hinlänglich geräumige Waagschale setzen könnte, sicher ihre zwei bis zweieinhalb Zentner wiegen würde. Wahrhaftig, sie war ungemein wohlgenährt. Sie mußte eine Unmenge Braten verzehrt haben, nicht zu reden von Brot, Gemüsen und Getränken, um diese Breite und Länge zu erreichen, diese Überfülle von Muskeln, diesen verschwenderischen Reichtum an Fleisch. Sie lehnte halb liegend auf einem Ruhebett, warum, wäre schwer zu sagen gewesen. Volles Tageslicht umflutete sie, sie schien sich bester Gesundheit zu erfreuen, offensichtlich war sie kräftig genug, die Arbeit von zwei wackeren Köchinnen zu verrichten. Auf ein schwaches Rückgrat konnte sie sich nicht berufen, sie hätte stehen oder zumindest kerzengerade sitzen sollen. Sie besaß keinerlei Recht dazu, den Mittag auf einem Sofa zu vertrödeln. Außerdem hätte sie sich wirklich ein anständiges Kleid anziehen dürfen, eins, das sie geziemend verhüllte. Das fiel ihr nicht ein. Sie brachte es fertig, eine Unmenge von Stoff – ich schätze ihn auf siebenundzwanzig Meter – durchaus unzweckmäßig um sich zu drapieren. Und dann die heillose Unordnung, die sie umgab! Da war keine Entschuldigung möglich. Töpfe und Pfannen – vielleicht sollte ich sagen Vasen und Pokale – rollten da und dort über den Vordergrund. Ein Wirrwarr von Blumen mischte sich dazwischen, und eine groteske und unordentliche Kissenmasse häufte sich auf der Couch und blockierte den Fußboden. Als ich im Katalog nachsah, stellte ich fest, daß diese bemerkenswerte Schöpfung den Namen »Kleopatra« führte.

Nun ja. Ich saß da und wunderte mich darüber (denn da die Bank einmal dastand, dachte ich, ich könnte es mir immerhin bequem machen). Die Einzelheiten waren zum Teil sehr hübsch gemalt: Rosen, goldene Becher, Juwelen, aber das Ganze war eine ungeheuerliche Effekthascherei. Während ich meine Betrachtungen anstellte, füllte sich allmählich der Saal. Ich gab kaum acht darauf, es ging mich ja nichts an, und behielt meinen Sitz bei, mehr um mich auszuruhen, als in der Absicht, diese riesige, dunkelfarbige Zigeunerkönigin zu studieren. Ihrer war ich wirklich bald überdrüssig und erholte mich bei einigen erlesenen kleinen Stilleben: Feldblumen und Wildfrüchten, moosigen kleinen Waldnestern mit Eiern darin, schimmernd wie Perlen, die man durch klares grünes Meerwasser sieht. Sie alle hingen bescheiden unter dem grobschlächtigen, abgeschmackten Machwerk.

Plötzlich spürte ich, daß mich jemand leicht auf die Schulter klopfte. Ich fuhr zusammen, drehte mich um und blickte in ein Gesicht, das sich mir entgegenbeugte, ein stirnrunzelndes, beinah empörtes Gesicht.

»Que faites-vous ici?« fragte jemand.

»Mais, Monsieur, je m'amuse.«

»Vous vous amusez – et à quoi, s'il vous plaît? Mais d'abord, faites-moi le plaisir de vous lever; prenez mon bras, et allons de l'autre côté.«

Ich folgte der Aufforderung unverzüglich. Monsieur Paul Emanuel (denn er war es) war aus Rom zurückgekehrt. Der Weitgereiste war dort gewiß nicht duldsamer gegen Unbotmäßigkeit geworden. Was für ein Mann! Nun trug er wahrhaftig auch noch den Lorbeerkranz des Pilgers um die Schläfen.

»Gestatten Sie, daß ich Sie zu Ihrer Gesellschaft führe«, sagte er als wir den Raum durchquerten.

»Ich bin nicht in Gesellschaft.«

»Sie sind doch nicht etwa allein?«

»Doch, Monsieur.«

»Sind Sie ohne Begleitung hierhergekommen?«

»Nein, Doktor Bretton hat mich hergebracht.«

»Doch natürlich Doktor Bretton und Madame, seine Mutter?«

»Nein, nur Doktor Bretton.«

»Und er hat Ihnen gesagt, Sie möchten sich *dieses* Bild ansehen?«

»Aber keineswegs, das habe ich selber entdeckt.«

Monsieur Pauls Haar war kurzgeschoren, kurz wie Rabendaunen, sonst hätte es sich, glaube ich, auf seinem Schädel gesträubt. Allmählich sah ich, worauf er hinauswollte, und hatte mein Vergnügen daran, ihn kaltblütig in Wallung zu bringen.

»Erstaunlich, diese englische Keckheit!« rief der Professor aus. »Singulières femmes que ces Anglaises!«

»Was ist los, Monsieur?«

»Los! Wie können Sie es wagen, Sie, eine junge Person, sich mit der Selbstsicherheit eines Junggesellen hinzusetzen und *dieses* Bild zu betrachten?«

»Das Bild ist sehr häßlich, aber ich begreife nicht im mindesten, weswegen ich es nicht anschauen sollte.«

»Bon! Bon! Sprechen wir nicht weiter darüber. Aber Sie sollten nicht allein hier sein.«

»Und wenn ich eben ohne Begleitung bin – ohne Gesellschaft, wie Sie es nennen? Und dann, was hängt davon ab, ob ich allein oder in Begleitung bin? Kein Mensch kümmert sich um mich.«

»Taisez-vous, et asseyez-vous là – là!« Und er stellte mit Nachdruck einen Stuhl in einen besonders öden Winkel vor eine Reihe unsäglich düsterer Bilder.

»Mais, Monsieur!«

»Mais, Mademoiselle, asseyez-vous, et ne bougez pas, entendez-vous? jusqu'à ce qu'on vienne vous chercher, ou que je vous donne la permission.«

»Quel triste coin!« rief ich aus, »et quels laids tableaux!«

Und weiß Gott, sie waren scheußlich. Es war eine Gruppe von vier Schildereien, der Katalog nannte sie »La vie d'une femme«. Sie waren auf eigentümliche Art gemalt, platt, tot, blaß und steif. Das erste stellte eine »Jeune Fille« dar, wie sie aus einer Kirchentür heraustrat, das Gebetbuch in der Hand, sittsam bis zum Kinn verhüllt, mit niedergeschlagenen Augen und geschürztem Mäulchen, die Verkörperung des niederträchtigsten Früchtchens von einer kleinen Heuchlerin. Auf dem zweiten Bild kniete eine »Mariée«, mit langem, weißem Schleier in ihrer Kammer am Betpult, rang die Hände, Finger in Finger gefaltet, und zeigte das Weiß ihrer Augen so aufreizend wie möglich. Auf dem dritten beugte sich eine »Jeune Mère« untröstlich über einen lehmgrauen gedunsenen Säugling mit einem Gesicht wie ein ungesunder Vollmond. Auf dem vierten, der »Veuve«, hielt eine schwarzgewandete Frau die Hand eines schwarzgewandeten kleinen Mädchens, und beide beäugten eingehend ein elegantes französisches Grabmal, das in der Ecke irgendeines Père-Lachaise errichtet war. Diese sämtlichen vier »Anges«, waren grimmig grau wie Einbrecher und kalt und öde wie Gepenster. Was für Frauen, um mit ihnen zu leben! Unaufrichtig, übellaunig, blut- und hirnlose Schemen, auf ihre Art genauso übel wie die träge Zigeunerkönigin Kleopatra.

Man konnte seine Aufmerksamkeit unmöglich lange auf diese Meisterstücke konzentrieren. Allmählich wandte ich mich um und überblickte die Galerie.

Inzwischen war um das Prachtwerk, aus dessen Nähe ich verbannt worden war, ein regelrechtes Gedränge entstanden, und nahezu die Hälfte der Belagerer waren Damen. Aber Monsieur Paul erklärte mir später, dies seien »des dames« gewesen. Für sie war es vollkommen in der Ordnung, das zu betrachten, was keine »demoiselle« anschauen dürfe. Ich sagte ihm geradeheraus, dieser Doktrin vermöge ich mich nicht anzuschließen, ihren Sinn könne ich nicht begreifen. Daraufhin ersuchte er mich in seiner gewöhnlichen tyrannischen Art einfach zu schweigen, und brandmarkte im selben Atemzug meine Mischung von Unüberlegtheit und Ignoranz. Nie hat ein despotischerer kleiner Mann als Monsieur Paul einen Professorenstuhl eingenommen. Übrigens bemerkte ich, daß er selber das Bild ganz unbefangen und sehr eingehend besichtigte. Jedoch versäumte er nicht, von Zeit zu Zeit in meine Richtung zu blicken, vermutlich, um sich zu vergewissern, daß ich Ordre parierte und keine Schranken durchbrach. Bald redete er mich wieder an. Ob ich nicht krank gewesen sei, wünschte er zu wissen. Er glaube, so etwas gehört zu haben.

Ganz recht. Aber nun sei ich wieder gesund.

Wo ich den Urlaub verbracht hätte?

Hauptsächlich in der Rue Fossette, zum Teil bei Madame Bretton.

Er habe gehört, ich sei in der Rue Fossette alleingelassen worden, ob das stimmt?

»Nicht ganz allein: Marie Broc (die Schwachsinnige) war bei mir.«

Er zuckte die Achseln, verschiedenartige und widerspruchsvolle Empfindungen spiegelten sich blitzschnell in seinem Mienenspiel. Marie Broc war Monsieur Paul wohlbekannt. Er gab keine Stunde in der dritten Klasse, in der die am weitesten zurückgebliebenen Schülerinnen saßen, ohne daß sie in ihm einen scharfen Konflikt gegensätzlicher Eindrücke erregte. Ihre persönliche Erscheinung, ihre abstoßenden Manieren und ihre oft unlenksame Natur reizten seinen Zorn und erfüllten ihn mit starkem Widerwillen – einem Gefühl, das nur allzuleicht in ihm entstand, wenn sein ästhetischer Sinn beledigt oder sein Wille durchkreuzt wurde. Andrerseits forderte ihr Unglück dringlich seine Duldsamkeit und sein Mitleid, und es lag nicht in seiner Natur, eine solche Forderung abzuweisen. So erwuchsen ihm fast täglich Kämpfe zwischen Ungeduld und Ekel einerseits und Mitleid und Gerechtigkeitsgefühl andrerseits. Zu seiner Ehre sei es gesagt: Sehr selten behielten die ersten Regungen die Oberhand, taten sie es aber, dann zeigte Monsieur Paul eine Charakterverfassung, die ihre Schrecken hatte. Seine Leidenschaften waren heftig, seine Vorlieben und sein Abscheu gleichermaßen lebhaft; und so gewaltsam er beide in Schach hielt, der Beobachter empfand sie deswegen als nicht minder heftig. Es läßt sich denken, daß er bei solchen Neigungen in einfachen Gemütern oft Furcht und Haß erregte.

Aber es war töricht, ihn zu fürchten – nichts trieb ihn so dicht an die Raserei als die Angst einer furchtsamen und mißtrauischen Seele. Nichts besänftigte ihn so wie Vertrauen und Sanftmut. Um aber diese Empfindungen zu zeigen, mußte man seine Natur gründlich verstehen, und seine Natur war so beschaffen, daß sie selten verstanden wurde.

»Wie sind Sie mit Marie Broc ausgekommen?« fragte er nach einigen Minuten des Schweigens.

»Monsieur, ich habe mein Bestes getan. Aber es war schrecklich, mit ihr allein zu sein.«

»Dann haben Sie ein schwaches Herz! Es fehlt Ihnen Tapferkeit und Mut und vielleicht auch Barmherzigkeit. Zu einer barmherzigen Schwester würden Sie schlecht taugen.«

Auf seine Art war er ein frommer Mann; der Teil der katholischen Konfession, der Selbstverleugnung und Selbstaufopferung verlangte, flößte seiner Seele Ehrfurcht ein.

»Das weiß ich wahrhaftig nicht. Ich habe so gut für sie gesorgt, wie ich konnte. Aber als ihre Tante kam und sie abholte, war mir das eine große Erleichterung.«

»Ah! Sie sind eine Egoistin. Es gibt Frauen, die ganze Hospitäler voll solcher Unglücklicher gepflegt haben. Das brächten Sie nicht fertig?«

»Und Sie, Monsieur – könnten Sie das tun?«

»Frauen, die den Namen einer Frau verdienen, sollten uns grobes, fehlbares, eigensüchtiges Geschlecht weit übertreffen und sollten imstande sein, solche Pflichten zu erfüllen.«

»Ich habe sie gewaschen, saubergehalten, gefüttert, ich habe versucht, sie zu unterhalten. Aber statt zu sprechen, zog sie mir Grimassen.«

»Sie meinen, daß Sie etwas Großartiges getan hätten?«

»Nein; aber ich tat, was ich konnte.«

»Dann sind Ihre Kräfte begrenzt. Eine Schwachsinnige haben Sie gehütet und sind darüber krank geworden.«

»Nicht davon, Monsieur. Ich hatte ein Nervenfieber, mein Gemüt war krank.«

»Vraiment! Vous valez peu de chose. Das Zeug zur Heldin haben Sie nicht. Sie haben nicht den Mut, der Sie aufrechthalten könnte, wenn Sie einsam sind. Er macht Sie nur kühn genug, um kaltblütig Bilder von Kleopatra zu betrachten. Zu mehr taugt er nicht.«

Es wäre leicht gewesen, Ärger über den aufreizenden, feindseligen Ton des kleinen Mannes zu zeigen. Aber bis jetzt war ich nie zornig über ihn geworden, und ich war nicht geneigt, jetzt den Anfang damit zu machen.

»Kleopatra!« antwortete ich ruhig. »Sie haben sie auch angeschaut, Monsieur, was halten Sie von ihr?«

»Cela ne vaut rien«, erwiderte er. »Une femme superbe – une taille d'impératrice, des formes de Junon, mais une personne dont je ne voudrais ni pour femme, ni pour fille, ni pour sœur. Aussi vous ne jeterez plus un seul coup d'œil de son côté.«

»Aber ich habe sie viele Male angeblickt, während Sie sprachen, Monsieur. Ich kann sie von hier sehr gut sehen.«

»Drehen Sie sich zur Wand, und studieren Sie Ihre vier Bilder aus dem Frauenleben.«

»Sie müssen mir verzeihen, Monsieur Paul. Die sind zu scheußlich. Aber wenn Sie sie mögen, dann erlauben Sie mir, daß ich aufstehe und es Ihnen überlassen, sie zu betrachten.«

»Mademoiselle«, sagte er und verzog das Gesicht zu einem halben Lächeln oder dem, was ein Lächeln sein sollte – aber es war nur eine schnelle Grimasse des Grimms –, »ihr Zöglinge des Protestantismus setzt mich in Erstaunen. Ihr unberatenen Engländerinnen wandelt seelenruhig zwischen rotglühenden Pflugscharen dahin und bringt es fertig, euch nicht zu verbrennen. Ich glaube, wenn ihr in Nebukadnezars heißesten Feuerofen geworfen würdet, ihr würdet unangefochten daraus hervorgehen.«

»Monsieur, würden Sie die Güte haben, eine Winzigkeit zur Seite zu treten?«

»Wohin schauen Sie jetzt? Sie entdecken doch nicht etwa einen Bekannten unter der Gruppe junger Leute dort?«

»Ich glaube doch – ja, ich sehe da jemand, den ich kenne.«

Tatsächlich hatte ich flüchtig einen Kopf gesehen, der zu hübsch war, um jemand anders als dem großmächtigen Colonel de Hamal zu gehören. Was für ein vollendeter, auf Hochglanz polierter kleiner Schädel das war! Welch eine Figur, so niedlich und schmuck! Was für Frauenhände und -füße! Wie zierlich hielt er sich ein Glas vor eins seiner Augen! Mit welcher Bewunderung staunte er die Kleopatra an, und wie gewinnend kicherte und flüsterte er einem Freund dicht neben sich zu! Oh, der empfindsame Mann, der überfeinerte Herr voll überlegenem Geschmack und Takt! Ich beobachtete ihn etwa zehn Minuten und stellte fest, daß er von dieser dunklen und aufgeblasenen Nil-Venus höchst eingenommen war. So sehr fesselte mich sein Gehabe, so beschäftigt war ich damit, aus Mienen und Bewegungen seinen Charakter zu erraten, daß ich Monsieur Paul eine Zeitlang vergaß. Unterdessen schob sich eine Gruppe zwischen diesen und mich, möglicherweise erlitt er auch einen weiteren und heftigeren Schock durch meine augenblickliche Versunkenheit, so daß er sich absichtlich zurückzog. Jedenfalls war er, als ich mich wieder umsah, verschwunden.

Ich suchte ihn mit den Augen, fand aber nicht ihn, sondern eine andere, ihm freilich sehr unähnliche Gestalt. Sie ragte sichtbar aus der Menge hervor, denn sie fiel sowohl durch ihre Größe wie durch ihre Haltung auf. Doktor John kam heran, in Gesicht, Figur und Farbe von dem dunklen, herben, kaustischen kleinen Professor so verschieden wie der Apfel der Hesperiden von der Schlehe im wilden Gestrüpp, wie der hochgemute, doch gefügige Araberhengst vom robusten und halsstarrigen Shetlandpony. Er schaute sich nach mir um, aber die Ecke, in der ich von dem Schulmeister soeben abgesetzt worden war, hatte er noch nicht untersucht. Ich verhielt mich ruhig. Noch eine Minute lang wollte ich gern beobachten.

Er näherte sich de Hamal und blieb dicht bei ihm stehen; ich dachte, er habe sein Vergnügen daran, ihm über den Kopf zu sehen. Auch Doktor Bretton starrte die Kleopatra an. Ich bezweifelte, daß sie seinem Geschmack entsprach. Er lächelte nicht geziert wie der kleine Graf, sein Mund verzog sich in leiser Mißachtung, seine Augen blickten kühl drein. Ohne eine Demonstration daraus zu machen, trat er zur Seite und gab andern Raum. Ich sah nun, daß er wartete, stand also auf und gesellte mich zu ihm.

Wir machten einmal die Runde durch die Galerie. Mit Graham war ein solcher Rundgang sehr reizvoll. Ich war immer begierig zu hören, was er über Bilder oder Bücher zu sagen hatte. Er behauptete nicht, ein Kenner zu sein, aber er sprach stets aus, was er dachte, und das war in jedem Fall ursprünglich, sehr oft auch zutreffend und nachdrücklich. Es war auch vergnüglich, ihm manches zu erzählen, was er noch nicht wußte. Er lauschte so freundlich, so gelehrig und beugte seinen hellen hübschen Kopf, um die ziemlich undeutliche und stammelnde Darlegung einer Frau anzuhören. Für ihn gab es kein mürrisches Bedenken, daß er dadurch seine männliche Würde gefährden könnte. Und wenn er mir seinerseits eine Auskunft gab, dann tat er das mit einer klaren Gescheitheit, die mir jedes Wort ins Gedächtnis grub. Keine Erklärung, die er gab, nichts, was er mir berichtete, habe ich je wieder vergessen.

Als wir die Galerie verließen, fragte ich ihn, was er von der Kleopatra hielte. Zuvor hatte ich ihn zum Lachen gebracht, ich hatte ihm erzählt, wie mich Professor Emanuel geradewegs zu Kleopatras Gegenpol verschleppt hatte, und ich hatte Graham zu der süßlichen Bilderfolge geführt, die meiner Aufmerksamkeit empfohlen worden war.

»Puh!« sagte er. »Meine Mutter sieht viel besser aus! Ich habe dort drüben gehört, wie ein paar französische Laffen sie für ›le voluptueux‹ erklärten. Wenn das stimmt, kann ich nur sagen, ›le voluptueux‹ ist wenig nach meinem Geschmack. Vergleichen Sie diese Mulattin bloß mit Ginevra!«

20. Das Konzert

Eines Morgens kam Mrs. Bretton unverzüglich in mein Zimmer und verlangte, daß ich meine Schubladen öffnete und ihr meine Kleider zeigte. Wortlos tat ich das.

»Gut«, sagte sie, als sie das Unterste zu oberst gekehrt hatte, »du mußt etwas Neues haben.«

Sie ging hinaus. Bald kehrte sie mit einer Schneiderin zurück. Sie ließ mir Maß nehmen. »Ich habe vor«, sagte sie, »mich nach meinem eignen Geschmack zu richten und in dieser kleinen Angelegenheit meinem eignen Kopf zu folgen.«

Zwei Tage später wurde ein rosa Kleid ins Haus gebracht!

»Das ist doch nichts für mich!« sagte ich hastig. Ich fühlte, daß ich mich beinah ebensogern in das Kostüm einer vornehmen Chinesin werfen würde.

»Wir werden sehen, ob es etwas für dich ist oder nicht«, erwiderte meine Patin und fügte mit ihrer gewohnten Entschiedenheit hinzu: »Paß auf, was ich dir sage. Du wirst es noch heute abend tragen.«

Ich dachte, daß ich das nicht tun würde. Ich dachte, daß keine menschliche Gewalt imstande sein sollte, mich dahinein zu stecken. Ein rosa Kleid! Es war mir fremd, und ich war ihm fremd. Ich hatte es nicht erprobt.

Die nächste Verfügung meiner Patin lautete, ich solle am selben Abend mit ihr und Graham ein Konzert besuchen! Dies Konzert, so erklärte sie, sei eine bedeutsame Angelegenheit, es solle im großen Saal des führenden Musikvereins stattfinden. Die am weitesten fortgeschrittenen Schüler des Konservatoriums würden es bestreiten. Anschließend solle eine Lotterie zum Besten der Armen folgen, und – das war die Krönung des Ganzen – König, Königin und Prinz von Labassecour sollten zugegen sein. Graham hatte, als er die Eintrittskarten zur Verfügung stellte, eine besonders sorgfältige Toilette anbefohlen; diese Höflichkeit sei man den hohen Herrschaften schuldig. Außerdem hatte er um Pünktlichkeit ersucht; um sieben mußten wir bereit sein.

Gegen sechs wurde ich nach oben geführt. Ich fand mich ohne die mindeste Gewalt von einem fremden Willen geleitet und bestimmt. Unbefragt und ohne Überredung wurde ich in aller Ruhe überwältigt. Binnen kurzem saß mir das rosafarbene Kleid am Leibe, gemildert durch einen Überwurf aus schwarzen Spitzen, und ich vernahm meinen Urteilsspruch: Ich sei »en grande ténue«. Ich sollte in den Spiegel sehen. Ich tat es mit Furcht und Zittern – mit noch mehr Furcht und noch mehr Zittern wandte ich mich wieder von ihm ab. Es schlug sieben Uhr, Doktor Bretton war gekommen, die Patin und ich gingen hinunter. *Sie* trug braunen Samt. Wie neidete ich ihr diese ernsthaften, majestätischen dunklen Falten, während ich in ihrem Schatten folgte! Graham stand auf der Schwelle des Wohnzimmers.

Ich dachte bedrückt: Wenn er nur nicht meint, ich hätte mich so herausgeputzt, um aufzufallen.

»Hier sind ein paar Blumen, Lucy«, sagte er und gab mir einen Strauß. Er nahm weiter keine Notiz von meinem Kleid, doch ein freundliches Lächeln und ein Nicken drückten seine Zufriedenheit aus. Sogleich war mein Schamgefühl, die Furcht, mich lächerlich zu machen, beruhigt. Übrigens war das Kleid ganz einfach gearbeitet, ohne Rüschen und Falbeln, nur der leichte Stoff und die helle Farbe schreckten mich. Und da Graham es nicht lächerlich fand, versöhnten sich auch meine Augen bald damit.

Ich glaube, Leute, die jeden Abend ausgehen, können kaum nachempfinden, mit welchem Hochgefühl diejenigen eine Oper oder ein Konzert genießen, für die beides eine Seltenheit ist. Ich weiß nicht recht, ob ich von dem Konzert sehr viel Vergnügen erwartete, denn ich hatte eine sehr undeutliche Vorstellung von ihm – aber die Fahrt dahin machte mir Freude. Die Behaglichkeit des geschlossenen Wagens an einem kalten, wenn auch schönen Abend, das Glück darüber, mit so heiteren und freundlichen Gefährten zusammen aufzubrechen, der Anblick der Sterne, die durch die Bäume glitzerten und wieder verschwanden, während wir auf der Allee dahinrollten, dann der freie Nachthimmel über der Landstraße, der Weg durch das Stadttor, die Lichter dort, die Wachposten, der Amtseifer, mit dem wir inspiziert wurden – und der uns so sehr belustigte –, all das war für mich neu und hatte einen belebenden Zauber. Wieviel von diesem Zauber in der freundschaftlichen Atmosphäre lag, die mich umfloß, weiß ich nicht. Doktor John und seine Mutter waren beide in bester Laune, stritten sich lebhaft die ganze Fahrt über und waren zu mir so selbstverständlich vertraut, als gehörte ich zur Familie.

Unser Weg führte durch ein paar der schönsten Straßen von Villette, Straßen, die hell erleuchtet waren und auf denen jetzt mehr Leben herrschte als mitten am Tage. Wie glänzten die Schaufenster! Wie glücklich, heiter und reich floß die Flut des Lebens über das breite Pflaster. Während ich schaute, überfiel mich der Gedanke an die Rue Fossette – an den mauerumschlossenen Garten und das Schulhaus, an die finsteren, weiten Klassenzimmer. Um diese Zeit pflegte ich sie ganz allein zu durchwandern, pflegte die Sterne durch die hohen, unverhüllten Fenster zu suchen und der fernen Stimme der Vorleserin im Andachtsraum zu lauschen, die sich eintönig in der »lecture pieuse« übte. So würde ich nun bald wieder lauschen und wandern müssen, und dieser Zukunftsschatten stahl sich zur rechten Zeit nüchtern über die strahlende Gegenwart.

Inzwischen waren wir in einen Wagenstrom eingemündet, alles rollte in derselben Richtung, und bald schimmerte vor uns die Front eines großen, erleuchteten Gebäudes auf. Was ich drinnen erblicken würde, davon hatte ich, wie schon gesagt, nur eine undeutliche Vorstellung, denn an einen Ort öffentlicher Unterhaltung hatte mich mein Geschick bisher noch nicht geführt.

Wir stiegen unter einem säulengetragenen Vorbau aus.

Ein heftiges Getümmel, eine dichte Menschenmenge umgab uns, doch ich erinnere mich nicht an Einzelheiten. Ich wurde meiner erst wieder bewußt, als ich merkte, daß ich eine majestätische Treppe mit breiten, bequemen Stufen hinaufstieg, Stufen, die ein weicher Läufer von sattem Karmesin bedeckte. Sie führten zu großen, feierlich verschlossenen Türen hinauf, deren Füllung ebenfalls mit Karmesintuch ausgeschlagen war.

Ich nahm kaum wahr, durch welchen Zauber sie zurückrollten – Doktor John bewirkte ihn, jedenfalls rollten sie zurück, und nun tat sich ein Saal vor uns auf, riesig, breit und hoch. Mir schienen seine in weitem Kreis geschwungenen Wände und die kuppelförmig gewölbte Decke ganz aus mattem Gold zu bestehen, so kunstvoll waren sie bemalt. Sie wurden belebt durch Kranzleisten, Riefelung und Rankenwerk, die entweder hellglänzend wie poliertes Gold oder schneeweiß wie Alabaster waren, oder Weiß und Gold vermischten sich in Gewinden von vergoldeten Blättern und makellosen Lilien. Wo immer Vorhänge oder Portieren hingen, wo immer sich Teppiche ausbreiteten, wo Kissen lagen, da schimmerte das satte Karmesinrot. Vom Deckengewölbe hing ein flammendes Gebilde herab, ein Gebilde, das mich blendete – mir schien es Bergkristall zu sein, funkelnd aus abertausend Facetten, in Tropfen quellend, sternenhell, prächtig gefärbt vom Tau geschmolzener Edelsteine oder von Bruchstücken zertrümmerter Regenbogen. Mein Leser, es war nur der Kronleuchter, aber mir kam er vor wie das Werk östlicher Genien. Fast schaute ich nach der riesigen, wolkendunklen Hand aus, die dem Diener der Lampe gehörte. Schwebte sie nicht in der schimmernden, duftenden Atmosphäre der Kuppel und hütete ihren wundervollen Schatz?

Wir traten ein. Ich hatte keine Ahnung davon, wie uns der

Weg führte, aber an einer Biegung begegneten wir plötzlich einer andren Gruppe, die sich uns aus der entgegengesetzten Richtung näherte. In diesem Augenblick sehe ich jene Gruppe noch vor mir, wie sie sekundenlang hell beleuchtet vor mir auftauchte. Eine hübsche Dame mittleren Alters in dunklem Samt, ein Herr, der ihr Sohn sein mochte – das anziehendste Gesicht, die stattlichste Gestalt, die ich je gesehen hatte, so dachte ich –, und eine dritte Person in Rosa mit schwarzem Spitzenüberwurf.

Ich nahm sie alle wahr, die dritte Person so gut wie die beiden anderen, und für den Bruchteil eines Augenblicks hielt ich sie für Fremde und empfing so einen unparteiischen Eindruck von ihrer Erscheinung. Doch die Empfindung war kaum geweckt und noch nicht geordnet, da zerstob sie schon wieder. Mir wurde bewußt, daß ich einem großen Spiegel gegenüber stand, der das Feld zwischen zwei Säulen ausfüllte. Die Gruppe waren wir selber. So genoß ich zum ersten und vielleicht zum einzigen Male in meinem Leben die »Gabe«, mich selbst so zu sehen, wie mich andre erblikken. Überflüssig, bei dem Ergebnis zu verweilen. Ein Mißton klirrte auf, ein stechender Schmerz durchzuckte mich. Schmeichelhaft war das Bild nicht. Ich mußte dankbar sein.

Schließlich saßen wir auf Plätzen, die einen guten Überblick über den weiten und verwirrenden, aber warmen und heiteren Saal boten. Schon hatte er sich gefüllt, und zwar mit einer glänzenden Gesellschaft. Ich könnte nicht sagen, daß die Frauen sonderlich schön gewesen wären, aber ihre Kleider waren vollkommen. Ausländerinnen – selbst solche, die in ihrer häuslichen Zurückgezogenheit der Anmut bar sind – besitzen offenbar die Kunst, in der Öffentlichkeit anmutig zu erscheinen. Ganz gleich, wie plump und schwerfällig sie sich alltags daheim im Morgenrock mit Lockenwicklern bewegen – wenn sie große Toilette anlegen, holen sie unweigerlich mit dem Schmuck eine Grazie hervor, die sorgsam für die Gala reserviert bleibt. Dann gleiten sie, dann schweben sie biegsam dahin, halten Kopf und Arme ungezwungen, und um Augen und Mund liegt aller aufgesparte Liebreiz.

Hier und da gab es ein paar prächtige Gestalten, Urbilder eines eigentümlichen Schönheitstyps. Ich glaube, es ist ein Typ, dem man in England nie begegnet, solid, stämmig, statuarisch. Seine Umrisse sind ohne Winkel und Ecken; eine Marmorkaryatide ist fast ebenso schmiegsam. Eine Göttin von Phidias ist auf eine gewisse reglose, stattliche Weise nicht vollkommener. Sie haben die Züge, die holländische Maler ihren Madonnen geben: klassische Flachlandgesichter, regelmäßig, doch rund, streng, doch einfältig, und nur ein Schneefeld am Nordpol vermöchte Sinnbild ihrer ausdruckslosen Ruhe, ihrer leidenschaftslosen Friedlichkeit zu sein. Frauen dieser Art brauchen keinen Schmuck und tragen selten welchen. Das glatte, festgeflochtene Haar bietet genügend Kontrast zu der glatteren Stirn, den glatteren Wangen. Das Kleid kann nicht zu einfach sein, die runden Arme, der vollkommene Nacken brauchen weder Armband noch Halskette.

Ich hatte einst die Ehre und das Entzücken, mit einer dieser Schönheiten gut bekannt zu sein. Die träge Kraft der tiefen, steten Liebe, die sie für sich selber hegte, war wunderbar. Sie konnte nur durch eines übertroffen werden: nämlich durch das hochmütige Unvermögen, sich um irgendein anderes Lebewesen zu kümmern. Ihre kühlen Adern durchströmte kein Blut; sanfte Lymphe füllte ihre Arterien und verstopfte sie nahezu.

Solch eine Juno, wie ich sie beschrieben habe, saß direkt in unserem Blickfeld – eine Art Zielpunkt für alle Augen, und ganz dessen bewußt, aber gefeit gegen die magnetische

Wirkung von Blick und Anstarren: kalt, wohlgerundet und blond und schön wie die weiße Säule mit vergoldetem Kapitell, die neben ihr aufwuchs.

Ich bemerkte, daß Doktor Johns Aufmerksamkeit von ihr stark gefesselt wurde, und ersuchte ihn leise: »Um Himmels willen, panzern Sie Ihr Herz! In *die* Dame brauchen Sie sich nicht erst zu verlieben. Ich sage Ihnen nämlich voraus: Sie könnten zu ihren Füßen sterben, und trotzdem würde sie Ihre Liebe nicht erwidern.«

»Sehr gut«, sagte er, »aber woher wissen Sie, ob das Schauspiel ihrer großartigen Fühllosigkeit für mich nicht der stärkste Ansporn zur Huldigung sein könnte? Ich glaube, der Stachel der Verzweiflung ist ein wunderbares Reizmittel für meine Gefühle. Aber« – er zuckte die Achseln – »von diesen Dingen verstehen Sie nichts. Ich will mich an meine Mutter wenden. Mama, ich befinde mich auf einer gefährlichen Bahn.«

»Als ob mich das interessierte!« sagte Mrs. Bretton.

»Ach, was habe ich doch für ein grausames Los!« erwiderte ihr Sohn. »Kein Mann hat je eine weniger sentimentale Mutter gehabt. Sie scheint nie daran zu denken, daß das Unglück in Gestalt einer Schwiegertochter über sie hereinbrechen könnte.«

»Wenn ich's nicht tue, dann gewiß nicht deswegen, weil dies Damoklesschwert nicht nachdrücklich genug über mir pendelte! Seit zehn Jahren bedrohst du mich damit. ›Mama, ich werde bald heiraten!‹ So hat das gekräht, eh' es noch die Eierschalen los war.«

»Aber, Mutter, eines Tages wird's ja mal wahr werden. Ganz plötzlich, wenn du dich seelenruhig in Sicherheit wiegst, werde ich ausziehen wie Jakob oder Esau oder sonst einer von den Patriarchen und mir ein Weib nehmen, vielleicht eine von diesen hier, den Töchtern des Landes.«

»Auf deine eigne Gefahr, John Graham! Weiter sage ich nichts.«

»Diese meine Mutter wünscht sich, daß ich ein alter Junggeselle werde! Was für eine eifersüchtige alte Dame! – Aber bitte, schaut euch einmal das prachtvolle Geschöpf dort in dem blaßblauen Satinkleid mit den hellbraunen Haaren an – die Haare schimmern wie das Kleid. Mama, wärst du nicht stolz, wenn ich dir eines Tages diese Göttin heimbrächte und sie dir als Mrs. Bretton junior vorstellte?«

»Du wirst keine Göttin nach La Terrasse bringen! Das Schlößchen wird nicht zwei Herrinnen beherbergen, am wenigsten, wenn die zweite von der Länge, der Fülle und dem Umfang dieser Riesenpuppe aus Holz, Wachs, Ziegenleder und Satin ist.«

»Mama, sie würde deinen blauen Sessel so bewundernswürdig ausfüllen!«

»Meinen Sessel ausfüllen? Ich biete der fremdländischen Thronräuberin Trotz! Ein Stuhl des Grams sollte er für sie werden! Aber still, John Graham! Halt den Mund und gebrauch die Augen!«

Während der Plänkelei hatte der Saal, den ich bei unserm Eintritt schon für voll gehalten hatte, Gruppe auf Gruppe aufgenommen, bis das Halbrund vor der Bühne vom Parkett bis zur Decke eine dichte Menge von Köpfen bildete. Auch die Bühne oder besser gesagt das weite provisorische Podium – es war größer als jede Bühne –, vor einer halben Stunde noch leer, floß nun über von Leben. Eine weiße Schar junger Mädchen, die Konservatoriumsschülerinnen, hatten sich lautlos um zwei große Flügel geschart. Ich hatte, während Graham und seine Mutter mit dem Gespräch über die blauseidene Schöne beschäftigt gewesen waren, zugeschaut, wie sie sich versammelten, und mit Interesse beobachtet, wie sie sich aufgestellt und in Reihen geordnet hatten. Zwei Herren, die ich beide als Bekannte identifizierte, leiteten diese jungfräuliche Truppe. Einer, ein künstlerhaft aussehender junger Mann mit Bart und langen Haaren, war ein namhafter Pianist und überdies der prominenteste Musiklehrer in Villette. Er besuchte zweimal wöchentlich Madame Becks Pensionat, um den wenigen Schülerinnen Musikstunden zu erteilen, deren Eltern reich genug waren, um ihren Töchtern den Vorzug seines Unterrichts zu gewähren. Er hieß Monsieur Joseph Emanuel, und er war Monsieur Pauls Halbbruder. Und dessen energische Persönlichkeit erschien nun in Gestalt des zweiten Herrn auf der Bildfläche.

Monsieur Paul amüsierte mich. Ich lächelte vor mich hin, während ich ihn beobachtete. Er schien so gründlich in seinem Element, wie er da aus einer weiten, großen Versammlung hervorragte und an die hundert junge Damen auf Vordermann brachte, im Zaum hielt und einschüchterte. Und er war so völlig bei der Sache! So energisch, so gespannt und vor allem so unumschränkt regierend – und was, bitte, hatte er denn überhaupt dort zu schaffen? Was hatte er mit Musik und dem Konservatorium zu tun, er, der kaum eine Note von der andern unterscheiden konnte? Ich wußte, daß seine Leidenschaft zur Schaustellung und zur Autorität ihn dorthin gebracht hatten, nur sie, und nichts sonst; eine Leidenschaft, die nicht abstoßen konnte, dazu war sie zu naiv. Bald zeigte es sich, daß sein Bruder, Monsieur Joseph, ebenso unter seiner Herrschaft stand wie die Mädchen. So einen kleinen Habicht von Mann wie diesen Monsieur Paul hatte es noch nicht gegeben! Nicht lange, und ein paar bekannte Sänger und Instrumentalisten tauchten auf dem Podium auf. Als diese Sterne aufgingen, verschwand der kometengleiche Professor. Ihm waren alle Berühmtheiten und Prominenzen unerträglich. Wo er nicht hell strahlen konnte, floh er.

Und nun war alles bereit. Nur ein Teil des Saales wartete

noch darauf, daß er besetzt würde – eine Loge, die wie die große Treppe mit Teppichen ausgelegt und mit üppigen Polsterbänken ausgestattet war. Sie reihten sich beiderseits an zwei königliche rote Sessel, die feierlich unter einem Baldachin standen.

Ein Signal wurde gegeben, die Türen rollten zurück, die Anwesenden erhoben sich, das Orchester stimmte donnernd einen Choral an, und unter den schmetternden Willkommensklängen traten König, Königin und Hof von Labassecour ein.

Bis dahin hatte ich noch nie einen lebenden König, eine lebende Königin zu Gesicht bekommen. Es läßt sich also leicht denken, mit welcher Spannung ich spähte, um mir von diesen Musterbildern europäischen Herrschertums nichts entgehen zu lassen. Wer immer zum ersten Male einer Majestät ansichtig werden mag – er wird eine unklare Überraschung erleben, die an Enttäuschung grenzt, eine Überraschung darüber, daß er die Majestät nicht auf ihrem Dauersitz, dem Thron, erblickt, mit der Krone auf dem Kopf und in der Hand das Szepter. Ich hielt Ausschau nach einem König und einer Königin; und da ich nichts sah als einen Soldaten in mittleren Jahren und eine ziemlich junge Dame, fühlte ich mich halb betrogen und halb belustigt.

Ich besinne mich gut auf den König. Er war ein Mann um die fünfzig, ein wenig gebeugt, ein wenig grau; kein Antlitz im Saal glich seinem. Ich hatte nie etwas über seinen Charakter, seine Gewohnheiten gehört, nichts war mir darüber erzählt worden, und zuerst machten mir die starken, mit eisernem Griffel auf der Stirn und um Augen und Mund eingegrabenen Hieroglyphen Kopfzerbrechen und verwirrten mich. Doch nicht lange, so fühlte ich die Bedeutung dieser Zeichen, die keine Hand geschrieben hatte, ich *spürte* sie, wenn ich sie auch nicht *wußte*. Dort saß einer, der im stillen litt, ein nervöser, melancholischer Mensch. Diese Augen hatten ein ganz bestimmtes Gespenst gesehen, hatten Kommen und Gehen jenes sonderbaren Geistes verfolgt, der Schwermut heißt. Vielleicht sah er sie jetzt dort auf der Bühne, sich gegenüber, mitten in der glänzenden Menge. Es ist ihre Art: Mitten unter Tausenden steht sie auf, dunkel wie das Verhängnis, bleich wie die Krankheit und stark, beinahe so stark wie der Tod. Ihr Gefährte und Opfer meint, einen Augenblick glücklich zu sein. »Nicht doch«, sagt sie, »nicht doch, ich komme.« Und sie läßt ihm das Blut im Herzen gefrieren und senkt sich wolkendunkel über das Licht seiner Augen.

Manche mögen sagen, es sei die fremde Krone, die dem König die Brauen in jene eigentümliche Schmerzenslinie bog. Andre mögen davon sprechen, daß frühe Verlassenheit sich auswirkte. Vielleicht war von beiden etwas wahr, aber beides wurde bitterer gemacht vom dunkelsten Feind des Menschen – der angeborenen Melancholie. Die Königin, seine Frau, wußte das. Mir schien, ihres Mannes Kummer spiegelte sich als lastender Schatten auf ihrem freundlichen Gesicht wider. Sie schien eine sanfte, gedankenvolle, anmutige Frau zu sein, diese Fürstin. Nicht schön, ganz und gar nicht ähnlich den Frauen mit soliden Reizen und marmornen Gefühlen, die ich ein paar Seiten weiter vorn beschrieben habe. Ihre Gestalt war zart, ihre Züge waren wohl schön, doch sie gemahnten allzusehr an regierende Herrscherhäuser und Königsgeschlechter, um unbefangenes Wohlgefallen aufkommen zu lassen. Der Ausdruck, den das Profil im Augenblick zeigte, war angenehm; aber man konnte nicht umhin, es mit Bildnissen in Verbindung zu bringen, auf denen ähnliche Linien erschienen – sie tauchten aus dem Gedächtnis auf mit anderem Gespräge: unedel, schwach, sinnlich oder verschmitzt, je nachdem. Doch die Augen der

Königin gehörten nur ihr selber an, sie strahlten Mitleid, Güte und mildes Wohlwollen aus. Sie bewegte sich nicht wie eine Herrscherin, sondern als Dame, freundlich, liebenswürdig, voller Anmut. Ihr kleiner Sohn begleitete sie, der Kronprinz von Labassecour, Herzog von Dindonneau. Er lehnte am Knie seiner Mutter. Hin und wieder im Verlauf des Abends sah ich, wie sie dem Monarchen an ihrer Seite einen besorgten Blick zuwarf. Sie war sich seiner düsteren Versunkenheit bewußt und wünschte, ihn daraus zu lösen, indem sie seine Aufmerksamkeit auf den Sohn lenkte. Oft beugte sie den Kopf, um auf die Bemerkungen des Knaben zu hören, die sie dann lächelnd dem Vater wiederholte. Der schwermütige König fuhr auf, lauschte und lächelte, aber unverändert sank er in sich zurück, sowie sein guter Engel wieder schwieg. Es war ein trauriges und bedeutsames Schauspiel – nicht zum wenigsten auch deshalb, weil es für den Adel Labassecours so gut wie für das brave Bürgertum völlig unsichtbar schien. Ich konnte nicht eine einzige Seele unter den Anwesenden entdecken, die betroffen oder gerührt gewesen wäre.

Zusammen mit dem König und der Königin war der Hofstaat erschienen, zwei oder drei ausländische Gesandte eingeschlossen, und mit ihnen kam die Elite der Fremden, die zur Zeit in Villette ansässig waren. Sie ergriffen Besitz von den karmesinfarbenen Bänken; die Damen ließen sich nieder, die meisten Herren blieben stehen. Die dunkle Reihe, die sie im Hintergrund bildeten, nahm sich wie eine schwarze Folie für den funkelnden Prunk im Vordergrund aus. Doch fehlte auch dem Glanz nicht Licht und Schatten und Abstufung. Der Mittelraum wurde von Matronen in Samt und schwerer Seide, mit Straußfedern und Juwelen eingenommen. Die Bänke vorn, rechts von der Königin, schienen ausschließlich den jungen Mädchen vorbehalten, der Blüte, vielleicht sollte ich besser sagen, der Knospe der Aristokratie von Villette. Hier gab es keine Edelsteine, keinen Kopfputz, keine Samtwogen, keinen Seidenglanz. Reinheit, Einfachheit und luftige Grazie herrschten unter dieser jungfräulichen Schar. Junge Köpfe mit schlichten Zöpfen und hübsche Gestalten – ich wollte eigentlich schreiben Sylphidengestalten, aber das hätte ganz und gar nicht gestimmt; mehr als eines dieser jungen Mädchen, die nicht älter als sechzehn oder siebzehn Jahre waren, erfreute sich einer so kräftigen, handfesten Körperlichkeit wie eine stämmige Engländerin von fünfundzwanzig –, hübsche Gestalten in Weiß oder Blaßrosa oder mildem Blau erinnerten an Himmelsverklärung und Engel. Ein paar dieser in Rosa und Weiß gekleideten Menschenkinder kannte ich immerhin. Da saßen zwei von Madame Becks ehemaligen Schülerinnen, die Demoiselles Mathilde und Angélique – Schülerinnen, die in ihrem letzten Pensionsjahr die erste Klasse hätten besuchen sollen, die ihr Begriffsvermögen aber nie über die zweite Klasse hatte hinausgelangen lassen. Im Englischunterricht hatte ich sie selber betreut. Es hatte harter Arbeit bedurft, um sie dazu zu bringen, daß sie eine Seite aus dem »Landpfarrer von Wakefield« einigermaßen vernünftig übersetzten. Drei Monate hindurch hatte ich außerdem eine von ihnen bei Tisch zum Gegenüber gehabt. Die Menge von hausgebackenem Brot, Butter und Kompott, die sie regelmäßig zum zweiten Frühstück verzehrte, war ein kleines Weltwunder gewesen. Das Wunder wurde nur durch die Tatsache übertroffen, daß sie wahrhaftig die Scheiben, die sie nicht mehr zu essen vermochte, in die Tasche stopfte. Bitte, das sind Tatsachen – heilsame obendrein.

Ich kannte noch einen von diesen Engeln – die Hübscheste oder jedenfalls die am wenigsten Zimperliche und Heuchlerische aus der Menge. Sie saß neben der Tochter eines englischen Peers, ebenfalls einem ehrlichen, wennschon hochmütig dreinschauenden Mädchen. Beide waren im Gefolge der englischen Gesandtschaft eingetreten. Sie, daß heißt meine Bekannte, war schlank und geschmeidig, ganz und gar unähnlich den ausländischen Mädchen. Ihr Haar war auch nicht dichtgeflochten und sah nicht aus wie eine Muschel oder eine seidene Kappe. Es sah wie Haar aus und floß ihr lang, lockig, in freien Wellen vom Scheitel herab. Sie plauderte redselig drauflos und schien erfüllt von fröhlicher Zufriedenheit mit sich und ihrer Lage. Ich schaute Doktor Bretton nicht an, aber ich wußte, daß auch er Ginevra Fanshawe sah. Er war still geworden, antwortete nur kurz auf die Bemerkungen seiner Mutter und unterdrückte oft einen Seufzer. Was für einen Grund hatte er zum Seufzen? Er hatte gestanden, daß er Geschmack daran fand, unter Schwierigkeiten zu lieben. Hier konnte er diesen Geschmack vollauf befriedigen. Die Dame seines Herzens strahlte aus einer Sphäre auf ihn herab, die über seiner eigenen lag. Er konnte sich ihr nicht nähern, es war zweifelhaft, ob er ihr einen Blick abzugewinnen vermochte. Ich gab acht, ob sie ihm diese Gunst erweisen würde. Unser Platz lag den karmesinroten Bänken nicht fern. Es war unvermeidlich, daß so hurtig umherschweifende Augen wie die Miß Fanshawes uns von dort aus entdeckten. Und sehr bald waren ihre Blicke auf uns gerichtet, zumindest auf Doktor und Mrs. Bretton. Ich hielt mich ziemlich im Schatten und außerhalb des Blickfelds, denn ich legte keinen Wert darauf, sofort erkannt zu werden. Sie schaute Doktor John ausgiebig an und hob dann ein Opernglas, um seine Mutter zu mustern. Ein oder zwei Minuten später flüsterte sie ihrer Nachbarin lachend etwas zu. Dann begann die Vorführung, und ihre sprunghafte Aufmerksamkeit wurde von der Bühne angezogen.

Bei dem Konzert brauchte ich nicht zu verweilen. Den Leser würden meine Eindrücke davon nicht fesseln, und es wäre auch wirklich der Mühe nicht wert, sie zu berichten, denn es waren die Eindrücke einer völligen Laiin. Die jungen Konservatoriumsdamen präsentierten sich arg verängstigt und zitternd an den beiden großen Flügeln. Monsieur Joseph Emanuel stand bei ihnen, während sie spielten, aber er besaß nicht das Einfühlungsvermögen und die Suggestionskraft seines Bruders. Kein Zweifel, der hätte unter den gleichen Umständen seinen Schülerinnen Tapferkeit und Selbstbeherrschung aufgezwungen. Monsieur Paul hätte die hysterischen Debütantinnen zwischen zwei Feuer gesetzt – zwischen den Schrecken vor dem Publikum und den vor ihm selber, er hätte sie mit dem Mut der Verzweiflung erfüllt, indem er den letztgenannten Schrecken zum ungleich größeren machte. Dazu war Monsieur Joseph nicht imstande.

Auf die Pianistinnen in weißem Musselin folgte eine hübsche, sehr erwachsene, launische Dame in weißem Satin. Sie sang. Ihr Gesang wirkte auf mich gerade so wie die Tricks eines Zauberkünstlers. Ich wunderte mich, wie sie es machte – wie sie es fertigbrachte, daß ihre Stimme auf und ab lief und so wunderbar Kobolz schoß. Aber eine schlichte schottische Melodie, von einem derben Straßenmusikanten gespielt, hatte mich oftmals mehr bewegt.

Danach trat ein Herr vor, der sich eifrig und oft in die Richtung von König und Königin neigte und, während er die weißbehandschuhte Hand häufig in die Gegend seines Herzens führte, einem bitteren Aufschrei gegen eine gewisse »fausse Isabelle« Luft machte. Mir schien, daß er besonders um die Sympathie der Königin warb; aber wenn ich mich nicht gänzlich täuschte, so lieh ihm die Majestät ihre Aufmerksamkeit eher mit der Ruhe der Höflichkeit als mit eindringlichem Interesse. Die Seelenverfassung dieses Herrn war äußerst zermürbend, und ich atmete auf, als er ihre musikalische Darlegung abschloß.

Ich fand, daß ein paar aufrüttelnde Chorgesänge den besten Teil des Abends bildeten. Die besten Provinzchöre waren durch Abordnungen vertreten, echte, tonnenförmige, eingeborne Labassecourer. Diese Braven schmetterten freiweg aus voller Kehle; ihre herzhaften Anstrengungen hatten immerhin ein Gutes – eine Urkraft klang aus diesen Tönen, die das Ohr wohlgefällig aufnahm.

Während der ganzen Veranstaltung – zaghaften Instrumentalduos, gezierten Gesangssolos, sonoren, dröhnenden lungenstarken Chören – war ich nur mit einem Auge und einem Ohr bei der Bühne; die andere Hälfte meiner Aufmerksamkeit stand in Doktor Brettons Diensten. Ich konnte ihn nicht vergessen und konnte nicht aufhören zu rätseln, wie ihm zumute war, was er denken mochte, ob er belustigt war oder das Gegenteil davon. Schließlich sprach er.

»Und wie gefällt Ihnen das alles, Lucy? Sie sind sehr still«, sagte er in seinem gewöhnlichen Ton.

»Ich bin still«, sagte ich, »weil mich das alles so ungeheuer fesselt – nicht bloß die Musik, sondern alles rundum.«

Er redete weiter und machte ein paar Glossen mit so viel Gleichmut und Gelassenheit, daß ich anfing zu glauben, er habe tatsächlich das nicht gesehen, was ich gesehen hatte. Ich flüsterte: »Miß Fanshawe ist hier. Haben Sie sie bemerkt?«

»O ja! Und ich habe auch gesehen, daß Sie sie ebenfalls wahrgenommen haben.«

»Ob sie wohl mit Mrs. Cholmondeley gekommen ist?«

»Mrs. Cholmondeley ist hier, und zwar zusammen mit einer großen Gesellschaft. Ja, Ginevra war in ihrem Gefolge, und sie war in Lady ...'s Gefolge, die im Gefolge der Königin war. Wenn dies hier nicht einer von den zweitrangigen, eingeengten kleinen Höfen Europas wäre, wo selbst die Galaszenen noch ein Familienidyll im Sonntagsstaat bilden, statt imposant zu sein – ja, wenn das alles nicht wäre, dann klänge es sehr vornehm.«

»Ich glaube, Ginevra hat Sie entdeckt?«

»Das glaube ich auch. Ich habe mehrmals zu ihr hinübergeschaut, seit Sie den Blick in ihrer Richtung gemieden haben, und ich hatte die Ehre, ein kleines Schauspiel zu genießen, das Ihnen erspart geblieben ist.«

Ich fragte nicht, was das gewesen war, sondern wartete darauf, daß er es von selbst berichtete. Das geschah sogleich.

»Miß Fanshawe«, sagte er, »hat eine Gefährtin bei sich, eine Dame von Rang. Zufällig kenne ich Lady Sara vom Sehen. Ihre hochwohlgeborene Mutter hat mich einmal als Arzt zu sich beordert. Sie ist ein stolzes Mädchen, aber nicht im mindesten arrogant. Ich bezweifle, daß Ginevra dadurch in ihrer Achtung gestiegen ist, daß sie ihre Nachbarn zur Zielscheibe für Späße gemacht hat.«

»Welche Nachbarn?«

»Ach, nur meine Mutter und mich. Was mich betrifft, ist die Sache sehr natürlich. Vermutlich gibt es gar kein passenderes Objekt für Witze als den jungen bürgerlichen Doktor. Aber meine Mutter? Ich habe bis jetzt noch nie erlebt, daß sich jemand über sie lustig gemacht hat. Wissen Sie, die gekräuselten Lippen und das Opernglas, das so ironisch auf sie gerichtet wurde – das bereitete mir ein höchst merkwürdiges Gefühl.«

»Vergessen Sie das, Doktor John. Es lohnt nicht, darüber nachzudenken. Wenn Ginevra in leichtfertiger Laune ist – und heut abend ist sie das sehr –, dann würde sie sich kein Gewissen daraus machen, selbst über die sanfte, nachdenkliche Königin dort oder über den melancholischen König zu lachen. Es ist keine Bosheit, die sie dazu treibt, sondern die reine, unbedachte Torheit. Einem übermütigen Schulmädchen ist nichts heilig.«

»Aber Sie vergessen, daß ich bis jetzt nicht gewohnt war, Miß Fanshawe als übermütiges Schulmädchen zu betrachten. Ist sie nicht meine Göttin gewesen, der Engel meiner Erdenbahn?«

»Ja – das war Ihr Fehler.«

»Um die reine Wahrheit zu sagen, ohne alle leere Großsprecherei oder Romantik aus zweiter Hand – vor sechs Monaten hat es tatsächlich einen Augenblick gegeben, da hielt ich sie für einen Engel. Erinnern Sie sich an unsere Unterhaltung über die Geschenke? Als wir über dies Thema debattierten, war ich Ihnen gegenüber nicht ganz offen. Der Eifer, mit dem Sie es aufgriffen, amüsierte mich. Ich wollte diesen schönen Eifer gern gründlich auskosten, deshalb ließ ich Sie dabei, als Sie glaubten, ich tappte ganz im Dunkeln. Die Geschenke waren die Probe, bei der sich Ginevra zuerst als recht menschliches Geschöpf erwies. Trotzdem stand ich weiter unter dem Eindruck ihrer Schönheit, intensiv genug. Vor drei Tagen, vor drei Stunden noch war ich ihr getreuer Sklave. Als sie heute abend in Glanz und Glorie an mir vorüberschritt, hab' ich ihr im stillen gehuldigt, und ohne das eine unglückselige Hohnlächeln wäre ich jetzt noch ihr demütigster Diener. Über *mich* hätte sie spotten dürfen, sie hätte mich zwar verletzt, aber von sich getrieben hätte sie mich dadurch nicht. Zehn Jahre Spott über mich hätten das nicht bewirkt, was ein Augenblick des Lächelns über meine Mutter zustande gebracht hat.«

Er schwieg eine Weile. Nie zuvor hatte ich so viel Feuer und so wenig Licht in Doktor Johns blauen Augen gesehen wie jetzt. Dann hob er wieder an. »Lucy, schauen Sie sich meine Mutter genau an, und sagen Sie mir ungescheut und unparteiisch, was für ein Bild Sie in diesem Moment von ihr haben.«

»Dasselbe wie immer. Englische Dame aus dem guten Bürgertum. Gut, wenn auch schlicht gekleidet. Gewohnt, sich unbefangen gegen Anmaßung zu behaupten, gelassen und heiter von Natur.«

»So sehe ich sie auch – Gott segne sie! Die Frohen mögen *mit* ihr lachen, aber *über* sie lachen können nur die Schwachen. Sie soll nicht lächerlich gemacht werden, dabei halte ich nicht still. Wer das tut, den verachte ich, der ist mir widerwärtig, der ...«

Er brach ab, und es war Zeit, daß er abbrach. Er hatte sich erregt, mehr, wie es schien, als der Anlaß rechtfertigte. Damals wußte ich noch nicht, daß er etwas mit angesehen hatte, das ihm doppelten Grund zum Unwillen gab. Sein glühendes Gesicht, die geweiteten Nasenflügel, die schroffe Bogenlinie, in die die Geringschätzung seine gutgeschnittene Unterlippe zog, zeigte ihn in einer neuen und eindrucksvollen Verfassung. Doch die selten aufflammende Heftigkeit derer, die von Natur gelassen und heiter sind, ist kein erfreuliches Schauspiel. Mit Mißbehagen sah ich, wie sein kräftiger junger Körper von einem rachsüchtigen Schauer geschüttelt wurde.

»Jag' ich Ihnen Schrecken ein, Lucy?«

»Ich begreife nicht, weshalb Sie so zornig sind!«

»Deswegen«, murmelte er mir ins Ohr. »Ginevra ist weder ein reiner Engel noch eine Frau mit einer sauberen Seele.«

»Unsinn! Sie übertreiben. Etwas wirklich Böses steckt nicht in ihr.«

»Für mich zu viel. *Ich* kann dort sehen, wo *Sie* blind sind. Nun, lassen wir das Thema. Lieber will ich mich aufheitern, indem ich Mama necke. Ich werde ihr sagen, daß sie anfängt müde zu werden. – Mama, reiß dich zusammen, du schlummerst ja!«

»Ich werde dich zusammenreißen, John, wenn du dich nicht anständiger aufführst! Wollt ihr wohl still sein, ihr beiden! Ich will den Gesang hören, nicht dich und Lucy.«

Es brauste eben ein Chorlied über uns hin. Unter seinem Deckmantel hatte unser Dialog stattgefunden.

»*Du* hörst auf den Gesang, Mama! Nun, ich wette meine Hemdknöpfe – und die sind echt! – gegen deine Glasbrosche...«

»Meine Glasbrosche, Graham? Du lästerlicher Bengel! Du weißt genau, daß das ein wertvoller Stein ist.«

»Oh! Das ist so ein Aberglaube von dir. Bei dem Geschäft hast du dich übers Ohr hauen lassen.«

»Ich lasse mich weniger übers Ohr hauen, als du dir einbildest. Wie kommst du zur Bekanntschaft mit jungen Hofdamen, John? In der letzten halben Stunde hab' ich gemerkt, wie zwei dich recht eingehend studierten.«

»Ich möchte nicht, daß du sie beachtest.«

»Warum nicht? Weil eine ihr Opernglas mit Ironie auf mich richtet? Sie ist ein hübsches, dummes Ding. Aber hast du Angst, ihr Gekicher würde die alte Dame vielleicht aus der Fassung bringen?«

»Die gescheite, die bewundernswürdige alte Dame! Mutter, vorläufig bist du mir mehr wert als zehn Ehefrauen.«

»Werd nicht überschwenglich, John, oder ich falle in Ohnmacht, und dann mußt du mich 'raustragen. Und wenn du die Bürde zu schleppen hättest, dann würdest du deine letzte Rede umkehren und rufen: »Mutter, zehn Ehefrauen könnten mir nicht so sauer werden wie du!«

Als das Konzert vorüber war, folgte die Lotterie »Zum Besten der Armen«. In der Pause zwischen beiden Ereignissen atmete alles auf, regte sich, rührte sich lebhaft, freudig, munter. Die weiße Schar trollte sich von der Bühne. Statt dessen wurde diese von einem eifrigen Gewimmel von Herren bevölkert, die alles für die Ziehung vorbereiteten, und unter ihnen, geschäftiger als alle, tauchte wieder jene gewisse wohlbekannte Gestalt auf, nicht groß, aber von Tatkraft erfüllt, energisch und quick wie drei große Männer zusammengenommen. Und wie Monsieur Paul arbeitete! Wie er Befehle erteilte und gleichzeitig selber mit zugriff! Hinter ihm war eine Hilfsmannschaft von einem halben Dutzend Männern dabei, den Flügel abzutransportieren, gleichviel! Er mußte sie unterstützen. Dies Übermaß von Flinkheit war halb aufreizend, halb lächerlich; ich mißbilligte dies Aufhebens im stillen gründlich und mokierte mich darüber. Und dennoch, voreingenommen und ärgerlich wie ich war, während ich ihn so beobachtete, ich konnte doch nicht umhin, in allem, was er sagte und tat, eine Art von Naivität zu erkennen, die ganz und gar nicht unangenehm war. Ebensowenig vermochte ich gewisse kraftvolle Züge in seinem Antlitz zu übersehen, die jetzt durch den Gegensatz zu einer Reihe zahmerer Gesichter besonders auffällig hervortraten: Tiefe und zupackende Gescheitheit seiner Augen, die mächtige Stirn, blaß, breit und wuchtig, der ausdrucksvoll bewegliche Mund, der Großmut verriet. Die Gelassenheit, die zur Stärke gehört, fehlte ihm, aber ihre Beweglichkeit und ihr Feuer besaß er in hervorragendem Maß.

Inzwischen befand sich der ganze Saal in Aufruhr. Die meisten Leute erhoben sich und verharrten stehend, um sich eine Abwechslung zu verschaffen. Manche spazierten umher, alle redeten und lachten. Die karmesinrote Loge bot ein besonders lebhaftes Bild. Die langgezogene Wolke der Herren floß auseinander und mengte sich in die Regenbogenlinie der Damen. Zwei oder drei Herren von offiziersmäßigem Aussehen näherten sich dem König und sprachen mit ihm. Die Königin verließ ihren Sessel und glitt die Reihe der jungen Damen entlang, die alle aufstanden, als sie vorüberschritt. Ich sah, wie sie eine nach der andern mit einer Freundlichkeit bedachte – einem liebenswürdigen Wort, einem Blick oder einem Lächeln. An die beiden hübschen englischen Mädchen, Lady Sara und Ginevra Fanshawe, richtete sie ein paar Sätze. Als sie weiterging, schienen beide, zumal die letztere, über und über vor Genugtuung zu glühen. Danach wurden sie von mehreren Damen angesprochen, und ein kleiner Kreis von Herren scharte sich um sie, unter ihnen – Ginevra am nächsten – der Comte de Hamal.

»Hier ist es zum Ersticken heiß«, sagte Doktor Bretton und stand mit plötzlicher Ungeduld auf. »Lucy – Mutter, wollt ihr einen Augenblick mit an die frische Luft kommen?«

»Geh mit ihm, Lucy«, sagte Mrs. Bretton. »Ich möchte lieber auf meinem Platz bleiben.«

Ich hätte meinen auch gern innebehalten, aber Grahams Wunsch ging vor – ich schloß mich ihm an.

Die Nachtluft schlug uns kühl entgegen, mir jedenfalls. Er schien sie nicht zu empfinden, aber es war sehr still, und der sternenbesäte Himmel breitete sich wolkenlos über uns aus. Ich wickelte mich in meine Pelzstola. Wir wanderten ein paarmal auf dem Pflaster auf und ab. Als wir unter einer Laterne dahingingen, begegnete Grahams Blick dem meinen.

»Sie sehen nachdenklich aus, Lucy. Meinetwegen?«

»Ich fürchte nur, daß Sie Kummer haben.«

»Aber nicht doch, gar nicht! Ich bin ganz munter, also

seien Sie's auch. Wann immer ich sterbe, Lucy, davon bin ich überzeugt, an Herzeleid gehe ich nicht zugrunde. Ich mag schmerzlich getroffen sein, eine Zeitlang mag es vielleicht scheinen, als ob ich den Kopf hängen lasse. Aber bis jetzt hat mich noch kein Schmerz, keine Seelenkrankheit ganz und gar durchdrungen. Nicht wahr, Sie haben mich daheim immer vergnügt gesehen?«

»Meistens!«

»Ich bin froh darüber, daß sie über meine Mutter gelacht hat. Ich gäbe die alte Dame nicht für ein Dutzend Schönheiten her. Ihr Spott hat mir die größte Wohltat der Welt beschert. Vielen Dank, Miß Fanshawe!« Und er riß den Hut von seinen lockigen Haaren und verneigte sich ironisch.

»Ja«, sagte er, »ich bin ihr dankbar. Sie hat mir bewußt gemacht, daß neun Zehntel meines Herzens von je gesund wie ein Fisch im Wasser gewesen sind, und das eine Zehntel hat von einem bloßen Stich geblutet, einem Lanzettenstich, der im Nu heilen wird.«

»Sie sind jetzt zornig, erhitzt und unwillig. Morgen werden Sie anders fühlen und denken.«

»Ich erhitzt und unwillig! Sie kennen mich nicht. Im Gegenteil, die Hitze ist geschwunden, ich bin kühl wie die Nacht – nebenbei gesagt, die ist vermutlich zu kühl für Sie. Wir wollen zurückgehen.«

»Doktor John – das ist ein sehr plötzlicher Wechsel.«

»Nein. Oder wenn er es ist, dann hat er gute Gründe. Zwei gute Gründe, einen hab' ich Ihnen gesagt. Aber nun lassen Sie uns wieder hineingehen.«

Wir drangen nicht ohne Mühe zu unseren Plätzen vor. Die Lotterie hatte begonnen, allenthalben herrschte aufgeregtes Durcheinander. Der korridorartige Gang, den wir passieren mußten, war von einer dichtgedrängten Menge blockiert, wir mußten eine Weile stehenbleiben und warten.

Als ich zufällig umherschaute – halb und halb war es mir freilich auch so vorgekommen, als hörte ich meinen Namen aussprechen –, da erspähte ich ganz nah den allgegenwärtigen, den unvermeidlichen Monsieur Paul. Er hielt den Blick scharf und düster auf mich gerichtet – auf mich, oder besser gesagt auf mein rosa Kleid. Ein sardonischer Kommentar glomm in seinen Augen. Nun war es seine Gewohnheit, sich kritische Bemerkungen über die Kleider von Lehrerinnen wie Schülerinnen in Madame Becks Institut zu gestatten – eine Gewohnheit, die zumindest die ersteren als eine beleidigende Dreistigkeit ansahen. Bisher hatte ich darunter nicht zu leiden gehabt. Meine dunkle Tagestracht war nicht so beschaffen, daß sie die Aufmerksamkeit an sich zog. Heute abend war ich nicht in der Stimmung, mir einen neuen Übergriff gefallen zu lassen. Ich hatte keine Lust, aufgezogen zu werden. Lieber wollte ich seine Anwesenheit ignorieren. So wandte ich das Gesicht hartnäckig Doktor Johns Rockärmel zu. Ich fand, daß dieser schwarze Ärmel einen erfreulicheren, trostreicheren, einen anregenderen und freundlicheren Anblick bot als das unliebenswürdige Antlitz des dunklen kleinen Professors. Doktor John schien nichts von dieser Bevorzugung zu ahnen. Unbewußt hieß er sie gut. Er blickte zu mir herab und sagte mit seiner freundlichen Stimme: »Ja, halten Sie sich dicht zu mir, Lucy. Diese drängelnden Bürger sind nicht besonders rücksichtsvoll.«

Trotzdem blieb ich nicht standhaft. Wider Willen gab ich einem Einfluß nach, weiß der Himmel, ob es Mesmerismus oder sonst etwas war – unwillkommen war er jedenfalls, mißfällig, aber wirksam. Ich sah mich abermals um, ich wollte sehen, ob Monsieur Paul verschwunden war. Nein, da stand er auf demselben Fleck und schaute noch immer zu mir, jetzt aber mit verändertem Blick. Er hatte meine Gedanken erraten und darin den Wunsch gelesen, ihm auszuweichen. Das spöttische, doch nicht übellaunige Anstarren hatte sich in gewittrige Finsternis verwandelt, und als ich mich verneigte, um ihn zu versöhnen, erhielt ich dafür nur das steifste, strengste Kopfnicken.

»Wen haben Sie da so wütend gemacht, Lucy?« flüsterte Doktor Bretton. Er lächelte. »Wer ist dieser wild dreinschauende Freund?«

»Einer von den Professoren bei Madame Beck. Ein sehr widerborstiger kleiner Mann.«

»Er betrachtet Sie eben jetzt sehr grimmig. Was haben Sie ihm angetan? Was hat das zu bedeuten? Lucy, Lucy! Was steckt dahinter?«

»Wirklich kein Geheimnis. Monsieur Paul ist sehr anspruchsvoll, und weil ich Ihren Rockärmel betrachtete, anstatt vor ihm in einem Knicks zu versinken, meint er, ich hätte es an Respekt fehlen lassen.«

»Der kleine ...«, fing Doktor John an. Ich weiß nicht, was noch gefolgt wäre, denn in diesem Augenblick wäre ich fast niedergeworfen worden und unter die Füße der Menge geraten. Monsieur Paul hatte sich unsanft vorbeigedrängt und bahnte sich seinen Weg mit so hochgradiger Mißachtung der Annehmlichkeit und Sicherheit aller, die ihn umgaben, daß ein höchst unbehagliches Gedränge die Folge war.

»Mir scheint, er *ist* das, was er selber ›méchant‹ nennen würde«, sagte Doktor Bretton. Ich dachte das nämliche.

Langsam und mühselig arbeiteten wir uns den Gang entlang und erlangten schließlich wieder unsere Plätze. Die Auslosung dauerte nahezu eine Stunde. Es war eine belebte und unterhaltsame Szene, und da jeder von uns Lose besaß, teilten wir den blitzschnellen Wechsel von Furcht und Hoffnung, den jede Umdrehung des Rades bewirkte. Zwei kleine Mädchen von fünf und sechs Jahren zogen die Nummern, und die Gewinne wurden, wie sich's gebührt, von der

Bühne her verkündet. Sie waren zahlreich, diese Gewinne, wenn auch von geringem Wert. Es ergab sich, daß Doktor John und ich jeder einen erlangten. Meiner war ein Zigarrenetui, seiner ein Damenkopfputz – ein äußerst duftiger Turban aus Blau und Silber mit einem Federbausch wie einer leichten Schneewolke auf einer Seite. Er war sehr auf einen Tausch aus, aber ich ließ mich nicht dazu bringen, Vernunftgründen nachzugeben und habe mein Zigarrenetui bis heute behalten. Wenn ich es anschaue, erinnert es mich an alte Zeiten und an einen glücklichen Abend.

Doktor John seinerseits hielt seinen Turban zwischen Zeigefinger und Daumen auf Armeslänge von sich ab und besichtigte ihn mit einer Mischung von Ehrfurcht und Verlegenheit, die sehr zum Lachen reizte. Als er mit dem Betrachten fertig war, schickte er sich in aller Gemütsruhe an, das zarte Gebilde zwischen seine Füße auf den Boden zu legen; augenscheinlich hatte er nicht die leiseste Idee davon, wie er es behandeln und verstauen sollte. Wenn seine Mutter nicht schleunigst eingegriffen hätte, dann hätte er es schließlich wohl wie einen Klappzylinder unter den Arm geklemmt. Sie brachte es wieder in der Putzschachtel unter, aus der es hervorgetaucht war.

Graham war den ganzen Abend über vollkommen heiter, und seine Heiterkeit wirkte natürlich und ungezwungen. Es ist nicht leicht, sein Betragen und sein Aussehen zu beschreiben. Etwas darin war eigenartig und auf seine Art originell. Ich erkannte daraus eine ungewöhnliche Beherrschung der Leidenschaften und einen Schatz an starker, gesunder Kraft, die die Enttäuschung niederzwang und ihr den Giftzahn ausriß, ohne über der Anstrengung zu erlahmen. Jetzt erinnerte mich sein Wesen an Eigenschaften, die ich immer dann in ihm entdeckt hatte, wenn er als Arzt bei den Armen, den Gestrauchelten und den Leidenden in der

Unterstadt beschäftigt gewesen war. Er sah gleichzeitig entschlossen, standhaft und sanftmütig aus. Wer hätte ihn nicht gern haben müssen? *Er* zeigte keine Schwäche, kein Wanken, seitwegen brauchte man sich nicht Herz und Kopf auf der Suche nach Hilfe zu zerquälen. Aus *ihm* brach keine Gereiztheit hervor, die die Ruhe verscheuchte und die Heiterkeit erstickte. Kein Spottwort, das bis auf die Knochen brannte, kam *ihm* über die Lippen, *seine* Augen schossen keine finsteren Blicke, die einen als eisige, rostzerfressene, vergiftete Pfeile durchdrangen. Sicher und geborgen saß ich neben ihm, gewärmt von zuverlässigem Sonnenschein.

Und doch hatte er Miß Fanshawe weder vergessen noch ihr verziehen. Wo einmal sein Zorn geweckt worden war, glaube ich, war Doktor Bretton nicht schnell zu versöhnen; einmal abgestoßen, ließ er sich schwerlich zurückgewinnen. Er sah mehrmals zu ihr hinüber, nicht heimlich oder voll Demut, sondern mit dem Ausdruck kaltblütiger, offener Beobachtung. De Hamal war nun ein festes Inventarstück neben ihr. Mrs. Cholmondeley saß in der Nähe, und die beiden und sie gingen vollständig in der fröhlich erregten Unterhaltung auf, die die rote Loge ebenso durcheinanderquirlte wie irgendeinen bürgerlichen Teil des Saales. Im Verlaufe einer offensichtlich lebhaften Debatte hob Ginevra ein- oder zweimal Hand und Arm; ein hübsches Schmuckstück schimmerte dabei auf. Ich sah, wie der Schimmer Funken in Doktor Johns Augen weckte, ein Glitzern spöttischen Zorns, er lachte.

»Ich denke«, sagte er, »ich werde meinen Turban auf meinem gewohnten Opferaltar niederlegen. Da wäre ich auf jeden Fall sicher, daß er Gnade fände. Keine Grisette versteht sich leichter und besser darauf, etwas anzunehmen – merkwürdig! Denn schließlich weiß ich doch, daß sie ein Mädchen aus guter Familie ist.«

»Aber von ihrer Erziehung wissen Sie nichts, Doktor John«, sagte ich. »Sie ist ihr Leben lang herumgeworfen worden, von einer ausländischen Schule in die andere. Sie darf zu Recht für ihre meisten Fehler Unwissenheit als mildernden Umstand geltend machen. Und außerdem – nach allem, was sie erzählt, sind ihre Eltern genauso wie sie selber großgezogen worden.«

»Ich habe immer gehört, daß sie kein Geld hat«, sagte er, »und niemals war mir dieser Gedanke lieb.«

»Mir hat sie erzählt, daß sie zu Hause ärmlich leben«, antwortete ich. »Sie spricht über solche Dinge immer ganz offen. Sie werden nie finden, daß sie lügt, so wie es diese Ausländer oft tun. Ihre Eltern haben eine große Familie; sie nehmen einen Rang ein und haben Verbindungen, die ihrer Meinung nach Repräsentation verlangen. Mangel und angeborene Gedankenlosigkeit haben ihre rücksichtslose Unbedenklichkeit erzeugt, ihnen ist gleichgültig, auf welche Art sie zu den Mitteln kommen, durch die sie den Schein wahren. Das ist der Stand der Dinge. Und einen andern hat sie von Kind an nicht kennengelernt.«

»Ich glaube es – und ich habe gemeint, sie zu etwas Besserem formen zu können. Aber, Lucy, um die nackte Wahrheit zu reden, heute abend, als ich sie und de Hamal betrachtete, habe ich etwas anderes empfunden. Ich habe es empfunden, bevor ich die Unverschämtheit, die sich gegen meine Mutter richtete, wahrnahm. Ich sah, wie die beiden unmittelbar nach dem Eintreten einen Blick wechselten, der bewirkte, daß mir ein höchst unliebsames Licht aufging.«

»Was meinen Sie? Sie wissen doch längst über den Flirt zwischen den beiden Bescheid.«

»Ach, Flirt! Der könnte eine unschuldige Mädchenlist sein, Lockvogel für wirkliche Liebe. Aber was ich meine, war kein Firt. Es war ein Blick, der beiderseitiges heimliches

Einverständnis bekundete – weder mädchenhaft noch unschuldig. Eine Frau, die imstande ist, einen solchen Blick zu geben oder zu empfangen, mag sie schön sein wie Aphrodite – die werde ich mir nie zur Frau wünschen. Lieber würde ich ein Bauernmädchen mit kurzem Rock und hoher Haube heiraten – in der Gewißheit, daß sie anständig ist.«

Ich konnte nicht umhin zu lächeln. Ich war davon überzeugt, daß er jetzt übertrieb. Zweifellos war Ginevra trotz all ihres Leichtsinns ein anständiges Mädchen. Das sagte ich ihm. Er schüttelte den Kopf und meinte, er sei nicht der Mann dazu, ihr seine Ehre anzuvertrauen.

»Und die ist das einzige, was Sie ihr in aller Ruhe anvertrauen könnten! Den Geldbeutel und das Vermögen eines Ehemannes würde sie ohne Wimperzucken schädigen, seine Geduld und seine Laune würde sie rücksichtslos mißhandeln. Aber daß sie Ihre Ehre beflecken oder dulden würde, daß ein andrer das täte – das glaube ich nicht.«

»Sie machen sich ja zu ihrer Fürsprecherin«, sagte er. »Möchten Sie, daß ich meine alten Ketten wieder aufnehme?«

»Nein. Ich bin froh, daß ich Sie frei sehe, und vertraue darauf, daß Sie noch lange frei bleiben. Aber seien Sie auch gerecht.«

»Das bin ich: Gerecht wie Rhadamanthys. Lucy, wenn ich erst einmal jemandem gründlich entfremdet worden bin, dann kann ich nicht anders, ich bin streng. Aber sehen Sie! Der König und die Königin stehen auf. Ich mag diese Königin, sie sieht gütig aus. – Mama ist auch schwer übermüdet. Wenn wir noch länger bleiben, werden wir die alte Dame gar nicht mehr heimkriegen.«

»Ich und müde, John?« rief Mrs. Bretton. Sie sah mindestens ebenso lebendig und hellwach aus wie ihr Sohn. »Ich traue es mir zu, hier noch länger auszuhalten als du! Laß uns nur beide hier bis zum Morgen sitzen bleiben, dann wollen wir sehen, wer bei Sonnenaufgang die Flügel mehr hängen läßt!«

»Ich würde das doch lieber nicht ausprobieren, Mama, denn du bist wahrhaftig das unverwelklichste Immergrün, das es gibt, und die frischeste aller alten Damen. Ich berufe mich also auf die geschwächten Nerven deines Sohnes und auf seine zarte Konstitution, wenn ich unsern unverzüglichen Aufbruch beantrage!«

»So etwas von einem trägen jungen Mann! Natürlich sehnst du dich nach deinem Bett. Mir scheint, wir müssen dir den Willen tun. Und außerdem, da haben wir eine halbtote Lucy. Schäme dich, Lucy! Als ich so alt war wie du, da hätte ich eine Woche lang jeden Abend ausgehen können und wäre davon keinen Deut blasser geworden. Also kommt, ihr beiden! Und lacht meinetwegen soviel ihr Lust habt über die alte Dame. Ich für meinen Teil werde die Schachtel mit dem Turban in Obhut nehmen.«

Das tat sie. Ich erbot mich, sie zu entlasten, wurde aber mit freundlicher Verachtung abgewiesen. Meine Patin war der Meinung, ich hätte genug mit mir selber zu schaffen. Wir steckten nun mitten in dem fröhlichen Gewimmel, das dem Abgang des Königs und der Königin gefolgt war, einem wahren Chaos. Mrs. Bretton schritt uns voran und bahnte uns ohne Umstände einen Weg durch die Menge. Graham folgte, indem er seine Mutter feierlich als die blühendste Grisette ansprach, die er je das Glück gehabt hätte, mit dem Transport einer Putzschachtel betraut zu sehen. Außerdem forderte er mich auf, ihre Vorliebe für den himmelblauen Turban zu beachten, und erklärte, er sei sicher, daß sie ihn eines Tages tragen werde.

Die Nacht war nun sehr kalt und dunkel, aber wir fanden den Wagen fast augenblicklich. Bald saßen wir darin, so warm und behaglich wie vor dem Kamin, und die Heimfahrt war, glaube ich, noch angenehmer als der Herweg. Schön war sie, obwohl der Kutscher, der die Zeit während des Konzerts zum Teil im Laden eines »Marchand de vin« verbracht hatte, uns auf der finsteren und einsamen Chaussee ein beträchtliches Stück über die Abzweigung nach La Terrasse hinausfuhr. Wir redeten und lachten und merkten darüber die Irrfahrt gar nicht, bis schließlich Mrs. Bretton erklärte, sie habe ja das Château immer für einen abgelegenen Ort gehalten, aber daß es am Ende der Welt läge, habe sie nicht gewußt. Das sei aber offenbar doch der Fall, denn ihrer Meinung nach seien wir jetzt gut anderthalb Stunden unterwegs, und die Abbiegung in die Allee tauche immer noch nicht auf.

Jetzt schaute Graham hinaus, und da er nichts als ins Dunkel hingebreitete Felder mit unbekannten Reihen von gestutzten Bäumen und Linden wahrnahm, die sich an der sonst unsichtbaren Wallhecke hinzogen, dämmerte ihm, wie die Dinge lagen. Er rief ein »Halt!« und stieg ab, kletterte dann auf den Bock hinauf und nahm die Zügel selber in die Hand. So langten wir Dank seiner Führung mit ungefähr anderthalb Stunden Verspätung heil und gesund daheim an.

Martha hatte uns nicht vergessen. Ein Feuer brannte lustig, und im Eßzimmer war der Tisch mit einem appetitlichen Nachtimbiß gedeckt. Wir waren für beides dankbar. Tatsächlich brach der Wintermorgen an, bevor wir unsre Kammern erreichten. Als ich mein rosa Kleid und den Spitzenüberwurf ablegte, war ich glücklicher, als ich beim Anziehen gewesen war. Vielleicht konnten das nicht alle von sich sagen, die in hellen reichen Gewändern bei dem Konzert geglänzt hatten. Alle hatten gewiß nicht die ruhige Erfüllung erfahren, die Freundschaft gibt, nicht ihre friedliche Geborgenheit und ihr bescheidenes Hoffen.

21. Der Rückschlag

Drei Tage noch, dann mußte ich ins Pensionat zurückkehren. Ich verfolgte die Minuten fast auf der Uhr. Wie gern hätte ich sie in ihrem Lauf aufgehalten! Aber sie glitten davon, während ich sie bewachte, und während ich noch vor ihrem Scheiden bangte, waren sie schon entschwunden.

»Lucy wird uns heute nicht verlassen!« sagte Mrs. Bretton beim Frühstück überredend. »Sie weiß, daß wir noch einen zweiten Aufschub erlangen können.«

»Ich würde um keinen bitten, und wenn es mich weiter nichts kostete als ein Wort«, sagte ich. »Ich muß den Abschied hinter mich bringen und mich wieder in die Rue Fossette eingewöhnen, dazu treibt's mich jetzt. Ich muß heute morgen gehen, sofort. Mein Koffer ist gepackt und verschnürt.«

Aber es zeigte sich, daß mein Aufbruch von Graham abhing. Er hatte gesagt, daß er mich begleiten wolle, und es ergab sich so, daß er den ganzen Tag über beschäftigt war und erst in der Dämmerung heimkehrte. Nun entspann sich ein kleines Wortgefecht. Mrs. Bretton und ihr Sohn drangen in mich, noch eine Nacht zu bleiben. Ich hätte am liebsten geweint, so gereizt war ich, so sehr wünschte ich, schon fort zu sein. Mich verlangte es, sie zu verlassen, so wie sich der Verbrecher auf dem Schafott danach sehnt, daß das Beil endlich fallen möge – die Quälerei sollte endlich vorbei sein! Wie sehr ich das wünschte, das konnten sie nicht ahnen. Wie mir jetzt zumute war, vermochten sie nicht nachzufühlen, weil das außerhalb ihrer Erfahrung lag.

Es war dunkel, als mir Doktor John vor Madame Becks Tür aus dem Wagen half. Die Lampe über dem Eingang brannte. Es regnete, wie schon den ganzen Tag, mit leichtem Novembergeniesel. Der Laternenschimmer glänzte auf dem nassen Pflaster. In einer genau solchen Nacht hatte ich vor einem knappen Jahr zuerst auf dieser Schwelle gestanden. Alles war wie damals. Selbst auf die Form der Pflastersteine besann ich mich noch, die ich mit müßigem Blick erfaßt hatte, während ich voller Herzklopfen darauf gewartet hatte, daß sich die Tür öffnete, vor der ich stand – verlassen, eine Bittstellerin. Auch in jener Nacht hatte ich ihn, der nun neben mir stand, kurz getroffen. Hatte ich jemals an die Begegnung erinnert oder sie erklärt? Nein, und ich hatte auch keine Neigung dazu verspürt. Sie war ein freundlicher Gedanke, den ich in mir bewahrte. Da war er gut aufgehoben.

Graham zog die Klingel. Sofort öffnete sich die Tür, denn es war die Abendstunde, in der die Halbpensionärinnen aufbrachen, also befand sich Rosine auf ihrem Posten.

»Kommen Sie nicht mit herein«, sagte ich zu ihm, aber er trat doch für einen Augenblick in die hellerleuchtete Vorhalle. Ich hatte nicht gewollt, daß er meine feuchten Augen sähe. Er war zu gutherzig, als daß man ihn unnötig solche Zeichen von Kummer sehen lassen durfte. Stets wünschte er zu heilen, Erleichterung zu geben, auch dort, wo beides nicht in seiner, des Arztes, Macht stand.

»Kopf hoch, Lucy. Denken Sie daran, daß Mutter und ich Ihre getreuen Freunde sind. Wir werden Sie nicht vergessen.«

»Auch ich werde Sie nicht vergessen, Doktor John.«

Mein Koffer wurde nun hereingebracht. Wir hatten einander die Hände geschüttelt, er hatte sich zum Gehen gewandt. Doch er war noch nicht zufrieden. Er hatte noch nicht genug gesagt und getan, um seinem großmütigen Drang genug zu tun, und trat wieder einen Schritt auf mich zu.

»Lucy, werden Sie sich hier sehr einsam fühlen?«

»Zuerst ja.«

»Hören Sie, meine Mutter wird Sie bald besuchen kommen, und ich will Ihnen sagen, was ich inzwischen tun werde: Ich werde Ihnen schreiben, einfach das, was mir an fröhlichem Unfug durch den Kopf schießt. Soll ich?«

Du gutes, ritterliches Herz! dachte ich, aber ich schüttelte lächelnd den Kopf und sagte: »Das lassen Sie sich ja nicht einfallen! Sie werden sich doch nicht so eine Last aufbürden! *Sie mir* schreiben! Sie haben ja gar keine Zeit.«

»Ach, die finde ich schon oder verschaffe sie mir. Auf Wiedersehn!«

Er war fort. Die schwere Tür schlug zu, das Beil war gefallen. Ich hatte den Schnitt hinter mir.

Ich ließ mir keine Zeit zu denken oder zu fühlen und schluckte die Tränen hinab, als wären sie Wein gewesen. So ging ich in Madames Wohnzimmer, um ihr in aller Form den fälligen Respektsbesuch abzustatten. Sie empfing mich mit vollendet gespielter Herzlichkeit, ja, ihr Willkommen war trotz aller Kürze überschwenglich. Zehn Minuten später wurde ich entlassen. Ich schritt durch den Speiseraum ins Andachtszimmer hinüber, wo sich Lehrerinnen und Schülerinnen nun zum abendlichen Studium versammelt hatten. Wieder wurde ich willkommen geheißen, wie ich glaube, nicht ganz unaufrichtig. Als auch das vorüber war, durfte ich mich in den Schlafsaal begeben.

»Ob Graham wirklich schreiben wird?« fragte ich mich und ließ mich müde auf den Bettrand sinken.

Die Vernunft kam heimlich durch die Dämmerung des langen, düsteren Raums auf mich zugeschlichen und flüsterte gelassen: »Einmal tut er es vielleicht. Einmal wird ihn seine Gutherzigkeit vielleicht dazu treiben, daß er sich die Mühe macht. Aber das *kann* nicht dauern, es wird sich *kaum* wiederholen. Es müßte einer ein riesengroßer Narr sein, wenn er auf so ein Versprechen bauen wollte, verrückt, wer die vergängliche Regenlache mit gerade soviel Wasser, daß es zu einem Trunk langt, für die immerwährende Quelle nimmt, die das ganze Jahr hindurch fließt.«

Ich beugte den Kopf. Eine Stunde saß ich so und grübelte. Noch immer wisperte die Vernunft mir zu, legte mir die welke Hand auf die Schulter und berührte mein Ohr frostig mit den kühlen, blauen Greisenlippen.

»Und wenn er *wirklich* schreiben sollte«, murmelte sie, »was dann? Hoffst du darauf, Freude zu spüren, wenn du ihm antwortest? Ach du Törin! Ich warne dich. Faß dich kurz, wenn du zurückschreibst. Keine Seelenergüsse, keine behaglich hingebreiteten Gedanken! Die Gefühle halt hübsch im Zaum, laß keine Begabung besonders hervortreten, liebäugle nicht mit einem freundschaftlichen Gedankenaustausch, pflege keine herzliche Gemeinschaft...«

»Aber ich habe mit Graham gesprochen, und du hast nicht gescholten«, machte ich geltend.

»Nein«, sagte sie. »Da hatte ich's nicht nötig. Ein Gespräch nimmt dich gut in die Zucht, du bist keine gewandte Unterhalterin. Während du redest, kannst du deine Unterlegenheit nicht vergessen. Da kannst du auf keinen Wahn verfallen. Mühsal, Mangel, Dürftigkeit drücken dem, was du sprichst, ihren Stempel auf...«

Wieder unterbrach ich sie. »Aber wenn nun jemand kümmerlich aussieht und das, was er sagt, erbärmlich klingt, wie soll es da verkehrt sein, wenn er das geschriebene Wort benutzt, um sich besser auszudrücken, als der stammelnde Mund es fertigbringt?«

Die Vernunft antwortete nur: »Du hegst diesen Gedanken auf deine Gefahr. Läßt du dich von ihm verführen, läßt du dein Leben in irgend etwas einfließen, das du schreibst, dann auf deine Gefahr!«

»Aber wenn ich fühle, soll ich es *niemals* ausdrücken?«

»Niemals!« erklärte die Vernunft.

Ich stöhnte unter ihrer bitteren Strenge. Nie, niemals – hartes Wort! Diese Hexe Vernunft wollte nicht dulden, daß ich den Kopf hob, daß ich lächelte, hoffte. Sie konnte nicht ruhen, bis ich ganz und gar zermalmt, verschüchtert, gezähmt und zusammengebrochen war. Wenn ich ihr glaubte, so war ich nur dazu geboren, um für ein Stück Brot zu arbeiten, um auf die Qual des Todes zu warten und um das ganze Leben hindurch beständig zu verzagen. Vielleicht hatte sie recht, die Vernunft. Aber es ist kein Wunder, daß wir ihr zu Zeiten mit Freude trotzen, daß wir ihrer Rute entlaufen und eine müßige Stunde der Einbildungskraft schenken, *ihrer* milden, leuchtenden Feindin, *unsrer* liebreichen Helferin, unsrer Göttin *Hoffnung*. Von Zeit zu Zeit sollen und müssen wir die erlaubten Grenzen überspringen, trotz der furchtbaren Vergeltung, die uns bei der Rückkehr erwartet. Die Vernunft ist rachsüchtig wie der Teufel. Mir war sie stets verhaßt wie eine Stiefmutter. Habe ich ihr gehorcht, so geschah es in der Hauptsache aus Furcht, nicht aus Liebe. Längst hätte sie mich mit ihren Mißhandlungen umgebracht, mit ihrer Knauserei, ihrer Kälte, ihrer dürftigen Kost, ihrem eisigen Bett, mit ihren grausamen, unablässigen Schlägen, längst – wäre nicht jene gütigere Macht gewesen, der ich mich insgeheim verschworen habe. Oft hat mich die Vernunft in die Nacht hinausgestoßen, mitten im Winter, auf hartgefrorenen Schnee, und hat mir als Nahrung abgenagte Knochen nachgeworfen, die von den Hunden verschmäht worden waren, hat mir ungerührt beteuert, weiter habe sie nichts für mich, hat mir barsch das Recht bestritten, nach Besserem zu verlangen ... Wenn ich dann aufblickte, sah ich am Himmel, von Sternen umkränzt, ein Haupt; vom mittelsten, hellsten Stern ging ein teilnehmendes, aufmerksames Leuchten aus. Ein milderer und gütigerer Geist als die menschliche Vernunft hatte sich in ruhigem Flug in die Ödnis hinaufgeschwungen und um sich einen Hauch vom ewigen Sommer verbreitet, den Duft unverwelklicher Blumen, den Wohlgeruch von Bäumen, an denen die Äpfel des Lebens wachsen; er hat die reine frische Luft aus einer Welt mitgebracht, deren Tag keine Sonne braucht, um hell zu werden. Meinen Hunger hat dieser gute Geist gestillt mit süßen, unbekannten Früchten, gepflückt von strahlenden Engeln, die ihre taubenetzte Ernte in der ersten jungen Stunde eines Himmelstages einbrachten; sanft hat er die bitteren Tränen gelindert, unter denen das Leben selber verrinnt, liebreich der Todmüden Ruhe geschenkt. Großmütig hat er der von Verzweiflung Gelähmten Hoffnung und Antrieb verliehen. Göttliche mitleidsvolle, hilfreiche Kraft! Wenn ich vor einem andern Wesen als vor Gott das Knie beuge, so zu deinen weißen, beschwingten Füßen, die schön sind auf dem Berg wie auf der Ebene. Der Sonne sind Tempel errichtet und dem Mond Altäre gewidmet worden. Dir zu Ehren bauen keine Hände, weihen keine Lippen; aber seit Urzeiten beten die Herzen getreulich zu dir. Du hast eine Wohnung, zu weit für Mauern, zu hoch für eine Kuppel – einen Tempel dessen Hallen der Raum bildet – Riten, deren Mysterien sich, Welten entflammend und befriedend, im Dasein vollziehen.

Herrscherin du! Für dich standgehalten hat deine gewaltige Armee von Märtyrern; deine Schar erlesener Helden hat dir zuliebe Großes vollbracht. Du, unstreitig Gottheit! Dein Sein überwindet den Verfall.

Diese Himmelstochter vergaß mich auch an diesem Abend nicht. Sie sah mich weinen und trat tröstend zu mir. »Schlafe«, sagte sie. »Schlafe friedlich. Ich vergolde dir deine Träume!«

Sie hielt Wort und wachte den Rest der Nacht über mir.

Aber als der Morgen dämmerte, löste die Vernunft sie auf ihrem Posten ab. Ich fuhr aus dem Schlaf auf. Regen peitschte gegen die Fensterscheiben, und von Zeit zu Zeit rührte sich der Wind mit verdrießlichem Stöhnen. Die Nachtlampe auf dem schwarzen runden Ständer in der Mitte des Schlafsaals war am Verlöschen, es tagte schon. Wie ich die bedaure, die der Kummer betäubt und nicht aufpeitscht! An diesem Morgen riß mich der Schmerz des Erwachens wie eine Riesenhand aus dem Bett. Wie schnell kleidete ich mich in der feuchtkalten Dämmerung an, und was für einen herzhaften Trunk tat ich aus meiner Karaffe mit dem eiskalten Wasser! Das war stets mein Labsal, zu ihm nahm ich meine Zuflucht wie andre zu Branntwein, wenn mich ein Verdruß plagte.

Nicht lange, und die Glocke weckte die ganze Schule. Da ich fertig angezogen war, ging ich allein in den Andachtsraum hinunter, wo der Ofen brannte und die Luft erwärmte. Das übrige Haus war von der beißenden, unbarmherzigen Winterkälte des Kontinents erfüllt. Wir schrieben zwar erst Anfang November, aber ein Nordwind hatte den scharfen Frost so früh über Europa gebracht. Ich weiß noch gut, wie wenig mir die schwarzen Öfen gefallen hatten, als ich zuerst ins Haus gekommen war. Aber jetzt verband sich für mich allmählich das Gefühl des Behagens mit ihnen, und ich liebte sie, wie wir in England einen Kamin lieben.

Ich setzte mich vor diesen dunklen Tröster und verspann mich bald in eine tiefgründige Auseinandersetzung mit mir selber über das Leben und seine Zufälle, über die Vorbestimmung und ihre Fügungen. Ich war ruhiger und stärker als am Abend zuvor, und in Gedanken stellte ich ein paar notwendige Lebensregeln für mich auf. Bei Todesstrafe verbot ich mir jeden schwachmütigen Rückblick auf vergangenes Glück und befahl mir, die Wildnis der Gegenwart gelassen zu durchwandern. Ich wollte vertrauen und auf die

Treue bauen, schärfte ich mir ein. Wolke und Felsspitze wollte ich im Auge behalten, die demütig machen, während sie die Richtung weisen, und die ehrfürchtig machen, während sie aufklären. Den Drang zu zärtlicher Abgötterei mußte ich zum Schweigen bringen, den Blick bändigen, der sehnsüchtig nach einem fernen Lande der Verheißung ausschauen wollte, einem Land, dessen Flüsse vielleicht nie zu erreichen waren außer in Sterbeträumen und dessen sanfte Wiesen man nur von dem öden und düsteren Gipfel des Nebo zu sehen vermochte.

Nach und nach drang ein aus Kraft und Schmerz gemischtes Gefühl in mein Herz, es stützte oder zähmte doch zumindest seine Schläge. Ich war bereit für den Tag und seine Arbeit und richtete mich auf.

Wie gesagt, ich saß dicht bei dem Ofen, der in die Wand zwischen dem Andachtszimmer und der quadratischen Halle eingebaut war und auf diese Weise ausreichte, um beide Räume zu heizen. Dicht neben dem Ofen hatte man ein Fenster durch die Mauer gebrochen, das gleichfalls nach dem »Karree« hinausschaute. Als ich aufblickte, war eine Scheibe dieses Fensters verdeckt. Eine Mützenquaste, eine Stirn und ein Augenpaar füllten sie aus, und die Augen waren starr und unverwandt auf meine eigenen gerichtet, sie beobachteten mich. Bis zu diesem Augenblick war mir nicht bewußt gewesen, daß meine Wangen tränennaß waren, aber jetzt fühlte ich es.

Dies war ein seltsames Haus. Vor keinem, der es betrat, scheute die Aufdringlichkeit zurück, keine Träne konnte man darin vergießen, keinen Gedanken fassen, ohne daß ein Spion bei der Hand war und es bemerkte und darüber seine Mutmaßungen anstellte. Und dieser neue, von draußen kommende, männliche Spion, was hatte den zu dieser ungewohnten Stunde hergeführt? Ließ sich ein Recht ausdenken, das ihm erlaubte, mich so zu belästigen? Kein andrer Professor hätte gewagt, das Karree zu durchqueren, bevor die Glocke zum Unterricht geläutet hatte. Monsieur Emanuel kümmerte sich weder um die Zeit noch um Rechte: In der Bibliothek der ersten Klasse befand sich ein Nachschlagewerk, das er zu befragen wünschte. Er war gekommen, um danach zu suchen, und der Weg hatte ihn am Andachtszimmer vorbeigeführt. Daß er vorn, hinten und zu beiden Seiten Augen hatte, war durchaus seine Eigenart. Er hatte mich durch das kleine Fenster erspäht. Nun öffnete er die Tür zum Andachtszimmer, und da stand er.

»Mademoiselle, vous êtes triste.«

»Monsieur, j'en ai bien le droit.«

»Vous êtes malade de cœur et d'humeur«, fuhr er fort. »Sie sind gleichzeitig betrübt und rebellisch. Ich sehe zwei Tränen auf Ihrer Wange, von denen ich weiß, daß sie heiß wie zwei Funken und salzig wie zwei Meereskristalle sind. Und Sie betrachten mich sonderbar, während ich spreche. Soll ich Ihnen sagen, woran ich denken muß, wenn ich Sie so beobachte?«

»Monsieur, ich werde im nächsten Augenblick zum Morgengebet gerufen werden. Ich habe jetzt sehr wenig Zeit, mich zu unterhalten. Verzeihen Sie ...«

»Ich verzeihe alles«, unterbrach er mich, »ich bin so sanft gelaunt, daß mich keine Abweisung aus der Fassung bringt, vielleicht nicht einmal eine Beleidigung. Also: Sie erinnern mich an ein junges, wild aufgewachsenes Pferd, das frisch von der Weide weggefangen und noch nicht gezähmt ist und das nun mit einer Mischung von Wut und Furcht dem entgegensieht, der es zureiten wird.«

Eine unerhörte Rede, tollkühn, unbedacht und dreist, wenn sie einer Schülerin gegolten hätte; einer Lehrerin gegenüber absolut unzulässig. Er wollte eine hitzige Antwort hervorrufen, ich hatte schon früher miterlebt, wie er Leidenschaftliche zum Ausbruch reizte. An mir sollte er mit seiner Bosheit keine Freude haben. Ich saß und schwieg.

»Sie sehen aus wie jemand«, sagte er, »der einem vergiftetes Zuckerwasser begierig aus der Hand reißen und einen gesunden Magenbitter voll Ekel wegstoßen würde.«

»Das stimmt, für Magenbitter habe ich nie etwas übrig gehabt. Ich halte ihn auch nicht für gesund. Und dem, was süß ist, gleichviel ob Gift oder Nahrung, können Sie eins mindestens nicht abstreiten, eine köstliche Eigenschaft nämlich – die Süßigkeit. Vielleicht ist es besser, schnell einen angenehmen Tod zu sterben als ein reizloses Leben lange hinzuschleppen.«

»Trotzdem«, sagte er, »sollten Sie Ihre bittere Dosis pünktlich jeden Tag einnehmen, wenn ich die Macht dazu hätte, sie Ihnen beizubringen. Und was das vielgeliebte Gift anlangt – ich bräche vielleicht sogar die Tasse entzwei, die es enthielte.«

Ich wandte schroff das Gesicht ab, zum Teil, weil mir seine Anwesenheit äußerst unlieb war, zum Teil deswegen, weil ich Fragen zu vermeiden wünschte. Ich fürchtete, in meiner augenblicklichen Stimmung könnte mich das Antworten mehr Anstrengung kosten, als meine Selbstbeherrschung vertrug.

»Kommen Sie schon«, sagte er milder, »sagen Sie mir die Wahrheit. Der Abschied von Ihren Freunden macht Ihnen Kummer. Ist es nicht so?«

Die unvermittelte Sanftheit war nicht weniger unerträglich als die inquisitorische Neugier. Ich schwieg. Er trat weiter ins Zimmer, setzte sich etwa zwei Meter von mir entfernt auf die Bank und versuchte beharrlich und für seine Verhältnisse geduldig, mich ins Gespräch zu ziehen. Der Versuch blieb unnütz, mußte unnütz bleiben, denn ich konnte nicht reden. Schließlich bat ich ihn dringend, er möchte mich in Frieden lassen. Als ich die Bitte aussprach, schwankte meine Stimme, der Kopf sank mir auf die Arme und auf den Tisch. Ich weinte bitterlich, wenn auch lautlos. Er blieb noch eine Weile sitzen. Ich sah nicht auf, sagte nichts, bis ich aus dem Türschließen und aus den sich entfernenden Schritten merkte, daß er gegangen war. Nach diesen Tränen wurde mir leichter zumute.

Ich hatte noch Zeit, mir vor dem Frühstück die Augen zu kühlen, und ich glaube, bei Tisch sah ich so gelassen aus wie alle andern. So heiter freilich nicht wie die muntere junge Dame, die sich mir gegenüber niedergelassen hatte und mich mit einem Paar etwas kleiner Augen fröhlich zwinkernd betrachtete und mir freimütig die weiße Hand über den Tisch entgegenstreckte. Miß Fanshawe waren die Reisen, Lustbarkeiten und Flirts ausgezeichnet bekommen. Sie war ganz mollig geworden, ihre Wangen sahen rund wie Äpfel aus. Zuletzt hatte ich sie im eleganten Abendkleid gesehen. Ich könnte nicht sagen, daß sie sich jetzt in ihrer anspruchslosen Schulmädchentracht weniger reizend ausgenommen hätte, in einer Art Morgenrock aus dunkelblauem Zeug mit einem trübseligen schwarzen Streifenmuster. Im Gegenteil, die düstere Hülle betonte ihre Anmut, denn sie hob ihre helle Haut, ihre blühende Frische und das strahlende Gold ihrer Locken hervor.

»Ich bin froh, daß Sie wieder da sind, Timon«, sagte sie. – Timon war einer von dem Dutzend Namen, die sie für mich hatte. »Sie haben keine Ahnung, wie oft ich mich in diesem traurigen Loch nach Ihnen gesehnt habe.«

»Ach, wirklich? Wenn Sie mich herbeigewünscht haben, dann gibt es natürlich etwas für mich zu tun, nicht wahr? Vielleicht Strümpfestopfen?« Ich traute Ginevra keine Minute lang und nicht für fünf Pfennige Uneigennützigkeit zu.

»Verdrießlich und mürrisch wie immer!« sagte sie. »Das hab' ich erwartet. Sie wären ja nicht mehr Sie selbst, wenn Sie mich nicht anraunzen würden. Aber hören Sie, Großmama! Ich hoffe, Sie sind noch geradeso versessen auf Kaffee und haben noch genausowenig für Brötchen übrig wie immer. Sind Sie zu einem Tausch geneigt?

»Machen Sie, was Sie denken.«

Woran sie dachte –, das war eine Gewohnheit, die sich zwischen uns eingebürgert hatte und für sie nutzbringend war. Sie mochte die morgendliche Tasse Kaffee nicht, die wurde in der Schulküche nicht so stark und so süß gebraut, daß sie ihr schmeckte. Dagegen hatte sie wie jedes andre gesunde Schulmädchen einen ausgezeichneten Appetit auf die frischgebackenen knusprigen Semmeln, von denen es zum Frühstück für jeden eine bestimmte Ration gab. Mir war meine zu groß, ich trat die Hälfte an Ginevra ab und ließ es ein für allemal dabei, obwohl noch viele andere mit meinem Überfluß liebäugelten. Dafür überließ mir Ginevra zuweilen ein paar Schluck Kaffee. An diesem Morgen war ich froh darüber. Ich verspürte keinen Hunger, war aber ausgedörrt von Durst. Übrigens weiß ich nicht, warum ich eigentlich mein Brötchen lieber Ginevra als jemand anders gab, und ebensowenig, warum ich mich im Notfall lieber mit ihr als mit einer andern in das Trinkgefäß teilte. Das kam zuweilen vor, zum Beispiel, wenn wir einen Ausflug aufs Land machten und auf einem Bauernhof Rast hielten. Dann brachte ich es stets zuwege, daß sie meine Tassenpartnerin wurde, und duldete es gern, daß sie sich den Löwenanteil von Weißbier, süßem Wein oder frischer Milch nahm. So war das eben, und das wußte sie auch. Deshalb wurden wir einander nicht fremd, auch wenn wir uns täglich in den Haaren lagen.

Nach dem Frühstück pflegte ich mich in die erste Klasse

zurückzuziehen und dort allein zu lernen und zu lesen oder einfach nachzudenken (das am häufigsten), bis die Neun-Uhr-Glocke läutete. Dann flogen mit einem Schlag alle Türen auf, der Strom von Externen und Halbpensionärinnen ergoß sich ins Haus, und damit begann die betriebsame Unruhe, die bis fünf Uhr nachmittags ohne Unterbrechung anhielt. Diesen Morgen hatte ich mich eben hingesetzt, als es an die Tür klopfte.

»Pardon, Mademoiselle«, sagte eine Pensionärin, indem sie leise eintrat. Sie holte sich von ihrem Pult irgendein Buch oder Heft, das sie brauchte, und zog sich dann auf den Zehenspitzen wieder zurück. Als sie an mir vorüberhuschte, murmelte sie: »Que mademoiselle est appliquée!«

Fleißig – du lieber Himmel! Die Hilfsmittel für meinen Fleiß lagen vor mir ausgebreitet, aber ich tat nichts, hatte nichts getan und wollte nichts tun. So ehrt uns die Welt für Verdienste, die wir nicht besitzen. Madame Beck selbst hielt mich für einen regelrechten Blaustrumpf und pflegte mich oftmals und feierlich zu ermahnen, ich solle nur ja nicht zu viel studieren, damit mir nicht alles Blut zu Kopfe steige. Tatsächlich befand sich jedermann in der Rue Fossette in dem Irrwahn, daß »Miß Lucy« eine Gelehrte sei – jedermann mit einer bemerkenswerten Ausnahme: Monsieur Emanuel hatte auf die ihm eigne und mir völlig rätselhafte Art einen ziemlich richtigen Begriff von meinen wahren Fähigkeiten erlangt. In unbeobachteten Augenblicken pflegte er mir frohlockend seine boshafte Freude über den unzulänglichen Maßstab meiner Lobrednerinnen ins Ohr zu flüstern. Was mich betrifft, ich ließ mir wegen dieses Mangels keine grauen Haare wachsen. Ich liebe es sehr, meine eignen Gedanken zu denken, ich hatte viel Vergnügen daran, ein paar Bücher zu lesen – einige, doch nicht viele. Stets zog ich diejenigen vor, bei denen die Persönlichkeit des Verfassers klar erkennbar aus Stil und Empfindung sprach. Charakterlose Bücher, gleichgültig wie klug und verdienstvoll sie sein mochten, machten mich unweigerlich müde. – Nun gut, ich war mir wohl bewußt, daß ich von Gott mit einem Geist von begrenzter Stärke und begrenztem Wirkungsvermögen bedacht worden war. Deshalb war ich doch, hoffe ich, dankbar für die Gaben, die er mir verliehen hatte, und begehrte nicht schmerzlich nach höheren Talenten und nicht einmal nach tieferer Gelehrsamkeit.

Kaum hatte der höfliche Zögling den Raum verlassen, als ohne Umstände und ohne anzuklopfen ein zweiter Eindringling hereinplatzte. Und wenn ich blind gewesen wäre, ich hätte ihn erkannt. Meine angeborene Zurückhaltung hatte um diese Zeit eine heilsame und für mich bequeme Wirkung auf die Manieren meiner Hausgenossen ausgeübt. Es kam nur noch selten vor, daß mir jemand unhöflich oder aufdringlich begegnete. Zuerst war es hin und wieder geschehen, daß mich eine derbe Deutsche auf die Schulter klopfte und mich aufforderte, ein Wettrennen mit ihr zu veranstalten, oder eine lärmende Labassecourerin hatte mich am Arm gepackt und mit auf den Spielplatz gezerrt. Zu jeder Stunde war mir dringend angetragen worden, ich solle ein paar Umdrehungen am Rundlauf mitschwingen oder bei einem bestimmten ausgelassenen Versteckspiel namens »Eins, zwei, drei« mittun. Aber all diese kleinen Aufmerksamkeiten hatten seit einiger Zeit aufgehört, und zwar ohne daß ich mich dazu genötigt sah, sie unverblümt abzulehnen. Ich hatte von keiner Seite her einen Vertraulichkeitsbeweis zu fürchten oder zu dulden – eine Person ausgenommen, und da sie Engländerin war, konnte ich ihn ertragen. Ginevra Fanshawe kriegte mich manchmal, wenn ich das Karree überquerte, ganz unbedenklich zu fassen und riß mich zu einem wirbelnden Walzer mit. Dann freute sie sich diebisch über die seelische und körperliche Verwirrung, die sie mir so bescherte. Es war Ginevra Fanshawe, die in meine »gelehrte Muße« einbrach. Sie trug ein großes Notenbuch unter dem Arm.

»Marsch, an Ihre Klavierübungen!« sagte ich sofort zu ihr. »Fort mit Ihnen in den kleinen Salon!«

»Nicht, bis ich mich mit Ihnen unterhalten habe, chère amie. Ich weiß, wo Sie Ihre Ferien zugebracht haben und wie Sie angefangen haben, den Grazien zu opfern und das Leben zu genießen wie jede andre Schöne. Weiß Gott, als ich Sie neulich abend bei dem Konzert gesehen habe, da waren Sie tatsächlich angezogen wie andre Leute. Wer ist Ihre Schneiderin?«

»Schnickschnack! Das fängt hübsch an! Meine Schneiderin! So ein Blödsinn. Kommen Sie, Ginevra, ziehen Sie ab. Ich brauche Ihre Gesellschaft wirklich nicht.«

»Aber wenn ich doch Ihre so sehr brauche, Sie grausamer Tugendengel, was tut da schon ein bißchen Widerstreben Ihrerseits? Dieu merci! Wir wissen schon, wie wir mit unsrer begabten Landsmännin umgehen müssen, mit der gelehrten ›ourse Britannique‹. Nun also, Bärchen: Sie kennen Isidore?«

»Ich kenne John Bretton.«

»Ach, still doch!« Sie steckte die Finger in die Ohren. »Sie zerreißen mir das Trommelfell mit Ihren harten Anglizismen! Aber wie geht es unserm vielgeliebten John? Erzählen Sie mir von ihm. Der arme Mann muß übel dran sein. Was hat er neulich abend zu meinem Benehmen gesagt? Bin ich nicht grausam gewesen?«

»Bilden Sie sich ein, ich hätte auf Sie acht gegeben?«

»Es war ein bezaubernder Abend. Oh, dieser himmlische de Hamal! Und dann zu beobachten, wie der andre in der Ferne schmollte und schmachtete, und die alte Dame –

meine Schwiegermama in spe! Aber ich fürchte, ich und Lady Sara waren ein bißchen unhöflich mit unsern Witzen über sie.«

»Lady Sara ist es nicht eingefallen, Witze über sie zu machen, und über das, was *Sie* getan haben, da seien Sie nur ganz ohne Sorgen. *Ihren* Hohn wird Mrs. Bretton überleben.«

»Schon möglich, alte Damen sind zäh. Aber ihr armer Sohn! Erzählen Sie mir, was er gesagt hat. Er war schwer beleidigt, das habe ich gesehen.«

»Er sagte, Sie sähen aus, als ob Sie im Herzen schon Madame de Hamal wären.«

»Wirklich?« rief sie entzückt. »Das hat er gemerkt? Wie reizend! Ich dachte, er würde verrückt vor Eifersucht.«

»Ginevra, sind Sie im Ernst mit Doktor Bretton fertig? Wollen Sie, daß er Sie aufgibt?«

»Ach! Sie wissen es doch, das bringt er *nicht* fertig. Aber war er nicht wütend?«

»Fuchsteufelswild«, stimmte ich zu.

»Na also. Wie haben Sie ihn bloß heimgebracht?«

»Ja, *wie* bloß! Haben Sie wirklich kein Mitleid mit seiner armen Mutter und mir? Stellen Sie sich vor, wie wir beide ihn im Wagen mit aller Kraft festgehalten haben und wie er zwischen uns getobt hat, dermaßen, daß er jeden mit seiner Raserei ansteckte. Sogar der Kutscher verlor den Verstand, und wir verirrten uns.«

»Was Sie nicht sagen! Sie lachen mich aus. Hören Sie, Lucy Snowe...«

»Tatsache, ich versichere es Ihnen. Und es ist auch Tatsache, daß Doktor Bretton *nicht* im Wagen bleiben wollte. Er riß sich von uns los und bestand darauf, *auf dem Bock* zu sitzen.«

»Und dann?«

»Dann – als wir schließlich heimgekommen *waren* – die Szene spottet jeder Beschreibung.«

»Ach! Aber Sie müssen sie beschreiben. Es ist doch so spaßig!«

»Spaßig für *Sie*, Miß Fanshawe. Aber«, ich sprach mit strenger Feierlichkeit, »Sie kennen das Sprichwort: Was dem einen Vergnügen macht, kann für den andern den Tod bedeuten.«

»Weiter, weiter! Seien Sie lieb, Timon.«

»Als gewissenhafter Mensch kann ich nicht weiterreden, es sei denn, Sie überzeugen mich davon, daß Sie eine Spur von Herz haben.«

»Aber das hab' ich doch! Sie ahnen ja nicht, wie reichlich.«

»Schön! In dem Fall werden Sie imstande sein, sich Doktor Graham Bretton vorzustellen, wie er zunächst sein Abendessen verschmähte. Das Huhn und das Kalbsbröschen, die zu seiner Erquickung bereitstanden, blieben unangerührt auf dem Tisch. Dann ... Aber es ist sinnlos, bei den herzzerreißenden Einzelheiten zu verweilen. Ich will mich damit begnügen, daß ich sage: Niemals in den stürmischen Ausbrüchen, in den ungestümsten Augenblicken seiner Kindheit hatte seine Mutter soviel Mühe, die Bettdecke über ihn zu breiten und festzustopfen wie in jener Nacht.«

»Er wollte nicht still liegen?«

»Er wollte nicht still liegen, das war es. Man konnte die Bettdecke feststopfen, aber die Schwierigkeit lag darin, daß sie nicht festgestopft blieb.«

»Und was hat er gesagt?«

»Gesagt! Können Sie sich nicht vorstellen, wie er nach seiner Ginevra verlangte, wie er jenen Dämon de Hamal verfluchte, wie er von goldenen Locken, blauen Augen, weißen Armen und glitzernden Armbändern phantasierte?«

»Was, ist das wahr? Er hat das Armband gesehen?«

»Das Armband? Sicher, so deutlich wie ich es gesehen habe, und vielleicht zum erstenmal hat er auch das Brandmal erblickt, das Ihnen das Ding rund um den Arm, da wo es Sie berührte, hinterlassen hat. So, Ginevra« – ich stand auf und wechselte den Ton –, »Schluß jetzt. Gehen Sie an Ihre Übungen.« Und ich öffnete die Tür.

»Aber Sie haben mir noch nicht alles erzählt!«

»Sie warten besser nicht ab, *daß* ich Ihnen alles erzähle. Viel Freude hätten Sie nicht daran, wenn ich noch mitteilsamer würde. Marsch!«

»Sie sind ein Ekel!« sagte sie, doch sie gehorchte. Übrigens hätte sie sich auf meinem Hoheitsgebiet, und das war ja die erste Klasse, ihrer Entlassung auch nicht gut widersetzen können.

Doch um die Wahrheit zu sagen – ich war nie weniger unzufrieden mit ihr gewesen als eben jetzt. Mit Vergnügen dachte ich an den schreienden Widerspruch zwischen der Wirklichkeit und meiner Beschreibung. Ich erinnerte mich daran, wie Doktor John die Heimfahrt genossen und mit welchem Behagen er sein Abendbrot verzehrt hatte und wie er dann mit christlicher Fassung schlafen gegangen war. Wirklich böse war ich dem hübschen, zarten Grund seiner Leiden nur dann, wenn ich ihn wirklich unglücklich sah.

Vierzehn Tage vergingen. Ich gewöhnte mich zum zweitenmal in die Sielen meiner Arbeit an der Schule und glitt aus dem leidenschaftlichen Abschiedsschmerz hinüber in die stumpfe Gewohnheit. Eines Nachmittags überquerte ich das Karree auf dem Weg in die erste Klasse, wo ich bei einer Lektion über Stil und Literatur zugegen sein sollte, da sah ich an einem der hohen, breiten Fenster die Pförtnerin Rosine stehen. Ihre Haltung war ungezwungen wie gewöhnlich. Sie stand immer wie nach dem Kommando »Rührt euch!« Eine Hand steckte in der Schürzentasche, mit der andern hielt sie sich im Augenblick einen Brief vor die Augen, dessen Adresse Mademoiselle Olive unverfroren prüfte, dann untersuchte sie bedächtig das Siegel. Ein Brief! Genauso einer hatte mir seit sieben Tagen im Kopf herumgespukt. Vergangene Nacht hatte ich von einem Brief geträumt – jetzt zog es mich magnetisch zu diesem. Ob ich aber auch gewagt hätte, Rosine darum zu bitten, daß sie mich einen Blick auf den weißen Umschlag mit dem roten Wachsfleck in der Mitte werfen ließ? Ich weiß es nicht. Nein, ich glaube, ich hätte mich vorbeigeschlichen. Ich hatte eine panische Furcht, die Enttäuschung könnte mir einen Rüffel geben. Das Herz klopfte mir, als hörte ich schon ihre Schritte nahen. Nervenschwacher Irrtum! Es war der schnelle Gang des Literaturprofessors, der den Korridor durchmaß. Ich ergriff die Flucht. Wenn ich es bloß fertigbrachte, vor seinem Erscheinen still an meinem Pult zu sitzen, in einer durch meine Anordnungen gebändigten, disziplinierten, lernbereiten Klasse, dann würde er mich vielleicht nicht beachten. Wenn er mich aber entdeckte, wie ich mich im Karree herumdrückte, war mir eine Sonderansprache gewiß. Ich hatte genügend Zeit, meinen Platz zu erreichen, vollkommene Stille zu erzwingen, meine Näherei hervorzuholen und die Arbeit inmitten von abgrundtiefem, wohlerzogenem Schweigen zu beginnen. Erst dann wurde die Klinke heftig niedergeschlagen, die Tür flog auf, und Monsieur Emanuel trat ein. Das Türkrachen und der Schwung seiner übertrieben tiefen Verbeugung deuteten auf Grimm.

Wie gewöhnlich brach er gleich einem Donnerschlag über uns herein. Aber statt daß er wie sonst blitzschnell von der Tür zum Podest fegte, hielt er jetzt auf halbem Wege vor meinem Pulte an. Indem er mir und dem Fenster das Gesicht, den Schülerinnen und dem Raum den Rücken zuwandte, richtete er einen Blick auf mich – einen Blick, der mir das Recht gegeben hätte, augenblicks aufzustehen und ihn zu fragen, was das heißen solle. Es war ein Blick voll stirnrunzelnden Mißtrauens.

»Voilà, pour vous«, sagte er, zog die Hand aus der Weste und legte einen Brief auf mein Pult – eben den Brief, den ich in Rosines Hand gesehen hatte und der sich mit seinem emailleweißen Gesicht und dem einen scharlachroten Zyklopenauge in meiner Phantasie so klar und vollkommen abgezeichnet hatte. Ich erkannte ihn, ich fühlte, das war der Brief meiner Hoffnung, das waren meine Wirklichkeit gewordenen Wünsche, war die Befreiung von allem Zweifel, war die Lösung meines Alpdrucks. Diesen Brief hatte Monsieur Paul, mit unverantwortlicher Sucht sich einzumischen, der Pförtnerin abgenommen und überreichte ihn mir nun selbst.

Ich hätte Grund gehabt, ärgerlich zu sein, aber für dieses Gefühl hatte ich keine Sekunde Zeit. Ja, ich hielt nicht bloß einen kurzen Gruß in der Hand, sondern einen Umschlag, in dem mindestens ein Bogen stecken mußte. Und hier stand die Adresse »Miß Lucy Snowe« in sauberer, klarer, ebenmäßiger und energischer Schrift, und hier war das Siegel, rund und stattlich. Finger, die nicht zitterten, hatten geschickt einen Tropfen vom Wachs abschmelzen lassen und hatten das sorgfältig geschnittene Petschaft mit den Initialen J. G. B. fest daraufgedrückt. Glück strömte mir warm ins Herz und floß mir kräftig durch alle Adern. Einmal war eine Hoffnung Wirklichkeit geworden. Ich hielt ein Stück wirklicher, dauerhafter Freude in der Hand, keinen Traum, kein Hirngespinst, kein schattenhaftes Phantasieglück, von dem der Mensch nicht leben und nicht sterben kann. Das war keine

Portion von dem Manna, das ich vor einer Weile noch so traurig gepriesen hatte. Das zergeht wohl zuerst mit einer unaussprechlichen, übernatürlichen Süße auf der Zunge, aber dann wird es der Seele zum Abscheu, aberwitzig sehnt sie sich nach natürlicher, erdgewachsener Speise und ruft ungestüm die Himmelsgeister an, sie möchten ihn zurücknehmen, ihren Tau und Wein, Nahrung für die Götter, aber Gift für die Sterblichen. Nein – was ich erhalten hatte, war weder vom Himmel geregnete Süßigkeit noch köstliches Gewürz, es war keine luftige Waffel, kein lieblicher Honig, sondern das derbe, schmackhafte Gericht des Jägers, nahrhaftes, bekömmliches Fleisch aus Wald oder Wüste, frisch, gesund und kraftspendend. Es war das, was der sterbende alte Patriarch von seinem Sohn Esau verlangt und wofür er ihn mit dem letzten Atemzug zu segnen versprochen hatte. Ein Gottesgeschenk war es, und innerlich dankte ich dem Gott, der es mir gewährt hatte. Äußerlich dankte ich nur dem Menschen. Ich rief: »Dank, vielen Dank, Monsieur!«

Monsieur krauste die Lippen, streifte mich mit einem bösen Blick und schritt hoch aufgerichtet zu seinem Podium. Monsieur Paul war durchaus kein guter Mann, wenn er auch seine guten Seiten hatte.

Las ich meinen Brief auf der Stelle? Verzehrte ich mein Wildbret unverweilt und hastig, so, als lasse Esau seinen Pfeil jeden Tag vom Bogen schnellen?

Nein, so töricht war ich nicht. Der Umschlag mit der Adresse, das Siegel mit seinen drei klaren Lettern waren genug und übergenug für den Augenblick. Ich stahl mich aus dem Raum und verschaffte mir den Schlüssel zum großen Schlafsaal, der tagsüber abgeschlossen war. Hastig lief ich zu meinem Schreibpult, denn ich zitterte davor, daß Madame sich die Treppe heraufschleichen und mir nachspionieren könnte. Ich zog eine Schublade heraus, schloß einen Kasten auf und holte eine Brieftasche hervor. Noch einmal weidete ich den Blick an meinem kostbaren Besitz, berührte in einer Mischung von Ehrfurcht, Scham und Entzücken das Siegel mit den Lippen, wickelte ihn dann unversehrt in Silberpapier, legte ihn in die Tasche, verschloß Kästchen und Schublade und kehrte in die Klasse zurück. Mir war zumute, als hätte ich plötzlich erlebt, daß Märchen Wahrheit und Feengaben kein Traum sind. Sonderbare, süße Tollheit! Dabei hatte ich den Brief, die Quelle meiner Freude, noch nicht gelesen und kannte nicht die Zahl seiner Zeilen.

Als ich das Schulzimmer wieder betrat, siehe, da wütete Monsieur Paul wie ein Wirbelsturm! Irgendeine Schülerin hatte nicht so laut oder artikuliert gesprochen, wie seinem Ohr und seinem Geschmack genehm war, und nun weinte sie, andre mit, und er schrie, fast totenbleich im Gesicht, von seinem Podium herab. Merkwürdig zu sagen, sowie ich auftauchte, fiel er über mich her.

Ob ich die Lehrerin dieser Mädchen wäre? Ob ich zu behaupten wagte, ich brächte ihnen bei, sich wie Damen zu benehmen? Und das, während ich zuließ, daß sie ihre Muttersprache in ihrer Kehle erwürgten und sie zwischen den Zähnen zerhackten und zu Brei verarbeiteten, als hätten sie irgendeinen niederträchtigen Grund, sich der Worte zu schämen, die sie sprachen? Wahrscheinlich ermutigte ich sie noch dazu! Sollte das Bescheidenheit sein? Das wüßte er besser! Das sei eine schändliche, falsche Auslegung, der Sprößling oder der Vorbote alles Bösen. Es fiele ihm nicht ein, sich dieses Fratzenschneiden, dies zimperliche Gelispel gefallen zu lassen, er nehme es nicht hin, daß eine edle Sprache so zermahlen und zermalmt würde, und er verbäte sich überhaupt die Affektiertheit und die übelkeiterregende Störrischkeit der Schülerinnen der ersten Klasse. Die nähme er nicht hin, lieber gäbe er sie auf als eine Bande unerträglicher Zierpuppen und beschränkte sich künftig darauf, den Kleinen der dritten Klasse das ABC beizubringen.

Was konnte ich zu alldem sagen? Wirklich nichts, und ich hoffte, er würde zulassen, daß ich schwieg. Der Sturm erhob sich von neuem.

Also werde ihm jede Antwort auf seine Fragen verweigert? Offenbar glaubte man an *diesem* Ort – in diesem dünkelhaft aufgeputzten Zimmer von einer ersten Klasse mit seinen ungeheuerlichen Bücherschränken, mit seinen grünbezogenen Pulten und all dem blödsinnigen Krimskrams von Blumenständern und gerahmten Bildern und Landkarten und mit, bitte sehr, seiner ausländischen Aufsichtsdame – offenbar wäre es *hier* Brauch anzunehmen, daß der Professor der Literatur keiner Antwort wert sei! Das wären in der Tat neue Ansichten! Er zweifelte nicht daran, daß sie direkt aus Großbritannien importiert worden wären, sie schmeckten nach Inseldreistigkeit und Inselanmaßung!

Die zweite Windstille war eingetreten. Von keinem der Mädchen hatte man je erlebt, daß ihm der Tadel eines andern Lehrers Tränen entlockt hätte. Jetzt schmolzen sie alle wie Gestalten aus Schnee vor Monsieur Emanuels leidenschaftlicher Hitze. Ich war noch nicht allzusehr erschüttert. Ich setzte mich hin und wagte es, meine Näherei wieder aufzunehmen.

Ob es mein beständiges Schweigen war oder das Nähen – ich weiß es nicht. Jedenfalls verlor Monsieur Emanuel die letzte Geduld, er sprang tatsächlich von seinem Podium herab. Der Ofen stand dicht bei meinem Pult, und auf ihn stürzte er sich. Die kleine Eisentür wurde fast aus ihren Angeln gerissen, die Glut stob umher.

»Est-ce que vous avez l'intention de m'insulter?« sagte er leise und wild zu mir, während er so dem Feuer Gewalt antat, unter dem Vorwand, es zu schüren.

Es war Zeit, ihn womöglich ein wenig zu besänftigen.

»Mais, Monsieur«, sagte ich, »um nichts in der Welt würde ich Sie kränken. Sie haben einmal gesagt, wir wollten Freunde sein. Denken Sie, ich könnte das vergessen?«

Ich hatte nicht beabsichtigt, daß meine Stimme schwankte, aber sie tat es, ich glaube mehr durch die Erregung des Glücks, das ich eben noch erlebt hatte, als in der Verkrampfung augenblicklicher Furcht. Aber es lag doch etwas in Monsieur Pauls Zorn, irgendeine starke innere Bewegung, die sehr danach angetan war, Tränen hervorzurufen. Ich war nicht unglücklich und auch nicht allzu bange, und dennoch weinte ich.

»Allons, allons!« sagte er sogleich. Er schaute sich um und gewahrte die allgemeine Sündflut. »Ich bin entschieden ein Ungeheuer, ein Wüterich. Ich habe bloß ein Taschentuch«, fügte er hinzu, »aber wenn ich zwanzig hätte, so würde ich jeder von Ihnen eins anbieten. Ihre Lehrerin soll Stellvertreterin für Sie sein. Hier, Miß Lucy.«

Und er zog ein sauberes seidenes Tuch hervor und hielt es mir hin. Jemand, der Monsieur Paul nicht gekannt hätte und an ihn und seine plötzlichen Regungen nicht gewöhnt gewesen wäre, hätte über dies Anerbieten stolpern müssen, er hätte es mit Höflichkeitsfloskeln abgelehnt. Mir dagegen war vollständig klar, daß das nicht anging. Das leiseste Zögern wäre der beginnenden Friedensverhandlung zum Verhängnis geworden. Ich stand auf und kam dem Taschentuch auf halbem Weg entgegen, empfing es mit dem gebührenden Anstand und wischte mir die Augen damit. Dann nahm ich meinen Platz wieder ein, behielt die Friedensfahne in der Hand und auf dem Schoße und hütete mich den Rest der Stunde über, Nadel und Fingerhut, Schere und Musselin zu berühren. Monsieur Paul warf mehr als einmal eifersüchtige Blicke auf diese Gegenstände, er haßte sie wie die Sünde, denn er betrachtete die Näherei als Ablenkung von der ihm zustehenden Aufmerksamkeit. Er hielt seine Lektion mit glänzender Beredtsamkeit und war gegen Schluß hin sehr gut und freundlich. Bevor er zum Ende kam, hatten sich die Wolken zerstreut, und die Sonne brach strahlend hervor, Tränen hatten sich in Lächeln verwandelt.

Als er den Raum verließ, blieb er nochmals an meinem Pult stehen.

»Und Ihr Brief?« sagte er, diesmal nicht ganz so grimmig.

»Ich hab' ihn noch nicht gelesen, Monsieur.«

»Aha! Er ist zu gut, als daß man ihn sofort lesen könnte, Sie sparen ihn sich auf, so wie ich mir als Junge einen besonders reifen, saftigen Pfirsich aufzuheben pflegte?«

Er hatte gut geraten. Ich konnte nicht verhindern, daß mir die Glut ins Gesicht stieg und es ihm verriet.

»Sie versprechen sich einen angenehmen Augenblick vom Lesen«, sagte er, »Sie werden ihn öffnen, wenn Sie allein sind, n'est-ce pas? Aha! Da hab' ich die Antwort – Sie lächeln. Gut, gut! Man soll nicht zu streng sein. ›La jeunesse n'a qu'un temps.‹«

»Monsieur, Monsieur!« rief oder vielmehr flüsterte ich ihm nach, als er sich abwandte, »gehen Sie nicht mit einer irrigen Meinung fort. Der Brief stammt nur von einem Freund. Dafür steh' ich ein, auch wenn ich ihn noch nicht gelesen habe.«

»Je conçois, je conçois; on sait ce que c'est qu'un ami; bon jour, Mademoiselle.«

»Aber, Monsieur, hier ist Ihr Taschentuch.«

»Behalten Sie es, behalten Sie es, bis Sie den Brief gelesen haben, und dann bringen Sie es mir zurück. Ich werde in Ihren Augen lesen, was er enthält.«

Die Mädchen waren aus dem Schulraum schon in das Geschäftszimmer und von da in Garten und Hof geströmt, um vor der Hauptmahlzeit, die um fünf Uhr begann, ihre gewohnte Erholungspause zu machen. Als er gegangen war, stand ich einen Augenblick in Gedanken verloren und schlang mir geistesabwesend das Taschentuch um den Arm. Aus irgendeinem Grunde fing ich an, mit dem Taschentuch wie mit einem Ball zu spielen, warf es in die Luft und fing es wieder auf. Ich denke, daß ich es tat, weil ich glücklich war, glücklich darüber, daß etwas von dem goldenen Schimmer der Kindheit zu mir zurückgekommen war, etwas von ihrer Lebenskraft, die mir fremd geworden war und mich jetzt übermütig werden ließ. Und ich freute mich über die Feierabendfreiheit, und vor allem wärmte mir das freudige Bewußtsein das Herz, daß ich oben in Tasche, Kasten, Schublade einen Schatz besaß ... Eine andre Hand unterbrach jählings das Spiel. Sie streckte sich aus einem Paletotärmel hervor, reckte sich über meine Schulter und fing das improvisierte Spielzeug auf. Monsieur trug es fort mit den mürrischen Worten:

»Je vois bien que vous vous moquez de moi.«

Weiß Gott, der kleine Mann war schrecklich. Er war der reine Kobold, launisch und allgegenwärtig. Kein Mensch konnte wissen, welche Grille ihn gerade plagte oder wo er eben steckte.

22. *Der Brief*

Endlich war das Haus still. Das Essen und die geräuschvolle Freistunde waren überstanden. Nun brach die Dunkelheit herein, und im Andachtszimmer brannte friedlich die Arbeitslampe. Die Externen hatten den Heimweg angetreten, für diesen Abend waren das Türschlagen und der Klingellärm verstummt. Madame hatte sich mit ihrer Mutter und einigen Freunden im Eßzimmer niedergelassen, vor ihr war ich jetzt sicher. Ich glitt in die Küche und bat mir für eine halbe Stunde zu einem besonderen Zwecke ein Wachslicht aus und fand Gnade bei meiner Freundin Goton. Sie antwortete: »Mais certainement, vous en aurez deux, si vous voulez.« Mit dem Licht in der Hand stieg ich leise zum Schlafsaal hinauf.

Aber zu meinem großen Ärger fand ich dort in einem Bett eine unpäßliche Schülerin vor, und mein Verdruß wuchs, als ich das von einem Musselinnachthäubchen umrahmte kecke, hübsche Gesicht Miß Ginevra Fanshawes erkannte. Im Augenblick lag sie freilich schläfrig ausgestreckt da, aber ich zweifelte nicht daran, daß sie genau im ungelegenen Moment aufwachen und mich mit ihrem Geschwätz überschütten würde. Tatsächlich warnte mich, während ich sie beobachtete, ein leichtes Flackern ihrer Augenlider. Leicht möglich, daß der Schlummer nur Schein war, eine List, um Timons Bewegungen heimlich zu verfolgen. Es war ihr nicht zu trauen. Und ich hatte so sehr gewünscht, allein zu sein, nur um meinen kostbaren Brief in Frieden lesen zu können.

Nun gut – ich mußte es mit den Schulzimmern versuchen. Nachdem ich meine Beute gesucht und gefunden hatte, stieg ich wieder hinunter. Das Pech verfolgte mich. Die Klassenräume wurden eben bei Kerzenlicht ihrer wöchentlichen Säuberung unterzogen und gefegt. Die Bänke türmten sich auf den Tischen, die Luft war trüb von Staub, feuchter Kaffeesatz, den die Hausmädchen in Labassecour statt Teeblättern benutzen, färbte den Fußboden dunkel. Alles war ein hoffnungsloses Durcheinander. Verwirrt, doch nicht geschlagen, zog ich mich zurück, so fest wie je dazu entschlossen, mir *irgendwo* einen einsamen Winkel zu erobern.

Ich griff mir einen Schlüssel, von dem ich wußte, wo er verwahrt wurde, und stieg drei Treppen hinauf, bis ich einen dunklen, schmalen, ruhigen Absatz erreichte, öffnete dann eine wurmzerfressene Tür und tauchte in Kälte und tiefe schwarze Finsternis der Dachkammer. Hierhin würde niemand mir folgen, keiner würde mich stören, nicht einmal Madame selbst. Ich schloß die Tür, setzte mein Licht auf einer wackligen und moderigen Kommode ab, wickelte mich in meinen Schal, denn die Luft war eisig, und dann nahm ich, zitternd vor glücklicher Ungeduld, meinen Brief und erbrach das Siegel.

Wie wird er sein? dachte ich, lang oder kurz? Und dabei fuhr ich mit der Hand über die Augen, um den milden Regenschauer wegzuwischen, der mir den Blick verschwimmen ließ. Er war lang.

Wird er kühl sein? Oder freundlich?

Er war freundlich.

Meiner gebremsten, gezügelten, strenggehaltenen Erwartung schien er sehr freundlich. Vielleicht kam er meinen ausgehungerten, sehnsüchtigen Gedanken freundlicher vor, als er war.

So wenig hatte ich gehofft und so viel gefürchtet. Jetzt kostete ich das Entzücken aus, verspürte es voll und stark. Vielleicht geht mancher Mensch durchs Leben, ohne es je so kennenzulernen. Die arme Englischlehrerin, die in der eisigen Bodenkammer bei einer trüben, in der Winterluft tropfenden Kerze einen Brief las, war glücklicher als die meisten Königinnen in ihren Palästen. Und der Brief war doch nichts weiter als gutherzig – nichts weiter, wenn mir diese Gutherzigkeit damals auch göttergleich schien.

Natürlich konnte ein Glück aus so wenig tiefer Quelle nur kurz währen. Aber solange es dauerte, war es unverfälscht und köstlich, Schaum – doch süßer Schaum von echtem Honigtau. Doktor John hatte mir ausführlich geschrieben, vergnügt und freundschaftlich, hatte mit heiterer Befriedigung bei Szenen verweilt, die sich vor seinen und meinen Augen abgespielt, bei Orten, die wir miteinander besucht, bei Gesprächen, die wir geführt hatten, kurz, er erinnerte an all die kleinen Ereignisse aus den ruhigen letzten paar Wochen. Aber den innersten Kern meines Entzückens bildete die Überzeugung, die mir aus seiner Art zu schreiben erwuchs. Nicht nur *mich* hatte er erfreuen wollen, als er die munteren, herzlichen Sätze dahinströmen ließ – *er* hatte *selbst* Freude daran gefunden. Vielleicht war es eine Freude, nach der es ihn nie mehr verlangen, die er nie wieder suchen würde. Das schien nicht nur möglich, sondern fast gewiß. Aber *das* ging die Zukunft an. Dieser Augenblick jetzt war ohne Schmerz, war ohne Flecken und Wunsch, war reich, rein und vollkommen, er erfüllte mich mit tiefem Glück. Ein vorüberfliegender Seraph schien neben mir auszuruhen, sich mir zuzuneigen und eine sänftigende, kühlende, heilende, heiligende Schwinge auf mein klopfendes Herz zu legen. Dr. John solltest du nur später Schmerzen zufügen: Alles Böse sei vergeben – frei und leicht vergeben um dieses einen, als teure Erinnerung bewahrten Guten willen!

Gibt es wirklich bösartige Wesen, die, selber nicht menschlich, dem Menschen seine Seligkeit neiden? Gibt es böse Einflüsse, die in der Luft wohnen und sie für den Menschen vergiften? Was war mir da nahe?

Auf einmal war ein fremdes Geräusch in der weiten, verlassenen Bodenkammer. Ganz deutlich hörte ich etwas, das klang wie verstohlene Schritte, kein Zweifel, etwas glitt von dort heran, wo die schwarze Nische lag, von dort, wo gespenstisch der Mantel baumelte wie ein Gehängter am Galgen. Ich drehte mich um. Meine Kerze brannte düster, der Raum dehnte sich lang hin, doch so wahr ich lebe: Ich sah in der Mitte dieser Spukkammer eine schwarzweiße Gestalt in schmal herabfallendem, engem schwarzem Gewand, mit weiß umwundenem, weiß verschleiertem Haupt.

Sagen Sie, was Sie wollen, Leser – erzählen Sie mir, daß ich nervös war oder von Sinnen, versichern Sie mir, daß ich durch die Erregung des Briefes außer Rand und Band gewesen sei, erklären Sie, daß ich träumte – ich schwöre dies: Dort in der Kammer, in jener Nacht erblickte ich eine Gestalt, die glich – einer Nonne.

Ich schrie nicht, doch mir wurde schwindlig; hätte sich mir die Erscheinung genähert, wäre ich ohnmächtig geworden. Sie wich zurück, ich stürzte zur Tür. Wie ich die vielen Treppen hinunterkam, weiß ich nicht. Instinktiv mied ich den Andachtsraum und rannte zu Madames Wohnzimmer. Ich schoß hinein. Ich sagte: »Auf dem Boden ist etwas. Ich bin dort gewesen, ich habe es gesehen. Gehen Sie hin und sehen Sie nach, Sie alle!«

Ich sagte »Sie alle«, denn der Raum schien mir voller Leute zu sein, obwohl tatsächlich nur vier zugegen waren: Madame Beck, ihre Mutter, Madame Kint, die nicht recht gesund war und sich jetzt zu Besuch bei ihr aufhielt, ihr Bruder Monsieur Kint und noch ein Herr, der sich mit der alten Dame unterhielt und den Rücken der Tür zuwandte, als ich hereinstürzte.

Ich muß in meiner Todesangst und halben Bewußtlosigkeit leichenblaß gewesen sein. Ich fror und zitterte. Sie sprangen alle erschrocken auf und umringten mich. Ich drang in sie, sie möchten auf den Boden gehen! Der Anblick der Herren tat mir gut und flößte mir Mut ein; die Anwesenheit von Männern schien Hilfe und Trost. Ich wandte mich zur Tür und winkte ihnen, sie sollten mir folgen. Sie wollten mich zurückhalten, aber ich sagte, sie müßten mitkommen, sie müßten sehen, was ich gesehen hatte – etwas Seltsames, mitten in der Kammer habe es gestanden. Und nun besann ich mich auf meinen Brief, den ich bei dem Licht auf der Kommode hatte liegenlassen. Mein kostbarer Brief! Seinetwegen mußte ich dem Trotz bieten, was da oben war, gleichviel ob Leben oder Spuk. Ich flog die Treppen hinauf, beeilte mich um so mehr, weil ich wußte, sie folgten mir – sie mußten ja.

Sieh da! Als ich die Kammertür erreichte, war drinnen alles dunkel wie ein Grab, das Licht war verloschen. Glücklicherweise hatte jemand – ich denke, es war Madame mit ihrem gewöhnlichen ruhigen Verstand – eine Lampe mit heraufgebracht. Sowie sie also heraufkamen, durchdrang schnell ein Lichtstrahl die dichte Finsternis. Da stand das ausgelöschte Wachslicht auf der Kommode, aber wo war der Brief? Nach dem suchte ich nun und nicht nach der Nonne.

»Mein Brief, mein Brief!« keuchte ich und jammerte ich fast außer mir. Ich tappte am Boden und rang die Hände. Grausames Verhängnis! Mein Stückchen Labsal fort, mir entrissen auf außergewöhnliche Weise, bevor ich noch Zeit gehabt hatte, seine heilende Wirkung recht zu spüren!

Ich weiß nicht, was die andern taten, ich konnte sie nicht beobachten. Sie richteten Fragen an mich, auf die ich keine Antwort gab, sie durchstöberten alle Ecken, sie schwatzten über dies und jenes, über die Unordnung, in der die Mäntel hingen, über ein Loch oder einen Sprung im Dachfenster – ich weiß nicht was. »Irgendwer oder irgendwas ist hier gewesen«, stellten sie weise fest.

»Oh, sie haben mir meinen Brief genommen!« schluchzte ich, während ich, besessen von meiner Idee, suchend umherkroch und danach tastete.

»Was für einen Brief, Lucy? Mein liebes Mädchen, was für einen Brief?« fragte eine bekannte Stimme dicht an meinem Ohr. Konnte ich dem Ohr trauen? Nein – und ich schaute auf. Konnte ich meinen Augen trauen? Hatte ich den Klang richtig erkannt? Sah ich jetzt wirklich dem

Schreiber eben jenes Briefes ins Gesicht? War der, der dicht vor mir in dieser düsteren Dachkammer stand, John Graham – Doktor Bretton selber?

Ja – er war es. Er war eben diesen Abend gerufen worden, um der alten Mrs. Kint etwas zu verschreiben, sie hatte irgendeinen Anfall gehabt. Er war der zweite Herr, der bei meinem Eintritt im Eßzimmer anwesend gewesen war.

»War das *mein* Brief, Lucy?«

»Ihrer, ja – der Brief, den Sie mir geschrieben haben. Ich war hierhergekommen, um ihn in Ruhe zu lesen. Ich habe keinen andern Fleck finden können, wo es möglich war ihn für mich zu behalten. Den ganzen Tag über habe ich ihn mir aufgespart, nicht einmal aufgemacht habe ich ihn bis zum Abend, und dann habe ich ihn kaum überfliegen können. Ach, ich *ertrag' es nicht,* ihn zu verlieren! – Mein Brief!«

»Still! Weinen Sie nicht, und quälen Sie sich nicht so unmenschlich! Als ob die Sache das wert wäre! Still doch! Kommen Sie heraus aus diesem kalten Loch. Sie wollen jetzt zur Polizei schicken, die soll die Geschichte weiter untersuchen. Wir brauchen nicht hier zu bleiben. Kommen Sie, wir gehen hinunter.«

Eine warme Hand schloß sich um meine kalten Finger, er führte mich in ein Zimmer, das geheizt war. Doktor John und ich setzten uns vor den Ofen. Er sprach zu mir und beschwichtigte mich mit unsäglicher Güte, indem er mir zwanzig Briefe für den einen verlorenen versprach. Es gibt Worte und Übeltaten, die wie Messer tief ins Fleisch dringen, daß es nie wieder heilt, schneidend scharfe Kränkungen und Beleidigungen wie gezackte, vergiftete Klingen. Aber ebenso gibt es auch Trostworte, die so zart sind, daß das Ohr für immer liebevoll ihren Klang bewahrt, Worte, die sanft und weich streicheln und die man ein ganzes Leben lang als teures Gut hütet und sich mit unverwelkter Zärtlichkeit ins Bewußtsein ruft. Sie tauchen auf in ungetrübtem Schimmer, tauchen auch noch aus der nachtdunklen Wolke, die dem Tode voranschwebt. Ich habe inzwischen erfahren, daß Doktor John nicht so vollkommen war, wie ich damals glaubte, daß seinem wirklichen Charakter die Tiefe und Größe, die Weite und Ausdauer fehlte, die er in meiner Vorstellung besaß. Ich weiß nicht: Für mich war er das, was für den verdurstenden Wanderer die Quelle, was für den frierenden Gefangenen die Sonne ist. In meiner Erinnerung an damals steht er heldengleich da, und so will ich ihn festhalten.

Er fragte mich lächelnd, weshalb ich auf seinen Brief soviel Wert legte. Ich dachte – aber das sagte ich nicht –, daß mir der Brief so viel galt wie das Blut in meinen Adern. Ich antwortete ihm nur, daß ich so wenig Briefe zu hüten hätte.

»Ich bin sicher, Sie haben ihn nicht gelesen«, sagte er, »sonst würden Sie sich nichts daraus machen!«

»Ich hab' ihn gelesen, aber nur einmal. Ich wollte ihn wieder lesen. Ich bin traurig, daß er verloren ist.« Und ich konnte nicht anders, ich begann von neuem zu weinen.

»Lucy, Lucy, meine arme kleine Patenschwester (falls es so eine Verwandtschaft gibt), hier – *hier* ist Ihr Brief. Ich wollte, er verdiente solche Tränen besser und solche zärtlich übertreibende Treue!«

Sonderbarer, charakteristischer Schachzug! Sein schnelles Auge hatte den Brief auf den Dielen liegen sehen, als ich ihn suchte, seine ebenso schnelle Hand hatte ihn geschwind aufgerafft. Er hatte ihn in der Westentasche verborgen. Wäre mein Kummer nur um ein Geringes weniger ungestüm und echt gewesen, ich zweifle, ob er es je eingestanden, den Brief je zurückgegeben hätte. Tränen, die auch nur um einen Grad kühler gewesen wären als die, die ich vergoß, hätten Doktor John lediglich amüsiert.

In der Freude über den wiedergewonnenen Besitz vergaß ich, ihm, wie er es verdient hätte, die quälende Neckerei vorzuwerfen. Sie war groß, meine Freude, zu groß, als daß sie sich verbergen ließ. Aber ich glaube, sie zeigte sich mehr in meiner Miene als in Worten. Ich sagte wenig.

»Sind Sie nun zufrieden?« fragte Doktor John.

Ich antwortete, daß ich es wäre, zufrieden und glücklich.

»Nun schön«, fuhr er fort. »Und wie fühlen Sie sich körperlich? Werden Sie allmählich ruhiger? Nicht viel – Sie zittern immer noch wie Espenlaub.«

Mir schien jedoch, daß ich ruhig genug war, zum mindesten war ich nicht mehr erschreckt. Ich erklärte mich für gefaßt.

»Also sind Sie imstande, mir zu erzählen, was Sie erblickt haben? Ihr Bericht war sehr nebelhaft, wissen Sie. Sie schauten weiß wie die Wand aus, aber Sie sprachen immer nur von einem Etwas, ohne das Etwas genauer zu beschreiben. War es ein Mensch? Oder ein Tier? *Was* war es?«

»Ich werde nie genau erzählen, was ich gesehen habe«, sagte ich, »es sei denn, jemand anders sähe es auch, und dann werde ich sein Zeugnis durch meins untermauern. Anders rede ich nicht. Ich brächte mich in Mißkredit, die Leute würden mich beschuldigen, daß ich Halluzinationen hätte.«

»Erzählen Sie es mir«, sagte Doktor John. »Ich will es als Arzt hören. Ich betrachte Sie jetzt vom beruflichen Standpunkt aus, und vielleicht lese ich alles, was Sie verbergen möchten, in Ihren Augen, die sonderbar lebhaft und rastlos sind, auf Ihren Wangen, aus denen das Blut gewichen ist, aus Ihren Händen, die Sie nicht ruhighalten können. Kommen Sie, Lucy, reden Sie und erzählen Sie mir die Geschichte.«

»Sie würden mich auslachen.«

»Wenn Sie's mir nicht erzählen, kriegen Sie keinen Brief wieder.«

»Sie lachen jetzt schon.«

»Ich werde Ihnen diese einzige Epistel wieder wegnehmen. Da sie von mir stammt, hab' ich doch wohl das Recht, sie zurückzuverlangen.«

Ich empfand die Neckerei in seinen Worten und wurde ernst und still, aber ich faltete den Brief zusammen und deckte die Hände darüber.

»Verstecken Sie ihn nur, ich kann ihn doch jeden Augenblick an mich bringen, wenn ich Lust habe. Sie ahnen nicht, was für ein guter Taschenspieler ich bin! Wenn ich wollte, könnte ich als Zauberkünstler auftreten. Man behauptet manchmal, ich hätte auch Mundwerk und Augen dazu. Aber das haben Sie nie an mir wahrgenommen, oder doch, Lucy?«

»Ja, wirklich, es stimmt. Als Sie noch ein Junge waren, hab' ich es bemerkt, damals sehr viel mehr als jetzt; denn jetzt sind Sie stark, und List und Stärke gehören nicht zueinander. Aber, Doktor John, Sie haben doch noch das, was sie in diesem Lande ›ein durchtriebenes Gesicht‹ nennen, das kann niemand verkennen. Madame Beck hat es gesehen, und...«

»Und gemocht«, sagte er lachend, »weil sie selber eins hat. Aber, Lucy, geben Sie mir den Brief. In Wirklichkeit machen Sie sich ja gar nichts daraus.«

Auf diese Herausforderung antwortete ich nicht. Dem lustigen Graham durfte man nicht allzusehr nachgeben. Wenn Graham übermütig war, durfte man ihm nicht zu sehr seinen Willen tun. Eben jetzt spielte ein neues Lächeln um seine Lippen, sehr charmant, aber es tat mir weh. Seine Augen funkelten in einem neuen Glanz, nicht feindselig, aber keineswegs beruhigend. Ich stand auf, um zu gehen, und sagte ihm ein wenig traurig gute Nacht.

Mit seinem empfindlichen Feingefühl, dieser eigentümlichen, detektivischen Fähigkeit, schnell zu begreifen, spürte er augenblicklich die unausgesprochene Klage, den kaum gedachten Vorwurf. Er fragte ruhig, ob ich gekränkt sei. Ich schüttelte den Kopf.

»Dann erlauben Sie mir noch ein paar ernsthafte Worte, ehe Sie gehen. Sie befinden sich in einer hochgradig nervösen Verfassung. Das, was in Ihrem Blick und Ihrem Verhalten offenbar wird, so gut Sie sich auch beherrschen, macht mir eins gewiß: Während Sie heute abend allein in dieser düsteren, grimmigen, grabartigen Dachstube waren, dieser venezianischen Bleikammer, die nach Dunst und Moder riecht und in der Schwindsucht und Katarrh nur so wuchern – einem Ort, den Sie nie betreten sollten –, während Sie heute abend dort saßen, sahen Sie eine Erscheinung oder *glaubten* sie zu sehen, die in besonderer Weise geeignet war, Ihre Phantasie zu beeindrucken. Ich weiß, handfesten Ängsten sind Sie nicht unterworfen, das waren Sie nie – der Furcht vor Räubern etwa. Aber ich bin nicht so sicher, wie Sie auf einen Gespensterschreck reagieren würden. Vermutlich wären Sie bis ins Innerste erschüttert. Beruhigen Sie sich jetzt. Ich verstehe, daß das alles eine Sache der Nerven ist. Aber schildern Sie mir die Erscheinung genau.«

»Sie werden zu niemand davon sprechen?«

»Zu niemandem, verlassen Sie sich darauf. Sie dürfen mir so bedingungslos trauen wie Père Silas. Vielleicht ist der Arzt sogar der verläßlichere Beichtvater, wenn er auch keine grauen Haare hat.«

»Und Sie werden nicht lachen?«

»Vielleicht tue ich's, zu Ihrem Besten, aber verlachen werde ich Sie gewiß nicht. Lucy, ich bin Ihr Freund, wenn es Ihrer scheuen Natur auch schwerfällt zu vertrauen.«

Jetzt sah er wie ein Freund aus. Jenes unbeschreibliche Lächeln und Augenfunkel war verschwunden, die beängstigend gewölbten Bogen der Lippen, Nüstern und Augenbrauen waren wieder begradigt. Seine Haltung drückte Ruhe aus, sachliche Aufmerksamkeit sprach aus seiner Miene. So gewann er mein Vertrauen. Ich berichtete ihm genau, was ich gesehen hatte. Die Sage des Hauses hatte ich ihm schon vor dem erzählt und mit der Geschichte eine Stunde eines milden Oktobernachmittags angenehm ausgefüllt, als er und ich durch den Bois l'Étang gefahren waren.

Er saß und dachte nach, und während er noch grübelte, hörten wir, wie die andern alle die Treppe herunterkamen.

»Werden sie uns jetzt stören?« sagte er und schaute verdrießlich zur Tür.

»Hier herein kommen sie nicht«, antwortete ich, denn wir saßen in dem kleinen Salon, in dem sich Madame abends nie aufhielt. Es war Zufall, daß noch Glut im Ofen war. Sie schritten an der Tür vorbei zum Eßzimmer.

»Jetzt werden sie über Diebe und Einbrecher reden – mögen sie. Denken Sie daran, daß Sie nichts sagen, bleiben Sie bei ihrem Entschluß, Ihre Nonne niemandem zu beschreiben. Vielleicht erscheint sie Ihnen gelegentlich wieder – erschrecken Sie nicht.«

»Also meinen Sie«, sagte ich mit geheimem Entsetzen, »daß sie meinem Hirn entsprungen ist und sich jetzt wieder dahin zurückgezogen hat, daß sie eines Tages, irgendwann, wenn ich nicht auf sie gefaßt bin, wieder hervorgleiten könnte?«

»Ich meine, daß es ein Fall von gespenstischer Selbsttäuschung ist. Und ich fürchte, er folgt auf einen langwierigen Gemütskonflikt und resultiert daraus.«

»Oh, Doktor John – ich schaudere bei dem Gedanken, daß ich solch einer Selbsttäuschung ausgesetzt bin! Es schien so wirklich. Gibt es kein Heilmittel, keine Vorbeugung dagegen?«

»Das Heilmittel ist Glück. Ein heiteres Gemüt ist die Vorbeugung. Pflegen Sie beides.«

Das Glück *pflegen!* Der Rat ist der reine Hohn, und kein Spott auf der Welt klingt mir so hohl wie er. Was bedeutet die Empfehlung? Glück ist doch keine Kartoffel, die in die Erde gesetzt und gedüngt wird! Glück ist ein ferner Schimmer, der vom Himmel auf uns herabstrahlt. Ein göttlicher Tau ist es, den die Seele manchmal an einem ihrer Sommermorgen von den tiefroten Blüten und den goldenen Früchten des Paradieses auf sich herabträufeln fühlt.

»Das Glück pflegen!« sagte ich kurz zu dem Doktor, »tun *Sie* das? Wie stellen Sie das an?«

»Ich bin von Natur ein vergnügter Bursche, und dewegen hat sich das Unglück nie an mich gehängt. Einmal hat das Mißgeschick Mutter und mir im Vorübergehen ein Gesicht geschnitten und uns einen Rippenstoß versetzt, aber wir haben ihm getrotzt oder besser gesagt, wir haben es verlacht, und da hat es sich getrollt.«

»Das alles hat mit Pflege gar nichts zu tun.«

»Ich gebe der Melancholie nicht nach.«

»Ja. Ich habe gesehen, wie Sie die unterdrückt haben.«

»Die wegen Ginevra Fanshawe, ja?«

»Hat sie Sie nicht manchmal elend gemacht?«

»Pah! Unsinn, dummes Zeug. Sie sehen, jetzt habe ich mich gründlich erholt.«

Wenn lachende, munter funkelnde Augen und ein Gesicht, das von Vergnügen und gesunder Kraft strahlte, Wohlsein bezeugen konnten, dann fühlte er sich zweifellos wohl.

»Schlecht sehen Sie nicht aus«, gab ich zu, »sehr übel scheint Ihre Verfassung nicht zu sein.«

»Und warum können Sie nicht aussehen und sein wie ich, Lucy? Heiter, mutig, bereit, es mit allen Nonnen und

Schwerenötern der Christenheit aufzunehmen? Ich gäbe auf der Stelle ein Goldstück dafür, Sie bloß einmal mit den Fingern schnippen zu sehen. Versuchen Sie es einmal.«

»Und wenn ich nun in diesem Augenblick Miß Fanshawe vor Sie hin zaubern würde?«

»Ich schwöre Ihnen Lucy, sie würde mich nicht rühren. Oder doch, durch eines, aber nur dadurch, könnte sie es: durch echte, ja, und leidenschaftliche Liebe. Zu einem geringeren Preis wäre meine Verzeihung nicht zu haben.«

»Tatsächlich! Es ist noch nicht lange her, da wären Sie selig über ein Lächeln von ihr gewesen.«

»Verwandelt, Lucy, verwandelt! Erinnern Sie sich, einmal haben Sie mich einen Sklaven genannt. Jetzt bin ich ein freier Mann.«

Er stand auf. In der Haltung von Kopf und Schultern, in seinem strahlenden Blick, seinem strahlenden Gesicht offenbarte sich eine Freiheit, die mehr war als Unabhängigkeit. Es lag darin Verachtung gegenüber seiner vergangenen Knechtschaft.

»Miß Fanshawe«, fuhr er fort, »hat mich durch eine Gefühlsphase geführt, die vorüber ist. Ich bin anders geworden. Jetzt habe ich Lust, Liebe für Liebe zu fordern, Leidenschaft für Leidenschaft, und zwar ein gerüttelt Maß.«

»Ach, Doktor, Doktor! Sie haben gesagt, Ihre Natur sei es, unter Schwierigkeiten zu lieben, sich durch stolze Fühllosigkeit bezaubern zu lassen.«

Er lachte und antwortete: »Meine Natur ist wandelbar. Die eine Stunde lacht über die Laune der andern. – Schön, Lucy«, und er streifte die Handschuhe über, »was meinen Sie, wird die Nonne heute nacht wiederkommen?«

»Kaum.«

»Wenn sie es tut, richten Sie ihr meine Empfehlungen aus – Doktor Brettons respektvolle Grüße – und sie möchte die

Güte haben, einen Besuch von ihm zu erwarten. Lucy, war die Nonne hübsch? Hatte sie ein nettes Gesicht? Davon haben Sie mir noch nicht erzählt, und *das* ist nun wahrhaftig von Bedeutung.«

»Sie hatte ein weißes Tuch vor dem Gesicht«, sagte ich, »aber ihre Augen glänzten.«

»Zum Kuckuck mit ihrem Gespensterputz!« sagte er unehrbietig. »Aber wenigstens waren die Augen hübsch. Glänzend und sanft.«

»Kalt und starr«, gab ich zurück.

»Nein, nein, wir wollen nichts mit ihr zu tun haben. Sie soll Sie nicht heimsuchen, Lucy. Wenn sie wiederkommt, dann geben Sie ihr diesen Händedruck. Was meinen Sie, ob sie *das* aushält?«

Ich dachte, daß er zu warm und herzlich war, als daß ein Geist es aushalten könnte, und warm und herzlich war auch das Lächeln dazu, das sein »Gute Nacht!« begleitete.

Und war nun etwas in der Dachkammer gewesen? Was wurde entdeckt? Ich glaube, sehr wenig, trotz gründlichster Untersuchung. Zuerst sprach man davon, daß die Mäntel durcheinandergebracht worden wären. Aber Madame Beck sagte mir später, ihrer Ansicht nach hingen sie genauso wie sonst. Und was die zerbrochene Scheibe betraf, so versicherte sie, das Fenster sei selten heil, ein oder zwei Scheiben seien gewöhnlich zerschlagen oder gesprungen. Überdies hatte ein paar Tage zuvor ein schwerer Hagelsturm gewütet. Madame setzte mir eindringlich mit Fragen darüber zu, was ich gesehen hätte, aber ich beschrieb ihr nur eine undeutliche schwarzgekleidete Gestalt. Ich hütete mich wohl, mir das Wort »Nonne« entschlüpfen zu lassen, denn ich war gewiß, daß dies Wort ihr sofort die Vorstellung von Romantik und Unwirklichkeit eingeben würde. Sie ermahnte mich feierlich, keinem Dienstboten, keiner Schülerin und keiner Lehrerin gegenüber etwas von der Sache verlauten zu lassen, und lobte meine Diskretion sehr, weil ich privat zu ihr ins Eßzimmer gekommen war, anstatt die Schreckensgeschichte im Andachtsraum zu verkünden. Damit war das Thema abgetan. Mir blieb es überlassen, im stillen und bedrückt zu rätseln, ob das seltsame Ding dieser Welt angehört hatte oder einem Reiche von jenseits des Grabes, oder ob es tatsächlich nur eine Ausgeburt der Krankheit gewesen war und ich das Opfer dieser Krankheit.

23. Vasthi

Es blieb mir überlassen, bedrückt zu rätseln, habe ich gesagt. Nein, ein neuer Einfluß begann sich auf mein Leben auszuwirken, und für eine gewisse Zeit hielt er die Traurigkeit in Schach. Stellen Sie sich ein kleines Tal vor, das sich tief in die Waldeinsamkeit hinabsenkt. Es liegt in Düsternis und Nebel, sein Gras ist versumpft, die Kräuter sind blaß und feucht. Ein Sturm oder die Axt schlägt eine breite Lücke zwischen die Eichbäume. Der Wind fegt hinein, die Sonne schaut hinab, das traurige kalte Tal wird ein tiefer, schimmernder Blumenkelch. Der Mittsommer schüttet seinen blauen Glanz und sein goldenes Leben von jenem schönen Himmel hinab, den die dumpfe Grube bis jetzt nie erblickt hat.

Ich gewann einen neuen Glauben – den ans Glück.

Es war drei Wochen nach meinem Dachkammerabenteuer, und in Tasche und Kasten und Schublade oben lagen, zusammen mit dem ersten Brief, vier Gefährten von ihm verschlossen, geschrieben in denselben festen Zügen, gesiegelt mit demselben klaren Siegel, voll vom selben lebenspendenden Trost. Lebenspendender Trost, so erschien es mir damals. Viele Jahre später habe ich sie wieder gelesen. Die Briefe waren freundlich, wohltuende Briefe waren es, weil sie von einem stammten, der heiter und zufrieden war. In den beiden letzten standen drei oder vier halb lustige, halb zärtliche Schlußzeilen: »Von *Gefühlen* berührt, doch nicht unterworfen«. Die Zeit, lieber Leser, hat sie zu einem milden Wein abgelagert, aber als ich das Elixier zum ersten Male kostete, als es frisch aus dem verehrten Quell kam, schien es Saft von Göttertrauben, ein Trunk, wie Hebe ihn einschenken mochte und wie die Götter selbst ihn liebten.

Erinnert sich der Leser wohl an das, was ein paar Seiten zuvor gesagt worden ist? Möchte er nun fragen, wie ich auf diese Briefe antwortete, unter der trocknen, knauserigen Kontrolle der Vernunft oder so, wie es der vollen, freien Regung des Gefühls entsprach?

Um die Wahrheit zu sagen, ich ging einen Kompromiß ein und diente zwei Herren, ich verneigte mich im Hause Rimmons und betete vor einem andern Reliquienschrein. Ich schrieb zwei Antworten auf jeden Brief, eine, um mir Luft zu machen, und die andere für Graham.

Zunächst einmal warfen das Gefühl und ich die Vernunft zur Tür hinaus und verriegelten und verbarrikadierten uns vor ihr. Dann setzten wir uns hin, breiteten unser Papier aus, tauchten begierig die Feder in die Tinte und schüttelten voll tiefer Freude rückhaltlos unser Herz aus. Wenn wir das getan hatten, wenn zwei Bogen mit Worten der Verbundenheit und innigen Zuneigung, der tief verwurzelten und lebhaften Dankbarkeit bedeckt waren... Aber jetzt muß ich erst eine Parenthese einfügen.

Ein für allemal und mit gründlicher Verachtung verwahre ich mich gegen den heimlichen Verdacht, ich hätte das in mir getragen, was man »wärmere Gefühle« nennt. Keine Frau läßt sie dort aufkommen, wo sie von Beginn an und während des ganzen Verlaufs einer Bekanntschaft nicht ein einziges Mal darüber im Zweifel sein konnte, daß ihre Liebe tödlich lächerlich wäre. Kein Mensch stößt sein Boot vom Ufer ab und vertraut es den unruhigen Wogen der Liebe an, wenn er nicht über ihnen den Stern Hoffnung gesehen oder geträumt hat.

Wenn ich also meine feste, verehrungsvolle Zuneigung ausgedrückt hatte, eine Zuneigung, die danach verlangte, alles das auf sich zu nehmen und selbst zu ertragen, was dem Schmerzen brachte, dem sie galt, die am liebsten, hätte sie es nur gekonnt, alle Stürme und Blitze auf sich gelenkt und von dem abgezogen hätte, den sie mit leidenschaftlicher Sorge bedachte, dann, gerade dann rüttelte es an der Tür meines Herzens. Die Riegel gaben nach, die Vernunft sprang mit einem Satz herein, tatkräftig und voll Rachedurst. Sie riß die vollgeschriebenen Bogen an sich, las sie, brach in Hohngelächter aus, zerfetzte sie in tausend Stücke und ließ sich selber zum Schreiben am Tisch nieder. Sie faltete, siegelte und adressierte eine kurze, bündige Epistel von einer Seite und schickte sie ab. Und sie tat recht daran.

Ich lebte nicht nur von Briefen. Man besuchte mich, man kümmerte sich um mich. Einmal in der Woche holte man mich ab nach La Terrasse. Man tat mir Gutes an, soviel man nur konnte. Doktor Bretton versäumte nicht, mir zu sagen, *warum* er so freundlich war: »Die Nonne soll bleiben, wo der Pfeffer wächst!« sagte er. »Ich mache ihr ihre Beute streitig. Ich kann sie nicht ausstehen«, erklärte er, »vor allem nicht wegen dieses weißen Schleiers und dieser kalten grauen Augen. In dem Augenblick, da ich diese Einzelheiten erfahren habe, hat mich der Widerwille gepackt: Ich muß ihr einfach einen Strich durch die Rechnung machen. Und«, versicherte er, »ich bin fest entschlossen zu probieren, wer von uns tüchtiger ist: sie oder ich. Ich wollte bloß, sie würde Ihnen noch einmal einen Besuch abstatten, wenn ich anwesend wäre.« Aber *das* tat sie nicht. Kurz, er betrachtete mich vom wissenschaftlichen Standpunkt aus als Patientin und übte seine ärztliche Kunst an mir, und gleichzeitig befriedigte er seine natürliche Neigung wohlzutun auf dem Wege herzlicher und aufmerksamer Behandlung.

Eines Abends – es war der erste Dezember – schritt ich allein durch das Karree. Die Uhr hatte sechs geschlagen, die Klassentüren waren geschlossen, aber drinnen schien ein kleines Chaos zu herrschen – die Mädchen waren im Hochgefühl der Abendfreistunde außer Rand und Band. Das Karree war völlig dunkel, nur unter dem Ofen und um ihn herum glomm ein roter Schimmer. Die breite Glastür und die hohen Fenster waren mit Eisblumen bedeckt; hier und da glitzerte kristallhelles Sternenlicht durch den mattweißen Winterschleier und streute Brillanten über seine blasse Stikkerei. Die Nacht war klar, wenn auch mondlos. Daß ich wagte, so allein in der Dunkelheit zu bleiben, bewies, daß meine Nerven ihre gesunde Spannkraft wieder zurückgewannen. Ich dachte an die Nonne, doch ich fürchtete sie kaum, obwohl hinter mir die Treppe lag und durch die blinde schwarze Nacht von Absatz zu Absatz hinaufführte bis zu der Spukkammer unter dem Dach. Aber ich gebe es zu, ich spürte einen heftigen Stich im Herzen, und mein Puls fing an zu jagen, als ich plötzlich Atem und Kleiderrauschen vernahm und, wie ich mich umdrehte, im tiefen Schatten der Treppe einen noch dunkleren Schatten erblickte, einen Schatten, der sich regte und die Stufen herabglitt. Vor der Klassentür verharrte er eine Weile, dann huschte er an mir vorüber. Gleichzeitig läutete in einiger Entfernung die Türglocke. Handfeste diesseitige Geräusche bringen handfeste

Gefühle mit sich. Diese Gestalt war für meine dürre Nonne bei weitem zu rundlich und zu klein. Das hier war nur Madame Beck »im Dienst«.

Rosine stürmte, die Lampe in der Hand, aus dem Korridor herein. »Mademoiselle Lucy«, rief sie, »für Sie ist jemand im Salon!«

Madame sah mich, ich sah Madame, Rosine sah uns beide. Es gab keine Szene wechselseitigen Erkennens. Ich steuerte geradewegs auf den Salon zu. Dort fand ich, wie ich gehofft hatte – ich gebe es zu –, Doktor Bretton. Doch er war im Abendanzug.

»Der Wagen steht vor der Tür«, sagte er. »Meine Mutter hat ihn geschickt, damit er Sie ins Theater bringt. Sie wollte selber hingehen, aber sie ist durch unerwarteten Besuch verhindert worden. Sie hat sofort gesagt: ›Nimm Lucy an meiner Statt mit.‹ Wollen Sie?«

»Jetzt gleich? Ich bin nicht dafür angezogen«, rief ich und warf einen verzweifelten Blick auf mein dunkles Merinokleid.

»Sie haben eine halbe Stunde Zeit, um sich fertig zu machen. Ich hätte Sie eher benachrichtigen sollen, aber ich habe mich erst um fünf entschlossen hinzugehen, nämlich als ich hörte, daß uns ein wirklicher Genuß bevorsteht: Diesmal ist eine große Schauspielerin dabei.«

Und er nannte einen Namen, der mich wie ein Blitz durchzuckte, einen Namen, der in jenen Tagen ganz Europa in Aufregung bringen konnte. Heute ist es still um ihn geworden, das ruhelose Echo ist verstummt, das er einstmals weckte. Sie, die ihn trug, ist seit Jahren tot, Nacht und Vergessen sind längst über ihr zusammengeschlagen. Aber damals stand ihr Tag – ein Tag des reifen Sommers – auf seiner vollen, sonnenglühenden, strahlenden Höhe.

»Ich gehe mit – in zehn Minuten bin ich fertig!« beteuerte

ich und flog davon, ohne mich von dem Gedanken beeinträchtigen zu lassen, der in diesem Augenblick vielleicht Sie, mein Leser, bedenklich stimmt: daß es nämlich Anstoß erregen könnte, wenn ich irgendwohin mit Graham und ohne seine Mutter ginge. Ich hätte einen solchen Gedanken, solche Zweifel, nicht fassen, viel weniger Graham gegenüber aussprechen können. Ich hätte mich selbst verachten müssen, Scham wäre in mir unauslöschlich und verzehrend aufgeflammt und hätte mir vielleicht das Leben aus den Adern gebrannt. Überdies, meine Patin kannte ihren Sohn und kannte mich. Sie hätte nie daran gedacht, unser Gehen und Kommen ängstlich zu bewachen, sowenig, wie sie eine Anstandsdame zu Bruder und Schwester gesetzt hätte.

Heute war auffälliger Putz nicht angebracht, mein nebelgraues Kreppkleid würde genügen, und ich suchte es in dem großen eichenen Kleiderschrank im Schlafsaal. Nicht weniger als vierzig Gewänder hingen darin. Aber man hatte umgeordnet und geändert, und irgendwer hatte den überfüllten Schrank erleichtert und verschiedene Stücke in die Dachkammer gebracht, darunter auch mein nebelgraues. Ich mußte es holen. Ich nahm den Schlüssel und stieg furchtlos nach oben, fast gedankenlos. Ich schloß die Tür auf und stürzte in die Mansarde. Mag der Leser mir nun glauben oder nicht, aber als ich so plötzlich eintrat, war sie nicht stockdunkel, wie sie hätte sein sollen. Von einer Stelle aus verbreitete sich ein feierliches Licht wie das eines Sternes, doch heller. So klar schimmerte es, daß der tiefe Alkoven mit einem Teil seines fleckigen scharlachroten Vorhanges deutlich sichtbar war. Und augenblicklich, lautlos, verschwand es vor meinen Augen, Vorhang und Alkoven mit; das ganze Ende der Kammer versank in Finsternis. Ich wagte es nicht, nachzuforschen, dazu fehlte mir die Zeit und der Wille. Ich riß mein Kleid von dem Haken an der Wand –

zum Glück befand dieser sich dicht bei der Tür – und stürzte hinaus, verschloß mit krampfhafter Hast die Tür wieder und schoß hinab in den Schlafsaal.

Aber ich zitterte zu sehr, um mich umzuziehen. Unmöglich, mit solchen Fingern die Haare zu ordnen oder Haken in ihre Ösen zu fügen. Ich rief Rosine und bewog sie durch ein Trinkgeld, mir zu helfen. Rosine war für kleine Geschenke sehr empfänglich, sie tat ihr Bestes, glättete und flocht mir die Haare wie der beste Friseur, legte mir den Spitzenkragen mit mathematischer Genauigkeit um, knüpfte sorgfältig das Halsband – kurz, sie verrichtete ihr Werk wie ein geschicktes Zöfchen. Sie hätte eins sein können, wenn sie gewollt hätte. Schließlich reichte sie mir Taschentuch und Handschuhe, ergriff die Kerze und leuchtete mir hinunter. Und da hatte ich zu guter Letzt doch noch meinen Schal vergessen. Sie rannte zurück, um ihn zu holen, und ich stand wartend mit Doktor John in der Vorhalle.

»Was ist denn los, Lucy?« sagte er, indem er prüfend auf mich herabschaute. »Da haben wir wieder die alte Aufgeregtheit. Ha! Etwa die Nonne?«

Aber ich wies die Anschuldigung entschieden zurück, es verdroß mich, daß er mir eine zweite Halluzination zutraute. Er blieb skeptisch.

»So wahr ich lebe«, sagte er, »sie ist dagewesen. Wenn ihre Gestalt vor Ihrem Blick vorübergeglitten ist, läßt sie in Ihren Augen einen besonderen Schimmer und einen Ausdruck zurück, der nicht zu verkennen ist.«

»Sie ist *nicht* dagewesen!« beharrte ich. Ihre Erscheinung konnte ich ja wahrhaftig zu Recht leugnen.

»Ich sehe die alten Symptome«, behauptete er. »Sie sind unnatürlich blaß und blicken verstört.«

Er war so halsstarrig, daß ich es für besser hielt, ihm zu sagen, was ich wirklich gesehen *hatte*. Für ihn war es natürlich eine neue Auswirkung der nämlichen Ursache, nichts als eine optische Täuschung und Nervenschwäche. Ich glaubte ihm kein Wort, aber zu widersprechen wagte ich nicht. Ärzte sind so rechthaberisch, ihre trocknen materialistischen Ansichten sind durch nichts ins Wanken zu bringen.

Rosine brachte den Schal, und ich wurde im Wagen verpackt.

Das Theater war voll besetzt, bis unters Dach drängte sich die Menge Kopf an Kopf. Die königliche Familie und der Adel waren zugegen, Schloß und Palast hatten ihre Bewohner in diese dichtgepreßten, erwartungsstillen Reihen ergossen. Ich war durchdrungen von dem Bewußtsein, wie begünstigt ich war. Mein Platz befand sich unmittelbar vor der Bühne. Ich sehnte mich danach, ein Wesen zu sehen, von dessen Fähigkeiten ich so viel gehört hatte, daß ich jetzt in gespannter Erwartung saß. Ob sie ihren Ruf rechtfertigen würde, fragte ich mich. Mit seltsamer Neugier, in kritikbereiter Distanz und doch voll drängender Teilnahme harrte ich. Eine Persönlichkeit wie die ihre war mir noch nicht vor die Augen gekommen, ihresgleichen hatte ich noch nicht studiert. Sie war ein großer und neuer Planet, doch von welcher Gestalt? Ich wartete darauf, daß der Stern aufging.

Es war neun Uhr an diesem Dezemberabend, da stieg er empor. Ich sah, wie er sich über den Horizont erhob. Noch strahlte sie in bleicher Herrlichkeit, mit steter Kraft. Doch dieser Stern näherte sich schon seinem Untergang. Aus der Nähe gesehen, war er ein Chaos – ausgehöhlt, halb verbrannt, ein Himmelskörper, der erstorben war oder eben starb, halb Lava, halb Glut.

Ich hatte diese Frau häßlich nennen hören und erwartete knochige Herbheit, etwas Großes, Eckiges, Fahles. Was ich sah, war der Schatten einer königlichen Vasthi, eine Königin, einst schön wie der Tag, jetzt bleich geworden wie die Dämmerung und aufgezehrt wie Wachs in der Flamme.

Eine Weile – eine lange Weile hindurch – dachte ich, es sei nur eine Frau, wenngleich eine einzigartige, die sich in Macht und Anmut vor dieser Menge bewegte. Allmählich erkannte ich meinen Irrtum. Sieh da! Ich fand an ihr etwas, das gehörte weder Frau noch Mann an: In ihren Augen lebten zwei Teufel. Diese bösen Gewalten trugen sie durch die Tragödie, hielten ihre schwachen Kräfte aufrecht – denn sie war nur ein zerbrechliches Geschöpf –, und als die Handlung den Höhepunkt erreichte und der Aufruhr wuchs – wie ungestüm schüttelten die beiden sie mit ihrer höllischen Leidenschaft! »Hölle« schrieben sie ihr auf die steile, hochmütige Stirn. Sie gaben ihrer Stimme den schrillen Klang der Qual, sie formten ihr königliches Antlitz zu einer Dämonenmaske. Da stand sie, Fleisch gewordener Haß und Mord und Wahnsinn.

Es war wunderbar zu sehen, eine gewaltige Offenbarung.

Es war ein gemeines, schreckliches und sittenloses Schauspiel.

Durchbohrte Krieger, die in ihrem Blut auf dem Sand der Arena sterben, Stiere, die ihre Hörner Pferden in den Leib stoßen, daß die Eingeweide hervorquellen, sind ein milderer Anblick für das Publikum, eine sanftere Würze für seinen Gaumen als Vasthi, die von sieben Teufeln zerrissen wird. Teufeln, die das Haus mit ihren wilden Schreien erfüllen, das sie heimsuchen, und die Wände mit ihrer Wut zersprengen – und niemand vermag sie auszutreiben.

Leid hatte diese Bühnenkönigin geschlagen, und sie stand vor ihrer Zuhörerschaft weder gebeugt noch duldend, noch in Bitterkeit versteinert. Sie stand da in der verderbenbringenden Umarmung des Todfeindes, in starrem Widerstand.

Sie stand da, nicht gekleidet, sondern drapiert in blasse, antike Falten, die schmal und lang und regelmäßig an ihr niederflossen wie an einem Bildwerk. Von einem Hintergrund, einer Umgebung und einem Fußboden von tiefstem Karmesinrot hob sie sich ab, weiß wie Alabaster, wie Silber – weiß wie der Tod.

Wo war der Maler der Kleopatra? Er sollte herkommen und sich niedersetzen und dieses Bild betrachten! Er sollte hier das fühllose üppige Fleisch, die Muskeln, das überquellende Blut suchen, das er verherrlichte. Alle Materialisten sollten kommen und sie ansehen.

Ich sagte, daß sie ihr Leid nicht *bitter* machte. Nein – das ist nicht richtig. Die Schwachheit dieser Welt straft den Satz Lügen. Für sie wurde das, was verwundet und kränkt, im Augenblick verleiblicht. Sie sah es an als etwas, das man angreifen, niederschlagen, in Stücke zerreißen konnte. Selber kaum Körper, schlug sie sich im Kampf mit Abstraktionen herum. Not machte sie zur Tigerin. Sie zerfetzte ihre Kümmernisse, zersplitterte sie in krampfhaftem Abscheu. Für sie bewirkte Schmerz nichts Gutes. Unter dem Guß ihrer Tränen reiften keine Früchte am Baum der Erkenntnis. Krankheit und Tod selber blickte sie mit dem Auge des Rebellen an. Vielleicht war sie böse, aber sie war auch stark, und ihre Stärke hatte die Schönheit übermannt, hatte die Anmut überwältigt. Nun lagen beide gefesselt neben ihr, unvergleichlich schöne Gefangene, und ebenso gelehrig wie schön. Selbst in der äußersten Raserei war noch jede Bewegung königlich, gebieterisch; in flammendem Stolz aufgereckt stand sie da. Ihre Haare, die ihr gelöst über die Schultern fielen, gleichviel ob zu üppiger Feier oder im Kampfe, ähnelten noch immer denen eines Engels und strahlten wie unter einem Glorienschein. Ein gefallener Engel war sie, aufrührerisch und verstoßen, doch noch im wilden Aufbegehren gemahnte sie an den verlorenen Himmel. Sein Licht folgte ihr in die Verbannung, durchbrach deren Schranken und offenbarte, wie hoffnungslos fern das Land ihrer Zuflucht lag.

Stellt ihr nun Kleopatra oder irgendein andres träges, zufriedenes Geschöpf hindernd in den Weg und seht zu, wie sie die fleischige Masse durchschneidet, so wie Saladins Säbel das Daunenkissen durchschlägt. Weckt Peter Paul Rubens von den Toten auf, laßt ihn sich aus seinem Grabgewölbe erheben und seine ganze Armee dicker Frauen um sich versammeln. Ein Wink des Propheten mit seiner dünnen Rute, und Moses' Magierkunst oder Wundergabe entfesselt das durch Zauber geteilte Meer wieder, die Wogen fluten zusammen und begraben die schwerfällige Schar, sie reißen sie nieder wie stürzende Deiche.

Man sagte mir, die Vasthi sei nicht gut gewesen, und ich habe erklärt, daß sie nicht gut aussah. Ein Geist war sie, aber einer aus dem Abgrund. Nun wohl, wenn soviel unheilige Macht von unten aufsteigen kann, soll es nicht möglich sein, daß eines Tages ebensogut ein Erguß göttlichen Geistes von oben herniederfließt?

Was hielt Doktor Graham von diesem Wesen?

Lange vergaß ich, ihn anzusehen und in seiner Miene zu forschen oder ihn zu fragen, was er dachte. Die starke Anziehungskraft des Genies zog mein Herz aus seiner gewohnten Bahn, die Sonnenblume kehrte sich vom Süden ab und einem grellen Lichte zu, keinem Sonnenlicht, sondern dem dahinschießenden roten Strahl eines Kometen, der in den Augen und auf der Haut brannte. Ich hatte zuvor Theater spielen sehen, doch so nicht – nicht annähernd. Nie hatte ich etwas gesehen, das die Hoffnung überflügelte und Wünsche verstummen ließ, das schneller war als der innere Impuls und die Vorstellung zum Erblassen brachte. Nie hatte ich etwas gesehen, das nicht bloß die Einbildungskraft durch den Gedanken quälte, was geschehen *könnte*, sondern gleichzeitig die Nerven fiebern machte, weil etwas *nicht* getan worden war, das eine Kraft offenbarte wie die eines tiefen, von Schneewasser geschwollenen Stromes, der einen Katarakt hinabdonnert und die Seele wie ein Blatt auf dem steilen, stahlharten Bogen seines Falles mit hinabreißt.

Miß Fanshawe hatte mit dem reifen Urteilsvermögen, das ihr eigen war, Doktor Bretton für einen ernsten, leidenschaftlichen Mann erklärt, der allzu tiefgründig und empfindsam sei. In diesem Licht habe ich ihn nie gesehen, solche Fehler würde ich ihm nicht zur Last legen. Er war kein Grübler von Natur, Sentimentalität war ihm nicht angeboren. Er war empfänglich für Eindrücke wie wellengekräuseltes Wasser, aber so wenig wie Wasser hielt er sie fest. Wind rührte ihn auf, Sonnenstrahlen fing er und warf sie glitzernd zurück. Aber kein Metall hätte sich eingraben, kein Feuer sich in seine Seele brennen können.

Doktor John *konnte* denken, und zwar gut, aber er war eher ein Mann der Tat als des Gedankens. Er vermochte zu fühlen, und auf seine Art sogar lebhaft; aber Begeisterung fehlte seinem Herzen. Hellen, weichen, lieblichen Einflüssen war er offen und spiegelte sie hell, weich und liebenswürdig wider; in den Augen, um den Mund spielten sie dann, schön wie der Saum von Rosenrot und Silber, Perlenschimmer und Purpur um Sommerwolken. Was dem Sturm angehörte, was wild und heftig aufbrauste, was gefährlich und jäh emporloderte, dafür hatte er keine Sympathie, damit hatte er nichts gemein. Als ich mir nun die Zeit nahm, zu ihm hinzuschauen, belustigte es mich zu entdecken, daß er die unheilvolle, die überwältigende Vasthi nicht mit Staunen, nicht mit Verehrung, ja nicht einmal voller Bestürzung beobachtete, sondern einfach mit lebhafter Neugier. Ihre höchste Qual tat ihm nicht weh, ihr wildes Stöhnen – ärger als ein Schrei – rührte ihn nicht sonderlich; ihre Raserei war ihm ein wenig zuwider, aber nicht bis zum Abscheu. Kühler junger Brite! Ruhiger blicken die blassen Klippen seines England nicht auf Ebbe und Flut des Kanals herab, als er an diesem Abend pythische Begeisterung verfolgte.

Ich schaute ihm ins Gesicht, und es verlangte mich, genau zu erfahren, was er dachte. Schließlich warf ich eine Frage hin, die darauf abzielte, seine Meinung herauszulocken. Beim Klang meiner Stimme erwachte er wie aus einem Traum, denn er war angelegentlich mit seinen eignen Gedanken beschäftigt gewesen, er hatte sich wie gewöhnlich sein Teil für sich gedacht. Wie ihm die Vasthi gefalle, wünschte ich zu wissen.

»Hm«, lautete die erste, wenig artikulierte, aber ausdrucksvolle Antwort, und dann huschte ein seltsames Lächeln um seinen Mund, ein kritisches, ja fast ein hartes Lächeln. Ich glaube, er stand Naturen solcher Art wirklich hart gegenüber. In ein paar kurzen, bündigen Sätzen teilte er mir seine Ansicht über die Schauspielerin und die Empfindung, die sie in ihm weckte, mit. Er beurteilte sie als Frau, nicht als *Künstlerin*. Es war ein Urteil wie ein Brandmal.

Jener Abend war in meinem Lebensbuch schon angekreuzt, nicht weiß, sondern tiefrot. Aber noch war er nicht zu Ende. Andre Merkzeichen sollten noch unverlöschlich niedergeschrieben werden, so war es bestimmt.

Gegen Mitternacht verfinsterte sich die Tragödie zur Todesszene. Alles hielt den Atem an, selbst Graham biß sich auf die Unterlippe, runzelte die Stirn und saß still und ergriffen. Das ganze Theater war von atemlosen Schweigen erfüllt, alle Augen hefteten sich auf einen Punkt, alle Ohren lauschten gebannt in eine Richtung. Nichts war zu sehen als die weiße Gestalt, die auf einen Sitz niedergesunken war und sich im Ringen mit ihrem letzten, ihrem verhaßtesten, ihrem augenscheinlich siegreichen Gegner wand. Nichts war zu hören als ihr Todeskampf und ihr Keuchen. Ihr Atem noch war Meuterei, ihr Keuchen Trotz. Es schien, daß ein zügelloser Wille den vergehenden sterblichen Leib durchzuckte und ihn zwang, gegen Verhängnis und Tod anzugehen, daß er kämpfte um jeden Zollbreit Boden, jeden Blutstropfen teuer verkaufte, bis zum letzten dem Raub des Lebens widerstand. Er *wollte* sehen, *wollte* atmen, *wollte* leben, bis zu jenem allerletzten Augenblick – ja noch *über* ihn *hinaus* –, wo der Tod den Sinnen und allem Sein sagt: Bis hierher und nicht weiter!

Eben da erhob sich hinter den Kulissen ein unheilverkündender Lärm, dann Füßegetrappel, Rufe, Schreie. Im Publikum wurden ungestüme Fragen laut: Was war los? Eine Stichflamme und Brandgeruch antworteten.

»Feuer!« gellte es durch die Galerie. Unten nahm man den Ruf auf: »Feuer!« klang es wider, rief, schrie, kreischte es. Und dann, schneller als die Feder imstande ist, es zu schreiben, kam Panik auf, stürzte, drängte sich die Menge den Ausgängen zu, ein blindes, selbstsüchtiges, grausames Chaos.

Und Doktor John? Leser, ich sehe ihn noch vor mir, sehe sein beherrschtes, mutiges Gesicht, seinen herzhaft gelassenen Blick.

»Ich weiß«, sagte er und schaute mit Güte und ruhiger Festigkeit zu mir herab, »Lucy wird still sitzen«. Es war das vertraute Gesicht. So sah er aus, wenn ich bei seiner Mutter in sicherem Frieden neben ihm vor dem Kamin saß. Ja, so angerufen, hätte ich wohl auch unter einem schwankenden Felsen mit Fassung ausgeharrt. Freilich befahl mir unter den gegenwärtigen Umständen auch mein eigener Instinkt, mich nicht zu rühren. Doch selbst wenn es mein Leben gekostet hätte, ich würde mich nicht geregt haben, um seinen Willen nicht zu durchkreuzen, ich wollte ihm nicht beschwerlich sein und keine Gefälligkeit fordern. Wir saßen Sperrsitz, und ein paar Minuten lang herrschte um uns das fürchterlichste, unbarmherzigste Gedränge.

»Wie entsetzt die Frauen sind!« sagte er. »Aber wenn es um die Männer nicht fast ebenso stände, dann könnte die Ordnung aufrechterhalten werden. Ein trauriger Anblick. Ich sehe in diesem Augenblick fünfzig selbstsüchtige Rohlinge, von denen ich jeden einzelnen, wenn ich bei ihm wäre, mit bestem Gewissen niederschlagen könnte. Ein paar Frauen sind tapferer als diese Kerle. Da drüben ist eine ... Großer Gott!«

Während Graham sprach, hatte ein junges Mädchen sehr ruhig vor uns gestanden und sich nur fest an den Arm eines Herrn geklammert. Plötzlich war sie von einem großen, brutalen Menschen, der sich rücksichtslos vorwärts drängte, vom Arm ihres Beschützers gerissen und der Menge unter die Füße geschleudert worden. Ihr Verschwinden dauerte kaum zwei Sekunden. Graham warf sich vorwärts, er und der Herr, ein starker, wenn auch schon grauhaariger Mann, vereinigten ihre Kräfte, um die Anstürmenden zurückzuschieben; ihr Kopf und ihre langen Haare fielen über Doktor Johns Schulter zurück, offenbar war sie bewußtlos.

»Vertrauen Sie sie mir an, ich bin Arzt«, sagte Doktor John.

»Gern, wenn Sie keine Dame bei sich haben«, war die Antwort. »Halten Sie sie, und ich will uns einen Weg bahnen, wir müssen sie an die frische Luft bringen.«

»Ich habe eine Dame bei mir«, sagte Graham, »aber sie wird uns nicht behindern oder belasten.«

Er rief mich mit den Augen, wir waren voneinander getrennt. Entschlossen, wieder zu ihm zu kommen, drängte ich mich durch die lebendige Schranke. Wo ich nicht durchschlüpfen oder übersteigen konnte, kroch ich durch.

»Halten Sie sich an mir fest, und lassen Sie nicht los!« rief er, und ich gehorchte.

Unser Wegbereiter erwies sich als stark und gewandt, er drang wie ein Keil in die dichtgeballte Menge. Mit Geduld und Mühe bohrte er sich schließlich durch den Berg von Fleisch und Blut, diese feste, glühende, erstickende Masse, und er brachte uns hinaus in die frische, frostige Nacht.

»Sie sind Engländer!« sagte er, indem er sich kurz an Doktor Bretton wandte, als wir auf die Straße traten.

»Ganz recht! Und ich spreche mit einem Landsmann?« antwortete der Doktor.

»Stimmt. Würden Sie so freundlich sein und zwei Minuten hier stehenbleiben, bis ich meinen Wagen gefunden habe.«

»Papa, mir ist nichts passiert«, ließ sich eine Mädchenstimme vernehmen. »Aber bin ich denn bei Papa?«

»Sie sind bei einem Freund, und Ihr Vater ist ganz in der Nähe.«

»Sagen Sie ihm, daß ich nicht verletzt bin, außer an der Schulter. Oh, meine Schulter! Sie sind genau daraufgetreten.«

»Vielleicht ausgerenkt«, murmelte der Doktor. »Hoffen wir, daß das alles ist. Lucy, fassen Sie einen Augenblick mit zu.«

Ich half, während er seine leidende Bürde in eine bequemere Lage brachte und den Schal sorgfältig um sie schlug. Sie unterdrückte ein Stöhnen und lag ihm still und geduldig in den Armen.

»Sie ist sehr leicht«, sagte Graham, »wie ein Kind!« Und

er flüsterte mir ins Ohr: »Ist sie eins? Haben Sie gesehen, wie alt sie ist, Lucy?«

»Ich bin kein Kind, ich bin siebzehn Jahre!« erwiderte die Patientin gesetzt und würdevoll. Und dann, unmittelbar danach: »Sagen Sie Papa, er soll kommen, ich fange an, mir Sorgen zu machen!«

Der Wagen fuhr vor, und der Vater befreite Graham; aber beim Überwechseln von einem Helfer zum andern litt sie Schmerzen und stöhnte wieder.

»Mein Liebling!« sagte der Vater zärtlich. Dann wandte er sich Graham zu. »Ich habe richtig verstanden, Sir, Sie sind Arzt?«

»Ganz recht: Doktor Bretton aus La Terrasse.«

»Gut. Wollen Sie in meinen Wagen steigen?«

»Mein eigener steht hier, ich will ihn suchen und hinter Ihnen herfahren.«

»Also haben Sie die Güte, uns zu folgen.« Und er nannte seine Adresse: »Hotel Crécy in der Rue Crécy«.

Wir folgten. Der Wagen rollte schnell dahin, Graham und ich schwiegen beide. Das war wirklich wie ein Abenteuer.

Da wir eine kleine Weile damit verloren hatten, unsere eigene Equipage zu suchen, erreichten wir das Hotel etwa zehn Minuten nach den Unbekannten. Es war ein Hotel im ausländischen Sinn des Wortes – eine ganze Sammlung von Wohnhäusern, kein Gasthaus, sondern ein riesiges, hohes Gebäude mit einem gewaltigen Türbogen auf der Straßenseite, der durch einen gewölbten Torweg in ein auf allen Seiten umbautes Viereck führte.

Wir stiegen aus und schritten eine breite, schöne Treppe hinauf. Vor Nr. 2 im zweiten Stock machten wir halt – der erste Stock enthielt die Appartements irgend eines russischen Fürsten, wie Graham mir mitteilte. Nachdem wir an einer zweiten großen Tür die Klingel gezogen hatten, wurden wir in eine Flucht sehr hübscher Zimmer eingelassen. Ein Bedienter in Livree meldete uns an, und wir traten in ein Wohnzimmer, wo ein englisches Feuer in einem Kamin brannte und an den Wänden ausländische Spiegel blinkten. Nahe am Kamin erblickten wir eine kleine Gruppe, eine zarte Gestalt, die in einen tiefen Armstuhl gesunken war, und ein oder zwei Frauen, die geschäftig um sie herumhantierten, während der stahlgraue Herr ängstlich zuschaute.

»Wo ist Harriet? Ich möchte, daß Harriet kommt.« Die mädchenhafte Stimme klang schwach.

»Wo *ist denn* Mrs. Hurst?« fragte der Herr ungeduldig und mit einiger Strenge den Diener, der uns eingelassen hatte.

»Ich bedaure, Sir, aber sie hat die Stadt verlassen. Das gnädige Fräulein hat ihr bis morgen Urlaub gegeben.«

»Ja – ja, das hab' ich. Sie besucht ihre Schwester, ich habe ihr gesagt, sie könnte gehen, jetzt besinn' ich mich wieder«, warf die junge Dame ein. »Aber es ist ein scheußliches Pech. Marian und Louisa verstehen kein Wort von dem, was ich sage, sie tun mir mit der besten Absicht weh.«

Doktor John und der Herr wechselten nun Begrüßungsworte, und während sie sich ein paar Minuten miteinander berieten, näherte ich mich dem Lehnstuhl, und da ich sah, was das schwache und nun wieder halb in Ohnmacht hinübergleitende Mädchen wünschte, tat ich es für sie.

Ich war noch bei der Verrichtung, als Graham herantrat.

Er war als Chirurg nicht minder geschickt denn als praktischer Arzt, und nachdem er die Verletzte untersucht hatte, stellte er fest, daß zur Behandlung dieses Falles keine andre Hilfe als seine nötig war. Er ordnete an, daß sie in ihr Schlafzimmer getragen wurde, und flüsterte mir zu:

»Gehen Sie mit den Frauen, Lucy. Anscheinend sind sie beide nicht gerade begabt. Sie können ihnen zumindest Anweisungen geben und ihr so Schmerzen ersparen, sie muß sehr vorsichtig angefaßt werden.«

Das Schlafgemach lag dämmerig im Helldunkel blaßblauer Tapeten, und Gardinen und Bettvorhänge von hauchdünnem Musselin schwebten wie ein leichter Nebel darin. Das Bett schien mir einer Schneewehe zu gleichen, fleckenlos und weich. Ich veranlaßte die Frauen, beiseite zu treten und entkleidete ihre Herrin ohne ihre wohlgemeinte, doch täppische Hilfe. Ich war nicht gesammelt genug, um deutlich jedes einzelne Garderobestück, das ich von ihr löste, wahrzunehmen, aber ich empfing einen Allgemeineindruck von Feinheit und Zartheit und vollendeter Gepflegtheit. Als ich später Zeit hatte, darüber nachzudenken, drängte sich mir der krasse Gegensatz zu Miß Ginevra Fanshawes Kleidung auf.

Das Mädchen selbst war ein kleines, zerbrechliches Geschöpf, aber ungemein wohlproportioniert. Als ich ihr das üppige Haar zurückstrich, das so glänzend und weich und so sorgfältig gepflegt war, bot sich meinem forschenden Blick ein junges, blasses und müdes, doch feines Gesicht. Die Stirn war glatt und rein, die Brauen klar gezeichnet, doch sanft, und an den Schläfen schmolzen sie zu einer bloßen Spur zusammen. Mit den Augen hatte die Natur ihr ein reiches Geschenk gemacht; sie waren schön und stark, groß und tief und schienen die zarteren Züge zu beherrschen. Zu andrer Zeit und unter andern Umständen vermochten sie wohl ausdrucksvoll und nachdrücklich zu blicken, jetzt waren sie trüb von Mattigkeit und Leiden. Ihre Haut war vollkommen schön, Hals und Hände waren fein geädert wie Blumenblätter. Dies anmutige Äußere überhauchte der Stolz mit einer dünnen, glatten Eisschicht, und ihre Mundwinkel bogen sich in einer winzigen Windung. Sie war wohl angeboren und unbewußt, aber ich glaube, wenn ich die junge Dame bei der ersten Begegnung gesund und selbstsicher erblickt hätte, dann hätte ich Eishauch und Lippenkräuseln als ungerechtfertigt empfunden und gemeint, die kleine Dame verriete dadurch eine recht irrige Anschauung über die Welt und ihre eigene Wichtigkeit.

Ihr Verhalten unter den Händen des Doktors veranlaßte mich zu einem Lächeln. Sie betrug sich nicht kindisch, im ganzen sogar eher geduldig und standhaft. Aber ein- oder zweimal sprach sie ihn doch unvermittelt und scharf an und sagte, daß er ihr weh täte, er solle ihr weniger Schmerzen bereiten. Und ich sah, wie sich ihre großen Augen auf sein Gesicht richteten wie die ernsten Augen eines hübschen, staunenden Kindes. Ob Graham diesen prüfenden Blick empfand, weiß ich nicht; tat er es, so hütete er sich, ihn auf gleiche Art zu erwidern und sie so zurechtzuweisen oder zu verwirren. Ich glaube, er tat seine Arbeit mit äußerster Sorgfalt und Behutsamkeit und ersparte ihr so viel Schmerzen, wie er konnte. Und sie erkannte es an, als er fertig war.

»Vielen Dank, Herr Doktor«, sagte sie, »und gute Nacht!« Sie sprach die Worte in sehr dankbarem Ton, doch wieder mit dem ernsthaften, geraden Blick. Er war, so dachte ich, eigentümlich in seiner Schwere und Eindringlichkeit.

Offenbar waren die Verletzungen nicht gefährlich. Der Doktor versicherte es, und der Vater nahm die Versicherung mit einem Lächeln auf, das einen fast zwang, ihn gern zu haben – so glücklich und so froh war es. Dann sprach er Graham seinen Dank so ernsthaft aus, wie es sich für einen Engländer schickte, der das Wort an jemanden richtet, der ihm einen Dienst erwiesen hat und doch ein Unbekannter ist. Er bat ihn auch, am nächsten Tage wiederzukommen.

»Papa«, klang die Stimme von dem Ruhebett hinter den Vorhängen her, »danke auch der Dame. Ist sie hier?«

Ich schlug lächelnd den Vorhang zurück und schaute zu ihr hinein. Sie lag nun verhältnismäßig behaglich da und sah hübsch aus, wenn auch blaß. Ihr Gesicht war fein geschnitten, und wenn es auf den ersten Blick stolz schien, so dünkte mich jetzt, man werde es, wenn man sie länger kenne, sanft finden.

»Ich danke der Dame von Herzen«, sagte der Vater. »Ich glaube, sie hat meinem Kind sehr viel Gutes getan. Wir werden Mrs. Hurst wohl gar nicht erzählen dürfen, wer sie hier vertreten und ihre Arbeit getan hat – sie wird ebenso beschämt wie eifersüchtig sein.«

Und so tauschten wir freundschaftliche Abschiedsgrüße. Man bot uns gastlich noch eine Erfrischung an, aber da es spät war, lehnten wir sie ab und schieden aus dem Hotel Crécy.

Auf dem Rückweg fuhren wir wieder am Theater vorbei. Jetzt war dort alles still und dunkel. Die drängende, rasende Menge hatte sich zerstreut und war wie vom Erdboden verschwunden. Die Lampen waren so gut wie das beginnende Feuer erloschen und vergessen. Am nächsten Morgen berichteten die Zeitungen, daß nur auf einen lose drapierten Vorhang ein Funken gefallen war. Er war aufgeflammt und in wenigen Augenblicken gelöscht worden.

24. Monsieur de Bassompierre

Die zurückgezogen leben, deren Dasein sich in der Abgeschlossenheit von Schulen oder andern ummauerten und behüteten Behausungen abspielt, denen geschieht leicht dies: Jählings und für lange Zeit schwinden sie ihren Freunden aus dem Gedächtnis, den Bewohnern einer freieren Welt! Manchmal scheint es ganz unerklärlich. Eben noch war eine Zeit lebhaften, regelmäßigen Verkehrs, reger als sonst war er gewesen, viele kleine Ereignisse hatten sich gehäuft, ungewöhnliche, ja aufregende Erlebnisse, und eigentlich hätten sie die Verbindung eher fördern als lockern sollen. Und dann tritt plötzlich eine lange Pause ein, Schweigen, eine breite Lücke des Vergessens. Nichts unterbricht die Leere. Gleichförmig und rätselhaft hält sie an. Mit einem Schlag bleiben die Briefe, die Botschaften aus, die sonst zum Tage gehörten. Die Besuche, ehdem zuverlässige Regel, brechen ab. Was sonst als Zeichen des Gedenkens kam, Bücher, Zeitungen, das kommt nicht mehr.

Natürlich gibt es immer die triftigsten Gründe für diese Säumnisse. Wenn der Einsiedler sie nur wüßte! Denn sosehr alles um ihn stillzustehen scheint, das, was ihn mit dem Draußen verbindet, wirbelt fort, weggerissen vom Strudel des Lebens. Dieselbe leere Zeit, die ihm so langsam vergeht, daß die Uhren stillzustehen scheinen, die flügellosen Stunden, die sich schleppen wie müde Landstreicher, die sich am liebsten am Meilenstein schlafen legen möchten – eben diese Zeit ist vielleicht für seine Freunde prall voll von Geschehen und fliegt unaufhaltsam dahin.

Der Einsiedler – wenn er ein vernünftiger Einsiedler ist – schluckt seine Gedanken hinunter und sperrt die Gefühle während dieser Wochen innerlichen Winters hinter Schloß und Riegel. Er weiß, daß das Geschick ihn dazu verurteilt hat, von Zeit zu Zeit Murmeltier zu spielen, rollt sich gefügig zu einem ordentlichen Ball zusammen, verkriecht sich in ein Loch in der Mauer des Lebens und ergibt sich mit Anstand drein, daß die Flocken zu ihm hereinfegen, sich zur Schneewehe häufen und ihn so bis zum Frühjahr einfrieren.

Nehmen wir an, er sagt: »Na schön, offenbar muß es so sein, sonst wär's ja nicht so.« Und eines Tages öffnet sich dann vielleicht sein eisiges Grabgewölbe, die Milde des

Frühlings kehrt wieder, Sonne und Südwind finden ihn, die Hecken treiben Knospen, die Vögel jubilieren, und die befreiten Ströme singen und rufen ihn wach zu neuem, erlösendem Leben. *Vielleicht* ist das so ..., vielleicht auch nicht. Kann sein, der Frost ist ihm bis ins Herz gedrungen und taut nicht wieder weg, und wenn der Frühling kommt, dann pickt eine Krähe oder eine Elster an der Mauer und hackt nur noch die Knochen des Murmeltiers heraus. Nun gut, auch in dem Fall ist alles in Ordnung. Er dürfte ja von Anfang an gewußt haben, daß er sterblich ist und eines Tages den Weg alles Fleisches gehen muß, gleichviel ob früher oder später.

Auf jenen ereignisreichen Theaterabend folgten für mich sieben Wochen, die so leer waren wie sieben Bogen unbeschriebenes Papier. Auf keinem stand auch nur ein einziges Wort. Es gab keinen Besuch, kein Lebenszeichen.

Ungefähr um die Mitte dieser Zeit überfiel mich die fixe Idee, daß meinen Freunden in La Terrasse etwas zugestoßen sein müßte. Immer ist es in der Mitte der nebelblinden Zeit, daß sich dem Einsamen die Stille zur Gewitterangst verdichtet. Seine Nerven schmerzen von der Anspannung langen Hoffens, die Zweifel, die er bisher von sich gestoßen hat, ziehen sich dicht zusammen und rollen dick und schwer auf ihn zurück mit einer Gewalt, die nach Rachsucht schmeckt. Auch die Nacht wird böse. Der Schlaf ist nicht mehr sein guter Freund. Immer wieder fährt er von seinem Lager auf, sonderbare Ängste überfallen ihn. Quälende Träume, Schreckgespenster von Not, verbünden sich gegen ihn mit den wachen Kümmernissen, und voran marschiert die tödliche Furcht vor völliger Verlassenheit. Armer Kerl! Er tut sein Bestes, um den Kopf oben zu behalten, aber dies Beste ändert nichts daran, daß er als jammervoller, blaßgefiederter Unglücksvogel dahinkümmert.

In der letzten dieser langen sieben Wochen gestand ich mir ein, was ich während der vorhergehenden sechs ängstlich von mir gewiesen hatte, daß diese Leerezeiten unvermeidlich seien, das Ergebnis der Umstände, das Gebot des Lebens, Teil meines Lebensgesetzes, und vor allem etwas, wobei ich nie nach dem Grund fragen durfte. Kein Wörtchen über diese schmerzliche Zeit durfte mir entschlüpfen. Natürlich tadelte ich mich nicht dafür, daß ich litt. Gott sei Dank hatte ich genügend gesundes Gerechtigkeitsgefühl, um nicht in irgendwelche kindisch überspannte Selbstanklagen zu verfallen. Was die andern aber betraf – ihnen verübelte ich ihr Schweigen nicht. Die Vernunft sagte mir, daß kein Vorwurf sie träfe, mein Herz stimmte zu. Aber es war eine rauhe, mühselige Straße, die ich entlangwandern mußte, und ich sehnte mich nach besseren Tagen.

Ich probierte verschiedene Notbehelfe aus, um das Dasein zu ertragen und auszufüllen. Ich fing eine mühsame Spitzenstickerei an. Ich vergrub mich in meine Deutschstudien. Ich suchte mir in der Bibliothek die trockensten und dickleibigsten Bücher aus und arbeitete mich sytematisch durch sie hindurch. Ich versuchte es mit allen anerkannten und bewährten Hilfsmitteln. Stimmte irgend etwas nicht? Sehr wahrscheinlich. Ich weiß bloß eins: Das Ergebnis war genauso, als hätte ich an einer Feile genagt, um meinen Hunger zu stillen, oder als hätte ich Salzwasser getrunken, um den Durst zu löschen.

Meine Folterstunde war die Poststunde. Unglücklicherweise kannte ich sie zu gut und versuchte ebenso beharrlich wie vergebens, mich über sie hinzutäuschen, denn ich fürchtete mich vor der Marter der Erwartung und vor der tödlichen Schlaffheit der Enttäuschung, die jeden Tag jenem wohlbekannten Klingeln voranging und folgte.

Ich stelle mir vor, Tiere, die in Käfigen gehalten und so

dürftig gefüttert werden, daß sie immer dicht am Verhungern sind, warten auf ihre Mahlzeit, so wie ich auf einen Brief wartete. Oh! Um die Wahrheit zu sprechen und diesen Ton erkünstelter Ruhe aufzugeben, die danach strebt durchzuhalten und die die letzten Kräfte aufzehrt: In diesen sieben Wochen erlitt ich bittere Ängste und Schmerzen, stand ich seltsame innerliche Prüfungen aus, jämmerlich ließ mich die Hoffnung im Stich, und die Verzweiflung rückte mir näher und näher, unerträglich nahe. Manchmal kam sie mir so nahe, daß mich ihr Atem durchfuhr. Ich spürte ihn wie verdorbene Luft oder einen giftigen Seufzer, der in mich drang, daß mir das Herz einen Augenblick lang stehenzubleiben schien oder nur mühsam, unter unsäglichem Druck, weiterschlug. Der Brief, der geliebte Brief kam und kam nicht. Und er war alle Lebenssüße, die ich zu erwarten hatte.

In der äußersten Not nahm ich wieder und wieder Zuflucht zu dem kleinen Päckchen in der Tasche, den fünf Briefen. Wie strahlend der Monat schien, dessen Himmel jene fünf schönen Sterne hatte aufsteigen sehen! Es war immer nachts, daß ich sie aufsuchte, und da ich nicht wagte, jeden Abend in der Küche um eine Kerze zu bitten, kaufte ich ein Wachslicht und Schwefelhölzer, schlich mich in der Lernstunde hinauf in den Schlafsaal und labte mich an der Kruste vom Brot der Barmekiden. Sie sättigte mich nicht. Ich härmte mich ab und wurde dünn wie ein Schatten. Doch sonst war ich nicht krank.

Als ich eines Abends ziemlich spät so beim Lesen war und merkte, daß ich fast nicht mehr zu lesen vermochte – denn durch die unaufhörlichen Wiederholungen verloren die Briefe alles Mark und alle Bedeutung, mein Gold verblich mir vor den Augen zu welken Blättern, und ich saß und grämte mich über die Enttäuschung –, da hüpften plötzlich flinke Füße die Treppe herauf. Ich kannte Ginevra Fanshawes Schritt. Sie hatte den Nachmittag in der Stadt gespeist, war nun zurückgekehrt und würde hereinkommen, um Schal und Hut in den Schrank zu legen.

Ja, da kam sie zur Tür herein, in glänzende Seide gehüllt, den Schal lose um die Schultern geworfen, die Locken halb von der feuchten Nachtluft gelöst. Sie fielen ihr wirr und schwer über den Nacken. Ich hatte kaum Zeit, meine Schätze wieder zu verpacken und einzuschließen, da war sie schon neben mir. Ihre Laune schien nicht sonderlich gut.

»So ein stumpfsinniger Abend!« fing sie an. »Blöde Menschen sind das!«

»Wer? Mrs. Cholmondeley? Ich habe immer gedacht, Sie fänden ihr Haus bezaubernd.«

»Ich bin nicht bei Mrs. Cholmondeley gewesen.«

»Tatsächlich? Haben Sie neue Bekannte?«

»Mein Onkel ist gekommen, Monsieur de Bassompierre.«

»Ihr Onkel Bassompierre! Und Sie sind nicht glücklich? Ich habe geglaubt, er stünde hoch in Ihrer Gunst?«

»Da haben Sie daneben gedacht. Der Mann ist einfach gräßlich. Ich verabscheue ihn.«

»Weil er Ausländer ist? Oder was haben Sie sonst für einen gewichtigen Grund?«

»Er ist kein Ausländer. Der Mann ist englisch genug, weiß der Himmel, und bis vor drei oder vier Jahren hat er einen englischen Namen gehabt. Aber seine Mutter ist Ausländerin gewesen, eine de Bassompierre, und ein paar Leute aus ihrer Familie sind gestorben und haben ihm Güter, einen Titel und diesen Namen vererbt. Jetzt ist er ein großer Herr.«

»Und deswegen verabscheuen Sie ihn?«

»Als ob ich nicht wüßte, was Mama über ihn sagt! Er ist nicht mein richtiger Onkel. Er hat bloß Mamas Schwester geheiratet. Mama kann ihn nicht ausstehen. Sie sagt, er hat

Tante Ginevra mit seiner Lieblosigkeit umgebracht. Wie ein Bär sieht er aus! So was von einem trübsinnigen Abend!« fuhr sie fort. »Nie und nimmer gehe ich wieder in sein großes Hotel. Stellen Sie sich vor: Ich gehe allein in ein Zimmer, und ein großer Mann von fünfzig Jahren kommt auf mich zu, spricht ein paar Minuten mit mir und kehrt mir dann buchstäblich den Rücken! Geht einfach 'raus! Das nenne ich Manieren. Aber ich bin sicher, ihn hat das Gewissen gepackt – zu Hause sagen sie nämlich alle, ich sei Tante Ginevra wie aus dem Gesicht geschnitten. Mama behauptet immer, daß die Ähnlichkeit geradezu lächerlich ist.«

»Waren Sie der einzige Gast?«

»Der einzige Gast? Ja, aber Missy war noch da, meine Cousine, das verwöhnte, verhätschelte kleine Ding.«

»Monsieur de Bassompierre hat also eine Tochter?«

»Ja, ja, machen Sie mich nicht noch mit Fragen verrückt. Ach du großer Gott, was bin ich müde.«

Sie gähnte. Dann warf sie sich ohne Umstände auf mein Bett und fügte hinzu: »Anscheinend ist Mademoiselle vor ein paar Wochen im Theater fast zu Brei zerquetscht worden. Da hat es einen Tumult gegeben.«

»Tatsächlich? So. Und sie wohnen in einem großen Hotel in der Rue Crécy?«

»Genau da. Aber woher wissen *Sie* das?«

»Ich bin dort gewesen.«

»Was, Sie waren dort? Ich muß schon sagen! Neuerdings kommen Sie recht hübsch herum. Vermutlich hat Mutter Bretton Sie mitgenommen? Sie und Herr Äskulap gehen munter bei den Bassompierres aus und ein. Offenbar hat ›mein Sohn John‹ Missy bei ihrem Unfall beigestanden. – Unfall? Pah! Alles Angabe! Ich glaube, sie ist nicht mehr gequetscht worden, als sie gut und gern für ihre Manieren verdient. Jedenfalls sind sie nun ein Herz und eine Seele. Ich habe so was von ›Lang, lang ist's her‹ gehört und was nicht alles! Oh, wie stumpfsinnig sie alle miteinander waren!«

»*Alle?* Sie sagten doch, Sie seien die einzige Besucherin gewesen?«

»Habe ich das gesagt? Sie sehen eben, Einzelheiten wie eine alte Frau und ihren Jungen vergißt man aufzuzählen.«

»Also waren Doktor und Mrs. Bretton heute abend bei Monsieur de Bassompierre?«

»Ja, ja doch, in voller Lebensgröße. Und Missy spielte die Dame des Hauses. Was für eine eingebildete Puppe sie ist!«

Übellaunig und verdrossen enthüllte Miß Fanshawe nach und nach die Gründe für ihre Niedergeschlagenheit. Man hatte mit dem Weihrauch gespart, nur ein kümmerlicher Teil von Huldigung und Aufmerksamkeit hatten ihr gegolten, vielleicht gar keine. Ihre Koketterie war wirkungslos geblieben, ihre Eitelkeit hatte einen bösen Dämpfer erhalten. Sie schäumte vor Wut.

»Ist Miß de Bassompierre jetzt wieder ganz gesund?« fragte ich.

»So gesund wie Sie oder ich, verlassen Sie sich drauf. Aber sie ist ein affektiertes kleines Ding und stellt sich an, als sei sie schwerbeschädigt, damit sie nur ja ärztlicherseits recht beachtet wird. Und zuzugucken, wie die alte Dame sie schön behutsam aufs Sofa packt, und zu hören, wie ›mein Sohn John‹ alle Aufregungen verbietet und so weiter – ach, pfui Kuckuck! Schlecht werden konnte einem dabei!«

»Wenn die Aufmerksamkeit ihren Gegenstand gewechselt hätte, wäre Ihnen wohl kaum übel geworden; ich meine, wenn *Sie* an Miß de Bassompierres Stelle gewesen wären.«

»Wahrhaftig, das fehlte noch! Er ist mir ein Greuel, ›mein Sohn John‹!«

»›Mein Sohn John‹ – wen meinen Sie damit eigentlich? Doktor Bretton wird von seiner Mutter nie so genannt.«

»Wenn sie es nicht tut, dann sollte sie es. Ein ungeschliffener, bärenhafter Johann ist er!«

»Sie tun der Wahrheit Gewalt an, wenn Sie so reden, und da jetzt meine gesamte Geduld abgesponnen ist, ersuche ich Sie entschieden, sich von dem Bett da zu erheben und das Zimmer zu räumen.«

»Leidenschaftliches Geschöpf! Jetzt haben Sie ein Gesicht wie Klatschmohn. Ich möchte bloß wissen, warum Sie wegen dem dicken John immer so in die Wolle geraten? ›John Anderson, mein Schatz, John!‹ Oh, dieser kostbare Name!«

Ich zitterte vor Zorn. Aber es wäre die reine Narrheit gewesen, sich Luft zu machen, denn mit diesem Flederwisch, dieser Motte mit staubigen Flügeln ließ sich nicht streiten. Ich löschte meine Kerze aus, verschloß mein Pult und ließ sie sitzen, da sie mich nicht verlassen wollte. Das Dünnbier Ginevra war ungenießbar sauer geworden.

Der nächste Tag war ein Donnerstag und zur Hälfte schulfrei. Nach dem Frühstück hatte ich mich in die erste Klasse zurückgezogen. Die gefürchtete Stunde der Post rückte heran, und ich saß und wartete auf sie, nicht viel anders als ein Geisterseher auf sein gewohntes Gespenst. Es war unwahrscheinlicher denn je, daß ein Brief kam, doch so sehr ich mich drum mühte, ich konnte nicht vergessen, daß es immerhin *möglich* war. Während die Augenblicke dahinschwanden, überfiel mich Rastlosigkeit und Angst fast noch ärger als sonst. Draußen fegte der winterliche Ostwind. Seit einiger Zeit war ich in jene traurige Abhängigkeit vom Wind und seinem Wechsel geraten, von der die Gesunden so wenig wissen, die ihnen so unbegreiflich ist. Nord- und Ostwind besaßen einen schlimmen Einfluß, sie machten allen Schmerz stechender, allen Kummer schwerer. Der Südwind konnte beruhigen, der Westwind zuweilen aufheitern, es sei denn, daß sie auf ihren Schwingen die Bürde von Gewitterwolken herantrugen, unter deren Druck und Schwüle alle Spannkraft erlosch.

Ich weiß noch gut: So kalt und düster dieser Januartag war, ich lief doch aus dem Klassenzimmer und rannte ohne Hut hinunter bis ans äußerste Ende des langen Gartens und stand dann zwischen den kahlen Sträuchern herum in der verzweifelten Hoffnung, daß der Postbote läuten möchte, solange ich außer Hörweite war. Wenn mir doch bloß dieser gellende Klingelton erspart bliebe! Er brachte einen bestimmten Nerv in mir fast zum Zerreißen, die fixe Idee hatte ihn mit rastlosen Zähnen so dünn genagt, daß er nichts mehr ertrug. Ich verweilte so lange, wie ich durfte, ohne fürchten zu müssen, daß meine Abwesenheit auffiel. Ich wickelte die Schürze um den Kopf und hielt mir die Ohren zu in Angst vor dem quälenden Klang, auf den für mich, ich wußte es ja, eine so tödliche Stille, ein taubes Nichts folgen mußte.

Schließlich wagte ich mich wieder in die erste Klasse. Die Schülerinnen waren noch nicht eingelassen worden, denn noch war es nicht neun Uhr. Das erste, was ich sah, war ein weißer Gegenstand auf meinem schwarzen Pult, ein weißes, flaches Ding. Weiß Gott, die Post war gekommen, und ich hatte nichts gehört. Rosine hatte meine Zelle aufgesucht und wie ein Engel ein lichtes Zeichen ihrer Anwesenheit zurückgelassen. Wahrhaftig, das leuchtende Ding auf dem Pult war ein Brief, war wirklich ein Brief, das sah ich aus drei Meter Entfernung, und da ich auf der ganzen Welt bloß einen einzigen Briefpartner hatte, mußte er von ihm herrühren. Er dachte noch an mich. Eine Woge von Dankbarkeit durchströmte mein Herz und erfüllte mich mit neuem Leben.

Ich trat näher heran, beugte mich herab und betrachtete den Brief in der zitternden und doch fast gewissen Hoffnung, die vertraute Handschrift zu sehen. Aber mein Geschick hatte es anders vor. Ich entdeckte Züge, die mir im Augenblick unbekannt schienen – ein blasses Frauengekritzel statt einer festen männlichen Schrift. Da dachte ich, daß das Schicksal *allzu* hart zu mir sei, und ich sagte laut: »Das ist grausam.«

Aber ich überwand auch diesen Schmerz. Leben bleibt Leben, wie immer es gepeinigt wird. Unsere Augen und Ohren und ihr Gebrauch bleiben uns, gleichviel ob die Aussicht auf das, was uns freut, ganz entschwindet und ob die Stimme des Trostes ganz verstummt.

Ich öffnete den Brief. Inzwischen hatte ich die Handschrift erkannt, sie war mir vertraut. Am Kopf des Bogens stand »La Terrasse«. Der Inhalt lautete:

»Liebe Lucy, eben fällt mir ein, daß ich Dich fragen muß, was Du in den letzten vier oder acht Wochen angefangen hast? Nicht, daß ich dächte, es fiele Dir im geringsten schwer, einen vorzüglichen Rechenschaftsbericht zu liefern – bestimmt bist Du genauso geschäftig und vergnügt gewesen wie wir in La Terrasse. Was Graham betrifft, so dehnt sich sein Patientenkreis täglich weiter aus. Er ist so gesucht und so vielbeschäftigt, daß ich ihm auf den Kopf zusage, er werde sich bald etwas darauf einbilden. Wie eine gute Mutter, die ich bin, tue ich mein Bestes, um ihn zu dämpfen: Von mir kriegt er keine Schmeicheleien zu hören, das weißt Du. Aber er ist trotzdem ein feiner Kerl, Lucy, seiner Mutter hüpft das Herz im Leibe, wenn sie ihn sieht. Er saust den ganzen Tag über in sämtliche Himmelsrichtungen, läßt fünfzig verschiedene Gemütsarten und ihre Ausbrüche über sich ergehen und schlägt sich mit hundert Schrullen herum, sieht zuweilen grausame Leiden mit an – gelegentlich fügt er sie den Leuten am Ende zu, jedenfalls sag' ich ihm das –, und abends kommt er trotz allem in einer so freundlichen, liebenswürdigen Laune zu mir heim, daß ich tatsächlich eine Art moralisches Antipodenleben führe: An diesen Januarabenden fängt mein Tag an, wenn für andere Leute die Nacht beginnt.

Trotzdem hat er es nötig, daß man ihm im Zaume hält und ihm den Kopf zurechtrückt und ihm Einhalt tut, und den guten Dienst erweise ich ihm. Aber der Junge ist so ein Springauf – es gibt nichts, womit man ihn wirklich ärgern kann. Wenn ich denke, ich habe ihn am Ende doch vergrämt, dann revanchiert er sich bei mir mit Späßen. Aber Du kennst ihn ja mitsamt all seinen Niederträchtigkeiten, und ich bin bloß ein angejahrter Tropf, daß ich ihn zum Gegenstand dieser Epistel mache.

Was mich anlangt, ich habe meinen alten Vertreter aus Bretton zu Besuch hier gehabt und habe bis über beide Ohren in Geschäftsangelegenheiten gesteckt. Ich wünsche so sehr, für Graham wenigstens einen Teil dessen wiederzuerlangen, was ihm sein Vater hinterlassen hat. Er lacht mich deswegen aus und sagt, ich solle doch die Augen aufmachen und sehen, daß er selber für sich sorgen kann und für mich dazu, und er fragt, was die alte Dame denn noch zu wünschen hat und was ihr fehlt, und dann läßt er Andeutungen über himmelblaue Turbane fallen und beschuldigt mich, ich hätte den Ehrgeiz, Brillanten zu tragen, livrierte Diener zu halten, einen Palast zu bewohnen und tonangebend in der englischen Kolonie von Villette zu sein.

Da ich eben von himmelblauen Turbanen rede – ich wollte, Du wärest neulich abend bei uns gewesen. Er war wirklich erschöpft nach Hause gekommen, und nachdem ich ihm seinen Tee gegeben hatte, warf er sich mit seiner gewöhnlichen Vermessenheit in meinen Lehnstuhl. Zu meiner größten Freude schlief er ein. (Du erinnerst Dich, wie er mich aufzieht, ich sei schläfrig, mich, die ich nie und nimmer am Tage ein Auge zutue.) Ich fand, er sah so im Schlaf sehr hübsch aus, Lucy – ich Närrin, daß ich so stolz auf ihn bin! Aber wie könnte ich anders? Zeige mir den, der ihm gleichkommt! Ich kann mich in Villette umschauen, wo ich will, seinesgleichen sehe ich nicht. – Na schön, ich setzte mir's in den Kopf, ihm einen Streich zu spielen: Also holte ich den himmelblauen Turban hervor, und indem ich das Ding und Graham mit der größten Behutsamkeit anfaßte, brachte ich es richtig fertig, ihm die Stirn mit der stolzen Zierde zu schmücken. Und ich versichere Dir, es stand ihm gar nicht schlecht! Er schaute ganz morgenländisch aus, bloß daß er so helle Haut hat. Jedenfalls kann *jetzt* niemand mehr von ihm behaupten, daß er rote Haare hätte! Es ist reines Kastanienbraun, ein dunkles, glänzendes Kastanienbraun, und als ich meinen großen Kaschmirschal um ihn drapierte, war er ein so artiger junger Bey, Dey oder Pascha, daß Du ihn mit Vergnügen betrachtet hättest.

Es war ein guter Spaß, aber ich hatte nur die halbe Freude daran, weil ich ja allein war. *Du* hättest dabeisein müssen.

Mylord wachte zur rechten Zeit wieder auf, und der Spiegel über dem Kamin zeigte ihm augenblicklich seine mißliche Lage! Du kannst Dir vorstellen, daß ich jetzt unter Rachedrohungen und in Rachefurcht lebe.

Aber um endlich zum Kernpunkt meines Briefes zu kommen: Ich weiß, daß der Donnerstag in der Rue Fossette halb schulfrei ist. Halte Dich also um fünf Uhr nachmittags bereit. Um die Zeit werde ich den Wagen schicken, daß er Dich nach La Terrasse holt. Komm unbedingt, vielleicht triffst Du eine alte Bekannte. Adieu, meine kluge, liebe, ernsthafte kleine Patentochter. In herzlicher Verbundenheit

Deine Louisa Bretton«

Nun, der Brief mußte mir wohl den Kopf zurechtrücken! Vielleicht war ich noch immer traurig, nachdem ich ihn gelesen hatte, aber wenigstens gefaßter. Möglicherweise heiterte er mich nicht eben auf, aber er erleichterte mich doch. Zum mindesten ging es meinen Freunden gut, sie waren froh und vergnügt, kein Unfall war Graham zugestoßen, keine Krankheit hatte seine Mutter befallen – Katastrophen, die mir so lange im Träumen und Wachen vorgeschwebt hatten. Für mich empfanden sie wie immer. Und doch, wie seltsam war es, Mrs. Brettons sieben Wochen zu betrachten und sie den meinen gegenüberzustellen! Und wie gut tun Leute in einer Ausnahmesituation daran, ihren Mund zu halten und nicht voreilig zu verkünden, wie sehr diese Situation sie quält! Die Welt kann gut genug verstehen, wie einer aus Mangel an Nahrung zugrunde geht, aber wie jemand durch Einzelhaft verrückt wird, das vermögen sich vielleicht nur wenige Menschen vorzustellen. Sie sehen den lange Eingekerkerten aus seinem unterirdischen Verlies herauskommen und sehen, daß er ein Rasender oder Schwachsinniger ist. Wie ihn seine Sinne verließen, wie seine Nerven sich erst entzündeten, namenlose Qualen durchlitten und schließlich in Lähmung verfielen, das ist ein kompliziertes Thema, zu verwickelt zur Untersuchung, zu abstrakt für das allgemeine Verständnis. Sprich davon! Beinahe ebensogut könntest du dich auf einen europäischen Marktplatz stellen und in *der* Sprache und Stimmung dunkle Weissagungen vortragen, in welcher Nebukadnezar, der kaiserliche Hypochonder, mit seinen verächtlich behandelten Chaldäern redete. Und lange, lange noch sind es wohl wenige Gemüter, und nur selten trifft man sie, für die dergleichen Themen kein Geheimnis sind, die mitfühlend begreifen, was die Einsamen dulden. Noch lange wird es wohl die allgemeine Ansicht sein, daß allein physische Entbehrungen Mitleid verdienen und daß alles übrige Erfindung ist. Als die Welt noch jünger und gesünder war als heute, lag über seelischen Prüfungen ein noch tieferes Dunkel. Vielleicht gab es im ganzen Lande Israel nur den einen Saul, ganz gewiß aber gab es nur den einen David, der ihn beruhigen oder doch wenigstens verstehen konnte.

Auf die scharfe, stille Kälte des Morgens folgte später am Tage ein heftiger Wind aus den Steppen Rußlands. Die kalte Zone blies ihren seufzenden Atem über die gemäßigte hin und ließ sie schnell erstarren. Ein graues Himmelsgewölbe, schwer und düster von Schnee, zog von Norden herauf und senkte sich über das erwartungsbange Europa. Gegen Nachmittag begann der Flockenfall. Ich fürchtete, der Wagen werde nicht kommen – so wild tobte der Sturm, so dicht war das Schneegestöber. Aber auf meine Patin war Verlaß! Sie hatte mich einmal eingeladen, nun wollte sie ihren Gast auch haben. Gegen sechs Uhr wurde ich vom Wagen herab und über die schon zugewehten Stufen der Feitreppe vor dem Schlößchen gehoben und zur Tür von La Terrasse gebracht.

Ich lief durch die Vorhalle, die Treppe hinauf ins Wohnzimmer – und dort fand ich Mrs. Bretton, den verkörperten Sommertag. Wäre ich doppelt so ausgekühlt gewesen, ihr freundlicher Kuß und ihre herzliche Umarmung hätten mich sogleich erwärmt. Nun war ich schon so lange wieder an Räume mit nackten Dielen, mit schwarzen Bänken, Pulten und Öfen gewöhnt – der blaue Salon kam mir vor wie ein Prunkzimmer. Schon sein Feuer, das fröhlich wie zu Weihnachten brannte, blendete mich mit seiner Klarheit und seinem tiefroten Schein.

Ein Weilchen hielt die Patin meine Hand und plauderte mit mir und schalt mich, weil ich, seit sie mich zuletzt gesehen hatte, dünner geworden war. Dann gab sie vor zu entdekken, daß der Schneewind mein Haar verwirrt hätte, und schickte mich nach oben, damit ich es ordnete und den Schal ablegte.

Als ich mein kleines meergrünes Zimmer aufsuchte, fand ich auch dort ein helles Feuer und brennende Kerzen. Zu beiden Seiten des Spiegels stand ein großes Wachslicht; aber zwischen den Kerzen und vor dem Spiegel zeigte sich etwas, ein luftiges, feenhaftes Ding, klein, zart und weiß – ein Wintergeist, der dabei war, sich zu putzen.

Ich muß sagen, einen Augenblick dachte ich wahrhaftig an Graham und seine Gespenstergeschichten. Mit mißtrauischen Augen nahm ich die Einzelheiten dieser neuen Vision wahr. Sie trug Weiß, das leicht mit scharlachroten Punkten übersprüht war, und einen roten Gürtel; im Haar hatte sie einen kleinen Kranz von glänzendem Immergrün. Geist oder nicht, das war gewiß nichts Schreckliches. Ich trat näher.

Schnell wandte sie sich um. Große Augen unter langen Wimpern überflogen mich, den Eindringling. Die Wimpern waren dunkel und lang und milderten mit ihrer Zeichnung die Augen, die sie behüteten.

»Ach, da bist du ja!« rief sie mit einer weichen, ruhigen Stimme. Langsam zog ein Lächeln über ihr Gesicht. Sie schaute mich unverwandt an.

Jetzt erkannte ich sie. Da ich diese fein und zart geschnittenen Züge schon einmal gesehen hatte, mußte ich sie jetzt wiedererkennen.

»Miß de Bassompierre«, sagte ich.

»Nein«, antwortete sie, »für *dich* nicht!«

Ich fragte nicht, wer sie denn sei, sondern wartete, daß sie es mir von selber sagte.

»Du hast dich verändert«, sprach sie und trat dabei näher an mich heran, »aber du bist noch die Alte. Ich erinnere mich noch gut an dich – an deinen Ausdruck, an deine Haarfarbe, an deine Gesichtszüge ...«

Ich war zum Feuer gegangen, und sie stand mir gegenüber und hielt die Augen unverwandt und durchdringend auf mich gerichtet, und während sie mich ansah, sprachen allmählich immer mehr Gedanken und Empfindungen aus ihrem Antlitz, bis sich ihr zuletzt der klare Blick verdunkelte und trübte.

»Es bringt mich fast zum Weinen, so weit zurückzuschauen«, sagte sie, »denk aber darum nicht, daß ich traurig oder sentimental wäre. Im Gegenteil! Ich bin ganz zufrieden und glücklich.«

Ich war gefesselt, aber völlig ratlos, was ich sagen sollte. Schließlich stammelte ich: »Ich glaube doch, ich habe Sie nur an dem Abend vor ein paar Wochen gesehen, als Sie verletzt wurden, und sonst niemals?«

Sie lächelte. »Also hast du vergessen, daß ich dir auf den Knien gesessen habe, daß du mich auf die Arme genommen, daß du sogar dein Kopfkissen mit mir geteilt hast? Und du erinnerst dich nicht mehr an die Nacht, in der ich weinend wie ein unartiges kleines Kind – das war ich ja – an dein Bett gekommen bin und du mich zu dir genommen hast? Und du besinnst dich nicht mehr darauf, wie du mich in meinem schweren Kummer getröstet und behütet und besänftigt hast? Denk an Bretton. Denk an Mr. Home.«

Endlich begriff ich. »Und du bist die kleine Polly?«

»Ich bin Paulina Mary Home de Bassompierre.«

Wie die Zeit verändern kann! In dem blassen Gesichtchen der kleinen Polly, in ihrer elfenhaften Zierlichkeit und ihrem rasch wechselnden Mienenspiel hatte etwas gelegen, das ein gewisses Maß von Reiz und Anmut versprach, aber Paulina Mary war schön geworden. Nicht rosenhaft schön, rund, glühend, voll, auffallend auf den ersten Blick – nicht schön wie ihre füllige, rosige, flachsblonde Base Ginevra. Aber ihre siebzehn Jahre hatten ihr einen verfeinerten Liebreiz gebracht, der nicht von der Gesichtsfarbe ausstrahlte, obwohl die ihre schön und klar war, der auch nicht im Umriß der hübschen Züge, in der Wohlgestalt der Glieder lag. Ich glaube, er leuchtete eher in gedämpfter Glut von innen heraus. Dies war keine Vase aus kostbarem, doch undurchsichtigem Material, sondern eine Lampe, die klare Strahlen warf und eine lebendige und keusche Flamme vor dem Erlöschen hütete, doch nicht vor der Anbetung verschloß. Ich mag keine großen Worte gebrauchen, wenn ich von ihrer Anziehungskraft spreche, doch mir schien sie echt und stark. Paulina war klein und zart, aber es war der Duft, der dieses weiße Veilchen auszeichnete und es über die üppigste Kamelie, die fülligste Dahlie, die je blühten, hob.

»Ach! Und du erinnerst dich an die alte Zeit in Bretton?«

»Besser«, sagte sie, »besser vielleicht als du. Ich weiß sie noch bis in jede Einzelheit. Nicht nur die Zeit, sondern ihre Tage, und von den Tagen weiß ich selbst die Stunden.«

»Aber du mußt doch manches vergessen haben?«

»Ich glaube, sehr wenig.«

»Du warst damals ein kleines Ding und schnell bewegt. Die Eindrücke müssen sich längst verwischt haben, die sich dir vor zehn Jahren einprägten, Freude und Kummer, Zuneigung und Verlust?«

»Du meinst, ich hätte vergessen, wer mir lieb war und wieviel oder wenig ich als Kind an den Menschen hing!«

»Die Deutlichkeit, die Schärfe muß sich verloren haben, der tiefe Eindruck muß gemildert, verwischt worden sein.«

»Ich habe ein gutes Gedächtnis für diese Zeit.«

Sie sah aus, als ob sie das hätte. Ihre Augen waren die von jemand, der sich erinnern kann, dessen Kindheit nicht wie ein Traum verblaßt, so wenig wie ihm die Jugend wie ein

Sonnenstrahl entschwindet! Sie würde das Leben nicht Stück für Stück in die Hände nehmen, in losen, unzusammenhängenden Brocken, würde nicht einen Zeitraum um den andern verlieren, sowie sie in den nächsten eintrat. Sie würde das Ganze halten und zusammenfügen. Schon zu Beginn des Weges würde sie oftmals zurückschauen, und so würde sie an seelischer Substanz und innerem Gleichmaß gewinnen, wie sie an Jahren zunahm. Und dennoch konnte ich mich nicht ganz davon überzeugen lassen, daß *alle* die Bilder deutlich sichtbar in ihr lebten, die jetzt auf mich einstürmten. Ihre zärtliche Anhänglichkeit an den geliebten Spielgefährten, ihre Späße und Streitigkeiten mit ihm, die geduldige, treue Hingabe ihres Kinderherzens, ihre Ängste, ihre empfindlichen Vorbehalte, ihre kleinen Prüfungen, der letzte durchdringende Schmerz der Trennung ... Ich verfolgte diese Dinge zurück und schüttelte ungläubig den Kopf. Sie blieb hartnäckig dabei. »Das Kind von sieben lebt noch in dem Mädchen von siebzehn«, sagte sie.

»Du hattest Mrs. Bretton ganz besonders ins Herz geschlossen«, bemerkte ich. Ich wollte sie auf die Probe stellen. Sie berichtigte mich sofort.

»*Ganz* besonders nicht«, sagte sie, »ich habe sie gern gehabt und habe sie respektiert, genauso, wie ich es jetzt tue. Sie kommt mir nur wenig verändert vor.«

»Sie hat sich auch kaum verändert«, stimmte ich zu.

Wir schwiegen ein paar Minuten lang. Dann sagte sie, indem sie sich in dem Zimmer umblickte. »Hier ist manches, das schon in Bretton war. Auf das Nadelkissen und den Spiegel besinne ich mich noch.«

Offenbar täuschte sie sich nicht über ihr Gedächtnis – wenigstens bis dahin.

»Also glaubst du, daß du Mrs. Bretton erkannt hättest?«

»Ich hatte sie ganz deutlich in der Erinnerung: ihren Gesichtsschnitt, ihre olivenfarbene Hautfarbe, das schwarze Haar, ihre Größe, ihren Gang, ihre Stimme.«

»Doktor Bretton«, fuhr ich fort, »kann natürlich nicht in Betracht kommen. Und ich habe ja tatsächlich bei deiner ersten Unterhaltung mit ihm gesehen, daß du ihn für einen Unbekannten hieltest.«

»An diesem ersten Abend war ich verwirrt«, antwortete sie.

»Wie kam es dazu, daß er und dein Vater einander erkannten?«

»Sie tauschten Visitenkarten aus. Die Namen Graham Bretton und Home de Bassompierre gaben Anlaß zu Fragen und Erklärungen. Das war am zweiten Tage, aber mir war schon vorher etwas aufgedämmert.«

»Wieso? Was aufgedämmert?«

»Ach«, sagte sie, »wie sonderbar es ist, daß die meisten Leute so schwerfällig sind, die Wahrheit zu spüren – nicht zu sehen, sondern zu *spüren!* Als Doktor Bretton mich ein paarmal besucht und dicht bei mir gesessen und mit mir gesprochen hatte, als ich seinen Blick beobachtet hatte, den Ausdruck um seinen Mund, die Kinnform, die Kopfhaltung und alles das, was wir eben an den Leuten beobachten, die uns in die Nähe kommen – da mußte ich doch einfach auf Graham Bretton verfallen, ganz unwillkürlich. Graham war schmäler und noch nicht so groß und hatte ein glatteres Gesicht und längeres und helleres Haar, und er sprach nicht so tief – mehr wie ein Mädchen. Und doch *ist* er Graham, genausogut wie *ich* die kleine Polly bin und du Lucy Snowe bist.«

Ich dachte dasselbe, aber ich wunderte mich, meine Gedanken bei ihr zu finden. Es gibt bestimmte Dinge, in denen wir so selten unserm Ebenbild begegnen, daß es ein Wunder zu sein scheint, wenn es doch geschieht.

»Du und Graham, ihr wart einstmals Spielgefährten.«

»Und das weißt du noch?« fragte sie ihrerseits.

»Zweifellos erinnert auch er sich noch daran«, sagte ich.

»Ich habe ihn nicht gefragt. Aber es sollte mich wundern, wenn er sich wirklich darauf besänne. Ich denke, er ist noch immer vergnügt und unbekümmert in seinem Wesen.«

»War es früher so? Hat es dir diesen Eindruck gemacht? Hast du ihn so in Erinnerung?«

»Ich glaube kaum, daß ich ihn je in anderm Licht gesehen hätte. Manchmal war er fleißig, manchmal lustig. Aber gleichviel, ob er über seinen Büchern saß oder in Spiellaune war – es waren die Bücher, war das Spiel, was ihn beschäftigte, nicht die, mit denen zusammen er las oder sich die Zeit vertrieb.«

»Aber für dich hatte er eine Vorliebe.«

»Für mich? Ach nein! Er hatte andere Gefährten, mit denen er spielte – seine Schulkameraden. Ich habe ihm wenig bedeutet. Nur sonntags – ja, an den Sonntagen war er freundlich. Ich weiß noch, wie er Hand in Hand mit mir zur St.-Marien-Kirche ging und wie er mir die Stellen in meinem Gebetbuch suchte und wie gut und still er an den Sonntagabenden war. So sanft für solch einen stolzen, lebhaften Jungen, so geduldig bei all meinen Lesefehlern. Und so wunderbar verläßlich. Denn er verbrachte diese Abende nie außer Haus. Ich hatte immerfort Angst, er würde irgendeine Einladung annehmen und uns im Stich lassen. Aber er tat es nie, und es hatte auch nie den Anschein, als ob er danach verlangte. So kann's jetzt natürlich nicht mehr sein. Vermutlich ist der Sonntag nun Doktor Brettons Tag für Dinnereinladungen außer Haus ...«

»Kinder, kommt doch herunter!« rief Mrs. Bretton herauf. Pauline wäre noch länger geblieben, aber mich drängte es nach unten. Wir gingen hinab.

25. *Die kleine Gräfin*

So heiter meine Patin von Natur war und soviel Mühe sie sich um unseretwillen gab, unterhaltsam zu sein, echte Fröhlichkeit kam an diesem Abend in La Terrasse nicht auf, nicht, bevor wir durch das Tosen der Winternacht Pferdegetrappel vernahmen –, endlich waren die Erwarteten gekommen. Wie oft sitzen Frauen und Mädchen warm am behaglichen Kamin, und ihr Herz, ihre Gedanken reißen sich los von der freundlichen Umgebung, im Innern treibt es sie hinaus auf nächtliche dunkle Straßen, in Unwetter und Schneegestöber; an einsamen Pforten und Heckenwegen harren sie aus im wildesten Sturm – so sitzen sie und halten Ausschau und lauschen, ob er heimkommt, der Vater, der Sohn, der Mann.

Vater und Sohn kamen schließlich zu dem Château, denn an diesem Abend wurde Doktor Bretton vom Grafen von Bassompierre begleitet. Ich weiß nicht, wer von uns dreien die Pferde zuerst hörte. Das heftige Schneetreiben rechtfertigte es, daß wir in die Halle hinunterliefen, den Reitern entgegen, um sie zu begrüßen, als sie eintraten. Aber sie scheuchten uns zurück, beide waren weiß – zwei Schneeberge. Und sofort beorderte Mrs. Bretton sie in die Küche, als sie ihre Verfassung erkannte, und verbot ihnen energisch, einen Fuß auf den Treppenläufer zu setzen, solange sie noch Weihnachtsmännern glichen. Natürlich folgten wir ihnen in die Küche – wie hätten wir anders gekonnt? Es war eine große alte Küche nach holländischer Art, malerisch und sehr behaglich. Die kleine weiße Gräfin tanzte im Kreis um ihren gleichermaßen weißen Vater herum, klatschte in die Hände und rief: »Papa, Papa, du siehst aus wie ein riesiger Eisbär!«

Der Bär schüttelte sich, und der kleine Kobold ergriff die

Flucht vor dem frostigen Schauer. Doch gleich kam sie zurück, lachend und begierig, die Polarvermummung entfernen zu helfen. Schließlich tauchte der Graf aus seinem wetterfesten Überrock hervor und drohte, sie darunter zu begraben wie unter einer Lawine.

»Also komm«, sagte sie und bückte sich, um den Überfall herauszufordern, und als ihr der Vater im Scherz den Schneemantel über den Kopf hielt, war sie mit einem Gemsensprung außer Reichweite.

Ihre Bewegungen waren geschmeidig, von samtweicher Anmut wie die eines Kätzchens, ihr Lachen war klarer als der Klang von Silber und Kristall. Als sie ihres Vaters kalte Hände nahm und rieb und sich auf die Zehen stellte, um seine Lippen zu erreichen, war mir, als sähe ich um sie einen Glorienschein zärtlichen Entzückens. Der ernsthafte und würdige Herr sah auf sie nieder, wie Männer auf das blicken, was ihr Liebstes ist.

»Mrs. Bretton«, sagte er, »was soll ich mit dieser Tochter anfangen, diesem Kindskopf? Sie nimmt so wenig an Weisheit zu wie an Größe. Finden Sie nicht? Sie ist fast noch dasselbe kleine Mädchen wie vor zehn Jahren.«

»Sie kann nicht mehr Kind sein als dieser große Junge da, der mir gehört«, sagte Mrs. Bretton. Sie stritt sich eben mit ihrem Sohn über irgendeinen Kleiderwechsel herum, den sie für ratsam hielt und gegen den er sich sträubte. Er stand gegen den holländischen Geschirrschrank gelehnt, lachte und hielt sie auf Armeslänge von sich ab.

»Komm, Mama«, sagte er, »schließen wir ein Kompromiß. Von außen ist uns warm, nun laß uns für die innere Wärme sorgen: Wir wollen uns einen weihnachtlichen Festpunsch brauen und hier am Herd das alte England hochleben lassen.«

Also wies Mrs. Bretton Martha an, das Festgetränk zu

würzen und zu erhitzen. Der Graf stand unterdessen am Feuer, und Paulina Mary tanzte noch immer hin und her, glücklich in der Unbeengtheit der weiten, saalartigen Küche. Dann wurde der Trank in eine Bretton-Kanne gegossen und dampfend heiß in einem kleinen Silbergefäß herumgereicht, das ich als Grahams Taufbecher erkannte.

»Es lebe die gute alte Zeit!« sagte der Graf und hob den blinkenden Becher. Dann schaute er Mrs. Bretton an:

Zusammen fuhren wir im Teich
Vom Walde bis zum Wehr.
Drauf rauschte zwischen uns die See.
's ist lange her.

Hier meine Hand für Freud und Leid,
Und reich mir deine her.
Ich trink dir zu, tu mir Bescheid.
's ist lange her.

»Schottisch, schottisch!« rief Paulina, »Papa spricht schottisch! Und ein Stück von einem Schotten steckt ja in ihm ... Wir sind Home und de Bassompierre, Kaledonier und Gallier.«

»Und das, was du da tanzest, ist das ein schottischer Reel, du Hochlandelfe?« fragte der Vater. »Mrs. Bretton, über kurzem wird ein grüner Feenring mitten in Ihrer Küche aufschießen. Ich stehe nicht dafür ein, daß sie ganz geheuer ist, sie ist ein sonderbares kleines Geschöpf.«

»Sag Lucy, daß sie mit mir tanzen soll, Papa – das ist Lucy Snowe.«

Mr. Home – er hatte noch ebensoviel von dem schlichten Mr. Home an sich wie vom stolzen Grafen Bassompierre – streckte mir die Hand entgegen und sagte freundlich, daß er sich gut an mich erinnere, und selbst wenn sein eigenes Gedächtnis weniger zuverlässig wäre, so habe er den Namen doch so oft von seiner Tochter gehört und so vielen langen Geschichten über mich gelauscht, daß ich ihm wie eine gute alte Bekannte erschiene.

Nun hatte jeder von dem Würzbierbecher gekostet außer Paulina – es kam niemandem in den Sinn, ihren Feen- oder Phantasietanz zu unterbrechen, um ihr einen so unheiligen Trank zu bieten. Aber sie war nicht gewillt, sich übergehen zu lassen oder auf ihr Menschenrecht zu verzichten.

»Lassen Sie mich kosten«, sagte sie zu Graham, als er den Becher auf dem Schranksims absetzte, wo sie ihn nicht erlangen konnte.

Mrs. Bretton und Mr. Home waren jetzt in ein Gespräch vertieft. Doktor John hatte den Elfentanz keineswegs mißachtet. Er war ihm mit den Blicken gefolgt, und er hatte sein Vergnügen daran gehabt. Für Anmut hatte er ein waches und dankbares Auge, dem die geschmeidige Schönheit ihrer Bewegungen wohltun mußte. Aber darüber hinaus bezauberte ihn die Unbefangenheit, mit der sich das Mädchen im Hause seiner Mutter gab, denn sie erlaubte *ihm* selber eine ungezwungene Haltung. Sie schien für ihn wieder ein Kind zu sein, ja fast wieder seine Spielgefährtin. Ich war gespannt, wie er mit ihr sprechen würde. Noch hatte ich nicht bemerkt, daß er sie angeredet hätte. Seine ersten Worte bewiesen, daß ihm die kindliche Unbeschwertheit dieses Abends die alten Tage mit der kleinen Polly in die Erinnerung zurückgerufen hatte.

»Ihro Gnaden begehren die Kanne?«

»Mir scheint, das hab' ich doch wohl gesagt. Ich dächte, ich hätte es zu verstehen gegeben.«

»Um keinen Preis wäre ich imstande, mich zu einem derartigen Schritt herbeizulassen. Bedaure unendlich, aber das kann ich nicht auf mich nehmen.«

»Warum? Mir geht's jetzt ausgezeichnet. Das Schlüsselbein wird mir davon nicht wieder brechen und der Arm nicht auskugeln. Ist es Wein?«

»Nein. Auch kein Tau.«

»Ich will keinen Tau, ich mag keinen Tau. Aber was ist es denn?«

»Bier – starkes Bier. Altes Oktoberbräu. Vielleicht so alt wie ich.«

»Das muß etwas Besonderes sein. Ist es gut?«

»*Sehr* gut.«

Und er holte den Becher herunter und genehmigte sich eine zweite Portion des kräftigen Elixiers. Seine mutwilligen Augen drückten dabei ungemeine Zufriedenheit aus. Dann stellte er das Gefäß feierlich wieder auf den Sims zurück.

»Ich möchte gern ein bißchen«, sagte Paulina und schaute hinauf. »Altes Oktoberbräu hab' ich noch nie gekostet. Ist es süß?«

»Gefährlich süß«, sagte Graham.

Sie schaute weiter nach oben, genau mit der Miene eines Kindes, das eine verbotene Leckerei begehrt. Endlich ließ sich der Doktor erweichen. Er holte den Becher herab und gab sich dem Vergnügen hin, ihn ihr zum Trinken zu halten. Seine Augen, ausdrucksvoll wie immer, wenn es um angenehme Empfindungen ging, bekannten leuchtend und lächelnd, daß es ein Vergnügen *war,* und er dehnte es in die Länge, indem er das Gefäß so wenig neigte, daß nur Tropfen für Tropfen die rosigen, saugenden Lippen erreichte, die durstig am Becherrand hingen.

»Ein bißchen mehr – ein bißchen mehr!« sagte sie und berührte ungeduldig mit dem Zeigefinger seine Hand, damit er den Becher freigebiger und willfähriger hielte. »Es riecht nach Gewürzen und Zucker, aber ich kann es nicht schmekken. Ihr Handgelenk ist so steif, und Sie sind so geizig.«

Er gab ihr nach, flüsterte dabei aber gewichtig: »Sagen Sie Mutter und Lucy nichts davon! Sie wären nicht damit einverstanden!«

»Ich bin's auch nicht«, sagte sie und glitt in einen andern Ton, ein anderes Wesen hinüber, sowie sie das Gebräu gründlich geprüft hatte, gerade als habe es auf sie gewirkt wie ein Entzauberungstrank, der das Werk eines Hexenmeisters zunichte machte. »Ich finde es alles andre als süß, es ist bitter und heiß und benimmt mir den Atem. Ihr ›alter Oktober‹ war bloß begehrenswert, solang er verboten war. Danke, nein, nicht mehr.«

Und mit einer leichten Wendung, nachlässig, doch so graziös wie ihr Tanz, glitt sie von ihm weg und kehrte zu ihrem Vater zurück.

Ich glaube, sie hatte die Wahrheit gesprochen: Das Kind von sieben steckte in dem Mädchen von siebzehn Jahren.

Graham schaute ihr ein wenig verdutzt, ein wenig verwirrt nach. Den restlichen Abend über hingen seine Blicke recht ausgiebig an ihr, aber sie nahm scheinbar weiter keine Notiz von ihm.

Als wir zum Tee ins Wohnzimmer hinaufgingen, hängte sie sich bei ihrem Vater ein. An seiner Seite schien ihr natürlicher Platz, ihm widmete sie alle Aufmerksamkeit. Er und Mrs. Bretton sprachen hauptsächlich bei unserer kleinen Gesellschaft, und Paulina war die beste Zuhörerin. Sie gab auf alles, was sie sagten, genau acht und ermunterte sie dazu, diese oder jene Geschichte, dieses oder jenes Abenteuer wieder hervorzuholen.

»Und wo warst du damals gerade, Papa? Und was hast du dann gesagt? Erzähl doch Mrs. Bretton, was dabei passierte.« So lockte sie ihn aus sich heraus.

Ein zweites Mal ließ sie sich nicht von einer Woge des Übermuts fortreißen. Die übersprühende kindliche Lebendigkeit hatte sich für den Abend verflüchtigt, jetzt war sie sanft, gedankenvoll und gefügig. Es war hübsch zu sehen, wie sie gute Nacht sagte. Graham wandte sie sich dabei mit einem Anflug von Würde zu. Aus ihrem flüchtigen Lächeln und ihrer ruhigen Verneigung sprach die Gräfin, und Graham blieb nichts andres übrig, als ernsthaft dreinzuschauen und die Verbeugung zu erwidern. Ich merkte, wie er sich einigermaßen ratlos darum bemühte, die tanzende Elfe in Gedanken mit der höflichen Dame in Einklang zu bringen.

Am nächsten Tage, als wir alle um den Frühstückstisch versammelt waren, noch fröstelnd und frisch von der kalten Morgenwaschung, erließ Mrs. Bretton ein Gebot: Niemand, der nicht unbedingt müßte, sollte heute das Haus verlassen.

Tatsächlich schien es fast unmöglich auszugehen. Schneewehen verdunkelten die unteren Fensterscheiben, und wenn man hinausspähte, erblickte man einen düsteren Himmel mit dahinfegenden Wolken: Wind und Schnee stritten erbittert miteinander. Es schneite nicht mehr, aber was schon gefallen war, wurde von der Erde emporgerissen, herumgewirbelt durch jähe, schrill pfeifende Böen und in hundert phantastische Formen gepeitscht.

Die Gräfin unterstützte Mrs. Bretton.

»Papa soll nicht aus dem Hause gehen«, sagte sie und rückte sich einen Stuhl neben den Armsessel ihres Vaters. »Ich werde auf ihn aufpassen. Du gehst doch nicht in die Stadt, Papa?«

»Ja und nein«, war die Antwort. »Wenn du und Mrs. Bretton *sehr* gut zu mir seid, Polly, liebenswürdig, weißt du, und aufmerksam, wenn du mich sehr verhätschelst und dich ganz besonders um mich bemühst, dann verführst du mich vielleicht dazu, daß ich nach dem Frühstück noch eine Stunde sitzen bleibe und abwarte, ob sich dieser schneidende Wind legt. Aber, siehst du, du gibst mir kein Frühstück, du bietest mir nichts zu essen an, du läßt mich verhungern.«

»Geschwind, Mrs. Bretton, haben Sie die Güte, und gießen Sie den Kaffee ein«, bat Pauline eindringlich, »ich sorge inzwischen anderweitig für den Count de Bassompierre! Seit er sich zum Grafen entwickelt hat, braucht er soviel Aufmerksamkeit!«

Sie zerteilte ein Brötchen und bestrich es. »Da, Papa! Ist es so dick genug?« sagte sie. »Und dort steht Apfelsinenmarmelade, genau dieselbe Sorte, die wir in Bretton immer hatten und von der du meintest, sie sei so gut, als sei sie in Schottland bereitet.«

»Und die du dir immer für meinen Jungen ausbatest, kleine Dame – weißt du noch?« warf Mrs. Bretton ein. »Hast du vergessen, wie du es zu machen pflegtest? Du stelltest dich dicht neben mich und berührtest meinen Ärmel und flüstertest dabei: ›Bitte, gnädige Frau, etwas Gutes für Graham – ein bißchen Apfelsinenmarmelade oder auch andre oder Honig!‹«

»Nein, Mama«, fiel Doktor John lachend, doch errötend ein, »so war das sicher nicht. Ich habe mir doch aus solchen Sachen nichts gemacht!«

»Hat er sich etwas daraus gemacht oder nicht, Paulina?«

»Er mochte sie«, versicherte Paulina.

»Kein Grund zum Rotwerden, John«, sagte Mr. Home ermutigend. »Ich mag so etwas selber heute noch und habe es immer gemocht. Und Polly hat Verstand gezeigt, als sie so für die materiellen Annehmlichkeiten eines Freundes sorgte. Ich bin's gewesen, der ihr so gute Manieren beigebracht hat, und ich habe es auch nicht zugelassen, daß sie sie wieder vergaß. Polly, gib mir ein Stückchen von der Zunge dort.«

»Bitte schön, Papa. Aber bedenke, du wirst nur unter der Bedingung so hervorragend bedient, daß du dich überreden läßt und heute in La Terrasse aushältst.«

»Mrs. Bretton«, sagte der Graf, »ich muß meine Tochter loswerden, am besten, ich schicke sie auf eine Schule. Kennen Sie eine gute?«

»Die, in der Lucy ist – Madame Becks Institut.«

»Miß Snowe ist in einer Schule?«

»Ich bin Lehrerin«, sagte ich und war recht glücklich, daß ich Gelegenheit erhielt, das zu sagen. Ich war mir schon eine Weile vorgekommen, als ob ich mich in einer schiefen Lage befände. Mrs. Bretton und ihr Sohn kannten meine Verhältnisse, aber der Graf und seine Tochter nicht. Vielleicht zogen sie es vor, ihre bisher herzliche Art mir gegenüber um ein paar Schattierungen zu ändern, wenn sie meine soziale Stellung erfuhren. Ich sprach ohne Zögern, leichthin, aber ein Schwarm von Gedanken, die ich nicht vorausgesehen und nicht herbeigerufen hatte, flog bei den Worten düster auf und bewirkte, daß ich wider Willen seufzte. Mr. Home hob den Blick ein oder zwei Minuten lang nicht von seinem Teller, er sprach auch nicht. Vielleicht hatte er meine Antwort überhört, vielleicht meinte er auch, die Höflichkeit verböte es, auf ein solches Bekenntnis hin eine Bemerkung zu machen. Die Schotten sind sprichwörtlich stolz und schlicht, so wie Mr. Home, einfach in ihren Gewohnheiten und im Geschmack. Ich habe bereits angedeutet, daß er sein Teil von der Nationaleigentümlichkeit abbekommen hatte. Besaß er nun falschen Stolz? Oder war ihm echte Würde eigen? Ich lasse die Frage im weiteren Sinne unentschieden. Da, wo sie mich persönlich betraf, kann ich nur erwidern: Damals und immer hat er sich mir als wahrhaft vornehmer Mann gezeigt.

Er war von Natur empfindsam und grüblerisch, und über

seinen Gefühlen und Reflexionen lag ein Schleier von Melancholie. Mehr als ein Schleier. Er wurde zur Wolke, wenn der Graf Kummer und Verlust zu tragen hatte. Er wußte nicht viel von Lucy Snowe, und was er wußte, das begriff er nicht allzu genau. Tatsächlich mußte ich oft lächeln, weil er meinen Charakter falsch deutete. Aber er sah, daß mein Lebenspfad im großen ganzen auf der Schattenseite des Berges verlief, und rechnete es mir hoch an, daß ich mein Bestes tat, mir einen ehrlichen, geraden Weg zu suchen. Wenn er gekonnt hätte, so würde er ihn mir gebahnt haben. Da es nicht in seiner Macht stand, mir zu helfen, wünschte er mir doch Gutes. – Als er mich anschaute, waren seine Augen freundlich; als er sprach, klang Wohlwollen aus seiner Stimme.

»Sie haben einen schweren Beruf«, sagte er. »Ich wünsche Ihnen Gesundheit und Kraft, um mit Erfolg darin zu bestehen.«

Seine schöne kleine Tochter nahm die Mitteilung nicht ganz so gefaßt auf. Sie richtete ein Paar von Staunen, ja fast von Bestürzung geweitete Augen auf mich.

»Lehrerin bist du?« rief sie. Und dann, nachdem sie die unangenehme Vorstellung eine Weile überdacht hatte, meinte sie: »Ich habe wahrhaftig nicht gewußt, was du bist, habe nicht einmal daran gedacht, dich danach zu fragen, für mich bist du immer Lucy Snowe gewesen.«

Ich konnte mich nicht enthalten zu fragen: »Und was bin ich nun?«

»Du selber natürlich. Aber sag, unterrichtest du wirklich hier in Villette?«

»Freilich.«

»Und tust du es gern?«

»Nicht immer.«

»Und warum hörst du dann nicht damit auf?«

Ihr Vater blickte sie an. Ich fürchtete, er war im Begriff,

sie zurechtzuweisen. Aber er sagte nur: »Fahr fort mit dem Verhör, Polly – zeig dich ruhig als das Schäfchen, das du bist. Falls es geschehen sollte, daß Miß Snowe errötet und verwirrt dreinschaut, dann würde ich dich darum ersuchen müssen, daß du den Mund hältst, und du und ich würden diese Mahlzeit recht beschämt absitzen. Aber sie lächelt nur, also setz ihr ordentlich zu, fahr fort mit dem Kreuzverhör. – Nun, Miß Snowe, weshalb geben Sie den Unterricht nicht auf?«

»In der Hauptsache leider wegen des Geldes, das ich dafür bekomme.«

»Also nicht aus Gründen reiner Menschenfreundlichkeit? Polly und ich klammerten uns an diese Annahme, weil sie die mildeste Erklärung für Ihre Sonderbarkeit bietet.«

»Nein, nein, Sir. Ich tue es eher, damit ich ein schützendes Dach über dem Kopf habe und weil es mir ein Trost ist zu denken: Solange ich arbeiten und mich selber unterhalten kann, bleibt mir die Qual erspart, irgend jemandem zur Last zu fallen.«

»Papa, sag, was du willst, mir tut Lucy leid.«

»Fang das Mitleid ein, Miß de Bassompierre. Fang es ein, heb es auf und halt es mit beiden Händen fest, wie du es mit einem kleinen federlosen Gänschen tätest, das aus dem Stall entwischt ist und sich nun draußen hinduckt. Setz es zurück ins warme Nest, dein Herz, aus dem es gekommen ist. Und laß dir dies ins Ohr flüstern: Wenn es je geschehen sollte, daß meine Polly erführe, wie unsicher die Güter dieser Welt sind, dann wünschte ich mir, daß sie so handelte, wie es Lucy tut: Selber für ihren Unterhalt arbeiten, so daß sie weder Freunden noch Verwandten zur Last fällt.«

»Ja, Papa«, sagte sie nachdenklich und fügsam. »Aber die arme Lucy! Ich dachte, sie sei eine reiche Dame und habe reiche Freunde.«

»Du hast gedacht wie ein kleiner Einfaltspinsel. Ich habe das nie angenommen. Wenn ich Gelegenheit hatte, über Lucys Art, ihre Erscheinung nachzudenken – und das kam nicht oft vor –, dann begriff ich, daß sie dazu geschaffen war, andre zu behüten, nicht selbst behütet zu werden, und zu handeln, nicht sich helfen zu lassen. Und ich glaube, dies Schicksal hat ihr zu einer Erfahrung verholfen, für die sie die Vorsehung sogar noch einmal preisen wird, wenn sie lange genug lebt, ihren vollen Wert einzusehen. – Aber diese Schule« – er wechselte den Ton und ging aus dem Ernst in Heiterkeit über –, »was denken Sie, Miß Lucy, würde Madame Beck meine Polly aufnehmen?«

Ich sagte, man brauche es ja nur auf einen Versuch ankommen zu lassen, es werde sich bald herausstellen, Madame schätze englische Schülerinnen sehr. »Setzen Sie nur Miß de Bassompierre heute nachmittag in Ihren Wagen, Sir«, fügte ich hinzu. »Ich glaube, dafür kann ich einstehen: Rosine, die Pförtnerin, wird sie keine Sekunde vor der Tür warten lassen, und Madame, da bin ich gewiß, wird ihr bestes Paar Handschuhe anziehen, wenn sie zu ihrem Empfang in den Salon kommt.«

»In diesem Fall«, erwiderte Mr. Home, »sehe ich keinerlei Grund, die Sache aufzuschieben. Mrs. Hurst kann ihrer jungen Dame das nachschicken, was sie ›ihre Sachen‹ nennt, Polly kann sich noch vor der Nacht gemütlich mit ihrer Fibel hinsetzen, und Sie, Miß Lucy, darauf baue ich, werden es nicht verschmähen, dann und wann ein Auge auf sie zu haben und mich von Zeit zu Zeit wissen zu lassen, wie sie vorankommt. Ich hoffe, Sie sind mit der Abmachung einverstanden, Countess de Bassompierre?«

Die Countess räusperte sich und zögerte. »Ich dachte«, sagte sie, »ich dachte, ich wäre mit meiner Ausbildung fertig...«

»Das beweist bloß, wie sehr wir irren können. Ich bin durchaus andrer Ansicht, so wie die meisten, die heute morgen Zeugen deiner tiefgründigen Lebenskenntnis geworden sind. Ach, mein kleines Mädchen, du mußt noch viel lernen. Und Papa hätte dir mehr beibringen sollen, als er leider getan hat! Nun komm, da bleibt nichts, als Madame Beck zu probieren. Das Wetter scheint sich auch zu beruhigen, und ich bin mit dem Frühstück fertig ...«

»Aber Papa!«

»Nun?«

»Ich sehe ein Hindernis.«

»Ich ganz und gar nicht.«

»Es ist riesengroß, Papa, darüber kommen wir nie und nimmer weg. Es ist so groß wie du in deinem Überrock mit der Schneewehe obendrauf.«

»Und kann schmelzen wie die Schneewehe?«

»Nein! Schmelzen kann es nicht, es ist von ganz festem Fleisch. Es ist nichts weiter als du selbst. Miß Lucy, warnen Sie Madame Beck, daß sie auf keine Vorschläge, mich dazubehalten, hört. Denn am Ende würde es sich herausstellen, daß sie Papa auch dabehalten muß. Wenn er mich schon so aufzieht, dann will ich auch über ihn aus der Schule plaudern. Mrs. Bretton und Sie alle, hören Sie zu! Vor ungefähr fünf Jahren, als ich zwölf war, da setzte er es sich in den Kopf, daß er mich verwöhnt habe, daß ich lebensuntüchtig würde und ich weiß nicht was noch. Und er hatte keine Ruhe: Ich mußte auf eine Schule gehen. Ich weinte, aber Monsieur de Bassompierre erwies sich als unbarmherzig, fest und hart wie ein Kiesel, und also kam ich auf die Schule. Und was war das Ergebnis? Auf die bewunderungswürdigste Art kam Papa gleicherweise zur Schule. Jeden zweiten Tag tauchte er auf und besuchte mich. Madame Aiqredoux murrte, aber das half nichts. Und so endete es damit, daß

Papa und ich sozusagen hinausgeworfen wurden. Diese kleine Geschichte kann Lucy Madame Beck erzählen. Es ist nur korrekt, wenn man sie vorher wissen läßt, was ihr blüht.«

Mrs. Bretton fragte Mr. Home, was er auf diesen Bericht zu erwidern habe.

Da er sich nicht verteidigte, wurde das Urteil gegen ihn verkündet, und Paulina triumphierte.

Aber sie war nicht nur schelmisch oder naiv. Nach dem Frühstück zogen sich die beiden Älteren zurück – vermutlich wollten sie Mrs. Brettons Geschäftsangelegenheiten besprechen –, und die Gräfin, Doktor Bretton und ich blieben für kurze Zeit allein zusammen. Da schwand alle Kindlichkeit von ihr. Bei uns, die ihr im Alter näherstanden, erhob sie sich sogleich zur kleinen Dame. Sogar ihr Gesicht schien sich zu wandeln. Wenn sie mit ihrem Vater sprach, schien es rund und voll Grübchen im beweglichen Mienenspiel, mit dem offnen Blick. Jetzt sah es nachdenklicher aus, die Linien traten deutlicher und ruhiger hervor.

Ohne Zweifel bemerkte Graham den Wechsel so gut wie ich. Er stand ein paar Minuten am Fenster und sah auf den Schnee hinaus. Bald darauf trat er an den Kamin heran und beteiligte sich an der Unterhaltung, doch nicht ganz so zwanglos wie sonst. Es schien, als fände er nicht die passenden Gegenstände. Er suchte wählerisch, zögernd und folglich ungeschickt danach. Er redete unbestimmt von Villette, seinen Bewohnern, seinen Sehenswürdigkeiten, seinen wichtigsten Gebäuden. Miß de Bassompierre antwortete ihm ganz frauenhaft: klug, in einer Art, die nicht völlig unpersönlich war. Tatsächlich erinnerte sie noch an die kleine Polly, wenn sie dann und wann in angeregtem Ton, mit lebhaftem Blick und rascher Geste, doch gleich darauf wieder gemessen und würdevoll sprach. Aber diese Eigenheiten waren so fein und ebenmäßig abgeschliffen und wurden von einer so ruhigen, liebenswürdigen Anmut getragen und überglänzt, daß selbst ein weniger feinfühliger Mann als Graham nicht gewagt hätte, sie als Freibrief zur Vertraulichkeit zu benutzen.

Doch während Doktor Bretton weiterhin leicht befangen und für seine Verhältnisse gesetzt blieb, war er doch ein aufmerksamer Beobachter. Keine einzige dieser hübschen Regungen, dieser kleinen Durchbrüche von Ursprünglichkeit entging ihm. Er übersah keine charakteristische Bewegung, überhörte kein Stocken und kein Lispeln. Zuzeiten, wenn sie schnell redete, lispelte sie noch immer, aber wenn ihr das unterlief, errötete sie und wiederholte das Wort gewissenhaft und deutlich. Das war nicht minder erheiternd als der kleine Fehler selbst.

Immer wenn sie es tat, lächelte Doktor Bretton. Allmählich lockerte sich im Lauf der Unterhaltung bei beiden die Zurückhaltung. Hätte das Gespräch nur noch länger angedauert, so wäre es, glaube ich, bald herzlich geworden. Schon kehrte Paulinas Lächeln zurück, kräuselte ihr die Lippen und gab ihren Wangen die Grübchen wieder. Einmal lispelte sie und vergaß, sich zu verbessern. Und Doktor John – ich weiß nicht, worin *er* anders wurde, aber er wurde es. Nicht lustiger. Kein Spott, keine Leichtsinn funkelte über sein Gesicht. Aber er schien mehr Vergnügen an der Situation zu empfinden, und sein wachsendes Behagen drückte sich im schnelleren Reden, im verbindlicheren Stimmklang aus. Vor zehn Jahren hatten diese beiden miteinander stets eine Überfülle von Gesprächsstoff gefunden. Keins von ihnen war in der Zwischenzeit ärmer an Erlebnissen geworden oder hatte Verstand eingebüßt. Überdies beeinflussen bestimmte Naturen einander derart, daß sie immer mehr zu sagen haben, je mehr sie sich sagen. Wenn sie zusammenkommen, finden sie unweigerlich zueinander und werden bald unzertrennlich.

Jedoch Graham mußte fort. Sein Beruf stellte Forderungen, die nicht überhört oder zurückgestellt werden konnten. Er verließ das Zimmer. Aber ehe er das Haus verlassen konnte, kam er noch einmal zurück. Ich bin sicher, daß er nicht wegen des Papiers oder der Karte auf seinem Pult umkehrte, die scheinbar der Anlaß waren, sondern daß er sich noch einmal durch einen Blick vergewissern wollte, daß Paulinas Antlitz wirklich so war, wie er es im Gedächtnis mit sich trug, daß er sie nicht im Licht einer freundlichen Selbsttäuschung erblickt hatte und einen zärtlichen Narren aus sich machte. Nein! Der Eindruck war richtig gewesen! Tatsächlich gewann er eher bei dieser Rückkehr, als daß er verlor. Graham nahm einen Abschiedsblick mit, der scheu, aber sehr weich war, so schön und unschuldig wie nur ein kleines Rehkitz von seinem Farnlager oder irgendein Lamm von seinem Wiesenbett aufschauen kann.

Paulina und ich schwiegen eine Weile, nachdem wir allein zurückgeblieben waren. Wir holten beide eine Arbeit hervor und hantierten stumm und emsig an schwierigen Sticheleien. Der weiße Arbeitskasten von ehedem war nun durch einen mit kostbaren Mosaikintarsien und goldenen Geräten ersetzt. Die winzigen, zitternden Finger, die kaum die Nadel hatten führen können, waren zwar noch immer klein, doch jetzt regten sie sich schnell und geschickt. Aber das eifrige Stirnrunzeln war geblieben, die kleinen zierlichen Eigenarten, die hurtigen Wendungen und Bewegungen: Jetzt warf sie eine verirrte Locke zurück, gleich darauf streifte sie ein imaginäres Staubkorn, eine anhaftende Garnfaser von ihrem seidenen Rock.

An diesem Morgen war ich schweigsam gestimmt. Der herbe Grimm des Wintertages wirkte auf mich Ehrfurcht einflößend, ich wurde still dabei. Noch hatte sich die Leidenschaft des Januars, die so weiß und blutlos war, nicht erschöpft, der Sturm hatte sich heiser gerast, doch nicht müde. Wäre Ginevra Fanshawe meine Gefährtin in diesem Morgenzimmer gewesen, so hätte sie nicht zugelassen, daß ich ungestört sann und lauschte. Ihr Thema wäre der gewesen, der uns gerade verlassen hatte, und wie unermüdlich sie das immer gleiche Lied gesungen hätte! Wie sie mich mit Fragen und Vermutungen verfolgt und geplagt, wie sie mir zugesetzt und mich bedrängt hätte mit Erörterungen und vertraulichen Mitteilungen, die ich nicht wünschte und denen ich so gern entgehen wollte.

Paulina Mary warf mir ein- oder zweimal aus ihren großen dunklen Augen einen ruhigen, durchdringenden Blick zu. Sie hatte die Lippen dabei halb geöffnet, als dränge es sie zu sprechen, aber sie sah mein Verlangen zu schweigen und respektierte es taktvoll.

Das wird nicht lange anhalten, dachte ich bei mir, denn ich war nicht gewöhnt, die Fähigkeit zur Selbstbeherrschung oder die Kraft der Selbstverleugnung bei Mädchen oder Frauen zu finden. Soweit ich sie kannte, war die Gelegenheit zu einem Schwatz über ihre meist belanglosen Geheimnisse und ihre oftmals blassen und armseligen Gefühle für sie ein Hochgenuß, den sie sich nicht so leicht entgehen ließen.

Die kleine Gräfin versprach eine Ausnahme. Sie nähte, bis sie des Nähens müde war, und dann nahm sie ein Buch vor.

Der Zufall wollte es, daß sie es sich in einem Fach des Bücherschranks gesucht hatte, das Doktor Bretton persönlich vorbehalten war, und es stellte sich als altes Bretton-Buch heraus, irgendein bebildertes Naturgeschichtswerk. Ich hatte sie oft gesehen, wie sie neben Graham stand, der den Band auf den Knieen hielt, und unter seiner Anleitung las, und wenn der Unterricht vorüber war, dann bat sie sich als Vergnügen aus, daß er ihr alles über die Bilder erzählte. Ich beobachtete sie scharf. Das war nun wirklich eine Probe für das Gedächtnis, mit dem sie sich gebrüstet hatte. Würde ihr die Erinnerung jetzt treu sein?

Treu? Kein Zweifel, das war sie. Während sie die Blätter umwandte, huschte über ihr Antlitz ein Schimmer um den andern, Widerspiegelung lebendigen Gefühls. Das mindeste was sie verrieten, war, daß sie die Vergangenheit wiederfand und innig begrüßte. Und dann blätterte sie zur Titelseite zurück und betrachtete den Namen, der da mit Schuljungenschrift stand. Lange sah sie ihn an, und das bloße Anschauen genügte ihr nicht. Leise, mit einem unbewußten, weichen Lächeln, fuhr sie mit den Fingerspitezn über die Schriftzüge. Das Lächeln verwandelte die Berührung in eine Liebkosung. Paulina liebte die Vergangenheit. Aber das Besondere dieser kleinen Szene war, daß sie nichts sagte. Sie vermochte zu fühlen, ohne ihre Gefühle in einen Strom von Worten zu ergießen.

Nun beschäftigte sie sich fast eine Stunde lang an dem Bücherschrank, holte Band für Band heraus und erneuerte mit jedem ihre Bekanntschaft. Als sie damit fertig war, ließ sie sich auf einen niedrigen Schemel nieder, legte die Wange in die Hand und dachte nach und war noch immer stumm.

Schließlich scheuchte sie das Geräusch der Haustür, die geöffnet wurde, ein kalter Windstoß und ihres Vaters Stimme auf: Mr. Home sprach in der Halle mit Mrs. Bretton. Paulina sprang auf, in einer Sekunde war sie unten.

»Papa! Papa, du willst doch nicht etwa hinaus?«

»Mein Liebling, ich muß in die Stadt.«

»Aber es ist wirklich *zu* kalt, Papa.«

Und dann hörte ich wie Mr. de Bassompierre ihr zeigte,

daß er gut gegen das Wetter gesichert war und daß er beabsichtigte, den Wagen zu benutzen und es sich unter dessen schirmendem Dach ganz behaglich zu machen, kurz, wie er bewies, daß gar kein Grund zur Sorge war.

»Aber du versprichst mir, daß du heute abend zurückkommst, ehe es ganz dunkel ist – du und Doktor Bretton, ihr beide im Wagen? Reiten ist jetzt wirklich nicht das richtige.«

»Schön, wenn ich den Doktor sehe, werde ich ihm sagen, daß ihm eine Dame gebietet, auf seine Gesundheit zu achten und sich unter meinem Geleit zeitig nach Hause zu verfügen.«

»Ja, du mußt sagen: eine Dame. Dann denkt er, es ist seine Mutter, und gehorcht. Und Papa, vergiß nicht, daß du früh kommen sollst, denn ich *werde* warten und horchen.«

Die Tür schloß sich, der Wagen rollte leise über den Schnee, und die Gräfin kehrte nachdenklich und sorgenvoll zurück.

Wahrhaftig, sie *lauschte* und wartete, als sich der Abend neigte, aber sie tat es ganz still. Mit geräuschlosen Schritten wanderte sie durch das Wohnzimmer. Von Zeit zu Zeit unterbrach sie ihr samtweich gleitendes Hin und Her, horchte nach draußen und suchte die Nachtgeräusche zu durchdringen, oder besser gesagt, suchte tiefer in die Nachtstille zu tauchen, denn der Wind hatte sich endlich gelegt. Von seiner Schneelast befreit, dehnte sich der Himmel nackt und blaß. Wir konnten ihn gut durch die kahlen Äste der Allee sehen, ihn und die Polarpracht des Neumondes, der weiß wie eine riesige Kugel von Eis war. Und es war noch nicht spät, als wir den Wagen zurückkommen sahen.

An diesem Abend hatte Paulina keinen Willkommenstanz. Mit einer gewissen Würde bemächtigte sie sich augenblicklich ihres Vaters, als er das Zimmer betrat. Sie beschlagnahmte ihn sogleich ganz für sich, führte ihn zu einem Sessel, den sie wählte, und überschüttete ihn mit einem sanften Schauer zärtlicher Lobesworte, weil er so gut gewesen und so früh heimgekehrt war. Und die ganze Zeit über hätte man denken können, es sei nur die Macht ihrer kleinen Hände, die es bewirkte, daß er auf seinem Sitz landete und sich dort niederließe und einrichtete, denn der starke Mann schien Vergnügen dabei zu empfinden, sich völlig ihrer liebevollen Herrschaft zu unterwerfen.

Graham tauchte erst ein paar Minuten nach dem Grafen auf. Paulina wandte sich halb um, als seine Schritte laut wurden. Sie sprachen miteinander, doch nur ein oder zwei Worte. Ihre Finger berührten sich, doch offensichtlich nur leicht. Paulina verharrte neben ihrem Vater, Graham warf sich in einen Sessel auf der andern Seite des Raums.

Es war gut, daß Mrs. Bretton und Mr. Home einander allerhand zu erzählen hatten. Sie besaßen einen nahezu unerschöpflichen Gesprächsvorrat an alten Erinnerungen. Sonst wären wir, glaube ich, an diesem Abend eine stille Gesellschaft gewesen.

Nach dem Tee handhabte Paulina beim Lampenlicht eifrig ihre flinke Nadel und den hübschen goldenen Fingerhut, doch ihre Zunge blieb ruhig, und nur widerstrebend schien sie die sanften, reichbewimperten Lider zu heben. Graham war gewiß auch von seinem Tagewerk müde. Er hörte den Älteren und Würdigeren pflichtschuldigst zu, sagte selber sehr wenig und folgte mit den Blicken dem goldenen Glanz von Paulinas Fingerhut, als sei er ein heller, flatternder Falter oder der goldene Kopf einer dahinschnellenden kleinen gelben Schlange.

26. Ein Begräbnis

Von diesem Zeitpunkt an fehlte es nicht an Abwechslung in meinem Leben. Mit Madame Becks voller Zustimmung ging ich recht viel aus. Sie war mit dem Range meiner Bekannten äußerst einverstanden. Die treffliche Direktorin war mir von Beginn an stets achtungsvoll begegnet, und als sie merkte, daß ich häufig Einladungen in ein Herrenhaus und in ein großes Hotel empfing, wuchs der Respekt. Nun behandelte sie mich mit Auszeichnung.

Nicht, daß sie das in abwegiger Art getan hätte. Madame war weltlich in allem, aber in nichts war sie schwach. Gemessen, verständig und ehrbar verfolgte sie ihren Nutzen, ruhig und bedachtsam noch im zähsten Zugriff nach ihrem Vorteil. Also setzte sie sich nicht als Heuchlerin und Schmeichlerin meiner Verachtung aus, sondern bemerkte taktvoll, es sei ihr lieb, wenn Angehörige ihres Instituts einen Umgang pflegten, der sich nicht negativ und bedrückend auswirke, sondern danach angetan sei, zu unterhalten und aufzumuntern. Niemals lobte sie mich oder meine Freunde. Nur einmal äußerte sie sich. Da saß sie, ein Bild des Behagens, im Garten in der Sonne, vor sich eine Tasse Kaffee und in der Hand die »Gazette«. Ich trat an sie heran und bat um Urlaub für den Abend.

Sie sagte huldvoll: »Oui, oui, ma bonne amie: je vous donne la permission de cœur et de qué. Votre travial dans ma maison a toujours été admirable, rempli de zèle et de discrétion: vous avez bien le droit de vous amuser. Sortez donc tant que vous voudrez. Quant à votre choix de connaissances, j'en suis contente; c'est sage, digne, louable.«

Sie schloß die Lippen und nahm die »Gazette« wieder auf.

Der Leser wird die unbedeutende Tatsache nicht zu gewichtig nehmen, daß um diese Zeit das dreifach verpackte Bündel von fünf Briefen für eine Weile aus meinem Pult verschwand. Natürlich war ich, als ich das entdeckte, zuerst schwer bestürzt. Aber ich faßte sogleich wieder Mut.

»Geduld!« flüsterte ich mir selber zu. »Sag nichts, sondern warte nur friedlich. Sie werden bald wieder dasein.«

Und sie kamen zurück; sie waren nur zu einem kurzen Besuch in Madames Schlafgemach gewesen; nachdem sie ihr Examen bestanden hatten, kamen sie tatsächlich ordnungsgemäß zurück. Am nächsten Tag fand ich sie, als wäre nie etwas gewesen.

Ich möchte wohl wissen, was sie sich über meine Korrespondenz dachte. Was für eine Meinung mochte sie sich über Doktor John Brettons briefschreiberische Fähigkeiten bilden? In welchem Licht erschienen ihr die oft sehr kraftvollen Gedanken, der Grundton und die manchmal originellen Ansichten, die geistvoll und ohne Dünkel in leicht dahinfließenden Sätzen geformt waren? Wie behagte ihr diese heitere, halb humoristische Laune, die mich so sehr entzückte? Was hielt sie von den wenigen freundlichen Worten, die hier und da standen, nicht in dichter Menge, wie etwa die Edelsteine den Boden von Sindbads Tal deckten, sondern spärlich verstreut, wie wirkliche Diamanten in ihr Muttergestein eingebettet liegen. Oh, Madame Beck, wie berührte Sie alles das?

Ich denke, die fünf Briefe fanden in gewissem Maße Gnade vor ihrem Auge. Ein Tag, nachdem sie sie von mir *geliehen* hatte (man muß schon gefällige Worte benutzen, wenn man von einer so gefälligen kleinen Frau spricht), ertappte ich sie, wie sie mich mit einem stetigen, nachdenklichen Blick musterte. Offensichtlich zerbrach sie sich den Kopf über mich, wenn auch durchaus nicht übelwollend. Es war in jener kurzen Unterrichtspause, als die Schülerinnen zu einer Erholungsviertelstunde auf den Hof hinausliefen. Sie und ich blieben allein in der ersten Klasse zurück. Als ich ihren Augen begegnete, brachen sich ihre Gedanken zum Teil über die Lippen Bahn.

»Il y a«, sagte sie, »quelquechose de bien remarquable dans le caractère anglais.«

»Wieso, Madame?«

Sie lachte kurz auf und wiederholte das »Wieso«.

»Je ne saurais vous dire, ›wieso‹, mais, enfin, les Anglais ont des idées à eux en amitié, en amour, en tout. Mais au moins il n'est pas besoin de les surveiller«, fügte sie hinzu, indem sie aufstand und davontrottete, stämmiges kleines Pony, das sie war.

»Dann hoffe ich«, murmelte ich vor mich hin, »künftig werden Sie die Freundlichkeit haben und meine Briefe in Ruhe lassen.«

Ach! Da schoß mir etwas in die Augen, trübte mir völlig den Blick, verlöschte mir das Schulzimmer, den Garten und die helle Wintersonne. Ich besann mich darauf, daß nie mehr solche Briefe, wie sie sie gelesen hatte, zu mir kommen würden. Das war vorbei. Der wohltätige Fluß, an dessen Ufer ich gesessen, der mir mit seinen Wellen ein paar belebende Tropfen an die Lippen gesprüht hatte, bahnte sich jetzt einen andern Weg. Er hatte meine kleine Hütte und mein einsames, staubtrockenes Feld verlassen und trug seine reiche Flut weit fort von mir. Das war recht und in der Ordnung und natürlich, kein Wort ließ sich dagegen sagen; aber ich liebte meinen Rhein, meinen Nil; ich hatte meinen Ganges fast vergöttert, und es schmerzte mich, daß der mächtige Strom nun abseits dahinfließen sollte, daß er verschwinden sollte wie ein Trugwunder. Stoisch war ich, aber doch nicht stoisch genug. Auf meine Hände, auf das Pult stürzten Tränen, ich weinte einen Gewitterschauer, schwer und kurz.

Aber bald sagte ich mir: Die Hoffnung, die ich beklage, hat erbärmlich gelitten und hat mich erbärmlich leiden lassen. Gestorben ist sie erst, als sie überreif zum Sterben war. Solange hat sie sich dahingequält. Es ist gut, gut, daß sie endlich tot ist.

Ich mühte mich darum, das Ende willkommenzuheißen. Ja, der langwährende Schmerz hatte die Geduld zur Gewohnheit gemacht. Schließlich drückte ich meiner toten Hoffnung die Augen zu, bedeckte ihr das Gesicht und richtete ihr die Glieder und war ganz ruhig dabei.

Die Briefe jedoch mußten so verstaut werden, daß sie mir außer Sicht kamen. Wer je einen Verlust erlitten hat, sucht ängstlich alles zusammen, was ihn erinnern kann, und schließt es weg. Es ist unerträglich, wenn einem jeden Augenblick der wiedererweckte Schmerz dolchscharf durchs Herz fährt.

An einem freien Donnerstagnachmittag ging ich zu meinem Schatz, um zu überlegen, was ich nun endgültig damit beginnen sollte. Da entdeckte ich, und diesmal nun mit heftig aufwallendem Verdruß, daß sich abermals jemand daran vergriffen hatte. Das Päckchen war zwar da, aber das Band, das es zusammenhielt, war auf- und wieder zugeknotet worden, und an andern Zeichen merkte ich, daß meine Schublade visitiert worden war.

Das war ein bißchen zuviel. Madame Beck selber war die verkörperte Diskretion. Außerdem besaß sie einen so ausgezeichneten Verstand und ein so gesundes Urteil, wie sich nur je im Kopf eines Menschen befunden hatten. Daß sie den Inhalt meines Kästchens kannte, war nicht angenehm, aber ich vermochte mich damit abzufinden. Die kleine jesuitische Inquisitorin war imstande, die Dinge im rechten Licht zu sehen, und verdrehte sie nicht, sondern begriff sie. Aber hatte sie es wirklich gewagt, die so erlangte Kenntnis andern mitzuteilen? Hatte sie sich vielleicht mit einem Gefährten über die Schriftstücke lustig gemacht, die für mich heilig waren? Der Gedanke entsetzte und empörte mich. Und doch mußte ich nun befürchten, daß es so war, ja, ich erriet sogar ihren Vertrauten. Gestern hatte ihr Verwandter, Monsieur Paul Emanuel, den Abend mit ihr verbracht. Sie war gewohnt, ihn um Rat zu fragen, und besprach Angelegenheiten mit ihm, über die sie sich sonst zu niemandem äußerte. Und gerade heute morgen in der Klasse hatte der Herr mich mit einem Blick beehrt, den er von der Vasthi, der Schauspielerin, geborgt zu haben schien. Ich hatte diesen düsterblauen Blitz aus seinen zornigen Augen im Augenblick nicht begriffen, jetzt aber war mir die Bedeutung klar. *Er* war gewiß nicht fähig, von einem gerechten Standpunkt aus das zu betrachten, was mich betraf. Er konnte nicht tolerant und redlich über mich urteilen. Immer hatte ich ihn streng und mißtrauisch gefunden. Der Gedanke, daß ihm diese Briefe, und mochten es hundertmal bloße Freundesbriefe sein, in die Hände gefallen waren und es wieder tun konnten, brachte mich bis ins Innerste auf.

Was sollte ich tun, um das zu verhindern? Welche Ecke dieses Hauses war sicher, war verschwiegen? Wo bot ein Schlüssel Schutz, wo bedeutete ein Schloß ein Hemmnis?

In der Dachkammer? Nein, die mochte ich nicht. Überdies waren die meisten Kästen und Schubladen dort modrig und unverschließbar. Und Ratten nagten sich ihren Weg durch das verrottete Holz, und Mäuse bauten sich ihr Nest in den Spänen, die darin lagen. Vielleicht wurden meine lieben Briefe – mir noch immer so lieb, wenn auch nun auf den Umschlägen »Ichabod« geschrieben stand – von dem Ungeziefer vernichtet. Bestimmt aber würde die Schrift in der Feuchtigkeit bald verlöschen. Nein, die Bodenkammer war unmöglich. Aber wohin dann?

Während ich dies Problem erwog, saß ich auf dem Fenstersitz im Schlafsaal. Es war ein schöner, frostklarer Nachmittag. Die Wintersonne funkelte, schon im Untergehen, blaß auf den höchsten Zweigen der Sträucher im Garten, auf dem verbotenen Weg. Ein großer alter Birnbaum, der Nonnenbirnbaum, reckte sich als gewaltiges Dryadenskelett auf, grau, dürr und nackt. Mir schoß ein Gedanke durch den Kopf, einer von den schrulligen, fantastischen Gedanken, von denen Einsame zuweilen erfaßt werden. Ich setze meinen Hut auf, schlüpfte in den Mantel, legte mir den Pelz um und ging in die Stadt.

Ich lenkte meine Schritte in das historische Viertel, dessen altersgrauen und schattendunklen Bereich ich immer aufsuchte, instinktgetrieben, wenn ich melancholischer Stimmung war. Dort wanderte ich von Straße zu Straße, überquerte einen halbverlassenen Platz und stand endlich vor einer Art Trödlerladen, einem alten Haus voll alter Dinge.

Was ich brauchte, war ein Metallkasten, der sich zulöten ließ, oder ein dicker Glaskrug oder eine Flasche, die man luftdicht zustöpseln und versiegeln konnte. Letztere fand ich in einem bunten Haufen von Gerümpel und kaufte sie.

Dann formte ich aus meinen Briefen eine dünne Rolle, wickelte sie in Wachstuch und band sie mit dickem Zwirn zusammen, und nachdem ich sie in die Flasche gestopft hatte, brachte ich den alten jüdischen Trödler dazu, sie zu verstöpseln, zu versiegeln und damit luftdicht abzuschließen. Während er meinen Anweisungen folgte, warf er mir ab und zu unter seinen reifweißen Wimpern einen mißtrauischen Blick zu. Ich glaubte, er nahm an, daß da irgendeine Schurkerei im Gange war. In alledem fand ich ein düsteres, nein, kein Vernügen, aber eine traurige, einsame Befriedigung. Der Impuls, unter dem ich handelte, die Stimmung, die mich beherrschte, glichen dem Impuls und der Stimmung, die mich dazu veranlaßt hatten, den Beichtstuhl aufzusuchen. Im Geschwindschritt erreichte ich das Pensionat gerade bei Einbruch der Dunkelheit und rechtzeitig zum Essen.

Um sieben Uhr ging der Mond auf. Um halb acht, als die Schülerinnen und Lehrerinnen beim Lernen waren und Madame Beck mit ihrer Mutter und den Kindern im Speisesaal saß, als die Halbpensionärinnen heimgegangen waren und Rosine das Vestibül verlassen hatte und alles still war, wikkelte ich mich in meinen Schal, ergriff die versiegelte Flasche und schlich mich durch die Tür der ersten Klasse in die Bogenlaube hinaus und von da auf den verbotenen Weg.

Der Birnbaum, alt wie Methusalem, stand am äußersten Ende dieses Weges dicht bei meinem Sitzplatz. Düster und grau erhob er sich über die niedrigen Sträucher, die ihn umringten. Uralt, wie er war, hatte er doch noch gesundes Holz, nur knapp über den Wurzeln war ein Loch, oder besser gesagt, eine tiefe Höhlung. Ich wußte, daß sie da war, halb verborgen unter Efeu und andern Kletterpflanzen, die ihn üppig umrankten, und dort beabsichtigte ich, meinen Schatz zu verstecken. Aber ich war nicht nur im Begriff, einen Schatz zu verbergen – ich wünschte auch einen Kummer zu begraben. Der Kummer, über den ich kürzlich geweint hatte, als ich ihn in sein Leichentuch hüllte, mußte beerdigt werden.

Nun gut. Ich schob die Efeuranken zurück und fand das Loch. Es war groß genug, um die Flasche aufzunehmen, und ich stieß sie tief hinein. In einem Werkzeugschuppen im unteren Teil des Gartens lagen Reste von Baumaterial. Maurer hatten kürzlich einen Teil des Hauses ausgebessert und jene Überbleibsel zurückgelassen. Von dort holte ich mir eine Schieferplatte und etwas Mörtel, schob den Schiefer in die Höhle, strich die Ritzen mit Mörtel zu, so daß der Stein festsaß, und häufte auf das Ganze schwarze Erde. Schließlich zog ich die Efeuranken wieder an ihren alten Platz. Als das vollbracht war, ruhte ich mich, gegen den Baum gelehnt, aus und verweilte wie ein Trauernder neben einem neuen, mit Rasen belegten Grabe.

Die Nachtluft war sehr still, doch von einem eigenartigen Dunst getrübt, der das Mondlicht in schimmernden Nebel verwandelte. In dieser Luft oder diesem Dunst lag irgend etwas, vielleicht eine elektrische Spannung, die seltsam auf mich einwirkte. Mir war zumute wie ein Jahr zuvor in England, in der Nacht, als das Nordlicht über den Himmel geströmt war und sich darüber ausgebreitet hatte. Damals war ich auf meinem späten Heimweg in den einsamen Feldern stehengeblieben, um es mit anzusehen, dies Heeresaufgebot mit Fahnen, diese zuckenden Speerbündel, diesen blitzschnellen Aufstieg der Boten vom Nordstern zum dunklen, hohen Himmelsgewölbe. Ich war nicht glücklich – alles andere als das –, aber ich fühlte mich kräftig und neu gestärkt.

Wenn das Leben ein Kampf ist, dann schien es mir bestimmt zu sein, ihn allein zu führen. Ich erwog nun, wie ich mein Winterquartier abbrechen sollte, ich dachte daran, ein Lager zu verlassen, wo Proviant und Futter zu Ende gingen. Vielleicht mußte noch eine weitere Schlacht mit dem Schicksal ausgefochten werden, damit der Wechsel bewirkt würde. War das so, nun gut, mir stand der Sinn nach einem Kampf. Um etwas zu verlieren, dazu war ich zu arm. Vielleicht bestimmte Gott mir den Sieg. Aber welche Straße stand mir offen? Welche Möglichkeit gab es?

Bei dieser Frage verweilte ich noch, als der Mond, der bisher so stille, plötzlich heller durch den Dunst zu leuchten schien. Vor mir schimmerte ein Strahl weiß auf, und ein Schatten hob sich deutlich und fest umrissen ab. Ich blickte aufmerksamer hin, um festzustellen, woher auf einmal dieser scharfe Kontrast auf dem düsteren Wege kam. Weißer und schwärzer schob er sich mir vor die Augen, in einem Sekundenbruchteil verwandelte er sich und nahm Gestalt an. Ich stand ungefähr drei Meter vor einer großen, schwarzgewandeten weißverschleierten Frau.

Fünf Minuten verstrichen. Ich floh weder, noch schrie ich auf. Sie war noch da. Ich sprach.

»Wer bist du? Und warum kommst du zu mir?«

Sie stand stumm. Sie hatte kein Gesicht, keine Züge. Unterhalb der Stirn war alles mit einem weißen Tuch vermummt. Aber Augen hatte sie, und die starrten mich an.

Ich war nicht tapfer, doch einigermaßen verzweifelt. Verzweiflung ist oft ein guter Stellvertreter für Mut und übernimmt sein Werk. Ich tat einen Schritt vorwärts. Ich streckte die Hand aus, denn ich wollte sie berühren. Sie schien zurückzuweichen. Ich trat näher an sie heran, ihr Rückzug, still, wie er war, wurde zur schleunigen Flucht. Dichtes Gebüsch, vollblättriges Immergrün, Lorbeer und Eiben, drängte sich zwischen mich und das, was ich verfolgte. Nachdem ich dies Hindernis überwunden hatte, hielt ich Umschau und sah nichts. Ich wartete. Ich sagte: »Wenn du eine Botschaft für mich hast, komm zurück und gib sie mir.« Nichts sprach. Nichts zeigte sich.

Diesmal war kein Doktor John da, zu dem ich mich flüchten konnte. Niemand war da, dem ich die Worte zuzuflüstern wagte: »Ich habe die Nonne wieder gesehen.«

Paulina Mary bat häufig um meine Anwesenheit in der Rue Crécy. In den alten Tagen von Bretton hatte sie nie erkennen lassen, daß sie mich gern hatte, aber dennoch war ihr meine Gesellschaft bald eine Art unbewußter Notwendigkeit geworden. Ich merkte oft, wenn ich mich in mein Zimmer zurückzog, daß sie mir dann bald nachgetrottet kam, die

Tür öffnete, hineinspähte und mit ihrem entschiedenen Stimmchen sagte: »Komm runter. Warum sitzest du hier allein? Du mußt ins Wohnzimmer kommen.«

Genauso drang sie jetzt in mich.

»Laß die Rue Fossette«, sagte sie, »und komm ganz zu uns. Papa würde dir viel mehr geben als Madame Beck.«

Mr. Home selber bot mir eine hübsche Summe dafür an – dreimal soviel wie ich gegenwärtig verdiente –, daß ich die Stellung einer Gesellschafterin bei seiner Tochter annähme. Ich lehnte ab. Und ich hätte wohl auch dann abgelehnt, wenn ich noch ärmer und mein Geldvorrat noch geringer gewesen wäre und wenn für die Zukunft noch drückendere Einschränkungen in Aussicht gestanden hätten. Unterrichten konnte ich, ich konnte Stunden geben, aber Privatlehrerin oder Gesellschafterin zu sein, dazu taugte ich nicht, es wäre mir wider die Natur gegangen. Lieber als diese Stellung in einem großen Hause auszufüllen, wäre ich mit vollem Bedacht Dienstmädchen geworden, hätte mir ein Paar dicke Handschuhe gekauft und in Frieden und Unabhängigkeit Schlafzimmer und Treppen gefegt, Öfen gereinigt und Schlösser geputzt. Gesellschafterin werden – lieber hätte ich Hemden genäht und wäre dabei verhungert.

Ich war nicht der Schatten einer glänzenden Dame, nicht Miß de Bassompierres Schatten. Düster genug war ich oft, das lag in meiner Natur, und meine Gemütsverfassung war gedrückt. Aber Betrübnis und Niedergeschlagenheit mußten aus mir selber kommen. Sie mußten so beschaffen sein wie die, die mich inmitten der nun wohlbekannten Schülerinnen in Madame Becks erster Klasse willig an meinem Pult ausharren ließen oder machten, daß ich allein in ihrem Schlafsaal auf der Bettkante hockte oder in ihrem Garten an dem Wege und auf dem Platze saß, die als die meinen bezeichnet wurden. Und meine Freuden waren nicht umwandelbar, nicht anpassungsfähig. Sie konnten nicht zur Folie irgendeines Edelsteins, zum Attribut irgendeiner Schönheit, zum Zubehör irgendeiner Größe der Welt gemacht werden. Madame Beck und ich, wir beide glichen einander nicht, aber wir verstanden uns. Ich war nicht ihre Gesellschafterin, nicht die Gouvernante ihrer Kinder, sie ließ mir Freiheit und band mich an nichts, nicht an sich selbst, nicht einmal an ihre Belange. Einmal war ihr ein naher Verwandter erkrankt, sie hatte vierzehn Tage lang von zu Hause abwesend sein müssen. Danach kehrte sie voll banger Sorge um ihr Institut zurück. Sie war unruhig, ob nicht während ihres Fernseins etwas verquer gegangen wäre. Als sie merkte, daß die Dinge genauso wie sonst weitergelaufen waren und daß nichts auf eine offenkundige Nachlässigkeit deutete, machte sie jeder Lehrerin ein Anerkennungsgeschenk für ihre Zuverlässigkeit. Zu mir kam sie um zwölf Uhr nachts ans Bett und teile mir mit, daß sie für mich kein Geschenk habe. »Der St. Pierre muß ich die Treue schmackhaft machen«, sagte sie. »Wenn ich das bei Ihnen versuchen wollte, dann würde ein Mißverständnis zwischen uns entstehen, vielleicht käme es zur Trennung. Aber eines kann ich gern tun – ich lasse Sie in Ruhe, Sie und Ihre Freiheit. C'est ce que je ferai.«

Sie hielt Wort. Von da an nahm sie mir mit ruhiger Hand alle leichten Fesseln ab, die sie mir angelegt hatte. So respektierte ich freiwillig mit Vergnügen ihre Vorschriften und fand Genugtuung darin, den Schülerinnen, die sie mir anvertraute, doppelte Zeit und Mühe zu widmen.

Was Mary de Bassompierre anlangte, so suchte ich sie mit Freude auf, wenn ich auch keine Lust hatte, mit ihr zusammenzuleben. Meine Besuche belehrten mich bald darüber, daß sie auch meine gelegentliche und freiwillige Sorge kaum noch lange brauchen würde. Monsieur de Bassompierre schien seinerseits dieser Mutmaßung verschlossen und blind für die Möglichkeit. Ahnungslos wie ein Kind stand er den Anzeichen, der Wahrscheinlichkeit und den unberechenbaren Anfängen dessen gegenüber, was ihm, zur handfesten Tatsache erwachsen, höchst unlieb sein mochte.

Lieb oder unlieb? Ich stellte oft meine Betrachtungen darüber an, ob er seine Zustimmung offen und herzlich geben würde. Es war schwer zu sagen. Seine wissenschaftlichen Interessen nahmen ihn stark in Anspruch. Er war in allem, was mit seiner Lieblingsbeschäftigung zusammenhing, eifrig, hitzig, ja ein wenig widerborstig, aber in den Dingen des täglichen Lebens war er arglos und vertrauensvoll. Sein Töchterchen betrachtete er offensichtlich noch ganz als Kind. Der Vorstellung, andere könnten sie etwa nicht in diesem Lichte sehen, hatte er gewiß noch keinen Raum in sich gegeben. Er pflegte davon zu reden, was geschehen solle, wenn Polly eine Frau, wenn sie erwachsen sein würde. Dann lächelte Polly zuweilen, und wenn sie neben seinem Sessel stand, nahm sie seinen Respekt gebietenden Kopf in die kleinen Hände und küßte seine eisengrauen Locken. Ein andermal schmollte sie und zauste ihm das Haar, aber nie sagte sie: »Papa, ich bin doch erwachsen.«

Sie trat den einzelnen Menschen verschieden gegenüber. Bei ihrem Vater war sie wirklich noch Kind oder kindlich, voller Zärtlichkeit, fröhlich und verspielt. Bei mir war sie ernsthaft und so fraulich, wie Gedanken und Empfindung sie machen konnten. Bei Mrs. Bretton gab sie sich fügsam und zutraulich, doch nicht mitteilsam. Graham gegenüber war sie schüchtern, gegenwärtig sogar sehr schüchtern. Zeitweise versuchte sie kalt zu sein. Gelegentlich bemühte sie sich, ihm aus dem Wege zu gehen. Wenn sie seinen Schritt hörte, fuhr sie auf; sein Eintritt ließ sie verstummen. Wenn er sprach, fehlte ihren Antworten der Fluß, und wenn er sich verabschiedete, blieb sie ärgerlich über sich selbst und verwirrt zurück. Selbst ihrem Vater fiel dieses Verhalten auf.

»Meine kleine Polly«, sagte er einmal, »du führst ein reichlich abgekapseltes Leben. Wenn du mit diesen schüchternen Manieren zur Frau aufwächst, wirst du kaum in die Gesellschaft passen. Du tust wahrhaftig, als ob Doktor Bretton ein wildfremder Mensch wäre. Wie kommt das bloß? Als kleines Mädchen hattest du eine gewisse Vorliebe für ihn. Weißt du das nicht mehr?«

»Ja Papa, eine *gewisse*«, antwortete sie in ihrem ein wenig trockenen, aber sanften und schlichten Ton.

»Und jetzt magst du ihn nicht mehr? Was hat er angestellt?«

»Nichts. Ja-a, ich mag ihn schon ganz gut leiden, aber wir sind einander fremd geworden.«

»Dann schleif das ab, Polly. Putz den Rost und die Fremdheit ab. Sprich freiweg, wenn er da ist, und hab keine Bange vor ihm!«

»*Er* spricht auch nicht gerade viel, Papa. Was meinst du, ob er vor mir Angst hat?«

»Oh, da kannst du sicher sein! Welcher Mann hätte keine vor so einer schweigsamen kleinen Dame?«

»Dann sag ihm irgendwann, er soll sich nichts draus machen, wenn ich schweigsam bin. Sag ihm, daß das meine Art ist und kein böser Wille.«

»Deine Art, du kleine Plaudertasche? Das ist nicht deine Art, sondern eine Grille!«

»Schön, Papa, ich will mich bessern.«

Und am nächsten Tage versuchte sie Wort zu halten; die Anmut, mit der sie das tat, war sehr hübsch. Ich schaute zu, wie sie sich mühte, mit Doktor John umgänglich ein Gespräch über allgemeine Fragen zu führen. Ihre Aufmerksamkeit bewirkte, daß ihrem Gast ein freudiges Rot ins Gesicht stieg. Er begegnete ihr mit Vorsicht und antwortete ihr in seinen sanftesten Tönen, als ob das Glück zart wie Sommerfäden in der Luft hinge und er fürchtete, es durch einen zu tiefen Atemzug zu zerstören. Und gewiß, das war nicht zu leugnen, lag in ihrer scheuen, doch ernsthaften Weise, Freundschaft anzubahnen, ein sehr erlesener und elfenhafter Zauber.

Als der Doktor fort war, näherte sie sich dem Sessel ihres Vaters.

»Habe ich Wort gehalten, Papa? Habe ich mich besser benommen?«

»Meine Polly hat sich benommen wie eine Königin. Wenn sie so weitermacht, werde ich noch ganz stolz auf sie sein. Mit der Zeit werden wir erleben, daß sie meine Gäste mit Grandezza empfängt! Miß Lucy und ich werden sehr auf uns aufpassen und unsere besten Manieren und unsere schönsten Seiten hervorkehren müssen, damit wir nicht in den Schatten gestellt werden. Aber, Polly, noch ist da ein bißchen Aufgeregtheit, ab und zu eine kleine Neigung zum Stammeln, manchmal sogar zum Lispeln – so hast du gelispelt, als du sechs Jahre alt warst.«

»Nein, Papa«, unterbrach sie empört, »das kann nicht wahr sein.«

»Ich appelliere an Miß Lucy. Als Doktor Bretton sie fragte, ob sie je den Palast des Fürsten von Bois L'Étang gesehen habe, hat sie da nicht gesagt: ›Dsicher doch, Dutzende Male‹?«

»Papa, du bist ein Spötter, boshaft bist du! Ich kann alle Buchstaben des Alphabets genauso klar aussprechen wie du. Aber sag mir das: Du legst soviel Wert drauf, daß ich höflich zu Doktor Bretton bin? Kannst du selber ihn eigentlich leiden?«

»Aber gewiß doch. Ich mag ihn um der alten Bekanntschaft willen. Dann ist er seiner Mutter ein guter Sohn. Und überdies ist er ein gutherziger Kerl und tüchtig in seinem Beruf. Ja, der Bursch ist in Ordnung!«

»*Bursch!* Oh, du Schotte! Papa, stammt dein Akzent eigentlich aus Edinburgh oder aus Aberdeen?«

»Beides, mein Liebling, beides, und ohne Zweifel ist obendrein noch Glasgow im Spiel. Daher kommt es, daß ich so gut Französisch spreche. Eine wackere schottische Zunge kommt immer gut mit dem Französischen zurecht.«

»Mit dem Französischen! Wieder schottisch! Unverbesserlich, Papa! Du mußt auf die Schule.«

»Schön, Polly, du mußt Miß Snowe überreden, daß sie dich und mich übernimmt. Dich muß sie gelassen und fraulich machen und mich fein und klassisch.«

Das Licht, in dem Monsieur de Bassompierre offensichtlich »Miß Snowe« sah, bereitete mir eine ständige Erbauung. Welche charakterlichen Widersprüche finden wir uns manchmal zugeschrieben, je den Augen entsprechend, die uns betrachten! Madame Beck hielt mich für gelehrt und blaustrümpfig. Miß Fanshawe war der Meinung, ich sei sarkastisch, ironisch und zynisch. Für Mr. Home war ich das Muster einer Lehrerin, der Inbegriff der Gesetztheit und Diskretion, vielleicht ein bißchen konventionell, zu streng, von begrenztem Horizont und übergewissenhaft, aber auf alle Fälle doch die vollkommene, korrekte Gouvernante. Demgegenüber ließ jemand anders, nämlich Professor Paul Emanuel, keine Gelegenheit aus, um seine Ansicht anzudeuten, daß ich ein leidenschaftliches, unbedachtes Wesen habe, abenteuerlich, widerspenstig und dreist. Ich lächelte über sie alle. Wenn mich jemand kannte, dann war es die kleine Paulina Mary.

Da ich nicht Paulinas namentliche und bezahlte Gefährtin sein wollte, so wohltuend und harmonisch ich auch den

Umgang mit ihr allmählich empfand, überredete sie mich, mit ihr zusammen ein Studium aufzunehmen. Das sollte die Verbindung regeln und festlegen. Sie schlug die deutsche Sprache vor, die sie, ebenso wie ich, schwierig zu meistern fand. Wir einigten uns, die Lektionen in der Rue Crécy bei derselben Lehrerin zu nehmen, und diese Einrichtung brachte uns jede Woche für ein paar Stunden zusammen. Monsieur de Bassompierre schien davon sehr angetan. Er billigte es vollkommen, das Madame Minerva Wichtigernst einen Teil ihrer Muße seinem schönen und lieben Kinde widmete.

Mein andrer Richter aus eigner Machtvollkommenheit, der Professor in der Rue Fossette, entdeckte durch seine heimlichen Spionagemethoden, daß ich nicht mehr so häuslich wie bisher war, sondern an bestimmten Tagen zu bestimmten Stunden regelmäßig ausging. Augenblicklich nahm er es auf sich, mich zu überwachen. Die Leute sagten, Monsieur Paul Emanuel sei von Jesuiten aufgezogen worden. Dies Gerücht hätte ich leichter für Wahrheit genommen, wenn seine Manöver besser getarnt gewesen wären. Wie die Dinge lagen, bezweifelte ich es. Nie hatte es einen offenherzigeren Ränkeschmied, einen aufrichtigeren, ungehemmteren Intriganten gegeben. Er pflegte seine eignen Machenschaften zu analysieren, Pläne sorgfältig in allen Einzelheiten auszuarbeiten und gleich darauf voll inniger Befriedigung darzulegen, wie raffiniert sie seien. Ich weiß nicht, ob ich mehr erheitert oder mehr aufgebracht war, als er eines Morgens an mich herantrat und mir feierlich zuflüsterte, daß er ein Auge auf mich habe und daß wenigstens er Freundespflicht an mir erfüllen und mich nicht ganz und gar mir selbst überlassen werde. Zur Zeit schienen ihm meine Handlungen äußerst unstet, er wisse nicht, was er davon halten solle, und er sei der Ansicht, daß seine Cousine Beck sehr zu tadeln sei, weil sie diese Art von wirrer Unbeständigkeit an einer Lehrerin ihres Instituts dulde. Was habe eine Person, die sich einem ernsthaften Beruf, dem einer Erzieherin, gewidmet habe, mit Grafen und Gräfinnen, Hotels und Schlössern zu schaffen? Ihm komme es vor, als sei ich ganz und gar aus dem Häuschen. Von sieben Tagen ginge ich ja wohl an sechsen aus.

Ich sagte: »Monsieur übertreibt. Gewiß habe ich in der letzten Zeit ein bißchen Abwechslung genossen, aber nicht, bevor es dringend nötig geworden war, und ganz bestimmt habe ich dies Vorrecht nicht im Übermaß genutzt!«

»Nötig! Wieso nötig? Ich dächte, Sie sind durchaus auf der Höhe! Notwendige Abwechslung! Ich würde Ihnen empfehlen, sich die katholischen Nonnen anzusehen und ihr Leben zu studieren. *Die* haben nicht nach Abwechslung verlangt.«

Ich weiß nicht, was für ein Ausdruck über mein Gesicht huschte, als er so sprach, aber jedenfalls wurde er dadurch aufgebracht. Er beschuldigte mich der Rücksichtslosigkeit und des Ehrgeizes; ich sei, warf er mir an den Kopf, weltlich und genußsüchtig und von fieberhafter Begier nach dem eitlen Gepränge des Lebens erfüllt. Offensichtlich sei ich zu keinerlei ›Aufopferung‹ und ›Sammlung‹ imstande, kenne ich keine gläubige Barmherzigkeit und wisse nichts von freiwilliger Erniedrigung. Es war sinnlos darauf zu antworten. Ich schwieg und wandte mich wieder der Korrektur eines Stapels englischer Übungsaufgaben zu.

»Ich kann in Ihnen keine Christin sehen. Es ist mit Ihnen wie mit vielen Protestanten: Sie frönen einem heidnischen Stolz und Eigensinn.«

Ich wandte mich ein wenig von ihm ab und schmiegte mich noch dichter unter den schützenden Flügel des Schweigens.

Ein bestimmter Laut grollte zwischen seinen Zähnen. Es

konnte ja wohl kein Fluch sein, dafür war er zu fromm, aber ich bin sicher, daß ich das Wort *verwünscht* hörte. Und so betrüblich es ist, das zu berichten: Als ich zwei Stunden später auf dem Korridor an ihm vorüberging, im Begriff, meine Deutschstunde in der Rue Crécy zu nehmen, da wurde das Wort wiederholt, und zwar mit dem eindeutigen Zusatz von *tausend*, ich weiß nicht was. In mancher Hinsicht konnte es keinen besseren kleinen Mann geben als Monsieur Paul. Aber andererseits war er der reizbarste kleine Despot auf der Welt.

Unsere Deutschlehrerin, Fräulein Anna Braun, war eine wackere, derbe Frau von etwa fünfundvierzig Jahren. Vielleicht hätte sie in den Tagen der Königin Elisabeth leben sollen, denn sie vertilgte regelmäßig zum ersten und zweiten Frühstück Rindfleisch mit Bier. Außerdem schien ihr ehrliches, gerades deutsches Gemüt grausamen Zwang durch das zu leiden, was sie unsere englische Zurückhaltung nannte. Wir bildeten uns zwar ein, daß wir sehr herzlich mit ihr umgingen, aber wir klopften ihr nicht auf die Schulter, und wenn wir uns dazu herbeiließen, sie auf die Wange zu küssen, so geschah dies in aller Ruhe und ohne explosives Schmatzen. Diese Unterlassungen bedrückten und bekümmerten sie sehr, doch im ganzen kamen wir gut miteinander aus. Sie war gewöhnt, die einheimischen Mädchen zu unterrichten, die kaum jemals selbständig arbeiteten und nachdachten, die auch nicht im Traum darauf verfielen, sich einmal mit einer Schwierigkeit herumzuschlagen und sie durch gründliches Überlegen und Fleiß zu überwinden. Deshalb verblüfften sie unsere Fortschritte, die in Wirklichkeit sehr gemächlich waren. In ihren Augen standen wir als ein Paar Gletscherwunder da, kalt, stolz und übernatürlich.

Die junge Gräfin *war* wirklich ein bißchen stolz, ein wenig verwöhnt. Vielleicht hatte sie mit ihrer angeborenen Zartheit und Schönheit ein Recht auf diese Gefühle, aber jedenfalls war es völlig irrig, sie mir auch zuzuschreiben. Ich drückte mich niemals um die morgendliche Begrüßung, der sich Paulina, wenn sie konnte, entzog. Ebensowenig gehörte zu meinen Verteidigungswaffen eine gewisse nette Art von leiser Geringschätzung – eine Waffe, die Paulina stets sauber, fein und blitzend bereithielt. Und jede stürmische deutsche Aufwallung rief sofort ihr stählernes Glitzern hervor.

In gewissem Grade fühlte die brave Anna Braun diesen Unterschied. Und während sie Paulina als eine Art zarte Nymphe, als Undine, halb fürchtete, halb verehrte, suchte sie Zuflucht bei mir – einem durchaus sterblichen Wesen von gefälligerer Art.

Sehr liebten wir es, Schillers Balladen zu lesen und zu übersetzen. Paulina lernte es bald, sie ausgezeichnet vorzutragen. Das Fräulein pflegte ihr mit einem breiten Lächeln inniger Befriedigung zu lauschen und zu sagen, ihre Stimme klinge wie Musik. Paulina übersetzte die Verse auch in mühelosem sprachlichem Fluß und in einem Ton verwandter poetischer Glut. Dann brannten ihre Wangen, ein Lächeln zitterte auf ihren Lippen, und ihre schönen Augen leuchteten oder umschleierten sich, während sie fortfuhr. Sie lernte die besten Gedichte auswendig und sagte sie oft her, wenn wir beide allein waren. Eines, das sie besonders liebte, war »Des Mädchens Klage«, das heißt, sie liebte es, die Worte zu wiederholen. Sie fand in ihrem Klang eine traurige Melodie. Den Sinn tadelte sie. Eines Abends, als wir am Feuer saßen, murmelte sie:

> »Du Heilige, rufe dein Kind zurück,
> Ich habe genossen das irdische Glück,
> Ich habe gelebt und geliebet!«

»Gelebt und geliebet!« sagte sie. »Ist das der Gipfel irdischen Glücks, das Ziel des Lebens – zu lieben? Das glaube ich nicht. Der höchste Grad menschlichen Elends kann es sein, bare Zeitvergeudung, fruchtlose Quälerei. Wenn Schiller vom ›geliebt *werden*‹ gesprochen hätte, dann wäre er der Wahrheit vielleicht näher gekommen. Ist das nicht ganz etwas anderes, Lucy: geliebt werden?«

»Vermutlich. Aber warum sollten wir über dieses Thema Betrachtungen anstellen? Was bedeutet dir Liebe, was weißt du davon?«

Sie errötete, halb vor Ärger, halb in Scham.

»Also hör, Lucy«, sagte sie, »von dir nehm' ich das nicht hin. Wenn Papa mich als kleines Kind ansieht, mag das ganz gut und schön sein, ich habe gar nichts dagegen. Aber du weißt, daß ich bald neunzehn werde, und sollst mich auch so behandeln.«

»Und wenn du neunundzwanzig würdest, das tut nichts zur Sache. Wir wollen nicht redend und plaudernd Gefühle vorwegnehmen. Wir wollen nicht über Liebe debattieren.«

»Gut, gut«, sagte sie heftig aufbegehrend, »nimm dir vor, einen Zaun um mich zu bauen und mich hübsch am Zügel zu halten, bitte, soviel du Lust hast! Aber ich *habe* kürzlich darüber gesprochen und davon gehört, und zwar viel und ausgiebig und widerwärtig und abträglich und auf eine Weise, die du nicht billigen würdest.«

Und das ärgerliche, triumphierende, hübsche, unartige Wesen lachte. Ich war mir nicht klar, was sie meinte, und fragen wollte ich sie nicht. Ich war verwirrt. Da ich aber ihrer Miene die äußerste Unschuld, verbunden mit ein wenig flüchtigem Eigensinn und Mutwillen, ansah, sagte ich schließlich: »Wer spricht mit dir widerwärtig und abträglich über solche Dinge? Wer von deinen Bekannten sollte sich das herausnehmen?«

»Lucy«, antwortete sie sanfter, »es ist jemand, der mich manchmal unglücklich macht, und ich wünschte, sie bliebe weg. Ich brauche sie nicht.«

»Aber wer kann das sein, Paulina? Du gibst mir ein Rätsel auf.«

»Es ist – es ist meine Cousine Ginevra. Jedesmal, wenn sie Erlaubnis hat, Mrs. Cholmondeley zu besuchen, taucht sie hier auf, und immer, wenn sie mich allein antrifft, fängt sie an, mir von ihren Verehrern zu erzählen. Liebe, wahrhaftig! Du solltest hören, was sie alles über die Liebe zu sagen hat.«

»Oh, ich habe es gehört«, sagte ich recht kühl, »und überhaupt ist es vielleicht ganz gut, daß du es auch zu hören bekommst. Jedenfalls ist es kein Unglück, es ist durchaus in der Ordnung. Ginevra ist doch gewiß nicht imstande, dich zu beeinflussen. Du kannst ihren Kopf so gut wie ihr Herz durchschauen.«

»Sie beeinflußt mich sogar sehr. Sie versteht sich auf die Kunst, mein Glück zu stören und meine Ansichten über den Haufen zu werfen. Sie verletzt mich, indem sie sich an den Empfindungen und den Menschen vergreift, die mir am liebsten sind.«

»Aber was sagt sie denn, Paulina? Gib mir doch einen Hinweis. Vielleicht kann ich dem Schaden entgegenwirken.«

»Sie setzt die Menschen herab, die ich am längsten und am meisten schätze. Sie schont Mrs. Bretton nicht – und auch nicht Graham.«

»Das kann ich mir denken. Und wie bringt sie die beiden mit ihren Gefühlen und ihrer – *Liebe* zusammen? Denn ich nehme an, das tut sie?«

»Lucy, sie ist unverschämt, und ich glaube, sie ist falsch. Du kennst Doktor Bretton. Wir kennen ihn beide. Unbekümmert und stolz mag er sein, aber wann wäre er je erbärmlich oder sklavisch gewesen? Tag für Tag führt sie ihn mir vor, wie er ihr zu Füßen kniet und ihr folgt wie ein Schatten. Sie stößt ihn mit einer Beleidigung zurück, und er fleht sie sinnlos vernarrt an. Lucy, ist das wahr? Ist etwas davon wahr?«

»Wahr sein mag, daß er sie einmal für hübsch gehalten hat. Behauptet sie, daß er sich jetzt noch um sie bemüht?«

»Sie sagt, sie könne ihn jeden Tag heiraten, er warte bloß auf ihre Einwilligung.«

»Sind es diese Geschichten, die dich Graham gegenüber so zurückhaltend gemacht haben, daß es deinem Vater aufgefallen ist?«

»Allerdings, sie haben mich völlig unsicher werden lassen. Was soll ich von ihm halten? Was Ginevra erzählt, klingt nicht, als ob es die unverfälschte Wahrheit wäre. Ich glaube, daß sie übertreibt, vielleicht erfindet sie sogar, aber ich möchte wissen wie weit.«

»Stellen wir Miß Fanshawe doch auf die Probe. Gib ihr Gelegenheit, die Macht, mit der sie sich brüstet, zu zeigen.«

»Das könnte ich morgen tun. Papa hat ein paar Herren zum Essen eingeladen, alles Gelehrte. Papa entdeckt allmählich, daß Graham auch einer ist. Es heißt, daß er auf mehr als einem wissenschaftlichen Gebiet zu Hause sei. Er ist also auch dabei. Und ich würde mich bei Tisch ohne Unterstützung in einer solchen Gesellschaft sehr unbehaglich fühlen. Ich könnte nicht mit den Herren A. und Z., den Pariser Akademiemitgliedern, sprechen, mein ganzer neuerworbener Ruhm der guten Manieren stünde in Gefahr. Du und Mrs. Bretton, ihr müßt mir zuliebe kommen. Bei Ginevra braucht es nur ein Wort, und sie schließt sich dir an.«

»Gut, dann werde ich ihr die Einladung überbringen, und sie soll Gelegenheit haben, den Ruf ihrer Wahrheitsliebe wiederherzustellen.«

27. Das Hotel Crécy

Es stellte sich heraus, daß der nächste Tag lebhafter und betriebsamer war, als wir, zumindest ich, vorhergesehen hatten. Ich glaube, es war der Geburtstag eines der jungen Prinzen von Labassecour – wenn ich mich recht erinnere, des ältesten, des Duc de Dinbonneaux, und ihm zu Ehren hatten die Schüler frei, vor allem die des führenden Gymnasiums. Die Jünglinge dieser Anstalt hatten ein Ergebenheitsschreiben ausgebrütet und sollten es überreichen. Zu diesem Zweck sollten sie sich in dem öffentlichen Gebäude versammeln, wo die jährlichen Prüfungen abgehalten und die Preise verteilt wurden. Nach der Übergabe sollte einer der Professoren eine Rede halten.

Da mehrere von Monsieur de Bassompierres gelehrten Freunden mehr oder weniger mit dem Gymnasium in Verbindung standen, erwartete man, daß sie zugegen waren, zusammen mit der verehrlichen Stadtverwaltung von Villette, dem Bürgermeister Monsieur le Chevalier Staas, und den Eltern und Anverwandten der Gymnasiasten. Monsieur de Bassompierre wurde von seinen Freunden überredet, sie zu begleiten. Natürlich mußte seine hübsche Tochter mit von der Partie sein, und sie schrieb Ginevra und mir ein Briefchen, in dem sie uns bat, rechtzeitig zu kommen, so daß wir uns anschließen könnten.

Als Miß Fanshawe und ich im Schlafsaal in der Rue Fossette beim Anziehen waren, brach sie plötzlich in Gelächter aus.

»Was ist los?« fragte ich, denn sie hatte aufgehört, ordnend an ihrem Kleid herumzuzupfen, und starrte mich an.

»Es erscheint so merkwürdig«, antwortete sie mit ihrer gewohnten, halb ehrlichen und halb unverschämten Offenherzigkeit, »daß Sie und ich jetzt ganz auf einer Stufe stehen sollen, indem wir in denselben Kreisen verkehren und dieselben Bekannten haben.«

»Ja, freilich«, gab ich zurück, »für die Bekannten, die Sie früher hauptsächlich besuchten, hatte ich nicht viel übrig. Mrs. Cholmondeley und Compagnie hätten mir nie und nimmer gepaßt.«

»Wer *sind* Sie eigentlich, Miß Snowe?« erkundigte sie sich in einem Ton so unverblümter und reiner Neugier, daß ich meinerseits lachen mußte. »Sie haben sich immer für eine Erzieherin ausgegeben, und als Sie zuerst hierherkamen, hatten Sie auch wirklich die Kinder zu versorgen. Ich habe Sie gesehen, da schleppten Sie wie eine Kinderfrau die kleine Georgette auf dem Arm herum. Dazu hätten sich nicht viele Erzieherinnen herabgelassen! Und jetzt behandelt Madame Beck Sie zuvorkommender als die Pariserin, die St. Pierre, und das eingebildete Ding, meine Cousine, macht Sie zu seiner Busenfreundin!«

»Wunderbar!« stimmte ich zu. Es erheiterte mich sehr, wie sie im Dunkeln tappte. »Wirklich, wer bin ich? Vielleicht eine verkleidete Standesperson. Schade, daß ich nicht danach aussehe.«

»Ich wundere mich, daß Sie von alle dem nicht mehr geschmeichelt sind«, fuhr sie fort. »Sie nehmen das merkwürdig gelassen auf. Wenn Sie der Niemand sind, für den ich Sie einmal gehalten habe, dann müssen Sie kalt wie eine Hundeschnauze sein.«

»Der Niemand, für den Sie mich einmal gehalten haben!« wiederholte ich, und das Blut stieg mir ins Gesicht. Aber ich wollte mich nicht ärgern. Was scherte mich die Grobheit, mit der ein Schulmädchen die Ausdrücke Niemand und Jemand gebrauchte? Ich beschränkte mich also auf die Bemerkung, daß ich ganz einfach mit Höflichkeit behandelt worden sei, und fragte, was sie denn unter Höflichkeit verstehe, wenn diese den Empfänger in ein Fieber der Verwirrung stürzen müsse?

»Man muß eben über manches staunen«, beharrte sie.

»Sie staunen über selbstfabrizierte Wunder. Sind Sie nun endlich fertig?«

»Ja. Geben Sie mir Ihren Arm.«

»Lieber nicht. Wir wollen jeder für sich gehen.«

Sie pflegte sich, wenn sie meinen Arm nahm, mit ihrem ganzen Gewicht darauf zu lehnen, und da ich kein Herr und nicht ihr Liebhaber war, hatte ich das nicht gern.

»Bitte! Da haben wir's wieder!« rief sie. »Ich wollte Ihnen zeigen, daß ihr Kleid mir gefällt und daß Sie überhaupt ganz nett aussehen. Es sollte ein Kompliment sein, daß ich mich einhängen wollte.«

»Ja, wirklich? Kurz, Sie wollten mir zu verstehen geben, daß Sie sich nicht schämen würden, wenn man Sie auf der Straße mit mir sähe? Daß Sie nicht wegen Ihrer Begleiterin puterrot werden würden, falls etwa Mrs. Cholmondeley an irgendeinem Fenster ihren Schoßhund hätscheln oder Oberst de Hamal auf einem Balkon in seinen Zähnen herumstochern sollte, so daß die beiden Sie zu Gesicht bekämen?«

»Ja«, sagte sie mit der Geradheit, die das Beste an ihr war, die selbst ihren Flunkereien, wenn sie sie vortrug, noch eine biedere Redlichkeit verlieh und die, kurz gesagt, das Salz, das einzige Konservierungsmittel in einem anderweitig nicht haltbar beschaffenen Charakter war.

Ich überließ meinem Gesicht die Mühe, sich kritisch zu

diesem »Ja« zu äußern. Genauer gesagt, meine Unterlippe kam meiner Zunge zuvor. Und der Blick, den ich ihr zuwarf, drückte natürlich nicht gerade Verehrung und Feierlichkeit aus.

»Sie spöttisches, höhnisches Geschöpf!« fuhr sie fort, als wir über einen großen Platz gingen und in den ruhigen, freundlichen Park einbogen, durch den für uns der nächste Weg zur Rue Crécy führte. »Kein Mensch auf der Welt hat sich gegen mich je so brutal benommen wie Sie!«

»Das müssen Sie sich selber zuschreiben. Lassen Sie mich in Frieden, haben Sie soviel Verstand, den Mund zu halten, und ich lasse Sie bestimmt in Ruhe.«

»Als ob man's fertigbrächte, Sie in Ruhe zu lassen, wo Sie so merkwürdig und geheimnisvoll sind!«

»Das Geheimnis und die Merkwürdigkeit sind bloße Ausgeburten Ihres eignen Hirns, Grillen, weiter nichts. Bleiben Sie mir damit freundlichst vom Leibe!«

»Aber sind Sie denn jemand?« beharrte sie und schob mir zum Trotz die Hand unter meinen Arm. Ich preßte ihn ungastlich fest an meine Seite, um den Eindringling abzuhalten.

»Ja«, sagte ich, »ich bin eine aufstrebende Persönlichkeit: Ehedem Gesellschafterin einer alten Dame, dann Erzieherin und jetzt Schullehrerin.«

»*Bitte, bitte,* verraten Sie mir doch, wer Sie sind! Ich sage es auch nicht weiter«, drängte sie. Mit lächerlicher Zähigkeit hielt sie an der geistreichen Idee des Inkognitos fest, die sie einmal gefaßt hatte. Unterdessen hatte sie sich meines Armes ganz bemächtigt und preßte ihn und redete mir zu und beschwor mich, bis ich im Park stehenbleiben mußte, weil ich einen Lachanfall bekam. Den ganzen Weg über lieferte sie die phantastischsten Variationen über das Thema. Ihre halsstarrige Gläubigkeit oder Ungläubigkeit bewies, wie ratlos sie war. Sie konnte es nicht begreifen, daß jemand, dem der sichere Hintergrund von Geburt oder Reichtum, die Stütze von Namen oder Beziehungen fehlte, imstande sein sollte, mit Vernunft und Lauterkeit Haltung zu wahren. Was mich anlangte, so genügte es für meinen Seelenfrieden vollkommen, daß man mich da kannte, wo es darauf ankam. Das übrige beschwerte mich wenig. Stammbaum, gesellschaftlicher Rang und tiefgründige geistige Errungenschaften nahmen in meinen Gedanken ungefähr denselben Raum ein, bedeuteten mir ungefähr gleich viel. Sie waren Mieter dritter Klasse, ihnen konnte ich nur das kleine Wohnzimmer und das kleine Schlafzimmer, das nach hinten lag, zuweisen. Selbst wenn die Speise- und Gesellschaftsräume leer standen, gab ich ihnen das nie zu, denn ich fand, daß ihnen kleinere Zimmer besser anstanden. Ich lernte bald, daß die Welt die Sache anders betrachtete, und ich zweifle nicht daran, daß sie mit ihrer Ansicht sehr recht hat, die Welt. Aber ich glaube auch, daß ich mit der meinen nicht ganz auf dem Holzwege bin.

Es gibt Leute, die moralisch degradiert werden, wenn sie plötzlich auf eine niedrigere Stufe der Rangleiter geraten. Für sie ist der Verlust von Beziehungen gleichbedeutend mit dem Verlust der Selbstachtung. Sind sie nicht vollkommen im Recht, wenn sie den größten Wert auf Rang und Gesellschaft legen, die ihr Schutzbrief gegen Entwürdigung sind? Wenn ein Mann fühlt, daß er in seinen eigenen Augen verächtlich würde, sobald jedermann über seine Vorfahren Bescheid wüßte, sobald alle Welt erführe, daß sie einfache Leute und nicht vornehm, arm und nicht reich, Arbeiter und keine Kapitalisten waren, wäre es dann gerecht, ihn ernsthaft dafür zu tadeln, daß er diese peinlichen Tatsachen nach Kräften verbirgt? Dafür, daß er bei dem Zufall, der mit Enthüllung droht, zitternd aufschreckt und den Kopf verliert? Je länger wir leben, desto mehr weitet sich unsre Erfahrung, und desto weniger neigen wir dazu, über das Betragen unsres Nachbarn den Stab zu brechen und die Weisheit der Welt in Frage zu stellen. Wann immer irgendwo ein Schutzwall aufgeworfen ist, ob er nun die Tugend einer Prüden umgibt oder den Mann, der in der Welt Ansehen genießt – nötig ist er da gewiß.

Wir langten im Hotel Crécy an. Paulina war fertig, und Madame Bretton befand sich bei ihr. Unter ihrem und Monsieur de Bassompierres Geleit und geführt von beiden erreichten wir bald den Versammlungsort und bekamen bequeme Sitze, gerade in der richtigen Entfernung von der Tribüne. Vor uns stellten sich die Gymnasiasten auf. Die Stadtväter und ihr Bürgermeister saßen auf Ehrenplätzen, die jungen Prinzen mit ihren Erziehern nahmen einen hervorragenden Platz ein, und im Hauptteil des Saals drängten sich die Aristokratie und die vornehmsten Bürger der Stadt.

Über die Person des Professors, der die ›Rede‹ halten sollte, hatte ich mir bisher nicht den Kopf zerbrochen. Ich hegte die unbestimmte Erwartung, daß ein Gelehrter sich erheben und eine feierliche Ansprache halten würde, die halb gebieterisch an die Gymnasiasten und halb schmeichlerisch an die Prinzen gerichtet sein würde.

Die Tribüne war noch leer als wir eintraten, aber zehn Minuten später war sie besetzt. Plötzlich, in Sekundenschnelle wuchs ein Kopf, wuchsen Brust und Arme über das karmesinrote Pult empor. Diesen Kopf kannte ich. Seine Farbe und seine Form, die Haltung und der Ausdruck waren mir so gut wie Miß Fanshawe vertraut. Der glattgeschorene schwarze Schädel, die breite, blasse Stirn, der feurigblaue Blick, das waren Einzelheiten, die im Gedächtnis so eingewöhnt und die so fest mit wunderlichen Ereignissen verbunden waren, daß ihr plötzliches Auftauchen jetzt fast zum Lachen reizte. Und wirklich, ich gestehe, daß ich für meinen Teil lachte, bis mir heiß wurde. Aber dann senkte ich den Kopf und machte mein Taschentuch und meinen Schleier, den ich herabließ, zu den einzigen Vertrauten meiner Heiterkeit.

Ich glaube, ich freute mich, Monsieur Paul zu erblicken. Ich glaube, daß es mehr angenehm als aufreizend war, ihn da zu sehen, straff aufgerichtet, glühend und frei, dunkel und aufrichtig, reizbar und furchtlos, nicht anders, als er in der Klasse auf seinem Podium regierte. Seine Gegenwart war solch eine Überraschung. Ich hatte ihn keineswegs erwartet, obwohl ich wußte, daß er im Gymnasium eine Professur für Literatur innehatte. Da *er* es war, der auf der Tribüne stand, war ich sicher, daß wir weder dürre äußerliche Betrachtungen noch Schmeicheleien zu erwarten haben würden. Aber ich gebe zu, auf das, was uns da beschert wurde, was sich da plötzlich, schnell und anhaltend über unsre Köpfe ergoß, darauf war ich nicht gefaßt.

Er sprach zu den Prinzen, den Adligen, den Stadtvätern und den Bürgern mit eben derselben Unbefangenheit und fast mit derselben zugespitzten, cholerischen Heftigkeit, mit der er den drei Klassen der Rue Fossette seine Standpauke zu halten pflegte. Die Gymnasiasten sprach er nicht als Schuljungen an, sondern als zukünftige Bürger und heranwachsende Patrioten. Die Zeiten, die seither über Europa gekommen sind, waren damals noch nicht vorausgesagt worden, und der Geist Monsieur Emanuels schien mir neu. Wer hätte gedacht, daß der flache, schwere Boden von Labassecour politische Überzeugungen und vaterländische Gefühle wie die hervorbringen könnte, die der Professor so kraftvoll aussprach? Ich brauche hier nicht näher auf die Richtung einzugehen, in der sich seine Meinung bewegte, aber das möchte ich sagen dürfen, ich glaubte, daß der kleine

Mann ebenso klarsichtig wie eifrig war. Trotz aller Erregbarkeit war er scharfsinnig und verständig. Er trat utopische Theorien unter die Füße, verachtungsvoll wies er wilde Träume zurück. Aber wenn er der Tyrannei ins Antlitz blickte – oh, dann glomm ein Licht in seinen Augen auf, das wert war, daß man es sah. Und wenn er von Ungerechtigkeit sprach, dann schwankte seine Stimme nicht, sondern sie erinnerte mich an die Trompete, die durch die Dämmerung vom Park herüberschallt.

Ich glaube nicht, daß seine Zuhörerschaft im allgemeinen fähig war, sich von seiner reinen Flamme ergreifen zu lassen. Aber einige von den Gymnasiasten fingen Feuer, als er ihnen beredt verkündete, was ihr Weg und was ihr Streben in der Zukunft ihres Landes und in der Zukunft Europas sein sollte. Als er mit all seiner Glut schloß, jubelten sie ihrem Lieblingsprofessor lange, laut und stürmisch zu.

Während unsere Gesellschaft den Saal verließ, stand er am Eingang. Er sah und erkannte mich und lüftete seinen Hut. Dann bot er mir die Hand und sagte: »Qu'en dites-vous?« Die Frage war in hohem Grade charakteristisch und erinnerte mich selbst in diesem Augenblick des Triumphes an seine Fehler: an die wißbegierige Ratlosigkeit, an den Mangel dessen, was ich als wünschenswerte Selbstbeherrschung betrachtete. Gerade jetzt hätte er sich nicht darum kümmern sollen, was ich oder was irgend jemand dachte. Aber er kümmerte sich darum, und er war zu natürlich, um das zu verbergen, zu impulsiv, um den Wunsch zu unterdrücken. Nun gut! Wenn ich auch seinen Übereifer nicht guthieß, seine *Naivität* mochte ich leiden. Ich hätte ihn loben mögen. Mein Herz war voll von Lob, aber ach, auf den Lippen hatte ich keine Worte. Wem kommen die Worte im rechten Augenblick? Ich stammelte ein paar lahme Sätze. Doch als andere Leute mit überschwenglichen Glückwünschen herandrängten, war ich aufrichtig und froh und bemäntelte meine Unzulänglichkeit mit ihrem Redeschwall.

Ein Herr stellte ihn Monsieur de Bassompierre vor, und der Graf, der ebenfalls höchst befriedigt war, bat ihn, sich seinen Freunden anzuschließen (denn es waren größtenteils auch Monsieur Emanuels Freunde) und mit ihnen im Hotel Crécy zu speisen. Er lehnte das Essen ab, denn er war ein Mann, der den Angeboten der Reichen stets ein wenig scheu gegenüberstand. Die Stärke wetterhafter Unabhängigkeit lag in ihm, nicht aufdringlich hervortretend, sondern so, daß man sie mit Freude entdeckte, wenn man sein Wesen tiefer ergründete. Immerhin versprach er, mit seinem Freunde Monsieur A., einem französischen Akademiemitglied, im Laufe des Abends zu kommen.

An diesem Tage sahen Ginevra und Paulina beim Essen sehr schön aus, jede auf ihre Art. Vielleicht war die erstere mit ihren äußeren Reizen im Vorteil, aber Paulina überstrahlte sie mit einem zarteren und geistigeren Zauber, sie gewann durch leuchtende, beredte Augen und anmutsvolles, ausdrucksreich wechselndes Mienenspiel. Ginevras tief scharlachrotes Kleid hob ihre hellen Locken hervor und stimmte vortrefflich zu ihrer rosenhaften Frische. Paulinas Gewand war streng im Schnitt, doch es saß ihr untadelig, und über dem klaren Weiß des Gewebes schimmerte ihr zart belebtes Antlitz in sanfter Wärme. Wer sie anschaute, dem wurde wohl. Mit Freude verweilte man bei der Weichheit und Tiefe ihres Blicks, bei der braunen, üppigen Haarflut, die dunkler war als die ihrer angelsächsischen Base. Dunkler als Ginevras waren auch ihre Brauen, ihre Wimpern, ihre großen, wachen Augen. Bei Miß Fanshawe hatte die Natur all diese Einzelheiten leicht und unbekümmert entworfen, bei Miß de Bassompierre hatte sie sie sorgsam zu hoher Vollendung ausgearbeitet.

Paulina war voll Scheu vor den Gelehrten, doch war sie nicht stumm. Sie beteiligte sich bescheiden, schüchtern, nicht ohne Anstrengung an der Unterhaltung, doch mit so ungekünstelter Anmut, mit so klarem, durchdringendem Verstand, daß ihr Vater mehr als einmal die eigne Rede unterbrach, um zuzuhören, und den Blick mit stolzer Freude auf sie heftete. Ein verbindlicher Franzose, Monsieur Z., hatte sie zuerst ins Gespräch gezogen, ein Mann, der ebenso gelehrt wie liebenswürdig war. Ich war entzückt von ihrem Französisch. Es war fehlerlos – sie baute die Sätze korrekt, gebrauchte die richtigen Wendungen und sprach einen reinen Akzent. Ginevra hatte ihr halbes Leben auf dem Kontinent verbracht, aber sie konnte sich nicht entfernt mit ihr messen. Nicht, daß es Miß Fanshawe je an Worten gefehlt hätte, aber Richtigkeit und Reinheit gingen ihr ab, und sie würde sie auch nicht erlangen, selbst wenn sie noch ein paar Jahre hier blieb. Auch in diesem Punkte war Monsieur de Bassompierre befriedigt; denn was die Sprache anlangte, so war er kritisch.

Es gab noch jemanden, der beobachtete und lauschte, jemanden, der durch eine dringende berufliche Abhaltung verspätet zum Essen erschienen war. Sowie Doktor Bretton seinen Platz an der Tafel eingenommen hatte, musterte er heimlich prüfend die beiden Damen, und mehr als einmal wiederholte sich die behutsame Inspektion. Seine Ankunft erweckte Miß Fanshawe, die bisher teilnahmslos dagesessen hatte. Jetzt begann sie zu lächeln und gefällig zu plaudern. Das, was sie sagte, war zwar selten zweckdienlich, besser gesagt, es diente einem Zweck, der ziemlich tief unter dem Niveau dieser Veranstaltung blieb – es war ein bißchen ärgerlich. Einst hätte Graham ihr leichtes, zusammenhangloses Geschwätz vielleicht erfreut, möglicherweise ergötzte es ihn noch jetzt. Vielleicht bildete ich es mir nur ein, daß wohl seine Augen und seine Ohren Nahrung erhielten, daß aber sein Gefühl, sein empfindlicher Geschmack, seine lebhafte Intelligenz bei dem Schmause leer ausgingen. Eins ist jedenfalls gewiß: So unablässig und stark seine Aufmerksamkeit auch beansprucht wurde, so ließ er es doch an keiner erforderlichen Artigkeit fehlen. Sein Benehmen verriet weder Groll noch Kühle. Ginevra war seine Tischdame, und während des Diners widmete er sich ihr fast ausschließlich. Sie schien höchst befriedigt und ging anschließend in bester Laune in das Gesellschaftszimmer hinüber.

Doch kaum hatten wir diesen Zufluchtsort erreicht, da wurde sie wieder matt und verdrossen. Sie warf sich auf ein Sofa, erklärte sowohl die Reden als auch das Diner für stumpfsinnige Angelegenheiten und erkundigte sich bei ihrer Cousine, wie sie nur eine solche Sippschaft von trockenen Wichtigtuern ertragen könne, die ihr Vater um sich versammle. Im Augenblick aber, da wir hörten, wie die Herren die Stühle rückten, brachen ihre Schmähungen ab. Sie fuhr auf, flog zum Piano und hämmerte mit Feuereifer auf die Tasten. Doktor Bretton trat als einer der ersten ein und stellte sich neben sie. Ich glaubte, er werde nicht lange auf diesem Posten bleiben. Dicht am Kamin gab es einen andern Platz, der ihn, wie ich annahm, anlocken würde. Aber er richtete nur seine Blicke dorthin, und während *er* hinsah, kamen die andern herein. Paulinas Anmut, ihr Geist bezauberte diese klugen Franzosen. Ihre zierliche Schönheit, die sanfte Liebenswürdigkeit, mit der sie sich gab, ihr noch kindlicher, aber echter und angeborener Takt entsprach ihrem Nationalgeschmack und erregte ihr Wohlgefallen. Sie scharten sich um sie, freilich nicht, um ein wissenschaftliches Gespräch zu führen – das hätte Paulina verstummen lassen –, sondern um die verschiedensten literarischen Themen zu berühren; und auch von Kunst und Tagesereignissen wurde gesprochen, und es stellte sich bald heraus, daß Paulina über diese Dinge sowohl gelesen als auch nachgedacht hatte. Ich lauschte. Und ich bin gewiß, daß auch Graham lauschte, obwohl er abseits stand. Sein Gehör war wie sein Sehvermögen scharf, behende im Erfassen und sicher im Unterscheiden. Ich wußte, daß er die Unterhaltung aufnahm, ich fühlte, daß ihm die Art, in der sie geführt wurde, außerordentlich gefiel – daß sie ihm eine Freude bereitete, die fast schon an Schmerz grenzte.

In Paulina steckte mehr Kraft des Gefühls und des Charakters, als die meisten Leute annahmen, mehr, als Graham selber glaubte, mehr, als sie jemals denen zeigen würde, die nicht danach verlangten, es zu erfahren. Um die Wahrheit zu sagen, mein Leser, es gibt keine hervorragende Schönheit, keine vollendete Anmut, keine wahre Verfeinerung ohne ebenso hervorragende, vollkommene und verläßliche Kraft. Genausogut könnte man Blüte und Frucht an einem wurzellosen, saftlosen Baume suchen wie dauerhaften Zauber bei einer schwachen und schlaffen Natur. Eine kurze Zeit hindurch mag blühende Frische bei der Schwachen gedeihen und Schönheit vortäuschen. Aber sie übersteht keinen Windstoß. Bald welkt sie hin, selbst im klarsten Sonnenschein. Graham wäre aufgefahren, hätte ihm ein Geist andeutungsweise ins Ohr geflüstert, welche Seelenkraft und was für starke Nerven diese zarte Natur hielten und schützten. Aber ich, die sie als Kind gekannt hatte, wußte oder erriet, mit welchen guten, starken Wurzeln ihr Liebreiz im festen Erdreich der Wirklichkeit haftete.

Während Doktor Bretton lauschte und wartete, daß der magische Kreis sich auftäte, streifte sein Blick immer wieder ruhelos durch den Raum und fiel zufällig auf mich. Ich saß in einem stillen Winkel nicht weit von meiner Patin und Monsieur de Bassompierre. Wie gewöhnlich waren die beiden in das vertieft, was Mr. Home einen herzhaften Plausch nannte und was der Graf als ein »tête-à-tête« bezeichnet hätte. Graham erkannte mich und lächelte mir zu. Er kam zu mir herüber, fragte, wie es mir ginge und meinte, ich sähe blaß aus. Ich lächelte auch und dachte mir im stillen mein Teil. Es war nun ungefähr drei Monate her, daß Doktor John zuletzt mit mir gesprochen hatte. Ihm war die Unterlassung nicht einmal bewußt. Er setzte sich und verstummte. Es verlangte ihn mehr danach, sich umzusehen und zu beobachten, als zu plaudern. Ginevra und Paulina befanden sich nun beide gerade vor ihm. Er konnte nach Herzenslust schauen. Er betrachtete beide Gestalten, studierte beide Gesichter.

Nach dem Diner waren mehrere neue Gäste, Damen sowohl als Herren, in das Zimmer getreten. Sie hatten sich zum abendlichen Gespräch eingestellt. Unter den Herren hatte ich, nebenbei gesagt, schon flüchtig die Umrisse einer strengen, dunklen, professoralen Erscheinung wahrgenommen. Monsieur Paul Emanuel hielt sich etwas entfernt in einem kleinen Zwischenzimmer auf, und ich sah ihn nur durch die Tür. Er kannte viele von den anwesenden Herren, aber ich glaube, die meisten Damen außer mir waren ihm fremd. Indem er nach dem Kamin hinüberspähte, konnte er nicht umhin, mich zu entdecken. Unwillkürlich machte er eine Bewegung auf mich zu. Als er jedoch auch Doktor Bretton erblickte, besann er sich anders und blieb stehen. Wenn das alles gewesen wäre, hätte ich keinen Grund zum Ärger gehabt. Aber er begnügte sich nicht damit, abseits zu bleiben, sondern runzelte obendrein die Brauen, schob die Lippen vor und sah so garstig aus, daß ich die Augen von dem unerfreulichen Schauspiel abwandte. Monsieur Joseph Emanuel war ebenso wie sein gestrenger Bruder eingetroffen, und eben löste er Ginevra am Flügel ab. Welch ein meisterhaftes Spiel folgte auf ihr Schulmädchengeklimper! Mit was für erhabenen, köstlichen Klängen dankte das Instrument der Hand des wahren Künstlers!

»Lucy«, begann Doktor Bretton, indem er das Schweigen durchbrach und lächelte, denn Ginevra glitt an ihm vorbei und warf ihm im Vorüberhuschen einen Blick zu, »Miß Fanshawe ist ohne Zweifel ein schönes Mädchen.«

Selbstverständlich stimmte ich zu.

»Gibt es hier im Zimmer eine andre, die ebenso entzükkend wäre?«

»Ich glaube, ebenso hübsch ist keine.«

»Ich bin Ihrer Meinung, Lucy. Sie und ich, wir beide haben oft denselben Geschmack oder doch wenigstend dasselbe Urteil.«

»Ja, wirklich?« sagte ich nicht ganz überzeugt.

»Ich glaube, Lucy, wenn Sie ein Junge geworden wären statt eines Mädchens, nicht die Patentochter, sondern der Patensohn meiner Mutter, dann wären wir gute Freunde geworden. Wir hätten dieselben Ansichten gehabt.«

Er hatte eine scherzhafte Miene aufgesetzt, ein halb liebevoller, halb spöttischer Schimmer irrlichterte in seinen Augen. Ach, Graham! Mehr als einen einsamen Augenblick hatte ich mit Betrachtungen und Grübeleien darüber zugebracht, was du eigentlich von Lucy Snowe halten mochtest. Ob du wohl immer freundlich oder auch nur gerecht über sie gedacht hast? Wäre Lucy in Wahrheit dieselbe gewesen und hätte dazu den Vorzug von Reichtum und Rang besessen, hättest du dich dann genauso gegen sie betragen, wäre sie dir genau so viel oder so wenig wert gewesen, wie es tatsächlich der Fall war? Und doch wollte ich mit diesen Fragen nicht ernstlich auf einen Vorwurf hinaus. Nein. Du mochtest mich manchmal traurig machen und bekümmern, aber ich war ja auch sehr rasch niedergeschlagen, ich war so beschaffen, daß ich mich leicht aus dem inneren Gleichgewicht bringen ließ, daß meine Stimmung sank, wenn eine Wolke vor der Sonne vorüberzog. Vielleicht stand ich vor dem Auge der strengen Gerechtigkeit fehlerhafter da als du.

So versuchte ich denn, den unvernünftigen Schmerz zu unterdrücken, der mein Herz durchzuckte. Ja, es war so. Andern konnte Graham die ernsthafteste und männlichste Teilnahme widmen, aber für Lucy, die Freundin aus alten Tagen, hatte er nichts weiter übrig als eine oberflächliche Neckerei. Ich erkundigte mich ruhig: »Worin stimmen wir denn so ganz überein?«

»Wir sind beide gute Beobachter. Möglicherweise wollen Sie das von mir nicht wahrhaben, aber ich bin es trotzdem.«

»Aber Sie sprachen ja von Geschmack. Vielleicht sehen wir dasselbe und beurteilen es verschieden?«

»Versuchen wir es doch! Natürlich können Sie nicht umhin, Miß Fanshawes Vorzügen zu huldigen. Nun, was halten Sie von den andern im Zimmer? Zum Beispiel von meiner Mutter oder den Salonlöwen dort, den Herren A. und Z.? Oder, sagen wir, von der blassen kleinen Dame da, Miß de Bassompierre?«

»Sie dürften wissen, was ich von Ihrer Mutter halte. Über die Herren A. und Z. habe ich mir noch nicht den Kopf zerbrochen.«

»Und die andre?«

»Nun sie ist, ganz wie Sie sagen, eine blasse kleine Dame – jedenfalls im Augenblick, da sie durch allzugroße Anspannung ermüdet ist.«

»Sie haben sie wohl nicht mehr als Kind in Erinnerung?«

»Manchmal frage ich mich, ob Sie sich noch auf sie besinnen.«

»Ich hatte sie vergessen. Aber ist es nicht merkwürdig, daß Tatsachen, Personen, ja sogar Worte und Blicke, die dem Gedächtnis entglitten waren, unter bestimmten Bedingungen und bestimmten Verhältnissen wieder lebendig werden können? Das kann sich von selbst vollziehen, vielleicht kommt der Anstoß auch von außen.«

»Sicher ist so etwas möglich.«

»Und doch ist es ein unvollkommenes Wiederaufleben«, fuhr er fort. »Es braucht Bestätigung. Das alles hat soviel von der Unbestimmtheit eines Traumes, ist körperlos wie ein Phantasiegespinst. Es muß durch einen andern bekräftigt werden. Waren Sie nicht vor zehn Jahren Gast in Bretton, damals, als Mr. Home sein kleines Mädchen zu Mama brachte? Wir nannten sie ›Klein Polly‹, nicht wahr?«

»Ich war dabei, als sie eines Nachts ankam, und ich war dabei, als sie eines Morgens wieder abreiste.«

»Sie war ein ziemlich sonderbares Kind, nicht wahr? Ich möchte wohl wissen, wie ich mit ihr umging. Hab' ich Kinder damals gemocht? Hab' ich, der große, rücksichtslose Schuljunge, der ich damals war, eine Spur von Güte und Freundlichkeit an mir gehabt? Aber natürlich – Sie besinnen sich nicht mehr auf mich.«

»Sie haben in La Terrasse Ihr eigenes Bild gesehen. Es könnte nicht ähnlicher sein. Im Wesen waren Sie damals fast derselbe wie heute.«

»Aber Lucy, wie denn? Solch ein Orakel reizt wahrhaftig meine Neugier. Wie bin ich heute? Wie war ich vor zehn Jahren?«

»Gütig überall da, wo Sie Wohlgefallen empfanden. Unfreundlich oder grausam nirgends.«

»Da irren Sie. Ich glaube, zum Beispiel *Ihnen* gegenüber war ich ein ziemliches Scheusal.«

»Ein Scheusal! Nein, Graham, das hätte ich mir niemals geduldig bieten lassen.«

»*Eines* jedenfalls weiß ich noch *gut*: Die stille Lucy Snowe bekam nichts von meiner Huld zu spüren.«

»So wenig wie von Ihrer Grausamkeit.«

»Ach, Lucy, und wenn ich Nero selber gewesen wäre, wie hätte ich denn ein Wesen peinigen sollen, das harmlos wie ein Schatten war.«

Ich lächelte, aber ich verbiß auch ein Stöhnen. Wenn er mich doch in Ruhe lassen wollte! Konnte er nicht mit diesen Anspielungen aufhören? Seine »stille Lucy Snowe«, den »harmlosen Schatten« wies ich zurück, nicht voller Verachtung, sondern sehr müde. Sie waren kalt wie Blei und drückten schwer wie Blei. Er sollte mir keine solche Last aufladen. Glücklicherweise war er bald bei einem andern Thema.

»Wie stand ich mit ›Klein Polly‹? Wenn mich meine Erinnerung nicht täuscht, waren wir keine Feinde.«

»Sie drücken sich sehr unbestimmt aus. Glauben Sie nicht, daß sich die kleine Polly deutlicher besinnt?«

»Oh! *Jetzt* sprechen wir doch nicht mehr von der kleinen Polly. Bitte, sagen Sie Miß de Bassompierre. Und natürlich weiß eine so stolze Persönlichkeit nichts mehr von Bretton. Sehen Sie ihre großen Augen an, Lucy. Können die wohl ein Wort im Buch der Erinnerung lesen? Sind das noch dieselben, denen ich beibrachte, in die Fibel zu schauen? Sie weiß nicht, daß sie das Lesen zum Teil von mir gelernt hat.«

»Sonntag abends in der Bibel?«

»Jetzt hat sie ein ruhiges, zartes, ein recht hübsches Profil. Damals – was für ein unruhiges, ängstliches Gesichtchen hatte sie damals! Kinderliebe – was ist das? Eine Seifenblase. Würden Sie es glauben? Die Dame dort hat mich sehr gern gehabt.«

»Ich denke schon, daß sie in gewissem Maße an Ihnen gehangen hat«, sagte ich trocken.

»Also wissen Sie es nicht mehr? *Ich* hatte es vergessen, aber *jetzt* erinnere ich mich wieder. Von ganz Bretton war ich ihr das Liebste.«

»Das nahmen Sie an.«

»Jetzt weiß ich es wieder ganz genau. Ich wollte, ich könnte ihr alles erzählen, was mir da wieder in den Sinn kommt, oder besser, ich wollte, jemand träte hinter sie – zum Beispiel *Sie*, Lucy – und flüsterte ihr das alles ins Ohr, und ich könnte hier sitzen und ihren Blick beobachten, während sie zuhört. Wie schön wäre das. Was meinen Sie, Lucy, ob Sie das fertigbrächten? Können Sie mich für immer dankbar machen?«

»Ob ich Sie für immer dankbar machen kann?« sagte ich. Nein, das konnte ich *nicht*. Ich fühlte, wie meine Finger zuckten und meine Hände ineinandergriffen. Und ich fühlte, wie sich in mir Mut regte, leidenschaftlicher Widerstand. In dieser Sache war ich nicht geneigt, Doktor John gefällig zu sein, keinesfalls. Mit Nachdruck überkam mich die Erkenntnis – jetzt war sie mir lieb –, wie vollkommen er meinen Charakter, meine Natur mißverstand. Immer wollte er mir eine Rolle aufzwingen, die mir nicht entsprach. Die Natur und ich, wir widersetzten uns ihm. Er hatte keine Ahnung von dem, was ich empfand, er vermochte nicht in meinen Augen, in meinem Gesicht, in meinen Gebärden zu lesen, obwohl, daran zweifle ich nicht, alle sprachen. Jetzt neigte er sich überredend zu mir und sagte sanft: »Tun Sie mir den Willen, Lucy.«

Und ich hätte ihm den Willen getan oder hätte ihn doch mindestens aufgeklärt und ihm ein für allemal beigebracht, daß er nicht hoffen solle, mich je wieder zur Zwischenträgerin in einem Liebesdrama zu machen. Ich hätte es gesagt. Aber kaum war sein sanftes, eifriges Gemurmel, seine weiche Bitte verklungen: »*Tun* Sie mir den Willen, Lucy!«, da drang mir von der andern Seite ein scharfes Zischen ins Ohr. Fast stießen die beiden Laute noch aufeinander.

»Petite chatte, doucette, coquette!« zischte die jäh aufgetauchte Boa constrictor, »Sie sehen todtraurig, ergeben, verträumt aus, aber ich sage Ihnen, das sind Sie nicht! Sie ungezügeltes Geschöpf! In Ihren Augen flammt und leuchtet es nur so von Leben!«

»Jawohl, so ist es, und so soll es auch sein!« schoß ich zurück und wandte mich in gerechtem Zorne um. Aber Professor Emanuel hatte seine Beleidigung gezischt und war verschwunden.

Das schlimmste an der Sache war, daß Doktor Bretton mit seinem scharfen und behenden Gehör jedes Wort dieser Anrede aufgefangen hatte. Er hielt sich das Taschentuch vor das Gesicht und lachte, daß es ihn schüttelte.

»Bravo, Lucy!« rief er, »großartig! Kleine Katze, kleine Kokette! Oh, das muß ich meiner Mutter erzählen. Ist das wahr, Lucy, wenigstens zur Hälfte? Ich glaube ja, Sie werden so rot wie Miß Fanshawes Kleid. Und tatsächlich, auf mein Wort, jetzt, wo ich ihn näher betrachtete, erkenne ich ihn auch – das ist ja derselbe kleine Mann, der in dem Konzert wo wild gegen Sie war, eben der, und im Augenblick rast er innerlich, weil er mich lachen sieht. Oh, den muß ich noch ein bißchen mehr in die Wolle bringen.«

Und Graham überließ sich ausgiebig seiner Neigung zum Mutwillen. Er lachte und spottete und flüsterte, bis ich es nicht mehr ertragen konnte und mir Tränen in die Augen stiegen.

Plötzlich war er ernüchtert. Neben Miß de Bassompierre wurde ein Platz frei, der Kreis, der sie umgab, schien im Begriff, sich aufzulösen. Augenblicklich erhaschte Graham diese Bewegung, allzeit wachsam, wie er selbst im Lachen war. Er erhob sich, nahm sein Herz in beide Hände, ging quer durch das Zimmer und machte sich die Gelegenheit zunutze. Sein Leben lang ist Doktor John ein Glückskind gewesen. Und warum? Weil er den Blick für die rechte Gelegenheit hatte, weil er Mut zum Handeln im rechten Augenblick und Kraft zum Durchhalten besaß. Und keine tyrannische Leidenschaft zerrte ihn zurück, keine Begeisterung, keine Schwächen versperrten ihm den Weg. Wie gut er eben jetzt aussah! Paulina schaute auf, als er neben sie trat. Ihr Blick verschmolz sogleich mit seinem, der ihrem lebhaft, doch bescheiden entgegenkam. Während er mit ihr sprach, vertiefte sich seine Farbe; halb war es befangenes Erröten, halb erglühte er im Eifer. Er stand vor ihr tapfer und schüchtern, gebändigt und unaufdringlich, doch entschlossen und leidenschaftlich ergeben. Alles das erfaßte ich in einer Sekunde. Ich dehnte meine Beobachtung nicht weiter aus; selbst wenn ich Lust dazu verspürt hätte, so fehlte mir doch die Zeit. Der Abend war vorgerückt. Ginevra und ich hätten schon wieder in der Rue Fosette sein sollen. Ich erhob mich und sagte meiner Patin und Monsieur de Bassompierre gute Nacht.

Ich weiß nicht, ob Professor Emanuel erkannt hatte, daß ich mir Doktor Brettons Schäkerei nur widerwillig hatte gefallen lassen, oder ob er wahrnahm, daß ich litt und daß die flatterhafte, vergnügungssüchtige Mademoiselle Lucy den Abend über keineswegs auf einem Strom von Wonne dahingesegelt war. Jedenfalls trat er, als ich den Raum verließ, an mich heran und erkundigte sich, ob ich jemand hätte, der mich in die Rue Fossette begleitete. *Jetzt* sprach der Professor höflich und sogar ehrerbietig, und er schaute reuig und verzeihungsheischend drein. Aber ich vermochte es nicht, seine Höflichkeit mit einem Wort anzuerkennen, und konnte seiner Zerknirschung nicht mit einem voreiligen Gnadenerlaß entgegenkommen. Bisher hatte ich ihm seine Grobheiten nie ernstlich übelgenommen und war bei seinen grimmigen Ausbrüchen niemals vereist. Aber was er heute abend von sich gegeben hatte, schien mir unverantwortlich.

Ich mußte ihm, wenn auch mit Zurückhaltung, zeigen, daß ich sein Betragen mißbilligte. Also sagte ich nur: »Ich habe Begleitung.«

Das stimmte, denn Ginevra und ich sollten im Wagen nach Hause geschickt werden. Und ich tauchte, schon im Weitergehen, zu dem gleitenden Ehrerbietungsknicks nieder, den er in der Klasse von den Schülerinnen gewohnt war, wenn sie an seinem Podest vorbeischritten.

Ich suchte mir meinen Schal und kehrte dann ins Vestibül zurück. Dort stand Monsieur Paul Emanuel; er schien zu warten.

»Eine schöne Nacht«, bemerkte er.

»Wirklich?« sagte ich trocken und kühl. Ich war sehr zufrieden mit dem Ton und der Miene dazu. Ich hatte so selten Gelegenheit, meinem Herzen Luft zu machen und mich abweisend und kalt zu zeigen, wenn mich jemand kränkte und mir weh tat, daß ich beinahe Stolz über diese Leistung empfand. Das »Wirklich?« klang ganz wie bei andern Leuten. Ich hatte hundertmal gehört, wie solche kleinen, spröden, trockenen Phrasen einem reichlichen Dutzend dünkelhafter Misses und Mademoiselles über die geschürzten Korallenlippen sprangen. Daß Monsieur sich diese Art Zwiegespräch nicht lange bieten lassen würde, wußte ich. Aber er hatte sich ja wirklich eine Kostprobe von barscher Dürre verdient. Ich glaube, das dachte er selber, denn er schluckte die Dosis ruhig. Er schaute meinen Schal an und beanstandete, daß er zu dünn sei. Ich erklärte entschieden, er sei genau so, wie es mir passe. Dann trat ich zurück und lehnte mich seitlich an das Treppengeländer, wickelte mich in mein Tuch und richtete den Blick auf ein trostlos frommes Gemälde, das die Wand verdunkelte.

Ginevra blieb reichlich lange aus, ihre Trödelei war lästig. Monsieur Paul stand noch immer da. Ich wartete jeden Augenblick auf einen Zorneslaut von ihm. Er kam näher. Jetzt ist das nächste Zischen fällig! dachte ich. Mir grauste vor dem Geräusch. Wäre es nicht gar zu unhöflich gewesen, so hätte ich mir die Finger in die Ohren gestopft. Aber nichts kommt so, wie wir es erwarten. Lausche, um ein Girren oder ein Gemurmel zu hören – ganz bestimmt vernimmst du dann den Triumphschrei eines Raubtiers oder den Schmerzensschrei seiner Beute. Warte auf ein durchdringendes Gekreisch, eine zornige Drohung, und du empfängst einen friedlichen Gruß, ein leises liebreiches Flüstern dringt dir ans Ohr. Monsieur Paul sprach sanft: »Freunde hadern doch nicht wegen eines Wortes miteinander. Sagen Sie mir, bin ich daran schuld oder der große dicke Engländer« – so schnöde benannte er Doktor Bretton –, »daß Ihre Augen naß sind und Ihre Wangen glühen? Selbst jetzt noch?«

»Ich weiß nichts davon, Monsieur, daß mich jemand so erregt hätte, wie Sie andeuten, weder Sie noch jemand anders«, gab ich zurück und übertraf damit abermals mein gewöhnliches Ich, indem ich eine nette, kaltblütige Lüge zustande brachte.

»Aber was habe ich denn gesagt?« beharrte er. »Erzählen Sie's mir. Ich war ärgerlich, ich habe meine Worte vergessen. Was war es?«

»Es war so, daß man's am besten vergißt!« sagte ich, immer noch sehr ruhig und kühl.

»Also sind es meine Worte gewesen, die Sie verletzt haben? Denken Sie, sie wären nicht gesprochen worden. Erlauben Sie mir, daß ich sie zurücknehme. Gewähren Sie mir Verzeihung.«

»Ich bin nicht zornig, Monsieur.«

»Dann ist es noch schlimmer, Sie sind traurig. vergeben Sie mir, Miß Lucy.«

»Monsieur Emanuel, *ich* vergebe Ihnen.«

»Lassen Sie mich das in Ihrem natürlichen Ton hören, nicht mit dieser fremden Stimme. Sagen Sie: ›Mon ami, je vous pardonne.‹«

Er brachte mich zum Lächeln. Wer hätte nicht über seinen Eifer, seine Unschuld, seinen Ernst lächeln müssen?

»Bon!« rief er. »Voilà que le jour va poindre! Dites donc, mon ami.«

»Monsieur Paul, je vous pardonne.«

»Nicht Monsieur. Sagen Sie das andre Wort, oder ich glaube Ihnen nicht, daß Sie es ehrlich meinen. Kommen Sie, versuchen Sie es noch einmal. Mon ami – oder wenn Sie wollen, sagen Sie es auf englisch: mein Freund!«

Nun wohl. »Mein Freund« hatte einen andern Klang, eine andre Bedeutung als »mon ami«. Es atmete nicht dieselbe häusliche und vertraute Liebe. »Mon ami« konnte ich nicht zu Monsieur Paul sagen, aber »mein Freund« konnte ich mühelos aussprechen und tat es. Für ihn jedoch gab es diesen Unterschied nicht, und er war mit dem englischen Wort vollkommen zufrieden. Er lächelte. Leser, Sie hätten ihn lächeln sehen sollen, und Sie hätten mit Staunen den Unterschied zwischen seiner Miene jetzt und der, die er vor einer halben Stunde zur Schau getragen hatte, bemerkt. Ich kann nicht behaupten, daß ich je zuvor ein Lächeln des Vergnügens, der Befriedigung oder der Güte auf Monsieur Pauls Lippen oder in seinen Augen entdeckt hätte. Ironie und Spott, Verachtung und leidenschaftlichen Triumph, ausgedrückt durch das, was er Lächeln nannte, hatte ich vielhundert Mal bei ihm erlebt. Aber der helle Schimmer eines sanfteren und wärmeren Gefühls war mir in seinem Gesicht etwas Neues. Er veränderte es. Aus einer dunklen Maske wurde ein Antlitz. Die scharfen Linien verschwanden aus seinen Zügen. Selbst die Farbe schien klarer und frischer. Jene überschattete, gelbblasse, südliche Dunkelheit, die sein spanisches Blut verriet, wurde durch einen lichteren Ton vertrieben. Ich wüßte nicht, daß ich je in einem andern Menschengesicht eine gleiche Verwandlung, verursacht durch einen ähnlichen Grund, erlebt hätte. Er brachte mich nun zum Wagen hinaus, und im selben Augenblick erschien Monsieur de Bassompierre mit seiner Nichte.

Miß Fanshawe befand sich in einer reizenden Laune. Sie hielt den Abend für einen großen Mißerfolg, war schwer erbost und ließ, sowie wir auf unsern Plätzen saßen und der Wagenschlag zugeworfen war, ihrer Verdrossenheit hemmungslos die Zügel schießen. Aus der Art, wie sie über Doktor Bretton herzog, sprach eine hübsche Portion Gift. Sie hatte gemerkt, daß sie weder die Macht ihn zu bezaubern noch ihn zu quälen besaß, und flüchtete sich in Haß. Und diesen Haß machte sie in maßlosen Worten und in ungeheurer Übersteigerung Luft. Eine Weile hörte ich mit vorgetäuschtem Stoizismus zu. Doch schließlich fing mein empörter Gerechtigkeitssinn jählings Feuer. Ich explodierte, denn auch ich konnte hitzig sein, zumal meiner augenblicklichen, hübschen, doch mangelhaften Gefährtin gegenüber, die es stets fertigbrachte, alle bösen Bodensätze in mir aufzurühren. Es war gut, daß die Wagenräder mit so betäubendem Lärm über das Katzenkopfpflaster von Choseville dahinrasselten, denn ich kann dem Leser versichern, innerhalb des Gefährts herrschte weder Schweigen noch wurde ruhig debattiert. Halb im Ernst, halb zum Schein ließ ich es mir angelegen sein, Ginevra in Grund und Boden zu donnern. Wütend war sie in der Rue Crécy aufgebrochen; es war nötig, sie zu zähmen, bevor wir in der Rue Fossette anlangten. Zu diesem Zwecke war es unerläßlich, ihren gediegenen Wert und ihre hohen Verdienste gründlich darzulegen. Und das mußte in einer Sprache geschehen, deren Aufrichtigkeit und Grobheit gut und gern den Vergleich mit den Komplimenten herausfordern konnte, die John Knox der Maria Stuart zollte. Das war die rechte Lehrmethode für Ginevra, das bekam ihr. Ich bin gewiß, sie fühlte sich ausgezeichnet, nachdem sie ihre moralische Abreibung bezogen hatte, legte sich friedlich und mit beruhigtem Gemüt zu Bett und schlief sanfter denn je.

28. Die Uhrkette

Während seiner Unterrichtsstunden war Monsieur Paul Emanuel überempfindlich gegen störende Unterbrechungen, gleichviel was sie hereiführen mochte. Lehrerinnen und Schülerinnen betrachteten es nahezu als lebensgefährlich, sich durch das Klassenzimmer zu bewegen, wenn er Vortrag hielt, und sie bangten vereint nicht weniger als einzeln.

Madame Beck selber pflegte, wenn sie zu dem Wagnis gezwungen war, ihre Röcke zusammenzuraffen und eilig und vorsichtig an der gefährlichen Küste des Podiums entlangzusegeln wie ein Schiff, das die Sturzwellen fürchtet. Was die Pförtnerin Rosine anlangte – ihr fiel aller halben Stunden die schlimme Aufgabe zu, Schülerinnen mitten aus dieser oder jener Klasse herauszuholen, damit sie im Andachtszimmer, im kleinen oder im großen Salon oder im Speisesaal oder sonst einem Raum, in dem ein Instrument stand, ihre Klavierstunden nahmen. Und nach dem zweiten oder dritten Versuch war Rosine dann häufig fast bis zur Stummheit verstört. Das bewirkten die schwer zu beschreibenden Blicke, die ihr durch ein Paar böse funkelnde Brillengläser entgegenschossen.

Eines Morgens saß ich im Karree und arbeitete an einer Stickerei, die eine der Schülerinnen begonnen, aber nicht vollendet hatte. Während meine Finger mit Nadel und Stickrahmen beschäftigt waren, taten sich meine Ohren gütlich: Ich lauschte auf die Stimme, die in dem angrenzenden Klassenraum in leidenschaftlicher Rede an- und abschwoll und von Minute zu Minute an Indignation und unheilkündenden Klangvariationen zunahm. Zwischen mir und dem Sturm, der sich da zusammenbraute, befand sich eine gute, starke Wand, und falls das Gewitter die wegfegen sollte, bot sich ein bequemer Fluchtweg durch die Glastür in den Hof. Folglich erwuchs mir – das muß ich gestehen – aus den Zeichen des sich verdichtenden Unwetters mehr Vergnügen als Besorgnis. Die arme Rosine war nicht in so glücklicher Lage. Viermal war sie an diesem gepriesenen Morgen den Weg des Schreckens gegangen, und nun wurde es zum fünftenmal ihre gefährliche Pflicht, sozusagen ein brennendes Scheit aus der Feuersbrunst zu reißen – sie mußte Monsieur Paul eine Schülerin direkt vor der Nase wegholen.

»Mon Dieu! Mon Dieu!« rief sie. »Que vais-je devenir? Monsieur va me tuer, je suis sûre; car il est d'une colère!«

»Mademoiselle La Malle au piano!«

Mit dem Mute der Verzweiflung öffnete sie die Tür und schrie hinein: Bevor sie die Flucht ergreifen und die Tür wieder ganz schließen konnte, ließ sich Monsieurs Stimme vernehmen: »Dès ce moment – la classe est défendue. La première qui ouvrira cette porte, ou passera par cette division, sera pendue – fut-ce Madame Becke elle même!«

Es waren noch keine zehn Minuten nach Erlaß dieser Bekanntmachung vergangen, als ich Rosines Pantoffeln schon wieder den Korridor entlangschlurfen hörte.

»Mademoiselle«, sagte sie, »mir könnte jetzt einer fünf Francs anbieten, mich bringt nichts mehr in diese Klasse da. Vor Monsieurs Brillengläsern kriegt man ja das Gruseln! Und eben hat ein Bote eine Nachricht vom Gymnasium gebracht. Ich habe Madame Beck gesagt, daß ich mich nicht traue, sie abzuliefern. Und sie sagt, Sie möchten das übernehmen.«

»Ich? Nein, das ist mir wirklich zu bunt! Das gehört ja nun nicht zu meinen Aufgaben. Los, los, Rosine, nun seien Sie tapfer, und halsen Sie nicht Ihre Pflichten andern auf. Los zum nächsten Angriff!«

»Ich, Mademoiselle? Unmöglich! Fünfmal bin ich ihm heute in die Quere gekommen. Für die Aufgabe muß Madame wirklich einen Gendarmen einstellen! Ouf! Je n'en puis plus!«

»Ach was, Sie sind ein Angsthase. wie lautet die Nachricht?«

»Genau das, was Monsieur am allerwenigsten ausstehen kann. Eine dringende Aufforderung, sofort zum Gymnasium zu kommen, weil dort ein amtlicher Besucher eingetroffen ist – ein Inspektor oder was weiß ich. Und Monsieur soll ihn unbedingt sehen. Sie wissen, wie wütend Monsieur wird, wenn er unbedingt etwas tun soll.«

Tatsächlich, *das* wußte ich. Der widerborstige kleine Mann verabscheute Sporen und Kandare. Unweigerlich sträubte er sich gegen alles, was dringlich oder obligatorisch war. In Gottes Namen denn, ich nahm die Verantwortung auf mich, sicher nicht ohne Furcht – aber in die Furcht mischten sich andre Gefühle, vor allem Neugier. Ich öffnete die Tür, ich trat ein und schloß sie wieder hinter mir so schnell und leise, wie meine etwas unsichere Hand es erlaubte. Denn zu trödeln oder zu lärmen, mit der Klinke zu klappern oder die Tür klaffen zu lassen, das waren erschwerende Umstände des Verbrechens und in der Wirkung oft katastrophaler als das Verbrechen selber. Da stand ich also, und da saß er. Offensichtlich war er schlecht gelaunt, ja, seine Stimmung befand sich unterhalb des Nullpunkts. Er hatte eine Arithmetikstunde gegeben – denn er unterrichtete in jedem Fach, das ihm in den Sinn kam, und da Arithmetik ein trockner Gegenstand war, vertrug er sich schlecht mit ihr. Es gab keine Schülerin, die nicht bebte, wenn er von Zahlen sprach. Er saß über sein Pult gebeugt. Er hörte, daß jemand hereinkam, daß jemand unverfroren sein Gesetz durchbrach. Aber bei diesem unerhörten Vorfall aufzublikken, das war mehr, als er im Augenblick vermochte. Nun gut – auf die Weise gewann ich Zeit, durch den langen Klassenraum zu wandern, und es paßte mir sehr viel besser, mich dem bevorstehenden Zornausbruch nahe und plötzlich zu stellen, als der Drohung allmählich entgegenzugehen.

Am Podium, genau vor ihm, hielt ich an. Natürlich war ich keiner sofortigen Beachtung wert. Er setzte die Lektion fort. Aber die Nichtachtung sollte ihm nicht helfen. Er mußte mich anhören, und er mußte auf meine Botschaft Antwort geben.

Ich war nicht groß genug, um den Kopf über sein Pult, das auf dem Podium aufgestellt war, zu heben. Ein paar Sekunden lang stand ich so blind hinter dem Möbel. Dann wagte ich es, von seitwärts zu spähen. Zunächst wünschte ich einfach, sein Gesicht deutlicher zu sehen. Als ich eingetreten war, hatte ich den Eindruck gehabt, es gliche sprechend und malerisch dem eines schwarzgelben Tigers. Zweimal äugte ich so ungestraft schräg nach oben, indem ich unbemerkt vor- und zurücktrat. Beim drittenmal verdunkelte mir kaum das Pult wieder die Sicht, als mein Blick festgehalten und durchbohrt wurde. Mitten in die Pupille stach mich der Brillenblitz. Rosine hatte ganz recht. Auch ohne den sprungbereiten Zorn in den Augen ihres Trägers lag im Gefunkel dieser beiden Gläser beständig etwas, das unbestimmten Schrecken einflößte.

Jetzt merkte ich den Vorteil der Nähe. Seine Brille war untauglich dazu, einen Verbrecher zu inspizieren, der dicht vor Monsieurs Nase stand. Folglich nahm er sie ab, und nun war das Gleichgewicht zwischen uns halbwegs hergestellt.

Ich bin froh, daß ich keine wirkliche Angst vor ihm hatte. Ja, nun, da ich unmittelbar vor ihm stand, fühlte ich überhaupt keine Furcht. Und als er jetzt nach Strick und Galgen verlangte, um sein soeben verkündetes Urteil zu vollstrekken, vermochte ich ihm mit so zuvorkommender Liebenswürdigkeit eine Nadel voll Stickgarn anzubieten, daß er nicht anders konnte, er mußte wenigstens einen Teil seines überschüssigen Zornes fahrenlassen. Natürlich führte ich meine Gefälligkeit nicht in aller Öffentlichkeit vor. Ich langte nur um das Pult herum und hängte den Faden, fertig zur Schlinge geknüpft, über das Riegelchen am Oberende seiner Uhrkette.

»Que me voulez-vous?« knurrte er in Tönen, die ganz in Brust und Kehle eingesperrt blieben, denn er biß die Zähne zusammen. Offensichtlich schwor er sich im stillen, daß nichts auf der Welt ihm ein Lächeln abringen solle. Ich antwortete unnachgiebig, indem ich begann: »Monsieur, je veux l'impossible, des choses inouies!« Und dann übermittelte ich ihm leise, aber schnell – denn es schien mir am besten, nicht lange um die Sache herumzureden, sondern ihm das Ärgernis unverblümt anzukündigen – die Botschaft vom Gymnasium, wobei ich ihre Dringlichkeit munter aufbauschte.

Natürlich wollte er kein Wort davon hören. Er werde nicht gehen, er werde seine Klasse jetzt nicht im Stich lassen, auch wenn alle Amtspersonen von Villette nach ihm schickten! Er werde keinen Schritt tun, selbst wenn ihn König, Kabinett und beide Kammern im Verein darum ersuchten!

Aber ich wußte, daß er gehen *mußte*. Mochte er reden, was er wollte, seine Pflicht und sein Interesse befahlen ihm, der Aufforderung sofort und exakt nachzukommen. Also blieb ich stumm wartend stehen, als ob er noch nichts gesprochen hätte. Er fragte, was ich noch wollte.

»Nur Monsieurs Antwort für den Boten.«

Er winkte ungeduldig ab.

Ich wagte, die Hand nach der griechischen Mütze auszustrecken, die in grimmiger Ruhe auf dem Fenstersims lag. Er folgte dieser tollkühnen Bewegung mit den Augen, ohne Zweifel in einer Mischung von Mitleid und Staunen über ihre Vermessenheit.

»Ah!« murmelte er, »wenn es soweit kommt..., wenn sich Mademoiselle Lucy an meiner Mütze vergreift, dann kann sie sie auch ruhig gleich selber aufsetzen, kann sich für die Gelegenheit in einen jungen Herrn verwandeln und die Güte haben, an meiner Statt zum Gymnasium zu gehen.«

Mit großem Respekt legte ich die Mütze auf das Pult, wo mir ihre Quaste ehrfurchtgebietend zuzunicken schien.

»Ich werde einen Entschuldigungsbrief schreiben. Das genügt doch sicher?« sagte er, noch immer entschlossen, sich zu drücken.

Ich wußte sehr gut, daß das *nicht* genügte, und schob also die Mütze sanft auf seine Hand zu. Dergestalt in Bewegung gesetzt, glitt sie die Schräge des Pultes, das nicht mit Tuch bespannt, sondern poliert war, hinab und riß die leichte, stahlgefaßte Brille mit. Schrecklich zu berichten, sie fiel auf das Podium. Dutzende von Malen hatte ich sie schon unbeschadet fallen sehen, aber *dies eine* Mal wollte es Lucy Snowes unseliges Geschick, daß der Sturz die beiden klaren, runden Gläser in zwei zertrümmerte, formlose Sterne verwandelte.

Jetzt freilich packte mich die Angst – Angst und Reue. Ich wußte, wie wertvoll die Brille für Monsieur Paul war: Er brauchte für seine Augen besonders geschliffene Gläser, die nicht einfach zu erhalten waren, und diese waren ihm angepaßt. Ich hatte gehört, wie er sie als seinen Schatz bezeichnete, und als ich sie nun zerbrochen und wertlos aufhob, zitterte mir die Hand. Ich war verstört und verängstigt von dem Unheil, das ich angerichtet hatte, aber ich glaube, ich war noch mehr bekümmert als bang. Ein paar Sekunden lang wagte ich den beraubten Professor nicht anzusehen. Er sprach zuerst.

»Là!« sagte er. »Me voilà veuf de mes lunettes! Ich denke, jetzt wird Mademoiselle Lucy zugeben, daß sie Strick und Galgen reichlich verdient hat. Da steht sie und zittert ihrem Schicksal entgegen. Oh, Sie Verräterin! Sie wollen, daß ich Ihnen ganz blind und hilflos in die Hände falle.«

Ich hob den Blick. Statt in ein zorniges, finster gefurchtes Antlitz schaute ich in eines, das von Lächeln strahlte, in dem Licht und Farbe aufgeblüht waren. So hatte er an dem Abend im Hotel Crécy ausgesehen. Er war nicht ergrimmt, nicht einmal bekümmert. Den wirklichen Schaden nahm er voll Nachsicht hin, dem wirklichen Ärgernis gegenüber zeigte er sich geduldig wie ein Heiliger. Das Ereignis, das so verdrießlich schien und von dem ich geglaubt hatte, daß es mir mit einem Schlag jede Möglichkeit, ihn zu überreden, verdorben hätte, erwies sich als meine beste Hilfe. Solange ich ihm nichts angetan hatte, war er widerspenstig gewesen. Sowie ich schuldbewußte Sünderin zerknirscht vor ihm stand, wurde er gut und gefügig.

Er verspottete mich weiter sanft als »une forte femme – une Anglaise – une petite casse-cou« und erklärte, daß er mir wohl gehorchen müsse: Jemandem, der ein solches Beispiel von gefährlicher Tapferkeit geliefert hatte, wage er nicht zu widerstehen. Ich gliche ganz und gar dem großen Kaiser, der eine Vase zerschmettert habe, um Schrecken zu verbreiten. – So krönte er sich schließlich mit seiner griechischen Mütze, nahm mir mit einem gutherzig verzeihenden und muteinflößenden Händedruck die zerbrochene Brille aus den Fingern, verneigte sich freundlich und marschierte in vorzüglicher Laune ab ins Gymnasium.

Der Leser wird mit Bedauern vernehmen, daß ich nach so viel Liebenswürdigkeit doch vor der Nacht schon wieder mit Monsieur Paul aneinandergeriet. Und doch war es so, und ich konnte es nicht ändern.

Es war seine Gewohnheit – und zwar eine sehr löbliche, die man sich gern gefallen ließ –, daß er zuweilen abends auftauchte, stets aus dem Stegreif, unangemeldet, und in die stille Arbeitsstunde einbrach. Dann warf er sich plötzlich zum Tyrannen über uns und unsere Beschäftigungen auf, bewirkte, daß Bücher beiseite gelegt und Handarbeitsbeutel hervorgeholt wurden, und förderte selbst einen dicken Band zutage, manchmal auch eine Handvoll Flugschriften. Dann wurde die törichte »lecture pieuse« mit dem leiernden Vortrag einer schläfrigen Schülerin durch eine Tragödie verdrängt, die großartig wurde, weil er sie großartig las, flammend, weil er sie mit feurigem Ausdruck gestaltete. Kaum je suchte ich den wahren Wert dieser Dramen zu ergründen. Monsieur Paul Emanuel machte sie zu einem Gefäß, das er mit Kraft und Leidenschaft füllte wie einen Becher mit einem lebenspendenden Trank. Oder aber er leitete in unsere Klosterdunkelheit einen Strom, der aus einer helleren Welt herüberwogte, er ließ uns einen Blick werfen auf die moderne Literatur, er las uns Stellen aus einer zauberhaften Erzählung oder das letzte witzige Feuilleton vor, das in den Pariser Salons Lachstürme erregt hatte. Dabei vergaß er nie, mit strenger Hand in Tragödie, Melodrama, Novelle oder Essay jeden Absatz, jeden Ausdruck, jedes Wort auszumerzen, das für ein Publikum junger Mädchen als unpassend betrachtet werden konnte. Ich bemerkte mehr als einmal, daß er ganze Abschnitte ergänzend improvisierte, wo die bloße Auslassung Unklarheit oder einen abgeschwächten Eindruck bewirkt haben würde. Er vermochte Worte zu finden, die ebenso kraftvoll lebendig wie untadelig waren. Der Dialog, die Beschreibung, die er dem ursprünglichen Text aufpfropfte, waren oft weit besser als das, was er weggestutzt hatte.

Nun gut, an dem fraglichen Abend saßen wir stumm wie die Nonnen über unsern Exerzitien. Die Schülerinnen lernten, die Lehrerinnen beschäftigten sich mit Handarbeiten. Ich erinnere mich noch an die meine. Es war eine zarte Stichelei, mit der ich mich nicht gleichgültig abmühte. Sie hatte einen bestimmten Zweck. Ich handhabte die Nadel nicht nur, um die Zeit totzuschlagen. Das kleine Gebilde sollte ein Geschenk werden, und da die Gelegenheit zum Überreichen nahe bevorstand, mußte ich mich beeilen, und meine Finger flogen.

Wir hörten das kurze, kräftige Klingeln, das wir alle kannten, dann die schnellen Schritte, die jedem Ohr vertraut waren. Kaum waren die Worte »Voilà Monsieur!« gleichzeitig von allen Lippen gesprungen, als die Türflügel auseinanderbarsten – denn wenn er sich den Weg ins Zimmer bahnte, barsten sie stets auseinander. Ein so gemächliches Wort wie »sie öffneten sich« würde schlecht dazu taugen, seine Bewegungen zu schildern. Gleich darauf stand er mitten unter uns.

Im Raum standen zwei Arbeitstische, beide lang und von Bänken flankiert. Über jedem hing in der Mitte eine Lampe, und unter der Lampe saß auf beiden Tischseiten je eine Lehrerin. Die Mädchen reihten sich rechts und links an, die ältesten und fleißigsten hatten ihre Plätze den Leuchten und ihrem Wendekreis am nächsten, die kleineren und trägeren hockten weiter ab am Nord- und Südpol. Monsieur pflegte einer der Lehrerinnen, meist war es Zélie St. Pierre, höflich einen Stuhl herbeizuholen, dann ihren leer gewordenen ursprünglichen Platz einzunehmen und sich den vollen Strahlenglanz von Krebs oder Steinbock zunutze zu machen. Bei seiner Kurzsichtigkeit brauchte er ihn.

Wie gewohnt stand Zélie höchst bereitwillig auf und lächelte so breit, wie ihr Mund es nur zuließ. Es war dies seltsame Lächeln, das beide Zahnreihen freilegt und von Ohr zu Ohr reicht und doch nur eine scharfe dünne Bogenlinie in das Gesicht zeichnet – das übrige Antlitz berührt es nicht. Weder spielt es in Wangengrübchen, noch funkelt es in den Augen. Ich nehme an, Monsieur bemerkte es nicht, oder aber er hatte es sich in den Kopf gesetzt, sie zu übersehen, denn er war so launisch, wie man es den Frauen nachsagt. Und seine Brille – er hatte sich eine neue beschafft – lieferte ihm die Entschuldigung für alle Arten von kleinen Versehen und Versäumnissen. Was immer der Grund sein mochte, jedenfalls ging er an Zélie vorüber und kam an die andre Tischseite, und ehe ich noch aufspringen konnte, um das Feld zu räumen, flüsterte er: »Ne bougez pas!« und ließ sich zwischen mir und Miß Fanshawe nieder. Die war stets meine Nachbarin, und stets spürte ich ihren Ellbogen in den Rippen, sooft ich ihr auch erklären mochte: »Ginevra, ich wollte, Sie wären, wo der Pfeffer wächst.«

»Ne bougez pas« – das war leicht gesagt. Aber wie konnte ich anders? Ich mußte ihm ja Platz machen, und ich mußte die Schülerinnen auffordern nachzurücken, damit ich beiseite rücken konnte. Für Ginevra war es an den Winterabenden höchst angenehm, dicht an mich gepreßt dazusitzen. »So bleibt man wenigstens warm«, sagte sie. Mich brachte sie freilich durch ihre Zappeligkeit und ihre Rippenstöße zur Verzweiflung. Manchmal zwang sie mich tatsächlich zur Notwehr: Dann steckte ich mir als Schutz gegen ihren Ellbogen kunstgerecht eine Nadel in den Gürtel. Aber bei Monsieur Paul war dies Verfahren ja nun wohl kaum angebracht. Also raffte ich mein Arbeitsgerät zusammen, um Raum für sein Buch zu schaffen, und zog mich zurück, um ihm selber Platz zu machen. Dabei ließ ich aber nicht mehr als einen knappen Meter der Bank für ihn frei, gerade so viel, wie ein vernünftiger Mann es rücksichtsvoll und passend gefunden hätte. Aber Monsieur Emanuel war niemals vernünftig, Feuerstein und Zunder, der er war! Er schlug und fing augenblicklich Feuer.

»Vous ne voulez pas de moi pour voisin«, knurrte er. »Vous vous donnez des airs de caste; vous me traitez en paria!« Gewitterhimmelschwarze Miene. »Soit! Je vais arranger la chose!« Und er begann unverzüglich sein Werk.

»Levez-vous toutes, Mesdemoiselles!« rief er.

Die Mädchen standen auf. Er hieß sie in einer Reihe zum andern Tisch hinübermarschieren, dann nötigte er mich an ein Ende der langen Bank, und nachdem er mir sorgfältig und genau Stück für Stück mein Arbeitsmaterial gebracht hatte, den Korb, die Seide, die Schere und alles übrige, ließ er sich selbst am äußersten anderen Ende nieder.

So ungemein lachhaft diese Einteilung auch war, es wagte doch keiner der Anwesenden zu lachen. Derjenigen, die gekichert hätte, wäre das schlecht bekommen. Was mich anlangte, so nahm ich die Sache mit vollendeter Kaltblütigkeit hin. Da saß ich also, isoliert und abgeschnitten vom menschlichen Verkehr, ich saß und beschäftigte mich mit meiner Arbeit und war still und keineswegs unglücklich.

»Est-ce assez de distance?« fragte er schroff.

»Monsieur en est l'arbitre«, sagte ich.

»Vous savez bien que non. C'est vous qui avez créé ce vide immense: moi je n'y ai pas mis la main.«

Und nach dieser Versicherung begann er seine Vorlesung.

Zu seinem Unglück hatte er eine französische Übersetzung von dem gewählt, was er »un drame de Williams Shackspire, le faux dieu« nannte und weiter ankündigte als »de ces sots païens, les Anglais«. Wie er Shakespeare unter andern Umständen, wenn er weniger aufgebracht gewesen wäre, charakterisiert hätte, brauche ich wohl kaum anzudeuten.

Natürlich war die französische Übersetzung höchst unzulänglich. Ich gab mir auch nicht sonderlich Mühe, die Verachtung zu verbergen, die ein paar ganz jämmerliche Fehler erregen mußten. Es schickte sich zwar nicht, daß ich etwas *sagte*. Aber zuweilen kann man das, was man nicht in Worte fassen darf, deutlich durch die *Miene* ausdrücken. Monsieurs Brille war auf der Wacht. Sie fing glitzernd jeden gelegentlichen Blick auf, ich glaube, ihm entging kein einziger. Die Folge davon war, daß er die schirmenden Gläser bald von den Augen nahm und weglegte, damit sie ihre Funken frei versprühen konnten, und er wurde an dem Nordpol, an den er sich freiwillig verbannt hatte, heißer, als er vernünftigerweise (wenn man die Zimmertemperatur erwog) unter dem unmittelbar einfallenden Lampenstrahl hätte werden dürfen.

Die Vorlesung ging zu Ende. Würde er sich wohl verabschieden, ohne seinen Zorn in Worten auszudrücken, oder würde er ihm Luft machen? Etwas stumm hinunterzuschlucken lag nicht eben in seiner Gewohnheit. Was war ihm schon widerfahren, daß er Grund zu offenen Vorwürfen gehabt hätte? Ich hatte keinen Ton gesagt. Dafür, daß ich den Muskeln um Augen und Mund ein wenig mehr Bewegungsfreiheit als üblich gelassen hatte, stand mir weder Tadel noch Strafe zu.

Das Abendessen wurde hereingebracht, Brot und mit

lauem Wasser verdünnte Milch. Man würdigte respektvoll des Professors Gegenwart: Semmeln und Gläser blieben auf dem Tisch, statt daß sie herumgereicht wurden.

»Bitte lassen Sie sich nicht von Ihrem Abendbrot abhalten, meine Damen«, sagte er, scheinbar ganz damit beschäftigt, Randbemerkungen in seinen Band »Williams Shackspire« einzutragen. Sie griffen zu. Ich empfing gleichfalls ein Brötchen und ein Glas. Da ich aber eben noch mehr denn zuvor von meiner Stichelei in Anspruch genommen war, behielt ich meinen Strafsitz inne und arbeitete weiter, während ich mein Brot kaute und an meinem Glas nippte. Ich tat das alles mit gelassen leichter Kühle und mit einer Geruhsamkeit, die mir eigentlich fremd war. Wahrhaftig, sie war eine angenehme neue Erfahrung. Es schien, daß die Gegenwart einer so rastlosen, reizbaren, stachligen Natur, wie Monsieur Paul es war, gleich einem Magneten alle fiebrig erhitzenden und unruhestiftenden Einflüsse an sich zog, so daß nichts blieb als das, was zu Sanftmut und Harmonie wirkte.

Er stand auf. Würde er gehen, ohne noch ein Wort zu sagen? Ja, er wandt sich zur Tür.

Nein. Er machte auf dem Absatz kehrt. Aber vielleicht wollte er nur sein Bleistiftetui holen, das auf dem Tisch liegengeblieben war.

Er nahm es auf, schob den Stift hinein und wieder heraus, setzte ihn hart auf das Holz auf und brach die Spitze ab. Er schnitt ihn neu an, schob ihn endgültig in die Hülle und kam geradenwegs auf mich zu.

Die Mädchen und die Lehrerinnen hatten sich um den andern Tisch versammelt und plauderten freiweg wie immer bei den Mahlzeiten. Sie waren es gewöhnt, beim Essen schnell und laut zu reden und dämpften ihre Stimmen nicht viel.

Monsieur Paul kam heran und blieb hinter mir stehen. Er fragte, woran ich arbeite. Ich sagte: »An einer Uhrkette.«

»Für wen?« fragte er. Und ich antwortete: »Für einen Herrn – einen meiner Freunde.«

Monsieur Paul beugte sich zu mir herab, und jetzt tat er das, wovon Romanschreiber so oft berichten – in seinem Fall traf der Ausdruck wirklich zu: Er zischte mir ein paar scharfe Worte ins Ohr.

Er sagte, von allen Frauen, die er kenne, sei ich diejenige, die es am gründlichsten verstehe, einen vor den Kopf zu stoßen, und mit mir wäre es am wenigsten möglich, auf freundschaftlichem Fuß zu leben. Ich hätte einen »caractère intraitable«, dessen Verkehrtheit schon ans Wunderbare grenze. Wie ich es fertigbrächte und wovon ich besessen sei, das ahne er für sein Teil nicht. Aber das stehe fest: Sobald sich mir jemand mit den friedlichsten und freundschaftlichsten Absichten der Welt nähere – bums! – dann verwandele ich Harmonie in Mißklang, guten Willen in Feindschaft. Er sei gewiß, daß er, Monsieur Paul, mir mit allem Wohlwollen gegenüberstehe. Soviel er wisse, habe er mir nie etwas Böses getan, und seiner Meinung nach dürfe er wenigstens verlangen, daß ich ihn als neutralen Bekannten ansehe, dem feindselige Empfindungen fern lägen. Aber wie behandelte ich ihn! Mit welchem verletzenden Übermut, mit welchem übermächtigen Trieb zur Meuterei, mit welcher wildwütigen Ungerechtigkeit!

Hier konnte ich nicht umhin, die Augen aufzureißen und einzuwerfen: »Übermut? Übermächtiger Trieb? Wildwütig? Ich habe nicht geahnt ...«

»Still, à l'instant! Da haben wir's ja wieder – vive comme la poudre! Ich bin bekümmert, schwer bekümmert. Mich dauert diese unselige Eigenheit um Ihretwillen. Es kann ja sein, daß dies Ungestüm und diese Hitzigkeit im Grunde hochherzig sind – aber übertrieben sind sie bestimmt. Ich fürchte sehr, daß Sie sich damit noch sehr schaden werden! Es ist ein Jammer! Ihnen fehlt es nicht an guten Eigenschaften, davon bin ich in tiefster Seele überzeugt. Wenn Sie nur Vernunft annehmen und gelassener und nüchterner sein wollten! Wenn Sie nur etwas gesetzter und nicht so gefallsüchtig wären! Und nicht so von Äußerlichkeiten gefangen! Wenn Sie nur nicht so sehr dazu neigten, einen unsinnigen Wert auf äußere Vorzüge zu legen! Leute, deren Verdienst hauptsächlich in ihrer Körpergröße besteht, die würdigen Sie, an deren Beachtung liegt Ihnen. Körpergröße – des couleurs de poupée, un nez plus ou moins bien fait und eine Riesenportion Einfalt! Sie könnten immer noch zu einem brauchbaren Menschen werden, ja vielleicht sogar zu einem vorbildlichen. Aber so, wie die Dinge liegen ...« Und hier erstickte dem kleinen Mann die Stimme, er verstummte und schwieg für eine Minute.

Ich hätte gern zu ihm aufgeschaut oder ihm die Hand hingestreckt und ein besänftigendes Wort gesagt. Aber ich fürchtete, wenn ich mich regte, würde ich entweder in Lachen oder Weinen ausbrechen – so sonderbar mischten sich hier das Rührende und das Lächerliche.

Ich glaubte, er sei nun im wesentlichen fertig, aber nein. Er setzte sich, damit er bequemer fortfahren konnte.

»Wenn ich bei diesem peinlichen Thema verweile, wage ich es zu Ihrem Besten, Ihren Zorn hervorzurufen. Und so will ich auch wagen, die Veränderung zu erwähnen, die ich an Ihrer Kleidung bemerkt habe. Ich nehme mir die Freiheit zu gestehen, daß ich zuerst, als ich Sie kennenlernte – besser gesagt, als ich Sie ab und zu im Vorübergehen flüchtig zu sehen bekam –, in diesem Punkt sehr zufrieden mit Ihnen war. Da offenbarte sich eine Ernsthaftigkeit, eine strenge Schlichtheit – die schönsten Hoffnungen für Sie erwuchsen einem daraus! Was für ein verhängnisvoller Einfluß hat Sie in letzter Zeit dazu getrieben, sich Blumen unter den Hutrand zu stecken und Kragen mit Stickereien umzulegen? Und nicht genug damit, einmal sind Sie sogar in einem scharlachroten Gewand erschienen! Ich habe meine Vermutungen. Aber im Augenblick möchte ich mich nicht offen darüber auslassen.«

Wieder fiel ich ihm ins Wort, und diesmal nicht ohne den Ton der Entrüstung und des Entsetzens.

»Scharlachrot, Monsieur Paul? Das war kein Scharlachrot! Es war Rosa, und zwar Blaßrosa, und außerdem habe ich es noch durch schwarze Spitze gedämpft.«

»Rosa oder Scharlach, Gelb oder Karmin, Erbsgrün oder Himmelblau, als ob da ein Unterschied bestünde! Das sind allesamt Flitterfarben, Prunkfarben, Leichtsinnsfarben! Und was die Spitze anlangt, von der Sie sprechen, die war bloß eine zusätzliche Spielerei.« Er seufzte über meine Verderbtheit. »Ich kann mich ja leider über diese Dinge nicht so im einzelnen äußern, wie ich wünschte, denn ich verfüge nicht über die präzisen Bezeichungen für diese Tändeleien. Möglicherweise würden mir ein paar kleine Irrtümer in der Benennung unterlaufen, und dann wäre ich natürlich ihrem Spott ausgeliefert, und Ihr unseliges vorschnelles Temperament würde wieder Flammen schlagen! Ich will mich also auf allgemeine Ausdrücke beschränken – in denen wenigstens weiß ich mich korrekt – und nur dies sagen: Ihre Kleidung hat letzthin mondäne Formen angenommen, die zu sehen mir weh tut.«

Weiß der Himmel, wo er an meinem gegenwärtigen Winterkleid aus Wolle mit dem schlichten weißen Kragen etwas Mondänes erblickte. Als ich ihn fragte, erklärte er, die Machart sei viel zu sehr auf Wirkung berechnet – und überdies, trüge ich nicht eine Bandschleife um den Hals?

»Wenn Sie eine Bandschleife bei einer Dame verurteilen, Monsieur, dann mißbilligen Sie doch gewiß ein Ding wie dieses da für einen Herren?« Und ich hielt mein glänzendes Kettchen von Seide und Gold in die Höhe. Er antwortete nur mit einem Stöhnen – vermutlich über meine Leichtfertigkeit.

Nachdem er noch ein paar Minuten schweigend dagesessen und zugeschaut hatte, wie die Kette wuchs, an der ich nun emsiger denn je arbeitete, erkundigte er sich: »Wird das, was ich eben gesagt habe, dazu führen, daß Sie mich nun ganz und gar verabscheuen?«

Ich weiß nicht mehr recht, was ich ihm erwiderte und wie ich überhaupt mit einer Antwort zu Rande kam. Ich glaube ich sprach gar nicht, aber ich weiß, daß wir es fertigbrachten, einander in Freundschaft gute Nacht zu wünschen. Und dann, als Monsieur schon an der Tür angelangt war, kehrte er noch einmal um, nur um mir zu erklären, er wünsche keinesfalls so verstanden zu werden, als ob er das scharlachrote Kleid (»Rosa! Rosa!« warf ich ein) in Bausch und Bogen verdamme, er wolle durchaus nicht abstreiten, daß es recht hübsch *aussehe*. (Tatsache war, daß Monsieur Paul entschieden Geschmack an leuchtenden Farben hatte.) Er wünsche mir nur einen Rat zu geben: Wann immer ich es trage, möge ich es im gleichen Geiste tun, als bestände es aus dickem, aschgrauem Wollstoff.

»Und die Blumen an meinem Hut, Monsieur?« fragte ich. »Sie sind nur ganz klein ...«

»Also lassen Sie sie klein bleiben«, sagte er. »Gestatten Sie ihnen nicht, daß sie zu dicken Blüten aufgehen.«

»Und die Schleife, Monsieur – das Stückchen Band?«

Die Antwort lautete günstig. »Va pour le ruban!«

So einigten wir uns.

»Brave, Lucy Snowe!« rief ich mir selber zu. »Da hast du eine hübsche Standpauke abbekommen, hast dir eine kräftige Abreibung zugezogen, und alles nur wegen deiner sündhaften Neigung zu weltlichen Nichtigkeiten. Wer hätte das gedacht? Da bildest du dir ein, du seist ein melancholischer Einzelgänger, wie er im Buche steht. Miß Fanshawe hält dich für einen zweiten Diogenes in seiner Tonne. Monsieur Bassompierre brachte neulich das Gespräch höflich auf etwas anderes, als es sich um das zügellose Genie der Schauspielerin Vasthi drehte, und bemerkte gütig: ›Miß Snowe sieht aus, als ob sie sich unbehaglich dabei fühlte.‹ Doktor John Bretton kennt dich bloß als die ›ruhige Lucy‹ – ›ein Geschöpf, das einen so wenig kränken kann wie ein Schatten‹, hat er gesagt, und du hast das mit angehört. ›Lucy ist dadurch im Nachteil, daß sie zu schwerfällig in ihren Empfindungen ist und sich zu schwerfällig gibt. Es fehlt ihr an Farbe innerlich und außen!‹ So kommst du dir und deinen Freunden vor, und siehe da! Plötzlich taucht ein kleiner Mann auf, behauptet das genaue Gegenteil und beschuldigt dich rundheraus, du seist ein vergnügtes Quecksilberding, eine launische Wetterfahne, ein prangender Klatschmohn. Dieser barsche kleine Mann, dieser unbarmherzige Richter! Er sucht wahrhaftig mit Fleiß deine armen verstreuten paar Eitelkeitssünden zusammen, deinen unglückseligen rosafarbenen Chiffon, dein zaghaftes Kränzchen, dein Stückchen Band und dein albernes bißchen Spitze, und ruft dich zur Rechenschaft für das Ganze und für jeden einzelnen Posten auf. Du bist so prächtig daran gewöhnt, daß die Leute im Lebenssonnenschein an dir vorbeimarschieren, als seist du ein Schatten. Jetzt hält sich einer gereizt die Hände vor die Augen und schirmt sie ab, weil du ihn aufdringlich blendest. Das ist immerhin etwas Neues.«

29. *Monsieurs Festtag*

Am nächsten Morgen war ich schon eine Stunde vor Tagesanbruch auf und flocht meine Kette fertig. Ich kniete dabei im Schlafsaal auf der Diele neben dem Tisch mit der Nachtlampe und nutzte ihren letzten erlöschenden Schimmer.

Mein gesamtes Material, mein ganzer Vorrat an Perlen und Seide war aufgebraucht, ehe die Kette noch die Länge und Rundung erlangte, die ich im Sinn hatte. Ich hatte sie doppelt gewirkt, denn vom Gesetz des Widerspruchs her war mir soviel klar: Sie mußte unbedingt anspruchsvoll aussehen, wenn sie den befriedigen sollte, um dessen Geschmack es hier ging. Als Abschluß brauchte ich ein kleines goldenes Schloß. Glücklicherweise besaß ich es; es hielt mein einziges Halsband zusammen. Ich löste es vorsichtig davon ab und befestigte es an meinem Werk. Dann rollte ich die fertige Kette fest zusammen und packte sie in ein Kästchen, das ich gekauft hatte, weil es so hübsch funkelte – es war aus einer hellroten tropischen Muschel gefertigt, und ein Kranz blitzender blauer Steine schmückte den Deckel. Auf seiner Innenseite ritzte ich sorgfältig mit der Scherenspitze die Anfangsbuchstaben eines Namens ein.

Vielleicht erinnert sich der Leser noch an die Beschreibung von Madames Festtag. Ich denke, er wird noch wissen, daß zu jedem solchen Jahrestag in der Schule für ein hübsches Geschenk gesammelt wurde, das man ihr dann gemeinsam überreichte. Niemandem wurde die Auszeichnung, so gefeiert zu werden, zuteil als Madame und in beschränkterem Maße ihrem Verwandten und Berater, Monsieur Emanuel. In seinem Fall wurde die Ehrung nicht sorgfältig vorweg geplant und ersonnen, sondern sie entsprang spontan dem Augenblick und bewies gleich manchen andern kleinen Geschehnissen, wie sehr die Schülerinnen ihren Literaturprofessor schätzten, ungeachtet all seiner Voreingenommenheiten und Vorurteile und Zornausbrüche. Sie schenkten ihm nichts Wertvolles. Er gab klar und deutlich zu verstehen, daß er weder Silberzeug noch Schmucksachen annehmen würde. Aber eine Kleinigkeit empfing er mit Vergnügen. Der Preis, der Geldwert ließ ihn kalt. Hätten sie ihm hochtrabend einen Diamantring oder eine goldene Schnupftabaksdose überreicht, so hätte ihn das weniger erfreut als eine Blume oder eine Zeichnung, die sie ihm schlicht und mit aufrichtiger Zuneigung gaben. Seine Natur war so. Er war kein Weiser. Aber die kindliche Zuneigung der heranreifenden Mädchen gehörte ihm.

Monsieur Pauls Namensfest fiel auf den ersten März, einen strahlend sonnigen Donnerstag. Es war zugleich der Tag, an dem es Brauch war, früh die Messe zu besuchen, und überdies war er zur Hälfte schulfrei: Die Mädchen und die Lehrerinnen durften am Nachmittag ausgehen, Einkäufe machen oder Bekannte besuchen. All dies bewirkte, daß sich jede besonders sorgsam und hübsch kleidete, einen frischen Kragen umlegte und das übliche schwarzbraune wollene Schulkleid gegen ein helleres und saubereres austauschte. Mademoiselle Zélie St. Pierre zog an diesem besonderen Donnerstag sogar ein Seidenkleid an, was im sparsamen Labassecour als ein ausschweifender Luxus betrachtet wurde. Ja, man bemerkte sogar, daß sie an diesem Morgen nach dem Friseur schickte und sich eigens das Haar richten ließ. Findige Schülerinnen stellten fest, daß sie Taschentuch und Hände mit einem neuen erlesenen Parfüm benetzt hatte. Arme Zélie! Sie pflegte derzeit häufig zu erklären, daß ihr dies Klosterleben voll Plackerei nachgerade bis zum Erbrechen zuwider sei und daß sie sich danach sehne, Geld und Zeit für ein bequemes und unterhaltsames

Dasein zu besitzen. Sie brauche jemanden, der für sie arbeite, einen Mann, der ihre Schulden bezahle (sie steckte bis zum Hals darin), der ihr zu Garderobe verhelfe und ihr im übrigen ihre Freiheit lasse, so daß es ihr möglich sei, »goûter un peu les plaisirs«. In der Schule hatte man längst davon gemunkelt, daß sie ein Auge auf Monsieur Emanuel geworfen habe. Monsieur Emanuels Blicke ruhten ohne Zweifel oft auf ihr. Es kam häufig vor, daß er minutenlang dasaß und sie beharrlich anstarrte. Einmal beobachtete ich, wie er das eine ganze Viertelstunde hindurch tat, während die Mädchen stumm über einem Aufsatz hockten und er müßig auf seinem Podium thronte. Sie merkte es stets, wenn er sie so basiliskenhaft anschaute, und wand sich dann halb geschmeichelt und halb verwirrt, und Monsieur verfolgte aufmerksam ihre Regungen. Zuweilen sah er dabei erschreckend listig aus. In manchen Fällen war ihm ein grausam unfehlbarer Instinkt eigen, er vermochte den letzten versteckten Gedanken im finstersten Seelenwinkel aufzustöbern und entdeckte unter schillernden Schleiern die dürftigen, dürren Stellen des Gemüts. Ja, er fand die Verkehrtheiten heraus, die heimlichen Verbiegungen, alles das, was Männer und Frauen im Dunkel verborgen wissen wollten, das verkrümmte Rückgrat, das mißgestaltete Glied, das ihnen angeboren war, und, viel schlimmer, den Makel, die Entstellung, die sie sich vielleicht durch eigne Schuld zugezogen hatten. Es gab keine abstoßende Jämmerlichkeit, die Monsieur Emanuel nicht bemitleiden und verzeihen konnte, wenn sie offen eingestanden wurde. Aber wo sein fragender Blick auf unehrliches Leugnen traf, wo sein rücksichtsloses Forschen verlogene Heimlichkeit entdeckte – oh, da konnte er grausam sein. Böse, dachte ich. Da war er imstande, den zitternden Unglückswürmern frohlockend die Hüllen wegzureißen und sie ungestüm auf den Galgenberg zu jagen und dort nackt und bloß zu zeigen, wie sie waren: als erbärmliche lebendige Lügen, als die Nachkommenschaft jener furchtbaren Wahrheit, die man nicht unverschleiert sehen darf. Er glaubte Gerechtigkeit zu üben. Ich für mein Teil zweifle daran, daß der Mensch solcherart über den Menschen Gericht halten darf. Mehr als einmal trieb mir bei seinen Strafaktionen das Mitleid mit seinen Opfern Tränen in die Augen, und ich hielt ihm gegenüber nicht mit Zorn und scharfen Vorwürfen zurück. Er verdiente beides, aber es war schwierig, ihn aus seiner festen Überzeugung herauszuschütteln, daß er ein gerechtes und notwendiges Werk getan habe.

Frühstück und Meßbesuch waren vorüber. Die Glocke läutete zum Unterricht, die Schulzimmer füllten sich, und in der Klasse bot sich nun ein sehr freundliches Bild. Schülerinnen und Lehrerinnen saßen in ihren hübschen Kleidern still und erwartungsvoll aufgereiht da. Jede hielt einen Strauß für Monsieur in der Hand, die schönsten, taufrischen Frühlingsblumen, die mit ihrem Duft den Raum füllten. Nur ich hatte keinen Strauß. Ich sehe die Blumen gern wachsen, aber wenn sie gepflückt sind, machen sie mir keine Freude mehr. Dann sehe ich in ihnen nur noch wurzellose Vergänglichkeit, ein Gleichnis für das Leben, und das stimmt mich traurig. Denen, die ich liebe, schenke ich niemals Blumen, und nie verlange ich danach, welche von denen zu empfangen, die mir teuer sind. Mademoiselle St. Pierre bemerkte meine leeren Hände. Sie konnte es nicht glauben, daß ich so säumig gewesen sein sollte, ihre Blicke schweiften begierig über und um mich her. Irgendwo mußte ich doch sicher wenigstens eine einzelne symbolische Blume bereithalten, ein kleines Büschel Veilchen, irgend etwas, das meinem Geschmack Ehre machen und mir ein Lob für sinnreiche Originalität eintragen würde. Die einfallslose »Anglaise«

nahm der Pariserin alle Sorgen. Sie saß tatsächlich ganz ohne Blumen da, blüten- und laublos wie ein nackter Winterbaum. Sowie sich Zélie davon überzeugt hatte, lächelte sie erfreut.

»Wie klug Sie daran getan haben, Ihr Geld zu sparen, Miß Lucy!« sagte sie. »Ich törichtes Frauenzimmer habe doch wahrhaftig zwei Francs für ein Treibhausbukett hinausgeworfen!«

Und sie hielt mir stolz ihren prächtigen Strauß vor die Nase.

Doch still! Schritte – *die* Schritte. Sie näherten sich ohne Aufenthalt wie stets, doch diesmal taten sie es mit einer Eile, die, so schmeichelten wir uns, nicht bloß von nervöser Unrast und Gewitterlaune herrührte. Wir bildeten uns ein, die Tritte unseres Professors verrieten an diesem Morgen so etwas wie eine freundliche Verheißung, und so war es auch.

Er kam in einer Laune herein, daß er wie ein neuer Sonnenstrahl die ohnehin so sonnenhelle Klasse überglänzte. Das Morgenlicht, das in unsern Blumen spielte und die Wände anlachte, schimmerte froher im Widerschein von Monsieur Pauls herzlichem Gruß. Wie ein rechter Franzose hatte er sich der Lage und Gelegenheit gemäß gekleidet (– wie ein Franzose – ich weiß eigentlich nicht, warum ich das sage, denn seiner Art nach war er weder Franzose noch Labassecourer). Heute verbarg kein rußschwarzer Paletot mit ungewissen, trübseligen, verschwörerheimlichen Falten die Umrisse seiner Person, im Gegenteil, ein zivilisierter Rock und eine seidene Weste hoben seine Gestalt zierlich hervor. Sie war gewiß nicht imposant, die Gestalt, aber so nahm sie sich nicht übel aus. Die trotzige heidnische Griechenmütze war verschwunden: Mit unbedecktem Haupt kam er zu uns herein und trug in der behandschuhten Hand einen christlichen Hut. Er sah gut aus, der kleine Mann, sehr gut. Aus seinen blauen Augen sprachen Klarheit und Güte, und sein dunkles Gesicht glühte von Vertrauen und Wohlwollen. So war es schön. Man konnte feststellen, daß seine keineswegs kleine Nase nicht eben wohlgeformt war, daß seine Wangen hager waren und seine Stirn eigenwillig und kantig und daß sein Mund keiner Rosenknospe glich. Aber das alles war belanglos. Man nahm ihn hin, wie er war, und empfand seine Gegenwart stark und belebend.

Er schritt zu seinem Pult und legte Hut und Handschuhe darauf ab. »Bon jour, mes amies«, sagte er in einem Ton, der bei einigen unter uns manches bissigscharfe Wort, manch wütendes Knurren wettmachte und auslöschte. Es war kein munterer, geselliger Ton, noch weniger ein salbungsvoll priesterlicher, sondern der Stimmklang, der ihm zugehörte und niemandem sonst, der ihm immer dann zu eigen war, wenn ihm das Herz die Worte auf die Lippen trieb. Denn zuweilen sprach es, dies Herz. Ein reizbares Ding war es wohl, aber nicht verhärtet. In seinem Innersten barg sich eine Zartheit, die über die Zärtlichkeit des Mannes hinausging. Sie bewirkte es, daß er sich zu kleinen Kindern hinabbeugte, sie band ihn an Mädchen und Frauen und machte ihn wesensverwandt mit ihnen. Er konnte das nicht wegleugnen, sosehr er dagegen rebellierte, und er konnte auch nicht ganz bestreiten, daß er sich im Grunde mit ihnen besser verstand als mit den Angehörigen seines eigenen Geschlechtes.

»Wir alle wünschen Monsieur einen guten Morgen und bringen ihm unsere Glückwünsche zu seinem Namenstage dar«, sagte Mademoiselle Zélie, indem sie sich zur Sprecherin für die Versammelten machte. Und sie trat mit gezierten Bewegungen vor und legte ihr kostbares Bukett vor ihn hin. Er beugte sich darüber.

Die andern Gaben folgten in langer Reihe. Alle Schülerinnen huschten mit den gleitenden Schritten, die sich die ausländischen Mädchen einüben, an ihm vorüber und ließen dabei ihr Angebinde auf dem Pult zurück. Und jede legte ihr Sträußchen so geschickt, daß das letzte den Gipfel einer Blumenpyramide bildete – einer Pyramide, die mit ihrer blühenden, duftenden Fülle so breit und hoch emporragte, daß sie am Ende die Hauptperson dahinter fast verbarg. Als diese Zeremonie vorüber war, nahmen alle ihre Plätze wieder ein, und wir saßen lautlos und gespannt und warteten auf das, was er sagen würde.

Fünf Minuten mochten so verstrichen sein, und die Stille hielt an. Aus den fünf Minuten wurden zehn – noch immer kein Ton. Kein Zweifel, jetzt fingen die meisten Anwesenden an, sich zu wundern, worauf Monsieur noch wartete. Sie hatten allen Grund zur Verwunderung. Stumm und unsichtbar hinter seiner Blumenpyramide, reglos und ohne Laut harrte er aus. Endlich drang seine Stimme zwischen den Blüten hervor. Sie klang recht dumpf, als spräche er aus einer Grube heraus: »Est-ce là tout?«

Mademoiselle Zélie schaute in die Runde.

»Sie haben alle Ihren Strauß überreicht?« fragte sie die Schülerinnen. Ja, sie hatten allesamt, von den Ältesten bis zur Jüngsten, von der Größten bis zur Kleinsten, ihre Sträuße abgeliefert. Die älteste Lehrerin gab das zu verstehen.

»Est-ce là tout?« wiederholte er. Hatte seine Stimme vorher dumpf geklungen, so war sie jetzt noch um einige Töne gesunken. Mademoiselle St. Pierre erhob sich und sprach nun mit ihrem süßesten Lächeln. »Monsieur«, sagte sie, »ich habe die Ehre Ihnen mitzuteilen, daß jede Person in der Klasse mit einer einzigen Ausnahme ihren Strauß überreicht hat. Miiiß Lucy wird Monsieur gütigst entschuldigen. Als

Fremde kennt sie vermutlich unsere Bräuche nicht oder weiß deren Bedeutung nicht recht zu würdigen. Miiiß Lucy hat diese Feier wohl als so unbedeutend angesehen, daß sie uns nicht die Ehre gegeben hat, sich zu beteiligen.«

»Großartig!« preßte ich zwischen den Zähnen hervor. »Zélie, du bist keine schlechte Rednerin, wenn du einmal anfängst.«

Die Antwort, die Mademoiselle St. Pierre vom Podium her zuteil wurde, bestand in einer Handbewegung hinter der Pyramide. Die Geste schien Worte zu mißbilligen und Schweigen zu gebieten.

Nicht lange, und der Hand folgte die ganze Gestalt. Monsieur tauchte aus seinem Blütenschatten hervor, stellte sich auf dem Rand des Podestes auf, schaute starr und unverwandt geradeaus auf die große Weltkarte, die an der gegenüberliegenden Wand hing, und fragte zum drittenmal, und diesmal in wahrhaft tragischem Tone: »Est-ce là tout?«

Noch hätte ich alles ins Lot bringen können. Ich brauchte ja nur einen Schritt vorzutreten und ihm den kleinen blaßroten Muschelkasten in die Hand zu drücken, den ich im Augenblick fest in der meinen hielt. Genau das hatte ich im Sinn gehabt. Aber zuerst hatte mich das Komische in Monsieurs Betragen dazu verführt, mein Vorhaben hinauszuzögern, und jetzt hatte mich Mademoiselle St. Pierres heuchlerische Einmischung halsstarrig gemacht. Miß Snowe und ihr Charakter konnten nicht den leisesten Anspruch auf Vollkommenheit erheben – der Leser hat vollauf Gelegenheit gehabt, das zu bemerken. Deswegen wird es ihn auch kaum überraschen, wenn er hört, daß die verstockte Miß Snowe keine Lust zu einer Erklärung verspürte. Mochte Mademoiselle sie nach Belieben anschwärzen! Nebenbei, Monsieur Paul gebärdete sich so tragisch und nahm meine Pflichtvergessenheit so ernst, daß er den Ärger verdiente. So wahrte ich meine unbewegte Miene, behielt mein Kästchen und saß fühllos wie ein Stein.

»Also gut!« stieß Monsieur Paul schließlich hervor. Und nun, nachdem er sich zu dieser Äußerung aufgerafft hatte, flutete eine schwere schwarze Woge über sein Gesicht. Zorn, Verachtung, finstere Entschlossenheit kräuselten seine Lippen und furchten seine Wangen. Er schluckte jede weitere Bemerkung hinunter und stürzte sich unverweilt in seinen gewöhnlichen ›Vortrag‹.

Ich habe keine Ahnung mehr davon, worum es in diesem ›Vortrag‹ ging. Ich hörte nicht zu. Das Hinunterschlucken, die Art, wie er Kränkung und Ärger jäh von sich abgetan hatte, verursachten mir ein Gefühl, das dem lächerlichen Eindruck seines wiederholten »Est-ce là tout?« entgegenwirkte und ihn halb verlöschte.

Ziemlich am Ende seiner Rede gab es eine angenehme Ablenkung; nun wurde meine Aufmerksamkeit wieder auf eine amüsante Weise gefesselt. Irgendeine zufällige kleine Bewegung von mir löste ihn aus. Ich glaube, ich verlor meinen Fingerhut, und als ich mich bückte, um ihn aufzuheben, stieß ich mit dem Kopf an die scharfe Ecke meines Pultes. Der Unfall, der ja von Rechts wegen mir am ärgerlichsten sein mußte, verursachte natürlich einiges Aufsehen. Monsieur Paul geriet in Bewegung, ließ seinen erzwungenen Gleichmut fahren, schlug Würde und Selbstbeherrschung, mit denen er sich ohnehin nie lange beschwerte, in den Wind und brach in die Töne aus, die am besten danach angetan waren, ihm Luft zu verschaffen.

Ich weiß nicht, wie er es im Lauf seines Vortrags fertiggebracht hatte, den Kanal zu überqueren und auf britischem Boden zu landen, aber dort fand ich ihn jedenfalls, als ich zuzuhören begann.

Er ließ einen raschen, spöttischen Blick durchs Zimmer

schweifen – einen Blick, der mich vernichtete oder wenigstens vernichten sollte, als er mich streifte –, und dann fiel er wütend über »les Anglaises« her.

Nie habe ich jemand so mit den englischen Frauen umspringen hören wie an diesem Morgen Monsieur Paul. Er schonte nichts an ihnen, nicht ihr Gemüt, ihre Moral, ihre Manieren noch ihr Äußeres. Ich erinnere mich namentlich daran, wie er ihre große Statur schmähte, ihren langen Hals, ihre dünnen Arme. Dann ging er zu ihrer schlampigen Kleidung und ihrer pedantischen Erziehung, zu ihrer gottlosen Freigeisterei, ihrem unerträglichen Hochmut und ihrem Tugendstolz über. Als er den erwähnte, knirschte er bösartig mit den Zähnen und schaute drein, als hätte er über diesen Punkt gern einige ganz besondere Dinge geäußert, aber das versagte er sich doch lieber. Oh! Er war boshaft, ätzend, grausam, und als natürliche Folge davon abscheulich häßlich.

Kleiner giftiger Mann! dachte ich, und deinetwegen will ich mich quälen, weil ich Sorge habe, *dich* enttäuscht und verletzt zu haben? Weiß der Himmel, nein, du sollst mir so gleichgültig sein wie das schäbigste Sträußchen in deiner Pyramide.

Leider muß ich sagen, daß ich diesen Entschluß nicht ganz auszuführen vermochte. Eine Zeitlang hörte ich kaltblütig zu, wie er England und die Engländer beschimpfte. Etwa eine Viertelstunde ertrug ich das stoisch. Aber sein basiliskenhaftes Gezisch zielte darauf, zu stechen, und schließlich sagte er solche Dinge, daß ich den Stich spürte. Er stürzte sich nicht nur über unsere Frauen her, sondern auch über unsere Größten und Besten, besudelte Britannias Schild und zog den Union Jack durch den Schlamm, holte mit boshaftem Behagen die pikantesten historischen Lügen hervor, die auf dem Kontinent umgehen – nichts Kränkenderes läßt sich denken. Zélie und mit ihr die ganze Klasse verschmolzen miteinander in einem Grinsen rachsüchtigen Entzückens – denn es ist seltsam zu entdecken: Sie hassen England insgeheim aus Herzensgrund, diese Tölpel von Labassecour. Am Ende schlug ich hart auf den Tisch, tat den Mund auf und schrie: »Vive l'Angleterre, l'Histoire et les Héros! A bas la France, la Fiction et les Faquins!«

Die Klasse saß wie vom Donner gerührt. Ich glaube, sie hielten mich für verrückt. Der Professor hob sein Taschentuch an den Mund und lächelte teuflisch in seine Falten hinein. Das kleine boshafte Ungeheuer! Jetzt hielt er sich für den Sieger, weil er mich in Zorn versetzt hatte. Im Handumdrehn gewann er seine gute Laune zurück. Ganz sanft nahm er das Thema Blumen wieder auf, sprach poetisch und symbolisch von ihrer Süße, ihrem Duft, ihrer Unschuld, zog nach Franzosenart Vergleiche zwischen »jeunes filles« und den lieblichen Blüten vor ihm, zollte Mademoiselle St. Pierre ein üppiges Kompliment über die Unvergleichlichkeit ihres Straußes und schloß damit, daß er ankündigte, am ersten wirklich schönen, milden, duftenden Frühlingsmorgen wolle er die ganze Klasse zu einem Frühstück auf dem Lande ausführen. »Die in der Klasse wenigstens«, fügte er mit Nachdruck hinzu, »die ich zu meinen Freunden zählen darf.«

»Donc je n'y serai pas«, erklärte ich unwillkürlich.

»Soit!« war seine Antwort. Er raffte die Blumen in seine Arme und schoß aus dem Zimmer, während ich meine Näharbeit, die Schere, den Fingerhut und den vernachlässigten kleinen Kasten in mein Pult warf und die Treppe hinauffegte. Ich weiß nicht, ob *er* vor Zorn glühte, aber daß *ich* es tat, gebe ich bereitwillig zu.

Doch ich hatte noch keine Stunde auf meiner Bettkante gesessen und mir wieder und wieder seine Miene, sein Verhalten und seine Worte ins Gedächtnis gerufen, da schmolz mein Zorn seltsam dahin, und ich lächelte über den ganzen Auftritt. Ein leiser Stich der Reue blieb. Warum hatte ich ihm das Kästchen nicht überreicht? Ich hatte ihn erfreuen wollen. Das Schicksal hatte es nicht gewollt.

Im Verlauf des Nachmittags besann ich mich darauf, daß ein Pult im Klassenzimmer alles andre als ein sicherer Aufbewahrungsort war, und ich dachte mir, es sei ratsam, das Kästchen besser unterzubringen. In seinem Deckel standen ja die Initialen P. C. D. E. – das hieß Paul Carl (oder Carlos) David Emanuel – so lautete sein voller Name. Diese Ausländer mußten stets eine ganze Kette von Taufnamen haben. Ich ging also ins Schulzimmer hinab.

Es lag in tiefer Feiertagsruhe. Die Externen waren alle nach Hause zurückgekehrt, die Pensionärinnen gingen spazieren, die Lehrerinnen – außer der Aufsichtführenden für die Woche – befanden sich zu Besuchen oder Einkäufen in der Stadt. Die Flucht der Klassenzimmer stand leer, ebenso der große Saal mit dem umfangreichen, feierlichen Globus, der in der Mitte hing, den beiden vielarmigen Kronleuchtern und dem Flügel – der stand schweigend und geschlossen und genoß seinen mittwöchigen Sonntag. Ich wunderte mich einigermaßen, als ich die Tür zur ersten Klasse offenstehen fand. Gewöhnlich war dieser Raum abgeschlossen, wenn er unbenutzt blieb, und dann hatte niemand außer Madame Beck und mir – ich besaß einen zweiten Schlüssel – Zugang zu ihm. Ich trat näher und wunderte mich noch mehr, denn nun vernahm ich undeutlich, daß sich drinnen jemand bewegte: Ich hörte einen Schritt; ein Stuhl wurde gerückt. Ein Pultdeckel aufgeklappt.

Sicher ist es bloß Madame Beck »im Dienst«, schloß ich nach einem Augenblick des Überlegens, sie kontrolliert mal wieder. Die halbgeöffnete Tür erlaubte mir, mich zu überzeugen, ob ich richtig vermutete. Ich blickte hinein. Siehe da! Das war nicht Madames Inspektionstracht, der Schal und das blütenfrische Häubchen, sondern ein Männerrock und ein kurzgeschorener dunkler Männerkopf. Der, zu dem Kopf und Rock gehörten, saß auf meinem Stuhl; seine olivenfarbene Hand hielt mein Pult offen, und seine Nase steckte tief in meinen Papieren. Er kehrte mir den Rücken zu, aber ich konnte keine Sekunde im Zweifel sein, wen ich da vor mir hatte. Die Feiergarderobe hatte er bereits wieder abgelegt und den geliebten tintenfleckigen Paletot angezogen. Die trotzige Griechenmütze lag am Boden, als sei sie eben der Hand entfallen, die auf so sträfliche Weise geschäftig war.

Nun wußte ich, und zwar seit langem, daß Monsieur Pauls Hände mit meinem Pult höchst vertraulichen Umgang pflegten, daß sie den Deckel hoben und wieder herabließen, daß sie den Inhalt durchwühlten und ordneten, fast so selbstverstänlich wie meine eigenen. Die Tatsache stand außer Frage, und er wünschte auch gar nicht, sie zu verhehlen. Bei jedem Besuch, den er machte, ließ er greifbare und unmißverständliche Zeichen zurück. Doch bis jetzt hatte ich ihn nie auf frischer Tat ertappt. Ich konnte mich auf die Lauer legen, wie ich wollte, es gelang mir nicht, die Stunden und Augenblicke seines Kommens zu entdecken. Ich sah des Brownies Werk an Stilübungen, die ich am Abend fehlergespickt hatte liegen lassen und die ich am Morgen sorgfältig verbessert wiederfand; ich zog den Nutzen aus seinem launischen Wohlwollen in Gestalt erfreulicher und erquicklicher Leihgaben. Zwischen einem vergilbten Wörterbuch und einer abgenutzten Grammatik tauchte wie durch Hexerei eine jugendfrische, fesselnde Dichtung, noch feucht von der Presse her, auf, oder ein klassisches Werk lag da, vollsaftig und süß in seiner Reife. Aus meinem Arbeitskorb lugte lachend ein Roman hervor, und darunter versteckt lag die Flugschrift, das Magazin, dessen Extrakt die letzte Abendlesung geboten hatte. Unmöglich, im Zweifel zu sein, aus welcher Schatzhöhle diese Kostbarkeiten stammten. Hätte es keinen andern Anhaltspunkt gegeben, so hätte doch eine verräterische Eigenheit, die allen gemeinsam war, die Frage entschieden. *Sie rochen nach Zigarrenrauch*. Das war natürlich ziemlich widerwärtig. *Ich* jedenfalls empfand das zuerst so und pflegte mit einigem Getöse das Fenster aufzureißen, um mein Pult auszulüften und die verräucherten Broschüren mit spitzen Fingern in den reinigenden Wind hinauszuhalten. Aber diese Prozedur wurde mir sehr plötzlich ausgetrieben. Eines Tages erwischte mich Monsieur dabei, begriff den Sinn, entriß meiner Hand augenblicklich ihre Bürde und hätte sie im nächsten Augenblick in die Ofenglut geworfen, wenn ich nicht dies eine Mal ebenso entschlossen gewesen wäre wie er und schneller. Zufällig handelte es sich um ein Buch, auf das ich besonders erpicht war. Ich nahm die Beute mit raschem Griff wieder an mich, und nachdem ich diesen Band gerettet hatte, brachte ich keinen andern wieder in Gefahr. Ja, und trotz alledem war ich nie imstande gewesen, den launenhaften, freundlichen, zigarrenliebenden Hausgeist bei seinen Besuchen zu ertappen.

Aber jetzt hatte ich ihn endlich. Da war er – mein Brownie höchstpersönlich Und da schlängelte sich von seinen Lippen der blaßblaue Atem seiner brasilianischen Freundin. Er rauchte in mein Pult hinein, kein Wunder, daß ihn das verriet. Die Pulträucherei reizte mich, gleichzeitig freute ich mich, ihn zu überraschen. Ich freute mich: Das heißt, ich spürte ähnlich gemischte Gefühle wie die Hausfrau, die schließlich ihren seltsamen elfischen Bundesgenossen entdeckt, wie er zu unpassender Zeit am Butterfaß werkelt. Leise schlich ich mich hinzu, trat hinter ihn und beugte mich vorsichtig über seine Schulter, und es gab mir einen Stich ins Herz.

Nach aller morgendlichen Feindschaft und all meiner scheinbaren Saumseligkeit, nachdem ich ihm weh getan und seinen Zorn so bedenkenlos angefacht hatte, nach all diesem hatte er mir, willig zu vergessen und zu vergeben, ein paar schöne Bände gebracht. Titel und Verfasser bürgten dafür, daß sie mich fesseln würden. Nun, da er über das Pult gebeugt saß, durchstöberte er dessen Inhalt, aber mit zarter und behutsamer Hand. Wenn er die Dinge auch durcheinanderbrachte, so richtete er doch keine Verwüstung an. Ich beugte mich über ihn, der ahnungslos saß, und wieder spürte ich den Stich im Herzen. Er tat mir Gutes, soviel in seinen Kräften stand. Unmöglich, daß er mir grollte. Mein Ärger vom Morgen schmolz ganz dahin. Nein, Professor Emanuel war mir nicht zuwider.

Er hörte wohl meine Atemzüge. Plötzlich drehte er sich um. Nervös war er, aber er fuhr nie zusammen, und es kam selten vor, daß er die Farbe wechselte. Auch eine gute Portion kühne, wetterfeste Kraft gehörte zu seinem Wesen.

»Ich glaubte, Sie seien mit den andern Lehrerinnen in die Stadt gegangen«, sagte er mit einer grimmigen Anstrengung, die Fassung zu wahren, die ihm halb und halb entglitt. »Sie sind dageblieben, auch gut. Denken Sie, ich mache mir was draus, daß Sie mich erwischen? Nicht die Spur. Ich untersuche oft Ihr Pult.«

»Monsieur, das weiß ich.«

»Sie finden dann und wann eine Broschüre oder ein Buch, aber Sie lesen es nicht, weil die« – er berührte seine Zigarre – »dabei war, als ich es hinlegte.«

»Das war sie, und die Literatur wurde durch sie nicht besser. Aber gelesen habe ich alles.«

»Ohne Vergnügen?«

»Ich darf Monsieur nicht widersprechen.«

»Mögen Sie die Bücher, oder ein paar davon? Sind sie angenehm?«

»Monsieur hat hundertmal gesehen, wie ich sie gelesen habe, und weiß, ich habe nicht so viel Freuden, daß ich die mißachten könnte, die ich ihm verdanke.«

»Ich meine es gut. Und wenn Sie sehen, daß ich es gut meine, und meine Mühe Ihnen dann und wann ein wenig Vergnügen schafft – warum können wir dann nicht Freunde sein?«

»Ein Fatalist würde sagen: Weil wir nicht können.«

»Diesen Morgen«, fuhr er fort, »bin ich froh und hell aufgewacht und froh hierhergekommen. Sie haben mir meinen Tag verdorben.«

»Nein, Monsieur. Nur eine Stunde davon, vielleicht zwei. Und das habe ich nicht gewollt.«

»Nicht gewollt! Nein. Es war mein Namenstag. Alle haben mir Glück gewünscht, nur Sie nicht. All die kleinen Mädchen aus der dritten Klasse haben mir ihr Veilchensträußchen überreicht und mir ihren Glückwunsch gestottert. Sie – nichts. Keine Knospe, kein Blatt, kein Wort – nicht ein Blick. Und das haben Sie nicht gewollt?«

»Ich habe nichts Böses im Sinn gehabt.«

»Dann haben Sie wirklich nicht gewußt, was bei uns Brauch ist? Und waren unvorbereitet? Sie würden gern ein paar Centimes für eine Blume ausgegeben haben, um mir eine Freude zu machen, wenn Sie geahnt hätten, daß ich das erwartete? Sagen Sie mir das, und alles ist vergessen, und der Kummer ist gestillt.«

»Ich *habe* gewußt, daß Sie warteten, und ich *war* darauf vorbereitet. Aber für Blumen habe ich kein Geld ausgegeben.«

»Gut, gut – es ist recht, daß Sie ehrlich sind. Ich glaube,

ich hätte Sie hassen müssen, wenn Sie geschmeichelt und gelogen hätten. Besser, Sie sagen mir rundheraus: Paul Carl Emanuel – je te déteste, mon garçon! Besser das, als teilnehmend lächeln, freundlich und liebevoll dreinblicken und im Herzen falsch und kalt sein. Falsch und kalt – nein, das sind Sie nicht, das glaube ich nicht von Ihnen. Aber ich glaube, Sie haben einen großen Fehler in Ihrem Leben gemacht. Ihr Urteil über die Menschen ist schief und krumm, fürchte ich. Sie sind gleichgültig, wo Sie dankbar sein sollten, und vielleicht sind Sie dort treu und ergeben, wo Sie besser kalt wie Ihr Name wären. Glauben Sie nicht, daß ich möchte, Sie fühlten eine Leidenschaft für mich, Mademoiselle – Dieu vous en garde! Warum fahren Sie zusammen? Weil ich Leidenschaft gesagt habe? Schön, ich sage es noch einmal. Es gibt solch ein Wort, und es gibt solch ein Ding – wenn auch nicht innerhalb dieser Wände, Gott sei Dank! Sie sind doch kein Kind mehr, von dem man nicht von dem sprechen dürfte, was doch ist. Aber ich habe nur das Wort gebraucht. Das Ding, glauben Sie mir, ist mir und meinem ganzen Leben und Denken fern. Es ist längst gestorben. Jetzt liegt es unter der Erde. Das Grab ist tief, der Hügel darüber wölbt sich hoch, viele Winter ist er alt. Einmal wird es eine Auferstehung geben, das glaube ich, und damit tröste ich mich. Aber dann wird alles verwandelt sein, Gestalt und Gefühl. Was sterblich war, wird in Unsterbliches umgeschmolzen sein, es wird auferstehen, aber nicht für die Erde, sondern zum Himmel. Alles, was ich Ihnen, Miß Lucy Snowe, sage, ist nur das: Sie sollten den Professor Paul Emanuel so behandeln, wie es sich gehört.«

Dem konnte ich nicht widersprechen, und ich tat es nicht.

»Sagen Sie mir«, fuhr er fort, »wann *Ihr* Namenstag ist, und ich will mich gern von ein paar Centimes trennen, um Ihnen eine Winzigkeit darzubringen.«

»Dann werden Sie tun, Monsieur, was ich getan habe. Das hier kostet mehr als ein paar Centimes, und ich habe sie gern ausgegeben.«

Und ich holte das Kästchen aus meinem offenstehenden Pult und drückte es ihm in die Hand.

»Heute morgen lag es in meinem Schoß bereit«, sprach ich weiter, »und wenn Monsieur ein wenig geduldiger gewesen wäre und Mademoiselle St. Pierre sich nicht ganz soviel eingemischt hätte, ja, und vielleicht müßte ich auch sagen: wenn *ich selbst* klüger und gelassener gewesen wäre, dann hätte ich es Ihnen schon gegeben.«

Er betrachtete das Kästchen; ich sah, daß die klare, warme Farbe und das Kränzchen aus hellblauen Steinen seinen Augen wohlgefielen. Ich hieß ihn, es zu öffnen. »Meine Initialen!« sagte er und deutete auf die Buchstaben im Deckel. »Wer hat Ihnen gesagt, daß ich Carl David getauft bin?«

»Ein kleiner Vogel, Monsieur.«

»Fliegt er von mir zu Ihnen? Dann kann man ihm notfalls eine Botschaft unter den Flügel binden?«

Er nahm die Kette heraus – dies Nichts an Wert, aber seideglänzend und perlenfunkelnd. Sie gefiel ihm. Unbefangen wie ein Kind bewunderte er sie.

»Für mich?«

»Ja, für Sie.«

»Das ist das Ding, an dem Sie gestern abend arbeiteten?«

»Eben das.«

»Und heute morgen haben Sie es fertiggeflochten?«

»Ja.«

»Und Sie haben es in der Absicht angefangen, daß es mir gehören sollte?«

»Aber ja doch.«

»Und wollten mir's zum Namenstag schenken?«

»Ja.«

»Und dabei sind Sie geblieben, während Sie es knüpften?«

Wieder bejahte ich.

»Dann brauche ich also kein Stück herauszuschneiden, weil ich sagen muß: Dies Teil gehört nicht mir, das ist in Gedanken an jemand anders als Schmuck für ihn geflochten worden?«

»Aber ganz gewiß nicht! Das ist weder nötig, noch wäre es gerecht.«

»Die Kette gehört *ganz und gar* mir?«

»Ganz und gar Ihnen.«

Unverzüglich knöpfte Monsieur seinen Paletot auf und befestigte die Kette quer über der Brust, so daß sich möglichst wenig davon verbarg und sie in vollem Glanze prangte, denn es fiel ihm nicht im Traum ein, etwas, das er bewunderte und für dekorativ hielt, zu verstecken. Was das Kästchen anlangte, so erklärte er, es sei eine prächtige Bonbonniere – nebenbei gesagt, er liebte Bonbons, und da er stets das, was ihm selber gefiel, gern mit andern teilte, pflegte er seine »Dragées« so freigebig auszuteilen, wie er seine Bücher verlieh. Als ich die Gaben aufzählte, die der freundliche Brownie in meinem Pult zurückließ, vergaß ich manches Tütchen mit Schokoladenkonfekt. In diesen Dingen war sein Geschmack südländisch und so, wie es uns kindisch vorkommt. Sein einfaches Mittagsmahl bestand gewöhnlich aus einer Brioche, und oft genug teilte er sie mit einem Kind aus der dritten Klasse.

»À présent c'est un fait accompli«, sagte er, indem er seinen Paletot wieder zuknöpfte. Mehr Worte verloren wir nicht über den Gegenstand. Er überflog zwei Bände, die er mitgebracht hatte, und trennte mit seinem Federmesser ein paar Seiten heraus – so stutzte er seine Bücher stets zu, ehe er sie verlieh, zumal wenn es Romane waren, und manchmal verdroß mich seine strenge Zensur ein wenig, denn die Lükken unterbrachen die Handlung. Dann stand er auf, berührte höflich seine griechische Mütze und wünschte mir artig einen guten Tag.

Jetzt sind wir Freunde, dachte ich – bis der nächste Zank kommt.

Noch am selben Abend *hätten* wir uns zanken können, aber, so erstaunlich das klingt, dies eine Mal versäumten wir es, die Gelegenheit zu benutzen.

Wider alles Erwarten erschien Monsieur Paul zur Studierstunde. Da wir ihn am Morgen so ausgiebig gesehen hatten, glaubten wir nicht, daß er abends kommen würde. Doch kaum hatten wir uns mit unsrer Arbeit niedergelassen, da tauchte er auf. Ich gestehe, daß ich glücklich war, als ich ihn erblickte, so sehr, daß ich ihm entgegenlächelte – ich konnt nicht anders. Und als er auf eben den Platz zuschritt, der Schuld an dem vergangenen bösen Mißverständnis trug, hütete ich mich wohl, zuviel beiseite zu rücken. Er paßte mit einem argwöhnischen schrägen Blick auf, ob ich zurückwich, aber ich tat es nicht, obwohl wir reichlich eng auf der dichtbesetzten Bank hockten. In mir war der ursprüngliche Instinkt, der die Berührung mit Monsieur Paul scheute, erloschen. Plötzlich waren mir der Paletot und die Griechenmütze gute Bekannte geworden, und ihre nahe Nachbarschaft störte und schreckte mich nicht mehr. Jetzt saß ich nicht mehr krampfhaft starr und »asphyxiée« (wie er das zu nennen pflegte) neben ihm. Ich rührte mich, wenn mir danach zumute war, hustete, wenn ich Hustenreiz spürte, ja, wenn ich müde war, gähnte ich sogar – kurz, ich tat, wonach mich verlangte, und verließ mich blindlings auf seine Nachsicht. Und meine Vermessenheit wurde auch nicht – wie sie es vielleicht verdient hätte – bestraft, wenigstens nicht an diesem Abend. Er war milde und gutmütig. Seine

Augen schossen keinen einzigen bösen Blick ab, kein hitziges Wort sprang ihm von den Lippen. Er sprach mich freilich bis zur letzten Minute dieses Abends nicht an, doch ich fühlte, daß er mir wohlwollte. Schweigen hat vielerlei Arten und atmet vielerlei Bedeutungen. Mich hätte kein Wort froher und zufriedener machen können als Monsieur Pauls stumme Gegenwart. Als das Tablett mit dem Abendbrot hereingetragen wurde und das Getümmel begann, zog er sich zurück. Alles, was er sagte, war, daß er mir eine gute Nacht und angenehme Träume wünsche. Und ich hatte sie.

30. Monsieur Paul

Ja, und dennoch muß ich dem Leser raten, daß er sich nicht mit freundlichen Schlußfolgerungen übereilen oder in vorschneller Nächstenliebe glauben möge, daß Monsieur Paul von jenem Tag an ein anderer Mensch geworden sei, einer, mit dem es sich leicht leben ließ und der nicht mehr dazu neigte, Angst und Schrecken um sich zu verbreiten.

Nein. Er war von Natur ein unvernünftig launischer kleiner Mann, maßlos in seinem Stimmungswechsel. Wenn er überarbeitet war, was oft vorkam, wurde er zum Pulverfaß, und überdies färbte eine bleigraue Belladonnalösung seine Adern dunkel: – die Eifersucht. Ich meine nicht nur die empfindsame Eifersucht des Herzens, sondern jenes trübere, kleinlichere Gefühl, das dem Verstand entspringt.

Manchmal saß ich und betrachtete Monsieur Paul, wie er die Stirn krauste oder die Unterlippe vorschob, wenn er eine Arbeit von mir durchsah und darin weniger Fehler fand, als er wünschte, denn er hatte es gern, wenn mir Schnitzer unterliefen. Ihm schmeckte ein Knäuel von Stümpereien so süß wie eine Handvoll Nüsse. Dann dachte ich, daß er in manchen Stücken Napoleon Bonaparte glich. Das scheint mir noch heute so.

In seiner schamlosen Unduldsamkeit gemahnte er an den großen Kaiser. Monsieur Paul hätte sich mit zwanzig gelehrten Frauen herumgezankt, hätte ohne Erröten einen Feldzug mit unbedeutenden Zwistigkeiten und Anwürfen gegen einen ganzen großstädtischen Klüngel geführt und sich keinen Deut darum geschert, ob er seiner Würde etwas vergab oder ob ihm Würde dabei fehlte. Er hätte fünfzig Madames de Staël ins Exil getrieben, wenn sie ihm in die Quere gekommen wären, wenn sie ihn gekränkt, wenn sie sich gegen ihn gestellt, wenn sie ihm Konkurrenz gemacht hätten.

Ich erinnere mich noch gut an den hitzigen Zwischenfall mit einer gewissen Madame Panache – einer Dame, die vorübergehend bei Madame Beck angestellt war, um Geschichtsunterricht zu erteilen. Sie war klug, das heißt, sie besaß Kenntnisse und verfügte daneben gründlich über die Kunst, sie zur Geltung zu bringen. Worte und Selbstvertrauen standen ihr unbegrenzt zu Gebote. Sie sah auch keineswegs übel aus; ich glaube, viele Leute hätten sie für eine schöne Frau erklärt. Und doch lag in ihren derben, üppigen Reizen wie in ihrer betriebsamen, aufdringlichen Gegenwart etwas, das Monsieur Paul mit seinem heiklen und launischen Geschmack offensichtlich nicht vertrug. Wenn Ihre Stimme im Karree widerschallte, versetzte ihn das stets in eine merkwürdige Aufregung. Manchmal, wenn er ihre langausgreifenden Schritte im Korridor hörte, raffte er seine Papiere zusammen und ergriff die Flucht.

Eines Tages setzte er es sich in boshafter Absicht in den Kopf, in ihre Klasse einzudringen. Blitzschnell erfaßte er ihre Unterrichtsmethode; sie wich von der seinen in einem Grundsatz ab, den er als Lieblingssteckenpferd ritt. Ohne viel Umstände und mit noch weniger Höflichkeit hielt er ihr das vor, was er ihre Irrtümer nannte. Ich weiß nicht, ob er annahm, sie werde sich respektvoll fügen, jedenfalls stieß er auf scharfen Widerspruch und obendrein verbat sich die Dame rundheraus seine zweifellos unberechtigte Einmischung.

Statt daß er sich nun mit Würde zurückzog, wie er jetzt noch gekonnt hätte, schleuderte er ihr den Fehdehandschuh vor die Füße. Im Nu hatte ihn Madame Panache, kriegerisch wie Penthesilea, an sich gerissen. Sie schnippte dem, der so unberufen die Nase in ihre Angelegenheiten gesteckt hatte, die Finger ins Gesicht und überschüttete ihn mit einer Sturmflut von Worten. Monsieur Emanuel war beredt, aber Madame Panaches Zungenfertigkeit war überwältigend. In der Folge entstand eine Kette bitterböser Reibereien. Statt daß sich Monsieur Paul über seine schöne Gegnerin, ihre verletzte Eigenliebe und ihre laute Rechthaberei ins Fäustchen lachte, haßte er sie von ganzem Herzen. Er tat ihr die Ehre an, gegen sie zu wüten. Er verfolgte sie rachsüchtig und unversöhnlich und erklärte, er könne nicht friedlich in seinem Bette ruhen und sich seine Mahlzeiten nicht gebührend angedeihen lassen, ja nicht einmal die Zigarre werde ihm noch schmecken, bevor Madame Panache nicht fein säuberlich aus dem Institut entfernt sei. Der Professor siegte, aber ich kann nicht behaupten, daß ihm der Lorbeerkranz dieses Sieges gut zu Gesicht stand. Einmal wagte ich es, ihm so etwas anzudeuten. Zu meiner großen Überraschung gestand er zu, daß ich vielleicht recht hätte, erklärte aber, wenn er mit Frauen der groben, selbstgefälligen Art in Berührung komme, für die Madame Panache ein Musterbeispiel darstelle, dann sei er nicht mehr Herr über seine Leidenschaften. Ein namenloser Widerwille springe in ihm auf und zwinge ihn zu einem Vernichtungskampf.

Drei Monate danach hörte er, daß seine niedergerungene Feindin weitere Rückschläge erlitten hatte, stellungslos sei und aller Wahrscheinlichkeit nach ernsthaft in Not war. Da vergaß er seinen Haß und setzte, gleich tatkräftig im Guten wie im Bösen, Himmel und Erde in Bewegung, bis er eine Beschäftigung für sie gefunden hatte. Als sie dann kam, um die vergangenen Streitigkeiten zu begraben und ihm für seine eben bewiesene Güte zu danken, wirkte die alte, ein wenig zu laute Stimme, die alte, ein wenig zu vorschnelle Art so auf ihn, daß er nach zehn Minuten aufsprang und sie, oder besser gesagt, sich selber in einem Ausbruch von nervöser Gereiztheit mit Verbeugungen aus dem Zimmer komplimentierte.

Um die einigermaßen kühne Parallele weiter zu verfolgen – auch in der Liebe zur Macht, in dem gierigen Griff nach der Oberhoheit glich Monsieur Paul dem Kaiser Bonaparte. Er war ein Mann, dem man sich nicht stets unterwerfen durfte. Zuweilen war es nötig, daß man sich ihm widersetzte. Es war richtig, sich ruhig vor ihn hinzustellen, aufzublicken in seine Augen und ihm zu sagen, daß seine Forderungen ohne Sinn und Verstand waren, daß sein Absolutismus an Tyrannei grenzte.

Wenn in seinem Bereich und unter seiner Leitung ein besonderes Talent aus dem Dunkel emportauchte und ungelenk die ersten Bewegungen versuchte, dann erregte ihn das seltsam, ja, es verstörte ihn. Stirnrunzelnd beobachtete er, wie es sich ins Leben kämpfte, und hielt die Hand hinter den Rücken. Vielleicht sagte er: »Vorwärts, wenn du die Kraft in dir hast«, aber er tat nichts dazu, um ihm ans Licht zu helfen.

Wenn der Schmerz und die Gefahr des ersten Lebenskampfes vorüber waren, wenn es Atem holte, wenn er sah, wie sich die Lungen dehnten und zusammenzogen, wenn er den Herzschlag spürte und in den Augen den wachen Funken sah, selbst dann rührte er sich nicht. »Zeig, daß du wirklich was bist, dann will ich dich hegen«, verfügte er. Und wie schwer machte er die Prüfung! Wieviel dornige Zweige und stachlige Ranken, wieviel harte Kiesel warf er den Füßen in den Weg, die nicht abgehärtet gegen eine mühselige Wanderung waren! Ungerührt wachte er darüber, daß von ihm verhängte Feuerproben furchtlos durchstanden wurden. Er verfolgte Fußspuren, die, wenn sie sich dem Ziel näherten, manchmal mit Blut gezeichnet waren – grimmig folgte er ihnen und hielt den schmerzbedrängten Pilger unter strenger Polizeiaufsicht. Und wenn er ihm endlich eine Rast zugestand, dann – ehe ihm der Schlummer die Lider schließen durfte, riß er ihm eben diese Lider unbarmherzig mit Zeigefinger und Daumen auf und starrte ihm durch Pupille und Iris bis tief ins Hirn, ins Herz, um zu spähen, ob sich etwa im fernsten Winkel des Seins auch nur ein Spürchen von Eitelkeit oder Stolz oder Falschheit fände. Ließ er den Neuling endlich schlafen, so nur für einen Augenblick. Er wohnte ihm jäh auf, um ihn neuen Prüfungen zu unterziehen und schickte ihn auf beschwerliche Botengänge, wenn er vor Müdigkeit taumelte.

Er stellte Gemüt und Verstand und Gesundheit auf die Probe, und erst, wenn die härtesten, schwersten Proben überstanden waren, wenn er das ätzendste Scheidewasser angewandt hatte und das Gold dennoch klar und glatt geblieben war, dann erst erkannte er die Echtheit an und drückte – auch jetzt noch in düsterem Schweigen – den weißglühenden Stempel seiner Billigung auf.

Ich darf von diesen Härten sprechen, denn ich habe sie selbst erfahren.

Bis zu dem Tage, mit dem das letzte Kapitel schloß, war Monsieur Paul nicht mein Lehrer gewesen. Er hatte mir keinen Unterricht erteilt. Aber ungefähr zu dieser Zeit hörte er einmal zufällig, wie ich meine Unkenntnis in irgendeinem Fach eingestand – ich glaube, es handelte sich um die Arithmetik. Er sagte – und darin hatte er sehr recht –, daß solche Unwissenheit einem Jungen aus der Armenschule Schande gemacht hätte, und nun nahm er sich meiner an. Zuerst examinierte er mich. Ich brauche kaum zu sagen, daß ich völlig versagte. Dann drückte er mir einige Bücher in die Hand und stellte mir Aufgaben.

Zuerst tat er das mit Vergnügen, ja, mit unverhohlenem Frohlocken. Er ließ sich soweit herab zu erklären, daß ich »bonne et pas trop faible« sei, das heißt gutwillig und nicht ganz unbegabt, aber vermutlich infolge ungünstiger Verhältnisse sei ich bis jetzt noch in einem Zustand jämmerlich mangelhafter geistiger Entwicklung.

Es ist wahr, ich schien immer dann, wenn ich mich um etwas zuerst bemühte, eine Wand vor dem Kopf zu haben. Selbst wenn ich irgendeine gleichgültige Bekanntschaft schloß, brachte ich es nicht fertig, auch nur die durchschnittliche Geistesgegenwart aufzubringen. Auf jedem neuen Blatt, das ich im Leben aufgeschlagen habe, stehen als Einleitung ein paar bedrückende und schwierige Textzeilen.

Solange diese Zeilen reichten, war Monsieur Paul sehr freundlich, gut und nachsichtig. Er sah, wie ich litt, und empfand, wie schwer mich das Gefühl meiner Unfähigkeit demütigte, und es gibt kaum Worte dafür, um ganz auszusagen, wie zart und hilfreich er mir entgegenkam. Ihm wurden selber die Augen feucht, wenn Scham und Mühe mir mit Tränen den Blick verdunkelten. So überlastet er auch war, er entzog sich die Hälfte seiner kargen Erholungszeit und widmete sie mir.

Aber dann – sonderbare schmerzliche Erfahrung! –, dann, als endlich die schwere trübe Dämmerung dem Tageslicht zu weichen begann, als mein Verstand anfing, sich aus seinen Fesseln herauszuwinden, und die Zeit der Spannkraft und Erfüllung für mich kam, als ich die Aufgaben, die er mir stellte, aus freien Stücken verdoppelte, verdrei- und vervierfachte, um ihm – so dachte ich – Freude zu bereiten, da verwandelte sich seine Freundlichkeit in Strenge. Das Licht in seinen Augen wechselte: aus ihrem Strahlen wurde ein Funkeln. Er zeigte sich grämlich und widerborstig, er nahm mich herrisch an die Kandare. Je mehr ich tat, je härter ich arbeitete, desto weniger schien er zufrieden. Spötteleien, deren Schärfe mich bestürzte und verwirrte, klangen mir quälend in den Ohren. Bitterböse Anspielungen auf geistigen Hochmut flossen ihm von den Lippen, dunkle Warnungen vor ich weiß nicht welchem Verderben, das mir drohe, falls ich je die Grenzen überschreite, die meinem Geschlecht mit Fug und Recht gezogen seien, und eine sträfliche Gier nach unweiblicher Wissenschaft in mir nähre. Ach! Diese Gier hatte ich nicht. Es freute mich, jemanden zu befriedigen, der mir lieb war, dafür war mir keine Mühe zu schwer. Aber der edle Hunger nach Wissen um des Wissens willen, der göttliche Durst nach Erkenntnis, das flammte nur selten und kurz in mir auf.

Und doch wünschte ich, wenn Monsieur Paul mich verhöhnte, daß ich mehr davon besäße. Seine Ungerechtigkeit weckte ehrgeizige Wünsche in mir. Sie bildete einen starken Ansporn, sie ließen meinem Streben Flügel wachsen.

Anfangs, ehe ich seine Beweggründe durchschaute, bohrten sich mir diese Spötteleien schmerzhaft ins Herz, aber bald wärmten sie mir nur das Blut in den Adern und ließen meine Pulse kräftiger schlagen. Wie auch immer mein Verstand geartet sein mochte, weiblich oder nicht, Gott hatte ihn mir eingeflößt, und ich war entschlossen, mich keiner Fähigkeit zu schämen, die er mir beschert hatte.

Eine Zeitlang war es ein Kampf bis aufs Messer. Es schien, daß ich Monsieur Pauls Zuneigung verloren hatte, er behandelte mich höchst seltsam. In seinen ungerechtesten Augenblicken gab er mir wieder und wieder zu verstehen, er sei von mir hintergangen worden, als ich mich unfähig – »faible« sagte er – gestellt und Schwäche geheuchelt hätte. Dann wieder vollzog er plötzlich eine Kehrtwendung und beschuldigte mich des unwahrscheinlichsten geistigen Diebstahls, der unmöglichsten Anleihen und behauptete, ich prahle mit dem Gedankengut von Büchern, die ich nicht einmal dem Namen nach kannte und über denen ich unweigerlich eingeschlafen wäre, schlummertrunken wie Eutychius.

Einmal, als er mir solch eine Anklage entgegenschleuderte, wehrte ich mich, ich lehnte mich gegen ihn auf. Ich raffte einen Armvoll Bücher aus dem Pult in meine Schürze und schüttete den Haufen zu seinen Füßen auf dem Podest aus.

»Nehmen Sie sie mit, Monsieur Paul«, sagte ich, »und lassen Sie Ihren Unterricht sein. Ich habe nie darum gebeten, daß Sie mich zu einer Gelehrten machen, und Sie lassen mich sehr deutlich fühlen, daß Gelehrsamkeit kein Glück ist.«

Ich kehrte zu meinem Pult zurück und legte den Kopf auf die Arme. Zwei Tage lang weigerte ich mich, mit ihm zu reden. Er quälte mich und tat mir weh. Seine Zuneigung hatte mir wohlgetan und war mir kostbar gewesen, ein unbekanntes, unvergleichliches Glück. Nun, da er sie mir entzog, waren mir die Unterrichtsstunden keinen Pfifferling wert.

Aber er nahm die Bücher nicht mit fort. Mit sorglicher Hand legte er sie alle an ihren Platz zurück und kam wie sonst, um mich zu unterrichten. Irgendwie schloß er Frieden mit mir. Zu plötzlich vielleicht. Ich hätte mich wohl länger zurückhalten sollen. Aber als er mich freundlich und gut anschaute und mir herzlich die Hand entgegenstreckte, brachte ich es nicht fertig, ihm seine Grausamkeit weiterhin zum Vorwurf zu machen. Ich war nur glücklich über die Versöhnung.

Eines Tages erhielt ich eine Nachricht von meiner Patin. Sie lud mich zu einem bemerkenswerten Vortrag in dem Saale ein, den ich früher schon beschrieben habe. Doktor John hatte die Botschaft selber überbracht und sie Rosine mündlich bestellt. Diese folgte Monsieur unbedenklich auf den Fersen, trat mit in die erste Klasse, baute sich, eine Hand in der Schürzentasche, vor meinem Pulte auf und wiederholte das Ganze laut und keck, wobei sie mit den Worten schloß: »Qu'il est vraiment beau, Mademoiselle, ce jeune docteur! Quels yeux – quel regard! Tenez! J'en ai le cœur tout ému!«

Der Professor stand dabei. Als Rosine gegangen war, erkundigte er sich, warum ich es litte, daß »cette fille effrontée, cette créature sans pudeur« in solchen Ausdrücken mit mir rede.

Ich konnte ihm keine befriedigende Antwort geben. Die Ausdrücke waren genauso, wie Rosine – eine junge Dame, in deren Schädel der Sinn für Verehrung und Zurückhaltung nicht sonderlich ausgeprägt war – sie gewohnheitsmäßig anwandte. Obendrein war das, was sie über den jungen Arzt gesagt hatte, vollkommen richtig. Graham *war* hübsch, er *hatte* schöne Augen und einen durchdringenden Blick. Tatsächlich glitt mir eine entsprechende Bemerkung wie von selbst über die Lippen.

»Elle ne dit que la vérité«, sagte ich.

»Ah! Vous trouvez?«

»Mais, sans doute.«

Die Unterrichtsstunde, die wir an diesem Tag über uns ergehen lassen mußten, war so beschaffen, daß wir froh waren, als sie zu Ende ging. Kaum hatte der Professor abgeschlossen, so stürzten die erlösten Schülerinnen halb zitternd, halb frohlockend hinaus. Auch ich war im Begriff zu gehen, da nagelte mich ein Befehl fest. Ich sollte bleiben. Ich murmelte, daß ich dringend frische Luft brauchte. Der Ofen glühte, der Klassenraum war überheizt. Eine unerbittliche Stimme gebot mir Schweigen. Und dann ließ sich dieser Salamander, dem kein Zimmer je zu heiß schien, zwischen meinem Pult und dem Ofen nieder – von Rechts wegen hätte er dort braten müssen – und schleuderte mir ein griechisches Zitat entgegen!

In Monsieur Pauls Seele bohrte ein chronischer Verdacht, daß ich sowohl Griechisch als auch Latein verstünde. Von den Affen geht die Sage, sie vermöchten zu sprechen, wenn sie bloß wollten; sie verbergen, heißt es, diese Fähigkeit aus Furcht, man werde sie zu ihrem Schaden ausbeuten. Gleicherart schrieb Monsieur Paul mir einen Wissensschatz zu, den ich seiner Meinung nach schlau und sträflich verhehlte. Er ließ durchblicken, daß ich die Vorzüge einer klassischen Erziehung genossen und jubelnde Gelage auf den Blumenmatten des Hymettos gefeiert hätte und daß nun in meinem Gedächtnis ein goldener Hort aufgespeichert liege, aus dem ich still und verschwiegen die Kraft für meine Anstrengungen bezog und der insgeheim meinen Verstand nährte.

Hundert Mittel wandte Monsieur Paul an, um mein Geheimnis an den Tag zu bringen, er suchte es aus mir herauszuschmeicheln, herauszudrohen, herauszuschrecken. Manchmal legte er mir griechische und lateinische Bücher hin und beobachtete mich dann so, wie die Kerkermeister Johanna von Orleans auf die Probe stellten, wenn sie ihr kriegerisches Rüstzeug hinlegten und auf das Ergebnis warteten. Dann wieder zitierte er ich weiß nicht was für Autoren und Textstellen und heftete wachsame, forschende und manchmal boshafte Blicke auf mich, während ihm die Worte lieblich und klingend über die Lippen glitten – denn die klassischen Laute wurden reine Musik in seinem Munde. Er besaß eine gute Stimme, die gleichermaßen unfangreich wie biegsam war und unvergleichlich ausdrucksvoll dazu. Ganz offensichtlich erwartete er manchmal irgendeine Äußerung, die ein sicherer Beweis war. Jedoch sie kam nie, denn da ich nicht verstand, was er vortrug, konnte ich natürlich weder hingerissen noch ungehalten sein.

Erfolglos und beinahe zornig, klammerte er sich doch weiter an seine fixe Idee. Unempfindlich wie Marmelstein nannte er mich und erklärte mein Gesicht für eine Maske. Es schien, als sei er einfach nicht dazu zu bringen, sich mit der schlichten Wahrheit zufriedenzugeben und mich für das zu nehmen, was ich war. Männer – und Frauen nicht minder – brauchen wohl irgendeine Art Wahn. Und fliegt er ihnen nicht ungerufen zu, dann blasen sie sich selbst aus Erfindung und Übertreibung eine schillernde Glaskugel zurecht.

Es gab Augenblicke, da wünschte ich, seine argwöhnischen Vermutungen hätten besseren Grund. Zuzeiten hätte ich meine rechte Hand dafür gegeben, die Schätze zu besitzen, die er mir zuschrieb. Er verdiente eine angemessene Strafe für seine hartköpfigen Grillen. Ich hätte frohlockt, wenn ich imstande gewesen wäre, ihm seine ärgsten Befürchtungen als verblüffende Wirklichkeit vorzusetzen. Gejubelt hätte ich, wenn ich ihm eine volle Sprengladung klassischen Wissens hätte ins Gesicht jagen können, daß seine Brillengläser dabei in tausend Stücke barsten! Oh! Warum nur hatte es niemand auf sich genommen, mich gescheit zu machen, solange ich noch jung genug zum Lernen war, daß ich mit einem großen, plötzlichen, unmenschlichen Ausbruch, mit einem kalten, grausamen, überwältigendem Triumph ein für allemal den Spottgeist in ihm zermalmt hätte, in diesem Paul David Emanuel!

Ach! Solch eine Heldentat stand nicht in meiner Macht. Heute erwiesen sich seine Zitate wie gewohnt als wirkungslos. Bald wechselte er auf andern Boden hinüber.

»Intellektuelle Frauen« lautete sein nächstes Thema. Da war er zu Hause. Eine Frau mit Verstand war offenbar eine Art lusus naturae, ein unseliger Zufall, ein Ding, für das es in der Schöpfung weder Platz noch Verwendung gab, das weder zur Ehefrau noch zur Arbeit taugte. Beim ersten Amt war ihr die Schöne voraus. Er glaubte im Herzensgrund, daß liebliche, seelenruhige weibliche Mittelmäßigkeit das einzige Pfühl sei, auf dem gedankentiefes Mannestum Ruhe für seine schmerzenden Schläfen finden könnte. Und was die Arbeit anlangte, da konnte allein der männliche Geist gültige, handgreifliche Ergebnisse zeitigen – hein?

Dies »hein« war ein Fragezeichen, das mir Widerspruch oder Einwürfe entlocken sollte. Ich sagte aber nur: »Cela ne me regarde pas: je ne m'en soucie pas« – und fügte gleich darauf hinzu: »Darf ich gehen, Monsieur? Man hat zum zweiten Frühstück geläutet.«

»Ja, und? Sie sind doch wohl nicht hungrig?«

»Natürlich hab' ich Hunger«, sagte ich. »Ich habe seit dem Frühstück um sieben nichts gegessen, und wenn ich dies jetzt verpasse, kriege ich nichts bis zum Mittagessen um fünf.«

»Na schön, das ist bei mir nicht anders. Teilen wir also.«

Und er brach die Brioche, die für seinen Imbiß bestimmt war, in der Mitte durch und gab mir die Hälfte. Wahrhaftig, bei ihm war das Bellen ärger als das Beißen. Aber der ärgste Angriff stand noch bevor. Während er das Gebäck verzehrte, konnte ich mich nicht enthalten, meinen geheimen Wunsch auszusprechen: nämlich all das zu wissen, was zu wissen er mir vorwarf.

»Ist das wirklich wahr? Sie fühlen sich unwissend?« fragte er besänftigt.

Wenn ich demütig mit einem unbestimmten Ja geantwortet hätte, dann, glaube ich, würde er die Hand ausgestreckt haben, und wir wären auf der Stelle Freunde gewesen. Aber ich erwiderte: »Nicht so ganz. Von den Dingen, Monsieur, die Sie bei mir voraussetzen, verstehe ich gar nichts. Aber *manchmal*, nicht etwa *immer*, spüre ich in mir ein eigenes Wissen.«

»Was soll das heißen?« fragte er scharf.

Das konnte ich ihm nicht in einem Atemzug beantworten, und deshalb umging ich die Erklärung und wechselte das Thema. Er war nun mit seiner Briochehälfte fertig geworden. Satt konnte ihn das bißchen nicht gemacht haben, so wenig, wie mein Hunger gestillt war. Ich sog den Duft der Bratäpfel ein, der fernher aus dem Speisesaal herüberzog, und wagte mich zu erkundigen, ob er den angenehmen Geruch nicht auch wahrnahm. Er gab das zu. Ich sagte, wenn er mich nur zur Gartentür hinauslassen und mir erlauben wolle, daß ich rasch über den Hof laufe, dann würde ich ihm gern einen Tellervoll holen. Bestimmt, fügte ich hinzu, seien die Äpfel ausgezeichnet, denn Goton verstehe sich glänzend darauf, Obst zu braten oder besser gesagt zu schmoren: Sie nehme ein wenig Gewürz, ein paar Löffel Zucker und ein oder zwei Glas Weißwein – ob ich nicht gehen dürfe?

»Kleines Leckermaul!« sagte er lächelnd. »Ich erinnere mich sehr wohl, wie entzückt Sie über die Creme-Pastete waren, die ich Ihnen einmal brachte. Und jetzt wissen Sie sehr gut, daß Sie, wenn Sie die Äpfel für mich holen, sie genauso für sich selber bringen. Also laufen Sie. Aber kommen Sie schnell zurück.«

Und so ließ er mich schließlich auf Ehrenwort frei. Insgeheim plante ich, schnell davonzugehen und gewissenhaft zurückzueilen, den Teller an der Tür abzusetzen und dann unverzüglich zu verschwinden und alle weiteren Auseinandersetzungen zu vertagen.

Aber er mußte mit seinem unleidlich scharfen Instinkt meine Absicht erraten haben. Er trat mir auf der Schwelle entgegen, trieb mich ins Zimmer zurück und hatte mich in der nächsten Minute wieder auf meinen Stuhl gebannt. Dann nahm er mir den Teller aus der Hand, teilte die Portion, die nur für ihn gedacht war, und befahl mir, meine Hälfte zu essen. Ich fügte mich mit saurer Miene. Ihn verdroß, denke ich, mein Zögern, und er eröffnete ein gezieltes und gefährliches Feuer. Alles, was er bisher gesagt hatte, konnte ich als Tollheit, als bloßen Schall an mir vorüberrauschen lassen, nicht aber den Angriff, der nun einsetzte.

Er bestand auf einem unvernünftigen Vorschlag, mit dem er mich schon früher heimgesucht hatte, nämlich dem: Ich sollte mich verpflichten, daß ich – die Ausländerin! – mich bei der nächsten öffentlichen Prüfung zu den besten Schülerinnen der ersten Klasse setzen und mit ihnen zusammen aus dem Stegreif einen französischen Aufsatz schreiben würde. Aus dem Stegreif: das heißt über jedes beliebige Thema, das irgendein beliebiger Zuschauer stellen konnte, und zwar ohne Wörterbuch oder Grammatik.

Ich wußte, was das Ergebnis dieses Experiments sein würde. Mir hatte die Natur die Fähigkeit zur Improvisation versagt. Jede Öffentlichkeit löschte mich aus, daß ich zur Null wurde. Selbst wenn ich allein war, hatte ich meine Zeit geistiger Aktivität nicht unter der Mittagssonne. Ich brauchte die frische Morgenstille oder den einsamen

Abendfrieden, um dem schöpferischen Trieb ein Zeugnis seiner Gegenwart, einen Beweis seiner Macht abzugewinnen. Für mich war dieser Schöpfertrieb der widerspenstigste, launischste aller Meister, einer, der mich zur Raserei treiben konnte wie keiner sonst – immer den ausgenommen, der vor mir saß –, eine Gottheit, die zuweilen unter scheinbar günstigen Umständen nicht sprechen wollte, wenn ich sie befragte, nicht hören wollte, wenn ich sie anflehte, sich nicht finden ließ, wenn ich sie suchte, sondern die kalt und granithart, ein dunkler Baal mit gemeißelten Lippen und leeren Augäpfeln und mit einer Brust wie einem Grabstein, vor mir stand. Dann wieder geschah es, daß der unvernünftige Dämon irgendwann, bei irgendeinem Laut, ungerufen aufwachte – wenn die Seele einen zitternden, langgedehnten Seufzer ausstieß oder wenn ein elektrischer Strom unsichtbar vorüberschoß. Dann regte sich der Dämon, seltsam lebendig, dann stürzte er sich ohne Rücksicht auf die Stunde wie ein aufgestörter Dagon von seinem Sockel herab und schrie dem, der ihm geweiht war, zu, daß er ihm ein Opfer bereiten solle, schrie nach Blut oder Lebensatem vom Schlachtopfer, je nach Lage und Schauplatz, jagte seinen Priester aus dem Schlaf auf, indem er trügerisch Weissagung verhieß; vielleicht erfüllte er seinen Tempel mit einem seltsamen Orakelgemurmel, doch gewiß überließ er die Hälfte des Sinns verhängnisvollen Winden und mißgönnte dem verzweifelten Lauscher selbst einen erbärmlichen Überrest – gab ihn so widerwillig her, als sei jedes Wort ein Tropfen des dunklen Götterbluts aus seinen eigenen unsterblichen Adern. Und diesen Tyrannen sollte ich bändigen, zu meinem Knechte machen und ihm einen improvisierten Aufsatz abzwingen – auf einem Schulpodest, zwischen einer Mathilde und einer Coralie, unter den Augen von Madame Beck und zum Vergnügen und nach dem Geistesblitz eines

Labassecourer Bürgers! Über diese Streitfrage lieferten Monsieur Paul und ich uns mehr als eine Schlacht, heftige Schlachten mit wirrem, geräuschvollem Hin und Her von Verlangen und Ablehnung, erpresserischem Zudringen und Abwehr.

An diesem besonderen Tag wurde ich gründlich aufs Korn genommen. Anscheinend sei der gesamte Vorrat an Aufsässigkeit, der meinem Geschlecht zu eigen sei, einzig und allein in mich gefahren und balle sich da zusammen. Ich hätte einen wahren Satanshochmut, »orgueil de diable«. Zu versagen fürchte ich, ach wirklich! Was wäre dabei, wenn ich versagte oder nicht? Wer, bitte, sei ich denn, daß ich nicht versagen dürfe? Das sei schon bedeutsameren Leuten widerfahren. Es werde mir sehr guttun, wenn ich eine Niederlage erlebte! Er sehne sich danach, mich besiegt zu sehen. (Oh, das wußte ich!) Hier hielt er eine Minute inne, um Atem zu schöpfen.

Ob ich nun reden und folgsam sein wolle?

»Nie werde ich in der Sache folgsam sein! Nicht einmal das Gesetz würde mich dazu zwingen können! Lieber will ich Strafe zahlen oder mich einsperren lassen, als auf der Bühne sitzen wie auf der Hühnerstange und zur Schau auf Kommando schreiben.«

Ob mich sanftere Beweggründe beeinflussen könnten? Ob ich der Freundschaft zuliebe nachgeben würde?

»Keine Spur, nicht um Haaresbreite! Keine Freundschaft auf der Welt hat das Recht, so ein Zugeständnis zu erpressen! Und jemandem, der wirklich mein Freund wäre, fiele es gar nicht ein, mich so zu quälen.«

Hier verzog Monsieur Paul das Gesicht zu einer Hohngrimasse – das verstand er wie kein anderer. Er krauste die Lippen, blähte die Nasenflügel und preßte die Lider zusammen. Er nehme an, sagte er, es gebe nur *eine* Art der Beschwörung, für die ich zugänglich sei, und die stände ihm nicht zu. »Überredung von einer gewissen Seite, und«, fauchte er, »je vous vois d'ici, wie Sie sich willig opfern und sich wie eine Besessene für die Anstrengung rüsten!«

»Und mich zum Idioten mache, zum warnenden Beispiel für hundertfünfzig Villetter Papas und Mamas!«

Und nun verlor ich alle Geduld. Ich brach von neuem aus und rief, daß er mich endlich freilassen solle, daß ich an die Luft müsse – ich war wie im Fieber.

»Still!« sagte der Unerbittliche. »Das ist nichts als ein Vorwand zum Weglaufen. *Ich* sitze hier mit dem Feuer im Rücken, und mir ist es nicht zu heiß. Wie wollen Sie unter der Wärme leiden, da ich Ihnen als Ofenschirm diene?«

»Ich verstehe Ihre Konstitution nicht. Ich habe keine Ahnung von der Naturgeschichte der Salamander. Was mich betrifft, ich bin eine phlegmatische Insulanerin. Mir behagt es nicht, in einem Schmelzofen zu sitzen. Darf ich wenigstens zum Brunnen gehen und mir ein Glas Wasser holen? Ich habe Durst bekommen von den süßen Äpfeln.«

»Wenn das alles ist – das will ich Ihnen bringen.«

Er ging nach dem Wasser. Natürlich nutzte ich die Gelegenheit. Die Tür hinter mir war nur eingeklinkt. Bevor er zurückkehrte, hatte sein zerzaustes Wild das Weite gesucht.

31. Die Dryade

Der Frühling schritt voran, und plötzlich war es warm geworden. Der Temperaturwechsel bewirkte bei mir, wie vermutlich bei vielen andern Menschen, eine vorübergehende Entkräftung. Zu dieser Zeit ruhte ich nach der geringsten Anstrengung erschöpft aus. Auf matte Tage folgten schlaflose Nächte.

An einem Sonntagnachmittag war ich die halbe Meile bis zur protestantischen Kirche gegangen und kehrte müde und zerschlagen zurück. Ich verkroch mich in meinem einsamen Schlupfwinkel, der ersten Klasse, und war froh, als ich saß und mein Pult als Stütze für Arme und Kopf benutzen konnte.

Eine Weile lauschte ich dem Schlummerlied der Bienen, die in der Bogenlaube summten, und schaute durch die Glastür und die zarten, leicht hingetupften Frühlingsblätter Madame Beck und der fröhlichen Schar ihrer Bekannten zu, denen sie an diesem Tage nach der Morgenmesse ein Diner gegeben hatte und die nun mit ihr in der Hauptallee unter blühenden Obstbäumen dahinspazierten. Die Blüten leuchteten rein und rosig wie Bergschnee im Schimmer der aufgehenden Sonne.

Ich weiß noch, wie meine Aufmerksamkeit von der Gestalt eines jungen Mädchens gefesselt wurde, das ich gelegentlich schon bei Madame Beck gesehen hatte. Sie war hübsch und immer sehr gut angezogen, man sagte, sie sei reich, und es hieß, sie sei Monsieur Emanuels Patentochter und ihre Mutter oder Tante oder sonst eine ihrer Verwandten sei dereinst mit dem Professor eng befreundet gewesen. Monsieur Paul gehörte heute nicht zu den Feiernden. Aber ich hatte das junge Mädchen schon früher mit ihm zusammen erblickt, und soweit ich mir von Ferne ein Bild machen konnte, gab sie sich ihm gegenüber so zutraulich unbefangen, wie ein Mündel das seinem nachsichtigen Vormund gegenüber tut. Ich hatte gesehen, wie sie auf ihn zulief, den Arm durch seinen schob und sich bei ihm einhängte. Einmal hatte mich dabei eine sonderbare Empfindung durchzuckt, ein unangenehmes Vorgefühl, eine Art Ahnung, denke ich – aber ich weigerte mich, sie zu zergliedern oder bei ihr zu verweilen. Während ich dies Mädchen, Mademoiselle Sauveur, beobachtete und mit dem Blick ihrem hellschimmernden Seidenkleid durch die Blumen und den sanften Smaragdglanz der Blätter folgte, blendete mich das Licht. Ich schloß die Augen. Meine Müdigkeit, die Wärme des Tages, das Bienengesumm und das Vogelgezwitscher, alles lullte mich ein, und zuletzt glitt ich in Schlaf hinüber.

Zwei Stunden stahlen sich an mir vorbei. Als ich erwachte, war die Sonne hinter die hohen Häuser gesunken, Garten und Zimmer schwammen in Grau, die Bienen waren heimgeflogen, und die Blumen schlossen die Kelche. Auch die Gäste waren verschwunden. Die Wege draußen lagen verlassen.

Als ich aufwachte, fühlte ich mich sehr behaglich. Ich fröstelte nicht, wie es eigentlich natürlich gewesen wäre, nachdem ich mindestens zwei Stunden so reglos gesessen hatte. Meine Wange und meine Arme waren nicht taub und starr durch den Druck auf das harte Pult. Kein Wunder. Statt des nackten Holzes, auf das ich sie gelegt hatte, fand ich einen dicken, sorgsam zusammengefalteten Schal, den mir jemand als Kissen untergeschoben hatte, und in einen zweiten (sie waren beide vom Korridor, wo solche Sachen hingen, geholt worden) war ich warm eingehüllt.

Wer hatte das getan? Wer war mein Freund? Welche von den Lehrerinnen? Welche Schülerin? Keine außer St. Pierre stand mir feindselig gegenüber. Aber wer von ihnen war so geschickt und hatte so liebevoll acht, wessen Gewohnheit war es, auf so zarte Weise wohlzutun? Wem war ein so leichter Schritt, eine so sanfte Hand eigen, daß ich sie nicht gehört oder gespürt hätte, wenn sie mir nahe gekommen wäre und mich angerührt hätte, während ich in einem Tagesschlummer lag?

Was Ginevra Fanshawe betraf, diese strahlende junge Dame war alles andre als sanft. Sie hätte mich vermutlich von meinem Stuhl hochgezerrt, wenn sie sich überhaupt mit der Sache befaßt hätte. Schließlich sagte ich mir: Es muß Madame Beck gewesen sein. Sie ist hereingekommen, hat mich schlafen sehen und gedacht, ich könnte mich erkälten. Sie betrachtet mich als nützliche Maschine, die dem Zweck, für den sie sie gemietet hat, vortrefflich entspricht. Also will sie nicht, daß ich unnötigen Schaden leide. Und jetzt, dachte ich, will ich noch ein wenig spazierengehen. Der Abend ist frisch und doch nicht allzu kühl.

Ich öffnete die Glastür, trat in die Bogenlaube hinaus und ging auf meinen Lieblingsweg zu.

Wäre es dunkel oder auch nur dämmerig gewesen, dann hätte ich mich kaum dorthin gewagt. Ich hatte die seltsame Augenverblendung – wenn es eine gewesen war – nicht vergessen, die ich vor Monaten dort erlebt hatte. Aber noch färbte die sinkende Sonne mit ihrem Strahl die graue Turmspitze von Jean Baptiste glutrot. Noch waren die Vögel des Gartens nicht in ihre Nester im Buschwerk und im dicken Efeu an der Mauer verschwunden. Ich schritt meinen Weg auf und ab und dachte beinahe dieselben Gedanken wie in der Nacht, als ich meine gläserne Flasche vergraben hatte. Wie ich es im Leben ein Stück weiterbringen, wie ich einen Schritt weiter zur Unabhängigkeit tun könnte; denn diese Gedankenkette hatte ich nie ganz beiseite geschoben, wenn ich sie auch in der letzten Zeit nicht mehr in den Händen hin- und hergewendet hatte. Und immer dann, wenn ein bestimmtes Augenpaar sich von mir abwandte, wenn sich ein bestimmtes Antlitz unfreundlich und ungerecht verfinsterte, glitt ich augenblicklich wieder in dieselbe Gedankenspur zurück, so daß nach und nach ein Plan in mir entstanden war.

Das Leben, sagte ich zu mir, ist nicht teuer in dieser sparsamen kleinen Stadt Villette. Hier, scheint mir, sind die

Leute vernünftiger als im lieben alten England. Sie machen sich längst nicht soviel daraus, ob sie äußerlich etwas darstellen, den Wetteifer im Prunk gibt es für sie nicht. Hier schämt sich niemand, so einfach hauszuhalten, wie es ihm paßt. Wenn man sich das Stadtviertel klug wählt, braucht die Miete nicht hoch zu sein. Sobald ich mir tausend Francs gespart habe, werde ich mir eine Wohnung mit einem großen und zwei oder drei kleineren Zimmern suchen. Den großen Raum werde ich mit ein paar Bänken und Pulten möblieren, eine große schwarze Tafel gehört dazu und ein Podium für mich, Stuhl und Tisch darauf mit Schwamm und Kreide. Ich fange mit Tagesschülern an und arbeite mich allmählich hinauf. Madame Beck – das habe ich sie oft sagen hören – hat auch nicht anders angefangen, und wo ist sie heute? Haus und Garten gehören ihr, sie hat sie mit ihrem eignen Geld gekauft. Jetzt schon ist sie für ihr Alter versorgt, und das Institut, das sie leitet, blüht und gedeiht und sichert ihren Kindern die Zukunft.

Nur Mut, Lucy Snowe! Selbstverleugnung und Sparsamkeit jetzt und beständiges Bemühen später – dann braucht dir das Lebensziel nicht zu fehlen. Und keine Klage darüber will ich hören, daß solch ein Ziel bloß selbstsüchtig und klein und gleichgültig sei. Sei zufrieden damit, für deine Unabhängigkeit zu arbeiten, bis du sie dir gewonnen und damit bewiesen hast, daß du das Recht besitzest, nach mehr zu verlangen. Aber dann, später – gibt es für mich im Leben nichts weiter? Kein wirkliches Zuhause, nichts, das mir teurer ist als ich selber, nichts, das mir köstlich genug wäre, um mir Besseres abzuringen, als ich es um meiner selbst willen zu schaffen vermag? Gibt es niemanden, zu dessen Füßen ich willig die ganze Bürde menschlicher Selbstsucht niederlegen und die edlere, die rühmlichere Aufgabe aufnehmen darf, für andre zu arbeiten und zu leben? Ich glaube, Lucy

Snowe, das Gesetz deines Lebens versagt dir diese Fülle. Dir muß der halbe Mond genügen. Nun gut. Ich sehe, daß es einer Unmenge von meinen Mitgeschöpfen nicht bessergeht. Ich sehe, daß unzählige Männer und noch mehr Frauen zeit ihres Lebens nichts als Abweisung erfahren und Mangel erleiden. Warum in aller Welt sollte ich eine von den wenigen Glücklichen sein? Ich glaube, ein Funke Hoffnung, ein Strahl Sonnenschein flackert noch durch das ärgste Geschick und lindert es. Ich glaube, daß dies Leben nicht alles ist, weder ein Beginn noch ein Ende. Ich glaube daran mit Zittern, ich vertraue darauf unter Tränen.

Und nun genug von diesem Thema. Es ist richtig, dann und wann die Lebensrechnung kläräugig und tapfer zu prüfen und die Posten ernsthaft zusammenzuzählen. Und der ist ein jämmerlicher Lügner vor sich selbst, der falsch zusammenrechnet und unter die Rubrik Glück das setzt, was in Wahrheit Elend ist. Schmerz nenne Schmerz, und Verzweiflung nenne Verzweiflung. Schreibe beide mit kräftiger Feder in energischen Buchstaben hin, und du wirst dem Geschick desto besser deine Schuld zahlen. Fälsche, setze »Vorrecht« ein, wo du hättest »Qual« schreiben müssen, und sieh zu, ob dein mächtiger Gläubiger dir den Schwindel durchgehen läßt und die Münze annimmt, mit der du ihn betrügen willst. Biete dem stärksten und dunkelsten Engel in Gottes himmlischer Heerschar Wasser, wenn er Blut fordert – wird er es nehmen? Kein ganzes bleiches Meer statt eines roten Tropfens. Ich beglich eine andere Rechnung.

Vor Methusalem blieb ich stehen, dem Riesen, dem Altvater des Gartens, und lehnte die Stirn gegen seinen knorrigen Stamm. Mein Fuß stand auf dem Stein, der das kleine Grab zwischen seinen Wurzeln verschloß. Ich rief mir die Zeitspanne des Gefühls zurück, das dort begraben lag. Ich erinnerte mich an Doktor John und meine warme Zuneigung zu ihm, meinen Glauben an seine Größe, mein Entzücken über seine Liebenswürdigkeit. Was war aus der sonderbaren einseitigen Freundschaft geworden, die halb Marmor und halb Leben gewesen war, auf einer Seite Wahrheit, auf der andern aber vielleicht ein Spaß?

War dieses Gefühl tot? Ich wußte es nicht, aber begraben war es. Manchmal schien es mir, als ob sich der Grabstein unruhig bewegte, und ich träumte deutlich von aufgewühlter Erde und von goldenem Haar, das noch immer lebendig auf den Sargritzen quoll.

War ich vorschnell gewesen? Das fragte ich mich immer wieder. Wenn ich Doktor John zufällig begegnet war und eine kleine Weile mit ihm gesprochen hatte, dann bohrte sich mir die Frage mit grausamer Schärfe in den Sinn. Er sah mich noch immer so freundlich an, seine Hand war warm wie früher, und seine Stimme klang noch immer so gut, wenn er mich beim Namen nannte. Nie mochte ich das Wort »Lucy« so sehr, wie wenn er es aussprach. Aber ich begriff beizeiten, daß seine Güte, seine Herzlichkeit, der weiche Wohllaut nichts, nein, nichts mit mir zu schaffen hatten. Sie gehörten zu ihm als ein Stück seines Ich. Es war seine liebenswürdige Natur, die wohltätige Milde, die ihm angeboren war. Er gab sie, wie die reife Frucht mit ihrer Süße die plündernde Biene belohnt. Er verbreitete sie um sich, wie wohlriechende Pflanzen ihren Duft verströmen. Liebt die Aprikose den Vogel oder die Biene, denen sie Nahrung gibt? Und die Heckenrose, liebt sie die Luft?

Gute Nacht, Doktor John. Du bist gut, du bist schön, aber du gehörst nicht mir. Gute Nacht, und Gott segne dich!

So beschloß ich meine Grübelei. Das »Gute Nacht« glitt mir laut über die Lippen, ich hörte die beiden Worte, und dann vernahm ich in unmittelbarer Nähe ein Echo.

»Gute Nacht, Mademoiselle – oder besser, guten Abend. Die Sonne ist kaum untergegangen. Ich hoffe, Sie haben gut geschlafen?«

Ich fuhr zusammen, aber nur für einen Augenblick war ich verwirrt. Die Stimme und den Sprecher kannte ich.

»Geschlafen, Monsieur? Wann denn und wo?«

»Ich glaube, Sie können sich recht gut denken, wann und wo. Mir scheint, Sie machen den Tag zur Nacht und wählen sich ein Pult zum Kissen. Ein ziemlich hartes Lager, wie?«

»Jemand hat mir's weich gemacht, Monsieur, während ich schlief. Das unsichtbare Wesen, das an meinem Pult spukt und Gaben hineinlegt, hat an mich gedacht. Gleichviel wie ich einschlief, aufgewacht bin ich mit Kissen und Decke.«

»Hat der Schal Sie warm gehalten?«

»Sehr. Wollen Sie meinen Dank hören?«

»Nein. Sie sahen blaß aus in Ihrem Schlummer. Plagt Sie das Heimweh?«

»Heimweh – dazu muß man ein Heim haben. Ich habe keins.«

»Dann brauchen Sie um so mehr einen Freund, der auf Sie achtgibt. Miß Lucy, ich kenne kaum jemand, der dringender als Sie einen Freund nötig hat. Selbst Ihre Fehler verlangen gebieterisch nach ihm. Sie brauchen jemanden, der Sie kontrolliert, der Ihnen den Kopf zurechtrückt und Sie im Zaume hält.«

Die Vorstellung, »man müsse mich im Zaume halten«, war Monsieur Paul nicht auszutreiben. Und hätte ich mich noch so gründlich und für dauernd unterjochen lassen – sie wäre ihm geblieben. Nun wohl, was tat es? Ich hörte ihm zu und mühte mich nicht im Übermaß um Ergebenheit. Er hätte ja nichts mehr zu tun gehabt, wenn er mir nicht mehr den Zaum anlegen durfte.

»Auf Sie muß man ein Auge haben, man muß auf Sie aufpassen!« fuhr er fort. »Ein Glück für Sie, daß ich das merke und mein Bestes tue, diese beiden Pflichten zu erfüllen. Ich passe sehr genau auf Sie und andre auf, sehr beständig, sehr aus der Nähe und viel öfter, als Sie oder die andern es sich träumen lassen. Sehen Sie das Fenster dort mit dem Licht?«

Er wies auf das Gitterfenster in einem der Wohnhäuser, die zu dem Gymnasium gehörten.

»Das ist ein Zimmer«, sagte er, »das ich gemietet habe, angeblich zum Studieren, in Wirklichkeit als Beobachtungsposten. Da sitze ich stundenlang und lese – das ist meine Art, so entspricht es mir. Mein Buch ist der Garten, sein Inhalt die menschliche Natur – die weibliche. Ich kenne sie alle in- und auswendig. O ja! Ich kenne sie gut – St. Pierre, die Pariserin, und cette maîtresse-femme, meine Cousine Beck höchstselbst.«

»Aber das ist nicht recht, Monsieur!«

»Was heißt: Das ist nicht recht? Nach welchem Glaubensbekenntnis nicht? Gibt es irgendein Dogma bei Luther oder Calvin, das es verdammt? Und was bedeutet das für mich? Ich bin kein Protestant. Mein reicher Vater – denn zum Reichtum bin ich geboren worden, obwohl ich die Armut kennengelernt habe und einmal ein Jahr lang in einer römischen Dachkammer gehungert habe, jämmerlich gehungert, oft nur mit einer Mahlzeit am Tage und manchmal nicht einmal mit der –, mein reicher Vater also war ein guter Katholik, und er hat mir einen Priester, einen Jesuiten zum Erzieher gegeben. Ich habe wohl behalten, was der mich gelehrt hat, und – grand Dieu! – zu welchen Entdeckungen haben mir seine Lehren verholfen!«

»Entdeckungen durch Diebstahl! Mir kommen sie unehrenhaft vor.«

»Puritanerin! Das glaub' ich Ihnen gern. Aber schauen

Sie an, was mein Jesuitensystem ausrichtet. Sie kennen die St. Pierre?«

»Zum Teil.«

Er lachte. »Sie sagen richtig ›zum Teil‹. Ich aber kenne sie ›gründlich‹: Da liegt der Unterschied. Vor mir hat sie die Liebenswürdige gespielt und mir Samtpfötchen gezeigt, hat gestreichelt und geschmeichelt und geschwänzelt. Nun, ich bin zugänglich für die Schmeichelei einer Frau – zugänglich wider besseres Wissen. Sie war nie hübsch, aber als ich sie kennenlernte, war sie jung oder verstand sich darauf, jung auszusehen. Und wie all ihre Landsmänninnen wußte sie sich zu kleiden. Sie besaß eine gewisse kühle und leichte gesellschaftliche Sicherheit, die mir die Qual der Verlegenheit ersparte...«

»Monsieur, aber das muß doch unnötig gewesen sein. Ich habe Sie nie im Leben verlegen gesehen.«

»Mademoiselle, Sie kennen mich nur wenig. Ich kann verlegen wie ein kleiner Schuljunge sein. In meiner Natur ist ein ganzer Vorrat von Bescheidenheit und Zaghaftigkeit angelegt...«

»Aber Monsieur, den hab' ich nie gespürt!«

»Mademoiselle, er ist trotzdem da. Sie hätten ihn bemerken sollen.«

»Monsieur, ich habe Sie in der Öffentlichkeit beobachtet – auf der Bühne, hinter dem Rednerpult, vor Würdenträgern und gekrönten Häuptern, und Sie waren genauso unbefangen wie in der dritten Klasse.«

»Mademoiselle, meine Bescheidenheit regt sich weder vor Würdenträgern noch vor gekrönten Häuptern, und die Öffentlichkeit ist mein Element. Ich mag sie und atme frei in ihr, aber..., aber..., kurz gesagt, da kommt das Gefühl ins Spiel, genau da, aber ich werde mich ganz gewiß nicht davon überwältigen lassen. Mademoiselle, wenn ich ein Mann mit

Heiratsabsichten wäre – das bin ich nicht, und es wäre verlorene Mühe, wenn Sie sich über diese Vorstellung lustig machen wollten, sparen Sie sich das ruhig –, wenn ich also heiraten wollte und müßte eine Dame fragen, ob sie imstande sei, mich als ihren zukünftigen Mann anzusehen, dann würde sich herausstellen, daß ich bin, was ich zu sein behaupte – bescheiden.«

Nun glaubte ich ihm ganz, und indem ich ihm glaubte, wurde er mir so wert, daß mir das Herz schmerzlich brannte.

»Was also die St. Pierre anlangt«, fuhr er fort, indem er sich wieder fing, denn seine Stimme hatte ein wenig geschwankt, »sie hatte es sich einmal in den Kopf gesetzt, Madame Emanuel zu werden. Und ich weiß nicht, wohin ich mich hätte bringen lassen, wäre nicht dieses kleine Gitterfenster mit dem Licht dort drüben gewesen. Oh, du mein Zauberfenster! Was für Wunder an Entdeckungen hast du mir beschert! Ja«, fuhr er fort, »ich habe ihre Bosheiten, ihre Eitelkeiten, ihre leere, leichtfertige Gedankenlosigkeit gesehen – nicht nur hier, sondern überall. Und meine Beobachtungen haben mich gegen all ihre Wünsche gewappnet. Arme Zélie, vor ihr bin ich sicher.«

»Und meine Schülerinnen«, spann er seinen Faden weiter, »diese blonden jungen Mädchen, diese sanften, demütigen Geschöpfe – hier habe ich zugeschaut, wenn die scheusten und bescheidensten sich wie die Jungen miteinander herumbalgten. Die sittsamsten rissen sich Trauben von den Spalieren, schüttelten sich Birnen von den Bäumen. Und als die Englischlehrerin auftauchte, habe ich sie gesehen, habe gemerkt, wie bald sie ihr Herz für diesen Weg hier entdeckte, habe gemerkt, wie gern sie sich abschloß, und habe sie gut im Auge behalten, lange, bevor sie und ich dazu kamen, miteinander zu sprechen. Erinnern Sie sich noch, wie ich einmal wortlos zu Ihnen trat und Ihnen einen kleinen Strauß weiße Veilchen bot, damals, als wir einander noch Fremde waren?«

»Ich weiß es gut. Ich habe die Veilchen getrocknet und aufbewahrt, ich habe sie noch.«

»Es gefiel mir, daß Sie sie ruhig und ohne Zaudern nahmen, vor Ziererei graust es mir, und wo ich sie einmal hervorrufe, wenn sie sich in Blick oder Miene verrät, werde ich böse und rachsüchtig. Aber zurück. Nicht nur ich habe Sie beobachtet, sondern es hat Sie noch ein andrer Schutzengel geräuschlos umschwebt, zumal abends. Nacht für Nacht hat sich meine Cousine Beck jene Stufen dort hinabgestohlen und ist Ihnen geschmeidig nachgeschlichen, ohne daß Sie sie gesehen haben.«

»Aber Monsieur, bei dieser Entfernung haben Sie dort von Ihrem Fenster her gewiß nicht sehen können, was sich nachts im Garten zutrug?«

»Bei Mondlicht könnte ich es vermutlich mit dem Feldstecher erkennen – ich benutze einen. Aber der Garten selbst steht mir offen. In dem Schuppen dort am Ende befindet sich eine Tür. Sie führt in einen Hof, der an mein Haus stößt. Ich besitze den Schlüssel zu der Tür, und so komme und gehe ich, wie mir's gefällt. Heute nachmittag bin ich durch die Tür gekommen und habe Sie schlafend in der Klasse vorgefunden. Und heute abend habe ich denselben Eingang benutzt.«

Ich konnte die Bemerkung nicht unterdrücken: »Wenn Sie ein schlechter, hinterlistiger Mensch wären, wie schrecklich wäre dann dies alles!«

Es schien unmöglich, seine Aufmerksamkeit bei diesem Punkte festzuhalten. Er brannte sich eine Zigarre an, und während er den Rauch einsog und in Wölkchen von sich blies, lehnte er an einem Baum und betrachtete mich kühl und belustigt, wie er es tat, wenn er in gelassener Stimmung war. Ich hatte gute Lust, meine Predigt fortzusetzen. Er las mir die Leviten oft eine ganze Stunde lang, und ich sah nicht ein, weswegen ich ihm nicht auch einmal die Meinung sagen sollte. Ich sagte ihm also, was ich von seinem Jesuitensystem hielt.

»Die Kenntnisse, die Sie ihm verdanken, sind zu teuer erkauft, Monsieur. Dies heimliche Kommen und Gehen entwürdigt Sie.«

»Meine Würde!« rief er lachend. »Wann hätten Sie je gesehen, daß ich mir den Kopf über meine Würde zerbräche? Sie, Miß Lucy, sind voll Würde. Wie oft habe ich in Ihrer hoheitsvollen insularen Gegenwart mit Wonne auf dem herumgetrampelt, was Sie meine Würde zu nennen belieben, und habe es in Fetzen gerissen und in alle Winde verstreut in diesen irren Ausbrüchen, die Sie so voller Hochmut mit ansehen. Ich weiß, sie erinnern Sie lebhaft an die Wahnsinnsszenen eines drittklassigen Londoner Komödianten.«

»Monsieur, ich sage Ihnen: Jeder Blick, den Sie aus dem Fenster da oben werfen, ist ein Unrecht, das Sie dem besseren Teil Ihrer Natur zufügen. Auf solche Art den Menschen studieren heißt, heimlich und frevelhaft von Evas Äpfeln essen. Ich wollte, Sie wären Protestant.«

Der Wunsch ließ ihn gleichgültig, er rauchte weiter. Eine Weile lächelte er gedankenvoll, dann sagte er ziemlich unvermittelt: »Ich habe auch anderes gesehen.«

»Was anderes?«

Er nahm den Zigarrenstummel aus dem Munde und warf ihn ins Gebüsch, wo er einen Augenblick in der Dämmerung weiterglimmte.

»Sehen Sie«, sagte er, »sieht der Funken nicht wie ein Auge aus, das Sie und mich beobachtet?«

Er ging ein Stück den Weg hinunter. Bald kehrte er um

und sprach weiter: »Miß Lucy, ich habe Dinge gesehen, die mir unerklärlich waren, so daß ich die ganze Nacht aufsaß, um die Lösung zu finden, und doch habe ich sie nicht gefunden.«

Seine Stimme klang seltsam. Ein Schauer rann durch meine Adern, er sah, wie ich zitterte.

»Fürchten Sie sich? Wovor? Vor meinen Worten oder vor dem roten argwöhnischen Auge dort, das sich eben schließt?«

»Mir ist kalt. Es ist dunkel und spät geworden und hat sich abgekühlt. Es wird Zeit, daß ich hineingehe.«

»Es ist kaum acht vorbei, aber Sie sollen bald gehen dürfen. Geben Sie mir nur Antwort auf eine Frage.«

Er hielt inne, bevor er sie aussprach. Im Garten dunkelte es wirklich. Wolken hatten die Dämmerung herangetragen, und schwere Regentropfen begannen durch das Laubwerk zu fallen. Ich hoffte, er werde es bemerken, aber er schien jetzt zu sehr in seine Gedanken versunken, um den Wechsel zu spüren.

»Mademoiselle, glaubt Ihr Protestanten an das Übernatürliche?«

»Es ist bei den Protestanten wie bei andern Konfessionen«, antwortete ich, »an diesem Punkt scheiden sich die Geister. Es gibt Glauben und Verneinung. Aber warum fragen Sie mich danach, Monsieur?«

»Und warum fahren Sie zusammen und sprechen so zaghaft? Sind Sie abergläubisch?«

»Ich habe von Natur schwache Nerven. Es ist mir zuwider, über solche Themen zu debattieren. Und es ist mir um so mehr zuwider, weil...«

»Weil Sie daran glauben?«

»Nein. Aber es ist mir widerfahren, daß ich bestimmte Dinge sah oder mir einbildete, sie zu sehen...«

»Nachdem Sie hierhergekommen waren?«

»Ja. Es ist kaum ein paar Monate her.«

»Hier? In diesem Hause?«

»Ja.«

»Gut! Ich bin glücklich darüber. Irgendwie habe ich es gewußt, noch ehe Sie es mir erzählten. Ich war mir bewußt, daß zwischen uns beiden eine Verbindung besteht. Sie sind geduldig, und ich bin jähzornig, Sie sind still und blaß, und ich bin ein Hitzkopf mit einem sonnenverbrannten Gesicht, Sie sind streng gläubige Protestantin, und ich bin eine Art Laienjesuit. Und doch gleichen wir einander, doch sind wir einander verwandt. Sehen Sie das, Mademoiselle, wenn Sie in den Spiegel schauen? Merken Sie, daß Ihre Stirn genauso geformt ist wie meine, daß unsere Augen den gleichen Schnitt haben? Hören Sie, daß Ihre Stimme manchmal klingt wie meine? Und wissen Sie, daß Ihr Mienenspiel oftmals dem meinen gleicht? Ich nehme das alles wahr, und ich glaube, daß Sie unter meinem Stern geboren sind. Ja, Sie sind unter meinem Stern geboren – meinem! Ja, zittern Sie. Denn wo das bei zwei Menschen der Fall ist, da lassen sich ihre Schicksalsfäden nur schwer entwirren. Sie verknoten sich und verfangen sich ineinander, und wenn man sie mit Gewalt auseinanderreißt, dann wird das Gewebe verletzt. – Aber diese ›Einbildungen‹, wie Sie sich mit englischer Vorsicht ausdrücken – ich habe auch meine ›Einbildungen‹ gehabt.«

»Bitte sagen Sie es mir, Monsieur.«

»Eben das möchte ich, und ich bin im Begriff, es zu tun. Sie kennen die Sage dieses Hauses und Gartens?«

»Ich kenne sie, ja. Es heißt, vor Hunderten von Jahren sei hier, hier zu Füßen dieses Baumes, eine Nonne lebendig begraben worden, in dem Boden, auf dem wir in diesem Augenblick stehen.«

»Und daß früher der Geist einer Nonne hier umging.«

»Monsieur, und wenn er noch immer hier umginge?«

»Etwas kommt und geht hier. Eine Gestalt sucht dieses Haus bei Nacht heim, ganz anders als alle, die sich bei Tage darin zeigen. Ich habe dies Etwas unbestreitbar gesehen, mehr als einmal, und für mich waren seine Ordenskleider ein seltsamer Anblick. Mir besagten sie mehr, als sie jedem andern Sterblichen hätten sagen können. Eine Nonne!«

»Monsieur, ich habe sie auch gesehen.«

»Ich ahnte es. Ob diese Nonne nun ein Geschöpf von Fleisch und Blut ist oder ein Etwas, das bleibt, wenn das Blut vertrocknet und das Fleisch verwest ist: Wahrscheinlich ist, daß es ebensosehr Sie angeht wie mich. Nun gut, ich werde es herausfinden. Bis jetzt hat es mich verwirrt, aber ich werde dem Geheimnis auf den Grund dringen. Ich werde...«

Er kam nicht mehr dazu zu sagen, was er wollte. Statt dessen hob er plötzlich den Kopf. Im selben Augenblick vollführte ich dieselbe Bewegung. Wir starrten beide auf eine Stelle – auf den hohen Baum, der das große Schreibzimmer beschattete und ein paar Äste auf das Dach der ersten Klasse neigte. Von dorther war ein seltsamer, unerklärlicher Laut gekommen, so als hätten sich die Zweige von selber bewegt und aufrauschend ihre Blätterlast gegen den Stamm gedrängt. Ja. Kaum ein Lüftchen rührte sich, und jener schwere Baum schüttelte sich, während die federzarten Büsche reglos standen. Ein paar Minuten lang ging das Schüttern und Reißen und Wogen zwischen Stamm und Laubwerk weiter. So dunkel es auch war, mir schien doch, daß zwischen den Stämmen etwas schwarz hervorwuchs, das körperhafter war als die Nacht und ihre Schatten oder die Finsternis des Ästegewirrs. Endlich hörte das Rütteln auf. Was war unter diesen Wehen geboren worden? Welche

Dryade hatte sich dem kreißenden Baumleib entrungen? Wir starrten unverwandt auf den Fleck im Dunkel. Plötzlich läutete eine Glocke im Hause – die Gebetsglocke. Und im selben Augenblick tauchte eine Erscheinung aus dem Schreibzimmer hervor und glitt blitzschnell auf unsern Weg – eine Erscheinung in Schwarz und Weiß. Mit zornig aufrauschenden Gewändern fegte sie dicht, dicht an uns vorüber. Es war die Nonne! Nie hatte ich sie so deutlich erblickt. Sie war groß und mächtig und ungestüm in der Bewegung. Als sie forteilte, erhob sich heulend der Wind, der Regen strömte wild und kalt vom Himmel, die ganze Nacht schien von ihr erfüllt zu sein.

32. Der erste Brief

Allmählich ist es an der Zeit zu fragen: Wo steckte Paulina Mary? Wie stand es mit meinen Beziehungen zu dem prächtigen Hotel Crécy? Die Verbindung hatte eine Zeitlang ausgesetzt, weil die Bewohner unterwegs gewesen waren. Monsieur und Miß de Bassompierre hatten eine Reise unternommen und ein paar Wochen teils in den Provinzen und teils in der Hauptstadt Frankreichs verbracht. Der Zufall verriet mir ganz kurz nach ihrer Rückkehr, daß sie wieder im Lande waren.

An einem milden Nachmittag wanderte ich gemächlich durch eine stille Allee, genoß die freundliche Aprilsonne und verweilte mit Behagen bei einigen nicht unerfreulichen Gedanken, da sah ich vor mir eine Gruppe von Reitern, die anhielten, als seien sie einander gerade diesen Augenblick begegnet, und die mitten auf dem breiten, glatten lindengesäumten Wege Grüße tauschten, auf der einen Seite ein Herr in mittleren Jahren und eine junge Dame, auf der andern ein junger, stattlicher Mann. Das Antlitz der Dame strahlte von Liebreiz. Sie war mit erlesenem Geschmack gekleidet und bot ein Bild stolzer Zartheit. Ich schaute genauer hin. Die drei kamen mir bekannt vor, und als ich ein wenig näher trat, sah ich, wer sie waren: der Count Home de Bassompierre, seine Tochter und Doktor Graham Bretton.

Wie lebendig und beseelt Grahams Gesicht war! Wie ehrlich und warm und doch wie zurückhaltend die Freude, die daraus sprach! Ja, genauso mußten die Dinge liegen, so mußten alle Umstände zusammenstimmen, um Doktor John gleichzeitig anzuziehen und zu fesseln, um ihn zu bändigen und anzufeuern. Die Perle, die er bewunderte, war an sich von großem Wert und klar und rein, aber er war nicht der Mann, der, wenn er ein Schmuckstück würdigte, die Fassung übersah. Hätte er Paulina ebenso jung, schön und anmutig, aber zu Fuß erblickt, allein, unbeschützt und in schlichtem Kleidchen, eine Arbeiterin, ein Nähmädchen, dann würde er gedacht haben: hübsches kleines Ding! Er hätte sie wohlgefällig betrachtet und sich an ihren leichten Bewegungen und an ihrem Gesichtsausdruck gefreut. Aber um ihn so zu besiegen, um ihn so sicher und dauerhaft in die Gewalt zubekommen wie jetzt, ohne Einbuße für ihn, ja sogar zum Vorteil für seine männliche Ehre, dazu war mehr nötig. Man sah, daß er bezwungen war. Doktor John war durchaus und rundum ein Mann von Welt. Nur ihm zu gefallen war nicht genug. Die Gesellschaft mußte anerkennen, die Welt bewundern, was er tat, oder das, wonach er verlangte, verlor ihm den Glanz, sein Streben schien ihm ein Irrwahn. Er brauchte bei seiner Bezwingerin alles, was hier sichtbar war: das Gepräge hoher Kultur, den Nimbus sorgfältigen und gebieterischen Schutzes, alles Beiwerk, das die Mode vorschreibt, das der Reichtum kauft und der Geschmack herrichtet – denn diese Bedingungen handelte sich sein Geist aus, ehe er sich ergab. Hier waren sie bis zum äußersten erfüllt, und nun stand er da, stolz, voller Leidenschaft und doch bangend, und huldigte Paulina als seiner Herrin. Was sie betraf, so schimmerte in ihren Augen eher das Lächeln eines sanften Gefühls als das eines gestrengen Machtbewußtseins.

Sie verabschiedeten sich. Er ritt im Galopp an mir vorüber, spürte kaum den Boden unter sich, den die Hufe seines Pferdes streiften, und blickte nicht nach rechts und links. Sehr hübsch sah er aus, er brannte von Mut und Willen.

Dann hörte ich eine klangvolle, warme Stimme. Paulina rief: »Papa, hier ist Lucy! Lucy, liebe Lucy, *bitte* komm doch her!«

Ich lief zu ihr. Sie warf ihren Schleier zurück und beugte sich vom Sattel herab, um mich zu küssen.

»Morgen wollte ich dich besuchen kommen«, sagte sie, »aber nun, nicht wahr, kommst du morgen zu mir!«

Sie nannte mir eine Zeit, und ich versprach ihr, pünktlich zu sein.

Der nächste Abend fand mich bei ihr. Wir hatten uns in ihr Zimmer zurückgezogen. Seit ihrem heimlichen und so glänzend gewonnenen Wettstreit mit Ginevra Fanshawe hatte ich sie nicht mehr gesehen. Nun gab es viel von ihren Reisen zu erzählen. Höchst lebendig tat sie das – eifrig und rasch redete sie in einem solchen Zwiegespräch, bildhaft und farbig konnte sie beschreiben. Doch mit ihrem ungekünstelten Ausdruck, mit ihrer klaren, weichen Stimme schien sie nie zu schnell oder zu viel zu sprechen. Ich glaube, meine Aufmerksamkeit wäre nicht so rasch ermattet, aber sie selber schien bald nach einem Wechsel des Gegenstandes zu verlangen: Sie hastete voran, um ihre Erzählung rasch abzuwickeln. Doch es wurde nicht sogleich deutlich, weswegen sie mit einer so karg gedrängten Zusammenfassung schloß. Schweigen folgte, ein unruhiges Schweigen mit Zeichen der Zerstreutheit. Dann wandte sie sich mir zu. Jetzt klang ihre Stimme zaghaft, halb bittend: »Lucy ...«

»Ja? Hier bin ich, neben dir.«

»Ist meine Cousine Ginevra noch bei Madame Beck?«

»Deine Cousine ist noch da. Sicher sehnst du dich danach, sie zu sehen.«

»Nein – nicht sehr.«

»Du willst sie einmal abends einladen?«

»Nein ... Vermutlich redet sie immer noch darüber, daß sie heiraten könnte?«

»Niemand, der dich irgendwie angeht.«

»Aber natürlich denkt sie noch an Doktor Bretton? Sie kann ihre Meinung doch nicht geändert haben, vor zwei Monaten war sie so überzeugt davon.«

»Was tut das? Du hast ja gesehen, wie sie miteinander standen.«

»Ja, an dem Abend hat es zwischen ihnen wohl ein kleines Mißverständnis gegeben. Ob sie unglücklich ist?«

»Sie? Aber nicht doch. Doch um auf etwas anderes zu kommen: Hast du während deiner Abwesenheit etwas von Graham gehört oder gesehen?«

»Papa hat ein oder zwei Briefe von ihm bekommen, ich glaube über Geschäftsdinge. Er hatte es übernommen, sich um eine Angelegenheit zu kümmern, die jemand in die Hand nehmen mußte, während wir weg waren. Anscheinend verehrt Doktor Bretton Papa, und es freut ihn, wenn er ihm einen Gefallen tun kann.«

»Ja. Du hast ihn gestern in der Allee getroffen. Aus seinem Aussehen würdest du gewiß schließen können, daß sich seine Freunde nicht unbedingt um seine Gesundheit sorgen müssen?«

»Anscheinend hat sich Papa dasselbe gedacht wie du. Ich

habe lächeln müssen. Weißt du, er ist nicht gerade ein guter Beobachter, meist hat er andere Dinge im Kopf als das, was sich eben vor seinen Augen abspielt. Aber als Doktor Bretton fortritt, sagte er: ›Weiß Gott, es tut einem gut zu sehen, wie munter und tatkräftig der Junge da ist.‹ Einen Jungen hat er Doktor Bretton genannt. Ich glaube wirklich, so sieht er ihn, genauso wie er mich für ein kleines Mädchen hält. Er hat das nicht zu mir gesagt, es war nur eine Selbstbemerkung. Lucy ...«

Wieder der bittende Ton, und im gleichen Augenblick stand sie von ihrem Sessel auf und kam zu mir und hockte sich auf die Fußbank vor mir hin.

Ich hatte sie lieb. Eine solche Erklärung über jemanden aus meiner Bekanntschaft hat der Leser im Verlauf dieses Buches nicht oft von mir gehört: Dies eine Mal wird er sich geduldig darein schicken. Bei Paulina zeigte sich im vertrauten Verkehr und bei eingehender Prüfung nur kluge, zartfühlende Redlichkeit, und deshalb war sie mir ans Herz gewachsen. Hätte ich sie oberflächlich bewundert, dann hätte ich das wohl mehr zeigen können. So war ich still.

»Was mußt du Lucy fragen?« sagte ich. »Nur tapfer, heraus damit!«

Aber Mut sprach nicht aus ihren Augen. Als ihr Blick den meinen traf, senkte er sich, und ihre Wangen waren heiß – heiß nicht von einem schnell darüberhuschenden, leicht wieder verfliegenden Rot, sondern von einer tiefen Erregung, die ihr Gesicht verdunkelte und erglühen ließ.

»Lucy, ich möchte wissen, was du von Doktor Bretton denkst. Bitte sag mir *ehrlich*, was du von seinem Charakter, von seiner Gesinnung hältst.«

»Sein Charakter verdient alle Hochachtung.«

»Und seine Gesinnung? Wie ist es damit?« drängte sie. »Du kennst ihn.«

»Ja, ich kenne ihn recht gut.«

»Du weißt, wie er zu Hause ist. Du hast ihn bei seiner Mutter erlebt. Erzähl mir davon. Was ist er für ein Sohn?«

»Ein guter, ein herzensguter Sohn, seiner Mutter Trost und Hoffnung, ihr Stolz und ihre Freude.«

Sie hielt meine Hand zwischen ihren beiden, und bei jedem Lobeswort gab sie ihr einen kleinen liebkosenden Schlag.

»Und worin ist er sonst noch gut, liebe Lucy?«

»Doktor Bretton ist gütig. Er fühlt menschlich für jeden Menschen. Er würde dem primitivsten Wilden und dem ärgsten Verbrecher wohlwollen.«

»Neulich sprachen einige Herren, Freunde von Papa, über ihn. Sie sagten dasselbe. Sie meinen, daß viele von den armen Kranken in den Hospitälern vor den unbarmherzigen und selbstsüchtigen Wundärzten zittern, aber ihn erwarten sie dankbar und hoffnungsvoll.«

»Das ist wahr, ich habe es selbst erlebt. Er hat mich einmal in ein Hospital mitgenommen. Da sah ich, wie sie ihn empfingen. Deines Vaters Freunde haben recht.«

Zärtliche Dankbarkeit beseelte ihren Blick, als sie kurz ihre Augen hob. Sie hatte noch mehr auf dem Herzen, aber sie schien zu zaudern, ob sie jetzt und hier sprechen sollte. Allmählich breitete sich die Dämmerung im Zimmer aus, schon glühte das Feuer rot durch das Zwielicht. Aber ich dachte, sie wünsche, daß es erst noch später werde und der Raum dunkler sei.

»Wie still und abgeschieden wir hier sitzen!« bemerkte ich, um ihr die Scheu zu nehmen.

»Ja? Es ist ein stiller Abend, und ich werde auch nicht zu Papa zum Tee hinuntergerufen werden. Er ißt auswärts.«

Sie hielt meine Hand noch immer fest. Jetzt spielte sie gedankenlos mit meinen Fingern, streifte ihnen ihre eignen

Ringe über und umwickelte sie mit einer Strähne ihres schönen Haares. Dann hob sie meine Handfläche an die heiße Wange, und endlich, nachdem sie ihre Stimme frei geräuspert hatte, die von Natur klar wie die einer Lerche war, sagte sie: »Du mußt es ziemlich sonderbar finden, daß ich soviel von Doktor Bretton rede, soviel frage, soviel Anteil an ihm nehme, aber...«

»Ganz und gar nicht sonderbar, vollkommen natürlich. Du magst ihn.«

»Und wenn ich's täte«, sagte sie ein wenig heftig, »ist das ein Grund zu reden? Ich glaube, du meinst, ich bin so schwach wie meine Cousine Ginevra!«

»Wenn ich der Ansicht wäre, du glichest der Dame Ginevra auch nur eine Spur, dann säße ich nicht hier und wartete auf deine Mitteilungen. Ich würde aufstehen, gemächlich im Zimmer herumgehn und allem, was du zu sagen hättest, durch eine muntere Predigt zuvorkommen. Nun sprich schon.«

»Ich will ja sprechen«, gab sie zurück, »was dachtest du, hätte ich sonst vor?« Und sie schaute – die kleine Polly aus Bretton! – gereizt und empfindlich drein. Mit Nachdruck sagte sie: »Und wenn ich Doktor Bretton so gern hätte, daß ich imstande wäre, darüber zu sterben, das gäbe mir noch lange kein Recht, den Mund aufzutun. Da hätte ich stumm zu sein wie ein Grab – stumm wie du, Lucy Snowe. Das weißt du ganz genau. Du weißt auch, daß du mich verachten würdest, wenn ich mich nicht beherrschen könnte und dir eine jämmerliche, schiefe, einseitige Neigung vorwinseln wollte.«

»Du hast recht, ich habe wenig Achtung vor Frauen oder Mädchen, die geschwätzig ihre Triumphe ausprahlen oder darüber stöhnen, daß jemand sie gekränkt hat. Aber du, Paulina, du sprich, denn ich verlange ernstlich danach, dich zu hören. Sag mir alles, was dich erleichtert oder was du mir gern sagst. Weiter will ich nichts.«

»Lucy, hast du mich gern?«

»Ja, Paulina.«

»Und ich hab' dich lieb. Schon als ich noch ein kleines, unruhiges, ungehorsames Mädchen war, fand ich eine wunderliche Befriedigung darin, bei dir zu sein. Damals reizte es mich, meine Unart und meine Launen an dir auszulassen. Nun bist du mir wert, und ich spreche gern mit dir und vertraue dir. Also höre, Lucy.«

Und sie setzte sich zurecht. Sie lehnte sich leicht an meinen Arm, nicht mit dem ermüdenden und selbsüchtigen Gewicht der ehrenwerten Dame Fanshawe.

»Vor ein paar Minuten hast du mich gefragt, ob wir unterwegs nichts von Graham gehört hätten, und ich habe dir gesagt, daß Papa zwei Geschäftsbriefe bekommen hat. Das stimmt, aber ich hab' dir nicht alles erzählt.«

»Du bist ausgewichen?«

»Ich habe gemogelt und doppelsinnige Worte gebraucht, weißt du. Aber jetzt will ich die Wahrheit gestehen. Es wird dunkel, da spricht sich's leichter. Papa läßt mich oft den Postbeutel öffnen, ich gebe ihm dann den Inhalt heraus. An einem Morgen vor ungefähr drei Wochen, ich wußte nicht, wie mir geschah, fand ich unter einem Dutzend Briefen an Monsieur de Bassompierre einen, der an Miß de Bassompierre gerichtet war. Ich hatte ihn mit einem Blick unter den übrigen entdeckt. Die Handschrift war mir nicht fremd, sie zog mich unmittelbar an. Ich wollte schon sagen: ›Papa, da ist noch ein Brief von Doktor Bretton‹, aber das ›Miß‹ ließ mich verstummen. Ich habe vorher wahrhaftig noch nie einen Brief von einem Herrn bekommen. Hätte ich ihn Papa zeigen und von ihm aufmachen und erst lesen lassen sollen? Ich konnte es nicht, Lucy, und wenn es mich das Leben gekostet hätte. Ich weiß so gut, was Papa von mir denkt. Er vergißt, wie alt ich bin, und meint, ich sei noch ein Schulmädchen. Er merkt nicht, was andere Leute sehen: daß ich so groß und erwachsen bin, wie ich werden kann. So gab ich Papa seine zwölf Briefe, seine ganze Herde, und behielt mein eines eignes Lämmchen zurück. Ich tat es in einer sonderbaren Mischung von Gefühlen: Schlechtes Gewissen war dabei und Verwirrung, aber auch Ungestüm. Ich kann dir's nicht beschreiben. Beim Frühstück lag der Brief in meinem Schoß und blickte mich unerklärlich bedeutungsvoll an. Er gab mir den Eindruck, ich sei ein Doppelwesen, ein Kind für diesen meinen lieben Vater, aber Kind nicht mehr vor mir selber. Nach dem Frühstück trug ich meinen Brief nach oben, und als ich den Schlüssel im Türschloß umgedreht hatte und sicher war, begann ich meinen Schatz von außen zu studieren. Es dauerte ein paar Minuten, bis ich mit der Anschrift fertig war und das Siegel erforschen konnte. Man nimmt eine solche Festung nicht in einem Ansturm, sondern belagert sie, man setzt sich davor fest, wie es heißt. Lucy, Grahams Handschrift ist wie er selber, und sein Siegel auch – ganz klar, fest, gerundet, kein nachlässiger Wachsspritzer, ein voller, ordentlicher Tropfen, ein deutlicher Abdruck. Keine spitzen, schroffen Schriftzacken, die sich im Blick festhaken und ihm weh tun, er hat eine saubere, klare, gute Schrift, die wohltut, wenn man sie liest. Sie ist wie sein Gesicht, genauso, wie seine Züge geformt sind. Kennst du seine Handschrift?«

»Ich hab' sie gesehen. Erzähl weiter.«

»Das Siegel war zu schön, als daß ich's hätte zerbrechen mögen. Ich schnitt es mir der Schere aus. Schließlich war ich soweit, daß ich den Brief lesen wollte, da schob ich's freiwillig nochmals auf. Es war noch zu früh, meinen Becher auszutrinken, der Wein funkelte so schön darin. Ich wollte noch eine Minute warten und das Funkeln betrachten. Dann fiel mir plötzlich ein, daß ich an diesem Morgen mein Gebet noch nicht gesagt hatte. Ich hatte gehört, wie Papa ein wenig zeitiger als sonst zum Frühstück hinuntergegangen war, und wollte ihn nicht warten lassen. Um ihm rasch nachzugehen, hatte ich mich nur angezogen und gedacht, es sei nicht schlimm, wenn ich das Gebet bis nachher aufschöbe. Manche Leute würden sagen, ich hätte erst Gott dienen müssen und dann den Menschen, aber ich glaube nicht, daß der Himmel über etwas, das ich für Papa tue, eifersüchtig sein kann. Ich bin wohl abergläubisch. Jetzt war mir's, als sagte mir eine Stimme, daß es sich nun um etwas anderes als um töchterliche Liebe handle. Es war mir, als dringe sie darauf, daß ich betete, bevor ich las, daß ich noch einen Augenblick mich selbst vergaß und mich erst auf eine große Pflicht besann. Ich habe solche Eingebungen, solange ich denken kann. Also legte ich den Brief weg und sprach mein Gebet und fügte am Schluß die flehentliche Bitte hinzu, daß ich, was immer auch komme, nicht versucht oder verführt werden möge, Papa Kummer zu bereiten, und daß ich ihn nie über anderen vernachlässigen möge. Schon der bloße Gedanke, daß das möglich sein könnte, stach mir so ins Herz, daß ich weinte. Aber trotzdem, Lucy, fühlte ich, daß Papa mit der Zeit die Wahrheit erfahren und daß ich ihn dazu bringen müsse, Vernunft anzunehmen.

Dann las ich den Brief. Lucy, es heißt, daß das ganze Leben nichts als eine einzige Enttäuschung sei. *Ich* wurde nicht enttäuscht. Ehe ich las und während ich las, klopfte mir das Herz, mehr noch, es zitterte, und das Zittern war wie das Keuchen eines verdurstenden Tieres, das sich an einer Quelle hingehockt hat und trinkt, und die Quelle floß reich und wunderbar klar, frei und stark stieg sie aus eigner Kraft. Ich sah die Sonne durch ihren Strahl, und kein Splitter,

Lucy, kein Moos, kein Insekt, kein Stäubchen schwamm in dem lauteren goldnen Geriesel.

Es heißt«, fuhr sie fort, »das Leben sei für manche Menschen voll von Kummer. Ich habe Lebensbeschreibungen gelesen, wo der Wanderer von einem Leid zum andern zu pilgern schien, wo die Hoffnung so schnell vor ihm dahinschwebte, fort, immer fort, wo sie sich nie dicht vor ihm aus der Luft herabsenkte und verweilte, so daß er sie hätte anrühren und festhalten können und sie ihm Wirklichkeit wurde. Ich habe von Leuten gelesen, die mit Tränen gesät haben und denen die Ernte, die sie frohen Herzens einzubringen hofften, durch Frost vernichtet oder durch einen plötzlichen Wirbelwind fortgetragen wurde. Und ach! Manche von ihnen gingen mit leerem Speicher in den Winter und verhungerten in der dunkelsten und kältesten Zeit des Jahres.«

»War es ihre Schuld, Paulina, daß sie so starben, die, von denen du sprichst?«

»Nicht immer. Manche waren gute Menschen, die sich mühten. Ich mühe mich nicht, ich bin auch nicht gut in meinem Handeln, aber Gott hat mich in Sonnenschein und fruchtbarem, sanftem Regen aufwachsen lassen, beschirmt und geschützt und genährt und unterwiesen durch meinen lieben Vater. Und nun – nun kommt ein anderer. Graham liebt mich.«

Einige Minuten verweilten wir beide schweigend bei diesem Höhepunkt. Dann fragte ich leise: »Weiß es dein Vater?«

»Graham sprach mit tiefer Verehrung von Papa, aber er deutete an, daß er sich bis jetzt noch nicht getraut habe, sich an ihn zu wenden, er müsse sich erst als würdig erweisen. Und er fügte hinzu, daß er erst über mich und meine Gefühle im klaren sein müsse, bevor er wage, anderswo einen Schritt in der Sache zu tun.«

»Und was hast du geantwortet?«

»Ich schrieb kurz, aber ich wies ihn nicht ab. Und doch habe ich fast gezittert vor Angst, daß meine Antwort zu herzlich würde. Graham ist heikel. Dreimal habe ich geschrieben und jedesmal die Sätze klarer und stiller gemacht. Schließlich hatte ich das Ganze so präpariert, daß es mir vorkam wie ein Stück Eis mit einem ganz leisen Beigeschmack von Obst oder Zucker, und da habe ich mich dann getraut, es zu versiegeln und zur Post zu geben.«

»Großartig, Paulina! Du hast einen sichern Instinkt, du versteht Doktor Bretton.«

»Aber wie mache ich's mit Papa? Da bin ich noch in Sorge.«

»Tu gar nichts. Warte. Nur laß alle Korrespondenz sein, bis dein Vater Bescheid weiß und seine Einwilligung gibt.«

»Wird er die je geben?«

»Kommt Zeit, kommt Rat. Warte.«

»Doktor Bretton hat mir noch einen Brief geschickt, voll tiefer Dankbarkeit für meine ruhige, kurze Mitteilung. Aber ich habe deinen Rat vorweggenommen und ihm gesagt, meine Gefühle blieben zwar unverändert, aber ohne meines Vaters Wissen könnte ich nicht noch einmal schreiben.«

»Du hast gehandelt, wie du mußtest. Doktor Bretton wird das empfinden, er wird um so stolzer auf dich sein und dich desto mehr lieben, wenn eine Steigerung noch möglich ist. Paulina, dieser sanfte Rauhreif, der bei dir eine so reine, schöne Flamme umschließt, ist ein unschätzbares Geschenk der Natur.«

»Du siehst«, sagte sie, »ich fühle, wie Graham veranlagt ist, ich spüre, daß man ihn nicht zart und vorsichtig genug behandeln kann.«

»Du hast vollkommen bewiesen, daß du ihn verstehst. Aber davon abgesehen: mag seine Anlage sein, wie sie will, und selbst wenn er mehr Nähe und Entgegenkommen verlangte – auch dann würdest du ehrlich und offen und liebevoll gegen deinen Vater handeln.«

»Lucy, ich vertraue darauf, daß ich das immer tun werde. Es wird schlimm sein, Vater aus seinem Traum zu reißen und ihm zu sagen, daß ich kein kleines Mädchen mehr bin!«

»Übereile nichts, Paulina. Überlaß die Aufklärung der Zeit – ihr und deinem freundlichen Geschick. Auch ich habe bemerkt, wie behutsam es dich anfaßt. Zweifle nicht daran, es wird die Dinge mit Güte für dich ordnen und dir die rechte Stunde bestimmen. Ja, ich habe über dein Leben nachgedacht so gut wie du selber, und eben die Vergleiche, von denen du gesprochen hast, sind mir gekommen. Die Zukunft kennen wir nicht, aber die Vergangenheit ist gnädig gewesen.

Als du ein kleines Kind warst, habe ich für dich gebangt. Nichts auf der Welt kann verletzbarer sein, als du damals in deiner Kindheit warst. Wärst du unter Strenge oder vernachlässigt aufgewachsen, dann hättest du weder innerlich noch äußerlich zu der heranreifen können, die du jetzt bist. Schmerz und Angst und Not hätten nach und nach selbst die Linien deines Gesichts zerstört, das schöne Ebenmaß deiner Züge wäre zerbrochen, und deine Nerven hätten sich aufgerieben im Dauerfieber der Erregung. Du hättest Gesundheit und Frohsinn, Liebreiz und Sanftmut verloren. Das Schicksal hat dich gehegt und beschützt, und ich glaube, nicht nur um deiner selbst willen, sondern auch Graham zuliebe. Auch er ist unter einem glücklichen Stern geboren. Um die besten Kräfte seiner Natur zu entfalten, brauchte er eine Gefährtin wie dich, und siehe, du bist da, bereit für ihn. Ihr müßt vereint werden. Ich habe das gewußt am ersten Tage, da ich euch in La Terrasse zusammen sah. In allem, was dich und Graham gemeinsam betrifft, scheint mir

Verheißung, Absicht und Harmonie zu liegen. Ich glaube nicht, daß deine und seine sonnenüberstrahlte Jugend sich als Vorboten eines wetterschweren Alters erweisen werden. Ich denke, für euch ist beschlossen, daß ihr beide in Frieden und glücklich leben sollt, nicht glückselig wie die Engel, aber so, wie es unter den Sterblichen nur wenigen zuteil wird. Manches Menschenleben wird so gesegnet, das ist Gottes Wille: Es ist Spur und Beweis und bleibendes Zeugnis des Paradieses. Das Leben anderer verläuft von Anbeginn in einer andern Richtung. Andere Wanderer müssen in ungewisses und rauhes Wetter hinaus, müssen ihren Weg durch Sturm und jähe Regengüsse suchen, müssen sich gegen den Wind stemmen, und die frühe Winternacht holt sie ein und überfällt sie. Auch das muß Gottes Wille sein, und ich weiß, irgendwo in seiner grenzenlosen Schöpfung liegt die Antwort auf das Geheimnis bereit, weshalb dies andre Leben so sein mußte. Ich weiß, unter allen seinen Schätzen birgt sich auch diese Antwort als Verheißung seiner Gnade.«

33. Monsieur Paul hält sein Versprechen

Am ersten Mai hatten wir alle – das heißt, die zwanzig Pensionärinnen und die vier Lehrerinnen – den Auftrag, uns um fünf Uhr morgens zu erheben und um sechs Uhr fertig angezogen bereitzustehen, um uns unter das Kommando des Professors Emanuel zu stellen. Er sollte unsern Ausmarsch aus Villette anführen, denn an diesem Tag wollte er sein Versprechen einlösen und uns zum Frühstück aufs Land hinaus bringen. Mich freilich – der Leser wird sich wohl daran erinnern – hatte er nicht mit einer Einladung beehrt, als der Ausflug geplant worden war, eher im Gegenteil. Aber als ich jetzt auf diese Tatsache anspielte und mich erkundigte, wie es nun damit stünde, fühlte ich mich plötzlich am Ohrläppchen gezupft. Da zog ich es vor, kein zweites Zupfen zu riskieren, und erhob keine Einwände mehr.

»Je vous conseille de vous faire prier«, sagte Monsieur Emanuel, indem er gebieterisch das andere Ohr bedrohte. Aber ein napoleonisches Kompliment genügte wirklich, und ich entschloß mich, an der Partie teilzunehmen.

Der Morgen brach ruhig wie ein Sommertag an, im Garten sangen die Vögel, und ein leichter Nebeltau verhieß Hitze. Wir alle sagten, es werde warm werden, und wir falteten mit Freude die schweren Winterkleider zusammen und packten sie weg und legten das an, was zur sonnigen Zeit des Jahres paßte. Frisch gewaschene und gestärkte Baumwollkleider und leichte Strohhüte, jeder so geformt und geschmückt, wie es nur die französiche Putzmacherin zustande bringt, ganz anspruchslos und dabei raffiniert schmeichelnd – das war die Kleiderordnung. Keine prunkte in verblichener Seide, niemand trug abgenutzte Kostbarkeiten.

Um sechs Uhr läutete lustig die Glocke, und wir strömten die Treppe hinab, durch das Karree, den Korridor entlang in die Vorhalle. Da stand unser Professor. Er trug nicht seinen barbarischen Paletot und seine grimmige Griechenmütze, sondern eine Gürtelbluse, die ihn jung machte, und einen vergnügten Strohhut. Er hatte für uns alle das freundlichste »Guten Morgen«, und die meisten von uns dankten ihm mit einem herzlichen Lächeln. Wir stellten uns in Reih und Glied auf und marschierten los.

Noch lagen die Straßen ganz ruhig, und die Alleen waren frisch und friedvoll wie Felder. Ich glaube, wir waren sehr glücklich, während wir so dahinwanderten. Unser Anführer besaß die geheimnisvolle Gabe, Freude auszustrahlen, wenn er wollte, genauso, wie er in der gegenteiligen Stimmung Zittern und Angst um sich verbreitete.

Er ging uns nicht voran, und er folgte uns nicht, sondern er schritt neben unserm Zuge her. Für jede hatte er ein Wort. Zu denen, die ihm lieb waren, sprach er viel, aber auch die, die er nicht mochte, überging er nicht ganz. Ich hatte meine besonderen Gründe zu wünschen, daß er mich möglichst wenig bemerkte. Ich ging neben Ginevra und trug an meinem Arm die nicht unwesentliche Last, mit der dieser liebe Engel mich drückte – sie blühte und gedieh weiterhin prächtig, und ich kann dem Leser versichern, daß es keine Kleinigkeit war, die Bürde ihrer Holdseligkeit zu schleppen. Viele Male an diesem heißen Tag wünschte ich zum Himmel, daß diese Holdseligkeit weniger Substanz gehabt hätte ... Gleichviel, ich hatte sie nun einmal da, und daher versuchte ich sie mir wenigstens nützlich zu machen, indem ich sie immer zwischen mich und Monsieur Paul schob. Ich wechselte meinen Platz je nachdem, ob ich ihn rechts oder links herankommen hörte. Der geheime Beweggrund für dieses Manöver lag darin, daß das neue Baumwollkleid, das ich anhatte, rosarot war – ein Umstand, bei dem mir unter unserm gegenwärtigen Geleitschutz ähnlich zumute war, wie wenn ich, in einen Schal mit roter Kante gehüllt, quer über eine Wiese hätte gehen müssen, auf der ein Stier weidete.

Eine Zeitlang erfüllte das Hin und Her seinen Zweck, zumal ich es dadurch unterstützte, daß ich meine schwarzseidene Schärpe jeweils nach links oder rechts zog. Aber allmählich merkte er, daß immer, ob er nun von dieser oder jener Seite kam, Miß Fanshawe seine Nachbarin war. Die Bekanntschaft der beiden war durchaus nicht reibungslos verlaufen, und seine Nerven begannen gewissermaßen stets zu knistern, wenn er ihren englischen Akzent hörte. Sie stimmten in nichts überein, und wenn sie zusammengerieten, dann gab es einen vernehmlichen Mißklang: Er hielt sie für leer und geziert, und sie meinte, er sei bärenhaft und abstoßend und besessen von der Sucht, sich einzumischen.

Endlich, als er seinen Platz etwa zum sechsten Male gewechselt hatte und abermals zum selben verdrießlichen Ergebnis kam, schob er den Kopf vor, blickte mir scharf in die Augen und fragte voll Ungeduld: »Qu'est-ce que c'est? Vous me jouez des tours?«

Doch kaum hatte er die Worte ausgesprochen, da erfaßte er schon, geweckt wie immer, den Grund für mein Verhalten. Vergebens schüttelte ich die langen Fransen aus und zog das breite Ende meiner Schärpe über das Kleid. »Ah! C'est la robe rose!« stieß er hervor. Auf mich wirkte der Ausruf ähnlich wie das plötzliche Zornesgebrüll des Herrschers der Wiese.

»Es ist bloß Baumwolle«, erklärte ich hastig, »und es ist billiger und wäscht sich besser als jede andre Farbe.«

»Et Mademoiselle Lucie est coquette comme dix Parisiennes«, gab er zurück. »A-t-on jamais vu une Anglaise pareille? Regardez plutôt son chapeau, et ses gants, et ses brodequins!« Das waren genau dieselben Kleidungsstücke, wie meine Gefährtinnen sie trugen, und sie waren ganz gewiß keine Spur eleganter als ihre, vielleicht sogar einfacher. Aber Monsieur war nun in seinem Fahrwasser, und ich wurde heiß und zornig angesichts der Predigt, die nun kommen mußte. Aber sie fiel sanft aus – so, wie manchmal an einem Sommertag ein drohendes Gewitter vorüberzieht. Nur ein leichter Blitz fuhr auf mich herab – ein neckender, lächelnder Blick. Dann sagte er: »Courage! – À vrai dire je ne suis pas fâché, peut-être même suis-je content qu'on s'est fait si belle pour ma petite fête.«

»Mais ma robe n'est pas belle, Monsieur – elle n'est que propre.«

»J'aime la propreté«, sagte er. Kurz, seine heitere Zufriedenheit war durch nichts zu erschüttern, und die Sonne guter Laune triumphierte an diesem glücklichen Morgen. Sie zehrte die Regenwolken auf, bevor sie noch ihr helles Rund verdüstern konnten.

Und nun waren wir auf dem Lande, mitten zwischen kleinen Gehölzen und Wiesenwegen. Einen Monat später würden diese Wälder und Pfade nur eine staubige und zweifelhafte Zuflucht sein. Jetzt aber lagen sie in der Morgenruhe maiengrün, frisch und verlockend vor uns.

Wir langten an einer Quelle an, um die nach Labassecourischem Geschmack säuberlich ein Kranz von Lindenbäumen gepflanzt war. Hier ward uns Halt geboten. Wir ließen uns auf Monsieurs Geheiß auf dem grünen Hügel nieder, aus dem der Brunnen sprang. Monsieur setzte sich mitten unter uns und litt, daß wir uns um ihn drängten. Die ihn mehr liebten als fürchteten, kamen dicht heran – das waren vor allem die Kleinen. Die ihn mehr fürchteten als liebten, blieben ein wenig ferner. Am weitesten abseits hielten sich die, bei denen die Zuneigung so stark war, daß sie sogar den Rest von Furcht, der blieb, noch mit einer angenehmen Würze durchdrang.

Er fing an, uns eine Geschichte zu erzählen. Das konnte er gut. Er hatte die Sprache, die Kinder lieben und um die Gelehrte sich mühen: schlicht in ihrer Stärke und kraftvoll in ihrer Einfachheit. Viel Schönes klang in dieser kleinen Geschichte auf, weiches, hellschimmerndes Gefühl und Bilder in satten Farben. Während ich lauschte, senkten sie sich mir tief in die Seele, unverblichen glänzen sie heute noch fort. Er malte uns eine Landschaft in den Farben der Dämmerung. Ich habe sie noch im Gedächtnis, ein Bild, wie ich es nie vom Pinsel eines Künstlers gestaltet erblickt habe.

Ich habe gesagt, daß mir selbst nicht die Gabe der Improvisation verliehen war, und vielleicht bewunderte ich aus diesem Mangel heraus desto mehr den, der diese Fähigkeit überreich besaß. Monsieur Emanuel war nicht der Mann dazu, Bücher zu schreiben, aber ich habe erlebt, wie er in sorgloser, unbewußter Verschwendung Schätze ausstreute, wie man sie in Büchern nicht oft findet. Wahrhaftig, sein Geist war meine Bibliothek, und wann immer ich dort eintreten durfte, gewann ich Zugang zur Glückseligkeit. Mein Verstand war unzulänglich, lesen konnte ich nicht allzuviel. Es gab nur wenige gebundene und gedruckte Bände, die mich nicht ermüdeten, ich wurde matt und blind, wenn ich mich hindurcharbeitete. Aber die leuchtende Farbenkraft seiner Gedanken war Balsam für das innere Auge, ihre Weite und Tiefe machten es klar und stark. Ich dachte oft daran, welche Freude es für jemanden, der ihn mehr liebte, als er es selber tat, sein müßte, diese Händevoll von Goldstaub aufzusammeln und aufzuspeichern, die er so bedenkenlos in alle spielenden Winde streute.

Als er mit seiner Geschichte fertig war, kam er zu dem kleinen Hügel, auf dem Ginevra und ich abseits saßen. Er brachte es nie fertig zu warten, bis jemand ihm von selbst sein Urteil sagte. So fragte er auch jetzt: »Hat es Sie gefesselt?«

Und so wenig überschwenglich wie sonst antwortete ich nur: »Ja.«

War es gut?«

»Sehr.«

»Aber ich könnte das nicht niederschreiben«, sagte er.

»Warum nicht, Monsieur?«

»Ich hasse die mechanische Arbeit. Ich verabscheue es, mich über den Tisch zu beugen und still zu sitzen. Aber diktieren könnte ich es, gern täte ich das, wenn ich dazu jemanden hätte, den ich mag. Würde Mademoiselle Lucy für mich schreiben, wenn ich sie darum bäte?«

»Monsieur würde zu schnell sprechen. Er würde mich drängen und ärgerlich werden, wenn meine Feder seinen Worten nicht folgen könnte.«

»Versuchen Sie es einmal. Wir wollen probieren, in was für ein Ungeheuer ich mich unter solchen Umständen verwandeln kann. Aber im Augenblick handelt es sich nicht um ein Diktat, jetzt habe ich eine andre Aufgabe im Sinn, bei der Sie sich nützlich machen sollen. Sehen Sie den Bauernhof dort drüben?«

»Dort zwischen den Bäumen? Ja.«

»Da wollen wir frühstücken, und während die brave Bäuerin im Kessel den Milchkaffee bereitet, werden Sie und fünf andre, die ich noch auswählen will, ein halbes Hundert Brötchen mit Butter bestreichen.«

Er ordnete seine Truppe abermals in Reih und Glied und führte uns geradenwegs zu dem Gehöft. Die Bewohner erkannten unsre Übermacht und ergaben sich bedingungslos.

Für saubere Messer und Teller und frische Butter war gesorgt. Unser Professor wählte ein halbes Dutzend von uns aus, und unter seiner Anleitung machten wir uns an die Arbeit und richteten einen gewaltigen Korb voll Semmeln zum Frühstück her, sie waren vorsorglich für unsern Besuch beim Bäcker bestellt worden, und er hatte sie gliefert. Kaffee und Schokolade dampften schon, die Bäuerin brachte Sahne und frische Eier zu unserm Schmaus herbei, und Monsieur Emanuel hätte überdies, großzügig wie immer, noch eine Menge Schinken und Marmelade angefordert, wenn nicht ein paar von uns im Vertrauen auf ein wenig Einfluß beharrlich widersprochen hätten: Wir fanden, noch mehr wäre eine gar zu rücksichtslose Verschwendung. Er spottete über unser Bedenken und nannte uns »des ménagères avares«. Wir ließen ihn reden und richteten die Mahlzeit so haushälterisch ein, wie uns gut dünkte.

Wie liebenswürdig war sein Gesicht, während er in der Bauernküche stand und uns zuschaute! Ihn machte es glücklich, andere glücklich zu sehen, er liebte es, wenn ihn Bewegung, Leben, Fülle und Freude umgaben. Wir fragten ihn, wo er sitzen wolle. Er sagte uns, wir wüßten sehr wohl, er sei unser Sklave und wir seien seine Tyrannen, und ohne Erlaubnis wage er nicht einmal einen Stuhl zu wählen. So rückten wir ihm des Bauern Großvaterstuhl zu Häupten der langen Tafel und nötigten ihn dahinein.

Was Wunder, daß wir ihn liebten mitsamt all seinen Leidenschaften und Wirbelstürmen, wenn er zuzeiten so freundlich und fügsam wie jetzt sein konnte! Und wahrhaftig, auch im schlimmsten Falle waren nur seine Nerven reizbar, sein Gemüt aber war nicht böse. Man brauchte ihn nur zu beschwichigen, zu verstehen und zu trösten, und er war sanft wie ein Lamm, und er tat keiner Fliege etwas zuleide. Nur den ganz Törichten, den Verstockten und Fühllosen konnte er in sehr geringem Maße gefährlich werden.

Immer seines religiösen Brauches eingedenk, ließ er die Jüngste von uns ein kurzes Gebet sagen, bevor wir das Frühstück begannen, und bekreuzigte sich andächtig wie eine Frau. Ich hatte ihn nie vorher beten sehen und nie gesehen, wie er das fromme Zeichen machte. Er tat es so einfach, mit solchem kindlichen Glauben, daß ich nicht anders konnte: ich lächelte voll Wohlgefallen, während ich ihm zusah. Sein Blick begegnete meinem Lächeln. Da streckte er einfach seine gute Hand aus und sagte: »Donnez-moi la main! Ich sehe, wir verehren den gleichen Gott im gleichen Sinne, wenn auch unsre Gebräuche verschieden sind.«

Die meisten von Monsieur Emanuels Professoren-Kollegen hatten sich aus ihrem Glauben gelöst und waren Freigeister, Abtrünnige, Atheisten, und mancher von ihnen führte ein Leben, das keine genaue Prüfung vertrug. Er aber glich in vielem einem Ritter aus alter Zeit, gläubig und von makellosem Rufe. Kindliche Unschuld und blühende Jugend waren sicher bei ihm. Er besaß starke Leidenschaften, und seine Empfindungen waren ungebrochen heftig, aber seine reine Ehre und seine ungesuchte Frömmigkeit bildeten einen starken Zauber, der die Löwen dazu brachte, sich zu seinen Füßen niederzuducken.

Dieses Frühstück war ein fröhliches Mahl, und die Fröhlichkeit bestand nicht nur in leerem Geplapper. Sie hatte ihren Ursprung in Monsieur Paul, er lenkte und beherrschte und veredelte sie. Sein geselliges, lebhaftes Temperament regte sich leicht und unverdüstert. Jetzt, da ihn nur Frauen und Kinder umgaben, war nichts da, das ihn hätte hemmen und stören können. So gab er sich nach seiner Weise, und es war gut so.

Als das Mahl vorbei war, durften die Mädchen fort in die Wiesen laufen und dort spielen. Ein paar blieben zurück und halfen der Bäuerin, das irdene Geschirr wegzuräumen. Monsieur Paul rief mich von ihnen weg. Ich sollte hinauskommen und mich zu ihm unter einen Baum setzen. Von diesem Platz aus konnte er zuschauen, wie die Schar über das Weideland dahinsprang, das sich breit dehnte, und während er seine Zigarre rauchte, sollte ich ihm vorlesen. Er saß auf einer grob zusammengenagelten Bank, ich hockte auf der Baumwurzel.

Während ich las – es war ein Klassiker im Taschenformat, ein Stück von Corneille, das ich nicht mochte, aber er liebte es und fand Schönheiten darin, die ich trotz aller Mühe nicht zu entdecken vermochte –, während ich also las, lauschte er mit einer sanften Ruhe, die mich um so mehr berührte, weil sein Wesen sonst so ungestüm war. Inniges Glück leuchtete aus seinen blauen Augen und sänftigte seine breite Stirn. Auch ich war glücklich – glücklich über den hellen Tag, glücklicher noch über seine Gegenwart und am glücklichsten über seine Güte.

Nach einer Weile fragte er, ob ich nicht lieber zu meinen Gefährtinnen laufen würde als hier zu sitzen. Ich sagte nein, ich sei gern hier bei ihm. Er fragte: Wenn ich seine Schwester wäre, ob ich dann immer damit zufrieden sein würde, bei einem solchen Bruder wie ihm zu leben. »Ich glaube schon«, sagte ich – und sagte es ehrlichen Herzens. Er forschte weiter: Und wenn er Villette verlassen und weit fortziehen müßte, ob ich dann traurig sein würde? Ich ließ den Corneille sinken und antwortete nicht.

»Petit sœur«, sagte er, »wie lange könnten Sie wohl noch an mich denken, wenn wir voneinander getrennt würden?«

»Monsieur, das weiß ich nicht, denn ich weiß nicht, wie lange es noch dauern wird, daß ich überhaupt noch an etwas auf der Welt denke.«

»Wenn ich für zwei, drei, fünf Jahre über das Meer müßte – würde Sie mich willkommen heißen, wenn ich zurückkehre?«

»Monsieur, wie sollte ich bis dahin leben?«

»Pourtant j'ai été pour vous bien dur, bien exigeant.«

Ich verbarg mein Gesicht in dem Buch, denn es war naß von Tränen. Ich fragte ihn, weshalb er so rede, und er sagte, er wolle es nicht mehr tun, und tröstete mich und sprach mir liebevoll Mut zu. Und doch schnitt mir die Sanftmut, mit der er mich den Rest des Tages über behandelte, ins Herz. Sie war zu weich, sie war traurig. Mir wäre lieber gewesen, er hätte sich schroff und launenhaft wie sonst gezeigt.

Als der heiße Mittag herankam – denn der Tag erwies sich so, wie wir ihn vorausgeahnt hatten, glühend wie der Juni –, sammelte unser Hirte seine Schafe von der Weide und schickte sich an, uns gemächlich heimzuführen. Aber wir mußten eine ganze Meile wandern – so weit lag der Hof, auf dem wir gefrühstückt hatten, von Villette entfernt. Zumal die Kinder waren müde von ihrem Spiel. Den meisten von uns sank der Mut bei dem Gedanken an diesen Mittagsmarsch über die steinige, glühende und staubige Landstraße. Aber das hatte Monsieur Emanuel vorausgesehn und deshalb vorgesorgt. Gleich an der Gehöftsgrenze trafen wir auf zwei geräumige Fuhrwerke, die gekommen waren, um uns abzuholen – solche Wagen, wie sie eigens für Schulausflüge vermietet werden. Mit ein wenig gutem Willen fanden wir alle Platz, und eine Stunde später hatte Moniseur Paul seine Schützlinge heil und sicher wieder in der Rue Fossette abgeliefert. Es war ein froher Tag gewesen. Und er hätte vollkommen heißen dürfen, wäre nicht der Hauch von Schwermut gewesen, der einen Augenblick lang seinen Sonnenglanz verdunkelt hatte.

Am selben Abend kehrte dies Eintrübung wieder.

Gerade als die Sonne sank, sah ich Monsieur Emanuel aus der Vordertür kommen und Madame Beck mit ihm. Fast eine Stunde lang schritten sie den Hauptweg im Garten auf und nieder, in ein Gespräch vertieft. Er wirkte ernst und gefaßt und doch ruhelos, sie schien verstört. Es sah aus, als mache sie ihm Vorhaltungen und riet ihm von etwas ab. Ich rätselte darüber, was sie besprechen mochten, und als Madame Beck bei Einbruch der Dunkelheit ins Haus zurückkehrte und ihren Vetter Paul im Garten zurückließ, den er noch unschlüssig und voll Unruhe durchstreifte, sagte ich zu mir: Heute morgen hat er mich »petite sœur« genannt. Wenn er wirklich mein Bruder wäre, wie gern ginge ich jetzt zu ihm und fragte ihn, was ihn bedrückt. Wie er da an dem Baum lehnt, die Arme übereinandergeschlagen, die Stirn geneigt! Ich weiß, er braucht Trost. Madame tröstet nicht, sie erhebt nur Einwendungen. Was hat er jetzt vor?

Monsieur Paul war plötzlich aus seiner versunkenen Haltung aufgefahren und hatte sich in Bewegung gesetzt. Straff aufgerichtet, mit weiten, eiligen Schritten, kam er durch den Garten. Noch standen die Türen zum Karree offen. Ich dachte, er werde wohl die Orangenbäume in ihren Kübeln gießen wollen, so wie er es zuweilen tat. Aber als er den Hof erreichte, bog er jählings ab und ging auf die Bogenlaube und die Glastür zur ersten Klasse zu. Dort, in der ersten Klasse, stand ich, von dorther hatte ich ihn beobachtet. Aber ihn dort zu erwarten, brachte ich nicht über mich, ich fand den Mut nicht. Er hatte sich so plötzlich hergewandt, er war so schnell gegangen, er sah so seltsam aus. Ich erblaßte voll Feigheit und begann zu zittern, ich wartete nicht ab, was die Vernunft zu sagen hatte, hörte nur, wie die Büsche rauschten, als Monsieur Paul sie im Vorbeilaufen streifte, hörte nur den Kies unter seinen Füßen knirschen und war im Nu davon, beflügelt von panischer Angst.

Und ich hielt nicht an, bis ich im Andachtszimmer, das jetzt leer stand, Zuflucht gefunden hatte. Dort lauschte ich mit jagenden Pulsen, erfüllt von einer unerklärlichen Furcht. Ich hörte, wie er durch alle Klassenzimmer wanderte und die Türen im Weitergehen ungeduldig hinter sich zuschlug, ich hörte, wie er in den Speisesaal eindrang, der jetzt versperrt war, weil sie die »lecture pieuse« darin hielten, ich hörte ihn sagen: »Où est Mademoiselle Lucie?«

Und gerade da, als ich meinen Mut zusammenraffte und mich anschickte hinunterzulaufen und das zu tun, was ich doch schließlich lieber als alles andere auf der Welt tun wollte, nämlich zu ihm zu gehen, da antwortete die St. Pierre mit ihrer dünnen, drahtscharfen Stimme glatt und falsch: »Elle est au lit.« Und er stampfte voll Ärger auf und trat in den Korridor zurück. Da begegnete ihm Madame Beck, belegte ihn mit Beschlag und schalt ihn aus, geleitete ihn zur Straßentür und entließ ihn endlich.

Als die Tür ins Schloß fiel, überkam mich plötzlich ein Staunen über mich selbst und mein eignes verkehrtes Tun. Es traf mich wie ein Schlag. Von Anfang an hatte ich gespürt, daß ich es war, nach der er verlangte. Mich hatte er gesucht, und hatte denn ich nicht ebenso nach ihm verlangt? Was also hatte mich weggerissen, was hatte mich dahin geführt, wo er mich nicht erreichen konnte? Er hatte etwas zu sagen, er war im Begriff gewesen, mir dieses Etwas anzuvertrauen, und mir spannte sich jeder Gehörnerv – aber ich hatte es unmöglich gemacht, daß er sprach. Solange ich geglaubt hatte, Hören und Trösten lägen außerhalb jeder Möglichkeit, hatte ich mich schmerzlich danach gesehnt, ihm zu lauschen und seinen Kummer zu lindern. Und kaum hatte er auf einmal greifbar nahe vor mir gestanden, was ich für unmöglich gehalten hatte, da war ich vor der Begegnung geflohen, als müsse ich mich vor dem Tod retten.

Nun wohl. Meine irre Unbeständigkeit hatte ihren Lohn. Trost und Befriedigung hätte ich mir gewinnen können, hätte ich nur vermocht, die Angst hinunterzuwürgen und zwei Minuten lang Stand zu halten. Nun wurde mir ein dumpfes Nichts, düstere Zweifel und traurige Ungewißheit zuteil.

Ich packte meinen Lohn auf das Kopfkissen und verbrachte die Nacht damit, daß ich ihn zählte.

34. Malevola

Am Donnerstagnachmittag rief mich Madame Beck zu sich und fragte mich, ob ich etwas Besonderes vorhätte oder ob ich frei sei, um in die Stadt zu gehen und ein paar kleine Einkäufe für sie zu erledigen.

Da ich keine Verabredung hatte und mich bereit erklärte,

übergab sie mir sogleich eine Aufstellung von Woll-, Seiden- und Stickgarnen und ähnlichen Dingen, die die Schülerinnen für ihre Arbeiten brauchten. Ich rüstete mich so aus, wie es dem wolkendrohenden, schwülen Tag entsprach, und schob gerade den Schnappriegel an der Haustür zurück, um auf die Straße zu treten, da beorderte mich Madame Beck noch einmal in den Speisesaal.

»Pardon, Miiß Lucie!« rief sie, scheinbar in der Eile eines plötzlichen Einfalls, »eben ist mir der Gedanke gekommen, daß ich noch einen Weg für Sie habe, wenn Ihre Gutmütigkeit es zuläßt. Mute ich Ihnen auch nicht zuviel zu?«

Natürlich versicherte ich ihr überstürzt das Gegenteil, und Madame lief in den kleinen Salon und holte von dort einen hübschen Korb voll schöner Treibhausfrüchte. Sie lagen rosig, makellos und verführerisch zwischen dunkelgrünen Blättern, die aussahen wie aus Wachs geformt, und blaßgelben Sternen, den Blüten irgendeiner exotischen Pflanze.

»Da«, sagte sie, »es ist nicht schwer und macht Ihrem hübschen Kleid keine Schande wie ein Dienstbotenkorb mit Haushaltswaren. Haben Sie die Güte, diesen kleinen Korb im Haus von Madame Walravens abzugeben, und richten Sie dazu meine besten Wünsche zu ihrem Namenstag aus. Sie wohnt unten in der Altstadt, Rue de Mages, Nummer drei. Ich fürchte, Sie werden den Weg ziemlich weit finden, aber Sie haben den ganzen Vormittag vor sich. Und beeilen Sie sich nicht! Wenn Sie nicht rechtzeitig zum Abendbrot zurück sind, werde ich Ihnen eine Portion aufheben lassen, oder Goton macht Ihnen irgendeine Kleinigkeit zurecht, die Sie besonders gern mögen. Das tut sie mit Vergnügen, sie hat Sie ja besonders ins Herz geschlossen! Wir werden Sie nicht vergessen, ma bonne Miiß. Und, ach bitte!« – sie rief mich noch einmal zurück – »sehen Sie doch zu, daß Sie Madame

Walravens selber sprechen und ihr das Körbchen selber überreichen. Ich möchte nicht, daß irgendein Irrtum entsteht, sie nimmt es mit allen Dingen sehr genau, die alte Dame. Adieu! Au revoir!«

Und endlich entkam ich. Die Einkäufe brauchten geraume Zeit. Die Seiden- und Wollgarne auszusuchen und die genau passenden zu finden war eine mühselige Aufgabe, aber schließlich hatte ich mich durch meine Liste hindurchgearbeitet. Die Muster für die Pantoffeln und die Klingelzüge und die Pompadours und die Schieberinge und Quasten für die Börsen waren ausgewählt, kurz, ich durfte mir den ganzen bunten Kleinkram aus dem Sinn schlagen. Nun mußte ich mich nur noch des Obstkörbchens und der Glückwünsche entledigen.

Im Grunde freute ich mich auf den langen Spaziergang in die alte, grimmige Basse-Ville, ich freute mich deswegen nicht weniger, weil sich der Abendhimmel über der Stadt zu einer dichten Glocke von schwarzblauem Metall zusammengezogen hatte, die am Rande glühte und sich allmählich zu einem düster brennenden Rot verfärbte.

Ungestümen Wind fürchte ich, gegen Sturm muß man sich stemmen, er fordert Kraft und trotzige Selbsbehauptung, die ich nur schwer aufbringe. Aber der tückische Gewitterguß oder der dunkle, beharrliche dichte Regen, der dichte Schneefall, die verlangen nur, daß man sich ihnen gelassen ergibt, daß man es ruhig hinnimmt, wenn man bis auf den letzten Faden und bis auf die Haut durchnäßt wird. Und was sie einem zufügen, machen sie wieder gut: Vor deinen Augen fegen sie eine große Stadt sauber, sie bahnen dir einen stillen Weg durch breite, große Straßen, sie lassen eine von Leben übersprudelnde Großstadt starr und stumm werden wie durch einen Zauber des Morgenlandes, sie verwandeln ein Villette in ein Tadmor. Mochte also Regen fallen, und mochten die Fluten herabstürzen – nur: ich mußte erst diesen Obstkorb loswerden.

Eine unbekannte Uhr von einem fremden Turme (Jean Baptistes Stimme war jetzt zu fern, als das ich sie hätte hören können) schlug ein Viertel vor sechs, als ich in der Straße und vor dem Haus anlangte, dessen Adresse mir Madame Beck genannt hatte. Es war gar keine Straße, viel eher schien es der Teil eines Platzes zu sein. Er lag still da, grünes Gras sproßte zwischen den großen grauen Steinplatten, die Häuser waren stattlich und sahen sehr alt aus – Bäume wuchsen hinter ihnen auf und ließen erraten, daß auf der Rückseite Gärten waren. Vergangenheit lag schwer und brütend über der Gegend, alle Geschäftigkeit war verbannt von hier. Einst hatten Reiche dies Viertel besessen, und Würde und Pracht waren hier zu Hause gewesen. Jene Kirche, deren düstere, halbverfallene Türmchen das Viertel überragten, war das ehrwürdige und einstmals prunkvolle Heiligtum der Magier, der drei Könige aus dem Morgenland. Aber Reichtum und Herrlichkeit hatten längst ihre goldenen Schwingen gebreitet, waren fortgeflogen und hatten ihren alten Horst verlassen. Vielleicht hauste nun die Dürftigkeit darin, oder die grauen Gebäude standen kalt und leer und unbewohnt und moderten in den Wintern.

Jetzt fielen einzelne Regentropfen und bildeten auf dem Pflaster dunkle Flecken, fast so groß wie Fünffrancstücke. Ich überquerte den öden Platz. So weit er sich erstreckte, sah ich nirgends etwas Lebendiges, etwas, das von Leben zeugte, nichts außer der Gestalt eines gebrechlichen alten Priesters, der gebückt und auf einen Stock gestützt vorüberschritt, das Urbild von Greisentum und Verfall.

Er war aus dem Haus gekommen, zu dem ich gewiesen worden war, und als ich vor der Tür, die sich eben hinter ihm geschlossen hatte, hielt und die Glocke zog, drehte er sich um und sah mich an. Und er wandte den Blick auch nicht rasch wieder ab. Vielleicht meinte er, ich passe mit meinem Korb voll von Sommerfrüchten und so, wie ich vor ihm stand, ohne die Würde des Alters, schlecht an diesen Ort. Ich weiß, hätte mir eine junge Magd mit frischrotem Gesicht die Tür geöffnet, dann hätte ich gedacht, sie stimme wenig mit ihrer Behausung überein. Aber ich fand mich einer sehr alten Frau gegenüber. Sie trug die Bauerntracht längst vergangener Tage: eine Haube, die ebenso abscheulich wie kostbar war, mit breiten Flügeln aus einheimischer Spitze, Rock und Jacke aus Tuch, und Holzpantinen, die mehr kleinen Booten als Schuhen glichen. Dies alles war, wie es sein mußte, es wirkte beruhigend.

Ihr Gesicht war nicht ganz so beruhigend wie ihre Tracht. Selten habe ich einen so niederträchtigen Ausdruck gesehen. Ich fragte nach Madame Walravens. Sie ließ sich kaum zu einer Antwort herab. Ich glaube, sie hätte mir den Obstkorb aus der Hand gerissen, wenn nicht der alte Priester herbeigehinkt wäre und sie gezähmt und selber auf die Botschaft gehorcht hätte, die mein Auftrag war.

Offenbar war er taub. Das machte es ein wenig schwierig, ihm beizubringen, daß ich Madame Walravens selbst sprechen und ihr die Früchte eigenhändig überreichen mußte. Doch schließlich begriff er, daß so meine Weisung lautete und daß mir das Pflichtgefühl gebot, sie wörtlich auszuführen. Er sprach auf die alte Magd ein – nicht auf französisch, sondern in der einheimischen Sprache Labassecours –, und endlich überredete er sie dazu, daß sie mich über die ungastliche Schwelle treten ließ, und führte mich selbst die Treppe hinauf und nötigte mich in eine Art Salon. Dort ließ er mich allein.

Der Raum war groß und hatte eine schöne alte Decke und Fenster aus buntem Glas, die fast an eine Kirche gemahnten.

Aber er war öde, und in der Düsternis des aufkommenden Sturms wirkte er sonderbar bedrückend. Eine offene Tür führte in ein kleineres Gemach, doch in dem war vor dem einzigen Fenster die Jalousie herabgelassen. Nur ein paar Möbel zeichneten sich in schwachen Umrissen in der tiefen Dämmerung ab. Ich unterhielt mich damit, die Umrisse zu enträtseln, und besonders zog mich ein Bild an, das an der Wand hing.

Bald schien das Bild zurückzuweichen. Zu meiner Bestürzung begann es zu beben, es sank, es fiel zurück ins Nichts, es versank und gab eine gewölbte Öffnung frei, die in einen gleichfalls gewölbten Gang mit einer geheimnisvoll gewundenen Treppe führte. Gang und Treppe waren aus rauhem Stein, teppichlos und kalt. Und diese Kerkertreppe herab näherte sich ein Tapp-tapp wie von einem Stock. Bald fiel ein Schatten über die Stufen, und zuletzt ward ich einen Körper gewahr.

Aber war es wirklich ein körperhaftes Wesen, diese Erscheinung, die da auf mich zukam, den Blick versperrte und den Türbogen verdunkelte?

Es kam näher, und ich erkannte es. Ich fing an zu begreifen, wo ich war. Zu Recht trug dies alte Häusergeviert den Namen »Viertel der Magier«. Und zu Recht mochte es heißen, daß die drei Türme, die es überragten, drei mystische Weise zu Paten hatten, Weise, die einer jetzt erstorbenen dunklen Kunst mächtig gewesen waren. Ein altersgrauer Zauber herrschte hier, ein Zauber hatte das Elfenreich vor mir aufgetan. Jener zellenartige Raum, das Bild, das sich in Nichts auflöste, der Türbogen und der Gang und die steinerne Treppe, sie alle gehörten einem Märchen an. Und klarer noch als die Einzelheiten der Umgebung stand da die Hauptgestalt vor mir – Kunigunde, die Hexe. Malevola, die böse Fee – wie sah sie aus?

Sie mochte drei Fuß groß sein, aber ihr Körper zerfloß formlos. Ihre knochigen Hände ruhten übereinander auf dem goldenen Knopf eines elfenbeinernen Stockes, der einem Zauberstab glich. Ihr großes Gesicht hob sich nicht über die Schultern, es saß vor der Brust, sie schien keinen Hals zu haben. Mir war, als lägen hundert Jahre in ihren Zügen, und mehr noch vielleicht in ihren Augen – in ihren bösen Augen unter den bleigrauen Lidern und den dicken grauen Brauen. Wie streng sie mich musterten, mit einer Art stumpfen Verdrusses!

Dies Wesen trug ein Brokatgewand von hellem Blau, voll und stark wie das des Enzians, in das große seidenschimmernde Blätter eingewebt waren. Über das Kleid floß ein kostbarer Schal mit schimmerndem Saum, so lang, daß seine regenbogenfarbenen Fransen den Boden fegten. Aber die Hauptsache waren ihre Juwelen. Sie hatte lange klare Ohrgehänge, sie loderten in einem Glanz, der nicht erborgt oder falsch sein konnte. An ihren skelettdürren Fingern saßen dicke goldene Ringe mit großen Steinen: purpurn und blutrot und grün. Bucklig, zwergenhaft und kindisch, war sie geschmückt wie eine barbarische Königin.

»Que me voulez-vous?« sagte sie heiser mit einer Stimme, die eher die eines alten Mannes als die einer alten Frau war, und wirklich stand ein silbriger Bart um ihr Kinn.

Ich gab ihr den Korb und sagte ihr meine Botschaft.

»Ist das alles?« fragte sie scharf.

»Ja«, erwiderte ich.

»Weiß Gott«, sagte sie, »das war der Mühe wert. Gehen Sie zurück zu Madame Beck und sagen Sie ihr: Obst kann ich mir kaufen, wenn ich welches brauche, et quant à ses félicitations, je m'en moque!« Und die liebenswürdige Dame kehrte mir den Rücken.

Eben als sie sich umdrehte, krachte ein Donnerschlag,

und ein Blitz fuhr grell herab und schüttete eine Flut von Licht in das große und das kleine Gemach. Die Elemente hatten in dem Märchen noch gefehlt. Nun sprachen sie. Der Wanderer, der sich ins verwunschene Schloß hatte locken lassen, hörte, wie sich draußen das durch Zauber heraufbeschworene Ungewitter erhob.

Hecke und verwunschenes Schloß. Was sollte ich nun von Madame Beck denken? Wahrhaftig, sie hatte wunderliche Bekanntschaften. Sie brachte ihre Botschaften und Gaben vor einem einzigartigen Heiligenschrein dar, und das sonderbare Wesen, das sie verehrte, betrug sich unheilverkündend genug. Da tappte sie fort, diese mürrische Sidonia, torkelnd und zitternd, die fleischgewordene Gichtbrüchigkeit, und murmelte giftig vor sich hin, während sie verschwand.

In Güssen stürzte der Regen herab, tief und drückend hing der Himmel über der Stadt. Vor kurzer Zeit waren die Wolken noch rosig gewesen, jetzt schienen sie tödlich fahl, schreckensblaß trotz ihrer Schwärze. Eben noch hatte ich mir etwas darauf zugute getan, daß ich keinen Regenschauer fürchtete – aber mich in diesen Wolkenbruch zu wagen, dazu hatte ich nun doch keine Lust. Die Blitze zuckten grell, der Donner krachte sehr nahe. Das Unwetter hatte sich unmittelbar über Villette zusammengebraut, war sofort mit voller Wucht losgebrochen und ergoß sich in wilden Strömen. Die schrägen Gabelblitze stachen quer durch senkrechte Sturzbäche. Rote Zickzacklinien durchwoben Regenschnüre, die bleich wie weißgesottenes Metall waren; und all das brach aus einem Himmel nieder, der schwarz und schwer hing in seiner geschwellten Fülle.

Ich verließ Madame Walravens unwirtlichen Salon und begab mich in ihr kaltes Treppenhaus. Auf dem Treppenabsatz befand sich ein Sitz, dort wartete ich. Jemand kam langsam schlürfend die Galerie entlang. Es war der alte Priester.

»Aber hier darf Mademoiselle wirklich nicht sitzen«, sagte er. »Es wäre unserm Wohltäter ganz und gar nicht recht, wenn er wüßte, daß ein Gast in seinem Hause so behandelt wird.«

Und er bat mich so dringend, in den Salon zurückzukommen, daß ich mich fügen mußte, wollte ich nicht unhöflich sein. Das kleinere Gemach war besser möbliert und wohnlicher als das größere. Dorthinein führte er mich. Er zog die Jalousie ein Stück hoch, und nun wurde der Raum deutlicher sichtbar: Er glich mehr einem Andachts- als einem Damenzimmer. Sehr feierlich war er und sah aus, als sei er eher für Reliquien und zur Erinnerung bestimmt als dazu, in behaglicher Gegenwart benutzt zu werden.

Der gute Vater ließ sich nieder, als wolle er mir Gesellschaft leisten. Aber anstatt ein Gespräch mit mir anzuknüpfen, zog er ein Buch aus der Tasche, heftete den Blick auf eine Seite und bewegte flüsternd die Lippen – es klang, als murmelte er ein Gebet oder eine Litanei. Ein gelbes elektrisches Licht vom Himmel vergoldete sein kahles Haupt; seine Gestalt blieb in tiefen, purpurnen Schatten. Reglos wie eine Statue saß er und schien mich über seinen Gebeten zu vergessen. Nur wenn ein grellerer Blitz, ein schärferes, näheres Krachen von der heraufziehenden Gefahr kündete, schaute er hoch. Doch auch dann erhob er den Blick nicht in Bangnis, sondern in offenkundiger Ehrfurcht. Die erfüllte auch mich. Da ich nicht unter dem Druck sklavischer Angst stand, waren meine Gedanken frei, und frei konnte ich beobachten.

Um die Wahrheit zu sagen, ich begann mir einzubilden, daß der alte Priester dem Pater Silas gleiche, vor dem ich in der Beginenklosterkirche gekniet hatte. Es war kein bestimmter Eindruck, denn ich hatte meinen Beichtvater nur im Dämmerlicht und nur von der Seite erblickt, und doch schien es mir, als käme ich einer Ähnlichkeit auf die Spur; und es war mir auch, als erkenne ich die Stimme wieder. Während ich ihn prüfend betrachtete, sah er kurz auf und verriet mir so, daß er meinen Blick und meine Gedanken spürte. Ich wandte mich ab und besichtigte das Zimmer. Auch das schien sein Geheimnis zu haben und reizte meine Neugier.

Über ein dunkelrotes Betpult, das geziemend mit einem prächtigen Meßbuch und einem Rosenkranz von Ebenholz ausgestattet war, neigte sich ein vom Alter vergilbtes, seltsam geformtes Elfenbeinkreuz. Daneben aber hing das Bild, dessen verschwommene Umrisse meinen Blick schon vorher angezogen hatten, das Bild, das sich bewegte und mit der Wand verschwand und Gespenster hereinließ. Als ich es undeutlich wahrgenommen hatte, war es mir wie eine Madonna vorgekommen. Jetzt, da es unter klarerem Licht hervortrat, erwies es sich als Porträt einer Frau in Nonnentracht. Ihr Gesicht war nicht schön, doch angenehm, blaß, jung und von Kummer oder Krankheit getrübt und überschattet. Ich wiederhole, es war nicht schön, es war nicht einmal vergeistigt, und selbst seine Liebenswürdigkeit rührte aus Körperschwäche, Leidenschaftslosigkeit und Gefügigkeit her. Und doch sah ich das Bildnis lange an und konnte den Blick nicht davon lösen.

Der alte Priester, der mir zuerst taub und gebrechlich erschienen war, mußte seine fünf Sinne doch wohl noch recht leidlich beieinander haben. Sosehr er offensichtlich in sein Buch vertieft war, und ohne daß er den Kopf auch nur einmal hob oder die Augen davon abwandte – wenigstens merkte ich nicht, daß er es tat –, nahm er doch wahr, was meine Aufmerksamkeit anzog. Langsam und deutlich sprach er vier Sätze aus:

»Sie wurde sehr geliebt.«

»Sie hat sich Gott geweiht.«

»Sie ist jung gestorben.«

»Sie lebt in der Erinnerung fort und wird noch beweint.«

»Von der alten Dame, Madame Walravens?« erkundigte ich mich in der Vermutung, ich hätte den Grund für die verzweifelt schlechte Laune der alten Dame im unstillbaren Kummer über ihren Verlust entdeckt.

Mit einem halben Lächeln schüttelte der Pater den Kopf.

»Nein, nein«, sagte er. »Eine große Dame kann ihren Enkelkindern sehr viel Zuneigung entgegenbringen, und möglicherweise empfindet sie ihren Verlust sehr schmerzlich, aber nur der Liebende, der Verlobte, dem die Seligkeit der Vereinigung dreifach versagt wird, vom Schicksal, vom Glauben und vom Tod – nur der betrauert das, was er verloren hat, so, wie Justine Marie noch jetzt betrauert wird.«

Ich hatte den Eindruck, der Pater wünschte, daß ich weiter fragte. Also forschte ich, wer denn Justine Marie verloren habe und noch um sie trauere. Zur Antwort erhielt ich eine recht romantische kleine Erzählung. Er gestaltete sie, begleitet von dem allmählich abflauenden Gewitter, durchaus nicht wirkungslos. Freilich muß ich gestehen, sie hätte mich weit stärker berührt, wenn nicht soviel französische, an Rousseau gemahnende Sentimentalität dabei gewesen wäre, wenn er sie nicht so in die Länge gezogen und wenn er weniger auf die Wirkung hingearbeitet hätte. Aber offensichtlich war der ehrwürdige Pater ein geborener Franzose und französisch erzogen – mehr und mehr überzeugte ich mich davon, daß er meinem Beichtvater aufs Haar glich. Er war ein echter Sohn der Kirche. Wenn er den Blick hob, betrachtete er mich aus den Augenwinkeln mit feinerer Verschlagenheit, als sie – so hätte man meinen sollen – den Verschleiß eines Lebens von siebzig Jahren überdauern konnte. Aber ich glaube doch, er war ein guter alter Mann.

Der Held seiner Geschichte war ein ehemaliger Schüler von ihm, den er nun seinen Wohltäter nannte und der anscheinend diese blasse Marie Justine, die Tochter reicher Eltern, geliebt hatte zu einer Zeit, da seine eignen Aussichten das Trachten nach einer Braut mit üppiger Mitgift rechtfertigten. Des Schülers Vater, ursprünglich ein reicher Bankier, hatte Bankrott gemacht, war gestorben und hatte nichts zurückgelassen als Schulden und Elend. Nun wurde dem Sohn verboten, an Marie Justine zu denken. Insbesondere die alte Hexe von Großmutter, die ich gesehen hatte, Madame Walravens, widersetzte sich der Heirat mit aller Heftigkeit eines Temperaments, das durch ihre Mißgestalt zuweilen etwas Teuflisches bekam. Die sanfte Marie Justine brachte es weder über sich, zu lügen und heimlichzutun, noch offen zu ihrem Liebsten zu stehen. Sie gab ihn auf, aber sie weigerte sich, einen zweiten Freier mit gewichtigerer Börse anzunehmen, zog sich in ein Kloster zurück und starb dort als Novizin.

Offenbar war das Herz des Getreuen, der sie vergöttert hatte, von bleibendem Schmerz ergriffen worden, und er hatte die Echtheit seiner Liebe und seines Kummers auf eine Art bewiesen, die selbst mich, während ich zuhörte, rührte.

Ein paar Jahre nach dem Tode Marie Justines war der Ruin auch über ihr Haus gekommen. Ihr Vater, dem Namen nach Juwelier, hatte sich auch viel mit Spekulationen abgegeben. Er war in irgendwelche finanzielle Transaktionen verwickelt, die aufgestochen wurden und Geldstrafen zur Folge hatten, die den Bankrott bedeuteten. Aus Kummer über den Verlust und vor Scham über die Schande starb er. Seine alte bucklige Mutter und seine unglückselige Frau blieben ohne einen Pfennig zurück und hätten verhungern müssen, wenn nicht der ehedem verschmähte, doch unwahrscheinlich treuherzige Freier der toten Tochter gewesen wäre. Sowie er von der Lage der Frauen hörte, eilte er ihnen hingebungsvoll zu Hilfe. Er vergalt ihnen ihren anmaßenden Hochmut durch die reinste Nächstenliebe, sorgte dafür, daß sie ein Dach über dem Kopf hatten, verschaffte ihnen, was sie brauchten, und kümmerte sich um sie, wie kein Sohn es zarter und tatkräftiger vermocht hätte. Die Mutter – im Grunde eine gute Frau – starb mit Segenswünschen für ihn. Die absonderliche, gott- und liebelose menschenfeindliche Großmutter lebte noch immer, ganz und gar erhalten von dem aufopferungsvollen Mann. Ihr, die sein Leben verdorben, seine Hoffnung zunichte gemacht und ihm statt Liebe und Familienglück langwährende Trauer und freudlose Einsamkeit zudiktiert hatte – ihr begegnete er mit der Ehrerbietung, die ein guter Sohn einer zärtlichen Mutter entgegenbringt. Er hatte sie in sein Haus geholt. »Und«, fuhr der Priester fort, während ihm echte Tränen in die Augen stiegen, »hier gibt er auch mir, seinem alten Lehrer, Obdach, und Agnes, der alten Magd seiner Eltern. Ich weiß, um uns zu erhalten und für andere Bedürftige verbraucht er drei Viertel dessen, was er verdient, nur den vierten Teil behält er für sein Brot, für die bescheidensten Bedürfnisse. So hat er es sich unmöglich gemacht, jemals zu heiraten. Er hat sich Gott und seiner engelgleichen Braut so vollständig geweiht, als wäre er Priester wie ich.«

Der Pater hatte seine Tränen weggewischt, und während er die letzten Worte sprach, hob er sekundenlang den Blick und suchte meine Augen. Ich fing diesen Blick auf. So verschleiert sein Ausdruck war – dieser jähe Strahl zündete einen Gedanken in mir, der mich wie ein Schock traf.

Sie sind seltsame Wesen, diese Römisch-Katholischen. Da ist einer, den man nicht besser als den letzten Inka von Peru oder den ersten Kaiser von China kennt – aber er kennt dich und ist über alle deine Angelegenheiten im Bilde und hat seine ganz bestimmten Gründe dafür, dir das und das zu sagen, während du dir harmlos einbildest, seine Mitteilung entspringe nur der Eingebung des Augenblickes: Er hat geplant, es zuwegezubringen, daß du an dem und dem Tag unter den und den Umständen an den und den Ort kommst, während für dein stumpfes Begriffsvermögen die ganze Anordnung ein Werk des Zufalls, das Ergebnis einer Notlage zu sein scheint. Madame Becks Botschaft und das Geschenk, auf das sie sich so plötzlich besonnen, der ungekünstelte Auftrag, der mich in das Viertel der Magier geführt hatte, der alte Priester, der zufällig die Treppe hinab und über den Platz geschritten war und sich bei der Magd für mich eingesetzt hatte, damit sie mich nicht wegschickte, sein abermaliges Auftauchen im Treppenhaus und seine Einladung, dieses Zimmer zu betreten, das Porträt und die Geschichte, die er so leutselig aus freien Stücken erzählt hatte – all diese kleinen Geschehnisse schienen, so wie sie sich ergaben, unabhängig von einander zu sein, eine Handvoll loser Perlen. Aber jener eine geschwinde, verschlagene Blick aus den Jesuitenaugen fädelte sie auf, daß sie an einer langen Schnur hingen wie der Rosenkranz dort auf dem Betpult. Wo lag die Verbindung, was war die kleine Schließe dieses mönchischen Halsbandes? Ich sah oder fühlte den Zusammenhang, aber noch konnte ich die Stelle nicht finden, an der sich die Teile zusammenfügten, und nicht, was sie zusammenhielt.

Vielleicht kam ihm die selbstvergessene Grübelei, in die ich nun versunken war, ein wenig verdächtig vor. Er unterbrach sie sanft: »Mademoiselle«, sagte er, »Sie müssen doch gewiß nicht weit durch diese überschwemmten Straßen gehen?«

»Über eine halbe Meile.«

»Sie wohnen ...«

»In der Rue Fossette.«

»Doch wohl nicht«, fragte er lebhaft, »in dem Pensionat von Madame Beck?«

»Eben da.«

»Donc«, sagte er und schlug die Hände zusammen, »donc, vous devez connaître mon noble élève, mon Paul?«

»Monsieur Paul Emanuel, den Literaturprofessor?«

»Der genau ist es.«

Ein kurzes Schweigen entstand. Da hatte ich offenbar das Verbindungsglied plötzlich in den Händen. Ich spürte, wie es nachgab, während ich dran zog.

»Haben Sie von Monsieur Paul gsprochen?« fragte ich nach ein paar Sekunden. »Ist er Ihr Schüler und Madame Walravens' Wohltäter?«

»Ja, und der von Agnes, der alten Dienerin, und...«, setzte er mit Nachdruck hinzu, »überdies war und ist er es, der treu, beständig und immerdar jene Heilige im Himmel liebt – Justine Marie.«

»Und wer sind Sie, mein Vater?« fuhr ich fort, und obwohl ich die Frage stark betonte, war sie eigentlich so gut wie überflüssig. Ich war längst auf die Antwort, die tatsächlich kam, vorbereitet. »Ich, meine Tochter, bin Père Silas, jener unwürdige Sohn der heiligen Kirche, den Sie einst mit einem edlen und rührenden Vertrauen ehrten. Sie gaben mir Einblick in ein Herz, in das Innerste eines Gemütes, das ich dem einzig wahren Glauben zuzuwenden wünschte. Und ich habe Sie auch keinen einzigen Tag hindurch aus den Augen verloren, so wie keine Stunde lang meine starke Teilnahme für Sie erlosch. Wenn Sie von Rom geschult und geformt, wenn Ihnen die gesunden Lehren unserer Kirche eingeimpft wären und wenn in Ihnen das heilige Feuer loderte, das sie allein zu entzünden vermag – ich stelle mir vor, auf welcher geistigen Höhe Sie dann stünden, mit welcher Kraft und Tüchtigkeit Sie dann den Tag meistern würden, und ich neide dem Ketzertum seine Beute.«

Die Rede berührte mich wunderlich genug. Sekundenlang erstand auch vor mir das Bild meiner selbst, das er ausmalte: wie ich der Disziplin unterstellt war, geformt, geschult, geimpft und so weiter. Nein, das nicht! dachte ich, aber ich schluckte den Widerspruch hinunter und saß still. Dann nahm ich das Gespräch wieder auf.

»Monsieur Paul wohnt wohl nicht hier?« sagte ich. Dies Thema schien mir zweckmäßiger als irgendwelche wilden Konvertierungsträume.

»Nein. Er kommt nur zuweilen, um seine geliebte Heilige zu ehren und bei mir die Beichte abzulegen und um der, die er seine Mutter nennt, seine Aufwartung zu machen. Seine eigne Wohnung besteht nur aus zwei Zimmern. Er hat keinen Dienstboten, und doch will er nicht leiden, daß Madame Walravens sich von den prächtigen Juwelen trennt, die Sie an ihr gesehen haben. Sie hängt mit kindischem Stolz an ihnen, denn sie stammen aus ihrer Jugendzeit oder sind die letzten Andenken an ihren Sohn, den Juwelier, und seinen Reichtum.«

»Wie oft«, murmelte ich vor mich hin, »ist mir dieser Mann, dieser Monsieur Emanuel, engherzig in Kleinigkeiten vorgekommen und wie großmütig ist er dabei im Großen!«

Ich gestehe, weder den Akt der Beichte noch die Heiligenverehrung rechnete ich dabei unter die Beweise seiner Größe.

»Wie lange ist die Dame schon tot?« erkundigte ich mich und schaute auf Justine Marie.

»Zwanzig Jahre. Sie war ein wenig älter als Monsieur Emanuel. Damals war er sehr jung, denn er ist jetzt nicht viel über vierzig.«

»Und er weint heute noch um sie?«

»Sein Herz wird sie immer beweinen. Sein innerster Wesenszug ist Beständigkeit.«

Das sagte er mit unverkennbarem Nachdruck.

Und nun brach die Sonne bleich und dunstverschleiert hervor. Noch fiel der Regen, aber der Sturm hatte sich gelegt, jene glühende Himmelswölbung war geborsten und hatte ihre Blitze verschossen. Wenn ich länger zauderte, würde ich auf dem Heimweg in die Dunkelheit geraten. Ich erhob mich, dankte dem Pater für seine Gastlichkeit und seine Geschichte und erhielt ein mildes »Pax vobiscum« zur Antwort. Das nahm ich gern entgegen, denn es schien mir, als spräche er es mit echtem Wohlwollen aus. Weniger aber gefiel mir die mystische Phrase, die es begleitete: »Meine Tochter, *mögen* Sie sein, was Sie sein *sollen*!«

Das war ein Orakelspruch, über den ich die Achseln zuckte, sowie ich draußen war. Wer weiß schon genau, wo er noch einmal landen wird? Aber nach allem Bisherigen hatte ich gute Hoffnung, als nüchterne Protestantin weiterzuleben und zu sterben. Das, was sich »Heilige Kirche« nannte, verlockte mich wenig – es lebte für mich zuviel Falschheit darin, zuviel Unredlichkeit umwucherte sie. Grübelnd durchwanderte ich die Straßen. Was immer der Katholizismus sein mag, es gibt gute Katholiken. Dieser Mann, Emanuel, war gewiß einer der besten. Vom Aberglauben gestreift und vom Priestertum beeinflußt war er, aber seine liebevolle Treue, seine selbstvergessene Hingabe und seine grenzenlose Nächstenliebe mußte man bewundern. Es blieb abzuwarten, wie Rom solche Eigenschaften durch seine Vertreter lenkte, ob es sie um ihrer selbst und um Gottes willen hegte oder räuberischen Wucher damit trieb.

Als ich heimkam, ging eben die Sonne unter. Goton hatte mir freundlicherweise meine Mahlzeit aufgehoben, und wahrhaftig, ich konnte sie brauchen. Sie holte mich zum Essen in das Kämmerchen, und bald erschien auch Madame Beck dort und brachte mir ein Glas Wein.

»Na«, begann sie kichernd, »und wie hat Madame Walravens Sie empfangen? Elle est drôle, n'est-ce pas?«

Ich berichtete ihr, was geschehen war, und entledigte mich wortwörtlich der liebenswürdigen Botschaft, mit der ich betraut worden war.

»Oh, la singulière petite bossue!« lachte sie. »Et figurez-vous qu'elle me déteste parcequ'elle me croit amoureuse de mon cousin Paul; ce petit dévot qui n'ose pas bouger à moins que son confesseur ne lui donne la permission! Au reste«, fuhr sie fort, »und wenn er noch so gern heiraten wollte, soit moi, soit une autre – er könnte es nicht. Er hat schon eine zu große Familie auf dem Hals. Mère Walravens, Père Silas, Dame Agnes und eine ganze Schar von namenlosen Armen. Nie hat sich ein Mann freiwillig derart mit überflüssiger Verantwortung bepackt, mit mehr, als er schleppen kann. Außerdem hegt er auch noch die romantische Erinnerung an eine gewisse bleichwangige Marie Justine – personnage assez niais à ce que je pense«, bemerkte Madame respektlos, »die seit den letzten zwanzig Jahren ein Engel im Himmel oder sonstwo ist und zu der er dereinst, frei von allen irdischen Banden, aufsteigen will, pure comme un lis à ce qu'il dit. Oh, Sie würden sich ausschütten vor Lachen, wenn Sie bloß die Hälfte von Monsieur Emanuels Schrullen und Überspannheiten kennten! Aber ich halte Sie vom Essen ab, ma bonne Miiß, und Sie werden eine Erfrischung nötig haben. Essen, Sie, trinken Sie Ihren Wein, und oubliez les anges, les bossues, et surtout, les Professeurs – et bon soir!«

35. Brüderlichkeit

»Oubliez les Professeurs«, sagte Madame Beck. Madame war eine kluge Frau, aber diese Worte hätte sie nicht aussprechen sollen. Das war ein Fehler. Ich hätte an diesem Abend ruhig und nicht aufgeregt, gleichgültig und nicht voller Teilnahme zurückbleiben müssen, die Vorstellung hätte mir gar nicht kommen dürfen, daß ich, und sei es nur in Gedanken, und zwar in meinen und in denen andrer, diesem Menschen verbunden wäre, den ich vergessen sollte.

Ihn vergessen? Ach, sie hatten sich einen weisen Plan zurechtgelegt, damit ich ihn mir aus dem Sinn schlüge – die Schlauköpfe! Sie hatten mir gezeigt, wie gütig er war, aus meinem lieben kleinen Professor hatten sie einen fleckenlosen Helden gemacht. Und dann hatten sie über seine Art zu lieben geschwätzt. Woher hätte ich bis zu diesem Tage wissen sollen, ob er überhaupt lieben konnte?

Eifersüchtig, mißtrauisch, so hatte ich ihn erlebt. Ich hatte gespürt, wie ihn zuweilen Weichheit und Zärtlichkeit anwandelten, eine Sanftmut, die wie ein lauer Wind kam, und ein inniges Mitleid, das verflog, wie Morgentau unter der Tageshitze verdunstet, wenn ihn seine Gereiztheit wieder übermannte. *Das* war alles, was ich gesehen hatte. Und diese beiden, Père Silas und Modeste Maria Beck, die sich da zum gemeinsamen Werk zusammengetan hatten – denn daran konnte ich nicht zweifeln –, diese beiden eröffneten mir das Innerste seines Herzens, sie ließen mich die starke Liebe sehen, die in dem jungen Menschen gewachsen war, dem Kind eines südlichen Volkes. Und so kraftvoll, so vollkommen lebte diese Liebe in ihm, daß sie über den Tod triumphiert hatte, daß sie den Verfall der irdischen Hülle überwand und sich an den unsterblichen Geist klammerte und siegreich und gläubig seit zwanzig Jahren an einem Grab ausharrte.

Und nicht müßig hatte er das vollbracht, nicht nur an ein dumpfes Gefühl hingegeben – nein, er hatte seine Treue dadurch bewiesen, daß er seine besten Kräfte selbstlos aufopferte, durch grenzenlose Selbstverleugnung hatte er sie bezeugt. Er achtete die, die ihr teuer gewesen waren. Statt an Vergeltung zu denken, hatte er Mühe und Sorge auf sich genommen.

Marie Justine. Was sie betraf – ich kannte sie so gut, als hätte ich sie gesehen. Ich wußte, daß sie ein recht gutes Mädchen gewesen war – in Madame Becks Schule gab es welche, die ihr glichen, phlegmatisch und blaß, langsam und träge, doch freundlich, ohne allen Trieb zum Bösen und ohne alle Aktivität im Guten. Wenn sie Engelsschwingen besaß, so wußte ich, wessen dichterische Einbildungskraft sie ihr verliehen hatte. Wenn ein Heiligenschein ihre Stirn umstrahlte, so wußte ich, unter wessen Blick er aufgeflammt war.

Mußte ich also vor Marie Justine zurückschrecken? Sollte sich der Schatten einer blassen Nonne erheben und mir für immer den Weg verstellen? Und die Taten der Nächstenliebe, die alles verzehrten, was ihm gehörte, und er selber, der sich dem Alleinsein verschworen hatte?

Madame Beck und Père Silas, ihr hättet mir diese Fragen nicht aufdrängen sollen. Sie verwirrten mich mehr, als mich je etwas verwirrt hatte, sie standen vor mir als feste Schranke und trieben mich gleichzeitig an, sie zu überwinden, mehr als mich je etwas angespornt hatte. Eine Woche lang schlief ich ein, träumte und erwachte mit diesen beiden Fragen. Es gab in der ganzen Welt keine Antwort auf sie, außer da, wo ein kleiner Mann stand, ging und seine Vorträge hielt, behütet von einer banditenmäßigen Griechenmütze und eingehüllt in einen kläglichen und reichlich angestaubten Paletot.

Nach jenem Besuch in der Rue des Mages *wünschte* ich sehnlichst, ihn wiederzusehen. Es war mir, als müsse ich jetzt, da ich wußte, was ich erfahren hatte, klarer in seinem Gesicht lesen, als müsse es mich mehr fesseln denn je. Es verlangte mich danach, in ihm die Spuren dieser altertümlichen Hingabe, die Anzeichen dieser halb ritterlichen, halb an Heiligkeit gemahnenden Tapferkeit aufzufinden, die des Priesters Erzählung seinem Charakter zuschrieb. Er war für mich ein christlicher Held geworden, und in dieser Eigenschaft wollte ich ihn nun betrachten.

Die Gelegenheit war mir günstig. Am nächsten Tage konnte ich meine neuen Eindrücke auf die Probe stellen. Ja, ich kam zu einer Unterredung mit meinem ›Christlichen Helden‹. Sie war nicht heroisch, auch nicht gefühlvoll und sie verlief nicht im biblischen Stil – aber lebhaft genug war sie.

Gegen drei Uhr nachmittags wurde der Frieden der ersten Klasse, der scheinbar so sicher unter Madame Becks sanfter Gewalt gewahrt war – sie gab eben eine ihrer ordentlichen und nutzbringenden Lektionen –, dieser Frieden, sage ich, wurde jäh gestört von einem wild hereinwehenden Paletot.

Niemand war in dem Augenblick ruhiger als ich. Durch Madame Becks Anwesenheit aller Verantwortung enthoben, umschmeichelt von dem einförmigen Klang ihrer Stimme, befriedigt und erbaut von der Klarheit, mit der sie ihr Thema abhandelte – denn sie war eine gute Lehrerin –, saß ich über mein Pult gebeugt und zeichnete. Ich zeichnete, das heißt, ich kopierte einen sorgfältig ausgearbeiten Kupferstich und strichelte mit trostlos öder Gründlichkeit, bis meine Kopie dem Original aufs Haar glich, denn das war meine ins Praktische umgesetzte Vorstellung von Kunst. Und seltsam zu sagen: Die Arbeit bereitete mir ein außerordentliches Vergnügen! Ich konnte sogar wunderlich minutiöse Nachbildungen von Stahl- und Kupferstichen herstellen – kein Chinese hätte es genauer gekonnt –, Dinge, die etwa denselben Wert hatten wie Wollstickereien, aber damals hielt ich recht viel davon.

Was war das? Meine Zeichnung und meine Stifte wurden vor meinen Augen fortgerafft und meine kostbare Kopie lieblos zusammengeknittert. Ich selber fühlte mich von meinem Stuhl gefegt, ungefähr so, wie eine einsame und vertrocknete Muskatnuß von einer aufgeregten Köchin aus der Gewürzbüchse geschüttelt wird. Der Stuhl und mein Pult wurden, jedes unter dem Ärmel eines wildbewegten Paletots, weggetragen, und in der nächsten Sekunde folgte ich den Möbelstücken. Zwei Minuten später standen sie und saß ich mitten im großen Saal, einem weiten Raum nebenan, der selten benutzt wurde, eigentlich nur zum Tanzunterricht und beim Chorgesang. Dort wurden wir mit einem Nachdruck abgesetzt, der die geringste Hoffnung darauf, daß wir je wieder von der Stelle dürften, zu verbieten schien.

Als ich halbwegs wieder zur Besinnung kam, fand ich mich in der Gesellschaft zweier Männer – Herren, müßte ich wohl sagen –, eines dunkelhaarigen und eines blonden. Der eine hielt sich steif und fast militärisch, er trug einen mit Borte eingefaßten Überrock; der andere zeigte in Kleidung und Betragen mehr die Unbekümmertheit des Studenten oder Künstlers. Beide prangten im Schmuck üppiger Schnurr-, Backen- und Kinnbärte. Monsieur Emanuel stand ein wenig abseits von ihnen. Seine Miene und sein Blick verrieten heftigen Zorn; er streckte die Hand mit einer Tribunengebärde aus.

»Mademoiselle«, sagte er, »an Ihnen ist es, diesen Herrn zu beweisen, daß ich kein Lügner bin. Sie werden ihnen nach bestem Wissen und Gewissen die Fragen beantworten, die sie Ihnen zu stellen belieben. Außerdem werden Sie über ein Thema nach ihrer Wahl schreiben. In ihren Augen bin ich offenbar ein skrupelloser Betrüger. Ich verfasse Aufsätze und begehe vorsätzlich Fälschungen, indem ich sie mit dem Namen meiner Schülerinnen zeichne und mich damit brüste, daß es ihre Arbeiten seien. Sie werden beweisen, daß diese Anschuldigung falsch ist.«

Grand ciel! Da war sie, die lang umgangene Schauprüfung, und sie kam über mich wie der Blitz aus heiterem Himmel. Diese beiden geschniegelten, bordierten und bebarteten arroganten Individuen waren niemand anders als geckenhafte Universitätsprofessoren, die Herren Boissée und Rochemorte, zwei kaltschnäuzige Laffen und Kleinigkeitskrämer, Zweifler und Spötter. Anscheinend hatte Monsieur Paul ihnen etwas, das ich geschrieben hatte, unbedacht vorgelegt – etwas, das er mir gegenüber nie gelobt oder auch nur erwähnt hatte und das ich vergessen glaubte. Der Aufsatz war durchaus nicht bemerkenswert, in einem englischen Institut hätte er kein Aufsehen erregt, aber verglichen mit den Durchschnittsprodukten der hiesigen Schülerinnen fiel er auf. Die Herren Boissée und Rochemorte hatten es für angebracht gehalten, Zweifel an seiner Echtheit zu äußern und auf Betrug anzuspielen. Nun sollte ich die Wahrheit bezeugen und die Tortur ihrer Prüfung über mich ergehen lassen.

Eine denkwürdige Szene begann.

Sie fingen mit den Klassikern an. Nichts. Sie gingen zur französischen Geschichte über. Ich konnte kaum Merovech von Chlodwig unterscheiden. Sie versuchten es mit diesem und jenem und ernteten von mir nichts als ein Kopfschütteln und ein unverändertes »Je n'en sais rien.«

Nach einer ausdrucksvollen Pause gingen sie zu allgemeinen Wissensfragen über und griffen ein oder zwei Themen auf, über die ich ziemlich gut Bescheid wußte und über die ich oft nachgedacht hatte. Monsieur Emanuel, der bisher dunkel wie ein Wintertag neben mir ausgeharrt und zugehört hatte, schaute ein wenig zuversichtlicher drein. Er meinte wohl, ich würde mich jetzt zumindest nicht als völliger Versager erweisen.

Er wurde eines andern belehrt. In meinen Gedanken boten sich Antworten auf die Fragen in Fülle und strömten wie eine sprudelnde Quelle. Ideen hatte ich genug, aber mir fehlten die Worte. Entweder konnte ich oder wollte ich nicht sprechen – ich weiß nicht genau, wie es war. Zum Teil, glaube ich, verließen mich die Nerven, und zum Teil war ich verärgert.

Ich hörte, wie der eine meiner Examinatoren – der mit dem bordierten Überrock – seinem professoralen Kollegen zuflüsterte: »Est-elle donc idiote?«

Ja, dachte ich, eine Idiotin ist sie und wird sie immer bleiben, für euresgleichen nämlich.

Aber gleichzeitig litt ich, ich litt grausam. Ich sah, wie Schweißtropfen auf Monsieur Pauls Stirn erschienen, und aus seinen Augen sprach leidenschaftlicher und trauriger Vorwurf. Er wollte nicht glauben, daß ich nichts, gar nichts von jener Klugheit besaß, die sich in der Öffentlichkeit bewährt. Er bildete sich ein, wenn ich nur *wollte*, dann *hätte* ich alles Geforderte bereit.

Zuletzt stammelte ich, um ihn, die Professoren und mich selber zu erlösen: »Meine Herren, es ist besser, wenn Sie mich entlassen. Sie werden nichts aus mir herausbekommen. Wie Sie schon sagten, ich bin eine Idiotin.«

Ich wollte, ich hätte mit Ruhe und Würde sprechen können, oder aber, ich hätte Verstand genug gehabt, um den Mund zu halten. Meine verräterische Zunge gehorchte mir nicht, ich stotterte, ich sah den unbarmherzigen Triumphblick, den die Richter Monsieur Emanuel zuwarfen und hörte, wie jämmerlich meine Stimme zitterte. Da brach ich in einen Tränenstorm aus, der mich fast erstickte. Es war mehr als bloßer Kummer, was mich erschütterte. Wäre ich ein Mann und stark gewesen, ich hätte die beiden auf der Stelle zum Duell fordern mögen. Aufgewühlt *war* ich, und ich hätte mich lieber peitschen lassen, als das zu verraten.

Diese Dummköpfe! Konnten sie denn nicht in dem Aufsatz, den sie eine Fälschung nannten, mit einem Blick die ungelenke Hand der Schülerin erkennen? Das Thema war der Klassik entnommen, und als Monsieur Paul das Zitat diktiert hatte, das dem Aufsatz zugrunde liegen sollte, hatte ich es zum erstenmal in meinem Leben gehört. Der Gegenstand war mir neu gewesen, und mir hatte der Stoff für die Arbeit gefehlt. Aber ich hatte mir Bücher beschafft, hatte die Tatsachen nachgelesen und mir mühsam aus den dürren Fakten ein Skelett gebaut. Dem hatte ich dann Fleisch und Blut gegeben und versucht, ihm Leben einzuhauchen, und dies hatte mir Freude gemacht. Die Zeit, in der ich meine Tatsachen suchte und auswählte und gehörig zusammenfügte, war mir beschwerlich und mit Bangnis vergangen. Ich hatte keine Ruhe gehabt, bis ich wußte, daß ich mein Gerippe anatomisch richtig zusammengesetzt hatte. Ich scheute so sehr vor dem Gedanken an Verbiegungen und Falschheiten zurück, daß ich wohl die ärgsten Schnitzer vermied; aber ich hatte das Wissen nicht im Kopf, es lag nicht ausgereift in mir bereit, war nicht im Frühling gesät, im Sommer gewachsen, im Herbst geerntet und im Winter gespeichert worden. Was immer ich brauchte, mußte ich mir neu heranholen. Ich mußte mir eine Schürze voll Wildpflanzen suchen und sie frisch in den Topf schneiden. Die Herren Boissée und Rochemorte merkten das nicht. Sie nahmen meine Arbeit fälschlich für die eines fertigen Gelehrten.

Und es fiel ihnen nicht ein, mich gehen zu lassen. Ich

mußte vor ihnen niedersitzen und schreiben. Als ich mit zitternder Hand meine Feder in die Tinte tauchte und mit halbgeblendeten, überfließenden Augen das weiße Papier anstarrte, fing einer meiner Richter an, sich geniert für die Pein, die er verursachte, zu entschuldigen. »Nous agissons dans l'intérêt de la vérité. Nous ne voulons pas vous blesser«, sagte er.

Die Verachtung stärkte mich. Ich antwortete nur: »Diktieren Sie, Monsieur.«

Rochemorte nannte sein Thema: »Menschliche Gerechtigkeit«.

Menschliche Gerechtigkeit! Was in aller Welt sollte ich damit anfangen? Leere, kalte Abstraktion, die keinen einzigen zündenden Gedanken in mir hervorrief. Und da stand Monsieur Emanuel, traurig wie Saul und streng wie Joab, und dort triumphierten seine Ankläger.

Ich schaute die beiden an. Ich wollte meinen Mut sammeln, um ihnen zu sagen, daß ich nicht die Absicht hätte zu schreiben und mich weigerte, ihnen zuliebe noch ein einziges Wort zu sagen. Ich war drauf und dran, ihnen zu erklären, daß mir ihr Thema nicht paßte und daß ihre Gegenwart mich nicht inspirierte und daß trotzdem jeder, der auch nur den Schatten eines Zweifels auf Monsieur Emanuels Ehre würfe, der Wahrheit ins Gesicht schlüge, der Wahrheit, als deren Vorkämpfer sie sich ausgäben. Das alles *wollte* ich sagen. Da schoß plötzlich ein Lichtstrahl in meine Erinnerung.

Diese beiden Gesichter, die aus einem Wald von langen Haaren, Schnurbärten und Koteletten hervorschauten, diese beiden kalten und dreisten, diese unzuverlässigen und anmaßenden Visagen waren es, die mich an dem Abend meiner gottverlassenen Ankunft in Villette zu Tode erschreckt hatten. Diese beiden waren plötzlich hinter einem Pfeiler der

Säulenhalle hervor ins volle Licht der Gaslampe getreten. Kein Zweifel, das waren die beiden Helden, die eine schutzlose Fremde durch ein ganzes Stadtviertel gejagt hatten, bis sie außer Atem und am Ende ihrer Kräfte war.

Ihr frommen Erzieher, dachte ich, ihr seid die rechten Führer für die Jugend! Wenn die menschliche Gerechtigkeit das wäre, was sie sein sollte, dann würdet ihr beiden kaum eure jetzige Stellung einnehmen und euch des Ansehens erfreuen, daß ihr genießt!

Der Funke hatte gezündet, ich stürzte mich in die Arbeit. Jählings wuchs die menschliche Gerechtigkeit in einer neuen Gestalt vor mir auf: eine rothaarige alte Hexe, stand sie da, die Arme in die Seiten gestemmt, ziellos und stumpf. Ich sah sie in ihrem Hause, einer wüsten, wirren Höhle. Ihre Diener forderten Befehle oder Hilfe von ihr, die gab sie nicht. Vor ihrer Tür warteten Bettler und verhungerten, ohne daß sie einen Blick für sie hatte. Um ihre Füße kroch eine Schar kränklicher, zänkischer Kinder; sie schrien ihr gellende Bitten in die Ohren und flehten darum, beachtet, gehätschelt, geheilt und gekleidet zu werden. Die ehrbare Frau scherte sich keinen Pfifferling um alles das. Sie selber saß warm und behaglich am Feuer und erquickte sich mit einer kurzen schwarzen Pfeife und einer Flasche, die Mrs. Sweenys Seelentröster enthielt. Sie rauchte und nippte und genoß ihr Paradies, und wann immer ihr ein Schrei der leidenden Seelen ringsum zu schmerzhaft in die Ohren drang, dann langte die vergnügte Dame nach dem Schürhaken oder dem Herdbesen. War der Störenfried schwach, elend und kränklich, dann brachte sie ihn nachdrücklich zur Ruhe, war er aber stark, lebenskräftig und ungestüm, dann drohte sie ihm nur, schob die Hand in ihre tiefe Rocktasche und überschüttete ihn freigebig mit einem Regen von Zuckererbsen.

So sah die Skizze der menschlichen Gerechtigkeit aus, die

ich in wilder Hast auf das Papier kritzelte und den Herren Boissée und Rochemorte mit gebührender Ergebenheit überreichte. Monsier Emanuel las sie über meine Schulter hinweg. Ich wartete keine Bemerkungen ab, machte dem Trio meinen Knicks und zog mich zurück.

Als der Unterricht an diesem Tag vorüber war, trafen Monsieur Paul und ich wieder zusammen. Selbstverständlich verlief die Begegnung fürs erste nicht glimpflich. Ich hatte ein Hühnchen mit ihm zu rupfen. Diese erzwungene Prüfung konnte ich nicht so schnell verdauen. Der mürrische Dialog endete damit, daß Monsieur mich »une petite moqueuse et sans cœur« nannte und zunächst einmal davonlief.

Ich wollte nicht, daß er ganz fortging. Aber er mußte begreifen, daß ich nicht friedlich hinnehmen konnte, was er mir da in seiner Heftigkeit eingebrockt hatte. Es war mir nicht unlieb, daß ich ihn bald darauf in der Bogenlaube bei der Gartenarbeit antraf. Er näherte sich gleichzeitig mit mir der Glastür. Wir sprachen von ein paar Blumen, die dort wuchsen. Bald stellte Monsieur seinen Spaten ab, bald nahm er das Gespräch wieder auf, ging zu andern Themen über und berührte schließlich eines, das wesentlich war.

Er war sich bewußt, daß er sich an diesem Tage besonders dem Vorwurf der Unbesonnenheit ausgesetzt hatte. Halb und halb entschuldigte er sich, sprach auch so etwas wie eine Bitte um Nachsicht für seine täglichen Launen aus. Aber dann deutete er an, daß man dies verstehen müsse. »Freilich«, sagte er, »von Ihnen, Miß Lucy, kann ich das kaum erwarten. Sie kennen weder mich noch meine Lage und Vergangenheit.«

Seine Vergangenheit. Ich griff das Wort augenblicklich auf und verfolgte den Gedanken.

»Nein, Monsieur«, erwiderte ich. »Selbstverständlich

kenne ich weder Ihre Vergangenheit noch Ihre Lage und die Opfer, die Sie bringen, ich weiß nichts von Ihren Kümmernissen und Ihren Prüfungen, von Ihren Neigungen und von dem, woran Sie festhalten – ganz, wie Sie sagen. O nein! Ich weiß nichts von Ihnen. Sie sind mir ganz und gar fremd.«

»Wie bitte?« murmelte er und zog die Brauen überrascht hoch.

»Sie wissen, Monsieur, ich sehe Sie nur im Unterricht – streng dogmatisch, hitzig und herrisch. In der Stadt höre ich von Ihnen nur als von jemandem, der betriebsam und halsstarrig ist, schnell im Schaffen, eifrig bereit zu führen, aber schwer zu überzeugen und widerborstig. Ein Mann wie Sie, der keine Bindungen kennt, von dem niemand abhängt, der niemandem verpflichtet ist, kann keine Zuneigung empfinden. Wir alle, mit denen Sie zu tun haben, sind für Sie Maschinen. Sie schieben uns hierhin und dorthin und denken nicht daran, wie uns dabei zumute ist. Sie suchen sich Ihre Erholung in der Öffentlichkeit, im abendlichen Kerzenlicht. Diese Schule und das Gymnasium dort drüben sind Ihre Werkstätten, wo Sie die Ware fabrizieren, die man Schüler nennt. Ich weiß nicht einmal, wo Sie wohnen. Natürlicherweise muß man annehmen, daß Sie kein Zuhause haben und keins brauchen.«

»Das Urteil über mich ist gesprochen«, sagte er, »Sie denken von mir genau das, was ich vermutete. Für Sie bin ich ebensowenig ein Mann wie ein Christenmensch. Sie sehen mich an als bar aller Liebe und Religion, ohne Bindung an einen Freund oder eine Familie, Sie meinen, mich lenke kein Grundsatz und kein Glaube. Nun gut, Mademoiselle. Das ist die Belohnung, die uns dies Leben beschert.«

»Sie sind ein Philosoph, Monsieur, einer aus der Schule der Zyniker« – ich blickte auf seinen Paletot, und sogleich fuhr er mit der Hand über einen Ärmel und klopfte den

Staub ab –, »Sie verachten die Schwächen der Menschheit, Sie sind erhaben über das Wohlleben und verschmähen die Behaglichkeit.«

»Et vous, Mademoiselle, vous êtes proprette et douillette, et affreusement insensible, par-dessus le marché.«

»Aber, Monsieur, da es mir eben einfällt, muß ich doch rasch einmal fragen: Irgendwo *müssen* Sie doch wohnen? Erzählen Sie mir's. Und was für Dienerschaft halten Sie?«

Auf furchterregende Weise schob er die Unterlippe vor – ein Zeichen der entschiedensten Verachtung – und brach los: »Je vis dans un trou! Ich wohne in einer Höhle, Miß – in einem Loch, Sie würden Ihre heikle Nase nicht hineinstekken! Einmal habe ich mich in unwürdiger Weise geschämt, die Wahrheit zu sagen, und habe über mein Studierzimmer in dem Gymnasium dort geredet. Jetzt mögen Sie wissen, daß dies Studierzimmer meine ganze Behausung ist. Es ist meine Schlafkammer und mein Wohnzimmer. Und meine Dienerschaft« – er ahmte meine Stimme nach –, »sie besteht aus diesen zehn: les voilà!«

Und er hielt mir grimmig seine zehn gespreizten Finger unter die Augen.

»Ich putze mir die Stiefel selbst«, fuhr er fort, »und ich bürste mir selber den Paletot.«

»Nein, Monsieur, das tun Sie nicht, man merkt es deutlich«, warf ich ein.

»Je fais mon lit en mon ménage. Zu Mittag esse ich in einem Wirtshaus. Das Abendbrot sieht zu, wo es bleibt. Die Tage verbring' ich mit Arbeit und lieblos, die Abende sind lang und einsam. Ich bin bissig und bärtig und mönchisch, und von denen, die jetzt noch auf dieser Welt leben, liebt mich keiner, abgesehen von ein paar alten Herzen, die ebenso müde und verschlissen sind wie meins, und von ein paar elenden, unglückseligen Geschöpfen, die arm an Geld und an Geist sind und denen nichts von der Herrlichkeit dieser Welt gehört, denen aber ein Wille und Vermächtnis, an die kein Zweifel rühren kann, die Herrlichkeit des Himmels bestimmt hat.«

»Ach, Monsieur, aber das weiß ich ja!«

»Was wissen Sie, Lucy? Viel, das glaube ich wahrhaftig, aber nichts von mir!«

»Ich weiß, daß sie ein hübschs altes Haus in einem hübschen alten Viertel der Basse-Ville besitzen. Warum ziehen Sie nicht dorthin und wohnen da?«

»Wie bitte?« murmelte er wieder.

»Es hat mir gut gefallen, Monsieur, mit den Stufen, die zur Tür hochführen, mit den grauen Fliesen davor, mit den Bäumen dahinter, die sich wiegen – richtigen dunklen, hohen, ehrwürdigen Bäumen, nicht bloß Büschen. Und das Boudoir, das Betzimmer – den Raum sollten Sie zu Ihrem Studierzimmer machen. Er ist so still und feierlich.«

Er schaute mich forschend an, dann lächelte er, ein wenig stieg ihm das Blut ins Gesicht. »Wo haben Sie das alles aufgelesen? Wer hat Ihnen das erzählt?« fragte er.

»Niemand. Was meinen Sie, Monsieur, ob ich es geträumt habe?«

»Kann ich in Ihre Traumbilder eindringen? Kann ich die Wachträume einer Frau erraten – oder gar ihre Schlummerphantasien?«

»Wenn ich es geträumt habe, dann habe ich in meinem Traum auch Menschenwesen in dem Haus gesehen. Ich sah einen Priester, alt, gebückt und grauhaarig, und eine Magd – auch alt und malerisch, und eine Dame, prunkvoll, aber sonderbar. Mit dem Kopf würde sie kaum bis zu meinem Ellbogen reichen. Ihre Juwelen würden als Lösegeld für einen Herzog langen. Sie trug ein Kleid, das glänzte wie Lapislazuli, und einen Schal für tausend Francs. Ich habe nie im Leben so funkelnde Steine gesehen wie die, mit denen sie geschmückt war; aber ihre Gestalt sah aus, als ob jemand sie entzweigebrochen und zusammengebogen hätte. Sie schien die Jahre überdauert zu haben, die einem Menschenleben sonst zugemessen sind, und schien bei denen angelangt zu sein, die nur noch Mühe und Elend sind. Sie war mürrisch geworden, fast bösartig. Aber irgendwer, so schien es mir, sorgte für sie in ihrer Schwäche. Jemand vergab ihr ihre Schuld in der Hoffnung, daß ihm seine Schuld vergeben werde. Sie lebten zusammen, diese drei Leute – die Herrin, der Priester und die Magd – alle alt und schwach, und alle unter ein und demselben Schutz.«

Er bedeckte Stirn und Augen mit der Hand, doch nicht den Mund. Um den sah ich einen Ausdruck, den ich mochte.

»Ich sehe, Sie sind in meine Geheimnisse eingedrungen«, sagte er, »aber wie kam das?«

Also erzählte ich es ihm. Ich sprach von dem Aufrag, mit dem ich ausgesandt worden war, von dem Unwetter, das mich festgehalten hatte, von der Schroffheit der Dame und von der Freundlichkeit des Priesters. »Während ich saß und wartete, daß der Regen aufhörte, vertrieb mir Père Silas die Zeit mit einer Geschichte«, sagte ich.

»Mit einer Geschichte! Mit was für einer? Père Silas ist kein Romandichter.«

»Soll ich Monsieur die Geschichte erzählen?«

»Ja. Fangen Sie ganz von vorn an. Lassen Sie mich etwas von Miß Lucys Französisch hören – ihrem besten oder ihrem schlechtesten, es ist mir gleich, von welchem. Her mit einer ordentlichen Portion Barbarismen und einer gehörigen Dosis Inselakzent!«

»Ich kann Monsieur nicht mit einer großartigen und langgewundenen Erzählung erfreuen, einer, bei der der Erzähler in der Mitte steckenbleibt. Aber den Titel will ich Ihnen sagen: ›Des Priesters Schüler‹.«

»Puh!« sagte er, und die dunkle Blutwelle stieg ihm wieder in die braunen Wangen. »Der gute Vater hätte sich kein schlechteres Thema aussuchen können. Das ist seine Schwäche. Aber was ist los mit ›Des Priesters Schüler‹?«

»Ach, vielerlei.«

»Bitte *was*? Sprechen Sie sich deutlicher aus. Ich möchte das wissen.«

»Da war die Jugend des Schülers, waren seine Mannesjahre – sein Geiz, seine Undankbarkeit, seine Unversöhnlichkeit, sein Unbeständigkeit. So ein schlechter Schüler, Monsieur! So undankbar und kaltherzig und unritterlich und rachsüchtig!«

»Et puis?« sagte er und holte eine Zigarre hervor.

»Et puis«, fuhr ich fort, »erfuhr er allerlei Unglück – aber das kann einen nicht rühren. Er trug es mit einer Haltung, an der nichts zu bewundern ist, er duldete Unbilden – Mitgefühl kann einem das nicht ablocken. Schließlich nahm er unchristlich Rache: Er häufte feurige Kohlen auf das Haupt seiner Gegnerin.«

»Sie haben mir nicht alles erzählt«, sagte er.

»Fast alles, denke ich. Ich habe Pater Silas' Kapitelüberschriften angedeutet.«

»Eine haben Sie vergessen – die, welche des Schülers Mangel an Herz berührt, seine harte, kalte Mönchsseele.«

»Tatsächlich, jetzt fällt mir's ein. Père Silas sagte wirklich daß er im Grunde zum Priester berufen sei und das Leben eines Geweihten führe – so müsse man es ansehen.«

»Durch was für Banden oder Pflichten geweiht?«

»Durch Bindungen aus der Vergangenheit und durch tätige Nächstenliebe jetzt.«

»Also kennen Sie die ganze Situation?«

»Ich habe Monsieur nun alles erzählt, was mir erzählt worden ist.«

Ein paar Minuten verstrichen in nachdenklichem Schweigen.

»Jetzt sehen Sie mich an, Miß Lucy, und antworten Sie mir ehrlich auf eine Frage. Ich weiß, ehrlich sind Sie: Mit Willen verletzen Sie die Wahrheit nie. Schauen Sie mir in die Augen. Scheuen Sie sich nicht, haben Sie keine Angst, mir zu vertrauen. Mir darf man vertrauen.«

Ich hob den Blick.

»Sie kennen mich nun durch und durch, wissen von meiner Vergangenheit und von meinen Verpflichtungen – über meine Fehler sind Sie seit langem gründlich im Bilde. Können Sie und ich noch Freunde sein?«

»Wenn Monsieur einen Freund in mir sucht – ich werde glücklich sein, ihn zum Freund zu haben.«

»Aber ich meine einen wirklichen Freund – vertraut und nahe und verwandt in allem außer dem Blut. Will Miß Lucy die Schwester eines sehr armen, gebundenen und beladenen und verschuldeten Mannes sein?«

Ich konnte ihm nicht mit Worten erwidern, aber ich glaube, ich *habe* ihm meine *Antwort gegeben.* Er nahm meine Hand, die Trost und Schutz in seiner fand. Seine Freundschaft war keine zweifelhafte, unsicher auf- und abflutende Gnade, war nicht kalte, ferne Hoffnung, war kein sprödes, brüchiges Etwas, das unter dem leisen Druck eines Fingers zerbrach. Ich spürte, im selben Augenblick, oder *glaubte* zu spüren, daß sie trug und standhielt wie ein Fels.

»Wenn ich von Freundschaft rede, dann meine ich *wahre* Freundschaft«, wiederholte er mit starker Betonung. Ich konnte kaum glauben, daß so ernsthafte Worte zu mir gesprochen wurden, ich konnte kaum glauben, daß dieser Blick voll Angst und Eifer, der in meinen drang, *Wirklich-*

keit war. Wenn es so war, daß er nach meinem Vertrauen verlangte und danach, daß ich liebevoll auf ihn achthatte, wenn er *wahrhaftig* sein Vertrauen und seine Anteilnahme dafür geben wollte – lieber Gott, mehr und Besseres konnte mir im Leben nicht zuteil werden, so schien mir. War das so, dann war ich stark und reich. In Augenblicksschnelle wuchs in mir ein festes Glücksgefühl. Ich wollte ganz sicher werden, wollte es mit Schrift und Siegel bekräftig haben. Ich fragte: »Meint Monsieur das ganz im Ernst? Glaubt er wirklich, daß er mich braucht, und kann ihm daran liegen, daß ich seine Schwester bin?«

»Ja, aber ja«, sagte er, »einer, der wie ich allein ist, der keine Schwester hat, muß überglücklich sein, wenn er bei einer Frau die lautere Zuneigung einer Schwester findet.«

»Und darf ich mich darauf verlassen, daß Monsieur auch für mich da ist? Darf ich zu ihm kommen und reden, wenn mir danach ist?«

»Das muß meine kleine Schwester ausprobieren«, sagte er, »ich will ihr nicht das Blaue vom Himmel herunter versprechen. Sie muß ihren mürrischen Bruder drillen und zurechtrücken, bis sie ihn so umgekrempelt hat, wie er sein soll. Im Grunde ist er kein sprödes Material. Es kommt auf die Hände an.«

Er sprach, und der Ton seiner Stimme, der warme Glanz seines Blicks bescherten mir eine Freude, wie ich sie gewiß noch niemals empfunden hatte. Ich neidete keinem Mädchen seinen Liebsten, keiner Braut ihren Bräutigam, keiner Frau ihren Mann. Ich war zufrieden mit diesem meinem Freund, der sich mir darbot. Wenn er sich nur als verläßlich erweisen würde – und er *sah* verläßlich *aus* –, was konnte ich außer seiner Freundschaft noch begehren? Aber wenn alles zum Traum dahinschmolz – so, wie es schon einmal gewesen war?

»Qu'est-ce donc? Was ist?« fragte er, als mir dieser Gedanke schwer aufs Herz sank und meine Miene verdunkelte. Ich sagte es ihm, und er blieb einen Augenblick lang still und lächelte versonnen. Dann verriet er mir dieselbe Furcht. Furcht, daß ich seiner müde werden könnte, eines Mannes mit so vielen jäh wechselnden Launen. Sie hatte ihn länger als einen Tag und einen Monat geplagt.

Als ich das hörte, durchstörmte mich eine stille, feste Zuversicht. Ich wagte ein Wort der Beruhigung. Er nahm es nicht nur duldsam hin, er warb darum, daß ich es wiederholte. Ich wurde ganz glücklich – sonderbar glücklich, indem ich ihn sicher, zufrieden und ruhig machte. Einen Tag zuvor noch hätte ich nicht geglaubt, daß die Erde solche Augenblicke wie diese wenigen, die ich jetzt durchlebte, bot und daß das Dasein sie gewähren konnte. Unzählige Male war es mein Los gewesen zuzusehen, wie vorgeahnte Trübsal heranzog und dunkel über mich herniederbrach. Aber zu sehen, wie nie erhofftes Glück Gestalt annahm, Fuß faßte und von Sekunde zu Sekunde wirklicher wurde, wahrhaftig, das war eine neue Erfahrung.

»Lucy«, sagte Monsieur Paul leise – er hielt meine Hand noch immer fest –, »haben Sie in dem kleinen Zimmer dort in dem alten Haus ein Bild bemerkt?«

»Das Bild auf der Tür – ja.«

»Das Porträt einer Nonne?«

»Ja.«

»Und haben Sie ihre Geschichte gehört?«

»Ja.«

»Erinnern Sie sich an das, was wir in jener Nacht in der Bogenlaube erblickt haben?«

»Das werde ich niemals vergessen.«

»Sie haben diese beiden Vorstellungen nicht miteinander in Verbindung gebracht? Das wäre gewiß närrisch.«

»Ich dachte an die Erscheinung, als ich das Bild sah«, sagte ich, und das stimmte vollkommen.

»Aber der Gedanke ist Ihnen nicht gekommen«, beharrte er, »und wird Ihnen nicht kommen, daß eine Heilige im Himmel durch irdische Eifersucht aus ihrer Ruhe aufgescheucht wird? Protestanten sind selten abergläubisch. Solche krankhaften Phantasien bedrängen *Sie* gewiß nicht?«

»Ich weiß nicht, was ich von der Sache halten soll. Aber ich glaube, eines Tages wird sich für das, was uns jetzt rätselhaft scheint, eine vollkommen natürliche Erklärung finden.«

»Sicher, sicher. Und außerdem – keine gute lebende Frau würde eine Freundschaft wie unsere stören – wieviel weniger erst ein reicher, seliger Geist. N'est-il pas vrai?«

Bevor ich antworten konnte, brach Fifine Beck in unser Gespräch, rosig und ungestüm, und rief mir zu, daß ich gebraucht würde. Ihre Mutter wollte in die Stadt gehen und eine englische Familie, die um einen Prospekt gebeten hatte, aufsuchen; meine Dienste als Übersetzerin waren vonnöten. Die Unterbrechung kam nicht ungelegen. Jeder Tag birgt Kummer genug; aber diese Stunde war bis zum Rande voll von Glück. Nur das hätte ich Monsieur Paul gern noch gefragt, ob die krankhaften Phantasien, vor denen er mich gewarnt hatte, in seinem eignen Kopf spukten.

36. Der Apfel der Zwietracht

Außer Fifine Becks Mutter hatte eine andre Macht ein Wort mitzusprechen, bevor das Freundschaftsbündnis zwischen Monsieur Paul und mir bestätigt werden konnte. Roms immerwache Augen hielten strenge Aufsicht über uns. Es beobachtete seinen Sohn durch jenes mystische Gitter, an dem ich einmal gekniet hatte und zu dem es Monsieur Paul Monat für Monat zog – durch das Schiebefenster des Beichtstuhls.

»Warum waren Sie über die Freundschaft mit Monsieur Paul so glücklich?« fragt der Leser. »War er denn nicht schon längst Ihr Freund? Hatte er Ihnen nicht wieder und wieder eine unverkennbare Vorliebe gezeigt?«

Ja, das hatte er. Aber dennoch tat es mir wohl zu hören, wie ernsthaft und eifrig er aussprach, daß er mein naher, wahrer Freund sei. Seine bescheidenen Zweifel taten mir wohl, seine zarte Rücksicht, das Vertrauen, das nach Geborgenheit verlangte und dankbar für die Sicherheit war. Er hatte mich Schwester genannt. Das war gut. Ja, er mochte mich nennen, wie er wollte, solange er nur auf mich baute. Ich wollte seine Schwester sein, wenn er nur nicht von mir verlangte, daß ich auch einer Frau, die er irgendwann wählen mochte, Schwester würde. Aber da er sich stillschweigend dem Zölibat verschworen hatte, war da wohl wenig Gefahr.

Den größten Teil der Nacht hindurch grübelte ich über unser Abendgespräch nach. Ich sehnte das Morgengrauen herbei und wartete auf die Glocke, und als ich dann aufgestanden war und mich angekleidet hatte, schienen mir Morgenandacht und Frühstück und alle Stunden, die sich daran anreihten, unerträglich lang, bis endlich die kam, die seine Literaturlektion brachte. Mich verlangte danach, genau zu sehen, wie er sich dieses Bündis dachte, zu erfahren, wie weit er sich als Bruder zeigen würde, wenn wir uns wieder trafen. Ich wollte herausfinden, wieviel von der Schwester in mir selber lebte, wollte entdecken, ob ich den Mut einer Schwester und ob er die Offenheit eines Bruders aufbrächte.

Er kam. Das Leben ist so eingerichtet, daß das Ereignis der Erwartung nicht entspricht – es kann es nicht, will es nicht, tut es nicht. Den ganzen Tag über redete er mich kein einziges Mal an. Er hielt seine Stunde ruhiger als sonst, sanfter und zugleich ernsthafter. Er war väterlich zu den Schülerinnen, aber nicht brüderlich zu mir. Ich erwartete ein Lächeln von ihm, bevor er die Klasse verließ, vielleicht ein Wort, aber keins von beiden empfing ich – nur ein Nicken fiel für mich ab, hastig und scheu.

Diese Ferne, überlegte ich, ist Zufall, ist unfreiwillig. Nur Geduld, sie wird sich geben. Aber sie gab sich nicht, sie blieb tagelang bestehen, sie wuchs. Ich bezwang meine Überraschung, und die andern Gefühle, die in mir aufsteigen wollten, schluckte ich hinab.

Mit gutem Grund hatte ich gefragt, als er mir seine Bruderschaft antrug: Darf ich mich auf Sie verlassen? Und zu Recht hatte er – kein Zweifel, er kannte sich! – jedes Versprechen verweigert. Freilich, er hatte mir gesagt, ich solle selbst versuchen, wie ich mit ihm zurechtkäme – drillen und zurechtrücken solle ich ihn. Was sollte mir die Erlaubnis! Ein nutzloses Vorrecht war sie, das nur dem Namen nach bestand. Es mochte Frauen geben, die es in die Tat umgesetzt hätten, aber ich gehörte nicht zu diesen Tapferen. Weder den Trieb noch die Macht zu dieser Tapferkeit spürte ich in mir. Ließ man mich abseits, so wurde ich passiv; wurde ich beiseite geschoben, so zog ich mich zurück, und wenn ich vergessen war, so kam mir kein Wort mahnenden Erinnerns über die Lippen, und ich entschloß mich zu keinem fragenden Blick. Offenbar hatte ich etwas Falsches gedacht und geglaubt. Ich überließ es der Zeit, das zu zeigen.

Aber der Tag nahte, an dem er mir wie gewöhnlich eine Unterrichsstunde geben sollte. Einen von sieben Abenden hatte er mir seit langem großzügig zugestanden: Der diente dazu, daß er prüfte, was ich die Woche über in verschiedenen Fächern gelernt hatte, und daß er mit mir die Arbeit der kommenden Woche vorbereitete. Dann war mein Schulzimmer da, wo es sich eben traf: je nachdem, wo die Schülerinnen und die übrigen Lehrerinnen sich gerade aufhielten, oder dicht bei ihnen, oft in der großen zweiten Klasse, wo sich leicht ein stiller Winkel fand, wenn die Masse der Tagesschülerinnen fort war und die wenigen Pensionärinnen sich um die Aufsichtsführende auf ihrem Podium scharten.

Als ich an dem gewohnten Abend hörte, wie die gewohnte Stunde schlug, packte ich meine Bücher und Hefte, Feder und Tintenfaß und suchte das große Klassenzimmer auf.

Niemand war dort, es lag in kaltem, tiefem Schatten. Aber durch die offene Doppeltür sah ich das lichtüberflutete Karree, das voll von Schülerinnen war. Die sinkende Sonne tauchte die Halle und die Gestalten in einen roten Schimmer. Er war so stark und tief, daß die farbigen Wände und die bunten Kleider allesamt in der einen Glut zusammenschmolzen. Die Mädchen saßen über ihren Handarbeiten oder lernten. Mitten in ihrem Kreis stand Monsieur Emanuel und sprach gutgelaunt mit einer Lehrerin. Ein karmesinroter Glanz lag über seinem Paletot und spielte in seinem tiefschwarzen Haar. Manchmal wandte er das Spaniergesicht einen Augenblick, daß der volle Sonnenstrahl es traf, dann lächelte er in lebhaftem Behagen. Ich setzte mich an mein Pult.

Die Orangenbäume und eine Reihe andrer Pflanzen in üppig leuchtendem Blütenschmuck sonnten sich noch im vollen, heiteren Lichte. Sie hatten es den ganzen Tag über genossen, und nun verlangten sie nach Wasser. Monsieur Emanuel hatte eine Vorliebe für Gartenarbeit, er liebte es, Pflanzen zu pflegen und zu versorgen. Ich dachte immer, daß es wohl seine Nerven beruhigte, wenn er mit dem Spaten die Erde um die Büsche lockerte oder die Gießkanne handhabte. Das war eine Erholung, zu der er oft Zuflucht nahm. Auch jetzt sah er nach den Orangenbäumen, den Geranien und den prächtigen Kakteen und stillte ihren Durst. Währenddessen hielt er seine kostbare Zigarre zwischen den Lippen, diesen lebensnotwendigen, größten Genuß für ihn. Ihre blauen Wölkchen kräuselten sich hübsch zwischen den Blumen und in dem Abendlicht. Zu den Schülerinnen und den Lehrerinnen sagte er jetzt nichts mehr, aber hier und da richtete er ein Kosewort an eine kleine Wachtelhündin, die eigentlich zum Haus gehörte, in Wirklichkeit aber ihn als ihren Herrn anerkannte, denn sie hing mehr an ihm als an irgendeinem der Bewohner. Sie war ein zartes, seidiges, liebevolles und liebenswürdiges Hündchen, wich ihm nicht von der Seite und wandte den ausdrucksvollen Blick keine Sekunde von seinem Gesicht. Und wann immer er seine Griechenmütze oder sein Taschentuch fallen ließ – ab und an tat er das spielerisch –, duckte sie sich daneben wie eine Miniaturlöwin, die die Fahne eines Königreiches bewacht.

Der Pflanzen waren viele, und da der Amateurgärtner alles Wasser mit den eigenen tatkräftigen Händen vom Brunnen im Hofe holte, dehnte sich die Arbeit über eine ganze Weile aus. Die große Schuluhr tickte vor sich hin, die nächste Stunde schlug. Das Blendwerk des Sonnenuntergangs wich aus dem Karree und löste sich von der Mädchengruppe. Der Tag ließ die Flügel hängen. Ich merkte, daß meine Stunde heute sehr kurz sein mußte. Aber die Orangenbäume, die Kakteen und die Kamelien waren versorgt. Kam ich jetzt an die Reihe?

Ach! Es gab im Garten noch mehr Pflanzen, die Pflege brauchten, Rosensträucher, seine besonderen Lieblinge, einzelne Auserwählte unter den übrigen Blumen. Der Paletot streifte nun die Büsche an den fernsten Wegen, und die kleine Sylvie lief mit frohem Gebell und Gewinsel nebenher. Ich nahm ein paar Bücher auf. Keins würde ich brauchen. Ich saß und grübelte und wartete und verwünschte unwillkürlich die hereinbrechende Dämmerung.

Da tauchte Sylvie wieder auf, übermütig tollend kündigte sie seine Rückkehr an. Er stellte die Gießkanne am Brunnen ab, sie hatte ihren Dienst getan. Wie froh war ich! Monsieur wusch sich in einem alten Steinbecken die Hände. Jetzt war keine Zeit mehr für eine Unterrichtsstunde, gleich mußte die Gebetsglocke läuten. Aber wir würden uns doch noch treffen, er würde etwas sagen, ich würde in seinen Augen lesen können, woher seine Scheu rührte. Nun war er mit dem Waschen fertig. Er zupfte seine Manschetten zurecht und blickte zu der Sichel des jungen Mondes auf, die blaß im opalenen Himmel stand und schwach über dem Vorbau von Jean Baptiste glimmte. Sylvie beobachtete ihn. Seine nachdenkliche Ruhe störte sie, sie winselte und sprang an ihm empor, um sie zu durchbrechen. Er schaute nieder.

»Petite exigeante!« sagte er. »Dich darf man wohl keinen Augenblick vergessen.«

Er bückte sich, hob sie auf und schlenderte über den Hof, kaum einen Meter von dem Fenster entfernt, hinter dem ich saß. Lässig schlenderte er dahin, tätschelte die Wachtelhündin auf seinem Arm und sprach ihr zärtlich zu. Auf den Türstufen wandte er sich noch einmal um, schaute auf den Mond, auf die graue Kathedrale, die fernen Türme und Dächer, die in dem nachtblauen Nebelmeer verblichen. Er atmete tief die duftende, weiche Luft der Dämmerung ein und betrachtete die Blüten, die sich geschlossen hatten. Dann sah er sich plötzlich um, ein scharfer, blitzender Blick streifte die weiße Fassade der Schulzimmer, die lange Reihe der Fensterkreuze. Ich glaube, er verbeugte sich; wenn er es tat, so hatte ich keine Zeit, die Höflichkeit zu erwidern.

Einen Augenblick später war verschwunden. Die Schwelle vor der geschlossenen Eingangstür lag blaß und schattenlos im Mondlicht.

Ich raffte in die Arme, was vor mir auf dem Pult ausgebreitet war, und trug all die unbenutzten Sachen an ihren Platz in der dritten Klasse zurück. Die Gebetsglocke läutete, ich folgte ihrem Ruf.

Der nächste Tag würde ihn nicht in die Rue Fossette zurückbringen, denn der war ganz seinem Gymnasium gewidmet. Ich überstand meine Lehrstunden und überstand die freien. Ich sah den Abend nahen und wappnete mich wider seine trübe, drückende Leere. Ob es schlimmer war, bei meinen Hausgenossen zu bleiben oder allein zu sein, darüber hatte ich nicht nachgedacht; aber es war mir selbstverständlich, das letztere zu wählen. Wenn ich auf einen Moment des Trostes hoffen konnte, so fand ich ihn gewiß nicht bei einer von denen, die hier mit mir lebten. Aber vielleicht wartete er verborgen unter dem Deckel meines Pultes, steckte zwischen den Blättern eines Buches, vergoldete die Spitze eines Stifts, einer Feder oder färbte die schwarze Tinte in der Flasche dort. Mit schwerem Herzen klappte ich den Deckel auf, müde durchsuchte ich, was da lag.

Ein Buch nach dem andern holte ich hervor, altbekannte Bände in vertrauten Schutzhüllen, eins nach dem andern legte ich hoffnunglos wieder zurück. Sie bargen keinen Zauber, enthielten keinen Trost. Aber war das etwas Neues, die Broschüre im violetten Umschlag? Ich hatte sie zuvor noch nicht gesehen und hatte doch mein Pult eben heute erst aufgeräumt – heute nachmittag. Die Abhandlung mußte während der letzten Stunde, während wir beim Abendbrot gesessen hatten, hineingelegt worden sein.

Ich schlug sie auf. Was würde sie mir zu sagen haben?

Es war weder eine Geschichte noch ein Gedicht, weder

ein Essay noch eine historische Studie, es sang weder, noch erzählte oder debattierte es. Es war ein theologisches Werk, es predigte und überredete.

Ich hörte ihm willig zu, denn so schmal das Heft war, es besaß einen eigenen Zauber und fesselte meine Aufmerksamkeit augenblicklich. Es predigte den Katholizismus, es überredete zum Konvertieren. Mit honigsüßer Stimme sprach es, das schlaue kleine Buch, sanft und voller Salbung. Es schleuderte keine Verdammungsblitze, donnerte nicht Ungnade. Der Protestant sollte sich zu Rom bekehren, nicht so sehr aus Furcht vor der Hölle, die den Ketzer erwartete, als aus Verlangen nach der seligen Sicherheit, der Nachsicht und der zärtlichen Fürsorge, die ihm die heilige Kirche antrug. Fern lag es ihr, zu drohen oder zu zwingen: Ihr Wunsch war es, zu führen und zu gewinnen. Sie sollte verfolgen? O lieber Himmel, nein! Um keinen Preis der Erde.

Dies sanfte Büchlein wandte sich nicht an die verhärteten Kinder der Welt. Es war nicht einmal starke Speise für die Starken, es war Milch für kleine Kinder, mildverströmende Mutterliebe für die Zartesten und Jüngsten, ganz und gar für die bestimmt, deren Kopf auf dem Umweg über ihr Herz zu erreichen ist. Es richtete sich nicht an den Verstand, sondern suchte die Empfindsamen durch das Gefühl, die Weichen durch Mitleid zu gewinnen. Liebreicher hat St. Vincent de Paul nicht gesprochen, als er seine Waisen um sich sammelte.

Ich erinnere mich an eine Hauptlockung zum Abtrünnigwerden: der Verfasser legte dar, daß ein Katholik liebe Freunde, die ihm der Tod geraubt hat, aus dem Fegefeuer herausbeten könne. Das sei ein unaussprechlicher Trost, sagte er. Von dem stärkeren Seelenfrieden derer, die in ihrem Glauben überhaupt ohne Fegefeuer auskommen, sprach er nicht, aber ich dachte daran und fand diese Lehre viel tröstlicher.

Das kleine Buch stieß mich nicht schmerzhaft ab, es amüsierte mich. Es war ein scheinheiliges, sentimentales, seichtes kleines Machwerk, aber irgend etwas daran heiterte mich in meiner Düsternis auf und brachte mich zum Lächeln. Mich belustigten die Luftsprünge dieses ungeleckten Wolfsjungen, das sich in eine Schafshaut gesteckt hatte und das Blöken eines arglosen Lammes nachahmte. Einige Partien erinnerten mich an gewisse Methodistentraktätchen, die ich als Kind gelesen hatte und die auf gleiche Art gewürzt waren: auch sie wollten Fanatismus erwecken. Der Schreiber war kein böser Mann, und wenn er auch beständig seine wohlgeschulte Schlauheit verriet, den Pferdefuß seines Systems, so hätte ich doch gezögert, ihn der Heuchelei anzuklagen. Aber seine Urteilskraft brauchte orthopädische Stützen – sie war gebrechlich.

Ich lächelte also über diese Dosis mütterlicher Zärtlichkeit, die die muntere alte Dame von den sieben Hügeln spendete, und ich lächelte zugleich darüber, wie wenig Lust ich verspürte und wie unfähig ich war, diese rührende Gunstbezeugung zu empfangen. Als ich auf die Titelseite schaute, fand ich den Namen Père Silas. Auf dem Vorsatzblatt stand mit Bleistift in kleinen, aber deutlichen und wohlbekannten Lettern geschrieben: »Von P. C. D. für Ly.« Und als ich das sah, lachte ich, doch nicht so wie zuvor: Ich spürte wieder Leben in mir.

Mit einem Male schwand die tödliche Bestürzung, die mir den Kopf betäubt und den Blick verstellt hatte. Da war die Lösung des Sphinx-Rätsels: Die Verbindung der beiden Namen Père Silas und Paul Emanuel bot den Schlüssel zu allem. Der Bußfertige war bei seinem Gebieter gewesen. Er durfte nichts zurückhalten, kein Winkel seines Herzens durfte Gott und ihm vorbehalten bleiben. Die ganze Geschichte unseres letzten Gesprächs war aus ihm herausgeholt worden, er hatte den Bruderschaftsvertrag bekannt und von seiner Adoptivschwester gesprochen. Wie konnte die Kirche einen solchen Vertrag und eine solche Adoption billigen? Brüderliche Gemeinschaft mit einer Ketzerin? Mir war, als hörte ich Père Silas den unheiligen Bund für null und nichtig erklären, als hörte ich, wie er sein Beichtkind vor den Gefahren dieses Bundes warnte und ihm dringend Zurückhaltung riet und anbefahl, ja, wie er kraft seines Amtes und im Namen und beim Andenken alles dessen, was Monsieur Paul am liebsten und heiligsten war, jene neue Ordnung verfügte, die heute so gewaltsam eingeführt worden war und mich bis ins Mark erkältet hatte.

Man könnte denken, daß dies keine angenehmen Vermutungen waren, aber verglichen mit andern schien es mir, sie seien freudig zu begrüßen. Das Bild eines im Hintergrund schwebenden geisterhaften Störenfrieds war harmlos gegenüber der Furcht, daß in Monsieur Paul ein Umschwung ohne fremden Anstoß eingetreten sei.

Ich weiß heute, nach so langer Zeit, nicht mehr genau, wie weit diese Gedanken von selber in mir aufstiegen, oder in welchem Maße jemand anders sie in mir weckte und festigte. Denn ich erhielt Hilfe.

An diesem Abend ging die Sonne nicht strahlend unter; Westen und Osten waren eine einzige Wolkenglocke. Kein blauer, rosiggetönter Sommernachtsdunst verklärte die Ferne: Ein feuchtkalter Nebel kroch aus den Marschen heran und legte sich um Villette. Heute durfte die Gießkanne an ihrem Platz neben dem Brunnen stehenbleiben. Den ganzen Nachmittag über hatte es genieselt, und ein dichter, leiser Sprühregen fiel auch jetzt noch. Das war kein Wetter dazu, um durch die nassen Alleen zu streifen, es tropfte von den Bäumen. Ich fuhr zusammen, als ich plötzlich Sylvie im Garten bellen hörte – Willkommensgebell. Gewiß war jetzt niemand bei ihr – und doch gab sie so freudig und hastig nur einem einzigen Menschen zu Ehren Laut.

Durch die Glastür und die Bogenlaube überschaute ich den verbotenen Weg fast bis ans Ende. Dorthin stürzte Sylvie. Sie schimmerte wie ein blühender Schneeball durch die Dunkelheit. Winselnd rannte und sprang sie hin und her und störte die Vögel im Gebüsch auf. Ich schaute fünf Minuten zu – nichts geschah. Ich kehrte zu meinen Büchern zurück. Plötzlich verstummte Sylvies heftiges Bellen. Wieder blickte ich auf. Sie stand kaum ein paar Meter entfernt, wedelte aus allen Leibeskräften mit ihrer buschigen Rute und beobachtete gespannt das Auf und Ab eines Spatens, den zwei unermüdliche Hände kräftig führten. Da stand, über die Erde gebeugt, Monsieur Emanuel und grub inmitten regenschwerer, triefender Büsche den nassen Boden um. Er arbeitete so schwer, als müsse er sich rasch noch im Schweiße seines Angesichts den kümmerlichen Tageslohn verdienen.

Das deutete auf ein aus den Fugen geratenes Gemüt. So pflegte er am kältesten Wintertag den frostharten Boden umzugraben, wenn ihm sein Inneres keine Ruhe ließ, mochten es aufgeregte Nerven oder traurige Gedanken oder Selbstanklagen sein, die ihn bedrängten. Dann grub er stundenlang mit gerunzelter Stirn und zusammengebissenen Zähnen und hob nicht einmal den Kopf, lockerte nicht einmal die Lippen.

Sylvie schaute zu. Schließlich wurde sie der Sache überdrüssig. Sie fing an, sich auf eigne Hand zu unterhalten, tollte umher, sprang hierhin, jagte dorthin und schnüffelte allenthalben herum; schließlich entdeckte sie mich in meinem Klassenzimmer. Sofort sprang sie bellend am Fenster hoch, gerade so, als forderte sie mich auf, hinauszukommen und ihr Vergnügen oder die Plackerei ihres Herrn zu teilen. Sie hatte gesehen, wie ich mit Monsieur Paul auf jenem Weg dahinspazierte, und kein Zweifel, sie hielt es für meine Pflicht jetzt, so naß es war, draußen bei ihm zu sein.

Sie tobte und lärmte so sehr, daß Monsieur Paul schließlich aufsah. Selbstverständlich merkte er, weshalb und zu wem sie bellte. Er pfiff, um sie fortzurufen, sie bellte nur noch lauter. Sie schien ganz versessen darauf, daß ich die Glastür öffnete. Ich glaube, ihre Hartnäckigkeit zerrte an seinen Nerven. Er warf den Spaten hin, kam heran und stieß die Tür auf. Sylvie schoß ungestüm herein, sprang mir auf den Schoß, legte mir die Pfoten auf die Schultern und fuhr mir, ehe ich es verhindern konnte, mit der kleinen Nase und der Zunge über Gesicht, Mund und Augen, während sie gleichzeitig mit dem buschigen Schweif über das Pult fegte und Bücher und Papier rundum auf den Boden verstreute.

Monsieur Emanuel trat heran, um Ruhe zu schaffen und die Unordnung wieder zu beseitigen. Er las die Bücher zusammen, packte Sylvie und verstaute sie unter seinen Paletot, unter den sie sich still schmiegte – nur noch das Näschen lugte hervor. Sie war sehr klein und hatte das niedlichste Unschuldsgesicht, die seidigsten Schlappohren, die hübschesten dunklen Augen auf der Welt. Jedesmal, wenn ich sie sah, dachte ich an Paulina de Bassompierre. Bitte, Leser, verzeihen Sie mir die Assoziation: Aber sie stellte sich eben immer wieder ein.

Monsieur Paul tätschelte sie und hörte nicht auf damit. Kein Wunder. Ihre Schönheit und ihr Temperament nötigten einem Zuneigung und Zärtlichkeit ab.

Während er den Spaniel liebkoste, überschaute er flüchtig die Papiere und Bücher, die er gerade wieder an ihren Platz gelegt hatte. Sein Blick blieb an dem Traktat haften. Er bewegte die Lippen, halb unterdrückte er die Regung zu sprechen. Was war los? Hatte er sich verpflichtet, nie wieder ein Wort mit mir zu reden? Wenn dem so war, dann machte ihm seine bessere Natur deutlich, es sei ehrbarer, die Zusage zu brechen, als sie zu halten, denn er nahm einen zweiten Anlauf und sagte: »Wahrscheinlich haben Sie die Broschüre nicht gelesen? Sicher hat sie Sie nicht interessiert?«

Ich erwiderte, daß ich sie gelesen hätte.

Er wartete. Offensichtlich verlangte er danach, daß ich mich ohne Aufforderung äußerte. Aber ich hatte keine Lust, etwas zu sagen oder zu tun, ohne daß er mich darum bat. Wenn jemand einen Schritt tun und nachgeben mußte, dann war das er, des Père Silas gelehriger Schüler, und nicht ich. Er schaute mich an, es war ein sanfter Blick. Jetzt war der blaue Glanz seiner Augen weich, Einsamkeit sprach aus ihnen, verhaltene Traurigkeit verdunkelte sie. Vieles Widersprüchliche schmolz in ihrem Ausdruck zusammen, Vorwurf wandelte sich und wurde Selbstanklage. Ich glaube, in diesem Augenblick wäre er froh gewesen, wenn er mich bewegt gesehen hätte. Ich konnte ihm keine Bewegung zeigen. Aber ich hätte wohl in der nächsten Minute verraten, wie verwirrt ich war, wenn ich nicht auf einen Ausweg verfallen wäre. Ich nahm ein paar Schreibfedern von meinem Pult und fing in aller Ruhe an, daran herumzuschneiden.

Ich wußte, daß ihn das ernüchtern würde. Er konnte es nicht ausstehen, wenn ich Federn zuschnitt. Mein Messer war stets stumpf, und meine Hände ungeschickt. Ich hackte und hobelte drauflos. Dabei schnitt ich mir in den Finger – nicht ganz unabsichtlich. Ich wollte ihn in seine natürliche Verfassung zurückbringen, wollte ihm die Verlegenheit nehmen, daß er mich schalt.

»Maladroite!« rief er aus. »Sie wird noch Hackfleisch aus ihren Fingern machen!«

Er setzte Sylvie ab und brachte es zustande, daß sie sich ruhig neben seine griechische Mütze legte. Dann nahm er mir die Federn und das Messer aus der Hand und begann die Kiele akkurat und geschwind wie eine Maschine zu spalten, zu stutzten und zuzuspitzen.

»Mochten Sie das kleine Buch?« fragte er dabei.

Ich unterdrückte ein Gähnen und sagte, daß ich das nicht recht wüßte.

»Hat es Sie angesprochen?«

»Ich glaube, es hat mich ein bißchen schläfrig gemacht.«

Eine Pause entstand. Dann: »Allons donc!« Der Ton, sagte er, schlage bei ihm nicht an. So viele Fehler ich habe – und er möge sich nicht unterfangen, sie alle in einem Atemzug aufzuzählen! –, dazu hätten mir Gott und die Natur denn doch zuviel »de sensibilité et de sympathie« gegeben, als daß ich nicht im Innersten gerührt sein müsse durch einen so ergreifenden Anruf.

»So!« sagte ich und richtete mich schnell auf. »Aber ich war nicht im geringsten gerührt – keine Spur!«

Und zum Beweis zog ich ein völlig trockenes, sauberes Tuch aus der Tasche. Es lag noch in den Bügelfalten.

Daraufhin wurde ich Gegenstand einer Reihe kritischer Bemerkungen, die eher scharf als höflich waren. Ich lauschte begeistert. Nach diesen zwei Tagen unnatürlichen Schweigens klangen mir Monsieur Pauls gewohnte Vorhaltungen lieblicher als Musik in den Ohren. Ich lauschte und tröstete dabei mich und Sylvie mit dem Inhalt einer Bonbonniere, die Monsieur Paul gewissenhaft immer wieder mit Schokoladenkonfekt füllte. Ihn befriedigte es, daß ich seine Gabe gebührend würdigte. Er schaute mir und dem Spaniel zu, wie wir uns in die Beute teilten. Dann steckte er sein Taschenmesser wieder ein. Er tippte mir mit dem Bündel neu zugeschnittener Federn auf die Hand und sagte: »Dites donc, petite sœur – sagen Sie mir ehrlich: Was haben Sie in den letzten beiden Tagen von mir gedacht?«

Aber diese Frage wollte ich nicht hören. Sie trieb mir Tränenn in die Augen. Ich streichelte Sylvie beharrlich. Monsieur Paul lehnte sich über das Pult und beugte sich zu uns herüber: »Ich habe mich Ihren Bruder genannt«, sagte er, »und weiß doch kaum, was ich bin – Bruder, Freund, ich weiß es nicht. Ich weiß, daß ich an Sie denke, daß ich Ihnen alles Gute wünsche, aber ich muß mich im Zaum halten. Ich muß mich vor Ihnen in acht nehmen. Meine besten Freunde sagen mir, daß Sie gefährlich sind, und mahnen leise zur Vorsicht.«

»Sie tun recht, wenn Sie auf Ihre Freunde hören. Um Himmels willen, hüten Sie sich.«

»Es ist Ihre Religion, Ihr seltsamer, selbstbewußter, unverwundbarer Glaube, in dem Sie stecken wie in einer unheiligen Rüstung. Sie sind gut – Père Silas nennt Sie so und liebt Sie –, aber Ihr schrecklicher, stolzer, eifriger Protestantismus, da liegt die Gefahr. Manchmal spricht er aus Ihren Augen, und dann wieder klingt er aus Ihrer Stimme oder zeigt sich in einer Gebärde, die mir einen Schauder einjagt. Sie sprechen sich nicht nachdrücklich aus – und doch, mein Gott! Eben jetzt, als Sie über die Abhandlung dort redeten – mir war, als sähe ich Luzifer lächeln.«

»Ich halte nicht viel von der Abhandlung. Nun, und?«

»Sie halten nicht viel davon? Aber sie ist der reine Ausdruck von Glauben, Liebe und Güte! Ich dachte, daß sie Sie rühren würde, ich baute darauf, daß sie Ihnen mit ihrer Sanftmut zu Herzen dringen müßte. Ich sprach ein Gebet, als ich sie Ihnen ins Pult legte. Wahrhaftig, ich muß ein Sünder sein. Der Himmel will die Bitten nicht erhören, die ich aus innerster Seele zu ihm emporsende. Sie verachten das, was ich Ihnen geben will. Oh, cela me fait mal!«

»Monsieur, ich verachte es nicht. Wenigstens nicht als Ihre Gabe – das gewiß nicht. Setzen Sie sich hin, Monsieur, hören Sie mir zu. Ich bin keine Heidin und bin nicht hartherzig, ich bin nicht unchristlich und bin nicht gefährlich, wie man erzählt. Ihren Glauben will ich nicht stören. Sie glauben an Gott und Christus und die Bibel. Das tue ich auch.«

»Aber glauben *Sie* denn an die Bibel? Nehmen Sie die Offenbarung an? Wo sind die Grenzen für die wilde, rücksichtslose Verwegenheit Ihres Landes und Ihrer Sekte? Père Silas ließ dunkle Andeutungen fallen.«

Ich brachte ihn dazu, sich klarer zu äußern. Die Andeutungen liefen auf schlaue jesuitische Verleumdungen hinaus. An jenem Abend sprachen Monsieur Paul und ich ernst und gründlich miteinander. Er legte dar und argumentierte. *Ich* konnte nicht argumentieren – das war ein Glück. Es wäre nichts weiter nötig gewesen als triumphierender logischer Widerspruch, und alles wäre gekommen, wie der Beichtvater es wünschte. Aber ich konnte auf meine Art reden, so, wie Monsieur Paul es gewohnt war. Er folgte meinen verschlungenen Gedankenwegen und schlug Brücken über die Klüfte und verzieh mir mein fremdländisches Gestammel, das ihm nun nicht mehr fremd war. So fühlte ich mich sicher vor ihm und konnte mein Bekenntnis und meinen Glauben verteidigen, wie es mir gemäß war. Bis zu einem gewissen Grade konnte ich seine Vorurteile besänftigen. Er war nicht befriedigt, als er ging, ja, er war wohl nicht einmal beruhigt. Aber er hatte erfaßt, daß Protestanten nicht unbedingt lästerliche Heiden sein mußten, wie sein Beichtvater es ihm angedeutet hatte. Ich hatte vermocht, ihm wenigstens einen verschwommenen Begriff davon zu geben, mit welcher Ehrfurcht sie vor dem Licht, dem Leben und dem Worte stehen. Und er hatte erkannt – wenn auch nur halb –, daß sie das Verehrungswürdige zwar anders verehrten, als es in seiner Kirche gebräuchlich war, aber mit einer ursprünglichen Kraft, ja vielleicht mit tieferer und feierlicherer Demut.

Ich entdeckte, daß Père Silas – ich muß wiederholen, er selbt war kein schlechter Mann, wenn er auch einer schlechten Sache als Anwalt diente –, daß Père Silas die Protestanten im allgemeinen und mich als eine von ihnen mit sonderbaren Namen gebrandmarkt hatte und uns sonderbare »Ismen« zuschrieb. Monsieur Paul verriet mir das alles in seiner Offenheit, er kannte keine Winkelzüge. Während er sprach, schaute er mich voll guter, banger Sorge an. Er zitterte fast in der Furcht, es könne etwas Wahres an den Bezichtigungen sein. Offenbar hatte mich Père Silas genau beobachtet und sich davon überzeugt, daß ich die drei protestantischen Kapellen in Villette, die französische, die deutsche und die englische, abwechselnd und ohne Unterschied zu machen besuchte, also die presbyterianische, die lutherische und die episkopale. In den Augen des Paters war das ein Beweis für meine absolute Gleichgültigkeit – anders ließ sich soviel Freisinn nicht erklären. Wer alles toleriert, so überlegte er, der fühlt sich an nichts gebunden. Nun ja. Zufälligerweise hatte ich mich im geheimen oft über die winzigen, unbedeutenden Unterschiede zwischen den drei Sekten gewundert – und über die Einheit und Gleichheit ihrer Hauptlehren. Ich sah nichts, was sie hindern konnte, eines Tages in einer großen Heiligen Allianz zu verschmelzen, und ich respektierte sie alle, obwohl ich meinte, daß man jede von ihnen in einzelnen formalen Dingen anfechten könnte – das waren unwesentliche Auswüchse. Eben dies sagte ich Monsieur Emanuel und erklärte ihm, daß für mich die höchste Autorität, der Leitstern, nach dem ich ausschaute, und der Lehrer, zu dem ich mich bekannte, immer die Bibel sein mußte, mehr als irgendeine Sekte, gleichviel welchen Namens oder welcher Nation.

Er verließ mich besänftigt, doch voller Sorge, und sprach leise und inbrünstig wie ein Gebet den Wunsch aus: Wenn ich im Irrtum wäre, so möge der Himmel mir den rechten Weg weisen. Ich hörte, wie er, noch auf der Schwelle, leidenschaftlich murmelte: »Marie, Reine du Ciel«, Worte, in denen er seine tiefe Sehnsucht danach ausströmte, daß *seine* Hoffnung auch *meine* sein solle.

Seltsam! Ich fühlte nichts von diesem fieberhaften Wunsch, ihn vom Glauben seiner Väter abzuwenden. Ich hielt den Katholizismus für irrig, hielt ihn für eine gewaltige Bildsäule aus Gold und Lehm. Aber mir schien, daß *dieser* Katholik die reineren Elemente seines Glaubens mit einer Herzensunschuld in sich trug, die Gott wohlgefallen mußte.

Die eben geschilderte Unterhaltung fand zwischen acht und neun Uhr in der stillen Rue Fossette in einem Schulzimmer statt, das nach dem abgeschlossenen Garten lag. Vermutlich um dieselbe Stunde des folgenden Abends, vielleicht ein wenig später, wiederholte Monsieur Paul es leise Wort für Wort am Fensterchen des Beichtstuhls in der altersgrauen Kirche der Magier, so, wie frommer Gehorsam es ihm abforderte. Père Silas lauschte aufmerksam. Die Folge war, daß er Madame Beck einen Besuch abstattete. Getrieben von ich weiß nicht was für einer Mischung von Beweggründen, überredete er sie, ihm für eine Weile die geistliche Führung der ketzerischen Frau aus England zu übergeben.

Nun wurde mir ein Lesekursus auferlegt – das heißt, ich überflog die Schriften nur, die man mir lieh, sie lagen mir zu wenig, als daß ich sie hätte gründlich lesen, Auszüge machen, sie lernen und innerlich verarbeiten mögen. Außerdem bewahrte ich oben unter meinem Kopfkissen ein Buch, das meinen Bedarf an geistlichem Wissen durchaus befriedigte. Bestimmte Kapitel daraus boten Lehre und Beispiel so gültig, wie kein andres das konnte – davon war ich tief überzeugt.

Dann zeigte mir Père Silas die Sonnenseiten Roms – er sprach von den guten Werken seiner Kirche und forderte mich auf, den Baum an seinen Früchten zu erkennen.

Dagegen empfand und bekannte ich, daß diese Werke *nicht* die Früchte der katholischen Kirche waren, sondern nur ihre üppigen Blüten, nur die freundliche Versprechung, die sie der Welt vorhielt. Wenn die Blüten ansetzten, so dufteten sie nicht nach Nächstenliebe, und der ausgereifte Apfel war Unwissenheit, Erniedrigung und Frömmelei. Aus den Kümmernissen und Krankheiten der Menschen wurden die Nieten geschmiedet, die sie in Knechtschaft festhielten. Die Armut wurde genährt und gekleidet und beherbergt, damit die Pflicht der Dankbarkeit sie an die Kirche band. Die Waisen wurden aufgezogen und unterrichtet, damit sie im Schoß der Kirche aufwuchsen. Die Kranken wurden gepflegt, damit sie nach Vorschrift und Gesetz der Kirche starben. Und Männer wurden mit Arbeit überbürdet, und Frauen wurden mörderisch hingeopfert, und alle ließen eine Welt fahren, die Gott geschaffen hatte, damit sich seine Geschöpfe darin freuten, und luden sich widernatürlich ein Kreuz auf, dessen Last sie wundrieb – alles um Rom zu dienen, um die Heiligkeit der römischen Kirche zu beweisen, um ihre Macht zu stärken und um ihre tyrannische Herrschaft auszudehnen.

Zum Besten der Menschheit hatte sie wenig getan, und weniger noch zum Ruhme Gottes. Tausende Wege hatte sie mühselig gebahnt, blutiger Schweiß war dabei geflossen, Leben war vergeudet worden. Berge waren zerspalten und Felsen bis zum Grunde gesprengt worden. Und wozu das alles? Damit eine Priesterschaft imstande war, stracks voran und stracks auf den Gipfel zu marschieren, von dem sie alles rundum beherrschte und von wo sie schließlich das Szepter ihres Molochs Kirche hoch über die Welt recken konnte.

Das wird nicht geschehen. Gott ist nicht mit der römischen Kirche, und wenn Gottes Sohn noch menschliches Leiden kannte, würde er dann nicht trauern über ihre Grausamkeiten und über ihren Ehrgeiz, so wie er einst über Schuld und Elend des zum Untergange geweihten Jerusalem trauerte?

Oh, ihr, die ihr die Macht liebt, ihr, die ihr die Mitra tragt und nach dem Königreich dieser Welt strebt! Eine Stunde wird kommen, selbst für euch, da es gut ist, daß es eine Gnade jenseits allen menschlichen Mitleids gibt, eine Liebe, die stärker ist als der starke Tod, dem selbst ihr ins Antlitz schauen müßt, dann, wenn eure Herzen müde und stockend dem Ende entgegenschlagen, und vor dem ihr niedersinkt. Es ist gut, daß es ein Erbarmen gibt, das stärker als alle Sünde ist, stärker sogar als eure, eine Gnade, die Welten erlöst, auch die Priester.

Das dritte, was mir zur Versuchung vorgehalten wurde, war Roms Pracht, der Glanz seines Reiches. Man führte mich bei feierlichen Anlässen, an Fest- und Galatagen, in die Kirchen; man zeigte mir die päpstlichen Riten und Zeremonien. Ich schaute sie mir an.

Auf viele Leute, Männer und Frauen, die mir zweifellos in tausenderlei Dingen überlegen waren, hat dies Schauspiel gewirkt. Sie haben erklärt, ihre Einbildungskraft sei ihrem widerstrebendem Verstande zum Trotz bezwungen worden. Ich kann das von mir nicht sagen. Weder Prozessionen noch Hochamt, noch Kerzen, noch geschwungene Weihrauchfässer, weder kirchliche Putzmacherei noch himmlisches Juwelierswerk berührten meine Einbildungskraft auch nur im geringsten. Was ich sah, dünkte mich nicht großartig, sondern flitterhaft, nicht poetisch vergeistigt, sondern grob materiell.

Père Silas sagte ich das nicht. Er war alt, er sah ehrwürdig aus, und er blieb freundlich bei jedem erfolglosen Versuch, bei jeder neuen Enttäuschung mit mir. Ich scheute mich, ihn zu verletzen. Aber am Abend eines bestimmten Tages, an dem ich vom Balkon eines großen Hauses aus die gewaltige Prozession von Kirche und Armee mit angesehen hatte – Priester mit Reliquien und bewaffnete Soldaten, einen umfangreichen alten Erzbischof in Batist und Spitzen, der in grotesker Weise einer Dohle im Gefieder eines Paradiesvogels glich, und eine Schar junger Mädchen, die phantastisch ausstaffiert und bekränzt waren –, an *diesem* Abend sprach ich mich Monsieur Paul gegenüber aus.

»Ich mag das nicht«, sagte ich, »ich habe keinen Respekt vor solchen Zeremonien, und ich möchte keine mehr sehen.«

Und nachdem ich mein Gewissen durch diese Erklärung erleichtert hatte, vermochte ich fortzufahren und fließender und deutlicher zu reden als sonst: Es lag mir am Herzen, ihm zu zeigen, daß ich gewillt war, an meinem reformierten Bekenntis festzuhalten, daß ich desto fester am Protestantismus hing, je mehr ich vom Katholizismus sah. Sicher gab es Irrtümer in jeder Konfession, aber wenn ich die meine mit dem geschminkten und buhlerischen Gesicht verglich, das sich da vor mir entschleiert hatte, damit ich es bewunderte, dann merkte ich erst, wie herb und klar ihre Züge waren. Ich erzählte Monsieur Paul, daß wir weniger Förmlichkeiten zwischen Gott und uns kannten und vielleicht nicht mehr beibehalten hatten, als der menschlichen Natur gemäß war, wenn sich eine große Menge zum gemeinsamen Gottesdienst zusammenfand. Ich sagte ihm, daß ich nicht fähig war, Blumen und Flitterglanz, Wachslichter und Stickereien zu betrachten, wenn ich den inneren Blick zu DEM erheben wollte, der in der Unendlichkeit wohnt und dessen Wesen Ewigkeit ist. Und wenn ich an Sünde und Leid, an Schuld und Verderbtheit und Elend hienieden dächte, dann könnte ich nicht auf singende Priester und vermummte Weihbischöfe achtgeben. Wenn der Jammer des Daseins und der Schrecken des Todes auf mich eindrängten, wenn die Zukunft, mächtig in Hoffnung und grauenvoll in maßlosem Zweifel, vor mir aufstünde, dann empfände ich selbst die Verstandesarbeit, das Gebet in einer mühsam erlernten toten Sprache, als Hemmung und Qual, denn es bräche nur ein Aufschrei aus mir hervor: »Gott sei mir Sünder gnädig!«

Als ich das gesagt, auf diese Art mein Glaubensbekenntnis abgelegt und mich so weit von dem getrennt hatte, zu dem ich sprach – da endlich ertönte ein zustimmender Laut, ein verständnisvolles Echo. Der Widerstreit der beiden Geister löste sich in einem sanften, harmonischen Zusammenklang.

»Was auch die Priester oder die Polemiker sagen mögen», murmelte Monsieur Paul, »Gott ist gütig und liebt alle Redlichen. Glauben Sie also, was Sie glauben können und wie Sie es glauben können. Wenigstens ein Gebet haben wir gemeinsam. Auch ich rufe ihn an: »O Dieu soit appaisé envers moi qui suis pécheur!«

Er stützte sich gedankenverloren auf die Lehne meines Stuhls. Nach einer Weile fuhr er fort: »Wie mögen sich vor seinen Augen unsre Zwistigkeiten ausnehmen – vor dem Gott, der die Firmamente erschaffen hat, von dessen Hauch alles Leben hienieden stammt oder auf den Sternen, die dort leuchten? Aber so wenig wie Zeit und Raum für ihn existieren, so wenig mag es für ihn ein Messen und Vergleichen geben. Wir fühlen in Demut, wie gering wir sind, und tun recht daran. Und doch mag es sein – so verheißt es das Licht, das er uns bestimmt hat –, daß die Treue eines Herzens, der ehrliche Glaube eines Gemütes ihm ebensoviel bedeuten wie der rechte Lauf der Satelliten um ihre Planeten und der Planeten um ihre Sonnen und der Sonnen um jenen mächtigen, unsichtbaren Mittelpunkt, den wir nicht begreifen und uns nicht vorstellen, nur ahnen können, wenn wir uns mit aller Kraft darum mühen.

Gott führe uns alle! Gott segne Sie, Lucy!«

37. Sonnenschein

Für Paulina war es natürlich, daß sie eine weitere Korrespondenz mit Graham ablehnte, bevor nicht ihr Vater sein Einverständnis zu der Verbindung gegeben hatte. Aber Doktor Bretton wohnte kaum eine Meile vom Hotel de Crécy entfernt, er konnte nicht umhin, recht oft dort aufzutauchen. Ich glaube, die beiden Liebenden hatten zuerst die feste Absicht, Abstand voneinander zu wahren. Äußerlich führten sie ihren Entschluß auch aus und vermieden alles, was deutlich für Werben und Gewähren sprach. Aber innerlich kamen sie sich bald sehr nahe.

Graham suchte Paulina mit allem, was gut in ihm war; das, was er an edlen Anlagen in sich trug, erwachte und erstarkte in ihrer Gegenwart. Bei der Bewunderung für Miß Fanshawe war sein Verstand wohl wenig beteiligt gewesen, aber jetzt waren sein ganzer Verstand und seine feinsten Neigungen mit im Spiel. Und sie waren aktiv wie alles an ihm, sie verlangten begierig nach Nahrung, und wenn sie die erhielten, ergriffen sie sie mit dankbarer Freude.

Ich kann nicht behaupten, daß Paulina ihn vorsätzlich

dazu brachte, von Büchern zu reden, oder daß sie sich auch nur einen Augenblick lang bewußt zur Aufgabe setzte, ihn zum Nachdenken zu bewegen. Sicher plante sie nicht, sein Gemüt zu vertiefen. Sie kam keine Sekunde lang auf den Gedanken, daß es da etwas zu vertiefen gab, denn sie hielt ihn für vollkommen. Graham selber war es, der zuerst durch den reinsten Zufall ein Buch erwähnte, das er eben gelesen hatte, und als er aus ihrer Antwort heraushörte, wie sie beide in ihren Neigungen übereinstimmten, entzückte ihn das. Er sprach weiter, mehr und besser vielleicht, als er je zuvor über solche Gegenstände geredet hatte. Sie lauschte mit innigem Vergnügen und ging lebhaft auf seine Gedanken ein, Antwort folgte auf Antwort. Aus jeder klang ihm eine Musik entgegen, die ihm immer lieblicher dünkte. Jede regte ihn an und nahm ihn mehr und mehr ein, in jeder schwang ein Ton mit, der ihm eine kaum geahnte innerliche Schatzkammer eröffnete und ihm eine ungekannte Kraft seines eigenen Geistes und, was noch besser war, seine Güte spüren ließ, die bis jetzt unbewußt in ihm geschlummert hatte. Sie freuten sich beide daran, wie der andere sprach, an der Stimme, an der Art zu reden, am Ausdruck. Sie empfand und genoß die eigenartige Würze seines Witzes, und er tat das gleiche bei ihr. Sie errieten behende, was der andre meinte, noch ehe er ausgesprochen hatte, und oft fügten die Gedanken der beiden sich zueinander wie sorgfältig ausgewählte Perlen. Graham war von Natur aus heiter. Paulina besaß nicht diese Munterkeit, und ohne fremde Anregung neigte sie zur stillen Grübelei. Aber jetzt schien sie fröhlich wie eine Lerche, und in der belebenden Gegenwart des Mannes, der sie liebte, strahlte sie wie ein sanftes, glückliches Licht. Es fällt mir schwer zu schildern, wie schön sie in ihrem Glück war, aber ich staunte sie an. Und was jene zarte Eisschicht anlangte, die Zurückhaltung, auf die sie gebaut hatte – wo war die nun? Ach! Graham duldete sie nicht lange. Von ihm strahlte so viel freie, sichere Wärme aus, daß die Schranke, die sie in Scheu vor sich aufgebaut hatte, bald beiseite geschoben war.

Nun plauderten sie von den alten Tagen in Bretton – vielleicht stockend zuerst, mit einer Art lächelnder Schüchternheit, dann immer offener und vertraulicher. Graham hatte auf eigne Faust eine bessere Gelegenheit gefunden als die, die ich ihm hatte verschaffen sollen. Jetzt brauchte er die Hilfe nicht mehr, die ihm die ungefällige Lucy verweigert hatte; all seine Erinnerungen an »die kleine Polly« sprangen ihm selber von den freundlichen, hübschen Lippen, und seine angenehme Stimme gab ihnen den rechten Klang.

Mehr als einmal berichtete mir Paulina, wenn wir allein waren, wie erstaunlich und wunderbar es sei zu entdecken, was er alles noch von damals wisse und wie genau. Es war, als stünden all die kleinen Geschehnisse plötzlich wieder in ihm auf, wenn er Paulina ansah. Er erinnerte sie daran, wie sie einmal, seinen Kopf mit den Armen umschlungen, seine Löwenlocken liebkost und ausgerufen hatte: »Graham ich *hab* dich lieb!« Er erzählte ihr, wie sie immer ein Fußbänkchen neben ihn gestellt hatte und von dort auf seine Knie geklettert war. Noch heute, sagte er ihr, könne er sich darauf besinnen, wie er ihre kleinen Hände auf den Wangen gespürt habe und welches Gefühl es gewesen sei, als sie sich in seine dichte Mähne gruben. Er spürte noch, wie sie ihren kleinen Zeigefinger halb zaghaft, halb neugierig in die Grube in seinem Kinn gelegt habe, und sehe noch ihren Blick dabei und höre sie noch lispeln: »Ein hübsches Grübchen!« Und dann habe sie ihm in die Augen geschaut und ihn gefragt, warum die so durchdringend blickten, und habe erklärt: »Du hast ein nettes, merkwürdiges Gesicht, viel netter und viel merkwürdiger als das von Mama oder Lucy Snowe.«

»Sicher«, meinte Paulina, »ich war damals ein Kind, aber ich wundere mich trotzdem, daß ich so keck war. Jetzt scheint es mir, als könne sich kein Mensch an ihn wagen. Undenkbar, daß jemand in seinen Locken herumfingern könnte. Und, Lucy, wenn ich sein festes Kinn betrachte, das aussieht, als sei es von Marmor, und seine gradlinigen Griechenzüge, dann überkommt mich so etwas wie Ehrfurcht. Lucy, von Frauen sagt man, daß sie schön seien. Er ist keine Frau, also ist er vermutlich auch nicht schön. Aber was ist es dann? Sehen ihn andre Leute mit meinen Augen? Bewunderst *du* ihn?«

»Ich will dir sagen, was ich tue, Paulina«, antwortete ich ihr einmal auf ihre vielen Fragen. »Ich sehe ihn *überhaupt nicht.* Im vergangen Jahr habe ich ihn ein- oder zweimal zu Gesicht bekommen. Das war, ehe er mich erkannte, und dann habe ich die Augen fest zugemacht. Und wenn er jeden Tag zwischen Sonnenaufgang und -untergang ein dutzendmal an mir vorüberginge, ich wüßte kaum, wie die Gestalt vor mir aussähe, wenn nicht mein Gedächtnis einspränge«.

»Was meinst du bloß, Lucy?« sagte sie leise.

»Ich meine, daß mir die Erinnerung teuer ist und daß ich Angst davor habe, stockblind zu werden.« Es war besser, ihr ein für allemal eine deutliche Auskunft zu geben und ein für allemal ihre zärtlichen, leidenschaftlichen Bekenntnisse zum Schweigen zu bringen, Worte, die ihr als süßer Honig über die Lippen flossen und die mir ins Ohr drangen wie flüssiges Blei. Fortan schwieg sie mir gegenüber von ihres Liebsten Schönheit.

Doch sie sprach weiter von ihm, manchmal scheu in stillen, kurzen Sätzen, manchmal zärtlich, mit weicher Stimme, voll Wohllaut, aber zuzeiten machte es mich elend, und die sanften Klänge rieben mich wund. Ich weiß, dann blickte ich finster drein und gab ihr herbe Worte. Aber das wolkenlose Glück blendete ihr die sonst so klarsichtigen Augen, und sie dachte einfach, Lucy habe Launen.

»Spartanisches Mädchen! Stolze Lucy!« sagte sie dann und lächelte mich an. »Graham behauptet, du seist die sonderbarste, kapriziöseste kleine Frau, die er kennt. Aber ein Prachtmädchen bist du trotzdem, darüber sind wir uns beide einig.«

»Ihr beide habt keine Ahnung worüber ihr da einig seid«, sagte ich. »Tut mir den Gefallen und benutzt mich so wenig wie möglich als Gesprächsthema, und zerbrecht euch nicht den Kopf über mich. Ich lebe auf meine Art neben euch dahin.«

»Aber unser Leben ist schön oder wird es werden, und ich möchte, daß du teil daran hast.«

»Ich werde mit keinem Mann und keiner Frau auf der Welt, so wie du das meinst, das Leben teilen. Ich glaube, daß ich einen Freund habe, der wirklich zu mir gehört. Aber ich weiß es noch nicht sicher. Und ehe ich es nicht weiß, werde ich allein leben.«

»Aber Alleinsein ist traurig.«

»Ja, es ist traurig. Aber es gibt Schlimmeres im Leben. Leid drückt schwerer als Melancholie.«

»Lucy, ich möchte wissen, ob aus dir je einer klug wird.«

In Liebenden steckt eine gewisse Ichsucht, die sie zu Toren macht. Sie wollen einen Zeugen ihres Glückes haben, gleichviel wie dem Zeugen dabei zumute ist. Paulina hatte sich Briefe verbeten, aber Doktor Bretton schrieb ihr trotzdem. Sie war entschieden gegen eine Korrespondenz gewesen, aber sie antwortete ihm, und sei es auch nur, um ihn zu schelten. Sie zeigte mir diese Episteln. Sie *nötigte* mich dazu, sie zu lesen, ein bißchen wie ein verwöhntes, eigensinniges Kind, ein wenig als gebieterische Erbin. Als ich überflog, was Graham geschrieben hatte, wunderte ich mich kaum mehr über ihr Drängen und begriff ihren Stolz. Die Briefe waren prächtig: männlich und liebevoll, ritterlich und bescheiden. Und die ihren müssen ihm köstlich erschienen sein. Sie schrieb sie nicht, um ihre Talente vorzuführen, und noch viel weniger, denke ich, um über ihre Liebe zu sprechen. Im Gegenteil, offenbar hatte sie sich vorgenommen, zu verbergen, was sie empfand, und den Überschwang ihres Liebsten zu dämpfen. Aber wie hätten solche Briefe das bewirken sollen? Graham war ihr lieb wie das eigene Leben geworden, er zog sie an wie ein mächtiger Magnet. Für sie lag eine ungeheure Bedeutung in allem, was er sagte, schrieb, dachte oder durch Mienen ausdrückte. Dies unausgesprochene Geständnis durchglühte ihre Briefe, es flammte aus ihnen von der Anrede bis zum Schluß.

»Ich wollte, Papa *wüßte* es, ich wollte bloß, daß Papa es wüßte!« lautete nun das beständig wiederkehrende Lied. »Ich wünschte es, und doch habe ich Angst davor. Ich kann Graham kaum davon zurückhalten, es ihm zu sagen. Nichts wünsche ich mir mehr, als daß die Sache endlich in Ordnung kommt. Nichts möchte ich lieber als frei heraus reden. Und doch bange ich vor der Entscheidung. Ich weiß, ich weiß es ganz genau, zuerst wird Papa böse sein. Ich fürchte, er wird mich beinahe hassen und das Ganze als eine widerwärtige Geschichte betrachten. Er denkt nicht im mindesten an so etwas, es wird ihm einen Schock versetzen. Ich kann gar nicht ganz ermessen, wie es auf ihn wirken wird.«

Tatsächlich begann ihr Vater ein wenig unruhig zu werden. Lange hatte er in gelassener Ahnungslosigkeit verharrt, war er in einem Punkt blind gewesen; nun drang ihm allmählich ein unwillkommenes Licht in die Augen.

Ihr gegenüber äußerte er sich nicht, aber ich sah, wie er sie lange und unverwandt anschaute, wenn sie ihn nicht anblickte und vielleicht auch nicht an ihn dachte.

Eines Abends war sie in ihrem Ankleidezimmer, ich glaube, sie schrieb an Graham. Mich hatte sie in der Bibliothek allein gelassen; ich las. Da kam Monsieur de Bassompierre herein und ließ sich nieder. Ich war im Begriff, mich zurückzuziehen, er bat mich zu bleiben – liebenswürdig, aber doch recht entschieden. Er hatte sich ans Fenster gesetzt, ein wenig entfernt von mir. Nun öffnete er sein Pult, holte etwas heraus, das wie ein Notizbuch aussah, und studierte ein paar Minuten lang eine bestimmte Eintragung darin. Dann legte er es wieder aus der Hand.

»Miß Snowe«, sagte er, »wissen Sie, wie alt mein kleines Mädchen ist?«

»Ungefähr achtzehn, Sir, nicht wahr?«

»Es scheint so. Dies alte Taschenbuch sagt mir, daß sie am 5. Mai 18.. geboren ist, also vor achtzehn Jahren. Seltsam – ich war mir nicht mehr bewußt, wie alt sie ist. Ich dachte zwölf oder vierzehn, irgendeine unbestimmte Zahl von Jahren, aber sie war für mich ein Kind.«

»Sie ist ungefähr achtzehn«, wiederholte ich, »und ist erwachsen. Sie wird nicht mehr größer werden.«

»Mein kleiner Schatz!« sagte Monsieur de Bassompierre in einem Ton, der zu Herzen drang. Ähnlich konnte die Stimme seiner Tochter klingen.

Er saß gedankenverloren.

»Sir, grämen Sie sich nicht«, sagte ich, denn ich wußte, was er empfand, so wenig er es aussprach.

»Sie ist das einzige, was ich habe«, sagte er, »und nun werden andre kommen und merken, daß die Perle echt und kostbar ist, und werden danach verlangen.«

Ich antwortete nicht. Graham Bretton hatte an diesem Tag mit uns zu Mittag gegessen. Er hatte glänzend ausgesehen und mit funkelndem Geist gesprochen. Unglaublich, wie ihn das verschönte und liebenswürdig und gesellig machte, was da in ihm aufgeblüht war. Unter dem Antrieb einer großen Hoffnung hatte sich in seinem ganzen Wesen etwas entfaltet, das Aufmerksamkeit erzwang. Ich glaube, er hatte sich an diesem Tage vorgenommen zu zeigen, worum er sich bemühte und wonach er strebte. Er hatte Monsieur de Bassompierre sozuagen gezwungen zu entdecken, wem seine Huldigung galt und was sie bedeutete. Und so schwerfällig Paulinas Vater im Beobachten war, so gut verstand er sich auf logische Schlüsse. Nachdem er einmal den Faden gefunden hatte, war er ihm durch ein weites Labyrinth gefolgt.

»Wo ist sie?« fragte er.

»Oben.«

»Was tut sie da?«

»Sie schreibt.«

»So, sie schreibt? Bekommt sie Briefe?«

»Nur solche, die sie mir zeigen kann. Und, Sir, sie – *die beiden* möchten schon längst mit Ihnen sprechen.«

»Pah! Sie denken nicht an mich – einen alten Vater! Ich bin ihnen im Wege.«

»Ach, Monsieur de Bassompierre – so ist das doch nicht! Wie könnte es denn. Aber Paulina muß selber für sich sprechen, auch Doktor Bretton muß sein eigner Anwalt sein.«

»Ein bißchen spät. Anscheinend ist alles abgeschlossen und abgemacht.«

»Sir, nichts ist abgemacht, ehe Sie Ihre Zustimmung geben. Sie lieben einander nur.«

»Nur!« wiederholte er.

Offenbar hatte mich das Schicksal zur Vertrauten und Vermittlerin betimmt. Ich ergab mich in meine Rolle und fuhr fort: »Sir, Doktor Bretton ist Hunderte von Malen drauf und dran gewesen, sich an Sie zu wenden. Aber so mutig er ist, vor Ihnen hat er eine Sterbensangst.«

»Dazu hat er allen Grund. Er hat an das Liebste gerührt, was ich habe. Hätte er sie bloß in Frieden gelassen, sie wäre noch Jahre hindurch ein Kind geblieben. So. Sind sie verlobt?«

»Sie konnten sich ohne Ihre Erlaubnis nicht verloben.«

»Es ist schön und gut von Ihnen, Miß Snowe, daß Sie mit Ihrer üblichen Korrektheit reden und denken, aber für mich ist die Angelegenheit sehr schmerzlich. Mein kleines Mädchen war alles, was ich hatte. Ich habe keine Tochter weiter und keinen Sohn. Bretton hätte sich ebensogut anderswo umsehen können. Es gibt Dutzende von hübschen und wohlhabenden Frauen, denen er willkommen wäre, davon bin ich überzeugt. Er sieht gut aus, besitzt Haltung und verfügt über Beziehungen. Mußte es unbedingt meine Polly sein?«

»Wenn er Ihre ›Polly‹ nie gesehen hätte, vielleicht, gewiß hätten ihm dann andere gefallen. Zum Beispiel Ihre Nichte, Miß Fanshawe.«

»Ach! Ginevra hätte er haben können und meinen Segen dazu. Aber Polly! Ich kann sie ihm nicht geben. Nein, ich kann es nicht. Er verdient sie nicht«, stieß er reichlich barsch hervor. »Worin entspricht er ihr? Die Leute reden von Vermögen! Ich bin kein Geizhals und bin nicht eigennützig, aber die Welt rechnet mit diesen Dingen. Und Polly wird einmal reich sein.«

»Ja«, sagte ich, »das ist bekannt. Ganz Villette spricht von ihr als Erbin.«

»So reden die Leute von meinem kleinen Mädchen?«

»Ja, Monsieur, das tun sie.«

Er versank in tiefe Gedanken. Ich wagte zu sagen: »Sir, würden Sie von irgend jemandem denken, daß er Paulina verdiente? Wäre Ihnen jemand anders sympathischer als Doktor Bretton? Wenn Ihr zukünftiger Schwiegersohn einen höheren Rang einnähme oder reicher wäre, glauben Sie, daß Sie ihm gegenüber anders empfänden?«

»Da ertappen Sie mich«, sagte er.

»Sehen Sie sich die Aristokratie von Villette an. Würde Ihnen einer davon lieber sein? Ich glaube kaum, Sir.«

»Nein. Ich möchte keinen Herzog, Baron oder Grafen aus dem Haufen!«

»Ich habe davon gehört, daß viele von diesen Herren an Paulina denken, Sir«, fuhr ich fort – ich faßte Mut, da ich merkte, daß er mir aufmerksam zuhörte und mich nicht zurückwies. »Es werden andre Bewerber kommen, wenn Doktor Bretton eine Absage erhält. Ich glaube, Sie können hingehen, wohin Sie wollen, die Freier werde nirgends ausbleiben. Abgesehen von der Erbschaft, mir scheint, daß Paulina fast alle bezaubert, die sie sehen.«

»Tut sie das wirklich? Mein kleines Mädchen ist doch keine Schönheit.«

»Sir, Miß de Bassompierre ist sehr schön.«

»Unsinn! – Verzeihen Sie, Miß Snowe, aber ich glaube, da sind Sie parteiisch. *Ich* mag Polly, mir gefällt ihre ganze Art und wie sie aussieht, aber ich bin ja schließlich ihr Vater; und sogar *ich* bin nie auf den Gedanken verfallen, daß sie schön sei. Für mich ist sie unterhaltsam, elfenartig, fesselnd – aber hübsch? Da täuschen Sie sich bestimmt.«

»Sie zieht die Menschen an, Sir, und sie würde das tun, auch wenn sie nicht durch Ihren Reichtum und ihren Rang begünstigt wäre.«

»Mein Reichtum und mein Rang! Sind die ein Köder für Graham? Wenn ich das denken müßte ...«

»Doktor Bretton ist sich über beides völlig im klaren, davon dürfen Sie überzeugt sein, Monsieur de Bassompierre, und er wertet beides, wie das jeder Mann tun würde – *Sie* selbst täten es unter den gleichen Umständen. Aber ein Köder sind Sie für ihn gewiß nicht. Er liebt Ihre Tochter sehr, er verehrt ihre vortrefflichen Eigenschaften, und sie üben einen starken und guten Einfluß auf ihn aus.«

»Was! Hat mein kleiner Liebling vortreffliche Eigenschaften?«

»Haben Sie sie an dem Abend beobachtet, als so viele bedeutende und gelehrte Männer zum Diner hier waren?«

»Gewiß. Ich war an dem Tag ziemlich betroffen und überrascht über ihr Verhalten. Ich mußte darüber lächeln, wie fraulich sie sich gab.«

»Und haben Sie gesehen, wie diese gebildeten Franzosen sich im Wohnzimmer um sie scharten?«

»Freilich, aber ich nahm an, sie täten das, um sich zu zerstreuen, wie man sich etwa mit einem artigen Kind unterhält.«

»Sir, sie hat sich großartig benommen. Ich hörte die französischen Herren sagen, sie sei ›pétrie d'esprit et de grâces‹. Und dasselbe dachte Doktor Bretton.«

»Sie ist ein gutes, liebes Kind, soviel steht fest, und ich glaube *auch*, daß sie Charakter hat. Ich erinnere mich ... Einmal war ich krank, Polly pflegte mich. Man dachte, daß ich sterben würde. Sie – ich erinnere mich –, sie wurde gleichzeitig stärker und zärtlicher, während ich immer schwächer wurde. Und als ich mich erholte, was für ein Sonnenstrahl war sie in meinem Krankenzimmer! Ja, sie spielte um meinen Stuhl herum so geräuschlos und so heiter wie das Tageslicht. Und nun will einer sie heiraten! Ich will mich nicht von ihr trennen«, sagte er und stöhnte.

»Sie kennen Doktor Bretton und seine Mutter so lange«, sagte ich, »wenn Sie sie ihm geben, dann verlieren Sie sie weniger als bei jedem andern.«

Düster erwog er diesen Gedanken.

»Es ist wahr. Ich kenne Louisa Bretton seit einer halben

Ewigkeit«, murmelte er. »Sie und ich sind wirklich alte, alte Freunde. Sie war ein liebes, hübsches Mädchen, als sie jung war. Miß Snowe, Sie reden von Schönheit – *sie* war schön, wenn Sie das Wort gebrauchen wollen, groß und schlank und blühend, nicht bloß ein Kind oder eine Elfe, so wie meine Polly mir vorkommt. Louisa hatte mit achtzehn eine Haltung und einen Wuchs, der zu einer Prinzessin gepaßt hätte. Jetzt ist sie eine stattliche, gute Frau. Der Junge ist ihr nachgeschlagen, das habe ich immer gedacht und habe ihn gemocht und ihm wohlgewollt. Nun vergilt er es mir durch diesen Raub! Mein kleiner Schatz hat seinen alten Vater liebgehabt, ehrlich und mit ganzem Herzen. Kein Zweifel, damit ist es nun vorbei. Jetzt bin ich im Wege.«

Die Tür öffnete sich, sein »kleiner Schatz« kam herein. Abendschönheit lag über ihr, wenn man so sagen darf: Manchmal bringt der Abend eine besondere Lebhaftigkeit. Die strahlte jetzt aus ihren Augen und rötete ihr die Wangen. Sommerwärme glühte auf ihrem Gesicht, die Locken fielen üppig und lang über den blassen Hals, ihr weißes Kleid paßte zu der Junihitze. Sie hatte geglaubt, daß ich allein wäre, und trug den eben geschriebenen Brief in der Hand, gefaltet, aber unversiegelt. Ich sollte ihn lesen. Als sie ihren Vater erblickte, stockte ihr leichter Schritt, sekundenlang blieb sie zögernd stehen, und das Wangenrot verbreitete sich über ihr ganzes Gesicht.

»Polly«, sagte Monsieur de Bassompierre leise, mit einem ernsten Lächeln, »du wirst rot, wenn du deinen Vater siehst? Das ist neu.«

»Ich bin nicht rot geworden, Papa, das tu' ich nie«, versicherte sie, während eine neue scharlachrote Springflut aus ihrem Herzen aufwallte, »aber ich dachte, du wärst im Eßzimmer, und ich suchte Lucy.«

»Du hast sicher angenommen, daß ich mit Graham Bretton zusammensäße? Aber er ist eben abgerufen worden, Polly, er wird bald zurück sein. Er kann deinen Brief in den Kasten stecken. Das wird Matthieu einen ›Gang‹ ersparen, wie er es nennt.«

»Ich habe keinen Brief in den Kasten zu stecken«, sagte sie einigermaßen verdrießlich.

»Was fängst du dann mit deinen Briefen an? Komm her und erzähl es mir.«

Sie zauderte einen Augenblick, ihre Haltung schien zu sagen: Soll ich kommen? Aber sie trat heran.

»Seit wann bist du zur Briefschreiberin geworden, Polly? Mir kommt es vor, als wäre es erst gestern gewesen, daß du mühselig dein Krakelfüße gekritzelt hast, die Feder in beiden Händen.«

»Papa, es sind kein Briefe, wie du sie in deinem großen Postbeutel zum Postbüro schickst. Es sind nur ein paar Bemerkungen, die ich dann und wann jemandem in die Hand gebe, einfach so, um zu erfreuen.«

»Jemandem! Du meinst vermutlich Miß Snowe?«

»Nein, Papa, nicht Lucy.«

»Wem denn? Etwa Mrs. Bretton?«

»Nein, Papa, nicht Mrs. Bretton.«

»Wem dann, mein Töchterchen? Sag Papa die Wahrheit...«

»Oh, Papa!« rief sie mit leidenschaftlichem Ernst aus, »ich will ja – ich *will* dir die Wahrheit sagen, alles, ich will es ja so gern, auch wenn ich Angst davor habe.«

Sie zitterte *wirklich*. Wachsende Erregung, aufflammendes Gefühl und auch der Mut, den sie entschlossen zusammenraffte, durchbebten sie.

»Es ist mir abscheulich, Papa, vor dir zu verbergen, was ich tue. Ich fürchte dich und liebe dich so sehr wie sonst niemanden außer Gott. Lies den Brief, schau die Adresse an.«

Sie legte ihn auf seine Knie. Er nahm ihn auf und las ihn. Seine Hand zitterte dabei, und seine Augen glänzten feucht.

Dann faltete er ihn wieder zusammen und betrachtete die Schreiberin mit seltsamem, zärtlichem und traurigem Staunen.

»*So* kann das kleine Ding, das noch gestern an meinen Knien lehnte, schreiben? So kann es fühlen?«

»Papa, hab' ich Unrecht getan? Tut es dir weh?«

»Es ist nichts Unrechtes darin, meine unschuldige kleine Mary. Aber weh tut es mir.«

»Aber, Papa, hör doch zu! Ich will dir ja nicht weh tun. Lieber gäb' ich alles auf – fast alles«, verbesserte sie sich, »lieber wollte ich sterben, als dich unglücklich machen. Das wäre zu schlecht!«

Sie schauderte.

»Gefällt dir der Brief nicht? Darf er ihn nicht bekommen, muß ich ihn zerreißen? Ich will es deinetwegen tun, wenn du es befiehlst.«

»Ich befehle gar nichts.«

»Befiel mir etwas, Papa, sag mir, was du wünschst. Nur verletze Graham nicht, mach ihm keinen Kummer. Das kann ich, *kann* ich *nicht* ertragen. Ich hab' dich lieb, Papa, aber Graham hab' ich auch lieb, weil, weil – weil ich nicht anders kann.«

»Dieser herrliche Graham ist ein junger Taugenichts, Polly – das ist es, was ich im Augenblick von ihm denke. Es wird dich überraschen, daß ich für mein Teil ihn nicht die Spur liebe. Ach! Vor Jahren habe ich in den Augen dieses Burschen etwas erblickt, was ich nie ganz ergründen konnte – etwas, was seine Mutter nicht hatte –, eine Tiefe, die einen warnte, nicht zu weit in den Strom zu waten. Jetzt finde ich plötzlich, daß ich selber bis über den Kopf darin verschwunden bin!«

»Papa, das ist ja nicht wahr – du bist nicht in den Strom geraten, du stehst sicher am Ufer. Du kannst tun, was du magst, du hast die Macht zu allem. Du kannst mich morgen in ein Kloster sperren und Graham das Herz brechen, wenn du Lust hast, so grausam zu sein. Nun, du Alleinherrscher, du Zar, willst du das?«

»Fort mit ihm nach Sibirien, fort mit dem roten Backenbart und allem Zubehör. Ich sage dir, Polly, ich kann ihn nicht leiden, und mich wundert's, daß du ihn magst.«

»Papa«, sagte sie, »weißt du, daß du sehr unartig bist? So wie jetzt bist du noch nie gewesen – so verdrießlich, so ungerecht. Du siehst fast rachsüchtig aus. Du hast einen Ausdruck im Gesicht, der nicht zu dir gehört.«

»Fort mit ihm!« beharrte Mr. Home. Er schaute in der Tat gründlich verärgert, sogar ein wenig bitter drein. »Aber ich nehme an, wenn er ginge, so würde Polly ihr Bündel packen und ihm nachlaufen. Der Herr hat ihr Herz völlig gewonnen, und für den alten Vater bleibt nichts mehr übrig.«

»Papa, ich sage dir, es ist häßlich von dir, es ist Unrecht, daß du so sprichst. Er hat mich dir *nicht* abspenstig gemacht, und kein Mensch auf der Welt brächte *das* fertig.«

»Heirate, Polly! Nimm den roten Backenbart. Hör auf, Tochter zu sein, geh hin und werde eine Ehefrau!«

»Roter Backenbart! Ich möchte wissen, was du meinst, Papa. Du solltest aufpassen, daß du nicht in Vorurteile verfällst. Manchmal erzählst du mir, daß alle deine Landsleute, die Schotten, Opfer von Vorurteilen seien. Mir scheint, jetzt haben wir den Beweis, wenn du nicht Rot von Nußbraun unterscheidest!«

»Laß den alten Schotten mit seinen Vorurteilen sitzen: Geh fort!«

Sie stand eine Minute lang und schaute ihn an. Sie wollte sich fest und allen Spöttereien überlegen zeigen. Sie kannte ihres Vaters Charakter, erriet seine paar Schwächen und hatte den Auftritt erwartet, der nun stattfand. Er überraschte sie nicht, und im Vertrauen auf die Gegenwirkung wollte sie ihn gern mit Würde bestehen. Die Würde half nichts. Plötzlich schmolz ihr das Herz, Tränen schossen ihr in die Augen, sie fiel ihm um den Hals: »Ich gehe nicht weg von dir, Papa, nie! Ich will dir nicht weh tun, nein, nie will ich das!« rief sie aus.

»Mein Herzblatt, mein Liebstes!« murmelte der liebevolle, wenngleich rauhschalige Sir. Mehr sagte er im Augenblick nicht, und diese beiden Worte klangen heiser.

Allmählich versank das Zimmer in Dunkelheit. Ich hörte draußen ein Geräusch, hörte Schritte und dachte, es käme wohl eine Magd mit Kerzen. So öffnete ich leise die Tür, um zu verhindern, daß sie eintrat. Keine Magd stand im Vorraum. Ein hochgewachsener Herr legte eben seinen Hut auf den Tisch und streifte langsam die Handschuhe ab. Zögernd, wartend, wie mir schien. Er rief mich weder durch eine Gebärde noch durch ein Wort zu sich, aber seine Augen sagten: »Lucy, komm her.« Und ich folgte. Ein Lächeln huschte über sein Gesicht, während er auf mich herabschaute. Niemand anders hätte die Erregung, die in ihm fieberte, durch ein Lächeln ausgedrückt.

»Nicht wahr, Monsieur de Bassompierre ist dort drin?« fragte er und deutete zur Bibliothek.

»Ja.«

»Hat er bei Tisch auf mich geachtet? Und hat er mich verstanden?«

»Ja, Graham.«

»So stehe ich jetzt vor Gericht, und *sie* mit mir?«

»Mr. Home« – dann und wann nannten wir ihn noch so – »spricht gerade mit seiner Tochter.«

»Ach! – Das sind böse Sekunden, Lucy!«

Er war im Innersten aufgerührt. Seine Hand zitterte, tödliche Ungewißheit ließ seinen Atem bald stocken, bald beschleunigte sie ihn – *tödlich*, sage ich, obwohl das Wort schlecht auf jemanden paßt, der so durch und durch lebendig ist, wie er es war. In aller Qual des Wartens hielt er das Lächeln fest.

»Ist er *sehr* zornig, Lucy?«

»*Sie* ist sehr standhaft, Graham.«

»Was wird aus mir werden?«

»Graham, ich glaube an Ihren guten Stern.«

»Glauben Sie an ihn? Sie freundliche Prophetin! Wahrhaftig, bei solchem Zuspruch darf ich nicht verzagen. Ich müßte ein Jämmerling sein. Mir scheint, Lucy, alle Frauen, die ich kenne, sind standhaft. Ich muß sie lieben, und ich tue es. Meine Mutter ist gut, *sie* ist wie eine Heilige. Und *Sie* sind treu wie Gold. Nicht wahr?«

»Ja, Graham.«

»Dann geben Sie mir die Hand, kleine Patenschwester. Es ist eine freundliche kleine Hand, immer war sie mir freundlich. Und nun auf zum großen Wagnis. Gott steh uns bei und helf uns zu unserm Recht! Lucy, sagen Sie Amen!«

Er wandte sich um und wartete, bis ich »Amen« sagte, ich tat es ihm zu Gefallen. Der alte Zauber kehrte zurück: Ich tat, was er mich hieß. Ich wünschte ihm den Erfolg, und ich wußte, daß er ihn erlangen würde. Er war der geborene Sieger, so wie manche dazu geboren sind, um zu unterliegen.

»Kommen Sie mit!« sagte er, und ich folgte ihm zu Mr. Home.

»Sir«, fragte er, »wie lautet mein Urteilsspruch?«

Der Vater schaute ihn an, die Tochter hielt ihr Antlitz verdeckt.

»Nun wohl, Bretton«, sagte Mr. Home, »Sie haben mir den üblichen Lohn für Gastfreundschaft erteilt. Ich habe Sie aufgenommen und bewirtet, und Sie haben mir das Beste genommen, was ich besaß. Ich habe mich stets gefreut, Sie zu sehen, und Sie haben mit Freude das einzig Kostbare betrachtet, was ich besaß. Sie gaben mir gute Worte, und inzwischen – ich will nicht sagen, daß sie mich *bestohlen* hätten, aber beraubt bin ich, und was ich verlor, das haben *Sie*, scheint's gewonnen.«

»Sir, ich kann nicht bereuen.«

»Sie und bereuen! Nein, das glaube ich: Sie frohlocken. John Graham, Sie stammen zum Teil von einem Hochländer, einem Häuptling ab, und eine Spur vom Kelten zeigt sich überall bei Ihnen, im Äußeren, in Ihrer Art zu sprechen und zu denken. Sie haben seinen Scharm und seine Verschlagenheit. Das rote – schön, Polly –, meinetwegen das *blonde* Haar, die listige Zunge und der Sinn voller Ränke, all das ist ererbt.«

»Sir, aber ich *fühle* ehrlich«, sagte Graham, und ein unverfälscht englisches Erröten zeugte für seine warme Aufrichtigkeit. »Und doch«, fügte er hinzu, »will ich nicht abstreiten, daß Sie mich in mancher Hinsicht zu Recht anklagen. Ich habe in Ihrer Gegenwart immer einen Gedanken gehabt, den ich Ihnen nicht zu zeigen wagte. Das ist wahr: ich habe Sie als den Besitzer des Kostbarsten betrachtet, das die Welt für mich hat. Ich habe danach verlangt und danach gestrebt, Sir, und jetzt bitte ich Sie darum.«

»Sie bitten um viel, John.«

»Um sehr viel, Sir. Ihr Edelmut muß es mir schenken, von Ihrer Gerechtigkeit darf ich es nicht erbitten, nicht als Lohn. Verdienen kann ich es nie.«

»Ah!« sagte Mr. Home, »hört den Hochländer reden! Schau auf, Polly! Antworte diesem, ›wackeren Freiersmann‹, schick ihn fort!«

Sie hob den Kopf. Schüchtern blickte sie zu ihrem hübschen, vor Eifer glühenden Freier. Zärtlich schaute sie ihren stirnrunzelnden Vater an.

»Papa, ich habe euch beide lieb«, sagte sie. »Ich kann für euch beide dasein. Ich brauche Graham nicht wegzuschikken, er kann hier wohnen. Er wird dir nicht lästig sein«, erklärte sie mit der Schlichtheit, die zuzeiten sowohl ihren Vater als auch Graham zum Lächeln brachte. Sie lächelten auch jetzt.

»Er wird mir außerordentlich lästig sein«, beharrte Mr. Home dennoch. »Ich will ihn nicht, Polly, er ist zu lang und breit, er ist mir im Wege. Sag ihm, er soll gehen.«

»Du wirst dich schon an ihn gewöhnen, Papa. Mir kam er zuerst auch furchtbar groß vor, wenn ich zu ihm aufsah, wie ein Turm, aber im ganzen möchte ich ihn doch nicht anders haben.«

»Und ich protestiere ganz und gar gegen ihn, Polly. Ich kann ohne Schwiegersohn auskommen. Ich hätte den besten Mann im Lande nicht drum ersucht, in dieser Funktion bei mir auszuharren. Entlasse diesen Herrn.«

»Aber er kennt dich schon so lange, Papa, und paßt so gut zu dir.«

»Paßt zu *mir*, wahrhaftig! Ja, er hat vorgespiegelt, daß er meine Ansichten und Neigungen zu seinen machte. Er hat mich aus gutem Grund bei Laune gehalten. Ich denke Polly, du und ich sagen ihm jetzt Lebewohl.«

»Bloß bis morgen. Gib Graham die Hand, Papa.«

»Nein das habe ich nicht vor. Ich bin nicht sein Freund. Setz dir nicht in den Kopf, daß ihr beide zusammen mit mir machen könnt, was ihr wollt.«

»Aber doch, ja, ihr seid Freunde. Graham, geben Sie Ihre Hand, Papa, nun gib deine her. Und nun faßt euch an. Sei nicht widerspenstig, Papa, mach die Finger nicht steif, komm, gib nach – nun also! Aber das ist kein Händedruck, das ist ein Gewaltgriff! Papa, du drückst ja zu wie ein Schraubstock. Du zermalmst Graham ja die Knochen, du tust ihm weh!«

Er mußte ihm weh getan haben, denn er trug einen schweren Ring, der rundum mit Brillanten besetzt war, und die scharfen Facetten schnitten Graham ins Fleisch, daß es blutete. Aber der Schmerz machte Doktor John nur lachen, so wie ihn die Bangnis hatte lächeln lassen.

»Kommen Sie mit in mein Arbeitszimmer«, sagte Mr. Home schließlich zu dem Doktor. Sie gingen. Ihr Gespräch dauerte nicht lang, aber vermutlich war es entscheidend. Der Freier mußte sich einem Verhör und einer eingehenden Untersuchung stellen, die vielerlei betrafen. Ob nun Doktor Bretton zuweilen verschmitzt dreinschaute und redete oder nicht, im Kern war er jedenfalls gesund und tüchtig. Ich erfuhr später, daß er in seinen Antworten sowohl Klugheit und Reife wie Lauterkeit an den Tag legte. Er hatte sich in seinem Beruf durchgesetzt, hatte Hindernisse überwunden und war dabei, das verlorene Vermögen zurückzugewinnen. Er bewies, daß er in der Lage war zu heiraten.

Vater und Liebhaber kamen in die Bibliothek zurück. Monsieur de Bassompierre zog die Türe hinter sich zu. Er deutete auf seine Tochter.

»Nimm sie«, sagte er. »Nimm sie, John Bretton. Und möge Gott an dir handeln, wie du an ihr!«

Nicht viel später, vielleicht vierzehn Tage danach, sah ich drei Personen, Count de Bassompierre, seine Tochter und Doktor Graham Bretton, auf einer Bank im Schatten eines Baumes sitzen, der seine weitausladenden Äste tief herabsenkte. Das war im Schloßpark von Bois l'Étang. Dorthin waren sie gekommen, um den Sommerabend zu genießen. Draußen vor dem prächtigen Tor wartete ihr Wagen darauf, sie heimzuführen. Ringsum breiteten sich in der Dämmerung still die grünen welligen Rasenflächen. In der Ferne ragte der Palast, weiß wie die Marmorfelsen des Pentelikon, darüber schimmerte der Abendstern. Ein Meer von Blütenbüschen verströmte seine Düfte. Die Zeit schien lautlos und sanft stillzustehen. Niemand außer den dreien war in der Nähe.

Paulina saß zwischen den beiden Herren. Während sie sich unterhielten, arbeiteten ihre kleinen Hände geschäftig. Zuerst dachte ich, sie bände einen Strauß. Nein. Mit der winzigen Schere, die in ihrem Schoß glitzerte, hatte sie von den beiden Männerköpfen rechts und links Locken erbeutet; nun war sie dabei, die grauen Haare und die goldenen Wellen zusammenzuflechten. Als die Schnur geknüpft war, fehlte die Seide, um sie zu binden – sie nahm eine Strähne ihres eignen Haares dazu. Sie wand das Ganze zu einem Knoten zusammen, preßte es in ein Medaillon und band sich das um, so daß es auf ihrem Herzen lag.

»Nun habe ich einen Zauber gewoben«, sagte sie, »der bindet euch zusammen, daß ihr immer Freunde sein müßt. Solange ich das trage, könnt ihr euch niemals streiten.«

Wahrhaftig, ein Zauber war geschaffen, der Feindschaft zwischen den beiden unmöglich machte. Sie war zum Band zwischen den beiden geworden, sie übte ihren Einfluß auf den einen wie auf den andern und bewirkte, daß sie in Eintracht zueinanderfanden. Von den beiden empfing sie ihr Glück und gab mit Zinsen zurück, was sie nahm.

Gibt es auf Erden wirklich soviel Seligkeit? fragte ich mich, als ich Vater und Tochter und den zukünftigen Ehemann beobachtete, die nun vereint waren und von denen jedes nahm und empfing.

Ja, es ist so. Ohne romantisches Rosarot, ohne alle phantastische Übersteigerung, es ist so. Ein paar Menschen erleben das in Wirklichkeit, ein paar Tage oder ein paar Jahre lang. Ihnen wird tatsächlich ein Stück Himmel vorausbeschert. Und ich glaube, wenn gute Menschen einmal dieses Glück erfahren haben – den bösen wird es niemals zuteil –, dann können sie es nie ganz wieder verlieren. Gleichviel, was für Prüfungen folgen, wieviel Krankheitselend, wieviel Todesschatten. Das, was ihnen einmal geleuchtet hat, schimmert durch alles hindurch, es macht die Qual linder und hellt die tiefdunklen Wolken auf.

Ja, ich glaube noch mehr. Ich glaube, es gibt einige wenige, die so geboren werden und aufwachsen, die das Geschick von Kindheit an so sanft bettet und weiterführt bis zu einem späten, leichten Tode, daß sie nie das äußerste Leid erfahren und davon zerrissen werden, daß sie nie in der schwärzesten Dunkelheit versinken und nie im Ungewitter ihren Weg verlieren. Und oft sind gerade sie keine verzärtelten, ichsüchtigen Geschöpfe, sondern die Auserwählten der Natur, ausgewogen in sich und liebreich gegen andere, Männer und Frauen, in denen alles Gute lebt und wirkt, das Gott den Menschen verliehen hat.

Aber ich will nicht zögern, die freudige Wirklichkeit zu berichten. Graham Bretton und Paulina de Bassompierre wurden vermählt, und Doktor Bretton erwies sich als einer von denen, die Gottes Güte in sich tragen. Die Zeit festigte seinen Wert. Seine Fehler traten zurück, und alles Vortreffliche in ihm reifte und wuchs. Sein Intellekt verfeinerte sich, sein Gemüt vertiefte sich. Als alle Gärungshefe abgefiltert war, blieb der reine, klare Wein zurück. Klar und hell war auch das Schicksal seiner schönen Frau. Sie behielt ihres Mannes Liebe, sie half ihm auf seinem Wege, und sie war der Grundstein seines Glückes.

Wahrhaftig, sie waren ein gesegnetes Paar. Die Jahre brachten ihnen großen Wohlstand, doch mit dem Besitz nahm auch ihre Güte zu. Sie gaben mit offener Hand, doch weise. Sicher lernten auch sie Rückschläge und Enttäuschungen und Schwierigkeiten kennen, aber sie trugen sie mit Haltung. Mehr als einmal mußten sie auch dem ins Angesicht blicken, dessen Antlitz kein Sterblicher schauen kann, ohne daß er in Schmerz und Grauen vergeht: Der Tod forderte seinen Tribut von ihnen. Auf der Höhe seines Lebens mußte Monsieur de Bassompierre ihm folgen, in der Reife hohen Alters Louisa Bretton. Einmal drang sogar ein Schrei durch ihr Haus, wie ihn Rachel im Jammer um ihre Kinder ausstieß. Aber andere wurden den beiden geboren und wuchsen gesund und blühend auf und traten an die Stelle des verlorenen. Doktor Bretton sah sich selber neu erstehen in einem Sohn, der äußerlich und innerlich sein Ebenbild war, und er hatte stattliche Töchter, die ihm ebenfalls glichen. Er leitete sie mit sanfter und fester Hand, und sie alle wurden so, wie sie nach Vererbung und Erziehung werden mußten.

Kurz, ich spreche nur die reine Wahrheit, wenn ich sage, daß Segen über Grahams und Paulinas Leben lag, so wie über dem von Jakobs Lieblingssohn, der gesegnet war »mit Segen vom Himmel und mit Segen aus der Tiefe, die drunten liegt«. Es war so, denn Gott sah, daß es gut war.

38. Not

Aber nicht für alle ist es so. Wie das?

Sein Wille geschehe, und geschehen wird er, gleichviel, ob wir uns in Demut bescheiden oder nicht. Der Impuls der Schöpfung trägt ihn weiter; sichtbare und unsichtbare Mächte sorgen mit ihrer Kraft dafür, daß er erfüllt wird. Der Beweis für ein künftiges Leben muß uns werden, wenn nötig, mit Feuer und Blut geschrieben. In Feuer und Blut verfolgen wir das Zeugnis durch die gesamte Natur. In Feuer und Blut kreuzt es unser eigenes Erleben. Dulder, verzage nicht unter dem Schrecknis dieses brennenden Beweises. Müder Wanderer, gürte deine Lenden, schau aufwärts, schreite weiter. Pilger und Leidensgefährten, tut euch zusammen, seid einander freundlich. Für die meisten von uns dehnt sich der Weg düster durch die Ödnis dieser Welt: Gelassen und stetig sei unser Tritt; unser Kreuz möge unser Banner sein. Zum Stab haben wir Seine Verheißung, deren Wort erprobt ist, deren Weg vollkommen; als Hoffnung für das Jetzt haben wir Seine Fürsorge, die uns »den Schild des Heils gibt, dessen Sanftheit groß macht«; als letzte Heimstatt haben wir Seinen Busen, »der wohnt in der Höhe des Himmels«; als Preis und Krone wird uns himmlisches Glück über alle Maßen und in Ewigkeit zuteil. Laßt uns so dahinheilen, daß wir es erlangen; laßt uns Not wie brave Soldaten ertragen, laßt uns unsern Weg zu Ende gehen und an unserm Glauben festhalten und uns darauf verlassen, daß wir am Ende mehr sind denn Sieger: »Bist du nicht von meinem immerwährenden Heiligen? Wir werden nicht sterben!«

An einem Donnerstagmorgen waren wir alle in der Klasse versammelt und erwarteten die Literaturstunde. Die Zeit war da, wir harrten des Professors.

Die Schülerinnen der ersten Klasse saßen sehr still. Vor ihnen lagen sauber geschrieben und hübsch mit Band zusammengebunden die Aufsätze, die sie seit der letzten Lektion verfaßt hatten, und warteten darauf, daß der Professor sie auf seiner blitzschnellen Runde um die Pulte einsammelte. Es war ein schöner Julimorgen, die Glastür stand offen und ließ ein frisches Lüftchen herein, darin wiegten sich Pflanzen, die sie umrankten, beugten sich und neigten sich

und schauten herein und schienen sich Neuigkeiten zuzuflüstern.
Monsieur Emanuel war nicht immer ganz pünktlich. Wir wunderten uns kaum darüber, wenn er sich ein wenig verspätete. Aber als sich schließlich die Tür öffnete und nicht er geschwind und lebhaft eintrat, sondern die behutsame Madame Beck geräuschlos auf uns zukam, da staunten wir.

Sie trat an Monsieur Pauls Pult und blieb davor stehen. Sie zog den leichten Schal, der ihre Schultern bedeckte, um sich zusammen und sagte leise, doch in festem Ton, indem sie uns unverwandt ansah: »Heute morgen wird die Literaturstunde nicht stattfinden.«

Sie schwieg zwei Minuten, dann folgte der zweite Absatz ihrer Ansprache: »Möglicherweise werden die Stunden eine Woche lang ausfallen. Solange werde ich mindestens brauchen, bis ich einen geeigneten Ersatz für Monsieur Emanuel gefunden habe. Inzwischen werden wir uns bemühen, die leere Zeit nützlich auszufüllen.

Ihr Professor, meine Damen«, fuhr sie fort, »beabsichtigt, sich noch gebührend von Ihnen zu verabschieden, sofern es ihm möglich sein wird. Im Augenblick hat er für diese Zeremonie nicht die Muße. Er bereitet sich auf eine lange Reise vor. Eine dringende Pflicht fordert ganz unerwartet, daß er sehr weit wegfährt. Er hat beschlossen, Europa auf unbestimmte Zeit zu verlassen. Vielleicht erzählt er selbst Ihnen noch mehr. Meine Damen, statt der üblichen Lektion Monsieur Emanuels wird Mademoiselle Lucy heute morgen mit Ihnen Englisch lesen.«

Sie neigte höflich den Kopf, raffte die Falten des Schals dichter um sich zusammen und glitt durch die Tür.

Tiefe Stille breitete sich aus. Dann lief ein Murmeln durch die Klasse. Ich glaube, ein paar Schülerinnen weinten.

Eine Weile verstrich. Die Geräusche, das Flüstern nahmen zu, hier und da klang ein Schluchzen auf. Mir kam zum Bewußtsein, daß die Disziplin im Begriff war sich aufzulösen, die Unordnung wuchs. Es war, als ob meine Mädchen spürten, daß die Wache ihren Posten verlassen hatte, daß tatsächlich keine Aufsicht mehr vorhanden war. Gewohnheit und Pflichtgefühl halfen mir. Ich fand rasch zu mir zurück, stand mit denselben Bewegungen wie sonst auf, sprach im selben Ton wie sonst und ersuchte um Ruhe. Schließlich erreichte ich, daß es still wurde. Ich zwang sie zu einer langen, konzentrierten Englischlektüre. Den ganzen Morgen hielt ich sie dabei fest. Ich erinnere mich daran, daß ich eine Regung der Ungeduld gegen die Schülerinnen empfand, die schluchzten. Ich wußte, das, was sie weinen machte, war keine tiefe und echte Bewegung, sie gaben nur ihren ungebärdigen Nerven nach. Das sagte ich ihnen schonungslos. Halb verspottete ich sie und benahm mich unduldsam und heftig. Die Wahrheit war, daß ich ihre Tränen und den keuchenden Laut ihres Schluchzens nicht ertragen konnte, ich konnte es nicht. Eine ziemlich schwachköpfige und trübselige Schülerin fuhr damit fort, nachdem die andern schon aufgehört hatten. Die Not machte mich unbarmherzig. Ich sprach sie hart an, so daß sie nicht wagte, die Demonstration fortzusetzen, und ihr krampfhaftes Geschluchze überwinden mußte.

Das Mädchen hätte ein Recht gehabt, mich zu hassen, wenn ich ihr nicht, als der Unterricht vorbei war und die andern aufbrachen, befohlen hätte zu bleiben. Und als die andern gegangen waren, tat ich, was ich bei keiner von ihnen je getan hatte – ich schloß sie in die Arme und küßte sie auf die Wangen. Doch als ich diesem Impuls gefolgt war, schob ich sie hastig aus dem Klassenzimmer, denn nun weinte sie heftiger denn zuvor.

An diesem Tag deckte ich jede Minute mit Beschäftigung

zu, und wenn ich eine brennende Kerze gehabt hätte, dann wäre ich gern die ganze Nacht aufgeblieben. So wurden es schlimme Stunden, die mich zermürbten. Das war keine gute Vorbereitung für die Feuerprobe des nächsten Tages mit ihrem unerträglichen Geschwätz. Natürlich redete jeder über die Neuigkeit. In der ersten Überraschung hatte man sich noch zurückgehalten, damit war es nun vorbei. Alle Münder standen offen, alle Zungen in Bewegung, Lehrerinnen und Schülerinnen und selbst die Mägde sagten den Namen »Monsieur Emanuel«. Er, der mit der Schule verbunden gewesen war, solange sie bestand, sollte sich so plötzlich zurückziehen! Keiner begriff es.

Sie sprachen so viel, so lange, so häufig, daß sich schließlich aus dem Strudel von Worten und Gerüchten auch ein paar Tatsachen herauskristallisierten. Etwa am dritten Tag hörte ich sagen, daß sein Schiff in einer Woche in See stäche, dann, daß sein Ziel Westindien sei. Ich schaute Madame Beck ins Gesicht und in die Augen, um diese Nachricht verneint oder bestätigt zu finden. Ich forschte in ihren Zügen – aber nirgends zeigte sich etwas andres als ungestörte Seelenruhe, und sie sagte nicht mehr als alle andern.

Monsieurs Ausscheiden aus dem Institut bedeute für sie einen ungeheuren Verlust, erklärte sie. Sie wisse nicht, wie sie die Lücke füllen solle. Sie sei so gewöhnt an ihren Verwandten, er sei stets ihre rechte Hand gewesen. Was solle sie ohne ihn anfangen? Sie habe sich dem Schritt widersetzt, aber Monsieur Paul habe sie überzeugt, daß es seine Pflicht sei.

Sie sagte all das in der Öffentlichkeit, im Unterricht, am Eßtisch und sprach so, daß es jeder hören konnte, zu Zélie St. Pierre.

Ich hätte sie fragen könnnen: »Warum ist es seine Pflicht?« Es trieb mich dazu, sie unvermittelt zu stellen, wenn sie in der Klasse ruhig an mir vorüberschritt. Ich hätte gern die Hand ausgestreckt und sie festgehalten und gesagt: »Halt. Lassen Sie uns hören, wie das alles zusammenhängt. Warum ist es seine Pflicht, in die Verbannung zu gehen?« Aber Madame redete stets eine von den andern Lehrerinnen an; mir warf sie nie einen Blick zu. Es schien ihr keinen Augenblick lang bewußt, daß mich die Frage im geringsten berühren könne.

Die Woche verstrich. Es war nicht mehr die Rede davon, daß Monsieur Paul kommen und uns Lebewohl sagen sollte. Niemand schien danach zu verlangen, keiner fragte, ob er wohl noch einmal den Weg zu uns finden würde oder nicht. Niemand verriet Bangnis darüber, daß er stillschweigend und ungesehen Abschied nehmen könne. Sie redeten unablässig, und bei all ihrem Reden berührten sie nie, kein einziges Mal, diesen wesentlichen Punkt. Was Madame betraf, sie konnte ihn natürlich sehen, soviel sie Lust hatte, und mit ihm reden, soviel sie wollte. Weshalb hätte sie sich den Kopf darüber zerbrechen sollen, ob er noch einmal ins Klassenzimmer kam oder nicht?

Die Woche ging zu Ende. Uns wurde gesagt, daß er an dem und dem Tag abreisen werde und daß sein Bestimmungsort Basseterre in Guadeloupe sei und daß die Angelegenheit, die ihn abberief, nicht ihn betraf, sondern daß es um die Interessen von Freunden ginge. Das hätte ich mir denken können.

Basseterre in Guadeloupe. Ich schlief wenig in dieser Zeit, aber *wenn* ich schlummerte, dann folgte unweigerlich, daß ich jählings auffuhr, während mir war, als spräche jemand die Worte Basseterre und Guadeloupe dicht über meinem Kissen aus oder als liefen sie in rot- oder violettleuchtenden Lettern kreuz und quer vor mir und um mich durch die Dunkelheit.

Für das, was sich fühlte, gab es keine Hilfe, und wie konnte ich gegen meine Gefühle an? Monsieur Emanuel war in der letzten Zeit sehr gut zu mir gewesen. Mit jeder Stunde war er besser und freundlicher geworden. Es war nun einen Monat her, daß wir unsre theologische Meinungsverschiedenheit beigelegt hatten, und die ganze Zeit danach war kein Streit zwischen uns mehr vorgekommen. Und das war nicht etwa deshalb so gewesen, weil wir uns aus dem Wege gegangen wären – keineswegs! Wir waren zusammengewesen; er war öfter zu mir gekommen und hatte mehr mit mir geredet als je zuvor. Ganze Stunden hatte er bei mir verbracht, sanft und friedlich, und aus seinen Augen hatte Zufriedenheit geleuchtet. Sein ganzes Wesen hatte mir gezeigt, daß er sich bei mir zu Hause und aufgehoben fühlte. Helle Bilder waren aus unsern Gesprächen aufgewachsen. Er hatte gefragt, wie ich mir meine Zukunft vorstellte, und ich hatte ihm meine Pläne mitgeteilt. Der Gedanke meiner Schule gefiel ihm. Er veranlaßte mich, wieder und wieder davon zu reden, obwohl er ihn einen Alnaschar-Traum nannte. Der Mißton war verklungen, wir verstanden einander immer sicherer und besser, und Eintracht und Hoffnung durchdrangen uns; wir hingen aneinander, eines empfand innig des andern Wert. Zuversicht breitete sich aus wie Morgenrot.

Wie ruhig nun meine Unterrichsstunden verliefen! Jetzt spottete er nicht mehr über meinen »Intellekt«, er drohte mir nicht mehr mit widrigen Schaustellungen in der Öffentlichkeit. An die Stelle eifersüchtiger Sticheleien und widerwillig-grimmiger Lobsprüche war etwas Köstliches getreten: eine wortkarge, duldsame Hilfsbereitschaft. Liebevoll leitete er mich, zart und voller Nachsicht; er schalt nicht mehr, und nie lobte er. Manchmal saß er minutenlang stumm, und wenn die Abenddämmerung oder die Pflicht uns zum Abschied zwang, dann sagte er im Gehen: »Il est doux, le repos!« Oder: »Il est précieux, le calme bonheur!«

Eines Abends – er lag noch nicht einmal zehn kurze Tage zurück – trat er zu mir, während ich auf meinem Gartenpfad dahinschlenderte. Er nahm meine Hand. Ich meinte, er wolle sich nur bemerkbar machen, und schaute in sein Gesicht.

»Bonne petite amie!« sagte er weich, »douce consolatrice!« Mich durchlief bei seiner Berührung und seinen Worten eine ungekannte Empfindung, und ein seltsamer Gedanke schoß mir durch den Kopf. Konnte es sein, daß er mir mehr wurde als Freund oder Bruder? Sprach aus seinem Blick etwas, das über die Freundlichkeit eines Bruders oder Freundes hinausreichte?

Seine beredsamen Augen drängten, er wollte sprechen. Er zog mich vorwärts, er bewegte die Lippen. Nein. Nicht jetzt. Jäh und verhängnisvoll wurden wir unterbrochen: Auf dem dämmerschattigen Weg tauchten zwei unheilkündende Gestalten auf: Madame Beck und Père Silas.

Das Gesicht des Paters werde ich nie vergessen. Zunächst war es von Rousseauischer Empfindsamkeit überglänzt und spiegelte nicht mehr als wohlwollende Überraschung wider. Dann verdüsterte es sich jählings: Gallige Eifersucht des Priesters zeichnete tiefe Schatten hinein. Er sprach mich salbungsvoll an; seinem Schüler warf er strenge Blicke zu. Was Madame Beck anlangte, sie merkte natürlich nichts – nichts, obwohl ihr Verwandter dicht vor ihr die Hand der ketzerischen Fremden hielt und nicht litt, daß ich sie zurückzog. Er schloß die Finger nur fester und entschiedener um meine.

Nachdem das geschehen war, hatte ich das, was dann kam, zuerst nicht glauben können. Ich konnte nicht glauben, daß dieser so plötzlich angekündigte Abschied Wahrheit sei. Aber sie alle redeten unablässig davon, hundertfünfzig Münder um mich herum zeugten dafür, ich mußte die Tatsache in ihrem ganzen Gewicht hinnehmen. Wie diese Woche der Ungewißheit hinging und mit ihren leeren und brennenden Tagen, die kein Wort der Erklärung von ihm brachten – wie sie hinging, ich weiß es noch gut, aber beschreiben kann ich es nicht.

Der letzte Tag brach an. Nun mußte er uns aufsuchen. Nun mußte er kommen und uns Lebewohl sagen – oder er würde stumm verschwinden, und wir würden ihn nie wieder sehen.

Keine einzige Seele im ganzen Institut schien einen Gedanken für diese beiden Möglichkeiten zu haben. Alle standen zur gewohnten Stunde auf, alle frühstückten wie gewöhnlich, und alle begaben sich mit dem üblichen Phlegma an ihre täglichen Pflichten. Keine erwähnte den ehemaligen Lehrer. Keine ließ erkennen, daß sie an ihn dachte.

Was war das für ein Haus! Was für Menschen wohnten darin! So vergeßlich, so gefügig, so eingefahren im täglichen Gleise, so bar aller Erwartung! Mir versetzte die abgestandene, erstickende Luft, in der sie lebten, den Atem. Wollte keine von allen für mich sprechen? Hegte keine einen Wunsch, hatte keine ein Wort, ein Gebet, zu dem ich amen sagen konnte?

Ich hatte erlebt, wie einmütig sie im Fordern waren, wenn es um lächerliche Kleinigkeiten ging, um ein Fest, um einen freien Tag, um eine freie Stunde. Und jetzt konnten und *wollten* sie sich nicht zusammentun, um Madame Beck zu bestürmen, um darauf zu bestehen, daß sie noch ein letztes Mal mit dem Lehrer zusammensein durften, den sie doch sicherlich liebgehabt hatten – ein paar von ihnen wenigstens, geliebt, so wie *sie* das vermochten … Aber ach! Was ist die Liebe der Menge?

Ich wußte, wo er wohnte. Ich wußte, wo man von ihm

hören, wo man ihn antreffen konnte. Das war kaum so weit weg, wie man einen Stein werfen konnte. Aber hätte er im Nachbarzimmer gesessen – unaufgefordert konnte ich keinen Gebrauch von meinem Wissen machen. Jemandem nachzugehen, ihn aufzusuchen, ihn an mich zu erinnern, zu mahnen – dazu war ich außer Stande.

Monsieur Emanuel hätte auf Armeslänge an mir vorbeigehen können. Wäre er stumm und achtlos vorübergegangen, schweigend und ungerührt, ich hätte ihn gehen lassen.

Der Morgen verging. Der Nachmittag kam, und ich glaubte, alles sei vorbei. Mein Herz bebte, mein Blut kreiste unruhig. Ich fühlte mich elend und krank und wußte kaum, wie ich auf meinem Posten bleiben und meine Arbeit verrichten sollte. Aber die kleine Welt, die mich umgab, rackerte unverdrossen weiter. Alle schienen munter und unbesorgt, frei von Bangnis und Kummer. Selbst Schülerinnen, die vor sieben Tagen in der Überraschung hysterisch geweint hatten, war offenbar die Neuigkeit und ihre Bedeutung samt dem eignen Gefühlsüberschwang aus dem Gedächtnis geschwunden.

Kurz vor dem Unterrichtsschluß um fünf Uhr ließ mich Madame Beck in ihr Zimmer holen: Ich sollte einen englischen Brief, den sie erhalten hatte, lesen und übersetzen und für sie beantworten. Ehe ich mich zu dieser Arbeit niederließ, bemerkte ich, daß sie die beiden Türen des Raums leise schloß. Sie schloß sogar das Fenster und machte den Riegel fest, obwohl der Tag heiß war. Sonst erklärte sie stets, frische Luft sei lebensnotwendig. Weshalb also diese Vorsicht? Ein scharfer Verdacht, ein fast wildes Mißtrauen trieb mich zu der Frage. Wollte sie die Geräusche von draußen ausschließen? Was für Geräusche?

Ich lauschte, wie ich nie zuvor gelauscht hatte. Ich lauschte wie der Wolf in der Winternacht, wenn er witternd den Schnee absucht und Beute spürt und dann in der Ferne die Schritte eines Wanderers hört. Aber ich konnte beides zugleich: horchen und schreiben. Als der Brief ungefähr bis zur Mitte gediehen war, hörte ich – und nun stockte meine Feder – Schritte im Vestibül. Die Türglocke hatte nicht angeschlagen. Ohne Zweifel hatte Rosine Befehl gehabt, ihrem Alarmruf zuvorzukommen. Madame sah, daß ich innehielt. Sie räusperte sich, wanderte absichtlich geräuschvoll im Zimmer hin und her und sprach lauter. Die Schritte waren nach dem Klassenraum hin verklungen.

»Fahren Sie fort!« sagte Madame. Aber meine Hand war erstarrt, ich hörte nicht. Alle meine Gedanken waren festgebannt und weit fort.

Die Schulräume lagen in einem andern Gebäude; die Halle trennte sie vom Wohnhaus. Trotz der Entfernung hörte ich das Geräusch, mit dem plötzlich eine Vielzahl von Stühlen gerückt wurde, hörte, wie sich eine ganze Mädchenklasse auf einmal erhob.

»Sie machen Schluß mit der Arbeit«, sagte Madame.

Es war wirklich die Zeit, da der Unterricht endete. Aber warum nun die jähe Stille? Warum war das Getöse so unvermittelt erloschen?

»Einen Augenblick, Madame, ich werde nachsehen, was los ist.«

Und ich warf ihr die Feder hin und lief ihr davon. Lief ihr davon? Nein, das ließ sie nicht zu. Da sie nicht die Macht hatte, mich zu halten, stand sie auf und folgte mir auf dem Fuße wie mein Schatten. Auf der letzten Treppenstufe wandte ich mich um: »Kommen Sie auch?« fragte ich.

»Ja«, sagte sie und erwiderte meinen Blick mit seltsamem Ausdruck – düster, doch entschlossen. Also gingen wir weiter, nicht zusammen, doch sie folgte meinen Fußstapfen.

Er war gekommen. Ich erblickte ihn, sowie ich die erste

Klasse betrat. Da sah ich die so vertraute Gestalt noch einmal vor mir. Kein Zweifel, sie hatten versucht, ihn fernzuhalten, aber er war gekommen.

Die Mädchen standen in einem Halbkreis, und er ging von einer zur andern und nahm von jeder Abschied, drückte jede Hand und berührte mit den Lippen jede Wange. So wollte und gestattete es der fremde Brauch bei einem Scheiden wie diesem – einem so schweren und ernsten, auf so lange Zeit.

Ich empfand es bitter, daß Madame mir so nachspürte, mir folgte und mich keine Sekunde aus den Augen ließ. Ich fühlte ihren Atem auf Hals und Schultern, ein fiebriger Schauer überlief mich. Meine Überreiztheit wuchs ins Unerträgliche.

Er kam näher. Fast hatte er den Halbkreis durchschritten, nun war er bei der letzten Schülerin angelangt, er wandte sich um. Aber da stand Madame vor mir. Plötzlich war sie vorgetreten, es war, als ob ihre Gestalt wüchse, als ob ihr Kleid, die Falten ihres Schals sich blähten, daß ich hinter ihr verschwand – ich war verdeckt. Sie kannte meine Schwäche, sie wußte, wo mein Gebrechen lag. Leicht konnte sie ermessen, wie weit ich jetzt psychisch gelähmt war. Sie wußte, wie sehr es mir an Selbstsicherheit mangelte und daß ich in einer entscheidenden Situation oft genug hilflos und untätig dastand. Sie eilte auf ihren Verwandten zu, überstürzte ihn mit einem Redeschwall und erzwang sich seine Aufmerksamkeit, hastig führte sie ihn zur Tür – zu der Glastür, die auf den Garten hinausging. Ich glaube, er schaute sich um. Hätte ich nur seinen Blick auffangen können, ich glaube, aller Mut wäre hilfreich in mich zurückgeströmt. Er hätte mir befohlen, was ich tun mußte, und vielleicht hätte es eine Rettung gegeben. Aber nun herrschte schon ein wirres Durcheinander im Raum, der Halbkreis hatte sich in Gruppen aufgelöst, und ich verschwand zwischen dreißig größeren, auffallenden Gestalten. Madame bekam ihren Willen. Ja, sie brachte es fertig, ihn hinauszuführen, und er hatte mich nicht gesehen, er glaubte, ich sei fern. Es schlug fünf Uhr, die Entlassungsglocke gellte, die Schülerinnen strömten hinaus, das Klassenzimmer wurde leer.

Wenn ich zurückdenke, scheint es mir, als ob ich minutenlang völlig in Dunkel und halbe Bewußtlosigkeit gesunken sein müsse, betäubt von einem Kummer, für den es keine Worte gab. Wie sollte ich ihn verlieren und weiterleben? *Was* sollte ich tun, oh, *was* sollte ich tun, wenn mir alle Lebenshoffnung so mit den Wurzeln aus dem zerstörten Herzen gerissen wurde?

Ich weiß nicht, *was* ich getan hätte, wenn nicht ein kleines Mädchen – das jüngste in der Schule – mit seiner Einfalt und Harmlosigkeit in diesen Seelenkampf eingebrochen wäre.

»Mademoiselle«, lispelte sie mit ihrem hohen Stimmchen, »ich soll Ihnen das hier geben. Monsieur Paul hat gesagt, ich soll Sie im ganzen Haus suchen, vom Boden bis zum Keller, und wenn ich Sie gefunden habe, soll ich Ihnen das geben.«

Und das Kind überreichte mir ein Briefchen. Die kleine Taube legte mir ihren Olivenzweig auf die Knie. Ich fand weder Adresse noch Anrede, nur diese Worte: »Ich wollte von Ihnen nicht Abschied nehmen, während ich den andern Lebewohl sagte, aber ich hoffte, Sie in der Klasse zu sehen. Ich war enttäuscht. Unsere Unterredung ist aufgeschoben. Halten Sie sich für mich bereit. Bevor ich mich einschiffe, muß ich sie ausführlich sehen und sprechen. Halten Sie sich bereit. Meine Zeit ist knapp, und eben jetzt kann ich nicht über sie verfügen. Ich habe eine Privatangelegenheit zu regeln, bei der mir niemand helfen und die ich niemandem mitteilen kann – nicht einmal Ihnen. Paul.«

»Halten Sie sich bereit?« Dann mußte er diesen Abend

meinen, denn sollte er nicht morgen abreisen? Ja, dessen war ich gewiß. Ich hatte den Abgang des Schiffes in der Zeitung gelesen. Oh! *Ich* würde bereit sein, aber war diese ersehnte Begegnung noch möglich? Wie wollte er sie zustande bringen? Die Zeit war so kurz, die Ränkeschmiede paßten offenbar so gut auf und waren so aktiv in ihrer Feindseligkeit, der Weg, der uns zueinander führen konnte, war schmal wie eine Gletscherspalte und tief wie ein Abgrund. Darüber stand Apollyon, Flammen speiend. Konnte mein Greatheart zu mir herüberkommen? Konnte er, dem ich gefolgt war, mich erreichen?

Wer vermochte das zu sagen? Doch ich begann, wieder etwas Mut zu fassen, getroster zu werden. Es war mir, als spürte ich, daß sein Herz noch redlich dem meinen entgegenschlug.

Ich erwartete meinen Helden. Apollyon kam, seine Hölle als Gefolge hinter sich. Ich glaube, wenn die Ewigkeit Folter bereithielte, so nicht in Gestalt eines Feuerrostes und nicht als Verzweiflung. Ich denke, daß an einem bestimmten Tag unter all denen, die keinen Morgen und keinen Abend kennen, ein Engel den Hades beträte – daß er dastünde, strahlte, lächelte, Vergebung kündete, die unter Umständen möglich sei; daß er eine zweifelhafte Hoffnung auf künftige Seligkeit anfachte, nicht jetzt, aber irgendwann; daß er in seiner eigenen Glorie und Erhabenheit die Höhe und den Umfang seiner Verheißung offenbarte; daß er so sprach – und sich dann erhob, zum Stern wurde und in seinem Himmel verschwand. Seine Botschaft war Hangen und Bangen – eine Gnade, ärger als Verzweiflung.

Ich wartete den ganzen Abend und vertraute auf den Olivenzweig, meine Taubenbotschaft. Aber mitten in allem Vertrauen verzehrte mich die Angst. Sie preßte mir das Herz zusammen. Ich kannte dies eigentümliche Gefühl, das starr und kalt machte. Es war der Gefährte der Ahnung, und die trog selten. Die ersten Stunden schlichen dahin und dehnten sich. Im Geist klammerte ich mich an die flatternden Röcke der letzten. Sie verstrichen wie Wolken, die der Sturm vor sich her treibt.

Sie vergingen. Der ganze heiße Sommertag brannte weg wie das Julscheit im Kamin. Der purpurne Abendschein verlosch. Ich blieb inmitten kalter blauer Schauer zurück und beugte mich über die fahle Asche des Tages.

Die Abendandacht war vorüber, die Schlafenszeit kam heran. Alle meine Mitbewohner hatten sich zurückgezogen. Ich harrte noch immer in dem düsteren Klassenzimmer aus und vergaß oder mißachtete zum ersten Male Gebote, die ich nie zuvor vergessen oder mißachtet hatte.

Ich weiß nicht, wie lange ich in dem Raum hin und her gegangen bin, aber ich muß viele Stunden lang auf den Füßen gewesen sein. Ohne zu wissen, was ich tat, hatte ich Tische und Bänke beseite gerückt und mir so freien Weg durch die ganze Länge der Klasse geschaffen. Dort wanderte ich auf und ab, und dort weinte ich schließlich, als ich gewiß war, daß das ganze Haus schlief und niemand mehr nahe war, der mich hören konnte. Im Vertrauen auf Nacht und Einsamkeit hielt ich die Tränen nicht länger zurück und bezwang das Schluchzen nicht mehr. Es brach aus mir heraus, ich weinte, daß es mir fast das Herz abdrückte.

Welcher Kummer wäre in diesem Haus heilig gewesen? Bald nach elf – das war spät für die Rue Fossette – öffnete sich die Tür leise, doch nicht verstohlen. Lampenlicht überstrahlte den Mondschein, Madame Beck trat ins Zimmer. Sie trug dieselbe gelassene Miene zur Schau, als käme sie aus gewöhnlichem Anlaß zu gewöhnlicher Stunde. Anstatt mich sofort anzureden, wandte sie sich ihrem Pult zu, holte die Schlüssel hervor und stellte sich, als ob sie etwas suchte.

Sie ließ sich Zeit dabei, viel zuviel Zeit. Sie war ruhig, zu ruhig – ich war nicht in der Verfassung, dieses Spiel zu ertragen. Die letzten beiden Stunden hatten mich über meine gewohnten Grenzen hinweggetrieben, Respekt und Furcht lagen weit hinter mir. Und wenn ich sonst auf eine leise Berührung hin, auf ein Wort gehorchte, jetzt duldete ich kein Joch und fügte mich keiner Kandare.

»Es ist höchste Zeit zum Schlafengehen«, sagte Madame. »Die Hausordnung ist heute schon viel zu lange übertreten worden.«

Madame erhielt keine Antwort. Ich unterbrach meine Wanderung nicht, und als sie sich mir in den Weg stellte, schob ich sie beiseite.

»Lassen Sie sich gut zureden, Miiß, beruhigen Sie sich«, sagte sie und versuchte sanft zu sprechen. »Ich will Sie auf Ihr Zimmer führen.«

»Nein!« sagte ich. »Weder Sie noch sonst jemand soll mir zureden oder mich führen.«

»Ich werde Ihnen das Bett wärmen lassen. Goton ist noch auf, sie wird es Ihnen behaglich machen. Sie soll Ihnen ein Beruhigungsmittel geben.«

»Madame«, brach ich aus, »Sie kennen nichts als Ihr Behagen! Klar und heiter und friedlich und wohlanständig, aber was dahintersteckt, ist Genußsucht! Sorgen Sie dafür, daß Ihr eigenes Bett warm und weich ist. Nehmen Sie Beruhigungsmittel und essen und trinken Sie, was Sie wollen. Wenn Sie traurig oder enttäuscht sind – und vielleicht sind Sie es, o ja, ich *weiß*, Sie sind es –, dann halten Sie sich an das, was Sie tröstet. Aber mich lassen Sie in Ruhe. *Lassen* Sie mich, sagte ich!«

»Ich muß jemand anders schicken, daß er auf sie aufpaßt, Miiß. Ich muß Goton schicken.«

»Das verbitte ich mir. Lassen Sie mich in Ruhe. Nehmen

Sie die Hände weg von mir und meinem Leben und meinen Sorgen. O Madame! *Ihre* Hände sind kalt, und was Sie anfassen, wird vergiftet. Sie lähmen und Sie vergiften.«

»Was habe ich getan, Miiß? Sie dürfen Paul nicht heiraten. Er kann nicht heiraten.«

»Und neidisch sind Sie«, sagte ich, »ja, neidisch!« Denn ich wußte, insgeheim wollte sie ihn haben, sie hatte ihn immer gewollt. Sie nannte ihn »unerträglich«, sie schmähte ihn als »devot«, sie liebte ihn nicht, aber sie wünschte, ihn zu heiraten, um ihn an ihre Interessen zu binden. Ich war tief in Madames Geheimnisse eingedrungen – in ein paar wenigstens. Wie, weiß ich nicht, durch Instinkt oder plötzliche Eingebung. Woher sie mir kam, ahne ich nicht. Und in der Zeit unseres Zusammenlebens hatte ich allmählich etwas gelernt: Wo sie sich nicht überlegen fühlte, mußte sie stets Rivalin sein. *Meine* Rivalin war sie von ganzem Herzen, wenngleich insgeheim und unter der glattesten Oberfläche. Niemand außer ihr und mir wußte das.

Zwei Minuten stand ich regungslos vor ihr und fühlte, daß die Frau in meiner Gewalt war, denn zuweilen, wenn mir so zumute war wie jetzt, wenn Überreiztheit mein Wahrnehmungsvermögen aufs äußerste schärfte, dann schrumpften mir ihre Verkleidung, ihre Maske und ihr Domino, zum dürftigen, durchsichtigen Netzwerk zusammen, dann sah ich, was unter der Hülle steckte: ein herzloses, gemütsarmes Wesen, das keine Hemmung kannte, wo es ums eigne Wohl ging. Sie trat leise ein paar Schritte zurück. Sanft und beherrscht, doch mit deutlichem Unbehagen sagte sie: »Wenn ich Sie nicht überreden kann, schlafen zu gehen, dann muß ich Sie sich selbst überlassen. Ich tue es ungern.« Und unverzüglich verließ sie das Zimmer. Vielleicht war sie noch glücklicher zu entkommen, als ich, da ich sie entschwinden sah.

Das war der einzige Zusammenstoß von Madame und mir, bei dem Funken sprühten und der die Wahrheit an den Tag brachte. Dieser kurze nächtliche Auftritt wiederholte sich nie wieder. Er änderte nicht das geringste an ihrem Verhalten mir gegenüber. Ich wüßte nicht, daß sie sich gerächt, und ich könnte nicht sagen, daß sie mich für meine haltlose Offenheit ärger gehaßt hätte. Ich denke mir, sie wappnete sich, stark wie sie war, mit ihrer Geheimphilosophie und entschloß sich, das zu vergessen, was sie verdroß. Der Auftritt wiederholte sich nie, und keine von uns spielte je auf die leidenschaftliche Episode an.

Die Nacht verstrich – alle Nächte, selbst die sternenlose letzte, die unseres Todes, müssen ein Ende nehmen. Gegen sechs Uhr, zu der Stunde, die das Haus wachrief, ging ich auf den Hof hinaus und wusch mir das Gesicht im kalten, klaren Brunnenwasser. Als ich durch das Karree wieder hereinkam, warf der Spiegel in einem eichenen Schreibschrank mein Bild zurück. Es sagte mir, daß ich mich verändert hatte. Meine Wangen und Lippen waren fahl und gedunsen, die Augen glasig, die Lider verschwollen und rot.

Ich gesellte mich wieder zu den andern und wußte, daß sie alle mich anschauten. Mein Herz lag wohl bloß vor ihnen, ich mußte mich ihnen verraten haben. Selbst das jüngste Mädchen in der Schule mußte wissen, warum und um wessen willen ich verzweifelte – das war mir abscheulich gewiß.

Isabell, das kranke Kind, das ich einmal gepflegt hatte, trat zu mir. Würde auch sie mich verlachen?

»Que vous êtes pâle! Vous êtes donc bien malade, Mademoiselle!« sagte sie, steckte den Finger in den Mund und starrte mich mit einem betrübten Stumpfsinn an, der mir in diesem Augenblick schöner schien als die wachste Intelligenz.

Isabelle blieb mit ihrer Äußerung glücklicher Ahnunglosigkeit nicht lange allein, und ehe der Tag vorüber war, sah ich allen Grund, dem ganzen blinden Hause dankbar zu sein. Die Menge hat mehr zu tun, als in Herzen zu lesen und dunkle Worte zu deuten. Wer will, kann sich bewahren und Herr über sein Geheimnis bleiben. Im Laufe jenes Tages stieß ich auf viele kleine Anzeichen. Jedes sagte mir, daß niemand erraten hatte, was mich jetzt elend machte, und noch mehr : Alles, was ich in den vergangenen sechs Monaten innerlich erlebt hatte, war noch mein Eigen. Niemand hatte etwas davon gespürt, niemand hatte bemerkt, daß mir ein Mensch teurer war als alle andern. Der Klatsch war an mir vorübergegangen, die Neugier hatte mich übersehen. Diese beiden arglistigen, allgegenwärtigen Mächte hatten sich nicht gegen mich gerichtet. Wenn einer Glück hat, so kann er in einem Seuchenhaus leben und dennoch vom Typhus verschont bleiben. Monsieur Paul war gekommen und gegangen, hatte mich gesucht und mir Unterricht erteilt. Zu jeder Zeit hatte er mich gerufen, und ich war ihm gefolgt: »Monsieur Paul wünscht Miß Lucy zu sprechen« – »Miß Lucy ist bei Monsieur Paul«, so hatten die ständig wiederkehrenden Berichte gelautet. Und niemand äußerte sich dazu, geschweige denn, daß jemand Anstoß genommen hätte; so gab es weder Augenzwinkern noch Späße. Madame Beck kannte die Lösung des Rätsels, niemand sonst ahnte sie. Woran ich jetzt litt, nannte man Krankheit, Kopfschmerz. Ich nahm diese Taufe gern hin.

Aber welche körperliche Qual kam diesem Schmerz gleich? Dieser Gewißheit, daß er ohne Lebewohl fortgegangen war, dieser grausamen Überzeugung, daß ich ihn nie wiedersehen würde, weil das Schicksal es nicht wollte – das Schicksal und die Furien, die uns auf den Fersen waren: die Mißgunst einer Frau und der blinde Fanatismus eines Priesters. Was Wunder, daß mich der zweite Abend fand wie der erste – aufgewühlt und zerrissen lief ich abermals in einem verlassenen Zimmer hin und her, verloren in einer unwandelbaren, stillen, verzweifelten Raserei.

Diesmal forderte mich Madame Beck nicht mehr selber auf, zu Bett zu gehen, sie kam nicht in meine Nähe. Aber sie schickte Ginevra Fanshawe. Sie hätte sich keine zweckdienlichere Vertreterin suchen können. Ginvevras erste Worte: »Ist Ihr Kopfschmerz heute abend sehr schlimm?« erweckten in mir den Wunsch zu fliehen, gleichviel wohin, nur fort von ihr. Ginevra glaubt wie alle andern, daß ich von Kopfweh geplagt sei, von so unerträglichem, daß es mein Gesicht fahl und meine Füße unsinnig rastlos werden ließ. Was sie daherschwatzte, Klagen über eigne Kopfschmerzen, zermürbte mich bald vollends.

Ich ging nach oben. Ein paar Augenblicke später lag ich im Bett – in meinem unseligen Bett, in dem ich von flinken Skorpionen heimgesucht wurde. Ich lag keine fünf Minuten, da erschien eine weitere Abgesandte: Goton kam und brachte mir etwas zu trinken. Durst dörrte mir die Kehle aus, ich schluckte gierig. Das Gebräu schmeckte süß, aber ich spürte die Droge heraus.

»Madame sagt, davon werden Sie schlafen wie ein Säugling!« sagte Goton, als sie den leeren Becher zurückerhielt.

Ach! Sie hatten mir ein Beruhigungsmittel eingegeben. Tatsächlich war es ein starker Schlaftrunk. Für eine Nacht sollte er mich bändigen.

Das Haus kam zur Ruhe, das Nachtlicht ward angezündet, Stille breitete sich im Schlafsaal aus. Bald schlummerten alle. Leicht gewann der Schlaf seine Herrschaft über die andern. Nichts beschwerte die Köpfe auf den Kissen ringsum, kein Herz außer meinem krampfte sich zusammen. An der Ruhelosen huschte der Schlaf vorbei.

Die Droge wirkte. Ich weiß nicht, ob Madame die Dosis zu reichlich oder zu knapp bemessen hatte, aber das Ergebnis hatte sie gewiß nicht beabsichtigt. Nicht Erstarrung kam über mich, sondern wachsende Erregung. Ich wurde überwach. Neue Gedanken wuchsen in mir auf. Träume in seltsamen Farben. Ein unzeitiger Weckruf durchfuhr mich, der alle Kräfte wie mit Signalhörnern und Trompeten aufjagte. Die Einbildungskraft wurde aus ihrem Schlummer gerissen und schoß ungestüm und voller Wagemut empor. Verächtlich schaute sie auf ihren Gefährten, den Leib, herab.

»Auf mit dir!« sagte sie, »Faulenzer! Heute nacht muß ich meinen Willen haben. Ich füge mich *nicht*!«

»Blicke hinaus!« rief sie, »sieh die Nacht!« Und als ich die schwere Jalousie am Fenster hochgezogen hatte, wies sie mit hoheitsvoller Bewegung auf den Mond, der stolz und leuchtend am tiefdunklen Himmel stand.

Das matte Halbdunkel im engen Raum, die drückende Hitze im Schlafsaal wurden unerträglich, ich rang nach Luft. Es trieb mich hinaus aus dieser Höhle, hinaus in Tau und kühlen Mondglanz.

Die Versucherin spiegelte mir ein seltsames Bild vom mitternächtlichen Villette vor. Insbesondere zeigte sie mir den Park, den Park in Sommerwärme mit seinen langgestreckten Wegen, die einsam und sicher in der dunklen Stille lagen. In der Mitte stand ein großes Steinbecken. Das kannte ich, ich hatte oft davor verweilt. Es lag im tiefen Baumschatten, eingebettet in Blattwerk und Binsen, und war randvoll von kühlem, klarem Wasser. Aber was sollte mir das? Die Parktore waren verschlossen und bewacht, dorthin konnte ich nicht gehen.

Konnte ich wirklich nicht? Das mußte überdacht werden. Während ich die Frage hin und her wendete, warf ich mir unbewußt wieder die Kleider über. Ich war ganz und gar unfähig, zu schlafen oder still zu liegen – mein ganzer Körper erbebte –, was konnte ich also Besseres tun, als mich wieder anzuziehen?

Die Tore waren verschlossen, Soldaten standen davor Posten. Konnte ich wirklich nicht in den Park eindringen?

Vor einiger Zeit hatte ich im Vorübergehen bemerkt, daß eine Lücke im Zaun war. Damals hatte ich darauf nicht achtgegeben. Ein Pfahl war weggebrochen. Jetzt tauchte diese Lücke aus meiner Erinnerung hervor. Ich sah sie ganz deutlich, die schmale Öffnung, sie durchbrach die Ordnung im Säulengang der Lindenstämme. Ein Mann hätte sich nicht hindurchzwängen können, auch keine stämmige Frau, auch Madame Beck wäre es wohl kaum gelungen. Aber ich würde es fertigbringen. Mir schien, ich müsse es versuchen. War ich einmal drinnen, dann gehörte mir um diese Zeit der ganze Park, der mondhelle, mitternächtliche Park!

Wie tief die Schlummerruhe im Saale war. Was hatten sie für einen gesunden Schlaf! Sie atmeten ruhig und sanft. Wie still lag das ganze große Haus! Wie spät mochte es sein? Ich mußte es wissen. In der Klasse unten stand eine Uhr. Was hinderte mich, dort nachzusehen? Bei diesem Mondlicht mußten ihr großes weißes Zifferblatt und die schwarzen Zahlen darauf deutlich zu erkennen sein.

Nichts konnte mich hindern als vielleicht ein Türknarren, ein Riegel, der geräuschvoll zurückschnellte. In diesen heißen Julinächten war stickige Luft unerträglich, und die Zimmertür stand weit offen. Würden mich die Dielen des Schlafsaals leise tragen, oder würden sie verräterisch unter meinem Schritt knacken? Nicht doch. Ich kannte alle die unzuverlässigen Bretter und würde sie meiden. Die eichene Treppe knarrte ein wenig, als ich hinabstieg, aber nur ein wenig – ich war im Karree.

Die großen Türen der Klassenzimmer waren geschlossen

und verriegelt. Dagegen stand die zum Korridor offen. Die Klassenräume kamen mir vor wie große düstere Gefängnisse, Grüfte, aus denen kein Weg ins Freie führte. Für mich waren sie erfüllt von gespensterhaften, unerträglichen Erinnerungen, die dort in Fesseln elend auf dem Stroh lagen. Der Korridor bot einen tröstlichen Ausblick. Er führte in das hohe Vestibül, das unmittelbar auf die Straße ging.

Still! Die Glocke schlug. So geisterhaft tief die Stille über diesem Kloster brütete, es war erst elf Uhr. Während ich darauf wartete, daß der letzte Uhrenschlag verklang, drang mir von draußen aus der Stadt leise ein Laut wie von Glokken oder wie von einer Musikkapelle in die Ohren, ein Laut, in dem Süße und Sieg und Trauer miteinander verschmolzen. Oh, daß ich diese Musik von nahem hören könnte! Daß ich ihr lauschen könnte an dem binsenumwachsenen Becken, allein! Fort wollte ich, fort! Was hinderte mich? Was? Nichts widerstand der Freiheit.

Da im Korridor hing meine Gartentracht, mein großer Hut und mein Schal. Es gab kein Schloß an der großen, schweren Pforte des Torwegs. Ich brauchte keinen Schlüssel zu suchen, sie wurde nur von einem Schnappriegel gehalten, den konnte man von außen nicht öffnen, aber von innen ließ er sich geräuschlos zurückziehen. Ob ich mit ihm zurechtkommen würde? O ja, er war gefügig. Ganz leicht gab er unter meinen Händen nach. Ich staunte, fast war mir, als öffnete sich die Pforte von selbst vor mir. Ich trat über die Schwelle auf das Straßenpflaster und staunte noch immer, wie unbegreiflich leicht ich aus meinem Gefängnis entkommen war. Mir schien, als hätte eine unsichtbare Macht mir den Weg gebahnt, als wäre jemand vor mir her geschritten und hätte die Türen aufgestoßen. Ich selber hatte mich kaum angestrengt.

Die stille Rue Fossette! Die Sommernacht, von der ich

geträumt hatte, die zum Wandern verlockende, stand in ihr. Ich sah den Mond über mir, ich fühlte den Tau in der Luft, während ich über das Pflaster schritt. Aber hier konnte ich nicht bleiben. Noch waren mir die alten Wege voll Erinnerung zu nahe, zu nahe der Kerker: Ich hörte noch das Stöhnen der Gefangenen. Nicht diese feierliche Ruhe suchte ich, sie konnte ich nicht ertragen. Hier hatte der Himmel für mich ein Angesicht, aus dem mich der Tod anstarrte, der Tod meiner Welt. Auch der Park würde ruhig sein – ich wußte, überall würde Grabesstille herrschen. Aber nur fort, fort in den Park!

Ich schlug einen Weg ein, den ich gut kannte, er führte in die königliche Haute-Ville mit ihren Palästen. Von dort war die Musik zu mir herübergeweht. Jetzt war sie verstummt, aber vielleicht begann sie von neuem. Ich wanderte weiter. Weder die Töne einer Kapelle noch Glockenspiel schallten mir entgegen, dafür aber ein andrer Klang: Es brauste wie eine starke Flut, wie ein tiefer, schneller Strom. Immer mächtiger wurde das Brausen, während ich weiterschritt. Licht flammte auf, ich erkannte eine wogende Menschenmasse, hörte Glockengeläut, wohinein geriet ich da? Als ich den Grand Place erreicht hatte, fand ich mich plötzlich wie durch einen Zauber mitten in eine bunte, muntere, fröhliche Menge versetzt.

Ganz Villette war ein Lichtermeer, alle Welt schien hier draußen zu sein. Mond und Himmel waren von Fackeln und Kerzen verdunkelt, die Stadt spiegelte sich im eigenen Glanz. Leute in prächtigen Kleidern, vornehme Equipagen und stattliche Reiter auf rassigen Pferden drängten sich auf den hellen Straßen. Ich entdeckte sogar eine Unzahl von Masken. Es war eine seltsame Szene, fremdartiger als Träume. Aber wo lag der Park? Er mußte nahe sein. Ganz dicht bei diesem grellen Lichterglanz mußte er sein, schattig und still – *dort* wenigstens würde es doch keine Fackeln und keine Lampen und keinen Auflauf geben.

Während ich mich das fragte, fuhr ein offener Wagen an mir vorbei. Ich sah die Gesichter der Darinsitzenden, ich kannte sie. Der Wagen kam in dem Gedränge nur langsam vorwärts, ungeduldig warfen die feurigen Pferde die Köpfe hoch. Ich sah sie gut, die in dem Wagen saßen, mich konnten sie nicht sehen oder wenigstens doch nicht erkennen: Ich hatte mich dicht in meinen großen Schal gewickelt, und der Strohhut verbarg mein Gesicht. Kein Anzug fiel in dieser buntscheckigen Menge auf... Ich sah den Count de Bassompierre, und ich sah meine Patin in ihrem hübschen Kleid, stattlich und heiter. Ich sah auch Paulina Mary im dreifachen Glorienschein von Schönheit, Jugend und Glück. Wer ihr strahlendes Antlitz anschaute und in ihre Augen blickte, die das festliche Licht widerspiegelten, der nahm kaum wahr, wie erlesen köstlich das Gewand war, das sie trug: Ich erinnere mich nur an etwas Lichtes, Fließendes, an bräutliche Weiße. Ihr gegenüber sah ich Graham Bretton sitzen. Ihn sah sie an, und sein Blick war es, der sie so strahlen ließ. In *ihren* Augen spiegelte sich, was aus seinen leuchtete.

Es bereitete mir ein seltsames Vergnügen, den Freunden ungesehen zu folgen, und *das* tat ich. Offenbar fuhren sie zum Park. Ich beobachtete, wie sie ausstiegen – für Wagen war das Tor gesperrt –, wie sie ausstiegen inmitten einer neuen verschwenderischen Lichterfülle. Siehe da! Das hatte ich mir nicht träumen lassen. Zwischen den Steinsäulen des eisernen Tores spannte sich ein Flammenbogen aus einer Unzahl von Sternen. Vorsichtig folgte ich ihnen unter dem Sternenbogen hindurch. Aber wo waren sie hingeraten, und wo war ich?

In einem Zauberland, im herrlichsten Märchengarten!

Bunte Meteore waren auf den Rasenflächen verstreut, purpurne und rubinfarbene Funken und goldene Feuer flimmerten im Wäldchen und überschütteten das Laub mit Edelsteinen. Das war kein Reich aus Bäumen und Schatten mehr, sondern eine Welt voll fremdartig üppiger Bauwerke: Altar und Tempel, Pyramide, Obelisk und Sphinx – so unglaublich es war, alle Wunder und Symbole Ägyptens gaben sich ein Stelldichein im Park von Villette.

Was tat es, daß ich binnen fünf Minuten das Geheimnis enträtselt hatte und der Schleier der Täuschung zerriß? Schnell entdeckte ich, ob ich wollte oder nicht, aus welchem Material diese ehrwürdigen Überbleibsel einer fernen Zeit geschaffen waren: aus Holz, Pappe und Farbe. Aber was tat das? Der Zauber bestand weiter, unzerstört blieb das Wunder dieser Nacht. Und belanglos war es auch, daß ich nun die Erklärung für das ganze große Fest fand – das Fest, von dem kein Schimmer in unser abgelegenes Kloster gedrungen war, obwohl es mit dem Tagesanbruch begonnen hatte und noch jetzt gegen Mitternacht nichts von seiner überschäumenden Lebenslust verloren hatte.

In vergangenen Tagen, so verkündete die Geschichte, hatte das Schicksal Labassecours vor einer bedenklichen Krise gestanden. Ich weiß nicht, was für eine Gefahr den Rechten und Freiheiten seiner wackeren Bürger gedroht hatte. Krieg war zu befürchten gewesen oder sogar ausgebrochen – zumindest hatte es Straßenkämpfe, Aufruhr, ein wildes Hin und Her gegeben, Barrikaden waren errichtet worden, die Bürger hatten sich zusammengerottet, Truppen waren mobilisiert worden, Steine waren durch die Luft geflogen, selbst ein paar Schüsse waren gefallen. Die Überlieferung berichtete, daß eine Reihe von Patrioten das Leben verloren hatten. In der Altstadt zeigte man ein Stück feierlich umfriedetes Land, in dem, wie es hieß, die Gebeine der Märtyrer ruhten.

Mochte sich das nun verhalten, wie es wollte: Jedenfalls wurde noch immer ein bestimmter Tag im Jahr zu Ehren der besagten Patrioten und Märtyrer unsicheren Angedenkens festlich begangen. Der Morgen war einem feierlichen Tedeum in St. Jean Baptiste gewidmet, der Abend aber brachte Vorführungen, Dekorationen und Illuminationen, wie ich sie jetzt erblickte.

Ich sah zu einem weißgetünchten Ibis empor, der auf einer Säule hockte, und durchwanderte dann mit dem Blick eine fackelhelle Allee, an deren Ende sich eine Sphinx auf dem Rasen zusammenduckte. Darüber verlor ich die Gesellschaft aus dem Auge, der ich von dem großen Platz aus nachgegangen war – besser gesagt, sie entschwanden mir wie eine Geisterschar. Traumhaft schien alles, was mich umgab. Ungewiß und schwankend waren alle Umrisse, fließend jede Bewegung, und jede Stimme glich einem Echo, spottend halb und halb verschwommen. Nun, da Paulina und ihre Freunde verschwunden waren, hätte ich nicht dafür einstehen können, daß ich sie wirklich gesehen hatte. Ich vermißte sie auch nicht als Führer durch die Wirrnis, und noch weniger bedrückte es mich, daß ich sie als Beschützer in dieser Nacht verloren hatte.

Selbst ein Kind hätte in dieser Festnacht keinen Grund gehabt, sich zu fürchten. Aus der Umgebung war die halbe Landbevölkerung in die Stadt geströmt, die reputierlichen Bürger hatten sich in ihren besten Staat geworfen und waren alle unterwegs. Ich steckte mitten unter ihnen. Zwischen Hauben und Jacken, kurzen Röcken und langen Kattunmänteln hatte sich mein Strohhut leicht eingefügt, vermutlich war er niemandem aufgefallen. Um ganz vorsichtig zu sein, wand ich nach Zigeunerart noch ein Band um Kopf und Kinn, das die breite Krempe über mein Gesicht herabbog. Nun fühlte ich mich sicher wie unter einer Maske.

Ohne zu zögern, schritt ich die Allee hinab, ohne Scheu mischte ich mich unter die Menge, wo sie sich am dichtesten drängte. Still stehen und gelassen beobachten, das konnte ich jetzt nicht. Ich genoß die Bewegung, das Flackerlicht, das bald aufflammte, bald verblich, begierig sog ich die frische Nachtluft ein, begierig horchte ich auf die anschwellenden und abklingenden Geräusche. Was Glück und Hoffnung anlangte – die beiden hatten mir bedauernd die Hand geschüttelt und waren ihrer Wege gegangen. Aber die Verzweiflung, die mir entgegentrat, verachtete ich, gerade jetzt.

Ich ging weiter. Was ich suchte, war das grünbemooste Steinbecken mit seiner klaren Tiefe. An das Grün und die Kühle dachte ich mit dem leidenschaftlichen Durst unbewußten Fiebers. Inmitten des grellen Flackerns und des lebhaften, hastigen Gedränges und Lärms sehnte ich mich einsam und heftig nach diesem runden kristallenen Spiegel. Ich wollte sehen, wie der Mondschein auf dem Wasser flimmerte …

Ich wußte, wo mein Brunnen lag, aber es war, als wolle mich alles davon abhalten, unverzüglich dem geraden Weg zu folgen. Hier lockte mich ein Bild und dort ein Klang, verlockte es mich, diesen Pfad und dann jenen entlangzuwandern. Schon sah ich die dichte Baumgruppe vor mir, die meinen zitternden Spiegel mit den Kräuselwellen umgab, da hob rechts von mir in einer Lichtung Chorgesang an. Solche Töne, dachte ich, mochten aufklingen, wenn der Himmel seine Tore öffnete. Vielleicht *waren* sie in der Nacht, da die Hirten die frohe Botschaft empfingen, so über die Ebenen von Bethlehem dahingeschwebt.

Das Lied stieg in der Ferne auf, aber auf rasch erstarkten Schwingen schoß es voll ungestümer Süße zu mir herüber. Ein solcher Sturm von Harmonie wogte durch die Schatten zu mir her, daß ich wohl umgesunken wäre, hätte ich mich nicht an einen nahen Baum lehnen können. Zahllose Stimmen, so schien es mir, schmolzen zusammen, zahllose und verschiedenartige Instrumente – Horn und Trompete hörte ich heraus. Es war, als bräche das Meer mit allen Wogen in ein Lied aus.

Die Flut schwoll und schoß zu mir herüber, dann strömte sie wieder zurück. Ich folgte den abebbenden Klängen. Sie führten zu einem byzantinischen Gebäude – einer Art Kiosk mitten im Park. Rundum standen Tausende dicht gedrängt. Was ich vernommen hatte, war wohl ein stürmischer Jägerchor gewesen. Nur die Nacht und die Umgebung und das, was in mir selber gärte, hatten die Töne verzaubert.

Damen hatten sich hier versammelt. Sie sahen sehr schön in diesem Licht aus, manche in floråhnlichen Gewändern, andere in schimmerndem Atlas. Blumen und Spitzen und die Schleier wehten leise um ihre geputzten Hüte, während der gewaltige Chor die Luft mit seinem Kriegsgesang zerriß. Die meisten Damen saßen auf leichten kleinen Gartenstühlen, und hinter und neben ihnen standen beschützend die Herren. Weiter außen im Kreis standen die Bürger, die Arbeiter und schließlich die Polizei.

In diesen äußeren Kreis reihte ich mich ein. Es behagte mir, still, unbekannt und folglich unangesprochen neben Frauen in kurzen Röcken und Männern in Holzschuhen zu stehen und die Seidenkleider und Samtmäntel und die Federhüte nur aus der Ferne zu betrachten. Und es paßte mir auch, inmitten von soviel Leben und Freude allein zu sein – ganz allein. Ich spürte weder den Wunsch in mir noch die Kraft, mir den Weg durch eine so dichte Menge zu bahnen. So stand ich am äußersten Rande des Ringes, wo ich wohl etwas hören, doch nur wenig sehen konnte.

»Mademoiselle hat keinen guten Platz«, sagte jemand neben mir. Wer wagte es, *mich* anzureden? Wahrhaftig, ich war in keiner geselligen Laune. Ich drehte mich um, keine Antwort, vielmehr eine herbe Abweisung lag mir auf der Zunge. Ich sah einen Mann, einen Bürger. Im ersten Augenblick hielt ich ihn für einen völlig Fremden, dann erkannte ich einen Kaufmann in ihm, einen Buchhändler, der die Rue Fossette mit Büchern und Schreibmaterial versorgte. Der Mann war in unserm Pensionat berüchtigt wegen seines reizbaren Temperaments und einer entsprechenden Bissigkeit, mit der er selbst uns, seinen Hauptkunden, gegenüber nicht zurückhielt. Aber ich in meinem melancholischen Einsiedlertum hatte eher Sympathie für ihn gefühlt, und mir war er stets höflich, zuweilen mit offener Freundlichkeit begegnet. Einmal hatte er mir einen Dienst erwiesen, indem er mir beim Umtausch ausländischen Geldes geholfen hatte. Er war ein gescheiter Mann, und unter der schroffen Außenseite barg sich ein gutes Herz. Manchmal hatte ich denken müssen, daß er und Monsieur Paul in einem Teil ihres Wesens einander sehr verwandt waren. Er kannte Monsieur Paul gut, ihn hatte ich oft getroffen, wie er auf Mirets Ladentisch saß und in den Neuerscheinungen des Monats blätterte. Und dieses Stück Wesensverwandtschaft war es wohl, das mich unbewußt zu ihm hinzog.

Sonderbar genug, dieser Mann erkannte mich unter meinem Strohhut und in dem Schal, der mich dicht umhüllte, und obwohl ich ihn davon abzuhalten suchte, bestand er darauf, mir einen Weg durch die Menge zu bahnen und einen besseren Platz für mich zu entdecken. Er trieb seine uneigennützige Freundlichkeit noch weiter und verschaffte mir, ich weiß nicht woher, einen Stuhl. Ich habe öfter gefunden, daß die widerborstigsten Leute noch lange nicht die schlechtesten sind, so wenig wie es die einfachen sind, denen das Zartgefühl mangelt. Dieser gefällige Mann zeigte keine Verwunderung darüber, daß er mich hier allein antraf. Er sah darin nur einen Grund, sich zurückhaltend, doch nachdrücklich für mich zu bemühen. Nachdem er mir einen Platz und einen Sitz gesichert hatte, zog er sich ohne eine Frage, ohne eine Bemerkung, ohne ein überflüssiges Wort zurück. Kein Wunder, daß Professor Emanuel gern seine Mußestunden in Monsieur Mirets Laden verbrachte, seine Zigarre dort rauchte und dort das Feuilleton las; die beiden mußten einander gefunden haben.

Ich hatte meinen Platz noch keine fünf Minuten inne, da wurde ich gewahr, daß der Zufall und mein braver Freund, der Geschäftsmann, mich abermals in die Reichweite einer vertrauten Familiengruppe gebracht hatten. Unmittelbar vor mir saßen die Brettons und die Bassompierres. Wenn ich die Hand ausgetreckt hätte, so hätte ich die Schulter der Feenkönigin berühren können. Paulina trug ein den Lilien gleichendes Kleid: Was nicht makellos weiß war, schimmerte in tiefem Blattgrün. Auch meine Patin saß ganz nahe, hätte ich mich vorgebeugt, so hätte sich ihr Haubenband unter meinem Atem bewegt. Sie waren allzu nahe. Da ich eben von einem vergleichsweise Fremden erkannt worden war, fühlte ich mich unbehaglich in dieser unmittelbaren Nachbarschaft der Freunde.

Ich fuhr zusammen, als sich Mrs. Bretton zu Mr. Home wandte und in einer plötzlichen Regung liebevollen Gedenkens sprach: »Ich möchte wissen, was meine brave kleine Lucy sagen würde, wenn sie das alles sähe! Ich wollte, wir hätten sie mit hierhergenommen. Sie hätte ihre Freude daran gehabt.«

»Sicher, das hätte sie auf ihre ernsthafte, vernünftige Art. Es ist zu schade, daß wir sie nicht aufgefordert haben«, erwiderte der freundliche Herr und fügte hinzu: »Ich sehe sie gern so stillvergnügt – kaum aus der Ruhe zu bringen und immer zufrieden.«

Sie waren mir beide teuer, sie sind es mir noch bis zum heutigen Tage. Dankbar erinnere ich mich ihrer Güte. Wie wenig ahnten sie von dem fieberheißen Schmerz, der Lucy bis an den Rand der Tollheit gedrängt und der sie hierhergetrieben hatte, bedenkenlos und ohne Begleitung. Fast hätte ich mich über die Schultern der beiden geneigt, um ihnen mit einem Blick für ihre Güte zu danken. Monsieur de Bassompierre wußte nicht viel von mir, aber ich kannte ihn und achtete und bewunderte seinen Charakter, seine schlichte Aufrichtigkeit, seine Wärme und seine Fähigkeit, sich selbstvergessen zu begeistern. Vielleicht hätte ich gesprochen – aber gerade da drehte sich Graham um. Er wendete den Kopf mit der stattlichen, ruhigen Bewegung, die ihm eigen war. Wie sehr unterschied sie sich von dem raschen Herumzucken eines hitzigen kleinen Mannes! Hinter ihm staute sich eine dichte Menge in hundert Reihen – Tausende standen da, bereit, seinem Blick zu begegnen, Tausende, auf die er seine forschende Aufmerksamkeit lenken konnte. Warum also richtete er sie ganz auf mich? Warum lähmte er mich mit dem vollen, unverwandten Blick seiner blauen Augen? Und wenn er mich schon anschauen wollte, *warum* begnügte er sich nicht mit einem Blick? Weshalb drehte er sich auf seinem Stuhl um, stützte die Ellbogen auf die Lehne und betrachtete mich in aller Muße? Er konnte mein Gesicht nicht sehen, ich hielt es gesenkt, sicher *konnte* er es nicht erkennen. Ich kroch in mich zusammen, ich duckte mich in den Schatten, ich *wollte* nicht gekannt sein. Er erhob sich. Im nächsten Augenblick würde er neben mir stehen, und zwei Minuten später würde er Herr über mein Geheimnis sein. Er würde mich in den Händen haben, in seinen beiden zwar nicht tyrannischen, doch starken Händen. Es gab nur einen Weg, ihm zu entgehen und ihn zurückzuscheuchen. Ich gab ihm durch eine flehende Geste zu verstehen, daß er mich in Ruhe lassen möge. Wäre er danach hartnäckig geblieben, so hätte er vielleicht das Schauspiel einer wütenden Lucy erlebt. Denn er mochte noch so großartig sein und noch soviel Güte und Freundlichkeit in sich tragen – ich war mir wohl bewußt, *wieviel* –, im Augenblick bändigte mich das nicht, mir war ganz und gar nicht danach zumute, harmlos und still wie ein Schatten zu bleiben. Er schaute mich weiter an, doch er fügte sich. Er schüttelte seinen hübschen Kopf, aber er schwieg. Dann ließ er sich wieder auf seinen Stuhl nieder. Er wandte sich auch nicht mehr um und störte mich kein zweites Mal durch Blicke. Nur einer streifte mich noch, kurz und verstohlen, weniger neugierig als besorgt, und was da aus seinen Augen sprach, berührte mich sanft und wohltätig, wie »der Südwind, der die Erde stillt«. Graham dachte also doch nicht nur mit kühler Gleichgültigkeit an mich. Ich glaube, er hielt in seinem Herzen, diesem stattlichen Herrenhaus, eine kleine Dachkammer frei, die war für Lucy offen, wenn ihr der Sinn danach stand zu kommen. Sie war nicht so hübsch wie die Gastzimmer, in denen er seine männlichen Freunde unterbrachte; sie glich ganz und gar nicht der Halle, die er für seine tätige Nächstenliebe errichtet hatte, noch weniger ähnelte sie der Bibliothek, in der er die Schätze seiner Wissenschaft aufspeicherte, und am wenigsten hatte sie mit dem Pavillon gemein, in dem der Tisch reich für sein Hochzeitsmahl gedeckt war. Aber ein Kämmerchen gab es in seinem Hause, das war mir vorbehalten, und über der Tür stand »Lucys Zimmer« geschrieben, das bewies er mir im Lauf der Zeit durch seine stetige, immer gleichbleibende Freundlichkeit. Und auch bei mir gab es einen Raum für ihn. Ich habe diesen Raum niemals ausgemessen, weder mit dem Zirkel noch mit dem Lineal. Ich glaube, er war wie das Zelt von Peri-Banou. Ich trug es mein Leben lang zusammengefaltet in der Hand, aber wenn ich den Griff gelockert und es freigegeben hätte, es wäre aufgeschnellt und gewachsen und hätte sich zur geräumigen Hütte für den Gast gedehnt, das weiß ich.

So nachgiebig er an diesem Abend auch war, ich konnte nicht in dieser Nähe ausharren. Ich mußte diesen gefährlichen Ort, diesen gefährlichen Stuhl verlassen. Also paßte ich die Gelegenheit ab und stand auf und stahl mich fort. Er mochte vermuten und sogar glauben, daß Lucy in dem Schal gesteckt und sich unter der Hutkrempe verborgen hatte, wissen konnte er es nicht, denn mein Gesicht hatte er nicht sehen können.

Sicher war jetzt die Rastlosigkeit in mir gestillt – hatte ich nicht Abenteuer genug erlebt? Fing ich nicht an matt zu werden und zu verzagen, sehnte ich mich nicht endlich nach dem schützenden Dach? Nein, nichts dergleichen. Noch immer graute mir mehr, als sich sagen läßt, vor meinem Bett im Schulschlafsaal. Ich klammerte mich an alles, was mir den Gedanken daran vertrieb. Und irgendwie spürte ich auch, daß das Drama dieser Nacht erst begonnen hatte, daß kaum erst der Prolog gesprochen war. Schattendunkles Geheimnis herrschte über diesem Theater aus Wald und Rasen. Schauspieler, an die niemand dachte, und Ereignisse, die niemand voraussah, warteten hinter den Kulissen. Das sagte mir eine Ahnung.

Ziellos irrte ich weiter und ließ mich von jedem zufälligen Ellbogenstoß lenken. So geriet ich an eine Stelle, wo sich der dichte Strom der Menge zwischen Baumgruppen und einzelnen mächtigen Stämmen teilte und verlor, fern von der Musik und abseits von den Laternen. Aber die waren bei dem vollen, starken Mondlicht kaum nötig, und die leisen Klänge, die noch herüberwehten, schmeichelten und besänftigten. Hier hatten sich hauptsächlich bürgerliche Familien gelagert, Eltern, von denen einige trotz der späten Stunden von ihren

Kindern umringt waren und denen es ratsam schien, sich nicht mit ihnen in das Gedränge zu mischen.

Unmittelbar vor mir ragten drei schöne hohe Bäume empor, Stamm an Stamm, fast zu einem verschmolzen, und breiteten einen dichten schattigen Baldachin über einen grünen Hügel aus. Eine Bank stand auf der kleinen Anhöhe. Sie bot genügend Platz für ein paar Leute, aber offenbar hatte die glückliche Gesellschaft, die sie erobert hatte, zugunsten einer einzigen Person verzichtet. Sie standen ehrerbietig im Kreise, unter ihnen auch eine Dame, die ein kleines Mädchen an der Hand hielt.

Als ich das Kind zu Gesicht bekam, wirbelte es eben auf dem Absatz um sich selber und war aus allen Kräften bemüht, sich von der Hand der Begleiterin loszureißen. Es wand sich in fantastischen Verrenkungen und warf sich mutwillig hin und her. Diese eigensinnigen Bewegungen fesselten meine Aufmerksamkeit, sie kamen mir widerwärtig bekannt vor. Ich schaute genauer hin: Ja, auch das Kleid, in dem das Kind steckte, kannte ich, das Röckchen von Lilaseide, die kleine Boa von Schwanenfedern, das weiße Hütchen – das alles gehörte zum Festtagsanzug eines Engelchens, das mir nur allzu vertraut war. Mit einem Wort, vor meinen Augen sprang die kleine Kaulquappe Désirée Beck herum – Désirée Beck oder ein Kobold, der ihre Gestalt angenommen hatte.

Die Entdeckung hätte mich wie ein Donnerschlag treffen können, aber das wäre eine vorschnelle Übertreibung gewesen. Es stand mir noch eine Stufenfolge von Entdeckungen bevor, der Höhepunkt war noch längst nicht erreicht.

Die liebe Désirée! An wessen Hand konnte sie sich so ungeniert schaukeln, wessen Handschuh durfte sie so rücksichtslos zerreißen, wen durfte sie ungestraft so am Arm zerren und wem so unverschämt auf den Rocksäumen herumspringen und -trampeln? Natürlich handelte es sich um Hand, Handschuh, Arm und Kleid ihrer Frau Mama. Da stand sie, in einen Kaschmirschal gehüllt, mit einem blaßgrünen Krepphütchen auf dem Kopf, frisch, stattlich, munter und recht vergnügt – Madame Beck.

Kurios! Bis zu diesem Augenblick hätte ich darauf geschworen, daß Madame und Désirée in ihren Betten lagen und eine wie die andere den Schlaf des Gerechten schlief. Ohne Zweifel vermuteten die beiden ihrerseits Miß Lucy schlummernd in der feierlichen Stille des alten Gemäuers. Und nun waren wir alle drei hier und trieben uns um Mitternacht in dem festlich beleuchteten Park umher!

In der Tat folgte Madame nur einer stillen Gewohnheit, die man ihr wohl verzeihen darf. Natürlich, jetzt besann ich mich wieder darauf: Ich hatte die Lehrerinnen darüber reden hören, daß Madame oft, wenn wir sie in ihrem Zimmer schlafend glaubten, in großer Toilette ausgegangen sei und sich in Opern und Schauspielen und auf Bällen vergnüge. Damals hatte ich nicht weiter auf den Klatsch geachtet... Aber freilich, ein Klosterleben entsprach nicht Madames Geschmack. Sie sorgte dafür, daß ihr Dasein zwar diskret, aber reichlich mit dem Aroma der großen Welt gewürzt wurde.

Ein halbes Dutzend Herren aus ihrem Freundeskreis stand um sie herum, zwei oder drei erkannte ich schnell. Da war ihr Bruder, Monsieur Victor Kint, und dort sah ich jemanden mit Schnurrbart und langem Haar, einen ruhigen, schweigsamen Mann, dessen Züge ich nicht gleichgültig betrachten konnte. Allzusehr gemahnten sie mich an ein andres Antlitz. Etwas drang zwischen Zurückhaltung und Phlegma hervor und behauptete sich über die Andersartigkeit von Charakter und Miene hinaus; das erinnerte an ein bewegliches, glühendes, empfindsames Gesicht, eins, das in einem Augenblick wolkendüster war und im nächsten strahlte. Etwas erinnerte mich an das Gesicht, von dem meine besten Stunden, die einzigen frühlingsjungen meines Lebens, Licht und Farbe und Schattendämmer empfangen hatten und das nun aus meiner Welt verschwunden, für meine Augen verloren war, erinnerte mich an das Antlitz, in dessen blitzschnell wechselnden Ausdruck ich so oft die Spuren des Genies wahrgenommen hatte, daß ich nie begriff, weshalb es nicht voll und frei hervorbrach, das Feuer, das ich in ihm wußte, Genius und Seele und ja, auch das Geheimnis. Nun wohl. Dieser Joseph Emanuel, der Mann des Friedens, erinnerte mich an seinen ungestümen Bruder.

Ich kannte noch einen dritten aus der Gesellschaft. Er stand gebückt hinter den andern im Schatten, aber seine Kleidung und sein kahler weißer Kopf machten ihn zur auffälligsten Gestalt in der Gruppe. Es war ein Geistlicher, es war Père Silas. Und es war nichts Seltsames daran, daß der Priester zu diesem Fest gekommen war. Sie müssen bedenken, mein Leser, daß das Fest nicht als fröhlich-leere weltliche Lustbarkeit angesehen wurde, sondern als Gedächtnisfeier für die Patrioten, die ihr Leben geopfert hatten. Die Kirche begünstigte es nachdrücklich. Scharen von Priestern wanderten in jener Nacht durch den Park.

Père Silas beugte sich über die Bank und die eine Person, die darauf saß, über die schlichte Bank mit ihrer wunderlichen Last: einer ungefügten, formlosen, juwelenglitzernden Gestalt. Kopf und Gesicht zeichneten sich deutlich ab. Doch so sonderbar saß das Haupt auf dem Rumpf, und so leichenhaft schien es, daß man hätte meinen können, jemand habe in frevelhaft müßigem Spiel einen Totenkopf auf einen reichen Warenstapel gesetzt. Von weither fingen sich die Strahlen der Laternen in glänzenden Gehängen, sie schimmerten auf dicken Ringen, und weder die Keuschheit des Mondlichts noch die Ferne des Lichtscheins konnte die Farbenpracht des Gewandes ganz unterdrücken. Glück auf, Madame Walravens! Ich denke, Sie glichen mehr denn je einer Hexe. Und bald bewies die gute Dame denn auch, daß sie tatsächlich weder ein Leichnam noch ein Gespenst war, sondern eine barsche, harte alte Frau. Als Désirée Beck ihre Mutter bestürmte, mit ihr zum Kiosk zu gehen und Süßigkeiten zu kaufen, und ihre Forderungen immer heftiger wurden, holte die Bucklige plötzlich aus und zog dem Mädchen mit ihrem goldbeknauften Rohrstock einen derben Hieb über.

Da war die Verschwörergruppe, die geheime Junta, also vollzählig versammelt: Madame Walravens, Madame Beck, Père Silas. Es tat mir gut, sie beieinander zu sehen. Ich kann nicht sagen, daß ich mich schwach und gedemütigt und bang vor ihnen gefühlt hätte. Sie waren drei gegen einen, sie hatten mich überwältigt und mir den Fuß auf den Nacken gesetzt. Aber bis jetzt war ich noch nicht tot.

39. Alte und neue Bekannte

Reglos stand ich, gebannt wie durch den Anblick eines dreiköpfigen Basilisken. Ich konnte nicht weg von dieser Sippschaft, der Boden in ihrer Nähe schien meine Füße festzuhalten. Der Baldachin aus dem Ästegeflecht der drei Bäume bot Schatten, die Nacht versprach mir flüsternd ihren Schutz, und eine diensteifrige Laterne schoß einen raschen Lichtstrahl herüber und zeigte mir einen verborgenen, sicheren Sitz; dann erlosch sie. Ich will dem Leser jetzt mit wenigen Worten erzählen, was ich in den letzten beiden dunklen Wochen stillschweigend aus den Gerüchten entnommen und gefolgert hatte, die um Monsieur Emanuels Abschied, dessen Grund und Zweck, kreisten. Die Geschichte ist kurz und nicht neu. Ihr Alpha heißt Mammon, ihr Omega heißt Eigennutz.

Madame Walravens war abstoßend häßlich wie ein Hindugötze, aber offenbar schätzten und fürchteten ihre Anhänger sie auch wie einen Götzen. Tatsächlich war sie reich, sehr reich gewesen, und wenn sie im Augenblick auch über kein Geld verfügte, so war es doch leicht möglich, daß sie eines Tages wieder reich sein würde. In Basseterre in Guadeloupe besaß sie große Ländereien, die sie vor sechzig Jahren, als sie heiratete, als Mitgift erhalten hatte. Beim Bankrott ihres Mannes waren sie beschlagnahmt worden, aber jetzt war, so vermutete man, die Schuld getilgt, und wenn ein tüchtiger, redlicher Verwalter ihre Interessen wahrnahm, durfte man hoffen, daß die Besitzung in wenigen Jahren großen Gewinn erbringen würde.

Père Silas lag die Sache um seines Glaubens willen am Herzen: Madame Walravens war eine fromme Tochter der Kirche. Madame Beck, die entfernte Verwandte der Buckligen, hatte mit Mutterhoffnung und -berechnung alle Möglichkeiten erwogen. Madame Walravens besaß keine nahen Angehörigen mehr. Gleichviel, wie grob sie Madame Beck auch behandelte, die ließ keine Sekunde von ihrem Ziel ab und schmeichelte katzenschmiegsam um die alte Frau herum. Madame Beck und der Priester waren also dem Geld zuliebe gleich stark und gleich aufrichtig daran interessiert, daß die westindische Plantage gut verwaltet würde.

Aber die Entfernung war groß und das Klima gefährlich. Der fähige und ehrliche Verwalter, den sie brauchten, mußte opferbereit und selbstlos sein. Genau solch einen Mann hatte Madame Walravens seit zwanzig Jahren in ihre Dienste genommen. Sie hatte ihm das Leben verdorben, sich dann darin eingenistet und zehrte nun an ihm wie ein alter Schmarotzerpilz an einem Baum. Genau solch einen Mann hatte Père Silas geschult und unterrichtet und durch Bande der Dankbarkeit, der Gewohnheit und des Glaubens an sich gebunden. Solch einen Mann kannte Madame Beck und konnte ihn bis zu einem gewissen Grade beeinflussen. »Wenn mein Schüler in Europa bleibt«, sagte Père Silas, »dann läuft er Gefahr, abtrünnig zu werden, denn eine Ketzerin hat ihn umgarnt.« Madame Beck stellte ihre Betrachtungen im stillen an. Sie hatte ihren eignen geheimen Grund zu wünschen, daß Monsieur Paul sein Vaterland verließ, und der war ihr wichtiger als alle andern. Was sie selber nicht zu erlangen vermochte, das gönnte sie niemand anders; viel lieber sollte es zugrunde gehen. Was Madame Walravens anlangte, sie wünschte ihr Geld und ihr Land und wußte, daß Paul den besten und getreuesten Verwalter abgeben würde, wenn er nur wollte. So verbündeten sich die drei Selbstsüchtigen miteinander und belagerten den einen Selbstlosen. Sie argumentierten und baten und flehten, sie lieferten sich ihm auf Gnade und Ungnade aus, in seine Hände legten sie vertrauensvoll ihr Geschick. Nur zwei, drei Jahre sollte er ihnen opfern, mehr verlangten sie nicht, dann sollte er sein eignes Leben führen. Vielleicht wünschte einer von den dreien, daß er sterben möge, bevor es dazu käme.

Noch nie hatte Monsieur Paul ein Geschöpf, das sich ihm demütig zu Füßen legte, zurückgestoßen, und wer immer vertrauensvoll gekommen war, um ihm sein Schicksal in die Hände zu legen – er hatte die Bürde auf sich genommen. Was ihn selber im Innersten bedrückte und quälte, was es ihm schwer machte, Europa zu verlassen, was er für die eigene Zukunft geplant und gehofft hatte, danach fragte, davon wußte und davon sprach niemand. Da klaffte die Lücke für mich. Wie er sich mit seinem Beichtvater besprochen hatte, konnte ich erraten. Leicht konnte ich mir vorstellen, welche Rolle der Pflicht und der Religion zugeschoben worden war, als man ihn überredete. Er war gegangen, ohne Worte, ohne Blick, ohne Zeichen. Da war meine Wissenschaft am Ende.

Den Kopf gebeugt, die Stirn in die Hände gestützt, saß ich zwischen Bäumen und Dickicht. Wenn ich wollte, konnte ich hören, was da in meiner unmittelbaren Nähe gesprochen wurde, aber weswegen sollte ich darauf achten? Sie schwätzten jetzt über Kleider und über die Musik, über die Illumination und über die schöne Nacht. Ich wartete darauf, daß sie sagen sollten: »Er hat ruhiges Wetter für *seine* Reise, die ›Antigua‹« – sein Schiff – »wird eine gute Fahrt haben.« Niemand sprach etwas dergleichen aus. Niemand erwähnte die »Antigua« und ihre Fahrt oder ihren Passagier.

Vielleicht interessierte das leichte Geplauder die alte Madame Walravens so wenig wie mich. Sie schien unruhig und wandte den Kopf bald nach rechts und bald nach links, sie spähte zwischen den Bäumen hindurch und suchte mit den Blicken in der Menge, als warte sie auf jemand, der noch kommen sollte. »Où sont-ils? Pourquoi ne viennent-ils?« hörte ich sie wiederholt murmeln. Und schließlich sprach sie die Frage, auf die bisher niemand geachtet hatte, laut aus, als wolle sie sich die Antwort erzwingen. Der Satz war kurz und einfach genug, doch mich traf er wie ein Schlag. »Messieurs et Mesdames«, sagte sie, »où donc est Justine Marie?«

»Justine Marie!« Was war das für ein Name? Justine Marie, die tote Nonne – wo sie war? In ihrem Grab, Madame Walravens, und was können Sie von ihr wollen? Sie können zu ihr gehen, aber sie wird nicht zu Ihnen kommen!

So hätte *ich* geantwortet, wenn die Antwort bei mir gelegen hätte. Aber niemand schien zu denken wie ich. Niemand schien überrascht, erschreckt oder verlegen zu sein. Die sonderbare Frage der Buckligen, dieser Satz, mit dem sie, eine Hexe von Endor, die Tote aus ihrer Ruhe aufstörte, fand die ruhigste und alltäglichste Erwiderung.

»Justine Marie kommt bald«, sagte jemand, »sie ist im Kiosk. Sie muß jeden Augenblick hier sein.«

Frage und Antwort gaben dem Geplauder eine neue Wendung. Geplauder blieb es weiter, leichtes, zusammenhangloses, vertrauliches Geschwätz. Sie warfen einander Andeutungen, Anspielungen und Bemerkungen zu, doch so abgebrochen, bezogen auf Personen, deren Namen sie nicht nannten, auf Umstände, die sie nicht näher erläuterten, daß mir alles angestrengte Lauschen nichts half – und jetzt lauschte ich angestrengt, als hinge mein Schicksal von ihren Worten ab. Ich konnte nicht mehr erfassen, als daß irgendein Plan im Gange war, der diese gespensterhafte Justine Marie, tot oder lebendig, mit betraf. Irgendwie, aus irgendeinem Grunde schien diese Familienjunta begierig, sie einzufangen. Offenbar handelte es sich um eine Heirat, um ein Vermögen – für wen, konnte ich nicht recht ausmachen, vielleicht für Victor Klint, vielleicht für Joseph Emanuel, beide waren Junggesellen. Es regnete Anspielungen und Scherze. Einmal glaubte ich, sie richteten sich auf einen jungen blonden Ausländer, den die andern Heinrich Mühler nannten. Inmitten all der Neckereien verharrte Madame Walravens in störrischer Ungeduld. Von Zeit zu Zeit fuhr sie den andern mit ihrer heiseren Stimme rauh ins Wort. Nur Désirée lenkte sie ein wenig ab. Sie bewachte sie unerbittlich, und das Kind konnte sich nicht rühren, ohne daß die alte Frau es mit ihrem Stock bedrohte.

»La voilà!« rief einer der Herren plötzlich aus. »Voilà Justine Marie qui arrive!«

Das war ein seltsamer Augenblick für mich. Ich rief mir

das Nonnenbild auf der Täfelung ins Gedächtnis zurück. Die traurige Liebesgeschichte stand mit allen Einzelheiten vor mir. In Gedanken sah ich das Phantom in der Bodenkammer und die Erscheinung auf dem Gartenweg und sah wieder, wie sich die Bogenlaube in sonderbaren Geburtswehen schüttelte. Zitternde Erwartung durchdrang mich: Jetzt, schien mir, mußte sich mir alles entdecken, es konnte nicht anders sein. Ach! Wenn wir der Phantasie einmal die Zügel schießen lassen, daß sie mit uns durchgeht, wo ist da ein Halten? Ein winterdürrer blattloser Baum, ein armseliges Tier am Straßenrand, das friedlich an den Heckenzweigen herumkaut – und die Einbildungskraft, eine vorübergleitende Wolke und ein schwankender Mondstrahl machen sie zu Geisterwesen, zu Boten aus dem Jenseits.

Feierliche Erwartung preßte mir das Herz zusammen. Jetzt mußte sich das Geheimnis lösen. Bisher hatte ich diesen Geist nur verschwommen wahrgenommen, jetzt würde ich ihm Auge in Auge gegenüberstehen. Ich beugte mich vor und starrte in die Dunkelheit.

»Da kommt sie!« rief Joseph Emanuel.

Der Kreis geriet in Bewegung, als wolle er sich öffnen, um ein neues und willkommenes Glied aufzunehmen. Der Zufall wollte es, daß in diesem Augenblick jemand eine Fackel vorübertrug. Ihr Flackerlicht kam dem bleichen Mond zu Hilfe. Klar und deutlich sichtbar mußte die Entscheidung, die Lösung, auf die alles hindrängte, kommen. Sicher mußten doch die dort drüben wenigstens etwas von der Bangnis verspüren, die mich so übermächtig durchdrang. Dem Kaltblütigsten mußte der Atem stocken. Ich – in mir erstarrte alles Leben.

Vorbei – es ist vorüber. Der Augenblick ist gekommen, die Nonne ist gekommen. Der Wendepunkt ist überschritten, die Enthüllung ist da.

Noch wirft die Fackel ihren grellen Schein – kaum einen Meter entfernt hält ein Parkwächter sie empor. Ihre lange gierige Flammenzunge streift fast die Gestalt der Erwarteten. Die steht dort, greifbar nahe. Was für ein Wesen ist das? Wie sieht sie aus, wie ihr Gewand, wer ist sie?

Vielerlei Masken treiben sich heute im Park herum, und je tiefer die Nacht sinkt, desto mehr verbreitet sie ringsum ein seltsames Gefühl von Rausch und Unwirklichkeit. Mein Leser, wenn ich jetzt sagte, daß sie der Nonne aus der Dachkammer gleiche, daß sie schwarze Röcke und einen weißen Schleier trage, daß sei ein Geist sei, der auferstanden, leiblich wiederauferstanden sei, Sie dürften mich nicht Lügen strafen.

Doch wäre es Lüge, Dichtung, Hirngespinst, alles das. Wir werden nicht in diesem Erdenleib wandeln und umgehen. Laßt uns ehrlich sein und das grobe Gespinst der Wahrheit abwickeln.

Aber freilich, das Wort *grob* ist nicht gut gewählt. Was ich vor mir sehe, ist nicht eben grob. Ein Villetter Mädchen steht da, ein Mädchen, frisch aus dem Pensionat. Sie ist sehr hübsch, ist von jener Schönheit, die in diesem Lande erwächst: wohlgenährt, üppig und blond. Sie hat runde Wangen und gutmütige Augen und reiches Haar, sie trägt ein hübsches Kleid. Sie ist nicht allein, drei Personen geleiten sie, zwei ältliche – die redet sie mit »Onkel« und »Tante« an. Sie lacht und plaudert, wohlgelaunt und munter und blühend. Vom Scheitel bis zum Fuß ist sie die bravbürgerliche Schöne.

Soviel über »Justine Marie«, soviel über Geister und Geheimnis. Nicht, daß mein Geheimnis sich entschleiert hätte. Soviel steht fest, dies Mädchen hat nichts mit meiner Nonne zu tun. Das, was ich in der Dachkammer und im Garten gesehen habe, muß mindestens um eine Spanne größer gewesen sein.

Wir haben die städtische Schöne betrachtet, wir haben einen flüchtigen Blick auf den ehrenwerten alten Onkel und die Tante geworfen. Wie steht es mit dem dritten Begleiter? Wollen wir auch ihn flüchtig mustern, haben wir eine Sekunde für ihn übrig? Ich denke, soviel Aufmerksamkeit darf er uns wert sein, er hat das Recht dazu, sie zu verlangen. Wir treffen ihn nicht zum erstenmal. Ich krampfte die Hände ineinander und holte tief Atem, ich preßte die Zähne zusammen und erstickte Aufschrei und Ruf, ich beherrschte mich, zuckte nicht empor und verharrte stumm und reglos wie ein Stein. Aber ich erkannte, wer vor mir stand, wenn auch mein Blick in vielen durchweinten Nächten trübe geworden war – ich erkannte ihn. Sie hatten gesagt, er sollte mit der »Antigua« fahren. Madame Beck hatte das gesagt. Sie hatte gelogen, oder es war ursprünglich wahr gewesen, und als es nicht mehr stimmte, hatte sie es sich geschenkt, ihre Mitteilung zu widerrufen. Die »Antigua« war in See gestochen, und dort stand Paul Emanuel.

Verspürte ich Glück? Eine schwere Last fiel von mir ab. Aber durfte ich mich freuen? Ich wußte es nicht. Erst mußte ich erfahren, was diesen Aufschub bewirkt hatte. Wie weit betraf er *mich*? Waren da nicht andere, die er näher anging?

Wer war denn dieses junge Mädchen, diese Justine Marie? Keine Fremde, mein Leser. Ich kenne sie, ich habe sie oft gesehen. Sie besucht die Rue Fossette, oft ist sie bei Madame Becks Sonntagsgesellschaften zugegen. Sie ist eine Verwandte der Becks und der Walravens'. Getauft ist sie auf den Namen der frommen Nonne, die ihre Tante wäre, wenn sie noch lebte, ihr Vatername lautet Sauveur. Sie ist Waise und ist reich, und Monsieur Emanuel ist ihr Vormund, manche sagen ihr Pate. Die Familienjunta will, daß die Erbin einen aus ihrer Sippschaft heiratet. Wer soll es sein? Das ist eine Frage, an der Leben und Sterben hängt. Wer soll es sein?

Jetzt war ich darüber glücklich, daß die Droge in dem süßen Trank mir die besessene Rastlosigkeit eingegeben und mir Bett und Zimmer unerträglich gemacht hatte. Immer, solange ich lebte, hatte es mich getrieben, der Wahrheit bis auf den Grund zu dringen. Es trieb mich, die Göttin in ihrem Tempel aufzusuchen und den Schleier beiseite zu schieben und den gefürchteten Blick zu wagen. Du Titanin unter den Gottheiten! Wer dich enthüllt, sieht eine ungewisse Gestalt, wird siech; doch offenbare nur einen Zug, nur eine Linie deines Antlitzes, klar in furchtbarer Aufrichtigkeit; mag sein, daß wir keuchen in namenlosem Entsetzen. Doch mit diesem Keuchen saugen wir einen Hauch deiner Göttlichkeit ein; unsere Herzen erzittern, und seine Ströme schwellen an wie Flüsse, gehoben von einem Beben, doch wir sind von Kraft gespeist. Wenn wir das Ärgste sehen und erkennen, dann hat die Furcht ihre größte Macht über uns verloren.

Die Gesellschaft der Walravens', nun vollzählig versammelt, wurde ausgelassen fröhlich. Die Herren holten Erfrischungen von dem Kiosk, sie setzten sich auf dem Rasen unter den Bäumen nieder, sie tranken einander Gesundheit zu, sie lachten und scherzten. Monsieur Emanuel mußte etliche Neckereien über sich ergehen lassen, teils waren sie gutmütig, teils, so schien es mir, boshaft, zumal von Madame Beck. Bald erfaßte ich, daß er seine Reise aus eignem Willen verschoben hatte, ohne Zutun seiner Freunde, ja sogar gegen ihren Rat. Er hatte die »Antigua« abfahren lassen und sich eine Kajüte in der »Paul et Virginie« gesichert, die vierzehn Tage später abgehen sollte. Sie bestürmten ihn übermütig, er möge bekennen, was ihn zu diesem Entschluß gebracht habe. Er antwortete unbestimmt: Es sei eine kleine Geschäftssache, die ihm am Herzen liege und die er erst noch regeln müsse. Was für eine Geschäftssache? Offenbar wußte es niemand. Doch, jemand schien wenigstens zu einem Teil im Vertrauen. Er tauschte einen bedeutungsvollen Blick mit Justine Marie aus.

»La petite va m'aider – n'est-ce pas?« sagte er.

Weiß Gott, sie zögerte nicht mit der Antwort: »Mais oui, je vous aiderai de tout mon cœur. Vouz ferez de moi tout ce que vous voudrez, mon parrain.«

Und er, ihr lieber »parrain«, nahm ihre Hand und hob sie dankbar an die Lippen. Ich sah, wie der hellhäutige junge Deutsche, Heinrich Mühler, bei dieser Demonstration unruhig wurde, als ob sie ihm nicht behagte. Er murmelte sogar ein paar Worte vor sich hin – und Monsieur Emanuel lachte ihm, ja, er lachte ihm ins Gesicht, und mit dem rücksichtslosen Triumph des selbstbewußten Eroberers zog er sein Mündel näher zu sich.

Wahrhaftig, Monsieur Emanuel war sehr fröhlich in dieser Nacht. Er sah nicht aus wie einer, den der nahe bevorstehende Wechsel von Ort und Tätigkeit bedrückte. Er war es, der die andern anfeuerte und mit sich fortriß, ein wenig despotisch vielleicht, entschlossen, der Fröhlichste zu sein, so gut, wie er der Tüchtigste war. Aber von Sekunde zu Sekunde bewies er, daß ihm unleugbar das Recht zustand, hier der Anführer zu sein. Ihm sprangen die geistvollsten Bonmots von den Lippen, er wußte die hübschesten Anekdoten, er konnte am herzlichsten lachen. Rastlos, quicklebendig und behend wie immer schien er sich zu verdoppeln und zu verdreifachen, um allen gefällig zu sein. Aber ach, ich sah wohl, wem sein Augenmerk vor allem galt. Ich sah, zu wessen Füßen er auf dem Rasen saß, ich sah, wem er zum Schutz gegen die Nachtluft sorgfältig den Schal um die Schultern legte, wen er bediente und umsorgte und wie seinen Augapfel behütete.

Noch immer flogen neckende Anspielungen hin und her.

Ich fing sie auf. So also war das: Während Monsieur Paul fort sein würde, um für andre zu arbeiten, wollten diese andern, nicht gänzlich undankbar, den Schatz für ihn bewahren, den er in Europa zurückließ. Mochte er ihnen aus Indien ein Vermögen herbeischaffen, sie würden ihm dafür eine junge Frau mit einem reichen Erbe geben. Das fromme Gelübde, irdischem Glück zu entsagen, die ewige Treue, der er sich geweiht hatte, sie waren vergessen. Die blühende Gegenwart übte ihren Zauber, sie war mächtiger als die Vergangenheit, und nun hatte er seine Nonne endlich doch begraben.

So mußte es sein. Das war sie, die Enthüllung. Die Ahnung hatte mich nicht getäuscht. Es gibt eine Ahnung, die nie fehlgeht. Es war mein Fehler, daß ich sie einen Augenblick lang mißdeutet hatte: Ich hatte gemeint, sie wollte mir Geister vorspiegeln, sie aber hatte Fleisch und Blut gemeint.

Ich hätte länger über das nachsinnen können, was ich sah, ich hätte wägen und erwägen können, bevor ich Schlüsse zog. Vielleicht hätten manche die Schlüsse als zweifelhaft erachtet und die Beweise ungenügend gefunden. Bedächtige Zweifler hätten untersucht und nachgeforscht, ehe sie endgültig als Tatsache hingenommen hätten, daß ein armer und selbstloser Mann von vierzig Jahren sein achtzehnjähriges reiches Mündel zu heiraten gedachte. Aber mir, was sollten mir solche Ausflüchte und Beschönigungen? Die Augen schließen, um noch eine arme Frist zu gewinnen, feige vor der grausamen Wirklichkeit davonlaufen, nein, das wollte ich nicht. Die Wahrheit hatte schnelle Füße, und wenn ich flüchtete, stolpernd und strauchelnd, sie würde mich einholen. Zitternd mich sträuben, ausweichen und ohnmächtig widerstehen, mich selber belügen und verräterisch abfallen von ihr, der einzigen Königin, die zu Recht herrscht und erobert und siegt – nein, das wollte ich nicht.

Nein. Ich erfaßte hastig den ganzen Plan. Ich streckte die Hände aus und spreizte die Finger, daß ich ihn ganz in den Griff bekam. Ich riß ihn zu mir her in einer Art wütender Hast, und wie der verwundete Soldat auf dem Schlachtfeld sich seine Fahne über die Brust zieht, so raffte ich dies Gespinst um mich zusammen. Ich rief die Überzeugung auf, sie möge die Gewißheit auf mir festhämmern, die verabscheute, die ich nun an mich preßte, möge sie mit den stärksten Nägeln, den mächtigsten Schlägen an mich heften. Und als das Eisen so recht in meine Seele gedrungen war, erhob ich mich – wiederhergestellt – wie ich mir einredete.

Ich sagte in meiner sinnlosen Leidenschaft: »Wahrheit, du bist deinen getreuen Dienern eine gute Herrin! Wie habe ich gelitten, solange die Lüge mich in ihren Fängen hielt! Und wenn es tausendmal süß war, was sie mir vorspiegelte, ein schmeichelnder Traum, der mir das Herz wärmte – wie habe ich mich Stunde um Stunde gequält und verzehrt! Ja, ich habe gemeint, ich hätte Liebe gewonnen, aber nie bin ich die Furcht losgeworden: Das Rad dreht sich weiter, ich verliere sie wieder. Du hast sie beiseite geschleudert, die Lüge und den sanften falschen Traum, und nun stehe ich hier und bin frei!«

Nichts blieb mir zu tun, als meine Freiheit zu nehmen und heimzugehen in den Schlafsaal, als mich mit ihr zu Bett zu legen und zu sehen, wie ich mit ihr fertig wurde. Das Spiel war noch nicht ganz zu Ende. Ich hätte bleiben und die Liebesszene unter den Bäumen noch eine Weile betrachten können, diese Huldigung im Walde. Und hätte sich dabei keine Spur von Liebe gezeigt, in dieser Stunde war meine Einbildungskraft so freigebig, so schöpferisch – sie hätte dem Bild die markantesten Züge und die sattesten Farben verliehen, Leben und Glut und Leidenschaft. Aber ich *wollte* nicht mehr hinblicken. Mein Entschluß stand fest, mehr ertrug ich nicht. Ich spürte, wie mir etwas grausam in die Seite stieß. Ein Geier grub mir die Krallen durch Schal und Haut und hackte mit eisernem Schnabel auf mich ein. Ich mußte allein sein, um seiner Herr zu werden. Ich glaube, bis zu diesem Augenblick wußte ich nicht, was Eifersucht ist. Was bedeuteten Doktor Johns und Paulinas Zärtlichkeiten gegen den Geier! Und wenn ich Augen und Ohren verschlossen und meine Gedanken von den beiden fortgezwungen hatte, ich hatte doch Einklang und Ebenmaß gespürt und anerkannt. Aber das hier war Gewalttat und Schmach. Die Liebe, die aus Schönheit geboren wird, gehörte nicht zu mir, mit ihr hatte ich nichts gemein und konnte mich nicht unterfangen, an sie zu denken. Aber eine andre Liebe ging mich sehr wohl an: eine, die sich nach langer Bekanntschaft schüchtern ins Leben gewagt und die Feuerprobe des Kummers bestanden hatte und von Beharrlichkeit geprägt war, eine, in die sich reine, dauerhafte Zuneigung mischte und sie festigte, die der Verstand geprüft und schließlich, selber fortschreitend, zu seiner eignen makellosen Vollkommenheit erhoben hatte. Sie, die über die zügellos tolle Leidenschaft und ihr hitziges, hastiges Verglühen lachte, sie ging mich an, und was immer dazu beitrug, sie zu hegen oder zu zerstören, das konnte ich nicht unempfindlich betrachten.

Ich wandte mich von der Baumgruppe und der fröhlichen Gesellschaft in ihrem Schatten ab. Mitternacht war längst vorüber, das Konzert war zu Ende, die Menge fing an, sich zu zerstreuen. Ich folgte der Ebbe, verließ den strahlenden Park und die hellerleuchtete Haute-Ville (denn sie war noch immer hell erleuchtet) und suchte die düstere Altstadt auf.

Düster ist nicht das rechte Wort, denn hier goß der Mond, der im Park vergessene, sein Licht wieder in ungebrochenem Strome aus, es erfüllte mir Augen und Sinn. Hoch stand er am Himmel, ruhig und rein. Eine Stunde lang hatten ihn Festmusik und Ausgelassenheit, Feuer und bunter Laternenschimmer verdunkelt, doch nun triumphierte er wieder in Glanz und Stille. Die Lampen, die mit ihm gewetteifert hatten, erloschen. Er zog hell seine Bahn, unabänderlich wie ein weißes Schicksal. Trommel, Trompete und Horn waren verstummt und vergessen. Er schrieb mit dem Strahlenstift auf Himmel und Erde seine Chronik für das Archiv der Ewigkeit. Er und die Sterne schienen mir gleichzeitig Urbilder und Zeugen der allmächtigen Wahrheit. Der Nachthimmel verkündete seinen Sieg: Während das Firmament langsam in schwerem Schwung weiterglitt, hob er sich immer herrlicher, allgebietend, unaufhaltsam und stetig vom Anbeginn bis zum Ende der Welt.

Diese ölig glitzernden Straßen sind sehr still, ich liebe sie um ihrer friedvollen Demut willen. Dann und wann begegne ich einer Gruppe heimkehrender Bürger, doch sie sind Fußgänger, machen keinen Lärm und wandern schnell an mir vorüber. So, wie Villette jetzt aussieht, ist es mir lieb. Ungern gehe ich wieder ins Haus. Aber ich will mein Abenteuer zum guten Ende bringen, ich will mein Bett im Schlafsaal erreichen, bevor Madame Beck zurückkehrt.

Nur eine Straße liegt noch zwischen mir und der Rue Fossette. Wie ich in sie einbiege, zerreißt die tiefe Stille dieses Viertels zum erstenmal unter Hufgetrappel und Räderrollen. Ein Wagen fährt in schnellem Tempo auf mich zu – wie laut er über das Pflaster rattert! Die Straße ist schmal, ich trete vorsichtig an den Rand auf den Gehweg, die Kutsche rattert vorüber. Aber was ist das? Habe ich es gesehen, oder war es Einbildung? Sicher hat in dem Bruchteil eines Augenblicks, da sie neben mir war, etwas Weißes aus ihrem Fenster geflattert, sicher war da eine Hand, die ein Taschentuch schwenkte. Hat das Zeichen mir gegolten? Hat jemand mich erkannt? Aber wer? Monsieur de Bassompierres Wagen ist das nicht gewesen, auch nicht der von Mrs. Bretton, außerdem – weder das Hotel Crécy noch das Château von La Terrasse liegt in dieser Richtung. Gleichviel, ich habe heute keine Zeit zum Rätselraten, ich muß mich eilen, daß ich rechtzeitig heim komme.

Ich erreichte die Rue Fossette und das Pensionat, alles lag in tiefster Stille. Noch war keine Droschke mit Madame und Désirée angekommen. Ich hatte die Haustür angelehnt gelassen. Würde ich sie offen vorfinden? Vielleicht hatte der Wind sie zugeworfen, vielleicht war sie durch irgendeinen Zufall ins Schloß gefallen, und der Riegel war vorgesprungen? Dann gab es keine Hoffnung, daß ich hineingelangte, und mein Abenteuer mußte mit einer Katastrophe enden. Ich stieß den schweren Türflügel leicht an – würde er sich rühren?

Ja. So geräuschlos und ohne Widerstand wich er zurück, als habe drinnen im Vestibül ein guter Geist auf den Zauberspruch »Sesam, öffne dich!« gewartet. Mit angehaltenem Atem trat ich über die Schwelle, lautlos zog ich die Tür zu und ließ den Riegel einrasten, dann streifte ich die Schuhe von den Füßen, stieg leise die Treppe hinauf, schlich mich in den Schlafsaal und suchte mein Lager auf.

Ja! Ich war am Ziel. Erlöst atmete ich auf. Im nächsten Augenblick hätte ich fast einen Schrei ausgestoßen – fast. Dem Himmel sei Dank, ich hielt ihn eben noch zurück.

Totenstille lag zu dieser Stunde über dem Schlafsaal und über dem ganzen Haus. Sie schlummerten alle und so leise, daß es schien, keine einzige träumte auch nur. Auf den neunzehn Betten ruhten kerzengerade ausgestreckt und reglos neunzehn Gestalten. Auf dem zwanzigsten, auf meinem Lager, hätte *nichts* liegen dürfen, ich hatte es leer zurückgelassen, und leer hätte ich es wieder vorfinden müssen. Was also war das dort zwischen den halb zurückgezogenen Vorhängen? Was für ein sonderbares Geschöpf hatte sich mein Bett angeeignet und dehnte sich da dunkel und lang? War es ein Einbrecher, der durch die offene Straßentür eingedrungen war und nun hier auf der Lauer lag? Das Ding sah tiefschwarz aus, mir schien, es sah nicht aus wie ein Mensch. Konnte es ein herumstreunender Hund sein, der von der Straße hereingekommen und heraufgeschlichen war und sich hier ein Lager gesucht hatte? Würde er auffahren und mich anspringen, wenn ich herantrat? Herantreten mußte ich. Mut! Nur noch ein Schritt!

Alles drehte sich vor meinen Augen, denn beim bleichen Schimmer der Nachtlampe erblickte ich vor mir auf meinem Kissen das alte Phantom – die Nonne.

Ein Schrei wäre mir in diesem Augenblick zum Verderben geworden. Ganz gleich, was ich da sah – Bestürzung und Schrei oder Ohnmacht durfte ich mir nicht leisten. Aber ich war auch nicht überwältigt. Die letzten Ereignisse hatten meine Nerven abgehärtet. Hysterie? Lachhaft. Und ich war erhitzt von Lichterglanz und Musik und vom Trubel der Tausende, und eine neue Geißel hatte mich gründlich aufgepeitscht: Ich trotzte allen Gespenstern. Im Nu hatte ich mich auf das spukhafte Bett gestürzt. Nichts sprang heraus oder fuhr auf oder rührte sich auch nur. Ich allein war es, die sich bewegte, die lebte, kräftig und wirklich und substantiell, ich spürte es mit dem Instinkt, noch ehe ich es fühlte. Ich riß ihn empor, den bösen Geist, ich hielt es hoch, das Gespenst, ich schüttelte es, das Geheimnis! Und in Fetzen löste es sich auf, Bruchstücke flogen rings um mich zu Boden. Ich trat darauf, ich trat auf die Nonne.

Sieh an, so war das also! Ein blattloser Winterbaum und ein dürrer Gaul am Straßenrand, Jenseitsboten, erzeugt von

Wolkendüster und flackerndem Mondlicht. Die lange Nonne erwies sich als eine lange Kissenrolle, die in eine lange schwarze Stola gehüllt und um die kunstvoll ein weißer Schleier drapiert war. Seltsam genug, die Kleider waren echte Nonnengewänder, und jemand hatte sie zur Täuschung benutzt. Woher stammten sie? Wer hatte sich die List ausgedacht? Die Fragen blieben. Am Kopfstück war mit einer Stecknadel ein Stück Papier angeheftet, ein paar spöttische Worte standen mit Bleistift darauf geschrieben: »Die Nonne aus der Bodenkammer vermacht Lucy Snowe ihre Garderobe. Sie wird sich in der Rue Fossette nicht wieder sehen lassen.«

Und was war sie, wer war sie, die mich dreimal heimgesucht, sie, die ich tatsächlich dreimal erblickt hatte? Keine Frau, die ich kannte, hatte die Statur des Gespenstes – das überragte Weiberhöhe. Keinen Mann aus meiner Umgebung konnte ich auch nur einen Augenblick lang verdächtigen, daß er an diesem Anschlag teilhatte.

Ich tappte weiter im Dunkel, doch vom Gefühl des Geisterhaften, Überirdischen war ich ebenso gründlich wie jäh befreit. Ich verschmähte es, mir den Kopf über ein unbedeutendes Rätsel, das ich nicht lösen konnte, zu zerbrechen. Ich raffte nur Stola, Schleier und Stirnbinde in ein Bündel zusammen, das schob ich unter mein Kissen. Dann legte ich mich nieder und lauschte, bis ich die Droschke, die Madame heimbrachte, heranrollen hörte, da drehte ich mich zur Seite. War es die Erschöpfung der vielen durchwachten Nächte, oder wirkte nun endlich das Narkotikum, gleichviel – ich sank in tiefen Schlaf.

40. *Das glückliche Paar*

Es stellte sich heraus, daß auf diese denkwürdige Mittsommernacht ein ungewöhnlicher Tag folgte. Ungewöhnlich – damit meine ich nicht, daß Zeichen am Himmel erschienen oder daß sich Wunder auf der Erde begaben, ich spiele auch nicht auf meteorologische Phänomene wie Wirbelwind, Sturm oder Überschwemmung an. Im Gegenteil. Die Sonne erhob sich mit fröhlichem Juligesicht, der Morgen schmückte sie mit Rubinen und streute ihr Rosen in den Schoß, so viele, daß sie ihr entglitten und dicht wie ein Regenschauer auf ihren Weg fielen. Jugendfrisch wie Nymphen erwachten die Stunden und gossen den Tau aus ihren Krügen über die Hügel aus. Kein Dunstmantel verhüllte sie, schattenlos, lichtblau und strahlend schritten sie dahin und führten die Rosse des Sonnenwagens auf einer flammenden, wolkenfreien Bahn empor.

Kurz, es war der schönste Sommertag, aber ich glaube fast, daß ich die einzige Bewohnerin der Rue Fossette war, die das empfand oder auch nur bemerkte. Ein andrer Gedanke beherrschte alle andern Köpfe, einer, der auch mich beschäftigte. Aber für mich war er nicht so gänzlich überraschend, so überwältigend neu, vor allem nicht so unbegreiflich rätselhaft wie für die meisten meiner Mitdenkerinnen. Mir blieb noch genügend Raum für Betrachtungen und Eindrücke am Rande.

Dennoch, während ich im Garten auf und ab ging, den Sonnenschein spürte und mich über die blühenden und wachsenden Pflanzen freute, grübelte ich über das gleiche Thema nach, das alle im Haus besprachen.

Welches Thema?

Nur dies. Bei der Morgenandacht war in der ersten Reihe der Pensionärinnen ein Platz leer geblieben. Beim Frühstück blieb eine Tasse unbenutzt. Beim Aufräumen hatte das Zimmermädchen in einem Bett eine Schlummerrolle gefunden, die der Länge lang darin lag und mit Nachtmütze und Nachthemd angetan war. Und als Ginevra Fanshawes Musiklehrerin wie gewöhnlich früh zur morgendlichen Lektion erschienen war, da hatte ihre Schülerin, diese begabte und vielversprechende junge Dame, ungebührlich auf sich warten lassen.

Man hatte vom Boden bis zum Keller nach Miß Fanshawe gesucht, der Länge und der Breite nach war das Haus nach ihr durchstöbert worden. Vergebens; keine Spur, kein Hinweis, kein Fetzen Papier mit ein paar erklärenden Worten belohnte die Suche. Die Nymphe war verschwunden, die Nacht hatte sie verschlungen, so wie eine Sternschnuppe von der Finsternis verschluckt wird.

Die aufsichtführenden Lehrerinnen waren zutiefst bestürzt, schlimmer noch die säumige Direktorin. Nie zuvor hatte ich Madame Beck so blaß und entsetzt gesehen. Hier hatte sie ein Schlag an ihrer empfindlichsten Stelle getroffen: Ihr Ansehen stand in Gefahr. Und wie hatte sich das unglückselige Ereignis nur zutragen können? Durch welches Fenster war der Vogel entflogen? Keines stand offen, keine Scheibe war zerbrochen, und alle Türen waren fest verriegelt. Bis zu diesem Tag hat Madame Beck die Frage nicht ergründen können, so wenig wie alle andern Beteiligten – freilich eine ausgenommen. Lucy Snowe wußte sehr wohl, wie sie einem bestimmten Unternehmen zuliebe die große Tür leise zugezogen und angelehnt hatte, angelehnt, nicht verschlossen und verriegelt. Und nun besann sie sich auch auf den Zweispänner, der an ihr vorübergedonnert war, und auf das rätselhafte Zeichen, den Wink mit dem Taschentuch.

Aus diesen Prämissen und ein oder zwei andern, von denen gleichfalls nur ich wußte, konnte ich nur einen Schluß ziehen: Ginevra hatte sich entführen lassen. Da ich in diesem Hauptpunkt nicht den geringsten Zweifel hegte und sah, wie verstört Madame Beck war, teilte ich ihr schließlich meine Überzeugung mit. Ich wies auf de Hamal und sein Werben hin und fand, genau wie ich es erwartet hatte, daß Madame Beck völlig im Bilde war. Sie hatte die Angelegenheit längst mit Mrs. Cholmondeley besprochen und dabei alle eigne Verantwortung auf jene Dame abgewälzt. Zu Madame Cholmondeley und Monsieur de Bassompierre nahm sie jetzt ihre Zuflucht.

Wir fanden, daß im Hotel Crécy das Geschehene bereits bekannt war. Ginevra hatte ihrer Cousine Paulina geschrieben und dabei unklar angedeutet, daß sie zu heiraten beabsichtige. Auch von der Familie de Hamal waren Nachrichten eingetroffen, und Monsieur de Bassompierre war den Flüchtigen auf der Spur. Er holte sie zu spät ein.

Im Laufe der Woche brachte mir die Post einen Brief. Es dürfte sich empfehlen, daß ich ihn hier einfüge, denn er erklärt mehr als einen Punkt:

»Lieber alter Tim (die Kurzform für Timon), wie Sie sehen, bin ich auf und davon – weg wie der Blitz! Alfred und ich hatten fast von Anfang an vor, auf diese Art zu heiraten, wir haben nie Lust gehabt, uns so stur und alltäglich kopulieren zu lassen, dazu hat Alfred zuviel Geist, und ich auch, Dieu merci! Wissen Sie, Alfred nannte Sie sonst immer ›den Drachen‹, aber in den letzten paar Monaten hat er Sie so viel zu sehen bekommen, daß er allmählich geradezu freundschaftliche Gefühle für Sie entwickelt! Er hofft, daß Sie ihn jetzt, wo er fort ist, nicht vermissen werden, und er läßt Sie bitten, Sie möchten ihm verzeihen, falls er Sie irgendwie beunruhigt hat. Er fürchtet, daß er Ihnen einmal ziemlich in die Quere gekommen ist, als er Sie in der Bodenkammer überraschte, gerade, als Sie dabei waren, einen offenbar sehr interessanten Brief zu lesen. Aber er konnte damals einfach nicht der Versuchung widerstehen, Sie aufzuscheuchen – Sie waren so köstlich in Ihre Korrespondenz vertieft! Er sagt aber, Sie hätten sich revanchiert, Sie wären einmal hereingestürzt, um ein Kleid oder einen Schal oder sonst einen Lappen zu holen, und das genau in dem Augenblick, als er eine Kerze angebrannt hatte und drauf und dran war, friedlich seine Zigarre zu rauchen, während er auf mich wartete.

Geht Ihnen nun allmählich ein Licht auf? Wird Ihnen klar, daß Monsieur le Comte de Hamal die Nonne in der Bodenkammer gewesen ist? Und daß er gekommen war, um Ihre ergebene Dienerin zu sehen? Ich will Ihnen erzählen, wie er das zustande gebracht hat. Sie wissen, daß er Zutritt zum Gymnasium hat, wo zwei oder drei von seinen Neffen, die Söhne seiner ältesten Schwester, der Madame de Melcy, Schüler sind. Sie wissen, daß der Hof vom Gymnasium jenseits der hohen Mauer liegt, die an Ihrem Lieblingspfad, der allée défendue, entlangläuft. Alfred kann so gut klettern, wie er tanzen und fechten kann. Es machte ihm ein diebisches Vergnügen, unser Pensionat zu stürmen: Erst kletterte er auf die Mauer, dann auf den hohen Baum, der die Bogenlaube überragt und von dem ein paar Äste auf dem Vordach liegen – so erreichte er die erste Klasse und den großen Saal. Nebenbei gesagt, stürzte er eines Nachts von dem Baum herab, riß im Fallen ein paar Äste mit und hätte sich fast den Hals gebrochen. Obendrein kriegte er zum Schluß noch einen Heidenschreck. Als er nämlich davonlief, hätten ihn um ein Haar noch zwei Leute erwischt, die durch den Garten wandelten, es waren wohl Madame Beck und Monsieur Emanuel. – Vom großen Saal aus ist es nicht schwierig, auf das oberste Dach zu gelangen, das, unter dem die Bodenkammer liegt. Sie wissen, das Dachfenster ist wegen der

Lüftung Tag und Nacht halb offen, und durchs Dachfenster kam er herein. Vor ungefähr einem Jahr erzählte ich ihm zufällig unsre Sage von der Nonne, das brachte ihn auf die Idee, sich als Gespenst zu verkleiden. Und das müssen Sie zugeben: Er hat sie großartig in die Tat umgesetzt.

Wenn nicht das schwarze Nonnengewand und der weiße Schleier gewesen wären, dann hättet Ihr Alfred wieder und wieder erwischt, Sie und dieser Tiger von einem Jesuiten, Monsieur Paul. Alfred sagt, Sie beide seien erstklassige Geisterseher und mächtig tapfer. Was mich wundert, ist nicht so sehr Ihr Mut, als daß Sie so beharrlich den Mund gehalten haben! Wie konnten Sie bloß immer wieder die Besuche dieses langen Gespenstes ertragen, ohne loszuschreien und überall davon zu erzählen und das ganze Haus samt der Nachbarschaft in Aufruhr zu bringen?

Ach ja, und wie gefiel Ihnen die Nonne als Bettgenosse? *Ich* habe sie kostümiert! Habe ich meine Sache nicht gut gemacht? Haben Sie gekreischt, als Sie sie sahen? *Ich* hätte den Verstand dabei verloren, aber Sie haben ja solche Nerven – Eisen und straffgespannte Lederriemen! Ich glaube, Sie fühlen überhaupt nichts. Sie haben einfach nicht die Sensibilität, die eine Person meiner Konstitution besitzt. Mir scheint, Sie sind unempfindlich, gegen Schmerzen sowohl wie gegen Angst und Kummer. Sie sind schon ein richtiger alter Diogenes!

Nun schön, liebe alte Großmutter! Jetzt sind Sie mächtig böse über mein Verschwinden bei Nacht und Nebel und Mondlicht und darüber, daß ich zum Heiraten durchgebrannt bin, nicht? Aber ich sage Ihnen, es ist ein großartiger Spaß, und zum Teil habe ich es getan, um diese kleine Kröte, Paulina, und diesen Bären, Doktor John, zu ärgern. Den beiden mit ihrem Getue wollte ich zeigen, daß ich allemal noch ebensogut heiraten kann wie sie! Monsieur de Bassompierre war zuerst unerhört aufgebracht über Alfred, er drohte ihm mit strafrechtlicher Verfolgung wegen »détournement de mineur«, und ich weiß nicht, womit noch. Es war ihm so scheußlich Ernst damit, daß ich mich genötigt sah, ein bißchen ins Melodramatische überzugehen, mich auf die Knie zu werfen, zu jammern und zu schluchzen – drei Taschentücher habe ich durchweicht! Natürlich hat ›mon oncle‹ bald nachgegeben. Wozu also erst die ganze Aufregung? Ich bin verheiratet, und damit basta. Er behauptet zwar noch, unsre Heirat sei nicht legal, weil ich noch minderjährig bin. Lieber Himmel! Als ob das einen Unterschied machte! Ich bin genausogut verheiratet, als ob ich hundert Jahre alt wäre. Na ja, jedenfalls sollen wir noch einmal getraut werden, und ich soll eine Ausstattung kriegen, und Mrs. Cholmondeley soll bei den Einkäufen die Aufsicht führen. Es besteht sogar die Hoffnung, daß mir Monsieur de Bassompierre eine anständige Mitgift spendiert. Sehr erfreulich! Denn der liebe Alfred hat außer seinem Adel, dem naturgegebenen und dem vererbten, nichts als seinen Sold. Ich wünschte bloß, der Onkel würde das, was er tut, großmütig und wie ein wirklicher Herr tun und keine Bedingungen daran hängen! Alfred soll ihm nämlich ein schriftliches Versprechen geben, daß er von dem Tag der Auszahlung an weder Karten noch Würfel mehr anrührt. Davon macht Onkel die Mitgift abhängig, so unfreundlich ist er! Man beschuldigt meinen Alfred, daß er einen Hang zum Spielen hätte. Ich weiß nichts davon, ich weiß *bloß*, daß er ein liebes, anbetungswürdiges Geschöpf ist!

Das Genie, mit dem de Hamal unsre Flucht bewerkstelligte! Um das zu preisen, habe ich gar nicht genug Worte. Wie klug von ihm, die Festnacht zu wählen, in der Madame, wie er sagte (er kennt ihre Gepflogenheiten!), unweigerlich außer Haus und bei dem Konzert im Park sein mußte! Ich nehme an, *Sie* sind mitgegangen. Ich habe Sie beobachtet, wie Sie aufstanden und gegen elf aus dem Schlafsaal gingen. Weswegen Sie allein und zu Fuß zurückgekehrt sind, ist mir allerdings unklar. Denn sicher sind *Sie* es doch gewesen, die wir in der engen alten Rue St. Jean getroffen haben? Haben Sie gesehen, wie ich das Taschentuch aus dem Fenster schwenkte?

Adieu! Freuen Sie sich über mein Glück – und ob ich glücklich bin! –, gratulieren Sie mir, liebe alte Zynikerin und Menschenfeindin, und nehmen Sie die vergnügtesten Grüße von Ihrer

Ginevra Laura de Hamal, geborenen Fanshawe

P.S. Und vergessen Sie nicht, ich bin jetzt Gräfin, Papa, Mama und die Mädchen zu Hause werden entzückt sein, das zu hören: ›Meine Tochter, die Gräfin! Meine Schwester, die Gräfin!‹ Bravo! Das klingt sehr viel besser als Mrs. John Bretton, was?«

Der Leser hat Mistreß Fanshawes Memoiren zur Kenntnis genommen. Gewiß erwartet er nun zu hören, daß sie schließlich bitter für ihren jugendlichen Leichtsinn büßen mußte. Natürlich hält die Zukunft für sie ein gerütteltes Maß Kummer bereit. Ich will mit ein paar Worten zusammenfassen, was ich noch von ihr weiß.

Ich sah sie am Ende ihrer Flitterwochen. Sie stattete Madame Beck einen Besuch ab und ließ mich in den Salon rufen. Lachend warf sie sich mir in die Arme. Sie sah blühend und sehr schön aus, ihre Locken waren länger, ihre Wangen rosiger denn je, der weiße Hut mit dem Schleier aus Brabanter Spitzen, die Orangenblüten und das Brautkleid standen ihr vorzüglich.

»Ich habe meine Mitgift gekriegt!« rief sie sofort (Ginevra hielt sich stets an das Materielle, sie hatte entschieden eine kaufmännische Ader, trotz all ihrer Verachtung für die »bourgeoisie«), »und Onkel de Bassompierre ist ganz versöhnt. Daß er Alfred einen Einfaltspinsel nennt, macht mir nichts, er ist eben ein grober Schotte! Und Paulina, glaub' ich, beneidet mich, und Doktor John ist rasend vor Eifersucht. Fehlt nicht viel, und er jagt sich eine Kugel durch den Kopf! Und ich bin so glücklich! Wahrhaftig, ich glaube, es gibt nichts, was ich mir noch wünschen könnte, außer einem Wagen und einem Haus. Und – oh! Ich muß Ihnen ›mon mari‹ vorstellen. Alfred, komm her!«

Und Alfred tauchte aus dem Hintergrund des Salons auf, wo er mit Madame Beck gesprochen und die mit Tadel untermischten Glückwünsche dieser Dame entgegengenommen hatte. Ich wurde ihm unter meinen verschiedenen Namen präsentiert: Drache, Diogenes, Timon. Der junge Colonel war sehr höflich. Er bat mich in wohlgesetzten Worten, in anmutigen Wendungen um Verzeihung wegen der Geisterbesuche und schloß damit, daß er auf seine junge Frau deutete und sagte: »Die beste Entschuldigung für alle Missetaten steht hier!«

Und dann schickte ihn die junge Frau zurück zu Madame Beck, zog mich mit sich und fuhr fort, mich mit ihrer rückhaltlosen Munterkeit, mit ihrem leichtfertigen leeren Mädchengeschwätz buchstäblich zu ersticken. Triumphierend hielt sie mir ihren Ring vor die Augen, sie sprach von sich als von Madame la Comtesse de Hamal und fragte mich ein dutzendmal, wie das klinge. Ich sagte sehr wenig. Ich gab ihr nur die harte Kruste meines Ich. Das störte sie nicht, sie erwartete nichts Besseres von mir. Sie kannte mich zu gut, um auf Komplimente zu hoffen. Mit mutwilligem Behagen nahm sie meinen trocknen Spott hin, und je gefühlloser und prosaischer ich dreinschaute, desto fröhlicher lachte sie.

Bald nach der Heirat ließ sich Monsieur de Hamal überreden, seinen Abschied aus der Armee zu nehmen. Das war der sicherste Weg, ihn dem ungünstigen Einfluß gewisser Kameraden zu entziehen und von seinen bisherigen Gewohnheiten abzubringen. Man beschaffte ihm den Posten eines Attachés, und er und seine junge Frau gingen ins Ausland. Ich nahm an, daß sie mich nun vergessen würde, doch das war nicht der Fall. Viele Jahre hindurch fuhr sie fort, mir zu schreiben; in unregelmäßigen Abständen trafen ihre launenhaften, wunderlichen Briefe ein. Während der ersten beiden Jahre berichtete sie nur von sich und Alfred, dann rückte Alfred in den Hintergrund, sie und ein gewisser Neuankömmling gewannen die Oberhand: Alfred Fanshawe de Bassompierre de Hamal trat an seines Vaters Stelle die Herrschaft an. Mit überschwenglichem Stolz verbreitete sie sich über diesen jungen Herrn, schilderte in ausschweifender Breite seine erstaunliche, wunderbare Frühreife. Zwischendrein klagte sie mich heftig wegen der phlegmatischen Ungläubigkeit an, mit der ich ihre Lobgesänge entgegennahm. Ich habe ja keine Ahnung, hielt sie mir entgegen, was es heiße, Mutter zu sein: Die Empfindungen eines Mutterherzens seien für mich fühlloses Geschöpf so gut wie Griechisch und Hebräisch, und so fort. Mit der Zeit machte der junge Herr seine naturgewollten Erfahrungen in bezug auf Zahnen, Masern und Keuchhusten. Das waren schlimme Zeiten für mich. Die Briefe der Mama wurden zu einem Notschrei. Keine Frau war je so schwer heimgesucht worden, kein menschliches Geschöpf brauchte so dringend Teilnahme. Zuerst erschrak ich und antwortete ihr gerührt und mitleidig; aber bald merkte ich, daß sie viel Geschrei um wenig Wolle erhob, und fiel in meine gewohnte grausame Fühllosigkeit zurück. Was den jugendlichen Dulder anlangte, so überstand er alle Stürme wie ein Held. Fünfmal befand sich der Knabe »in articulo mortis«, und fünfmal erwachte er wunderbarerweise wieder zum Leben.

Im Lauf der Jahre erhoben sich dunkle Gerüchte gegen Alfred den Ersten. Das Paar war gezwungen, sich hilfeflehend an Monsieur de Bassompierre zu wenden, Schulden mußten bezahlt werden, darunter solche von der schäbigen und kläglichen Art, die man als »Ehrenschulden« bezeichnet; jämmerliche Klagen und Nöte häuften sich. Und in jeder Kümmernis, gleichviel welcher Art, forderte Ginevra wie in alten Tagen energisch Mitgefühl und Beistand. Sie hatte nicht die geringste Lust, einer Gefahr ohne Hilfstruppen entgegenzutreten. Irgendwie, von irgendwo, dessen war sie gewiß, mußte ihr Unterstützung kommen; am Ende, davon war sie überzeugt, würde es nach ihrem Willen gehen. Und so lebte sie dahin, indem sie den Lebenskampf mit Hilfe von Stellvertretern bestand. Im ganzen hat sie so wenig gelitten wie nur irgendein menschliches Wesen, das ich kenne.

41. Faubourg Clothilde

Muß ich, bevor ich schließe, über jene neue Freiheit und Unabhängigkeit Rechenschaft ablegen, die ich in der Festnacht gewann? Muß ich berichten, wie sich die beiden handfesten Gefährten, die ich aus dem lampionhellen Park mit heimbrachte, bei näherer Bekanntschaft bewährten?

Ich stellte sie am nächsten Tag auf die Probe. Sie hatten laut mit ihrer Stärke geprahlt, als sie mich gebieterisch zu sich riefen und von mir forderten, daß ich der Liebe den Rücken kehren und mich aus ihrer Knechtschaft befreien sollte. Doch als ich jetzt Taten statt der Worte von ihnen verlangte und gebot, sie sollten mir einen Beweis dafür liefern, daß mir nun wohler sei, mich spüren lassen, daß sie mir das Leben leichter machten – da entschuldigte sich die Freiheit: Im Augenblick sei sie nicht recht auf der Höhe und fühle sich leider außerstande, mir beizustehen, und die Unabhängigkeit, die einen neuen Menschen aus mir hatte machen wollen, sagte gar nichts. Sie war über Nacht plötzlich verstorben.

So blieb mir nichts, als insgeheim darauf zu vertrauen, daß ich mich in der Nacht allzuschnell und allzuweit von meinen Vermutungen hatte fortreißen lassen. Ich rief mir den bösen Zauber der Eifersucht mit seinen mißfarbenen Zerrbildern zurück und begriff, daß es Zerrbilder waren. Und nach kurzem, vergeblichem Kampf lag ich wieder gefangen, gefesselt und auf die alte Folterbank der Ungewißheit gespannt.

Werde ich ihn noch sehen, ehe er geht? Denkt er noch an mich, hat er vor zu kommen? Wird ihn dieser Tag, wird die nächste Stunde ihn bringen? Oder muß ich mich weiter vom Warten zerfressen lassen und, wenn die Nacht sinkt, wieder den wilden, zerreißenden Schmerz, diese stumme, tödliche Qual leiden, die mit dem Zweifel zugleich die Hoffnung ausrodet und das Leben selbst bis ins Mark erschüttert? Und dem, der mir das tut, kann ich nicht die Hand festhalten, kann ihn nicht um Schonung bitten, denn er ist fern ...

Es war der Tag vor Mariä Himmelfahrt, ein Festtag, und der Unterricht fiel aus. Die Pensionärinnen und die Lehrerinnen waren nach dem morgendlichen Meßbesuch zu einer ausgedehnten Wanderung aufs Land gepilgert; dort wollten sie ihr Vesperbrot auf irgendeinem Bauernhof verzehren. Ich war nicht mit ihnen gegangen. Nun blieben nur noch zwei Tage, dann mußte die »Paul et Virginie« in See stechen. Ich klammerte mich an die letzte Hoffnung, die letzte Gelegenheit, wie der Schiffbrüchige sich an den letzten Balken oder das letzte Tau klammert.

In der ersten Klasse gab es Arbeit für den Tischler; eine Bank oder ein Pult war zu reparieren. Die freien Tage wurden oft für solche Handwerkereien benutzt, die unausführbar waren, wenn sich die Schülerinnen in den Räumen drängten. Ich saß allein und dachte, daß ich mich in den Garten verfügen und das Feld räumen wolle, aber ich brachte es nicht fertig, mich aufzuraffen. Da hörte ich den Schreiner kommen.

Im Ausland tun die Handwerker und Angestellten alles paarweise. Ich glaube, es braucht zwei Labassecourer Tischler, um einen Nagel einzuschlagen. Während ich den Hut aufsetzte, den ich bis jetzt müßig an den Bändern gehalten hatte, wunderte ich mich einen Augenblick lang halb unbewußt darüber, daß ich die Schritte nur eines Mannes hörte. Ich bemerkte auch – so wie ein Häftling in seinem trostlosen Kerker zuweilen auf die belanglosesten Kleinigkeiten achtet –, daß der Mann Schuhe und nicht Holzpantinen trug; offenbar war es der Meister, der sehen wollte, was es zu tun gab, bevor er seine Gesellen schickte. Ich warf mir den Schal um die Schultern. Jetzt klangen die Schritte ganz nah, die Tür hinter mir öffnete sich. Ein leichter Schauer lief mir über den Rücken, eine sonderbare Empfindung, zu plötzlich und zu flüchtig, als daß sie zu deuten gewesen wäre. Ich wandte mich um und stand vor dem Mann, den ich für den Schreinermeister gehalten hatte. Ich schaute zu der Gestalt im Türrahmen hin und erblickte Monsieur Paul.

Hunderte von Gebeten, mit denen wir den Himmel behelligen, bringen dem Flehenden keine Erfüllung! Einmal im Leben fällt ihm vielleicht eine goldene Frucht aus Wolkenhöhe in den Schoß, eine reiche, strahlende Gabe, köstlich und vollkommen.

Monsieur Emanuel trug den Anzug, den er wohl für die Überfahrt bestimmt hatte – einen samtbesetzten Überrock.

Mir schien, daß er reisefertig war, und doch hatte ich gehört, daß sein Schiff erst in zwei Tagen abgehen solle. Er sah gut aus und heiter, freundlich und liebevoll; rasch und lebhaft trat er ins Zimmer. Eine Sekunde, und er war bei mir. Er strahlte von herzlichem Wohlwollen. Vielleicht machte ihn die Bräutigamsstimmung so froh. Was immer es war, ich konnte seinem Strahlen nicht mit Düsternis begegnen. Und wenn dies der letzte Augenblick sein sollte, den ich mit ihm teilte, so wollte ich ihn nicht vergeuden, ihn nicht durch gewaltsame, unnatürliche Kälte verderben. Er war mir lieb – so lieb, daß ich selbst die Eifersucht von mir stieß. Sie sollte sich nicht vor mich stellen und uns hindern, einander freundlich Lebewohl zu sagen. Ein herzliches Wort, ein guter Blick von ihm würden mir wohltun, ich wollte sie über das ganze Leben, das mir noch blieb, festhalten. Sie würden mich trösten, wenn ich die schmale, einsame Straße zu Ende ginge. Ich wollte sie haben. Ich wollte den stärkenden Wein trinken, und kein Stolz sollte mir den Becher verschütten.

Natürlich würde unser Gespräch kurz sein. Er würde mir einfach sagen, was er den versammelten Schülerinnen gesagt hatte, er würde meine Hand nehmen und zwei Minuten lang festhalten, er würde zum ersten und letzten und einzigen Mal meine Wange mit seinen Lippen berühren, und dann – dann war es zu Ende. Dann kam der endgültige Abschied, dann lag die weite Welt zwischen uns, das Meer, über das ich nicht segeln konnte, um zu ihm zu gelangen, der Abgrund – würde er über den Abgrund zurückblicken und mich in Gedanken suchen? Vielleicht nicht.

Er nahm meine Hand in seine. Mit der andern schob er meinen Hut zurück, er schaute mir ins Gesicht, sein strahlendes Lächeln erlosch, seine Lippen schienen lautlos zu sprechen. Was sie ausdrückten, glich fast der stummen Sprache einer Mutter, die ihr Kind unerwartet sehr verändert findet, von Krankheit ausgezehrt oder von Hunger entkräftet. Jählings wurden wir aufgescheucht.

»Paul, Paul!« sagte hinter uns eine Frau atemlos und hastig, »Paul, komm in den Salon! Ich hab' dir noch eine Menge zu sagen, der ganze Tag reicht nicht dazu aus – und Victor geht es ebenso, und Joseph ist da. Komm, Paul, komm zu deinen Freunden.«

Madame Beck, hergeführt durch ihre Wachsamkeit oder durch ihren untrüglichen Instinkt, drängte sich dicht zu uns, fast warf sie sich zwischen mich und Monsieur Emanuel. »Komm Paul!« wiederholte sie, und ihre Augen streiften mich dabei mit einem stählernen, messerscharfen Funkeln. Sie schob sich dicht an ihren Vetter heran. Ich glaubte, er zöge sich zurück, ich glaubte, er werde gehen. Etwas durchbohrte mich wie ein Dolch, das ging über das Ertragbare hinaus, was ich jetzt empfand, konnte ich nicht mehr bezwingen. »Mir bricht das Herz!« rief ich.

Mir schien wirklich, daß mir das Herz in Stücke sprang. Aber auch Monsieur Pauls Zurückhaltung zerschellte in diesem Augenblick. »Haben Sie Vertrauen!« flüsterte er mir zu. Die Last, die mich erdrücken wollte, hob sich, und alle aufgestaute Erregung brach sich Bahn. Zitternd, von Frostschauern und vom Schluchzen geschüttelt, weinte ich und spürte dabei doch Erlösung.

»Überlaß sie mir. Sie befindet sich in einer Krise. Ich gebe ihr ein Herzmittel, dann ist alles schnell vorüber«, sagte die unerschütterliche Madame Beck.

Sie und ihr Herzmittel! Ebensogut hätte ich mich einer Giftmischerin und ihrem Becher ausliefern können, dachte ich.

Als Monsieur Paul kurz, mit dunkel grollender Stimme antwortete: »Laissez-moi!«, da klang mir aus dem grimmigen Ton eine ungekannte, eine ungestüme, eine lebensspendende Musik.

»Laissez-moi!« wiederholte er. Seine Nasenflügel weiteten sich, in seinen Zügen arbeitete es, als er sprach.

»Aber das ist ganz unmöglich!« antwortete Madame streng.

Strenger erwiderte ihr Vetter: »Sortez d'ici!«

»Ich werde nach Père Silas schicken, auf der Stelle lasse ich ihn rufen«, drohte sie halsstarrig.

»Femme!« rief der Professor – jetzt nicht mit tiefer Stimme, sondern im höchsten und erregtesten Ton – »Femme! Sortez à l'instant!« Er war außer sich, und ich liebte ihn in seinem Zorn mit einer Leidenschaft, wie ich sie bisher noch nie empfunden hatte.

»Was du tust, ist Unrecht«, beharrte Madame. »Es ist typisch für einen Mann von deiner unzuverlässigen, phantastischen Gemütsart! Aus der Eingebung des Augenblicks heraus willst du einen unüberlegten, widersinnigen, verdrießlichen Schritt tun. Kein Mensch, der beständig ist und weiß, was er will und muß, wird dich begreifen.«

»Du hast keine Ahnung davon, wieviel Beständigkeit und Entschlußkraft ich in mir habe!« sagte er. »Aber du wirst es erleben: Der Erfolg wird dir's zeigen. Modeste«, fuhr er weniger heftig fort, »sei freundlich, hab Mitgefühl, sei eine Frau. Schau dieses arme Gesicht an, und laß dich erweichen. Du weißt, daß ich dein Freund bin und der Freund deiner Freunde. Wie du auch spotten magst, du weißt sehr genau, daß ich verläßlich bin. Mich selber hab' ich aufgeopfert und mich nicht gesträubt. Aber das Herz tut mir weh, wenn ich das hier sehe. Ich *muß* trösten und Trost finden. *Geh und laß mich*!«

Diesmal klang das »laß mich« so bitter und so gebieterisch – ich begriff nicht, daß selbst Madame Beck auch nur einen Augenblick lang zögern konnte, ihm zu gehorchen. Aber sie stand unbeweglich; unerschrocken begegnete sie seinem Blick, reglos und abweisend wie ein Stein. Sie öffnete die Lippen zur zornigen Antwort. Da zuckte ein Wetterleuchten über Monsieur Pauls Antlitz. Blitzschnell wandte er sich, ich sah seine raschen Bewegungen, ohne sie zu erfassen – ein Schritt, er streckte die Hand aus, kaum daß er sie berührte, nicht heftig, er wahrte die Form der Höflichkeit, aber sie wirbelte herum, sie stürzte aus dem Zimmer, eine Sekunde, und sie war fort, und die Tür fiel hinter ihr ins Schloß.

Und in der nächsten Sekunde war die Zornesflamme, die so jäh aufgelodert war, wieder erloschen. Er lächelte, während er mich bat, ich möge mir die Tränen aus den Augen wischen. Still wartete er, bis ich mich beruhigt hatte, und sagte nur dann und wann ein beschwichtigendes, tröstendes Wort. Nicht lange, und ich saß wieder als die alte Lucy neben ihm, nicht mehr verzweifelt, auch nicht unglücklich, nicht freudlos und nicht hoffnungslos, nicht lebensmüde und voll Sehnsucht nach dem Tode – nein, ich spürte, wie neuer Mut in mir wuchs.

»Es tut Ihnen also weh, Ihren Freund zu verlieren?« fragte er.

»Es bringt mich um, wenn er mich vergißt, Monsieur«, gab ich zurück. »Die ganze Zeit habe ich kein Wort von Ihnen gehört. Wie sich die Tage hingeschleppt haben! Zuerst habe ich nur gedacht, es könnte möglich sein, daß Sie fortgingen, ohne mir Lebewohl zu sagen. Dann wuchs sich die Furcht immer mehr zu Gewißheit aus. Sie hat mich zermalmt.«

»Muß ich Ihnen sagen, was ich Modeste Beck sagte – daß Sie mich nicht kennen? *Muß* ich Ihnen meinen Charakter zeigen und beweisen? Sie brauchen den Beweis dafür, daß ich ein verläßlicher Freund sein kann? Ohne klaren Beweis will diese Hand nicht ruhig in meiner liegen und sich nicht zuversichtlich auf meine Schulter stützen? Gut. Der Beweis wartet. Ich bin gekommen, um mich zu rechtfertigen.«

»Sagen Sie alles, erklären Sie, beweisen Sie alles, Monsieur. Jetzt kann ich zuhören.«

»Dann müssen Sie zuerst eine tüchtige Strecke mit mir durch die Stadt gehen. Ich war gekommen, um Sie abzuholen.«

Ich fragte nicht, was er meinte und vorhatte, noch weniger erhob ich Einwände. Ich band die Hutbänder wieder fest und war bereit.

Er führte mich über die Boulevards. Mehrmals machte er bei einer der Bänke halt, die unter den Lindenbäumen standen, und hieß mich niedersitzen. Er fragte nicht, ob ich müde sei, er schaute mich nur an und zog seine Schlüsse.

»Wie sich die Tage hingeschleppt haben«, wiederholte er meine Worte und ahmte dabei liebevoll meine Stimme und meinen fremden Akzent nach wie so oft. Wie so oft, und nie hatte mich die mutwillige Neckerei verletzt, selbst dann nicht, wenn er mir dabei versichert hatte, gleichviel wie ich seine Sprache *schriebe*, mit dem *Reden* hapere es und werde es immer hapern. »In all diesen Tagen, die sich hingeschleppt haben, habe ich Sie keine Stunde lang vergessen. Darin irren sich die treuen Frauen: Sie glauben, sie selber seien unter Gottes Geschöpfen die einzigen Getreuen. Bis vor kurzer Zeit habe ich selbst nicht zu glauben gewagt, daß jemand mit inniger Treue an mir hänge. Aber..., schauen Sie mich an.«

Ich hob den Blick. Froh *mußten* meine Augen jetzt sein, oder sie wären dem Herzen schlechte Dolmetscher gewesen.

»Gut«, sagte er, nachdem er mich ein paar Sekunden lang

forschend angeblickt hatte, »die Schrift läßt sich nicht verleugnen. Die Stetigkeit hat sie geschrieben, sie führt einen Griffel von Eisen. Hat es sehr weh getan?«

»Sehr«, sagte ich ehrlich. »Halten Sie ihr die Hand zurück, Monsieur, länger kann ich ihren schweren Stift nicht ertragen.«

»Elle est toute pâle«, sagte er zu sich selbst, »cette figure là me fait mal.«

»Ach! Seh' ich so schlimm aus?«

Ich konnte nicht anders, als das sagen, die Worte kamen mir ungewollt. Solange ich denken konnte, hatte mich immer wieder eine bange Frage überfallen: Fehlt meinem Gesicht alles, was andre Gesichter anziehend macht? In diesem Augenblick lastete die alte Angst schwerer denn je auf mir.

Rührung sprach aus seinen Zügen. Seine tiefblauen Augen glitzerten feucht unter den spanischen Wimpern. Er stand auf: »Wir wollen weitergehen.«

»Mißfalle ich Ihnen *sehr*?« Ich rang mir den Mut ab, auf meiner Frage zu beharren, sie war lebenswichtig für mich.

Er blieb stehen und gab mir eine kurze, heftige Antwort – eine Antwort, die mich zum Schweigen brachte, aber im tiefsten Grund beruhigte und überzeugte. Von nun an wußte ich, was ich *ihm* bedeutete, und hörte auf, unter Schmerzen danach zu fragen, was die übrige Welt von mir halten mochte. War es töricht, daß mir seine Meinung über mein Äußeres so wichtig war? Ich fürchte ja, und ich muß bekennen, daß ich in diesem Fall sehr töricht war. Ich fürchtete mich qualvoll davor, ihm zu mißfallen, und ich wünschte mir sehnlich, er möchte mich mit Freude ansehen können.

Wohin unser Weg führte, merkte ich kaum. Wir wanderten lange, doch die Zeit verstrich im Fluge. Es war schön, neben ihm dahinzugehen, und schön war der Tag. Monsieur

Emanuel sprach von seiner Reise. Er sprach davon, daß er drei Jahre fortbleiben werde. Wenn er dann von Guadeloupe zurückkomme, werde er aller Pflichten ledig sein und freie Bahn für sich haben. »Und was werden Sie tun, während ich drüben bin?« fragte er. »Sie haben davon gesprochen, Sie wollten es mit der Unabhängigkeit versuchen«, erinnerte er mich, »und selbst eine kleine Schule gründen. Denken Sie noch daran?«

»Aber sicher! Ich spare darauf, so gut ich kann!«

»Ich lasse Sie nicht gern in der Rue Fossette zurück. Dort werden Sie mich zu sehr vermissen, fürchte ich. Sie werden sich einsam fühlen und traurig sein?«

Das würde ich. Aber ich versprach ihm, tapfer zu bleiben.

»Ich möchte noch aus einem andern Grund«, sagte er leise, »daß Sie nicht mehr dort wohnen. Ich möchte Ihnen gern zuweilen schreiben, und es wäre schlimm, wenn ich denken müßte, meine Briefe erreichten Sie nicht. In der Rue Fossette aber ... Kurz, in manchen Dingen könnte unsere katholische Disziplin – so berechtigt und nützlich sie auch sein mag –, unter besonderen Umständen wäre es denkbar, daß man sie zu Unrecht anwendete, ja mißbrauchte.«

»Aber wenn Sie mir schreiben«, sagte ich, »dann *muß* ich Ihre Briefe bekommen, sie sollen und *werden* sie mir ausliefern! Zehn Beichtväter und zwanzig Direktorinnen sollen es nicht fertigbringen, sie mir vorzuenthalten. Ich bin Protestantin, ich lasse mir diese Art von Disziplin *nicht* gefallen, Monsieur – nie und nimmer.«

»Doucement – doucement«, erwiderte er. »Wir werden einen Plan schmieden. Wir haben auch unsere Hilfsmittel. Soyez tranquille.«

Mit diesen Worten blieb er stehen.

Wir befanden uns nun auf dem Rückweg unseres langen Spazierganges, mitten in einem freundlichen Vorort mit kleinen, sauberen Häusern. Vor der weißen Schwelle eines besonders hübschen hatte Monsieur Paul haltgemacht. »Hier will ich jemand besuchen«, sagte er.

Er hob nicht den Klopfer an, sondern holte einen Schlüssel aus der Tasche, öffnete und trat unverweilt ein. Er nötigte auch mich hereinzukommen und schloß die Tür hinter uns. Kein Dienstbote erschien. Das Vestibül war klein wie das Haus, aber frisch und in klaren Farben getüncht und wurde abgeschlossen durch ein großes Flügelfenster. Weinreben umrankten es, grüne Blätter berührten liebevoll die Scheiben. Es war seltsam still hier drinnen.

Monsieur Paul öffnete eine Tür, die ins Innere führte, in ein Wohnzimmer oder einen Salon. Winzig war das alles, aber wunderhübsch, dachte ich. Die dünnen Wände schimmerten in zartem warmem Rosa, die Dielen waren gewachst, in der Mitte bedeckte sie das prächtig-bunte Geviert eines Teppichs. Der kleine runde Tisch glänzte blank wie der Spiegel über dem Kamin. Ein kleines Sofa war da und eine zierliche Vitrine; deren Tür mit dem karmesinroten Vorhang dahinter stand halboffen und ließ das Porzellan in den Fächern sehen. Und eine kleine französische Pendeluhr gab es und eine Lampe und Statuetten aus Biskuitporzellan. Die Nische des einzigen großen Fensters füllte eine grüne Blumenbank aus mit drei üppig blühenden Topfpflanzen, die in grünen Töpfen standen. In einer Ecke stand ein Tischchen mit einer Marmorplatte und Mittelfuß. Es trug einen Nähkasten und eine Vase voll Veilchen. Das Fenster stand offen, von draußen drang frische Luft ins Zimmer, drin dufteten die Veilchen.

»Ach, ist das schön hier!« sagte ich. Monsieur Paul lächelte, als er sah, wie mir das alles gefiel.

»Müssen wir uns hinsetzen und warten?« flüsterte ich. Die tiefe Stille bedrückte mich ein wenig.

»Erst wollen wir uns noch ein paar Winkel in diesem Puppenhaus anschauen«, antwortete er.

»Dürfen wir denn hier einfach so herumgehen?« fragte ich.

»Ja, das darf ich«, sagte er ruhig.

Er ging voran. Er zeigte mir eine kleine Küche mit einem kleinen Herd und einem Backöfchen, mit wenigen, aber blitzblanken Kesseln und Pfannen, mit zwei Stühlen und einem Tisch. Ein kleiner Schrank enthielt nicht viele, aber genügend irdene Töpfe und Schüsseln.

»Im Salon steht ein Kaffeeservice aus Porzellan«, sagte Monsieur Paul, als ich die sechs grünweißen Teller, die vier Schüsseln und die dazu passenden Becher und Krüge betrachtete.

Er führte mich die schmale, saubere Treppe hinauf und ließ mich einen Blick in zwei hübsche Schlafkammern werfen. Schließlich wurde ich wieder hinabgeleitet, und wir blieben mit einer gewissen Feierlichkeit vor einer Tür stehen, die größer als die andern war, die Monsieur Paul bis jetzt geöffnet hatte. Er zog einen zweiten Schlüssel und schob ihn ins Schloß. Er stieß die Tür auf und schob mich vor sich her.

»Voici!« rief er aus.

Ich fand mich in einem geräumigen Zimmer, in dem peinliche Sauberkeit herrschte, obwohl es, verglichen mit den anderen, die ich gesehen hatte, kahl war. Kein Teppich bedeckte die wohlgescheuerten Dielen. Im Raum standen zwei Reihen grüngestrichener Bänke und Pulte. Ein Mittelgang führte zu einem Podium, auf dem vor einer schwarzen Tafel Stuhl und Tisch für den Lehrer standen. Zwei Landkarten waren an der Wand aufgehängt, in den Fenstern blühten ein paar kräftige Pflanzen – kurz, das hier war eine Miniaturklasse, vollständig, hübsch und freundlich.

»Also ist hier eine Schule?« sagte ich. »Wem gehört sie? Ich habe nie davon gehört, daß es in diesem Vorort eine gibt.«

»Wollen Sie die Güte haben, ein paar Prospekte entgegenzunehmen und sie im Interesse einer Freundin von mir auszuteilen?« fragte er und holte aus der Tasche seines Überrocks einen Packen Blätter hervor und drückte sie mir in die Hand. Ich schaute sie an, ich las, was da in klaren Lettern gedruckt stand:

»Externat de demoiselles. Numéro 7, Faubourg Clothilde. Directrice: Mademoiselle Lucy Snowe.«

Was habe ich zu Monsieur Paul gesagt?

Manche schicksalhaften Augenblicke unseres Lebens lassen sich nur schwer ins Gedächtnis zurückrufen. Es gibt Wendepunkte und Empfindungen – Freude, Kummer –, die scheinen uns, wenn wir zurückblicken, wie ein wirrer Wirbel, undeutlich wie ein Rad in rasender Umdrehung.

Ich kann mich nicht mehr auf die Gedanken oder die Worte der ersten zehn Minuten nach dieser Eröffnung besinnen, ebensowenig, wie ich mir das ins Bewußtsein zurückholen kann, was ich in meinem ersten Lebensjahr erfuhr. Nur eines weiß ich deutlich, daß ich sehr langsam und wieder und wieder sagte: »Haben Sie das getan, Monsieur Paul? Ist das Ihr Haus? Haben Sie es ausgestattet? Haben Sie diese Zettel drucken lassen? Meinen Sie mich damit? Bin ich die Direktorin? Oder gibt es noch eine Lucy Snowe? Sagen Sie es mir, sagen Sie mir alles.«

Aber er wollte nicht reden. Sein wohlgefälliges Schweigen spüre ich noch heute, noch heute sehe ich, wie er lächelnd auf mich herabschaute, sehe ich seine Haltung vor mir.

»Wie hängt das zusammen? Ich muß alles wissen, alles ...«, rief ich aus.

Das Zettelpaket fiel auf die Diele. Er hatte die Hand ausgestreckt, und ich hielt sie fest in meinen beiden und hatte alles andre vergessen.

»Ach! Sie haben gesagt, all die schleppenden Tage über hätte ich nicht mehr an Sie gedacht«, sagte er. »Armer alter Emanuel! Das ist nun der Dank, den er dafür kriegt, daß er drei tödlich lange Wochen vom Maler zum Polsterer, vom Schreiner zur Frau getrabt ist! Lucy und Lucys Häuschen, das sind die einzigen Gedanken gewesen, die er im Kopf gehabt hat!«

Was sollte ich sagen, was tun? Zuerst streichelte ich den weichen Samt seines Ärmelaufschlags, dann die Hand, die darin steckte. Es waren seine Voraussicht und seine Güte, seine stumme, starke, tätige Güte, die mich überwältigten, als sie so klar vor mir standen. Es war die Gewißheit seiner nimmermüden Fürsorge, die wie ein Himmelslicht auf mich herniederfuhr, es war – ich will wagen es auszusprechen – sein liebevoller, zärtlicher Blick, der mich jetzt mehr erschütterte, als ich sagen kann. Inmitten aller Erschütterung zwang ich mich dazu, an das Praktische zu denken.

»Die Mühe«, rief ich aus, »und die Kosten! Haben Sie denn Geld gehabt, Monsieur Paul?«

»Massenhaft!« sagte er munter. »Bei meiner ausgedehnten Schülerkundschaft! Ich habe mir eine hübsche Summe zusammengeschulmeistert, und die habe ich zum Teil benutzt, um mir die größte Freude zu bereiten, die ich je gehabt habe und je haben werde! So hatte ich's geplant! Tag und Nacht habe ich auf diese Stunde gewartet. Ich wollte nicht zu Ihnen kommen, weil ich das nicht vorwegnehmen wollte. Zurückhaltung ist nicht meine Tugend, so wenig wie sie mein Laster ist. Hätte ich mich in Ihre Gewalt begeben, und hätten Sie angefangen, mich mit Augen und Mund zu fragen: Wo sind Sie gewesen, Monsieur Paul? Was haben Sie getan, was für ein Geheimnis haben Sie? Dann hätte ich Ihnen mein einziges, mein erstes und letztes Geheimnis ganz bald schön aufgedröselt in den Schoß gelegt. Also«, fuhr er fort, »hier sollen Sie wohnen und Schule halten. Sie sollen sich beschäftigen, während ich fort bin, und manchmal an mich denken, und um meinetwillen sollen Sie gesund und froh sein. Und wenn ich zurückkomme ...«

Er hielt inne.

Ich versprach, alles zu tun, worum er mich gebeten hatte. Ich versprach ihm, freudig und mit aller Kraft zu arbeiten. »Ich will Ihre treue Verwalterin sein«, sagte ich, »und wenn Sie kommen, werde ich Ihnen Rechenschaft ablegen. Ich hoffe, daß ich es dann kann. Monsieur, Monsieur, Sie sind zu gut!«

Unzulänglich waren die Worte, in die ich zu fassen suchte, was in mir nach Ausdruck rang. Ich vermochte es nicht. Die Worte wichen spröde und kalt zurück, und je mehr ich mich abquälte, desto widerspenstiger entzogen sie sich mir und zerrannen in nichts. Er schaute mir still zu, dann hob er leise die Hand, um mir über das Haar zu streichen. Auf dem Wege zum Haar berührte die Hand meine Lippen. Ich hielt sie dort fest und gab ihr, was sie verdiente. Er war mein König; königlich hatte mich diese Hand beschenkt. Ihr zu huldigen, war Glückseligkeit wie Pflicht.

Die Nachmittagsstunden waren verstrichen, und die stillere Zeit des Abends warf ihre Schatten über die ruhige Vorstadt. Monsieur Paul forderte meine Gastfreundschaft. Seit dem Morgen war er unterwegs und hatte keinen Augenblick Ruhe gehabt, er brauchte eine Erfrischung. Er sagte, ich möchte ihm doch eine Tasse Schokolade anbieten – Schokolade in einer Tasse meines hübschen weißgoldenen Porzellanservices. Er ging und bestellte im Restaurant, was dazu nötig war. Er stellte das Tischchen mit dem Mittelfuß und zwei Stühle auf den Balkon vor dem Flügelfenster mit dem Schirm nickender Reben. Mit wieviel scheuer Freude übernahm ich die Rolle der Gastgeberin, wie glücklich ordnete ich das Gebäck auf dem Teller und bot ihn meinem Gast und Wohltäter an.

Der Balkon lag auf der Rückseite des Hauses. Rundum lagen die Vorstadtgärten, weiter abseits dehnten sich Felder. Die Luft war ruhig, sanft und frisch. Über den Pappeln, den Lorbeerbüschen, den Zypressen und den Rosen stand klar und still der Mond und schaute heiter herab. Das Herz tat einem weh unter seinem Blick. Neben ihm schimmerte demütig und liebevoll ein Stern. In einem großen Garten vor uns schoß ein Springbrunnen auf, und eine bleiche Statue beugte sich über den spielenden Wasserstrahl.

Monsieur Paul sprach zu mir. Seine Stimme verschmolz weich mit dem silberhellen Geflüster des Wassers, mit dem eintönigen Abendlied von Wind und Springbrunnen und raschelndem Laub.

Glückselige Stunde – verweile einen Augenblick! Laß deine rastlosen Schwingen sinken, mache, daß dies Himmelsgewölbe mich ruhevoll umschließt! Weißer Engel, verweile mit deinem Licht, und laß den Wolken, die nahen, seinen Schimmer zurück. Laß ihn zurück. Es kommt die Zeit, die den hellen Strahl der Erinnerung braucht.

Unsere Mahlzeit war schlicht. Schokolade und Brötchen, der Teller mit frischen Sommerfrüchten, Kirschen und Erdbeeren auf grünen Blättern, das war alles. Aber uns beiden mundete es besser als ein Festschmaus, und mich machte es glücklicher, als ich sagen kann, Monsieur Paul zu umsorgen. Ich fragte ihn, ob seine Freunde, Père Silas und Madame Beck, wüßten, was er getan hatte, ob sie mein Haus kannten?

»Mon amie«, sagte er, »niemand außer Ihnen und mir weiß, was ich getan habe. Nur uns beiden ist diese Freude vorbehalten, niemand teilt sie, und niemand soll daran rühren. Um die Wahrheit zu sagen, meine Freude war mir zu kostbar, ich mochte nicht zu andern davon sprechen und sie zerreden. Außerdem«, er lächelte, »wollte ich Miß Lucy beweisen, daß ich *imstande* bin, ein Geheimnis zu bewahren! Wie oft hat sie mir meinen Mangel an würdevoller Zurückhaltung vorgeworfen und mir tadelnd erklärt, mir fehle die nötige Vorsicht! Wie viele Male hat sie mir naseweis zu verstehen gegeben, all meine Angelegenheiten seien das Geheimnis Policinellos!«

Das stimmte. Ich hatte ihn in diesem Punkte nicht geschont, so wenig wie in irgendeiner andern Schwäche. Hochsinniger, großherziger, lieber, unvollkommener kleiner Mann! Du verdientest Offenheit, und offen bin ich dir stets begegnet.

Ich fuhr mit meinen Fragen fort und erkundigte mich, wem das Haus gehörte, wer mein Hauswirt war, wieviel Miete ich zahlen mußte. Sofort schrieb er mir diese Einzelheiten auf. Er hatte sich vorsorglich auf all das vorbereitet.

Das Haus gehörte nicht ihm – ich hatte es vermutet; er war wohl kaum dazu geschaffen, Grundbesitzer zu werden. Ich war mir durchaus darüber im klaren, daß ihm das Spartalent in bedauerlichem Maß abging. Erwerben konnte er, doch nicht festhalten. Er brauchte einen Schatzmeister. Das Haus also gehörte einem Bürger in der Altstadt, einem vermögenden Mann, sagte Monsieur Paul und verblüffte mich, indem er hinzufügte: »Übrigens ist er ein Freund von Ihnen, Miß Lucy, jemand, der immer mit achtungsvoller Teilnahme von Ihnen spricht.« Und zu meiner angenehmen Überraschung stellte sich heraus, daß der Wirt kein andrer war als Monsieur Miret, der Buchhändler mit dem reizbaren

Temperament und dem guten Herzen, der mir in jener ereignisreichen Nacht im Park so freundlich einen Stuhl beschafft hatte. Offenbar war Monsieur Miret für seinen Stand ebenso reich, wie er allgemein geachtet war, und besaß in diesem Vorort mehrere Häuser. Die Miete war bescheiden; sie betrug kaum die Hälfte des Preises für ein gleich großes Haus in der Nähe des Stadtzentrums.

»Und außerdem ist es mir ein Trost«, sagte Monsieur, »daß ich Sie in guten Händen weiß, für den Fall, daß das Glück es nicht gut mit Ihnen meinen sollte... Aber ich denke doch, das wird es tun! Monsieur Miret wird bestimmt nicht mit der Zahlung drängen. Für die Miete des ersten Jahres reicht das, was Sie sich gespart haben. Danach..., da muß Miß Lucy auf Gott und sich selber vertrauen. Und nun, was wollen Sie tun, damit Sie zu Schülerinnen kommen?«

»Ich werde meine Prospekte austeilen.«

»Recht so! Damit wir keine Zeit verlieren, habe ich gestern Monsieur Miret einen gegeben. Haben Sie etwas dagegen, mit drei kleinen Bürgerinnen anzufangen, mit den Demoiselles Miret? Sie stehen Ihnen zur Verfügung.«

»Monsieur, Sie denken an alles, Sie sind wunderbar! Etwas dagegen haben? Wahrhaftig, das stünde mir wohl gerade zu! Ich glaube kaum, daß ich erwarten kann, kleine Edeldamen in meiner winzigen Tagesschule zu begrüßen, noch dazu am Anfang, und übrigens macht es mir gar nichts, wenn keine kommen! Ich werde stolz sein, Monsieur Mirets Töchter zu empfangen.«

»Außerdem«, fuhr er fort, »hat sich noch eine andere Schülerin gemeldet, die täglich zum Englischunterricht kommen will, und da sie reich ist, wird sie ordentlich bezahlen. Es ist meine Patentochter, mein Mündel, Justine Marie Sauveur.«

Was vermag ein Name, welche Macht birgt sich in drei Worten! Bis zu diesem Augenblick hatte ich mit lebhafter Freude gelauscht, hatte froh und rasch geantwortet: Ein Name ließ mich erstarren, drei Worte machten mich stumm. Diese Wirkung war nicht zu verhehlen, und tatsächlich versuchte ich auch kaum, sie zu verbergen.

»Was ist jetzt?« sagte Monsieur Paul.

»Nichts.«

»Nichts! Ihr ganzes Gesicht hat sich verändert, Sie sind blaß geworden, selbst Ihre Augen glänzen nicht mehr. Nichts! Sie müssen krank sein, Sie leiden an irgendeinem Übel, sagen Sie mir, was es ist!«

Ich hatte nichts zu sagen.

Er zog seinen Stuhl näher zu mir heran. Er wurde nicht ärgerlich, obwohl ich weiter still und kalt blieb. Er versuchte, mir ein Wort abzugewinnen, er bat beharrlich und wartete voller Geduld.

»Justine Marie ist ein gutes Mädchen«, sagte er, »fügsam und liebenswürdig, wenn auch nicht rasch im Begreifen ... Aber Sie werden sie gern haben.«

»Ich glaube nicht. Ich glaube, sie sollte nicht hierher kommen«, sagte ich.

»Wollen Sie mir Rätsel aufgeben? Kennen Sie sie denn? Aber wahrhaftig, da steckt *etwas* dahinter! Jetzt sind Sie wieder blaß wie die Statue da. Nun haben Sie doch Vertrauen zu Paul Carlos. Erzählen Sie, was Sie quält.«

Sein Stuhl berührte meinen. Er streckte ruhig die Hand aus und wandte mein Gesicht so, daß ich ihn ansehen mußte. »Kennen Sie Marie Justine?« fragte er wieder.

Der Name, abermals von ihm ausgesprochen, versetzte mir einen Schlag. Aber der Schlag warf mich nicht zu Boden, er ließ mich auffahren. Jäh, heiß und zornig durchzuckte mich die Erinnerung an eine Stunde voll von schneidendem Schmerz, an viele Tage und Nächte voller Herzweh. Lange Zeit hindurch hatte er sein und mein Leben eng und fest ineinandergeflochten. Jetzt, da er dicht bei mir saß, da wir einander nahe gekommen waren wie nie zuvor und nur noch eine letzte dünne Scheidewand zwischen uns stand – ein Hauch mußte sie umwerfen –, jetzt war der bloße Gedanke an jemanden, der störend zwischen uns treten könnte, unerträglich. Ungestüm wogten Erregung und Qual und Zorn in mir empor, der Entschluß zum Widerstand, gleichviel, was daraus entspringen mochte, schoß in mir auf. Kein Auge, keine Wange hätte diese Flamme verbergen können, und kein ehrlicher Mund hätte vermocht, den Aufschrei zu unterdrücken.

»Ich will Ihnen etwas sagen«, rief ich, »alles will ich Ihnen sagen.«

»Sprechen Sie, Lucy, kommen Sie her, sprechen Sie. Wer schätzt Sie höher als ich? Wer ist Ihr Freund, wenn nicht Emanuel? Sprechen Sie!«

Ich sprach. Alles sagte ich. Jetzt fehlten mir die Worte nicht. Schnell, überstürzt erzählte ich, in einem Strom floß mir meine Geschichte von den Lippen. Ich sprach von der Nacht im Park, ich erwähnte den Drogentrank, warum man ihn mir eingegeben, wie er mich aufgepeitscht hatte und mich rastlos gemacht und von meinem Lager fortgetrieben, wie mich meine Phantasie, von ihm beflügelt, durch lebendige und glaubhafte Wunschbilder hinausgelockt hatte. Ich schilderte sie: Sommernachtseinsamkeit auf baumbeschattetem Rasen an einem tiefen, kühlen Brunnenbecken. Ich erzählte, wie sich die Traumszenerie verwirklicht hatte, beschrieb die dichtgedrängte Menschenmenge, die Masken, die Musik, die Lampions, den Glanz überall, die Kanonen, die in der Ferne gedröhnt, die Glocken, die in der Höhe geläutet hatten. Nichts von dem, was mir begegnet war, ließ ich aus, alles gab ich wieder, was ich erkannt, gehört und gesehen hatte. Ich berichtete, wie ich ihn selber erblickt und beobachtet, wie ich gelauscht, was ich vernommen und was ich vermutet hatte, kurz, ich vertraute ihm rückhaltlos, wie er verlangt hatte, meine ganze Geschichte an. Wahrheitsgetreu und genau, leidenschaftlich und bitter brach sie aus mir hervor.

Noch während ich erzählte, trieb er mich an fortzufahren. Er unterbrach mich nicht, er spornte mich durch Gesten, durch sein Lächeln, durch ein halbes Wort an. Bevor ich halb zu Ende war, hielt er meine Hände. Er wandte den fragenden, eindringlichen Blick keine Sekunde von meinen Augen. Etwas lag in seiner Miene, das war weder dazu angetan, mich zu beruhigen, noch mich zu bezähmen. Er vergaß seine eignen Grundsätze, er gab sein eignes System auf. Jetzt hätte er ein Recht dazu gehabt, mich in meine Schranken zu weisen. Ich hätte wohl einen scharfen Vorwurf verdient. Aber wann bekommen wir schon, was wir verdienen? Strenge hätte mir gebührt, sein Antlitz drückte nichts als Milde aus. Ich kam mir selbst herrisch und unvernünftig vor, weil ich Justine Marie mein Haus verbot; er lächelte strahlend und froh. Ich gebärdete mich heftig und unbeherrscht und zeigte Eifersucht und Hochmut – bis zu dieser Stunde hatte ich nicht gewußt, daß das alles in mir lag –, er zog mich an sein Herz. Ich bewies, daß ich voller Schwächen war – er begriff sie und hielt mich fest und warm in seinen Armen. Keines von uns sprach. Die tiefe Ruhe der Erlösung machte uns stumm.

Dann hörte ich leise, zärtliche Worte: »Lucy, nimm meine Liebe. Eines Tages sollst du mein Leben mit mir teilen. Sei mir das Liebste, das ich auf Erden habe.«

Im Mondschein wanderten wir in die Rue Fossette zurück. Solches Licht mag der Mond zwischen den Schatten des Paradiesgartens verstreut haben, so hat er dort vielleicht einen Weg in Strahlengold getaucht, auf dem Gottvater dahinschritt. Manchen von uns geschieht es einmal in ihrem Leben, daß sie zu diesen ersten jungen Tagen unseres Urvaters und unserer Urmutter zurückkehren, daß sie den Tau jenes herrlichen Morgens kosten und sich in seinem Sonnenglanz baden.

Während wir dahingingen, erzählte mir Monsieur Paul von Justine Marie Sauveur. Sie war ihm lieb wie eine Tochter, nicht anders. Er hatte vor Monaten seine Zustimmung dazu gegeben, daß sie sich mit einem gewissen Heinrich Mühler, einem wohlhabenden jungen deutschen Kaufmann, verlobte, und ich hörte, daß sie im Lauf des Jahres heiraten wollte. Ein paar von Monsieur Pauls Verwandten und Bekannten hätten es offenbar wirklich gern gesehen, wenn er sie geheiratet hätte, denn sie wünschten, daß ihr Vermögen in der Familie bliebe. Aber für ihn selber war dieser Plan undenkbar und unannehmbar.

Wir langten vor Madame Becks Tür an. Von Jean Baptiste läutete es neun Uhr. Vor achtzehn Monaten hatte dieser Mann neben mir zur selben Stunde in diesem Haus vor mir gestanden, hatte sich zu mir gebeugt, mir ins Gesicht und in die Augen geschaut und mir mein Geschick geweissagt. An diesem Abend neigte er sich wieder zu mir herab, wieder hing sein Blick an meinem Angesicht, und wieder sprach er von der Zukunft. Wie anders waren Blick und Worte!

Jetzt glaubte er, daß ich unter seinem Stern geboren war. Die Strahlen seines Sterns raffte er zusammen und breitete sie über mich wie ein Banner. Einst, ungekannt und ungeliebt, hatte ich ihn für barsch und sonderbar gehalten, ich hatte mich daran gestoßen, daß er klein und hager und dunkel, daß sein Antlitz kantig war, seine Art hatte mir mißfallen. Jetzt war ich von seinem Wesen durchdrungen, von seiner Liebe lebte ich, mit dem Verstand erfaßte ich, was er wert war, und mit dem Herzen spürte ich seine Güte. Jetzt bedeutete er mir mehr als die ganze Menschheit.

Wir schieden voneinander. Noch einmal sprach er aus, daß sein Leben mir gehörte. Dann sagte er mir Lebewohl. Wir nahmen Abschied. Am nächsten Tage segelte er davon.

42. *Ende*

Die Zukunft läßt sich nicht voraussagen, Liebe ist kein Orakel. Zuweilen spiegelt uns die Furcht leere Angstträume vor. Diese Jahre, in denen er fern war! Wie war ich vergangen, wenn ich an sie gedacht hatte! Mir war das Elend, das sie bringen mußten, sicher gewesen wie der Tod. Ich wußte, wie es kommen würde, ich zweifelte keinen Augenblick daran. Qualvoll langsam würde die Zeit ihre Straße ziehen, grimmig und schwer wie Juggernaut auf seinem Gefährt. Ich sah den Wagen des grausamen Götzen nahen, sah, wie er die breiten Räder tief in die Erde grub, und fühlte im voraus, wie er mich, das Opfer, das auf seinem Wege lag, zermalmte.

Seltsam zu sagen – seltsam, doch wahr: Die Qual, die ich vorwegnahm, blieb die einzige – fast die einzige. So geschieht es uns manchmal. Der schwere Wagen mit dem großen Juggernaut rollte geräuschvoll heran, in mürrischem Hochmut thronte der Götze. Still glitt er an mir vorüber, leicht wie eine Mittagswolke über den Himmel streicht. Ich sah und fühlte nichts als seinen kühlen Schatten. Ich schaute auf. Der Wagen und sein dämonischer Fuhrmann waren vorüber, und das Opfer lebte noch.

Monsieur Emanuel blieb drei Jahre lang fort. Leser, diese drei Jahre waren die glücklichsten meines Lebens. Runzeln

Sie unwillig die Stirn über die widersinnige Behauptung? Ich will es erklären.

Ich fing mit meiner Schule an. Ich arbeitete, arbeitete hart. Ich sah mich als seine Verwalterin an und hatte nur den einen Willen, mit Gottes Hilfe einmal eine gute Rechenschaft ablegen zu können. Schülerinnen stellten sich ein – Kleinbürgerkinder zuerst, wenig später Mädchen aus gebildeteren Kreisen. Etwa in der Mitte des zweiten Jahres bekam ich durch einen unerwarteten glücklichen Zufall eine zusätzliche Summe in die Hände, eines Tages erhielt ich einen Brief aus England, dem eine Hundertpfundnote beigelegt war. Er stammte von Mr. Marchmont. Der Vetter und Erbe meiner lieben toten Herrin war eben dabei, sich von einer gefährlichen Krankheit zu erholen, und das Geld stellte ein Sühneopfer für sein Gewissen dar. Er hatte nach dem Tode seiner Verwandten irgendwelche Papiere oder Notizen gefunden, die sich auf mich bezogen, das plagte ihn jetzt. Von Mrs. Barrett hatte er meine Adresse erhalten. Ich grübelte nicht darüber nach, wie sehr er sein Gewissen belastet haben mochte, sondern ließ die Sache auf sich beruhen. Aber das Geld nahm ich und wandte es nützlich an.

Mit diesen hundert Pfund wagte ich es, das Nachbarhaus zu mieten. Ich wollte meines nicht verlassen, Monsieur Paul hatte es ausgesucht, hier hatte er mich zurückgelassen, und hier erwartete er mich wiederzufinden. Meine Tagesschule weitete sich zum Pensionat aus, und auch das Pensionat blühte und gedieh.

Das Geheimnis meines Erfolges lag nicht eigentlich in mir selbst, in Begabung und Willenskraft, die mir gehörten, viel mehr bewirkten ihn die äußeren Umstände. Mein Leben hatte sich von Grund auf gewandelt, mein Herz war leicht und froh. Die Triebfeder, die mich vorwärtsschnellte, lag weit über dem Meer auf einer indischen Insel. Beim Abschied hatte mir Monsieur Paul ein Vermächtnis zurückgelassen. Er vertraute auf die Gegenwart und hoffte auf die Zukunft. Das trieb mich weiter, ließ mich ausharren und schaffen und wagen, das zwang mich, geduldig und tapfer meinen Weg zu gehen. Wie hätte ich aufgeben können? Jetzt ließ ich mich *nicht* mehr leicht aus dem Gleichgewicht bringen. Selten war ein Ärgernis stark genug, mich zu zerstören, zu entmutigen, niederzudrücken. Aber Freude trugen die Tage mir zu. Die geringste nahm ich mit wachen Sinnen auf.

Nicht, daß diese klare, beständige Flamme aus eigener Kraft gebrannt hätte, nicht, daß ich nur von dem einen hoffnungszeugenden Versprechen, dem Abschiedswort, gelebt hätte. Die Flamme erhielt reiche Nahrung, sie kümmerte nicht mühsam dahin, alle Kälte, alle Kargheit blieb mir erspart; ich mußte nicht fürchten, Not zu leiden, mir drohte keine Suspendierung. Jedes Schiff, das herüberkam, brachte mir seine Briefe. Er schrieb, wie er gab und wie er liebte: aus dem Überfluß seines Herzens und mit verschwenderischer Hand. Er schrieb, weil Schreiben ihm Bedürfnis war, schrieb ausführlich, weil es ihn zur Ausführlichkeit drängte. Er setzte sich hin und legte sich das Papier zurecht und griff nach der Feder, weil er Lucy liebte und ihr viel zu sagen hatte, weil er mit seinen Gedanken treu und redlich und voll Zärtlichkeit bei ihr war. Er täuschte nichts vor, nichts an ihm war hohl und unecht. Ihm glitten keine feigen, erbärmlichen Ausreden über die Lippen und in die Feder, er kannte keine Winkelzüge. Nie enttäuschte, nie verwundete er mich. Seine Briefe waren mein Brot, von dem ich lebte, klares Quellwasser, das mich erfrischte.

Ob ich dankbar war? Weiß Gott! Ich glaube, wer so beständig umsorgt und gehalten, wer mit soviel liebevoller Achtung und mit soviel Großmut behandelt wird, der muß dankbar sein bis zum letzten Atemzuge.

So fest er an seinem Glauben hing – er war nicht dazu gemacht, sich leichtfertig von seiner Konfession abzuwenden –, so freizügig gestand er mir meinen Glauben zu. Er bedrängte mich nicht und versuchte nicht, mich zu bekehren.

Er sagte: »Bleib du Protestantin. Meine kleine englische Puritanerin, in dir liebe ich den Protestantismus. Ich erkenne ihn und seinen strengen Zauber an, es liegt etwas in seinem Ritual, das mir selber nicht zugänglich ist, aber ich weiß, für Lucy kann es kein andres Glaubensbekenntnis geben.«

Ganz Rom konnte ihn nicht zur Bigotterie treiben, so wenig, wie es seine Lehrer vermocht hatten, ihn zum wahren Jesuiten zu machen. Er war zu Ehrlichkeit, Offenheit und Geradheit geboren, unfähig zu Verschlagenheit, er war ein freier Mann und kein Sklave. Weil er empfindsam war, hatte er sich willig von einem Priester leiten lassen, weil er sich liebevoll hinzugeben vermochte, weil ihn redliche fromme Begeisterung beseelte, hatte er es zuweilen mit geschlossenen Augen geduldet, daß sie ihn für ihre eigensüchtigen Zwecke einspannten. Aber seine Fehler waren von der Art, die selten zu finden ist. Sie forderten ihm soviel Aufopferung ab, daß wir kaum sagen können, ob sie nicht eines Tages unter die strahlenden Tugenden gezählt werden.

Und nun sind die drei Jahre vorüber. Monsieur Emanuels Rückkehr steht bevor. Es ist Herbst. Ehe die Nebel des November kommen, soll er bei mir sein. Meine Schule blüht und gedeiht, mein Haus ist für ihn bereit. Ich habe ihm eine kleine Bibliothek eingerichtet und die Regale darin mit den Büchern gefüllt, die er mir anvertraut hat. Ihm zuliebe – von Natur aus bin ich keine Blumenzüchterin – habe ich seine Lieblingspflanzen gepflegt, und einige stehen noch in voller

Blüte. Als er fortging, habe ich gemeint, daß ich ihn liebte. Jetzt liebe ich ihn mehr, jetzt gehört er mir ganz.

Immer niedriger zieht die Sonne ihre Bahn. Die Tage werden kürzer, das Laub färbt sich gelb, aber er ist auf dem Wege zu mir!

Die Nächte werden frostig. Schon schickt der November seine Nebelschwaden als Boten voraus, der Wind erhebt sein herbstliches Stöhnen, aber er ist auf dem Wege zu mir.

Der Himmel hängt schwer und dunkel über der Erde, Wolken treiben von Westen heran und ballen sich zu seltsamen Gebilden, zu Bogen und breiten Strahlenfächern. Leuchtende Morgen ziehen herauf, prächtig und stolz wie der König in seiner Purpurrobe. Der Himmel ist ein einziges wildes Flammenmeer, blutig wie Schlachtgetümmel überstrahlt er die Siegesgöttin in ihrem Triumph. Ich kenne einige Himmelszeichen, seit meiner Kindheit habe ich sie beobachtet. Gott, schütze ihn auf seiner Fahrt! Oh, behüte sein Schiff!

Der Wind dreht nach Westen. Still, Banshee, sei still! Vor jedem Fenster läßt sie ihren Klageruf hören. Leise hebt er an und schwillt zu einem langgedehnten, gellenden Schrei. Wie rastlos ich auch in dieser Nacht durch das Haus wandere, ich kann den Aufruhr nicht beschwören. Je weiter die Stunden vorrücken, desto wütender tobt er. Gegen Mitternacht hören alle, die schlaflos liegen und lauschen, einen wilden Südweststurm und fürchten sich vor ihm.

Der Sturm brüllte und raste sieben Tage lang. Er legte sich nicht, ehe der Atlantik mit Wracks übersät war. Er ließ nicht ab, bis die Tiefe so viel Opfer verschlungen hatte, daß sie gesättigt war. Erst als der Engel des Verderbens sein Werk vollendet hatte, faltete er seine Schwingen zusammen, die Donner brachten, wenn er sie breitete, und Sturm, wenn er sie regte.

Erbarme dich, Sturm, laß ab! Ach! Tausende weinen und beten in verzweifelter Qual, in tödlichem Warten an den Ufern und harren auf die erlösende Stille. Aber sie kommt nicht, erst dann kommt sie, als manche sie nicht mehr spüren können, erst dann steigt die Sonne wieder in ruhigem Glanz auf, als manche für immer in Nacht versunken sind.

Laßt mich innehalten. Es ist genug gesagt. Kein ruhiges, freundliches Herz soll betrübt werden, wir wollen, wenn wir scheiden, helle, hoffnungsfrohe Bilder zurücklassen. Stellt euch vor, wie sich Angst und Entsetzen in jubelnde Freude verwandeln, malt euch die Seligkeit der Rettung, des neugeschenkten Lebens, die glückselige Heimkehr aus. Denkt, daß wir einander wiederfanden und behielten ein langes, glückliches Leben hindurch.

Madame Beck ging es weiterhin vorzüglich, auch Père Silas erfreute sich guter Tage, und Madame Walravens vollendete ihr neunzigstes Jahr, ehe sie starb. Lebt wohl.

Anmerkungen

10 *Christian und Hopeful:* Gestalten aus John Bunyans allegorischer Dichtung »The Pilgrim's Progress«

35 *tête à tête* (frz.): Kopf an Kopf; unter vier Augen, vertraulich

44 *Candace:* Name mehrerer Königinnen von Äthiopien und offenbar Bezeichnung für deren Königswürde

58 *Banshee:* schottisch-irischer unglücksverkündender weiblicher Elementargeist, der jeweils an eine bestimmte Familie gebunden ist

71 *Jonas Kürbis:* Vgl. in der Bibel »Der Prophet Jona«, 4. Kap., Vers 5 ff. Der dort erwähnte schnellwachsende Kürbis ist von der Wissenschaft mit der schnellwachsenden Rizinuspflanze (»Wunderbaum«) identifiziert worden.

79 *jeunes Miss* (frz.): junge Fräulein; junge unverheiratete Mädchen

80 *inconvenant* (frz.): ungebührlich, unschicklich

80 *surveillance* (frz.): Aufsicht, Beaufsichtigung

80 *blasée* (frz.): abgestumpft, übersättigt, blasiert

82 *chose* (frz.): Ding

82 *maîtresses und professeurs und élèves* (frz.): Lehrerinnen und Professoren und Schülerinnen

82 *au diable* (frz.): zum Teufel

84 *Heureusement je sais faire ...* (frz.): Glücklicherweise weiß ich, wie ich meinen Leuten Beine mache.

84 *»Steinmauern machen den Kerker nicht aus ...«:* Zitat von Richard Lovelace (1618–1658) aus dessen »To Althea: From Prison«, Stanze 4

86 *commissionnaire* (frz.): Beauftragter, Dienstmann, Gepäckträger

89 *Anglaise* (frz.): Engländerin

92 *Qu'est-ce que vous faites ...* (frz.): Was tun Sie denn? Dieser Reisekoffer gehört mir.

96 *Pensionnat de Demoiselles* (frz.): Mädchenpensionat

98 *Il n'y a que les Anglaises ...* (frz.): Nur die Engländerinnen sind es, die so etwas unternehmen ..., haben diese Frauen denn keine Furcht?

99 *Voilà pour la prière du soir* (frz.): Das ist zum Abendgebet.

100 *Mon cousin* (frz.): Lieber Vetter

100 *Et qu'en dites-vous?* (frz.): Und was sagen Sie dazu?
100 *Mais – bien de choses* (frz.): Aber – vielerlei Dinge
101 *... eh bien, ma cousine, ce sera...* (frz.): ... wohlan, liebe Cousine, es wird doch wenigstens ein gutes Werk sein.
101 *bon soir* (frz.): guten Abend
106 *un véritable Cachmire* (frz.): einen echten Kaschmirschal
106 *chambre des enfants* (frz.): Zimmer der Kinder
107 *bourgeoise* (frz.): bürgerlich
108 *Minos:* nach der griechischen Sage mächtiger König in Knossos auf Kreta; ließ die Athener zur Sühne des Mordes an seinem Sohn jährlich sieben Mädchen und sieben Jünglinge zum Fraß für den Minotaurus senden; nach seinem Tode Richter in der Unterwelt
109 *espionage* (frz.): das Spionieren, Auskundschaften
109 *Angleterre* (frz.): England
110 *souliers de silence* (frz.): Leisetreterschuhe
111 *Alpha und Omega* (griech.): der erste und der letzte Buchstabe des griechischen Alphabets
111 *Pour les pauvres* (frz.): Für die Armen
113 *jours de sortie* (frz.): Ausgangstage
113 *gaufres* (frz.): Waffeln, Backwerk
113 *vin blanc* (frz.): Weißwein
113 *pain bis* (frz.): Schwarzbrot
113 *pistoles au beurre* (frz.): Butterbrötchen
117 *Dites donc, ... vous sentez ...* (frz.): Sagen Sie mir also, ... fühlen Sie sich wirklich zu schwach?
118 *En avant* (frz.): vorwärts
118 *Bon!* (frz.): Gut!
118 *Ce sont des Labassecouriennes ...* (frz.): Es sind Labassecourerinnen, rundlich, offenherzig, aufbrausend und ein ganz klein wenig aufrührerisch.
118 *C'est vrai* (frz.): Das ist wahr.
120 *jeune fille* (frz.): junges Mädchen
120 *bonne d'enfants* (frz.): Kindermädchen
122 *... ayant l'air de rien* (frz.): ... indem ich nach nichts aussah.
122 *C'est bien!* (frz.): Es ist gut!
122 *Ça ira* (frz.): Es wird gehen.
124 *J'ai menti plusieurs fois* (frz.): Ich habe mehrmals gelogen.

125 *Dieu, que c'est difficile!* ... (frz.): Gott, wie ist das schwierig! Ich mag es nicht. Es langweilt mich zu sehr.

127 *Parce que, quand vous serez morte* ... (frz.): Weil Sie, wenn Sie tot sein werden, sofort in der Hölle brennen werden.

128 *Croyez-vous?* (frz.): Glauben Sie?

128 *Certainement que j'y crois* ... (frz.): Gewiß glaube ich daran, alle Welt weiß es; und außerdem hat es mir der Priester gesagt.

128 *Sotto voce* (italien.): Halblaut, gedämpft

128 *Pour assurer votre salut* ... (frz.): Um Ihr Seelenheil da oben sicherzustellen, täte man gut, Sie hinieden ganz lebendig zu verbrennen.

128 *nonchalante* (frz.): lässig, saumselig

130 *Comme cela* (frz.): so, so; mittelmäßig

130 *Ça suffit* (frz.): Das genügt.

131 *à ce qu'on dit* (frz.): nach dem, was man sagt

131 *beau, mais plutôt bel homme, que* ... (frz.): schön, aber eher ein schöner Mann als ein hübscher Junge

135 *On est là* ... (frz.): Jemand ist da für Mademoiselle Fanshawe.

135 *Écoutez!* (frz.): Hören Sie!

136 *Écoutez, chère grogneuse!* (frz.): Hören Sie, lieber Brummbär!

136 *blanc-bec* (frz.): GRÜNschnabel, Naseweis

137 *Mais pas du tout!* (frz.): Aber durchaus nicht!

137 *Je suis sa reine, mais il n'est pas mon roi* (frz.): Ich bin seine Königin, aber er ist nicht mein König.

139 *Les penseurs, les hommes profonds* ... (frz.): Die Denker, die tiefen und leidenschaftlichen Menschen sind nicht nach meinem Geschmack.

139 *Le Colonel* (frz.): Der Oberst

139 *Va pour les beaux fats* ... (frz.): Meinetwegen schöne Stutzer und hübsche Spitzbuben! Hoch die Freuden und Vergnügungen! Fort mit den großen Leidenschaften und den strengen Tugenden!

139 *J'aime mon beau colonel* ... (frz.): Ich liebe meinen schönen Oberst, ... ich werde niemals seinen Rivalen lieben. Ich werde niemals eine Bürgerfrau werden!

140 *leur avenir* (frz.): ihre Zukunft

140 *Prends garde, mon enfant!* (frz.): Paß auf, mein Kind!

140-141 *Quelle peste que cette Désirée* ... (frz.): Welche Pest diese Désirée! Was für ein liederliches Ding ist dieses Kind!

141 *Désirée a besoin...* (frz.): Désirée bedarf einer ganz besonderen Beaufsichtigung.

142 *Cet enfant a un os de cassé* (frz.): Dieses Kind hat sich ein Glied gebrochen.

143 *... et qu'on aille tout de suite...* (frz.): ... und man soll sofort eine Droschke holen.

144 *Ça vaudra mieux* (frz.): Das wird besser gehen.

144 *Merci Madame...* (frz.): Danke schön, Madame, sehr gut, wirklich gut!

144 *Voilà un sang-froid...* (frz.): Das ist eine sehr angebrachte Kaltblütigkeit, die tausend schwungvolle Sprünge einer deplazierten Empfindsamkeit aufwiegt.

151 *rondeur et franchise de bonne femme* (frz.): Ungezwungenheit und Freimütigkeit der rechtschaffenen Frau.

152 *Ce pauvre Docteur Jean!* (frz.): Dieser arme Doktor Jean!

152 *Ce cher jeune homme...!* (frz.): Dieser liebe junge Mann! Das beste Wesen auf der Welt!

152 *... voilà tout!* (frz.): Das ist alles!

155 *fraîchë brisë* (frz.): frischer Wind

155 *Venisë* (frz.): Venedig

156 *jaconas rose* (frz.): rosafarbener Musselin

157 *trop bonne* (frz.): zu gütig

164 *Voyez-vous!... Comme elle est propre...* (frz.): Sehen Sie... Wie tüchtig dieses Fräulein Lucy ist! Sie lieben also diese Allee?...

164 *C'est juste* (frz.): Das ist richtig.

166 *Methode, die Jael bei Sisera anwandte...:* Jael, das Weib des Heber aus dem semitischen Nomadenstamm der Keniter, der in vielfacher Beziehung zu Israel stand, schlug dem schlafenden General Sisera einen Nagel ins Hirn, als er in ihrer Hütte schlief. Vgl. in der Bibel »Das Buch der Richter«, 4. Kap.

167 *Pour la robe grise* (frz.): Für das graue Kleid

169 *... une véritable bégueule Britannique...* (frz.): ... eine wahrhafte britannische Zierpuppe nach dem, was Du sagst, eine Art Scheusal, barsch und rauh wie ein alter Grenadierkorporal und sauertöpfisch wie eine Nonne.

170 *Peri:* in der orientalischen Sagenwelt Bezeichnung für ein feenhaftes überirdisches Wesen von wunderbarer Schönheit

170 *le chapeau de paille* (frz.): der Strohhut

171 *Quel conte! ...* (franz.): Was für ein Märchen! ... Hier ist niemand gewesen!

174 *la brise du soir* (frz.): die Abendbrise

174 *Quelle belle nuit!* (frz.): Welch schöne Nacht!

174 *Qu'il fait bon! Que l'air est frais!* (frz.): Wie schön ist das Wetter! Wie frisch ist die Luft!

174 *Bon soir, ma bonne amie, dormez bien!* (frz.): Gute Nacht, liebe Freundin, schlafen Sie gut!

176 *Étude du soir* (frz.): Abendstudie

176 *la lecture pieuse* (frz.): die fromme Lesung

178 *Mause Headrigg, Sergeant Bothwell:* Gestalten aus Walter Scotts Roman »Old Mortality«, der 1816 erschienen war.

179 *lits d'ange* (frz.): Engelsbetten

181 *Brunnen von Meriba:* Anspielung auf den Bericht der Bibel, wonach Moses für das durstende Volk mit einem Schlag seines Stabes Wasser aus dem Felsen schlug; vgl. die Bibel, 2. Buch Mose, Kap. 17, Vers 1–7.

182 *Cette enfant a toujours ...* (frz.): Dieses Mädchen hat immer ein wenig Fieber.

183 *Le Docteur John l'a-t-il vue ...* (frz.): Hat Doktor John sie in der letzten Zeit besucht? Nein, nicht wahr?

183 *chapeau vert tendre* (frz.): zartgrüner Hut

184 *malgré maman et médecin* (frz.): trotz Mutter und Arzt

184 *Eh bien!* (frz.): Gut!

184 *Le marmot n'a rien, ...* (frz.): Die Kleine hat nichts, nicht wahr?

184 *Pas beaucoup ...* (frz.): Nicht viel ...

185 *Mais enfin ...* (frz.): Aber schließlich ...

185 *Ah ça! ... Il n'y a donc ...* (frz.): Also das! ... Und es steckt gar nichts weiter dahinter? Kein Geheimnis, nicht zum Beispiel eine Liebschaft?

185 *Pas plus que sur ma main* (frz.): Nicht mehr als hier auf meiner Hand.

185 *Quel dommage! ... Et moi – à qui tout cela ...* (frz.): Wie schade! ... Und ich – für die all das sich mit bestimmten Vorstellungen zu verbinden begann ...

193 *Je sais bien ...* (frz.): Ich weiß wohl, daß sie keine Grundsätze hat und vielleicht auch keine guten Sitten.

193 *Son maintien en classe...* (frz.): Ihre Haltung im Unterricht ist immer angemessen und sogar von einer gewissen Würde erfüllt. Das ist alles, was nötig ist. Weder die Schüler noch die Eltern blikken weiter, und ich demzufolge auch nicht.

195 *de grimaces* (frz.): Grimassen

195 *vite* (frz.): geschwind, rasch

195 *Eh bien! Deux ou trois cuillers...* (frz.): Gut! Zwei oder drei Löffel und ebenso viele Gabeln aus Silber.

196 *Vous n'êtes donc que des poupées?* (frz.): Ihr seid also nur Zierpuppen?

196 *Vous n'avez pas des passions...* (frz.): Sie haben keine Leidenschaften? Sie fühlen also nichts? Ihr Fleisch ist aus Schnee, Ihr Blut ist aus Eis? Ich will, daß all das Feuer fängt, daß es Leben, daß es eine Seele hat!

200 *si triste – si peu voyant* (frz.): so traurig – so unauffällig

200 *Quant à la St. Pierre...* (frz.): Was die St. Pierre anlangt, so sieht sie aus wie eine alte Kokette, die die Harmlose spielt.

202 *C'est cela... Je la connais...* (frz.): Das ist es... Ich kenne sie. Es ist die Engländerin. Um so schlimmer. Ganz Engländerin und demzufolge ganz die Spröde, die sie ist, wird sie meine Geschäfte besorgen, und ich werde wissen warum.

204 *Dieu sait que je les déteste...* (frz.): Gott weiß, daß ich sie für gewöhnlich wie die Pest verabscheue.

204 *Vite à l'ouvrage!* (frz.): Schnell an die Arbeit!

208 *Encore!... Et point des grimaces...!* (frz.): Noch einmal!... Und keine Grimassen! Fort mit der Furchtsamkeit!

208 *Enfin, elle le sait* (frz.): Schließlich kann sie es.

208 *Au revoir!* (frz.): Auf Wiedersehen!

208 *Qu'est-ce que c'est, Mademoiselle?* (frz.): Was ist los, mein Fräulein?

208 *J'ai bien faim* (frz.): Ich habe tüchtigen Hunger.

208 *Comment, vous avez faim!...* (frz.): Wie, Sie haben Hunger! Und der Imbiß?

208 *Ah! C'est vrai* (frz.): Ach! Das ist wahr.

209 *À la bonne heure!* (frz.): So ist's recht! Das lasse ich mir gefallen!

209 *N'est-ce pas que c'est beau?* (frz.): Nicht wahr, das ist schön?

210 *De l'ordre! Du silence!* (frz.): Ordnung! Ruhe!

211 *halte là* (frz.): nicht weiter, still, gemach

211 *petit-maître* (frz.): Stutzer

211 *chère amie – belle Anglaise* (frz.): liebe Freundin, schöne Engländerin

212 *vaudeville de pensionnat* (frz.): Pensionatskomödie

213 *Courage, mon ami! Un peu de sang froid ...* (frz.): Nur Mut, mein Freund! Ein wenig kaltes Blut – ein wenig Zuversicht, Monsieur Lucien, und alles wird gut gehen.

215 *C'est peut-être plus beau ...* (frz.): Das ist vielleicht schöner als Ihre Vorlage, aber das ist nicht richtig.

218 *jeunes gens* (frz.): junge Leute

219 *belle blonde* (frz.): schöne Blondine

219 *jolie brune* (frz.): hübsche Braunhaarige

219 *cette jeune fille magnifique ...* (frz.): Dieses herrliche junge Mädchen mit dem pechschwarzen Haar ...

219 *Taisez-vous!* (frz.): Schweigen Sie!

219 *Vous ne passerez pas à moins ...* (frz.): Sie werden nicht durchkommen, es sei denn über meine Leiche, und Sie werden höchstens mit der jungen Nonne aus dem Garten tanzen.

219 *jeune homme* (frz.): junger Mann

220 *Sortez, sortez ...* (frz.): Kommen Sie, kommen Sie, und so schnell wie möglich.

225 *Dieu! Dieu!* (frz.): Mein Gott! Mein Gott!

226 *oh ciel!* (frz.): Himmel!

227 *cela suffit: Je n'en veux pas* (frz.): Das genügt: Ich mag ihn nicht.

235 *Ainsi, ... vous allez trôner ...* (frz.): Also, ... Sie wollen wie eine Königin thronen; morgen – an meiner Seite thronen? Zweifellos kosten Sie im voraus die Köstlichkeiten der Autorität. Ich vermeine in Ihnen irgendwie eine strahlende kleine Ehrgeizige zu sehen!

236 *une de ses beautés* (frz.): eine seiner Schönheiten

236 *Que vous êtes dur, Monsieur!* (frz.): Wie streng Sie sind, Monsieur!

237 *... je me tiens pour averti* (frz.): ... ich lasse es mir gesagt sein.

237 *de sonn, de mone, de stare* [fehlerhaft für englisch the sun, the moon, the stars] ... (frz.): die Sonne, der Mond, die Sterne – ist das richtig gesprochen?

237 *Donnez-moi la main!* (frz.): Geben Sie mir die Hand!

238 *Pauvrette* (frz.): armes Ding; arme Kleine

247 *Mon père, je suis Protestante* (frz.): Mein Vater, ich bin Protestantin.

250 *Fénelon, François de Salignac de la Mothe* (1651–1715): französischer Schriftsteller, Priester und Kanzelredner, Erzbischof von Cambrai, Erzieher der Enkel Ludwigs XIV.; Verfasser des Erziehungsromans »Télémaque«; wurde wegen seiner Milde gerühmt

255 *Bedreddin Hassan:* Sohn des Nureddin, Gestalt aus »Tausendundeine Nacht«; er wurde auf wunderbare Weise nach Damaskus entführt und, nachdem man ihn dort als Pastetenbäcker aufgefunden hatte, seiner Braut wieder zugeführt. Charlotte Brontë kannte »Tausendundeine Nacht« offenbar aus der englischen Übersetzung von Edward William Lane, die 1840 erschienen war.

272 *Château* (frz.): Schloß

279 *Basse-Ville* (frz.): Unterstadt

285 *Titania:* die Gestalt der Elfenkönigin in Shakespeares »Sommernachtstraum«

286 *Zettel:* die Gestalt des Webers in Shakespeares »Sommernachtstraum«

288 *naïveté* (frz.): Natürlichkeit, Unbefangenheit

298 *une pièce magnifique* (frz.): ein prächtiges Gemach

299 *tellement dignes, aimables et respectables* (frz.): so würdig, liebenswert und achtbar

299 *madame sa mère ...* (frz.): seine Frau Mutter, die würdige Schloßherrin

305 *chefs d'œuvre* (frz.): Hauptwerke, Meisterwerke

307 *Que faites-vous ici?* (frz.): Was tun Sie hier?

307 *Mais, Monsieur, je m'amuse* (frz.): Aber ich amüsiere mich, mein Herr.

307 *Vous vous amusez ...* (frz.): Sie amüsieren sich – und worüber, bitte? Aber machen Sie mir erst einmal das Vergnügen, sich zu erheben; nehmen Sie meinen Arm, und gehen wir auf die andere Seite.

308 *Singulières femmes ...!* (frz.): Sonderbare Frauen, diese Engländerinnen!

308 *Taisez-vous, et asseyez-vous là – là!* (frz.): Schweigen Sie, und setzen Sie sich dahin – dahin!

308 *Mais, Mademoiselle, asseyez-vous...* (frz.): Aber, mein Fräulein, setzen Sie sich und rühren Sie sich nicht, hören Sie, bis man kommt und Sie sucht oder bis ich Ihnen die Erlaubnis gebe.
309 *Quel triste coin!...* (frz.): Was für ein trauriger Winkel! ... und was für häßliche Bilder!
309 *La vie d'une femme* (frz.): Das Leben einer Frau
309 *Jeune Fille* (frz.): Junges Mädchen
309 *Mariée* (frz.): Braut
309 *Jeune Mère* (frz.): Junge Mutter
309 *Veuve* (frz.): Witwe
309 *Père-Lachaise* (frz.): berühmter und häufig besuchter Friedhof im Osten von Paris, mit Grabdenkmälern vieler bedeutender Franzosen
309 *Anges* (frz.): Engel
309 *des dames* (frz.): Damen
310 *demoiselle* (frz.): Fräulein
312 *Vraiment! Vous valez...* (frz.): Wahrhaftig! Sie sind wenig wert.
312 *Cela ne vaut rien...* (frz.): Das taugt nichts... Eine stolze Frau – der Wuchs einer Kaiserin, die Formen einer Juno, aber eine Person, wie ich sie weder als Frau noch als Tochter, noch als Schwester haben möchte. Überdies werden Sie keinen einzigen Blick mehr auf sie werfen.
315 *le type du voluptueux* (frz.): der Typ des Wollüstigen
317 *en grande tenue* (frz.): in großer Gala
328 *Landpfarrer von Wakefield:* Titel eines 1766 erschienenen Romans des englischen Schriftstellers, Dichters und Essayisten Oliver Goldsmith (1728–1774)
330 *fausse Isabelle* (frz.): falsche Isabella
340 *méchant* (frz.): schlimm, bösartig, mutwillig
344 *Rhadamanthys:* nach der griechischen Sage ein Sohn des Zeus und der Europa, Bruder des Minos, mit Alkmene vermählt; neben Minos und Aiakos strenger, aber gerechter Richter in der Unterwelt
346 *Marchand de vin* (frz.): Weinhändler
355 *Mademoiselle, vous êtes triste* (frz.): Mademoiselle, Sie sind traurig.
355 *Monsieur, j'en ai bien le droit* (frz.): Monsieur, ich habe wohl das Recht dazu.

355 *Vous êtes malade* ... (frz.): Sie sind herzkrank und gemütskrank.

359 *Que mademoiselle est appliquée!* (frz.): Wie fleißig Mademoiselle ist!

361 *Dieu merci!* (frz.): Gott sei Dank!

361 *ourse Britannique* (frz.): britische Bärin

362 *meine Schwiegermama in spe:* meine künftige Schwiegermama

366 *Voilà, pour vous* (frz.): Hier, das ist für Sie.

369 *Est-ce que vous avez l'intention* ...? (frz.): Haben Sie die Absicht, mich zu beleidigen?

370 *Allons, allons!* (frz.): Vorwärts, los, fort!

371 *La jeunesse n'a qu'un temps* (frz.): Man ist im Leben nur einmal jung.

371 *Je conçois, je conçois; on sait ce que* ... (frz.): Ich verstehe, ich verstehe; man weiß, was das ist: ein Freund; guten Tag, Mademoiselle.

372 *Je vois bien* ... (frz.): Ich sehe sehr gut, merke sehr wohl daß Sie sich über mich und meine Sachen lustig machen.

373 *Mais certainement* ... (frz.): Aber gewiß, Sie sollen zwei haben, wenn Sie wollen.

388 *... im Hause Rimmons ...:* Rimmon ist der Name einer aramäischen Gottheit, erwähnt in der Bibel im »2. Buch von den Königen«, Kap. 5, Vers 18.

395 *Vasthi:* Gattin des Königs Ahasver (= Xerxes), der sie, als sie auf seinen Ruf nicht zu ihm kam, verstieß und dann Esther zur Frau nahm; vgl. in der Bibel »Das Buch Esther«, 1. und 2. Kap.

411 *Barmekiden:* iranisches Geschlecht, das die ersten Wesire des abbasidischen Kalifats stellte und unter dem Kalifen Harun al Raschid (786–809) größten politischen Einfluß erlangte, dann aber jäh gestürzt wurde.

420 *Nebukadnezar* (II.): Sohn des Chaldäers Nabopolassar, König von Babylon 604–562 v. u. Z.; schlug die Ägypter, eroberte Syrien und Palästina, zerstörte 586 Jerusalem und führte die Juden in die Babylonische Gefangenschaft; gestaltete Babylon zur prächtigsten Großstadt der Zeit

430 *»Zusammen fuhren wir im Teich ...«:* Die Verse stammen von dem schottischen Volksdichter Robert Burns (1759–1796) aus dessen Lied »Auld lang syne«.

430 *Reel* (engl.): lebhafter schottischer Tanz

448 *Qui, oui, ma bonne amie ...* (frz.): Ja, ja, gute Freundin. Ich gebe Ihnen die Erlaubnis mit freudigem Herzen. Ihre Arbeit in meinem Hause ist immer bewundernswert gewesen, erfüllt von Diensteifer und Diskretion. Sie haben ausdrücklich das Recht, sich zu vergnügen. Gehen Sie also, solange Sie wollen. Was die Wahl Ihrer Bekanntschaften betrifft, so bin ich damit zufrieden. Sie ist klug, würdig und lobenswert.

449 *Sindbad:* Vom Besuch im Tal der Diamanten erzählt die Geschichte von der 2. Reise Sindbads des Seefahrers in »Tausendundeine Nacht«.

450 *Il y a ... quelque chose ...* (frz.): Es gibt etwas sehr Bemerkenswertes im englischen Charakter.

450 *Je ne saurais vous dire ...* (frz.): Ich könnte Ihnen nicht sagen »wieso«, aber schließlich haben die Engländer ihre besonderen Ideen über Freundschaft, über Liebe, über alles. Aber zumindest ist es nicht nötig, sie zu überwachen.

452 *Ichabod:* Name eines Enkelsohnes des hohen Priesters Eli im Alten Testament; vgl. die Bibel, 1. Sam., Kap. 4, Vers 21.

458 *C'est ce que je ferai* (frz.): Das ist es, was ich tun werde.

467 *»Du Heilige, rufe dein Kind zurück ...«:* »Des Mädchens Klage« von Friedrich Schiller entstand 1798.

477 *Qu'en dites-vous?* (frz.): Was sagen Sie dazu?

487 *Petite chatte, doucette, coquettel* (frz.): Kleine Katze, Zimperturtel, kleine Kokette!

492 *Mon ami, je vous pardonne* (frz.): Mein Freund, ich verzeihe Ihnen.

492 *Voilà que le jour ...* (frz.): Der Tag wird gleich anbrechen. Sagen Sie doch »mon ami«.

494 *John Knox* (um 1505 bis 1572): puritanischer Prediger in England und Schottland; führte 1560 die kalvinistische Reformation in Schottland durch und begründete die Presbyterialkirche; seit 1561 in vielfacher Auseinandersetzung mit Maria Stuart.

495 *Mon Dieu! Mon Dieu! ... Que vais-je devenir? ...* (frz.): Mein Gott! Mein Gott! Was soll bloß aus mir werden? Monsieur bringt mich doch glatt um, so wütend wie er ist!

495 *Mademoiselle La Malle au piano!* (frz.): Mademoiselle La Malle ans Klavier!

495 *Dès ce moment...* (frz.): Von jetzt an ist der Eintritt in diese Klasse verboten! Die erste, die hier durchgeht oder die Tür öffnet, wird gehängt – und wenn es Madame Beck selber wäre!

496 *Ouf! Je n'en puis plus!* (frz.): Nein! Ich kann nicht mehr!

498 *Que me voulez-vous?* (frz.): Was wollen Sie von mir?

498 *Monsieur, je veux l'impossible...!* (frz.): Monsieur, ich will das Unmögliche, etwas ganz Unerhörtes!

500 *Là! ... Me voilà veuf...!* (frz.): Da haben wir's... Jetzt bin ich meiner Brille beraubt!

500 *une forte femme...* (frz.): eine starke Frau – eine Engländerin – einen halsbrecherischen kleinen Hindernisreiter.

503 *Ne bougez pas!* (frz.): Rühren Sie sich nicht von der Stelle!

504 *Vous ne voulez... Vous vous donnez... Soit! Je vais...* (frz.): Sie wollen nicht, daß ich neben Ihnen sitze... Sie gebärden sich, als ob Sie einer Kaste zugehören, und behandeln mich als Paria... Nun gut, ich werde die Sache regeln!

504 *Levez-vous toutes, Mesdemoiselles!* (frz.): Stehen Sie alle auf, meine Damen!

504 *Est-ce assez de distance?* (frz.): Genügt dieser Abstand?

504 *Monsieur en est l'arbitre* (frz.): Das hat Monsieur zu entscheiden.

504 *Vous savez bien...* (frz.): Sie wissen genau, daß es nicht so ist. Sie selbst haben sich diese große Leere geschaffen: Mein Werk ist sie nicht.

505 *un drame de Williams Shackspire...* (frz.): ein Drama von William Shakespeare, dem Abgott dieser dummen Heiden, der Engländer. (Die Schreibung des Namens »Shakespeare« wird hier ironisch an die französische Aussprache angepaßt.)

507 *caractère intraitable* (frz.): störrischer Charakter

507 *Still, à l'instant! ...vive comme la poudre!* (frz.): Still, augenblicklich still! Da haben wir's ja wieder – das reine Pulverfaß!

508 *des couleurs de poupée...* (frz.): Gesichtsfarbe wie eine Puppe, eine mehr oder weniger wohlgeformte Nase...

510 *Va pour le ruban!* (frz.): etwa: Geht so!

514 *goûter un peu les plaisirs* (frz.): sich ein bißchen zu vergnügen

518 *Est-ce là tout?* (frz.): Ist das alles?

522 *Vive l'Angleterre...!* (frz.): Es lebe England, die Geschichte und die Helden! Nieder mit Frankreich, mit der Unwahrheit und den Schuften!

522 *Donc je n'y serai pas* (frz.): Also werde ich nicht dabeisein.

522 *Soit!* (frz.): So sei es!

524 *Brownie:* hilfreicher Hauskobold, ähnlich den Heinzelmännchen; tritt in der Sage aber gewöhnlich allein auf, nicht in einer Schar; zu Streichen geneigt

528 *...je te déteste, mon garçon!* (frz.): ... ich verabscheue dich, mein Junge!

528 *Dieu vous en garde!* (frz.): Gott bewahre Sie davor!

530 *A présent c'est un fait accompli* (frz.): Jetzt ist es eine vollendete Tatsache.

531 *asphyxiée* (frz.): scheintot

533 *...fünfzig Madames de Staël:* Germaine de Staël (1766–1817), französische Schriftstellerin, Tochter des Genfer Bankiers Nekker; Vertreterin der Aufklärung, Gegnerin Napoleons; bereiste seit 1803 europäische Länder, auch Deutschland, wo sie u. a. mit Goethe, Schiller und den Brüdern Schlegel bekannt wurde.

539 *Eutychius:* Gemeint ist wohl Eutychius, Patriarch von Alexandrien (876–940), der, ehe er sich dem geistlichen Stande widmete, Arzt gewesen war und der sich mit historischen Studien befaßte; berühmt wurde er durch eine »Universalgeschichte« vom Anfang der Welt bis auf seine Zeit.

540 *Qu'il est vraiment beau...* (frz.): Wie ist dieser junge Doktor wahrhaftig schön, Mademoiselle. Welche Augen – welcher Blick! Sehen Sie! Mein Herz ist ganz gerührt davon!

540 *cette fille effrontée...* (frz.): dieses freche Mädchen, diese schamlose Kreatur

540 *Elle ne dit...* (frz.): Sie sagt nur die Wahrheit...

540 *Ah! Vous trouvez?* (frz.): Ah! Finden Sie?

540 *Mais, sans doute* (frz.): Aber ohne Zweifel

541 *Hymettos:* Bergstock aus Marmor in Attika, südöstlich von Athen; im Altertum berühmt durch den auf seinen blühenden Matten gewonnenen köstlichen Honig

543 *lusus naturae* (lat.): Spiel der Natur

543 *hein* (frz.): Nicht wahr?

543 *Cela ne me regarde pas...* (frz.): Das geht mich nichts an. Ich kümmere mich nicht darum.

546 *Dagon:* Hauptgottheit des semitischen Volksstammes der Philister (im Südwesten von Palästina), auch in Israel verehrt

548 *je vous vois d'ici* (frz.): Ich sehe Sie von hier.

556 *cette maîtresse-femme* (frz.): hier etwa: dieses Hauptweib

578 *Je vous conseille* ... (frz.): Ich rate Ihnen, sich einladen zu lassen.

580 *Qu'est-ce que c'est?* ...: Was soll das? Spielen Sie mir Streiche?

580 *Ah! C'est la robe rose!* (frz.): Ah! Es ist das rosafarbene Kleid!

580 *Et Mademoiselle Lucie est coquette* ... (frz.): Und Fräulein Lucy ist kokett wie zehn Pariserinnen ... Hat man jemals eine solche Engländerin gesehen? Betrachten Sie nur ihren Hut, ihre Handschuhe, ihre Schuhe!

580 *Courage!* ... (frz.): Nur Mut! Ehrlich gesagt bin ich gar nicht böse darüber, vielleicht freut es mich sogar, daß man sich für mein kleines Fest so schön gemacht hat.

580 *Mais ma robe* ... (frz.): Aber mein Kleid ist nicht schön, Monsieur – es ist nur sauber.

580 *J'aime la propreté* (frz.): Ich liebe die Sauberkeit.

583 *des ménagères avares* (frz.): geizige Hausfrauen

584 *Donnez-moi la main!* (frz.): Geben Sie mir die Hand!

586 *Petite sœur* (frz.): kleine Schwester

586 *Pourtant j'ai été* ... (frz.): Gleichwohl bin ich zu Ihnen sehr hart gewesen und habe viel verlangt.

588 *Où est Mademoiselle Lucie?* (frz.): Wo ist Mademoiselle Lucy?

588 *Elle est au lit* (frz.): Sie ist zu Bett.

591 *Tadmor:* arabische Bezeichnung für Palmyra; Ortschaft und Oase im Zentralteil von Syrien; in der römischen Kaiserzeit blühende Handelsstadt mit prächtigen Bauten; 273 von Kaiser Aurelian und 744 nochmals von den Arabern zerstört

594 *Malevola* (lat.): die Übelgesinnte, die Mißgünstige

595 *Que me voulez-vous?* (frz.): Was wollen Sie von mir?

595 *et quant à ses félicitations* ... (frz.): ... und was ihre Glückwünsche anbelangt, so mache ich mir gar nichts aus ihnen.

596 *Sidonia:* Gestalt aus den 1844 und 1847 erschienenen Romanen »Coningsby« und »Tancred« von Benjamin Disraeli, ein reicher und mächtiger jüdischer Bankier von großer Gelehrsamkeit, fern allen menschlichen Leidenschaften

603 *donc, vous devez* ... (frz.): ... dann müssen Sie also meinen rühmlichen Schüler kennen, meinen Paul?

605 *Pax vobiscum* (lat.): Friede sei mit Euch

606 *Elle est drôle, n'est-ce pas?* (frz.): Sie ist drollig, nicht wahr?

606 *Oh, la singulière petite bossue!* (frz.): Oh, diese sonderbare kleine Bucklige!

606 *Et figurez-vous*... (frz.): Und stellen Sie sich vor: Sie verwünscht mich, weil sie glaubt, ich sei in meinen Cousin Paul verliebt, diesen kleinen Frömmler, der sich nicht zu rühren wagt, wenn sein Beichtvater nicht die Erlaubnis dazu gibt. Außerdem...

606 *soit moi, soit une autre* (frz.): ... sei es mich, sei es eine andere...

606 *personnage assez niais*... (frz.): eine ziemlich alberne Person, wie ich meine...

606 *pure comme un lis*... (frz.): ... rein wie eine Lilie, wie er sagt.

606 *oubliez les anges*... (frz.): ... vergessen Sie die Engel, die Buckligen und vor allem die Professoren – und gute Nacht!

611 *Grand ciel!* (frz.): Großer Himmel!

611 *Merovech, Chlodwig:* Könige aus dem französischen Königsgeschlecht der Merowinger. Merovech regierte von 448 bis 457, Chlodwig von 481 bis 511.

611 *Je n'en sais rien* (frz.): Davon weiß ich nichts.

612 *Est-elle donc idiote?* (frz.): Ist sie denn idiotisch?

614 *Nous agissons*... (frz.): Wir handeln im Interesse der Wahrheit. Wir wollen Sie nicht kränken.

614 ... *traurig wie Saul und streng wie Joab*...: Saul, der erste König von Israel, litt an Melancholie und nahm sich selbst das Leben; Joab wird wohl deswegen als streng bezeichnet, weil er Absalom, dem verräterischen Sohne Davids, der sich gegen den Vater empört hatte, gnadenlos drei Spieße ins Herz stieß.

616 *une petite moqueuse et sans cœur* (frz.): eine kleine Spötterin und ohne Herz

618 *Et vous, Mademoiselle,* ... (frz.): Und Sie, mein Fräulein, sind adrett und zart und schrecklich gefühllos noch obendrein.

618 *Je fais mon lit et mon ménage* (frz.): Ich mache mein Bett und versorge meinen Haushalt.

621 *Et puis?* (frz.): Und dann?

625 *N'est-il pas vrai?* (frz.): Nicht wahr?

630 *Petite exigeante!* (frz.): hier etwa: kleiner Quälgeist!

632 *St. Vincent de Paul:* Stifter der Lazaristen und der Barmherzigen Schwestern, geb. 1579 in Frankreich, gest. 1666; heiliggesprochen.

637 *Maladroite!* (frz.): Ungeschicktes Mädchen!
638 *Allons donc!* (frz.): Also weiter!
638 *de sensibilité et de sympathie* (frz.): Empfindungsvermögen und Mitgefühl
639 *Oh, cela me fait mal!* (frz.): Oh, das macht mich unglücklich!
642 *Marie, Reine du Ciel* (frz.): Maria, Königin des Himmels
646 *O Dieu soit appaisé...* (frz.): O Gott, sei mir armen Sünder gnädig!
657 *»pétrie d'esprit et de grâces«* (frz.): »gesegnet mit Geist und Anmut«
667 *Pentelikon:* Gebirge in Attika, nordöstlich von Athen, schon im Altertum berühmt durch seinen weißen Marmor
674 *Basseterre:* Hafenstadt an der Südwestküste der Insel Guadeloupe, die damals unter französischer Herrschaft stand (Westindien)
675 *Alnaschar:* Gestalt eines Bettlers aus »Tausendundeine Nacht«, der 100 Silberstücke erbt, dafür einen Korb mit Glaswaren zum Weiterverkauf erwirbt, von seiner Heirat mit der Tochter des Großwesirs träumt, ihr im Traum voll Hochmut einen Fußtritt gibt und dabei seinen Korb trifft, so daß alles Glas in Scherben geht.
676 *Il est doux, ...* (frz.): Diese Ruhe ist wohltuend! ... Das stille Glück ist köstlich!
676 *Bonne petite amie!...* (frz.): Gute kleine Freundin!... Liebreiche Trösterin!
682 *Apollyon:* Gestalt des Satans in John Bunyans allegorischer Dichtung »The Pilgrim's Progress«
682 *Greatheart:* »Großherz«; der Begleiter Christianas und ihrer Kinder auf der Pilgerfahrt in »The Pilgrim's Progress«
686 *Que vous êtes pâle!...* (frz.): Wie blaß Sie aussehen! Sie sind sehr krank, Mademoiselle!
692 *Haute-Ville* (frz.): Oberstadt
701 *Peri-Banou:* Gestalt einer wundertätigen schönen Fee aus »Tausendundeine Nacht« in der Geschichte von dem Prinzen Ahmed und der Fee Peri Banu« (271. Nacht)
709 *Où sont-ils?...* (frz.): Wo sind sie? Warum kommen sie nicht?
709 *Messieurs et Mesdames, ...* (frz.): Meine Herren und meine Damen, wo ist denn Justine Marie?

710 *Hexe von Endor:* Gestalt der Bibel; Totenbeschwörerin, die nach dem ersten Buch Samuel, Kap. 28, Vers 7 ff., für König Saul vor seiner letzten Schlacht gegen die Philister den Geist Samuels zitiert haben soll.

710 *La voilà!...* (frz.): Da ist sie! ... Justine Marie kommt!

715 *La petite va m'aider...* (frz.): Die Kleine wird mir helfen – nicht wahr?

715 *Mais oui, ...* (frz.): Aber ja, ich werde Ihnen von ganzem Herzen helfen. Sie können alles aus mir machen, was Sie wollen, lieber Patenonkel.

728 *détournement de mineur* (frz.): Entführung Minderjähriger

730 *»mon mari«* (frz.): »meinen Gatten«

732 *in articulo mortis* (lat.): im Zeitpunkt des Todes, im Zeitpunkt des Sterbens

737 *Laissez-moi!* (frz.): Lassen Sie mich!

737 *Sortez d'ici!* (frz.): Gehen Sie weg von hier!

737 *Femme!...* (frz.): Weib! Gehen Sie augenblicklich!

740 *Elle est toute pâle...* (frz.): Sie ist ganz bleich, ... dieses Gesicht tut mir weh.

741 *Doucement... Soyez tranquille* (frz.): Gemach – gemach ... Seien Sie ruhig.

742 *Biskuitporzellan:* unglasiertes Weichporzellan mit matter Oberfläche, das wegen seiner Marmorähnlichkeit besonders im Klassizismus häufig zur Nachahmung antiker oder zeitgenössischer Marmorbilder verwendet wurde

743 *Voici!* (frz.): Schauen Sie!

754 *Juggernaut* (Sanskrit): eigentlich »Herr der Welt«, Moloch, Götze, dem jemand sich blind opfert oder geopfert wird

Inhalt